상서고문소증 3

尚書古文疏證

ShangshuGuwenShuzheng

옮긴이

이은호 李殷鎬, Lee Eun-ho
성균관대학교 유학대학 유학과 입학, 동대학원 졸업(철학박사)
중국산동사범대학 외적(外籍) 교수
현 성균관대학교 유교철학・문화콘텐츠연구소 책임연구원

상서고문소증 3

초판인쇄 2023년 6월 17일 **초판발행** 2023년 6월 27일
지은이 염약거 **옮긴이** 이은호 **펴낸이** 박성모 **펴낸곳** 소명출판 **출판등록** 제1998-000017호
주소 서울시 서초구 사임당로14길 15 서광빌딩 2층
전화 02-585-7840 **팩스** 02-585-7848
전자우편 somyungbooks@daum.net **홈페이지** www.somyong.co.kr

값 49,000원 ⓒ 이은호, 2023
ISBN 979-11-5905-799-1 94820
ISBN 979-11-5905-796-0 (세트)

이 저서는 2019년 대한민국 교육부와 한국연구재단의 지원을 받아 수행된 연구임(NRF-2019S1A5A7069446)

한국연구재단
학술명저번역총서

상서고문소증 3

尚書古文疏證

ShangshuGuwenShuzheng

염약거 지음

이은호 옮김

일러두기

1. 이 책에서는 서명과 편명을 구별하지 않고 《 》로 통일했다.

머리말

자학字學을 기반으로 문자를 교정하는 과정에서 《상서》 문자 훈해訓解
의 문제까지 과학적으로 접근한 청대의 학자 단옥재段玉裁, 1735~1815는 《고
문상서찬이古文尙書撰異 · 자서》에서 《상서》가 만난 '일곱 가지 재앙[七厄]'을
다음과 같이 정리하였다.

경經은 오직 《상서》가 가장 존귀한데, 《상서》는 또한 재앙을 만난 것이 가장
심하였다. 진秦의 분서焚書가 첫째이고, 한漢 박사博士의 고문 억압이 둘째이고,
마융 · 정현이 고문일편古文逸篇을 주석하지 않은 것이 셋째이고, 위진魏晉의 위
고문이 넷째이고, 당唐의 《정의》에 마융 · 정현의 주해를 채용하지 않고 위僞
《공전孔傳》을 채용한 것이 다섯째이고, 천보天寶의 개자改字가 여섯째이고, 송宋
개보開寶의 《석문釋文》 개작改作이 일곱째이다. 이 일곱 가지로 인해 고문古文은
거의 사라지게 되었다.

단옥재가 정리한 일곱 가지 재앙은 이른바 "고문" 《상서》의 운명에 심
각한 영향을 끼친 역사적 재난들로서 역사적으로 《상서》의 원시 문구가
사라진 과정과 금고문의 논쟁의 필연성을 이해하는 실마리가 되기에 충
분하다. 애석하게도 단옥재가 확신했던 "진짜" 고문古文은 영원히 찾을
수 없는 과거의 유물이 되었지만, 지난 2천 년 동안 "진짜"를 대신한 "가
짜" 고문은 "진짜"의 위상을 누렸다. 그런데 "가짜"가 "진짜"의 자리를 대
신할 수 있었던 표면적인 이유는 경문의 소실과 복구이지만, 실질적으로

는 역사적 혹은 시대적 요구가 있었다는 점을 지적하지 않을 수 없다. 초순焦循, 1763~1820이 《상서보소尙書補疏 · 서序》에서의 제시한 예리한 분석은 정치철학과 학문의 방향에 대한 거대한 담론을 제공한다.

(《예기》의) 《명당위明堂位》는 주공周公을 천자로 삼고 있는데, 한유漢儒들은 이것을 이용해《대고大誥》를 위조하여 마침내 왕망王莽의 화를 불러왔으며, 정현은 이를 바로잡지 못하고 다시《상서주》에 사용해서 주공을 왕으로 칭하였다. 그 이후, 조조曹操 · 사마염司馬炎의 무리 및 진陳 · 수隋 · 당唐 · 송宋을 거치는 동안 왕망의 고사를 따르지 않은 자가 없었다. 그러나《전傳》(위공전僞孔傳을 가리킨다)이 특히 탁월한 점은, 주공이 스스로 칭왕稱王하지 않고 성왕成王의 명命을 칭하여 대신 고誥한 것으로 한 것이니 이것이 정현의 주해보다 훨씬 뛰어난 점으로《전》의 7번째 장점이다. 이《전》을 지은 사람(들)은 당시에 조조曹操 · 사마염司馬炎의 역적 행위를 목도하고 또 그들을 옹호하여 두예가《춘추》를 해석한 것이나 속석束皙 등이 《죽서竹書》를 위조하여 순舜이 요堯를 가두고 계啓가 익益을 죽이며 태갑太甲이 이윤伊尹을 죽이는 것과 같은, 상하가 도치되고 군신이 자리를 바꾸어 사설邪說이 경문經文을 어지럽게 되는 것을 목격하였다. 따라서《전》을 지어 의리를 지키려고 했었던 사람(들)은《익직益稷》의 개정을 꺼리지 않았고《이훈伊訓》·《태갑太甲》 등의 제 편을 새로 만들어 암암리에《죽서》와 맞서도록 하였으며, 또《공씨전》에 의탁하여 정현의 주해를 축출함으로써 군신상하의 의리를 밝히고 해악을 막는 그 이상의 담론을 펼쳤다. 《전》을 지은 사람(들)은 당시의 시기猜忌를 받았기 때문에 스스로 그 성명을 숨긴 것이다.

결과적으로 한대漢代의 종식은 고대 선진문화와의 결별을 의미했다. 뒤를 이은 남북조, 수·당의 시대는 새로운 시대의 요구에 걸맞은 그 시대의 경학이 필요했었던 것일 뿐이다. 그 자리에《공전孔傳》이 한 축을 담당했고, 송명대 심학心學 태동의 주요 기반이 되었던 것이다.

동진東晉 매색梅賾이 헌상한 공안국孔安國의《전傳》이 부록된《상서》는 그 자체적 모순과 허점 등으로 송대 이래 많은 학자들의 관심을 받았다. 그러나 학관에 배열된 지존至尊의《상서》를 "위조된 것"으로 주장하는 것은 결코 쉬운 일이 아니었다. 송대宋代에 이르러 학술적으로 자유로운 풍조가 형성되면서 자연스럽게 수많은 학자들이 신설新說을 제시하며《상서尙書》의변疑辨에 필요한 여건을 준비해 가게 된다.

우선 정이程頤, 1033~1107는《금등金縢》편의 문장을 곧이곧대로 믿을 수 없다고 하였다.《금등》은 금문今文이지만 예로부터 많은 의심을 받아왔고, 정이程頤 이후에도 많은 학자들이 그 논의에 동참하였다. 소식蘇軾, 1037~1101은《강고康誥》의 앞부분이 사실은《낙고洛誥》의 앞부분일 것으로 믿었다. 이런 단편적인 의심들이 이루어지던 가운데 가장 먼저 위고문僞古文《상서》에 대한 의변疑辨을 제기한 사람은 바로 오역吳棫, 1100?~1154, 字才老이었다. 그가 지은《서비전書裨傳》12권은 전하지 않지만, 후대 학자들의 인용을 통해서 그의 의변疑辨을 확인할 수 있다.

탕왕湯王과 무왕武王은 모두 무력武力으로 천명天命을 받았으나 탕왕의 말은 너그러운 반면 무왕의 말은 급박하며, 탕왕이 걸桀의 죄를 열거한 것은 공손하고 무왕이 주紂의 죄를 열거한 것은 오만하니, 학자가 의혹이 없을 수 없다. 아마도 이《태서泰誓》는 늦게 출현한 것으로 당시의 본문本文은 아닌 듯하다.《書集傳·泰誓》題下注

주희朱熹, 1130~1200는《어류語類》에서 "재로才老가 고증에 지대한 공헌을 하였지만, 의리義理상으로는 자세하지 않다", "재로는《재재梓材》가《낙고》의 한 부분이라고 했는데, 매우 옳은 지적이다"라고 하며 오역이《상서》의 고증에 큰 공헌을 했음을 인정하였다.

송대 위고문 의변에 가장 큰 영향을 끼친 인물은 바로 주희 자신이기도 했다. 그는《어류》권71~80권, 권125 등에서《상서》에 대한 의변논의를 펼쳤다.

나는 일찍이 공안국의《서》가 가서假書라고 의심하였다. (…중략…) 하물며 공안국의《서書》는 동진東晋 시대에서야 출현하게 되는데, 그 이전에 유자들은 모두 그 책을 보지 못했으므로 더욱 의심스럽다.《朱子語類》권78

공벽孔壁에서 나온《상서》가운데《대우모大禹謨》·《오자지가五子之歌》·《윤정胤征》·《태서泰誓》·《무성武成》·《경명冏命》·《미자지명微子之命》·《채중지명蔡仲之命》·《군아君牙》등의 편들은 모두 평이하고, 복생伏生이 전한 것은 읽기 어려우니, 어떻게 복생은 어려운 부분만 기억하고 쉬운 부분은 기억하지 못했는지 도무지 이해할 수 없다.《朱子語類》권78

주희는 현전하는 고문상서와 금문상서의 문체가 확연히 차이가 나는 점 등과 한대漢代 이후 유전과정이 의심스러운 점 등을 이유로 고문상서에 대해 의심을 하였다. 또한 《서서書序》에 대해서도 "《서서書序》를 믿을 수 없다. 복생 때에 없었고, 그 문장이 매우 조잡하므로 전한前漢사람의 문자가 아니라 후한後漢 말엽 사람의 것과 비슷하다"《朱子語類》권78, "《상서尙書》의 《소서小序》는 누구의 저작인지 알 수 없고, 《대서大序》 또한 공안국의 저작이 아니다. 아마도 《공총자孔叢子》를 쓴 사람일 것으로 생각되는데, 문자가 평이하다. 서한西漢의 문자는 난해하다"《朱子語類》권78라는 논평을 내놓았다. 주희는 《공전》 및 《서서書序》에 대해 용단있게 의변을 진행했지만, 다른 한편으로 위고문僞古文을 수호해야 한다는 의지를 분명히 하였다.

> 《서書》 가운데 의심되는 제편諸篇을 모두 신뢰하지 않는다면 육경六經이 무너질지도 모른다.《朱子語類》권79

주희의 이 한마디는 리학理學체계에서 의변논의에 제동역할을 수행하게 된다. 주희가 "서경書經"의 권위를 지켜야만 하는 가장 큰 이유는 역시 리학理學을 탄생시킨 근원이라고 할 수 있는 "인심은 위험하고 도심은 미미하니 오직 정밀하게 살피고 한결같이 지켜 진실로 그 중中 잡아야 한다[人心惟危, 道心惟微, 惟精惟一, 允執厥中]"는 명제가 《대우모》에 들어있었기 때문이었다. 《대우모》는 고문에 속했기 때문에, 만약 고문전체를 의심하기 시작하면, 《대우모》의 문구가 의심받게 되는 것을 당연하고, 리학의 기반

마저 흔들릴 수 있다는 것을 주희는 고려하지 않을 수 없었을 것이다.

　주희 이후 조여담趙汝談, ?~1237, 왕백王柏, 1197~1274, 號 魯齋, 왕응린王應麟, 1223~1296 등을 거쳐 왕백王柏의 제자인 김이상金履祥, 1232~1303이 의변을 이었다. 김이상은 주희의 말을 인용하여 "안국安國의 서序는 절대 서한의 문장으로 볼 수 없으며, 나는 동한사람이 만든 것으로 의심한다. 문체로 알 수 있을 뿐만 아니라 이른바 금석사죽金石絲竹의 음音을 들었다는 것은 확실히 후한後漢 사람의 말임에 의심의 여지가 없다"《經義考》 권76라고 하였다.

　송대 이후 원명元明시대는 오로지《채전蔡傳》일변도의 학풍이 이어지긴 하지만, 그 와중에서도 의변의 논의가 심도 있게 진행되었다. 가장 주목할 만한 인물은 원元의 오징吳澄, 1249~1333, 號 草廬이다. 오징은《서찬언書纂言》4권을 편찬하면서 금문 28편만을 해석하고, 위작으로 의심되는 고문은 책의 뒤쪽에 부록하는 편제를 시도하였다.

　　복생의《서》는 이미 매색梅賾이 더한 것과 뒤섞였지만 누구나 다시 분별해낼 수 있다. 일찍이 그것을 읽어보니 복생의《서》는 비록 완전히 통하기는 어렵지만, 그 사의辭義의 고오古奧함을 감안하면 그것이 상고上古의《서》임에 의심의 여지가 없었다. 매색이 더한 25편은 체제體製가 한 사람의 손에서 나온 것 같고, 채집하여 보충하고 삭제한 것이 비록 한 글자라도 근본이 없는 것이 없으며, 평탄하고 나약하여 선한先漢 이전의 글로 절대 분류될 수 없다. 대저 천년의 고서古書가 가장 늦게 출현하였는데 자획字劃에 조금도 탈오脫誤가 없고 문세文勢도 서로 맞지 않으니 크게 의심할 바가 아니겠는가? (…중략…) 대저 오역과 주자가 의심한 바가 이와 같은데, 내가 어찌 그 의문을 질정할 수 있겠는가마는 이 고문 25편이 고古《서書》임을 절대 신뢰할 수 없으니, 시비지심是非之心을 어찌 어둡게 할 수 있겠는가? 따라서 이제 이 25편을 따로 나누어 복생의 《서》에 부록으로 붙이고, 각 편의 머리에 있는 《소서小序》는 다시 하나로 합쳐 뒤에 위치시키면서 공씨孔氏의 《서序》를 함께 붙였으니 의심이 되는 바가 있기 때문이었다. 나 개인의 말이 아니라 선유先儒에게서 들은 것일 뿐이다.吳澄,《書纂言 · 目錄》

오징은 비록 선유先儒로부터 들은 것이라는 겸사를 사용했지만, 이전의 오역과 주희의 의변에 비해서 확실히 과감하였고, 금문과 고문을 구분하는 편제는 오징으로부터 시작되었다고 평할 수 있다.

명대에 들어서 의변의 최대 성과는 매작梅鷟, 1483?~1553의 《상서고이尙書考異》와 《독서보讀書譜》에서 확인할 수 있다.

심하도다! 유자들이 괴이함을 좋아함이여, 그 시대를 논하지 않고, 그 인물을 돌아보지 않은 채 오로지 괴이함만을 따랐도다. 복생이 경經 28편과 서序 1편 등 총 29편을 전하여 제로齊魯지역에 교수함에 해와 달이 하늘에 운행하는 것을 사람들이 우러러보는 것과 같았으니, 바로 성경聖經의 정통이다. 공벽孔壁에 숨겨졌던 《고문상서》의 경우는, 고조高祖가 노魯를 지나면서 공자에게 제사지낼 때 고문을 언급하지 않았고, 혜제惠帝가 협서령挾書令을 해제할 때 고문을 언급하지 않았으며, 문제文帝가 《상서》를 읽을 수 있는 사람을 구할 때에도 고문을 언급하지 않았으며, 경제景帝 때에도 단 한 사람이라도 공씨가 고문을 소유하고 있다는 것을 말하지 않았다. 효무제孝武帝 때에 이르러 7 · 80년이 지나는 동안 성손聖孫 공안국孔安國이 오로지 고문을 연구하였는데, 금문으로 그것을 읽어 그의 학가學家를 일으켰다. 동진東晉에 이르러 고사高士 황보밀皇甫謐이라는 자가 있어 공안국의 《서書》를 보고 폐기하였는데도 사람들은 아까워하지 않았고, 오히려 《서書》 25편과 《대서大序》 및 《전傳》을 만들어 안국고문安國古文이라 사칭하여 외제外弟 양류梁柳에게 전하고, 양류梁柳는 장조臧曹에게 전하고, 장조臧曹는 매이梅頤, 梅賾에게 전하였는데, 매이梅頤가 마침내 헌상하여 시행되었다. 사람들은 진眞 안국安國 《서書》로 믿었는데 이전의 제유諸儒들 즉 왕숙王肅·두예杜預 등 진초晉初의 사람들, 정충鄭冲·하안何晏·위소韋昭 등 삼국三國의 사람들, 정현鄭玄·조기趙岐·마융馬融·반고班固 등 후한後漢의 사람들, 유향劉向·유흠劉歆·장패張霸 등 전한前漢의 사람들이 모두 보지 못한 것들이었다. '일서逸書'라고 말하지 않았고 '현재 망실되었다今亡'라고 하였다. 《사기》·《한서》에 기록된 것은 절대 25편의 영향을 받은 것이 없으며, 거기에 언급된 정충鄭冲·소유蘇愉 등은 모두 사실을 왜곡한 것일 뿐이다. (…중략…) 수隋·당唐이래 천여 년 동안 오징의 《서찬언書纂言》을 제외하고 일찍이 단 한사람의 성경聖經의 충신의사忠臣義士가 없었으니, 어찌 가슴 아픈 일이 아니겠는가! 《經義考》 권88 《尙書考翼(異)》

손성연孫星衍, 1753~1818이 쓴 《상서고이尙書考異·서序》에서도 매작梅鷟의 의변 성과가 청대의 염약거閻若璩 등이 의변疑辨을 완성하는데 결정적인 역할을 한 점을 높이 평가하였다. 왜냐하면 매작梅鷟은 이전의 의변이 단순히 금고문의 문자난이文字難易의 구분에 머무는 데 그치지 않고 고문의 특정 구절이 선진先秦의 어떤 문헌에서 따 온 것인지에 관한 구체적인 증거를 수집하는 방법을 시도했기 때문이었다.

오역, 주희, 오징, 매작으로 이어지는 의변의 큰 줄기는 염약거閻若璩, 1636~ 1704의 《상서고문소증尙書古文疏證》으로 완성되게 된다. 《상서고문소증》은 "제1. 전후前後 《한서》에 기록된 고문편수가 지금과 다름을 논함第一.言兩漢 書載古文篇數與今異"을 시작으로 한 가지 문제에 대해 한 가지 의론을 하여 모 두 128편을 입론하였는데, 중간에 28~30, 33~48, 108~110, 122~129 등 총 30조條가 빠져 있다. 염약거는 매작의 선행연구에서 개창한 증거 수집방법을 운용하여, 문헌적 증거와 역사적 증거 두 방면으로 공씨본의 위작을 고정考定하였다. 제1에서 제80권1~권5까지는 문헌적 증거이고, 제 81에서 제96권6까지는 역사적 증거이며, 제97에서 제112권7까지는 위고 문 내용의 모순을 폭로하였고, 제113에서 끝권8까지는 오역 · 주희 · 왕충 운王充耘 · 매작 · 학경郝敬 · 정원鄭瑗 · 요제항姚際恒 · 마숙馬驌 등의 의변설을 인 용한 것이다. 《사고전서총목제요》에서는 《사기》·《한서》에 공안국이 고 문 《상서》를 헌상한 설說만 있고 전傳을 만들라는 명을 받은 사실은 없으 니, 이는 위본僞本이 근거가 없는 확실한 증거이기도 하지만, 위본僞本을 변호하는 중요한 관건이 되기도 한다는 점을 지적하면서, 염약거가 이 부분에 대해서는 언급하지 않은 점은 조금 아쉬운 점이라고 지적하였다. 또한 기타의 조목 뒤에 종종 군더더기 말을 덧붙여 내용을 방대하게 한 점 및 《잠구차기潛邱箚記》를 부록으로 붙여둔 점은 결과적으로 핵심을 벗 어난 지엽적이라는 점을 비판하였다. 그러나 결론적으로 반복적으로 천 고千古의 대의大疑를 제거하고 떨어낸 공헌은 고증학의 시초가 된다는 점을 기렸다. 정리하자면 《고문상서소증》은 고문 《상서》를 과학적으로 논증하여 진한秦漢 이래 천년을 이어져 온 《상서》 금고문今古文 논쟁을 종결하고 고문의 위작을 증명한 고증학 최고의 명저名著인 것이다.

저자인 염약거閻若璩, 1636~1704의 자는 백시百詩, 호는 잠구潛丘이다. 고적故籍은 산서山西 태원太原, 현 중국 산서성(山西省) 태원시(太原市)이며, 강소江蘇 회안부淮安府 산양현山陽縣, 현 강소성(江蘇省) 회안시(淮安市)에서 출생하여 활동하였다.

순치順治 8년1651, 15세의 염약거는 산양현山陽縣 학생원學生員이 되어 경사經史 연구에 매진하며 군서群書를 탐독하였다. 20세부터 《상서고문소증》 편찬을 시작하였다. 강희康熙 원년1662 27세에 고적故籍인 태원太原으로 돌아와 과거에 응시하였지만 낙제하였다. 강희 11년1672 태원으로 돌아와 4번째 과거에 낙제한 후 고염무顧炎武, 1613~1682와 교유하며 고적답사를 함께 하였고, 또한 고염무의 《일지록日知錄》 수 조목을 질정하기도 하였다. 강희 17년1678 박학홍유과博學鴻儒科에 추천받아 응시하였지만 낙방한 후 경사京師에 머물며 여러 학자들과 교유하였다. 이 해 서건학徐乾學, 1631~1694의 《대청일통지大淸一統志》 수찬사업에 참여하였고, 동시에 만사동萬斯同, 1638~1702 · 고조우顧祖禹, 1631~1692 · 호위胡渭, 1633~1714 등 학자들과 함께 역사를 비교하고 여러 책을 참고하여 《자치통감후편資治通鑑後編》 184권을 완성하는데 일조하였다. 청장년시절을 경사에서 활동하며, 틈틈이 《상서고문소증》을 편찬하였다. 강희 33년1694 그의 나이 59세가 되어서야 비로소 회안부淮安府 산양현山陽縣으로 귀향했다. 강희 38년1699과 42년1703, 강희제康熙帝가 강소江蘇와 절강浙江을 방문했을 때 두 번이나 찬송시를 올렸지만 알현하지 못했다. 그 후 염약거의 명성을 익히 알았던 황제의 넷째 아들 윤진태자胤禛太子, 훗날의 雍正帝의 초청으로 69세의 염약거는 노구와 숙환에도 불구하고 강희 43년1704 1월에 경사로 달려갔다. 얼마 지나지 않아 염약거의 건강이 악화되어 그해 6월 8일 경사에서 사망했다. 주요저작은《상서고문소증尙書古文疏證》,《사서석지四書釋地》,《잠구차기潛邱劄記》 등이 있다.

처음 염약거의《상서고문소증》8권이 세상에 나왔을 때, 성경聖經을 모욕했다는 이유로 여러 비난에서 자유로울 수 없었다. 뿐만 아니라 하마터면 그 불멸의 연구성과는 그대로 역사에 묻히고 다음 세대를 기약할 뻔했었다. 염약거 생존 당시,《상서고문소증》은 단지 초본抄本만 유전流傳되었고 판각간행되지는 못했다. 염약거가 세상을 떠난 40년 후에야 비로소 그의 손자 염학림閻學林에 의해 회안淮安에서 판각간행되었으니, 이것이 바로 건륭乾隆 10년1745 평음平陰 주씨朱氏 권서당본眷西堂本이다. 건륭 37년1772《사고전서四庫全書》가 수찬修撰되면서 이 판본이 수록되었고, 원각原刻은 수몰 폐기되었다. 그 후 가경嘉慶 원년1796 오인기吳人驥의 천진각본天津刻本, 동치同治 6년1867 전당錢塘 왕씨汪氏 진기당振綺堂 중수본重修本, 왕선겸王先謙, 1842~1917의《청경해속편淸經解續編》본이 만들어졌다. 각본刻本 이외에도 초본抄本 2종이 세상에 전해지고 있다. 하나는 항세준杭世駿 발문跋文의 청초본淸抄本 5권으로 현재 중국국가도서관中國國家圖書館에 소장되어 있고, 다른 하나는 청淸 심동沈彤 초본抄本 5권으로 현재 호남성도서관湖南省圖書館에 소장되어 있다. 권서당본이 염약거의 손자가 간각刊刻한 것이고, 나머지 판본은 모두 권서당본을 기본으로 만든 것이다.

《상서》는 고대 성왕聖王과 현신賢臣의 언행을 기록한 유가의 경전이자 역사서로서, 공자가 《시》와 함께 필수 교재로 선택한 교과서였다. 유가의 탄생과 한대漢代 학관學官이 세워진 이래로 최고의 경전의 하나로 군림하면서 지존의 위상을 가진 《상서》를 "위조된 것"으로 주장하고 나서는 것은 결코 쉬운 일이 아니다. 더욱이 천여 년 동안 지속된 공안국전《상서》의 자체적 모순과 허점의 노출 그리고 그것에 대한 합리적 "의심"은 공자이래 한 사람이라는 주자에게도 쉽지 않은 사안이었다. 염약거는 주자의 의변疑辨을 자기 학설의 보호막으로 삼아 자신의 학문을 반대하는 사람들에게 성법聖法과 경도經道를 위배하였다는 말을 하지 못하도록 하는 한편, 선대先代 학자들이 주창한 방법론과 결과물을 운용하여 역사적인 의변작업을 완성한 저작을 편찬하게 되었다. 그것이 바로 고증학 불멸의 명작《상서고문소증》이다. 비로소 경전의 지위에 있던 고문《상서》는 위작僞作으로 판명되었고, 위고문은 아무런 저항 없이 전복되고 말았다. 이는 경학 학술사상 최고의 과학적 성과로 평가된다.

2023년 초여름

이산서재酛山書齋에서 역자 쓰다

• 그렇지만 반복해서 정리하고 손질함으로써 천고千古의 큰 의문점들을 제거했으니, 고증학에서는 아마도 이 책보다 나은 것이 없을 것이다.

　　　　　　　　　　　－ 기균紀昀 등《사고전서총목제요四庫全書總目提要》

• 학문의 최대 장애물은 맹목적인 신앙보다 더 심한 것이 없다. (…중략…) 그러므로 염백시의《상서고문소증》을 최근 삼백 년 학술해방의 제1등 공신으로 인정하지 않을 수 없다.

　　　　　　　　　　　－ 양계초梁啓超《중국근삼백년학술사中國近三百年學術史》

《상서고문소증》 출판에 즈음하여 초역을 꼼꼼히 읽어보고 오탈자를 교정해준 성균관대학교 하한솔 학우와 정읍(井邑) 선송당(善松堂) 이중회(李中浩) 학형에게 깊은 감사의 말씀을 전합니다.

尙書古文疏證 전체 차례

권6 하下

제89. 제수濟水의 물길이 고갈되었다가 다시 통하게 된 것은 왕망 이후의 일인데 《공전》에도 기록되어 있음을 논함

원문

"濟水當王莽時大旱, 遂枯絶, 不復截河南過"者, 晉初司馬彪之言也. 雖經枯竭, "其後水流徑通, 津渠勢改, 尋梁脈水, 不與昔同"者, 後魏酈道元之言也. 《通典》據彪之言以折《水經》, 謂濟渠旣塞, 都不詳悉, 其餘可知. 余讀郭璞《山海經注》, 而歎恐未足以服《水經》者之心. 何則? 璞固有言矣, 曰: "今濟水自滎陽卷縣, 東經陳留, 至濟陰北, 東北至高平[杜氏《釋例》於濟水"東北至高平"五字作"經高平, 東平至濟北"八字, 餘並同], 東北經濟南至樂安博昌縣入海." 與禹時濟瀆所經河南之道無異, 蓋枯而復通者. 所謂"津渠勢改", 昔則自虢公臺東入河, 出在敖倉之東南, 今改流虢公臺西入河, 出亦非故處與? 或禹時濟未必分南北, 此則分而二爲不同與? 安國果身當武帝時, 作《禹貢》傳, 秖當曰"濟水入河, 並流數十里, 溢爲滎澤, 在敖倉東南", 不當先之以"濟水入河並流十數里, 而南截河"[張湛注《列子》濟水, 文並同]. 此係改流新道, 方繼而曰"又並流數里, 溢爲滎澤, 在敖倉東南". 證以塞爲平地之故迹, 古渠今瀆, 雜然並陳, 殆亦翻以目驗爲說, 而不察水道之有遷變時耳.

"제수濟水는 왕망시대에 크게 가물어 마침내 고갈되어 끊겨서 다시는 하수의 남쪽을 지나지 않는다濟水當王莽時大旱, 遂枯絶, 不復截河南過"는 진晉 초기 사마표司馬彪, ?~306[1]의 말이다. 비록 고갈되었지만, "그 후에 강물이 흐르면서 물길이 통하여 나루와 큰 도랑의 지형이 바뀌었으니, 큰 물줄기와 물길을 살펴보면 예전과 같지 않다其後水流徑通, 津渠勢改, 尋梁脈水, 不與昔同"는 후위後魏, 北魏 역도원酈道元의 말이다. 《통전》은 사마표의 말을 근거로 《수경》을 분석하여 제수의 물줄기가 이미 막혔다고 한 것은 모두 자세하게 살피지 못한 것이니, 나머지도 알 수 있다. 나는 곽박郭璞의 《산해경주山海經注》를 읽어보니, 《수경》을 쓴 사람의 마음을 수긍시킬 수 없을 것 같았다. 而嘆恐未足以服《水經》者之心. 왜 그런가? 곽박은 다음과 같이 말했다. "지금 제수濟水는 형양滎陽 권현卷縣에서 동쪽으로 진류陳留를 지나 제음濟陰 북쪽에 이르고, 동북쪽으로 고평高平에 이르며[두예《석례釋例》의 제수濟水에 "동북으로 고평에 이른다東北至高平" 5자는 "고평과 동평을 지나 제북에 이른다經高平, 東平至濟北" 8자로 되어 있고, 나머지는 같다], 동북으로 제남濟南을 지나 낙안樂安 박창현博昌縣에 이르러 대해로 유입된다今濟水自滎陽卷縣, 東經陳留, 至濟陰北, 東北至高平[杜氏《釋例》於濟水"東北至高平"五字作"經高平, 東平至濟北"八字, 餘並同], 東北經濟南至樂安博昌縣入海." 우禹 당시의 제수의 물길이 하수 남쪽을 지나던 길과 다를 바 없으니, 대체로 고갈되었다가 다시 통한 것이다. 이른바 "나루와 큰 도랑의 지형이 바뀌었다津渠勢改"는 것은, 옛날에는 곽공대號公臺로부터

---

1   사마표(司馬彪) : 자 소통(紹統). 진(晉)선제(宣帝) 사마의(司馬懿)의 여섯 번째 동생 사마진(司馬進)의 손자이다. 저서에는 《속한서(續漢書)》가 있다.

동쪽으로 하수에 유입되었고 나오는 곳은 오창^{敖倉}의 동남쪽이었는데, 지금은 흐름이 바뀌어 곽공대 서쪽에서 하수로 유입되고 나오는 곳도 옛 지역 아닌가? 아니면 우 당시에 제수는 반드시 남북으로 나뉘지 않았는데, 지금은 나뉘어져 두 물줄기가 다른 것인가? 공안국이 과연 무제 때의 사람이라면 《우공》의 《전傳》에서 마땅히 "제수가 하수로 유입되고 아울러 10여 리를 흐르다가 흘러가다가 넘쳐서 형택이 되니, 오창의 동남쪽에 있다濟水入河, 並流數十里, 溢爲滎澤, 在敖倉東南"고만 했어야지, 그 앞에 "제수가 하수로 유입되고 아울러 10여 리를 흐르다가 남쪽으로 하수를 끊어 지나간다濟水入河並流十數里, 而南截河"[장담張湛 주注 《열자列子》의 제수濟水의 문장도 이와 같다]를 먼저 말해서는 안 되었다. 이는 바뀐 흐름에 따른 새로운 물길이므로 거기에 이어서 "또 아울러 몇 리를 흘러가다가 넘쳐서 형택이 되니, 오창의 동남쪽에 있다又並流數里, 溢爲滎澤, 在敖倉東南"고 말한 것이다. 막힌 것으로 평지의 고적을 증명하고 옛 도랑과 지금의 물줄기가 뒤섞여 함께 진열하였으니, 아마도 확실히 눈으로 직접 징험하고 말한 것이나 수도가 옮겨지고 바뀐 때가 있다는 것은 살피지 못한 것이다.

원문

按：《通典》以《水經》所載地名有東漢順帝更名者, 知出順帝以後纂序. 王伯厚又因而廣之, 下及魏晉地名, 疑《舊唐志》作郭璞撰者近是. 余請一言以折之, 曰：璞註《山海經》引《水經》者八, 此豈《經》出璞手哉? 即酈氏於濟水引郭景純曰, 又云《經》言, 固亦判而二之. 近黃太沖撰《今水經》, 序文竟實以璞者, 惜不及寄語此.

번역 **안按**

《통전》은 《수경》에 기록된 지명이 동한東漢 순제順帝, 126~144 재위 때 갱명更名된 것이 있다고 하였으니, 《수경》은 순제 이후에 찬서纂序되어 나온 것임을 알 수 있다. 왕응린자 백후(伯厚)도 이 논의를 확대하여 이후 위진魏晉의 지명에까지 이른다고 하였는데, 아마도 《구당서 · 경적지》에서 곽박郭璞, 276~324이 찬술한 것이라고 한 것이 거의 맞다고 본 것이다. 내가 한마디로 꺾어본다면, 곽박 주註 《산해경》에서 《수경》을 인용한 것이 8군데인데, 이 어찌 《수경》이 곽박의 손에서 나왔겠는가? 즉 역도원은 제수濟水에서 곽박자 경순(景純)의 말을 인용하였고, 또한 《수경》의 문장을 말하였으니, 진실로 확실히 나뉘어 둘이 된다. 근래 황종희黃宗羲, 자 태충(太沖)가 찬撰한 《금수경今水經》의 서문序文에서 끝내 곽박이라고 한 것[2]은 애석하게도 여기에 의거하여 말하지 않았다.

원문

又按:《困學紀聞》曰:"《三禮義宗》引《禹受地記》, 王逸注《離騷》引《禹大傳》, 豈即太史公所謂《禹本紀》者歟?"《禹本紀》見《史 · 大宛傳》,《漢 · 張騫傳》, 注並未指爲何書. 惟杜君卿言"'天子案古圖書, 名河所出山曰崑崙', 疑所謂古圖書即《禹本紀》", 最是. 而璞引《禹本紀》, 除見《史》,《漢》之外, 多却"去嵩高五萬里, 蓋天地之中也"二語. 酈注《禹本紀》與此同, 則知自漢武以至道元, 皆曾見此書, 特唐亡耳. 璞既引《禹本紀》, 又引《禹大傳》, 固亦判

---

2 황종희(黃宗羲) 《금수경(今水經) · 서(序)》 歐陽原功謂郭璞作經, 酈善長作注, 璞南人, 善長北人, 當時南北分裂, 故聞見有所不逮.

而二之, 王伯厚疑爲一書者非.

《곤학기문》에 다음과 같이 말했다. "《삼례의종三禮義宗》이 《우수지기禹受地記》를 인용하였고, 왕일王逸 주注《이소離騷》에 《우대전禹大傳》을 인용하였는데, 어찌 태사공의 이른바 《우본기禹本紀》이겠는가?" 《우본기》는 《사기 · 대원전大宛傳》과 《한서 · 장건전張騫傳》에 보이는데, 주注에서는 어떤 책인지를 지목하지 않았다. 오직 두우杜佑, 자 군경(君卿)가 "'천자가 고도서古圖書를 살펴보고 하수河水가 출원하는 산의 이름을 곤륜崑崙이라 하였다天子案古圖書, 名河所出山曰崑崙'고 하였으니, 아마도 이른바 고도서古圖書가 바로 《우본기》일 것이다"고 한 것이 가장 옳다. 그리고 곽박이 인용한 《우본기》는 《사기》, 《한서》에 보이는 것 외에도 도리어 "숭고산嵩高山까지는 오만 리인데, 천지天地의 중심이다去嵩高五萬里, 蓋天地之中也." 두 문장이 더 많다. 역도원 주注《우본기》는 이와 같으므로, 한漢 무제武帝, BC141~BC87 재위에서 역도원?~527의 시대에 이르기까지 모두 이 책을 보았다는 것을 알 수 있고, 단지 당대唐代에 없어졌을 뿐이다. 곽박은 이미 《우본기》를 인용하면서 또 《우대전禹大傳》을 인용하였는데, 진실로 확실하게 나뉘어 둘이 되므로 왕응린이 같은 책으로 의심한 것은 틀렸다.

又按 : 璞注《爾雅》成, 未審爲晉之何年, 而《注》引元康八年, 永嘉四年事, 未一及元, 明年號, 知成於未渡江以前. 時孔《書》雖未立學官, 已盛行于代,故《注》引《太甲中》篇曰"俟我后",《尙書·孔氏傳》曰"共爲雌雄", 又曰"犬高四尺曰獒". 因嘆僞《書》易以惑人, 人多據以爲言, 不獨一皇甫士安之載入《帝王世紀》而已. 卽好古文奇字如璞者, 亦爲所欺. 識眞者寡, 振古如斯, 悲夫!

번역 우안又按

곽박이 주해한 《이아》가 완성된 것이 진晉의 무슨 해인지 알 수 없으나, 《이아주》에서 원강元康 8년²⁹⁸, 영가永嘉 4년³¹⁰의 사건을 인용하였고, 원元, 명明의 연호는 언급되지 않으므로, 서진西晉의 도강渡江 이전에 완성된 것임을 알 수 있다. 이 때는 공안국 《서》가 비록 학관에 세워지지는 않았지만, 이미 그 시대에 성행되었으므로 《이아주》에서 《태갑중》편의 "우리 임금을 기다린다俟我后"와 《상서尙書·공씨전》의 "(새와 쥐가) 함께 암수가 된다共爲雌雄.", 또 "개의 크기가 4척인 것을 오獒라 한다犬高四尺曰獒"를 인용한 것이다. 이로 인해 위《서》가 쉽게 사람을 미혹시켜 사람들이 대부분 위《서》를 근거로 말을 일삼는 것이 오직 황보밀皇甫謐, 215~282, 자 사안(士安) 한 사람이 《제왕세기帝王世紀》에 수록했기 때문이 아님을 탄식하게 된다. 곧 곽박과 같은 고문古文의 기자奇字를 좋아하는 자들에게도 속임을 당한 것이다. 올바름을 아는 자는 드물고, 옛것은 멀기가 이와 같으니 슬프도다!

원문

又按: 胡朏明曰: "某更有一切證, 酈注於溮水引桑欽《地理志》說, 與《漢書》無異, 則知固所引卽其《地理志》. 初無《水經》之名, 《水經》實不知何人作也. 酈注每舉本文, 必尊曰經, 使此經果出桑欽, 無直斥其名之理. 或曰 : 欽作於前, 郭,酈附益于後; 或曰漢後地名乃注混於經. 並非. 蓋欽所撰名《地理志》, 不名《水經》.《水經》創自東漢, 而魏晉人續成之, 非一時一手作, 故往往有漢後地名, 而首尾或不相應, 不盡由經注混淆也."

번역 우안又按

호위胡渭, 자 비명(朏明)가 다음과 같이 말했다.

"나에게 더욱 확실한 증거가 있으니, 역도원의 주注는 탑수溠水에서 상흠桑欽, 동한(東漢)시대, 자 군장(君長)의 《지리지地理志》설을 인용하엿는데,《한서》와 다를 바가 없으니 인용한 것이 바로《한서·지리지》임을 알 수 있다. 처음에《수경》이라는 이름이 없었고,《수경》이 실제 어떤 사람이 쓴 것인지 모른다. 역도원의 주注는 매번 본문本文을 거론할 때마다 반드시 존칭하여 경經이라고 한 것은, 그 경經이 과연 상흠桑欽에게서 나온 것으로 하고 그 이름을 곧바로 드러내지 않게 한 이치이다. 어떤 이는 상흠이 앞부분을 짓고, 곽박과 역도원이 뒤에 덧붙여 더한 것이라고 하고, 어떤 이는 한대漢代 이후의 지명으로 주해한 것이 경문에 뒤섞였다고 하는데, 모두 틀렸다. 대체로 상흠이 찬술한 것은《지리지》라고 명명하였고,《수경》이라 명명하지 않았다.《수경》의 창작은 동한 때부터 였고, 위진魏晉의 사람이 이어서 완성한 것이니, 한 시대 한 사람의 손에서 나온 것이 아니다. 따라서 종종 한漢 이후의 지명이 있게 된 것이고, 수미首尾가 서로 응하지 않기도 하였으니 모두가 경經에만 연유한 것이 아닌 주注가 뒤섞인 것이다."

又按：《疏證》第二卷"'浮于淮, 泗, 達于河', '河'不如'菏'", 謂蔡《傳》爲未
然, 玆因討論濟水, 亦覺其說通, 故《禹貢圖注》曰："淮與泗相連, 淮可以入
泗. 自泗而往, 則有兩途, 或由灉以達河, 灉出于河而入于泗者也；或由濟以
達河, 濟出于河而合于泗者也." 余請證以古事；一,《王濬列傳》杜預與書曰：
"自江入淮, 逾于泗, 汴, 泝河而上, 振旅還都." 此由淮而泗, 由泗而汴, 由汴
而河之道也, 西道也. 一,《溝洫志》滎陽下引'河東南爲鴻溝, 以通宋, 鄭, 陳,
蔡,曹, 衛, 與濟, 汝, 淮, 泗會." 此由淮而泗, 由泗而濟, 由濟而河之道也, 東道
也. 雖古來舟楫由此固多, 而著見史籍者僅此.

《소증疏證》권2제25에서 "'회수와 사수에 배를 띄우면 하수에 도달한
다.'의 '河'는 '菏'로 썼다浮于淮, 泗, 達于河', '河'不如'菏'"고 하면서《채전》은 그
렇지 않다고 했는데, 이로부터 제수濟水를 토론해보더라도 그 설이 통함
을 알 수 있다. 따라서《우공도주禹貢圖注》에 "회수淮水는 사수泗水와 서로 이
어지므로 회수는 사수로 유입될 수 있다. 사수로부터 가면 두 길이 있는
데, 혹 옹수灉水로부터 하수에 도달하니, 옹수는 하수로부터 나와 사수로
들어간다. 혹 제수濟水로부터 하수에 도달하니, 제수는 하수河水로부터 나
와 사수에 합한다淮與泗相連, 淮可以入泗. 自泗而往, 則有兩途, 或由灉以達河, 灉出于河而入于泗者
也; 或由濟以達河, 濟出于河而合于泗者也"고 하였다. 내가 고사古事로 증명해보겠다.
첫째,《진서晉書 · 왕준열전王濬列傳》의 두예杜預가 쓴 편지에서 "강수로부터
회수로 들어가서, 사수와 변수汴水를 넘어 하수를 거슬러 오르면 군대의

위세를 떨치며 국도로 돌아올 수 있다^{自江入淮, 逾于泗, 汴, 泝河而上, 振旅還都}"고 하였으니, 이는 회수로부터 사수에 이르고, 사수로부터 변수에 이르며, 변수로부터 하수에 이르는 길로서 곧 서도^{西道}이다. 둘째, 《한서 · 구혁지》형양^{滎陽} 아래에 "하수의 동남이 홍구^{鴻溝}인데, 그곳으로부터 송^宋, 정^鄭, 진^陳, 채^蔡, 조^曹, 위^衞와 통하고, 제수^{濟水}, 여수^{汝水}, 회수^{淮水}, 사수^{泗水}와 만난다^{河東南爲鴻溝, 以通宋, 鄭, 陳, 蔡, 曹, 衞, 與濟, 汝, 淮, 泗會}"를 인용하였다. 이것은 회수로부터 사수에 이르고, 사수로부터 제수에 이르며, 제수로부터 하수에 이르는 길로서 곧 동도^{東道}이다. 비록 예로부터 배들이 이 길을 따름이 진실로 많았을 것이나 사적^{史籍}에 드러난 것은 겨우 이것뿐이다.

제90. 《공전》의 삼강三江이 진택震澤으로 유입된다는 설의 잘못을 논함

원문

朱子言, 孔安國解經最亂道, 余謂, 亂道之尤者, 是江自彭蠡分而爲三, 共入震澤. 大江安流, 千古無易, 遠在震澤東北二百餘里, 由揚子以入于海, 此豈入震澤者哉? 善乎鄭氏言三江既入海耳, 不入震澤也. 若似逆知魏晉間有爲異說者, 豈作僞者並鄭《註》不觀與? 抑王肅議禮必反鄭玄, 而《書》注亦然, 《傳》實從肅來與? 或曰: 解三江者衆矣, 畢竟以何說爲不可易? 余曰: 蔡《傳》不可易已. 蔡本酈《注》, 酈用《楊都賦》注. 參以顧夷《吳地記》,陸德明《釋文》,張守節《正義》並合, 非一人之私說也. 近代歸熙甫說亦佳, 奈不合經文何? 竊以天下之至變者水, 今之水道非盡古之水道也; 天下之至不變者經, 今之經文仍即古之經文也. 試取經文諷誦, "彭蠡既豬, 陽鳥攸居"爲一呼一應, 則 "三江既入, 震澤底定"亦一呼一應, 非如歸氏說上下不相蒙也者. 或曰: 揚之三江, 宜擧州內大川, 其松江等雖出震澤, 入海既近, 《周禮》不應捨岷山大江之名, 而記松江等小江之說. 余曰: 《周禮》一三江也, 《禹貢》又一三江也. 《禹貢》三江誠小, 然當既入于海, 而震澤底定, 則今松江,嘉興,蘇,常,湖五郡民咸得平土而居矣, 功豈細哉? 酈道元讀《吳越春秋》"三江五湖"曰: "此亦別爲三江,五湖, 雖稱相亂, 不與《職方》同." 余則謂《禹貢》三江不與《職方》同, 却與《吳越春秋》同, 所謂夫言夫各有當也.

주자는 공안국의 경해經解가 도道를 가장 어지럽혔다고 하였는데, 내 생
각에 도를 어지럽힌 것 가운데 가장 심한 것은 강수江水가 팽려彭蠡에서 나
뉘어 셋이 되고, 모두 진택震澤으로 들어간다는 것이다. 대강大江은 안정되
게 흐르고 천고千古에 바뀜이 없었고, 멀리 진택震澤까지는 동북으로 2백
여 리에 있으며, 양자揚子로부터 대해大海로 유입되는데, 강수가 어찌 진택
으로 들어가겠는가? 정현이 삼강三江은 이미 대해로 유입되고, 진택震澤에
유입되지 않는다고 말한 것은 매우 훌륭하다. 마치 위진魏晉 연간에 이설
異說을 일삼는 자가 있을 것을 미리 알았던 것과 같은데, 어찌 위작자가
정현《주》는 같이 보지 않은 것인가? 아니면 왕숙이 예禮를 의논함에 반
드시 정현과 반대했던 것과 같이 《서》의 주注도 그러해서, 《전傳》은 진실
로 왕숙을 따라서 나온 것인가?

어떤 이가 물었다或曰.

삼강三江을 주해한 것은 매우 많은데, 필경 어떤 설이 바꿀 수 없는 정
론이겠는가?

나는 대답하였다.

《채전》을 바꿀 수 없다. 채침은 역도원 《주》에 근본하였고, 역도원은
《양도부楊都賦》 주해注解를 사용하였다. 고이顧夷[3]의 《오지기吳地記》, 육덕명
의 《석문釋文》, 장수절의 《정의正義》를 참고하여 병합하였으니 한 사람의

---

3   고이(顧夷) : 자 군재(君齊). 동진(東晉)의 학자(學者), 문학가. 오군(吳郡) 오현(吳縣)
     (지금의 소주(蘇州)) 출신. 《수서·경적지》에 그의 저서 《고자(顧子)》 10권, 《고자의훈
     (顧子義訓)》 10권, 《주역난왕보사의(周易難王輔嗣義)》 1권, 《고이집(顧夷集)》 5권, 《오
     지기(吳地記)》 등이 저록되어 있는데, 모두 망실되었다.

사사로운 설이 아니다.

근대의 귀유광歸有光, 자 희보(熙甫)의 설도 좋은데 어찌 경문과 합하지 않는 것인가?

가만히 생각해보건대, 천하에서 가장 많이 변화하는 것은 물이니, 지금의 물길은 완전하게 옛날의 물길이 아니며, 천하에 가장 변화하지 않는 것은 경經이니, 지금의 경문經文은 곧 옛날의 경문이다. 시험삼아 경문을 취하여 읊어보되, "팽려에 이미 물이 모이니 기러기가 사는 곳이 되었네彭蠡既豬, 陽鳥攸居"가 하나의 외침과 호응이 된다면, "삼강이 이미 (대해로) 유입되니, 홍수가 다스려져 진택이 안정되었네三江既入, 震澤底定"도 하나의 외침과 호응이 되어 귀유광의 설의 앞뒤가 서로 어울리지 않는 것과 같지 않다.

어떤 이가 말했다.

양주揚州의 삼강三江은 마땅히 주州 안의 대천大川을 거론한 것인데, 양주의 송강松江 등은 비록 진택震澤에서 나오지만 대해로 들어가는 것이 가까우니, 《주례》는 민산岷山 대강大江의 명칭을 버리지 않았고 송강松江 등 소강小江의 설을 기록하였다.

나는 대답하였다余曰.

《주례 · 하관 · 직방씨》는 하나의 삼강三江이고, 《우공》 또한 하나의 삼강이다. 《우공》의 삼강三江은 진실로 작지만, 당연히 이미 대해로 유입되고 진택이 이미 안정되었으므로 지금의 송강松江, 가흥嘉興, 소蘇, 상常, 호湖 등 다섯 군郡의 백성이 모두 평토平土를 얻어 거주할 수 있게 되었으니, 그 공功이 어찌 자잘한 것이겠는가? 역도원은 《오월춘추吳越春秋》의 "삼강오호三江五湖"를 읽고 "이 또한 별개의 삼강과 오호인데, 비록 명칭이 서로 섞였지만 《주례·직방》과는 같지 않다此亦別爲三江, 五湖, 雖稱相亂, 不與《職方》同"라고 하였다. 내가 말한다면, 《우공》의 삼강은 《주례·직방》과는 같지 않지만, 도리어 《오월춘추》와는 같으니, 이른바 말씀에는 각각의 당연함이 있다는 것이다.

按 : 蔡《傳》確者, 自宜立學官, 但有可笑絶倫處, 不一一標出, 必疑誤後學. 虞翻嘗奏 "鄭氏注五經, 違義尤甚者百六十七事, 不可不正, 行乎學校, 傳乎將來, 臣竊恥之"是也. 《水經注》引庾仲初《楊都》注曰今本皆然. 蔡譌 "庾" 爲 "唐", 猶曰字畫之近; 若楊都之與吳都, 則相遠矣, 蔡竟未讀《晉書·庾闡傳》乎? "闡字仲初, 穎川鄢陵人. 作《楊都賦》, 爲世所重", 即此. 雖然, 蔡不以博洽名. 明朱謀㙔箋《水經注》濁漳水, 于 "林慮山便橋之上, 即庾眩墜處也" 曰 : "庾眩未詳." 案《晉書·庾袞列傳》: "袞字叔褒, 適林慮山, 石勒來攻, 乃相與登大頭山而田于其下. 將收獲, 命子怙與之下山, 中塗目眩瞀, 墜崖而卒." 殆是即庾袞眩墜處也. 朱不知字有譌闕, 妄附會以後眩之說, 亦由未讀《晉書》乎?

안按

《채전》의 확실한 것은 그 자체로 마땅히 학관에 세워져야 하지만, 비할 데 없이 가소로운 것을 하나하나 들추어내지 않으면 필시 후학들을 의심하게 만들고 잘못 이해시킬 것이다. 우번虞翻이 일찍이 상주上奏하기를 "정현이 오경五經을 주해함에 경의經義에 위배됨이 더욱 심한 것이 167건인데, 이를 바로잡지 않을 수 없으니, 학교에 유행하고 후세에 전해지는 것을 신은 매우 부끄러워 합니다鄭氏注五經, 違義尤甚者百六十七事, 不可不正, 行乎學校, 傳乎將來, 臣竊恥之"라고 한 것이 그것이다. 《수경주水經注》는 유천庾闡, 자 중초(仲初)[4]의 《양도부楊都賦》 주注를 인용하였는데, 지금의 판본은 모두 그러하다. 채침이 "유庾"를 "당唐"으로 잘못 쓴 것은[5] 오히려 자획字畫이 비슷하다고 할 수 있지만, 양도楊都를 오도吳都로 적은 것과 같은 경우는 상관됨이 유원하니, 결국 채침은 《진서晉書·유천전庾闡傳》을 읽지 않았던 것인가? "유천庾闡의 자는 중초仲初, 영천潁川 언릉鄢陵 사람이다. 《양도부楊都賦》를 지었는데 세상의 추중推重을 받았다闡字仲初, 潁川鄢陵人. 作《楊都賦》, 爲世所重"라는 것이 바로 이것이다. 비록 그렇지만 채침은 박학다식의 명성은 얻지 못하였다. 명明 주모한朱謀㙔, 1564~1624[6]은 《수경주전水經注箋》 탁장수濁漳水의 "임려산林慮山 편교便橋가 바로 경현庚眩하게 떨어지는 곳이다林慮山便橋之上, 即庚眩墜處也"에서 "경현庚眩은 자세하지 않다庚眩未詳"고 하였다. 살펴보건대, 《진서晉書·유곤열전庾袞列傳》에 "유곤庾袞의 자는 숙포叔褒, 임려산林慮山으로 갔는데, 석륵石勒, 274~333[7]이 침공해옴으로 사람들과 더불어 대두산大頭山을

---

4 유천(庾闡) : 자 중초(仲初). 동진(東晉)의 문학가. 저서에는 문집(文集) 10권이 있었으나 이미 망실되었다. 《진시(晉詩)》에 21수를 찬집하였고, 《전진문(全晉文)》에도 집록되어 있다.

5 《채전》 "唐仲初《吳都賦》註, 松江下七十里, 分流東北入海者爲婁江, 東南流者爲東江, 幷松江爲三江. 其地今亦名三江口."

6 주모한(朱謀㙔) : 자 명보(明父). 호 해악(海嶽). 명조(明朝)의 종실(宗室)이다. 저서에는 《역상통(易象通)》, 《시고(詩故)》, 《춘추대기(春秋戴記)》, 《노론전(魯論箋)》 등이다. 특히 《수경주(水經注)》 연구에 전념하여 사조곤(謝兆坤), 손여징(孫汝澄) 등과 함께 《수경주전(水經注箋)》을 편찬하였다.

7 석륵(石勒) : 본명은 복륵(匐勒), 자 세룡(世龍). 상당군(上黨郡) 무향현(武鄕縣) (지금

올라 그 산 아래에서 밭을 일구었다. 장차 수확할 때가 되어 그의 아들 유유庾㽗와 함께 산을 내려갔는데, 중도에 눈이 아찔하게 어두워져 벼랑에서 떨어져 죽었다庾字叔褒, 適林慮山, 石勒來攻, 乃相與登大頭山而田于其下. 將收獲, 命子怖與之下山, 中塗目眩瞀, 墜崖而卒"고 하였다. 아마도 그곳은 곧 유곤庾袞이 눈이 아찔하여 떨어진 곳일 것이다. 주모한은 글자가 빠지고 와변된 것이 있음을 알지 못하고, 함부로 완현㥏眩이라고 견강부회하였으니,[8] 그 또한 《진서晉書》를 읽지 않았던 것인가?

원문

又按：壬子冬, 客太原顧寧人向余稱朱謀㙔《水經注箋》爲三百年一部書. 余退而讀之, 殊有未然. 如《通鑑》"智伯言'今乃知水可亡人國', 以汾水可以灌安邑, 絳水可以灌平陽也", 胡身之引酈《注》注曰："絳水出絳縣西南, 蓋以故絳爲言. 其水出絳山東, 西北流而合于澮, 猶在絳縣界中. 智伯所謂, '汾水可以灌安邑', 或亦有之; '絳水可以灌平陽'未識所由." 此自宋時所見本如是, 未經舛譌. 朱氏本則"汾水可以浸平陽, 絳水可以浸安邑", 此亦何須說者? 果爾, 復續之曰"汾水浸平陽或亦有之, 絳水浸安邑未識所由", 作此欸語乎? 朱何不引身之本以校正, 仍之而莫覺乎? 且即云"絳水浸平陽未識所由", 猶譏之.《括地志》曰："絳水一名白, 今名沸泉. 源出絳山, 飛泉奮湧, 揚波注縣, 積壑三十餘丈, 望之極爲奇觀, 可接引北灌平陽城. 酈道元父範, 歷仕三齊,

---

의 산서성(山西省) 무향현(武鄕縣))출신이다. 갈족(羯族)이며, 십육국(十六國) 시기 후조(後趙)의 개국황제이다.

8 《수경주전판오(水經注箋刊誤)》"箋曰庚眩未詳. 或當是爰眩之譌, 地志所謂獲眩之岸也."

少長齊地, 熟其山川, 後入關, 死于道, 未嘗至河東也. 斯蓋引耳學而致疑."
余嘗往來於平陽, 夏縣, 而悟《通鑑》二語具爲妙解. 蓋汾水並可以灌安邑, 至
絳水灌之又不待云; 絳水並可以灌平陽, 至汾水灌之又不待云. 交錯互擧, 總
見水之爲害薄爾.《國語》襄子走晉陽, 圍而灌之, 未及何水.《戰國策》實以晉
水,《史記》實以汾水, 又《趙世家》爲汾水,《魏世家》晉水, 李弘憲疑莫能定,
不知二水皆是也. 蓋智伯決晉水以灌城, 至今猶名智伯渠. 然亦豈有舍近而且
大之汾水不引以並注者乎? 此亦惟熟其山川. 始知耕問奴, 織問婢, 豈不信哉?
[王伯厚曰:"汾水在晉陽城東, 晉水在西,《郡縣志》實云.]

번역 **우안又按**

임자년王子年, 1672, 염약거 나이 36세 겨울, 태원太原에 객거하던 고염무顧炎武,
1613~1682, 자 영인(寧人)가 나에게 주모한朱謀㙔의 《수경주전水經注箋》은 삼백 년
이래 최고의 저서라고 칭찬하였다. 나는 물러나 읽어보니 전혀 그렇지
않았다. 가령 《통감通鑑》 "지백智伯이 '이제야 물이 나라를 망하게 할 수 있
음을 알았다'고 말한 것은 분수汾水를 이용하여 안읍安邑에 수공水攻을 가할
수 있고 강수絳水를 이용하여 평양平陽에 수공을 가할 수 있기 때문이었
다."에 대해, 호삼성胡三省, 자 신지(身之)은 역도원《주注》를 인용하여 주해하
기를 "강수絳水는 강현絳縣 서남에서 출원하는데, 이 때문에 강絳으로 불렸
다. 그 물은 강산絳山 동쪽에서 출원하여 서북으로 흘러 회수澮水와 합하는
데 여전히 강현絳縣의 경계 안에 있다. 지백智伯의 이른바 '분수汾水를 이용
하여 안읍安邑에 수공水攻을 가할 수 있다汾水可以灌安邑'는 것도 혹 거기에 있
을 수 있지만, '강수絳水를 이용하여 평양平陽에 수공을 가할 수 있다絳水可以

灌平陽'는 유래한 바를 알 수 없다"고 하였다. 이는 송대로부터 봐 오던 판본이 이와 같은 것으로 섞이거나 와변되지 않았다. 주씨본朱氏本은 "분수는 평양을 잠기게 할 수 있고, 강수는 안읍을 잠기게 할 수 있다汾水可以浸平陽, 絳水可以浸安邑"고 하였으니, 또한 군이 말할 것이 있겠는가? 과연 이와 같은데, 다시 이어서 "분수가 평양을 잠기게 하는 것도 있을 수 있으나, 강수가 안읍을 잠기게 하는 것은 어디서 유래한 것인지 알 수 없다汾水浸平陽或亦有之, 絳水浸安邑未識所由"고 하였는데, 이 어리석은 말을 지어낸 것인가? 주모한은 어찌 자신이 가지고 있던 판본을 인용하여 교정하지 않고, 그대로 하면서도 깨닫지 못했던 것인가? 또한 "강수가 안읍을 잠기게 하는 것은 어디서 유래한 것인지 알 수 없다絳水浸平陽未識所由"라고 말한 것은 오히려 기롱한 것이다. 《괄지지括地志》에 "강수絳水는 일명 백白이라고 하고, 지금 이름은 비천沸泉이다. 근원은 강산絳山에서 출원해서 샘에서 솟아나와 물결을 일으키며 현縣에 주입되는데, 깊은 골짜기가 30여 장丈에 이르러 바라보면 매우 기이한 경관이며 북쪽으로 당겨 평양성에 물을 댈 수 있다. 역도원의 부친 역범酈範은 삼제三齊, 입제(立齊), 교동(膠東), 제북(濟北) 등 산동(山東)의 동부지역이다.에서 관리로 역임하였고, 어려서 제齊지역에서 자라 그 지역의 산천에 익숙하였는데, 이후 경사京師로 들어오던 중 길에서 죽었으므로 일찍이 하동河東에 이른 적이 없었다. 이는 대체로 귀로 들은 것을 인용한 것으로 매우 의심스럽다絳水一名白, 今名沸泉. 源出絳山, 飛泉奮湧, 揚波注縣, 積壑三十餘丈, 望之極爲奇觀, 可接引北灌平陽城. 酈道元父範, 歷仕三齊, 少長齊地, 熟其山川, 後入關, 死于道, 未嘗至河東也. 斯蓋引耳學而致疑"고 하였다. 내가 일찍이 평양平陽과 하현夏縣을 왕래하면서, 《통감》의 두 문장이 모두 신묘하다는 것을 깨달았다. 대체로 분수汾水를 안읍安邑에 물댈 수 있다면, 강수絳水를 물댈 수 있다는 것도 말할 것도 없으며, 강수絳水를 평양에 물댈 수 있다면, 분수汾水를 물댈 수 있다는 것도 말할 것도 없다. 교차하여 서로 거론한 것으로 모두 물의 해로움이 광범위하다는 것을 보여줄 뿐이다. 《국어·진어晉語》에 양자襄子가 진양晉陽으로 달아나자 포위하여 물을 대었는데, 어떤 물인지는 언급하지 않았다. 《전국책·진책秦策》에서는 실제는 진수晉水라고 하였고, 《사기》에서는 실제는 분수汾水라고 하였으니, 또한 《조세가趙世家》에서는 분수汾水라고 하였다가 《위세가魏世家》에서는 진수晉水라고 하였다. 이길보李吉甫, 자 홍헌(弘憲)는 정할 수 없다고 하였는데, 두 물이 모두 옳다는 것을 모른 것이다. 대체로 지백智伯은 진수晉水를 터서 성城에 물을 대었고, 지금까지 여전히 지백거智伯渠로 불린다. 그렇다면 어찌 가까이 있으면서 큰 분수汾水를 끌어다 물대지 않고 버려두는 경우가 있겠는가? 이 또한 오직 그 지역의 산천에 익숙해야만 하는 것이다. 비로소 밭가는 일은 사내종에게 묻고 베짜는 일은 계집종에게 묻는다는 뜻을 알았으니, 어찌 믿지 않겠는가? [왕응린자 백후(伯厚)이 말했다. "분수汾水는 진양성晉陽城 동쪽에 있고 진수晉水는 서쪽에 있으니, 《군현지郡縣志》의 기록이다."]

又按：傿陵縣屬潁川郡, 李奇曰："六國爲安陵." 傿縣, 屬陳留郡, 應劭曰："鄭伯克段于鄢是."《後漢》鄢縣下無注. 隔陵縣, 司馬彪曰："春秋時曰隔." 劉昭注："《春秋》鄭共叔所保, 故曰'克段于鄢'. 又成十六年：'晉敗楚于鄢陵.'"將鄢與鄢陵合爲一地, 與杜註兩處皆屬潁川郡者正同. 東海公亟賞之,曰：“不獨此，《元和志》鄢陵縣云克段，晉楚戰並此地，其確指如是. 若漢鄢縣故城在寧陵縣南五十三里，今在柘城縣北者，自屬宋地，共叔豈有遠保宋地之理？應劭注實誤，特正於《一統志》中.”余曰：“固已明. 范守已，洧川人，言大氐陽翟以東，新鄭以南，其地平曠無名山，惟多岡陵，橫亘曲屈，不下三二十許. 故《左傳》所謂陽陵，大陵，魚陵，鄢陵，六國所謂安陵，馬陵，皆在其地，第今不能悉其所在耳.”因之悟鄢從“阝”，乃邑名. 共叔所保，當在邑. 晉，楚相遇，則在鄢邑左右一帶可作戰場處，惟多岡陵，故曰鄢陵. 以知竟合爲一，義猶未精.

번역 우안又按

언릉현鄢陵縣은 영천군潁川郡에 속하는데, 이기李奇는 “육국시대의 안릉安陵이다六國爲安陵”고 하였다. 언현鄢縣은 진류군陳留郡에 속하는데, 응소應劭는 “정백鄭伯이 언鄢땅에서 공숙단을 이겼다는 곳이다鄭伯克段于鄢是”고 하였다. 《후한서》 언현鄢縣 아래에 주해가 없다. 언릉현鄢陵縣에 대해서, 사마표司馬彪는 “춘추시기에는 언隔이라고 하였다春秋時曰隔”고 하였다. 위소劉昭 주注는 “《춘추》에서 정鄭공숙共叔이 의지했던 곳이었으므로, ‘언땅에서 공숙단을 이겼다克段于鄢’고 하였다. 또 성공 16년 ‘진晉나라가 언릉鄢陵에서 초楚나라를 패퇴시켰다’고 하였다春秋》鄭共叔所保, 故曰‘克段于鄢’. 又成十六年：‘晉敗楚于鄢陵’”. 언鄢과 언릉鄢陵은 합하여 하나의 지역이 되니, 두주杜註 두 곳에서 모두 영천군潁川郡에 속한다고 한 것과 꼭 들어맞는다.

동해공東海公 서건학徐乾學이 매우 칭찬하며 다음과 같이 말하였다. “오직 이뿐만이 아니니, 《원화지元和志》 언릉현鄢陵縣에서 공숙단을 이긴 곳과 진초晉楚의 전쟁이 모두 이곳이라고 하였으니, 그 확실한 지적이 이와 같다. 한漢 언현鄢縣 고성故城은 영릉현寧陵縣 남쪽 53리에 있는데, 지금의 자성현柘城縣 북쪽은 저절로 송지宋地에 속하는데, 공숙共叔이 어찌 멀리 송나라 지역에서 의지했을 이치가 있겠는가? 응소應劭의 주해는 확실히 잘못인데, 다만 《일통지一統志》에서 바로잡았다."

나는 대답하였다.余曰 "진실로 이미 명확해졌다. 범수이范守己는 유천洧川 사람인데, 말하기를 대체로 양적陽翟의 동쪽과 신정新鄭의 남쪽 땅은 평평하고 드넓어 이름있는 산이 없고 오직 산등성이만 많은데, 가로로 걸쳐 굴곡진 것이 2, 30개 이상이다. 따라서 《좌전》에서 이른바 양릉陽陵, 대릉大陵, 어릉魚陵, 언릉鄢陵이라는 것과, 육국시대의 이른바 안릉安陵, 마릉馬陵 등이 모두 그 지역인데, 다만 지금은 그 소재지를 완전히 알 수 없다고 하였다." 이로부터 깨닫게 되었으니, 언鄢은 "阝"를 구성으로 하고 있으므로 읍명邑名이다. 공숙단이 의지했던 곳도 당연히 읍邑에 있었다. 진晉, 초楚가 서로 만나 싸웠으므로 언읍鄢邑 좌우 주변 일대는 전쟁을 벌일 수 있는 장소였는데, 오직 산등성이 많았기 때문에 언릉鄢陵이라고 불렀던 것이다. 결국 합하여 하나가 된다는 것을 알았지만, 의미는 여전히 정밀하지 못하다.

원문

又按 : 陸淳《春秋辨疑》引趙匡曰 : "'鄢'當作'鄔', 鄭地也, 在緱氏縣西南, 至隱十一年乃屬周. 《左氏》曰'王取鄔, 劉, 蒍, 邘之田于鄭'是也, 傳寫誤爲'鄢'字. 杜《注》'今潁川鄢陵', 誤甚矣. 案從京至鄔非遠, 又是鄭地, 段以有兵衆, 故曰克. 若遠走至鄢陵, 已出竟, 無復兵衆, 何得云克? 又《傳》曰'自鄢出奔

共', 即自鄔過河, 向共城爲便路. 若已南行至鄢陵, 即不當奔共也." 余謂鄭十
邑正有鄔在內, 何得云"已出竟"? 止此一句非.

번역 우안又按

　　육순陸淳, ?~806[9]의《춘추변의春秋辨疑》에 조광趙匡의 말을 인용하였다. "'언
鄢'은 마땅히 '오鄔'로 써야 하니, 정지鄭地로서 구씨현緱氏縣 서남에 있었으
며, 은공 11년에 이르러 주周에 속하게 되었다.《좌씨 · 은공11년》의 '주周
환왕桓王이 정鄭나라의 오鄔 · 류劉 · 위蒍 · 우邘 등 네 곳의 땅을 취하였다王取
鄔, 劉, 蒍, 邘之田于鄭'가 그것인데, 전사傳寫의 오류로 '언鄢'자가 된 것이다. (은
공원년) 두예《주》'(언鄢은) 지금의 영천潁川 언릉현鄢陵縣이다今潁川鄢陵'는 오
류가 심한 것이다. 살펴보건대, 경京에서 오鄔까지는 멀지 않고 또한 정지
鄭地였으며, 단段이 병력을 가지고 있었으므로 극克, 이겼다이라고 한 것이다.
만약 멀리 달아나 언릉鄢陵에 이르렀다면 이미 출경出竟하여 병력을 회복
할 수 없었을 것인데 어찌 극克이라고 할 수 있겠는가? 또《좌전》에 '언鄢
에서 나가 공共으로 도망갔다自鄢出奔共'고 한 것은, 곧 오鄔에서 하수河水를
건너는 것이 공성共城으로 향하는 편한 길이다. 만약 이미 남쪽으로 가서
언릉鄢陵에 이르렀다면 공共으로 달아났다고 한 것과 맞지 않는다."

　　내 생각에 정鄭 십읍十邑 가운데 언鄢이 그 안에 포함되는데, 어찌 "이미
출경했다已出竟"고 할 수 있겠는가? (조광趙匡의 말 가운데) 단지 이 구절만 틀렸다.

9　육순(陸淳) : 자 백충(伯沖). 당의 경학가이다. 후에 헌종(憲宗)을 피휘(避諱)하여 육질
　　(陸質)로 개명하였다. 저서에는《춘추집전찬례(春秋集傳纂例)》,《춘추미지(春秋微旨)》,
　　《춘추집해변의(春秋集傳辨疑)》등이 있다.

又按：爲將者宜知地, 將一戰事耳. 而爲相與君者苟不知地, 將遂遺無窮之患. 試言其畧：一, 貞元元年, 竇參在相位, 據淮割地, 擧濠州隸屬徐州. 及徐州節度使張建封卒, 子愔爲本軍所立, 屢挫王師. 其時唐幾失淮南之地, 蓋不知濠州本屬淮南, 與壽陽阻淮帶山, 爲淮南之險, 豈可割以他屬? 參惟昧于疆理之制, 故至此. 一, 熙寧八年詔韓縝割分水嶺以北地界契丹, 東西失地凡七百里. 後契丹復包取兩不耕地, 下臨鴈門, 遂啓用兵之釁. 夫宋分水嶺之地今不可考, 曾有人登鴈門, 踰夏屋, 極目於句注, 廣武之間, 而知陘山形如人字, 一脊中分, 山南據脊, 則利歸山南, 山北據脊, 則利歸山北. 遼人所索, 必此地. 神宗曰所爭止三十里, 大臣殊不究本末, 蓋不知此三十里必宜爭者也. 不然, 彼以射獵畜牧爲業, 每每空千百里之地以養禽獸, 而顧獨拳拳于此三十里間, 非出奇之道耶? 王安石復佐以欲取固與之謷說, 卒之黏沒喝之師一出雲朔, 遂下太原, 非以鴈門失守與? 特書之, 以爲千古謀國者之戒.

우안又按

　　장수된 자가 마땅히 지리를 알아야만 일전을 벌일 수 있다. 그리고 재상이 되어 군주를 돕는 자가 진실로 지리를 알지 못한다면 결국 끝없는 우환을 남기게 된다. 그 대략을 말해보고자 한다.

　　첫째, 원정貞元 원년785, 두참竇參이 재상의 지위에 있을 때, 회수淮水를 기준으로 땅을 분할하면서 호주濠州를 서주徐州에 예속시켰다. 서주徐州 절도사節度使 장건봉張建封이 죽자, 아들 장음張愔이 서주 본군本軍을 장악하고 수차례 조정의 군대를 물리쳤다. 그 당시 당唐은 자주 회남淮南 지역을 잃었는데, 이는 호주濠州가 본래 회남淮南에 속하며 수양壽陽과 더불어 회수淮水로 막고 산으로 둘러싼 회남淮南의 험지임을 몰랐던 것이니, 어찌 그 땅을 분할하여 다른 지역에 속하게 할 수 있겠는가? 두참이 강리疆理의 제약에 몽매했으므로 이 지경에 이른 것이다.

둘째, 희녕熙寧 8년1075 한진韓縝에게 분수령分水嶺 이북 지역을 나누어 거란契丹의 경계로 삼도록 명했는데, 동서東西로 땅을 잃음이 7백 리에 이르렀다. 이후 거란이 다시 불경지不耕地 두 곳을 점유하고 아래로 안문雁門에 이르렀으므로 마침내 군사를 이용할 틈새를 열어주게 되었다. 대저 송宋의 분수령分水嶺 지역을 지금 상고할 순 없으나, 일찍이 어떤 사람이 안문산雁門山을 올라 하옥산夏屋山을 넘어 구주句注와 광무廣武 사이 지역을 바라보고 산의 지형이 인人자와 같았으므로, 등성마루로 나누되 산남山南을 등성마루로 정하면 이익이 산남山南으로 귀결되고, 산북山北을 등성마루로 정하면 이익이 산북으로 귀결됨을 알게 되었다. 요인遼人들이 찾던 지역도 반드시 이 지역일 것이다. 신종神宗은 다투는 바가 삼십 리에 그친다고 하고 대신大臣들은 끝내 그 본말을 헤아리지 못하였으니, 이 삼십 리가 반드시 다툼이 됨을 알지 못했던 것이다. 그렇지 않다면, 저들은 사냥과 목축을 생업을 삼으면서 항상 공활한 수천 리의 땅에 금수를 길러왔는데, 유독 이 삼십 리 사이에 정성을 다한 것은 특별한 계책이 아니겠는가? 왕안석王安石은 취하고자 하면 굳이 줘버리자는 헛소리로 보좌하였고, 마침내 목마른 군사들이 한 번 운삭雲朔에 출현함에 결국 태원太原에 이르렀으니, 안문雁門을 지키지 않았기 때문이 아니겠는가? 특별히 기록하여 천고의 나라를 도모하는 자의 경계로 삼고자 한다.

又按 : 郡縣志有足補史傳註解所未盡, 亦有當以史註正之者. 試各舉一事 : 一《趙世家》, 肅侯十七年築長城, 《注》疑未定. 案《志》稱嘗至鴈門抵崞石, 見諸山往往有剗削之處, 迤邐而東, 隱見不常. 大約自鴈門抵應州, 至蔚東山, 二間口諸處亦然. 問之父老, 則曰占長城跡也. 夫長城始于魏惠, 繼于趙武靈, 燕昭而極于秦始皇. 魏惠所築者固陽, 武靈所築者自代並陰山至高闕, 燕昭所築者自造陽至襄平, 始皇所築者起臨洮至遼東, 皆非鴈門, 崞石, 應, 蔚之跡也. 及讀史, 顯王三十六年有趙肅侯築長城事, 乃悟蓋是時東, 林二胡尚強, 樓煩未斥, 趙之境守東爲蔚, 應, 西則鴈門耳, 故肅侯所築以之. 則父老所謂長城者, 乃肅侯之城, 非始皇之城也. 迨武靈既破胡, 則自代並陰山下至高闕爲塞. 始皇既並天下, 則起臨洮至遼東, 延袤萬餘里. 所保者大, 則所城者逾遠也. 一《志》稱潞澤之交橫亘一山, 起丹朱嶺, 至馬鞍堅, 有古長城一道, 歲久傾頹, 然遺跡尙存. 登高望之, 宛然聯絡, 中有營壘. 以詢土人, 皆曰梁, 晉交兵, 築以相拒. 考之《五代史記》一夾寨書, 一甬道書, 未有長城百里而不書者. 今陵川縣呼此山爲秦嶺, 以爲秦築. 以事考之, 則長平之役秦人遮絕趙救兵及芻餉而築也. 當時秦爲客, 趙爲主, 客居主地, 設伏出奇, 引四十萬人入于計中, 四十六日至于盡降盡坑. 略不相聞, 非其勢壓山川, 安得咫尺千里? 計此城必此時築, 以限趙之南北也. 案《白起列傳》:“王齕攻趙, 趙軍築壘壁而守之, 秦又攻奪西壘壁.”《正義》曰:“趙西壘在澤州高平縣北六里, 即廉頗堅壁以待秦者.” 又:“括既代頗, 趙軍逐勝追造秦壁, 壁堅拒不得入.”《正義》曰:“秦壁一名秦壘, 今亦名秦長壘.” 又:“秦間趙軍, 分而爲二. 括戰不利, 因築壁堅守, 以待救至.”《正義》曰:“趙壁今名趙東壘, 亦名趙東長壘. 在澤州高平縣北五里，即趙括築壁自敗處."蓋當唐時，孰爲秦壘，孰爲趙壘，孰爲西，孰爲東，猶歷歷可指稱．今漸不復可別，要不必盡屬秦人所築以遮絶趙者可知．此所謂以史註正其誤也，惜已載入《一統志》．

번역 우안又按

군현지郡縣志에는 사전史傳 주해註解의 미진한 곳을 보충하기에 충분한 부분이 있으며, 또한 마땅히 사전史傳 주해註解로 바로잡을 곳도 있다. 각각 하나의 사안을 거론해보도록 한다.

첫째, 《사기‧조세가》에 숙후肅侯 17년 장성長城을 축성하였는데, 《주註》는 지역을 확정하지 못한 것 같다.[10] 《산서통지山西通志》를 살펴보면, 일찍이 안문鴈門에서 기석崎石에 이르기까지 모든 산에 종종 절삭된 곳이 보이고, 구불구불 돌아서 동쪽으로 가면 숨고 드러남이 일정치 않다고 하였다. 대략적으로 안문鴈門에서 응주應州까지, 울동산蔚東山과 삼간구三間口에 이르는 모든 곳도 그러하다. 부로父老들에게 물어보니 옛 장성長城터라고 하였다. 대체로 장성축성은 위魏혜왕惠王 때 시작되어, 조趙무령왕武靈王과 연燕소왕昭王 때 계승되었고, 진秦시황始皇 때 끝난다. 위혜왕 때 축성된 것은 고양固陽이고, 무령왕 때 축성된 것은 대代에서 음산陰山을 따라 고궐高闕에 이르며, 연소왕 때 축성된 것은 조양造陽에서 양평襄平까지이며, 시황始皇 때 축성된 것은 임조臨洮에서 요동遼東까지로 모두 안문鴈門, 기석崎石, 응應, 울蔚의 옛터가 아니다. 사서史書를 읽어보면, 주周현왕顯王 36년BC333 조

---

10 《사기정의(史記正義)》"劉伯莊云 '蓋從雲中以北至代'. 按, 趙長城從蔚州北西至嵐州北, 盡趙界. 又疑此長城在[漳]水之北, 趙南界."

趙숙후趙肅侯가 장성을 축성한 일이 있는데, 이 당시 동東, 임林 두 호胡세력이 여전히 강력하였고, 누번樓煩도 물리치지 못하였으므로 조趙나라의 경계는 동쪽으로 울蔚, 응應이 되고 서쪽으로는 안문鴈門뿐이었으므로 숙후肅侯가 그들 때문에 장성을 축성한 것이다. 따라서 부로父老들이 말한 장성은 숙후肅侯의 성城이지 시황의 장성이 아니다. 무령왕이 호胡를 격파함에 이르러 대代에서 음산陰山을 따라 아래로 고궐高闕에 이르기까지 변방으로 삼게 되었다. 시황이 천하를 병합함에 임조臨洮에서 요동遼東에 이르기까지 이어짐이 만 여리가 되었다. 보호할 곳이 커진다면 성을 쌓는 것도 더욱 멀어진다.

둘째, 《산서통지》에 노택潞澤이 산을 가로지르고, 단주령丹朱嶺에서 마안학馬鞍壑까지 옛 장성 길이 있는데, 세월이 오래되어 기울고 무너졌지만 유적은 여전히 있다고 하였다. 높이 올라 바라보면 완연히 이어지고 중간에 보루가 있다. 지역민에게 물어보니, 모두 양梁, 진晉이 전쟁하면서 축성하여 서로를 방어했다고 하였다. 《오대사기五代史記》를 고찰해보면, 하나의 협채夾寨도 기록하고 하나의 용도甬道도 기록하였으니, 장성이 백리나 되는데 기록하지 않은 경우는 없었다. 지금 능천현陵川縣에서는 이 산을 진령秦嶺이라 부르는데, 진秦나라가 축성한 것이라고 여기기 때문이다. 사실을 고찰해보면, 장평長平전투 때 진인秦人이 조趙의 구원병과 군량을 다 끊어버리고 축성한 것이다. 당시 진秦나라는 객客이었고, 조趙나라가 주인이었는데, 객이 주인의 땅에 있으면서 복병을 두고 기묘한 계책으로 사십만 군사를 계책 속으로 유인하여 46일 만에 모두 항복받아 모두 파묻었다. 경계는 전해지는 바가 없지만, 그 세력이 산천山川을 압도하지 못한다면 어찌 천千 리에 이를 수 있겠는가? 이 성은 필시 이 때에 축성되었고, 조나라의 남북을 경계로 하였다. 살펴보건대,《사기·백기열전白起列傳》의 "왕흘이 조나라를 공격하자, 조나라 군대는 보루를 쌓고 수비하였고, 진나라는 다시 서쪽에 위치해 있던 보루를 공격하여 빼앗았다王齕攻趙, 趙軍築壘壁而守之, 秦又攻奪西壘壁"고 하였고,《정의正義》는 "조나라 서쪽 보루는 택주 고평현 북쪽 6리에 있으니, 곧 염파가 성벽을 군건하게 하여 진나라 군대를 대비한 곳이다趙西壘在澤州高平縣北六里, 即廉頗堅壁以待秦者"라고 하였다. 또 "조괄이 염파를 대신하게 되었고, 조나라 군대가 승기를 타고 진나라 성벽까지 추격하였으나 성벽이 군건하게 막아서 들어갈 수 없었다括既代頗, 趙軍逐勝追造秦壁, 壁堅拒不得入"고 하였고,《정의》에 "진벽秦壁은 일명 진루秦壘라고 하는데, 지금도 진장루秦長壘라고 불린다秦壁一名秦壘, 今亦名秦長壘"고 하였다. 또 "진나라가 조나라 군대를 뚫어 나뉘어 둘이 되게 하였다. 조괄은 전세가 불리하였으므로 성벽을 군건히 쌓아 지키면서 구원병이 이르기를 기다렸다秦間趙軍, 分而爲二. 括戰不利, 因築壁堅守, 以待救至"고 하였고,《정의》는 "조벽趙壁은 지금은 조동루趙東壘라고 불리며 또한 조동장루趙東長壘라고도 한다. 택주 고평현 북쪽 5리에 있으니, 곧 조괄이 성벽을 쌓아 스스로 패전한 곳이다趙壁今名趙東壘, 亦名趙東長壘. 在澤州高平縣北五里, 即趙括築壘自敗處"고 하였다. 당대唐代에 이르러 누구는 진루秦壘라고 하고 누구는 조루趙壘라고 하였으며, 누구는 서루西壘라고 하고 누구는 동루東壘라고 하였으나, 여전히 하나하나 지칭하는 바가 있었다. 지금은 점점 구별할 수 없게 되었으므로, 반드시 진나라 사람이 축성하여 조나라 군대를 끊은 곳이라고는 할 수 없다는 것을 알 수 있다. 이것이 이른바 사전史傳의 주해로 잘못을 바로잡은 것인데, 애석하게 이미 《일통지一統志》에 수록되었다.

원문

又按：王翰《遊三門記》曰："三門, 集津在平陸縣東六十里. 禹鑿山作三門
以通河流, 南爲鬼門, 中爲神門, 北爲人門. 鬼門迫窄, 水勢極峻急. 人門水稍
平緩, 直東可五十步, 中流有小山, 乃底柱也. 神門最修廣, 水安妥, 蓋隋唐漕
運之道. 山崖上有閣道, 且牽泐石深尺許." 則蔡《傳》謂"底柱石, 今三門山是"
者誤.

번역 **우안又按**

왕한王翰의 《유삼문기遊三門記》에 다음과 같이 말했다. "삼문三門과 집진集
津은 평륙현平陸縣 동쪽 60리에 있다. 우禹가 산을 뚫어 삼문三門을 만들어
하수河水의 흐름을 통하게 하였으니, 남쪽은 귀문鬼門이고, 가운데는 신문
神門이며, 북쪽은 인문人門이다. 귀문은 궁색하고 좁아서 물의 흐름이 매우
빠르다. 인문의 물줄기는 조금 다스려져 느린데, 곧바로 동쪽으로 50보
를 가면 흐름 중간에 작은 산이 있는데 바로 지주底柱이다. 신문이 가장
넓게 닦였고 물 흐름도 안정되었으니, 대체로 수당隋唐의 조운도漕運道였
다. 산 바위 위로 객도閣道가 있고, 또 갈라진 돌의 깊이가 수 자이다"라고
하였으니, 《채전》의 "지주석底柱石은 지금의 삼문산이 그것이다底柱石, 今三門
山是"는 틀렸다.

又按：吾鄕自太原西南, 其泉漑田最多, 利民久者莫若晉祠之泉; 自平陽西
南, 其泉漑田最多, 利民久者莫若龍祠之泉; 自絳州以北, 其泉漑田最多, 利民
久者莫若鼓堆之泉. 晉祠之泉, 酈《注》已詳, 不甚詳龍祠之泉, 予欲取元毛麾
《康澤王廟碑記》補之, 曰：“其源亂泉, 如蜂房蟻穴, 鬐沸于淺沙平麓之間. 未
數十步, 忽已驚湍怒濤, 盈科漲溢, 南北漑田數百頃. 東匯爲湖, 曰平湖. 泉旁
舊有龍祠. 宋宣和中封康澤王.” 鼓堆之泉, 亦未詳, 予欲補以明《喬宇記》
曰：“其泉發源於九原山之西北, 突有二山, 高圓如鼓, 則泉以形似而名. 泉上
有塪如覆釜形, 履之聲如鼓, 則泉以聲似而名. 泉有淸,濁二穴, 淸在北, 濁在
南. 北穴爲石口, 尺五許, 匯而爲池, 幅圓一丈, 其深稱是, 池溢而南折, 而東
流. 南穴爲土口, 尺許, 亦匯池, 溢而北折, 而東合於淸流泉之西, 則隆然高厚.
其南北皆平疇低野, 亦資泉而漑. 其東則經連緯通, 漑田至于絳州方五十里,
而南並入于汾焉.”

내 고향 태원太原 서남西南으로부터 밭을 가장 많이 개간하여 백성을 이
롭게 한 지가 오래된 것으로는 진사지천晉祠之泉만한 것이 없고, 평양平陽
서남으로부터 밭을 가장 많이 개간하여 백성을 이롭게 한 지가 오래된
것으로는 용사지천龍祠之泉만한 것이 없으며, 강주絳州 이북으로부터 밭을
가장 많이 개간하여 백성을 이롭게 한 지가 오래된 것으로는 고퇴지천鼓
堆之泉만한 것이 없다.

진사지천晉祠之泉은 역도원《주》에 이미 상세하나 용사지천龍祠之泉의 상

세함만 못하므로, 내가 원元 모휘毛麾[11]의 《강택왕묘비기康澤王廟碑記》로 보충하고자 한다.

"진사지천의 근원은 매우 어지러워 마치 벌집과 개미굴과 같은데, 얕은 모래와 평평한 기슭 사이에는 용솟음친다. 수십 보를 채 못가서 갑자기 물결이 일어나 물웅덩이를 차고 넘쳐서 남북으로 밭 수백 경頃을 개관한다. 동쪽으로 물이 모여 호수가 되는데 평호平湖라 한다. 천泉 옆으로 옛날에 용사龍祠가 있었다. 송宋 선화宣和 연간에 강택왕康澤王이 봉해졌다."

고퇴지천鼓堆之泉도 상세하지 않으므로 내가 명明의 《교우기喬宇記》로 보충하고자 한다.

"고퇴지천은 구원산九原山의 서북西北에서 발원하는데, 불룩하게 솟은 두 산이 높고 둥근 것이 북과 같으므로 그 형상으로 명명된 것 같다. 천泉 안에 구릉이 있는데 솥을 엎은 놓은 형상으로 물길이 지나는 소리가 북소리 같으므로 그 소리로 명명한 것 같기도 하다. 천泉에 청淸, 탁濁 두 구멍이 있는데, 청혈淸穴은 북쪽에 있고 탁혈濁穴은 남쪽에 있다. 북혈은 석구石口로 되어 있으며 5자 남짓이며, 물이 모여서 못이 되는데 그 폭이 한 길이고 깊이도 그 정도이며, 못이 넘쳐서 남쪽으로 꺾여 동쪽으로 흐른다. 남혈은 토구土口인데 한 자 남짓이며 이 또한 물이 모여 못이 되고 못이 넘쳐 북쪽으로 꺾여 동쪽으로 청류천淸流泉의 서쪽으로 합하니, 매우 융성하며 고후高厚하다. 고퇴지천의 남북으로는 모두 평평하고 낮은 평야

---

11 모휘(毛麾) : 자 목달(牧達). 평양(平陽)(지금의 산서(山西) 임분(臨汾))출신. 금(金) 세종(世宗) 대정(大定) 16년(1176) 학행(學行)으로 천거됨. 저서에는 《평수집(平水集)》이 있었으나 망실되었다.

지대로서 천^泉에 힘입어 관개된다. 동쪽으로는 동서남북으로 연결되어 강주^{絳州} 사방 오십 리에 이르기까지 밭에 물을 대며, 남쪽으로 분수^{汾水}로 유입된다."

원문

又按：班《志》上黨郡下固《注》曰："有上黨關, 壺口關, 石研關, 天井關." 顏氏未注. 余謂此殆又一關中矣. 魏奇氏縣有上黨谷, 先屬倚氏, 今屬屯留. 則上黨關, 西關也. 今吾兒峪, 元所更名, 先屬壺關, 今屬黎城. 則壺口關, 東關也. 研音陘, 未詳何地, 而上黨舊轄沾縣, 北接井陘, 亦轄涅氏, 北通盤陀, 皆石陘, 故名. 則石研關, 北關也. 天井關今屬澤州, 則南關也.

번역 **우안又按**

《한서·지리지》 상당군^{上黨郡} 아래 반고《주》는 "상당관^{上黨關}, 호구관^{壺口關}, 석형관^{石研12關}, 천정관^{天井關}이 있다^{有上黨關, 壺口關, 石研關, 天井關}"고 하였고, 안사고는 주해를 하지 않았다. 내 생각에 상당군은 아마도 또 하나의 관 중^{關中}일 것이다. 위기씨현^{魏奇氏縣}에 상당곡^{上黨谷}이 있는데 이전에는 기씨^{倚氏}에 속했으나 지금은 둔류^{屯留}에 속한다. 그러므로 상당관^{上黨關}은 서관^{西關}이다. 지금의 오아곡^{吾兒峪}은 원대^{元代}에 이름에 바뀐 것인데, 이전에는 호관^{壺關}에 속했으나 지금은 여성^{黎城}에 속한다. 그러므로 호구관^{壺口關}은 동관^{東關}이다. '研'의 음은 '형^陘'인데 무슨 지역인지 상세하진 않으나, 상당

---

12 研의 음은 형(陘)이다. 아래에 보인다.

군上黨郡은 예전에 점현沾縣을 관할했는데, 북쪽으로 정형井陘에 접하였고, 또한 열씨涅氏도 관할했는데 북쪽으로 반타盤陀와 통했는데 모두 석형石陘이었으므로 그렇게 명명된 것이다. 그러므로 석형관石研關은 북관이다. 천정관天井關은 지금 택주澤州에 속하므로 남관南關이다.

원문

又按：余告東海公：纂郡縣志者，全憑有識. 如河南八府，惟懷慶糧最重，民且受困三百年. 如近來纂志，當以糧所由重之說痛加發揮，方興有世道之責者惻念，請於朝，比諸別府，減而輕之，奈何噤不一語? 僅崇禎十三年，掖人王漢字子房爲河內令，繪《災傷圖》十六頁入告，首系以《序》曰："高皇帝削平禍亂，懷慶守鐵木兒抗王師. 已而高皇帝定鼎，案懷慶額賦而三倍之，計地四萬二千八百餘頃，糧三十三萬六百餘石. 河南北諸郡地窄而糧重，未有如懷慶之甚者也. 其在河內一邑，則地一萬一千三百餘頃，而糧九萬九百餘石. 河內區區地，山河平分地之半，丹河,沁河水一發，數百頃良疇動至化爲澤國，而糧不除. 太行萬重山壓邑西北，而邑居民多在山，復案山地起糧，經月不雨則地不毛，地不毛而糧不除. 懷慶六邑地窄而糧重，未有如河內之甚者也." 至前此有郡守紀誠者，文安人，入覲陳言，亦及糧之重，但云想國初以一時土地之荒熟起科，非眞有厚薄. 其間懷慶向未蒙亂，又地方熟，所以糧多於他郡. 嗟乎! 是何其考之不詳，而立論之舛也? 漢王符有曰："療病者必知脉之虛實，氣之所結，然後爲之方，故疾可愈而壽可長. 爲國者先知民之所苦,禍之所起，故姦可息而國可安." 竊以懷慶糧獨重，是民之所苦也. 明太祖以私意而增之，是禍之所起也. 然則除三百年之痼疾，一旦躋諸仁壽之域，豈不望纂志者之發端哉?

번역 우안又按

나는 동해공東海公 서건학徐乾學에게 다음과 같이 알렸다.

군현지를 편찬하는 자는 전적으로 상식에 의존해야 한다. 하남팔부河南八府[13]의 경우, 오직 회경懷慶의 전부田賦가 가장 무거워 백성들이 고통을 받은 지 삼백 년이 되었다. 근래에 편찬된 군현지의 경우, 마땅히 전부田賦가 무겁게 된 이유에 관한 설을 통렬히 비판함으로써 세도를 바로잡을 책임을 진 자들의 애통함을 불러 일으켜 조정에 건의하게 해서 다른 부府와 비슷하게 경감시켜 주기를 청해야 하니, 어찌 입 다물고 한마디도 하지 않을 수 있겠는가? 겨우 숭정崇禎 13년1640, 산동 액현掖縣 출신 왕한王漢, 자 자방(子房) 하내령河內令이 되어, 《재상도災傷圖》열여섯 쪽을 그려서 보고하였는데, 맨 앞에 《서문》에서 다음과 같이 말하였다.

"고황제高皇帝께서 화란禍亂을 평정할 때, 회경수懷慶守 철목이鐵木兒가 왕사王師에 항전하였다. 이미 평정되어 고황제께서 왕조를 건립하시고, 회경懷慶의 액부額賦를 살펴 세 배로 하였는데, 토지 4만 2천 8백여 경頃에 전부田賦 33만 6백여 석石이었다. 하남 북부의 제군諸郡의 땅이 좁으면서 전부田賦가 무겁지만, 회경보다 심한 곳은 없다. 하내河內에 있는 한 읍邑은 토지 1만 1천 3백여 경頃에 전부田賦 9만 9백여 석石이다. 하내河內의 작은 지역에 산山과 하수河水가 땅의 반을 차지하고, 단하丹河, 심하沁河의 물이 발원하여 수백 경頃의 양전良田이 변하여 수향水鄉이 되었으나 전부田賦를 조정하지 않는다. 태항太行의 첩첩산중이 읍의 서북을 가로막아서 읍민들

---

13 하남팔부(河南八府) : 여녕부(汝寧府), 남양부(南陽府), 귀덕부(歸德府), 개봉부(開封府), 하남부(河南府), 창덕부(彰德府), 위휘부(衛輝府), 회경부(懷慶府).

이 대부분 산에 거주하는데, 다시 산지山地를 감안하여 전부田賦를 매기고, 한 달 동안 비가 내리지 않으면 땅은 불모가 되는데, 땅이 불모가 되더라도 전부田賦를 조정하지 않는다. 회경 여섯 읍의 땅이 좁고 전부田賦가 무겁지만 하내보다 심한 곳은 없다."

이에 앞서 군수郡守 기성紀誠이라는 자가 있었는데, 하북 문안文安 출신으로 천자를 조회入覲하여 말씀을 올리면서 전부田賦의 무거움도 언급하였지만, 단지 국초國初에 한시적으로 토지의 비옥함 정도로 정하였으니, 실제 전부田賦의 후박厚薄을 정한 것이 아니었다. 그 사이 회경懷慶은 줄곧 환란을 입지 않았고 또한 땅도 점점 비옥해져 전부田賦가 다른 군郡보다 많아지게 된 것이다. 아! 이 어찌 고찰이 상세하지 않고 입론도 어그러진 것인가? 후한의 왕부王符가 말하였다. "질병이 있는 자는 반드시 맥의 허실과 기의 맺힘을 안 연후에 처방해야 질병이 낫고 수명도 오랠 수 있다. 나라를 다스리는 자는 우선 백성이 고통스러워하는 바와 화란이 일어나는 바를 알아야 하니, 따라서 간사한 자들이 사라지고 나라가 안정될 수 있다療病者必知脉之虛實, 氣之所結, 然後爲之方, 故疾可愈而壽可長. 爲國者先知民之所苦, 禍之所起, 故姦可息而國可安."

생각해보건대, 회경懷慶의 전부田賦가 유독 무거운 것이 백성들이 고통받는 바이다. 명明 태조太祖가 사의私意로 더한 것이 화禍가 일어난 바이다. 그런즉, 삼백 년의 고질병을 고친다면 하루아침에 인수지역仁壽之域[14]에 오르게 될 것이니, 어찌 군현지를 편찬하는 자의 발단發端을 바라지 않겠는가?

---

14 인수지역(仁壽之域) : 사람들이 모두 어질고 천수(天壽)를 누리는 태평성대를 뜻한다. 인수(仁壽)는 《논어·옹야(雍也)》의 "인자는 장수한다"(仁者壽)는 구절에서 유래하였다.

又按 : 古人成說有必不可從者, 當亟刊正, 無徒以其所傳也遠遂兩存, 夏綸邑是也.《左傳》哀元年"逃奔有虞", 杜《注》:"梁國有虞縣." 爲今歸德府虞城縣西南三里故虞城是. 則"邑諸綸"之"綸", 去此不遠. 所以司馬彪云"虞有綸城, 少康邑", 杜佑云"虞城有綸城, 即少康邑", 不他及. 今虞城縣東南義原鄉果有故綸邑城是也. 奈何魏王泰, 章懷太子賢, 李弘憲復于登封縣西南七十里漢綸氏城, 曰"夏少康綸邑"乎? 虞思蕞爾國, 安得跨八百里外之邑而爲一國? 道破令人笑來. 或曰 : 畢竟綸氏古何屬? 余曰 : 以《竹書紀年》考之, "楚吾得帥師及秦伐鄭, 圍綸氏", 蓋鄭邑也. 邑自以"綸氏"二字爲名, 與"綸"僅一字名者迥別.

우안又按

옛사람이 만든 설說 가운데 반드시 쫓아서는 안되는 것은 마땅히 빨리 바로잡아야 하고, 그 설이 멀리 전해져 마침내 두 설이 병존하게 해서는 안되는 것이 있으니 바로 하륜읍夏綸邑이 그것이다.《좌전》애공 원년 "(소강少康이) 우虞나라로 도망가다逃奔有虞"의 두예《주》는 "양국梁國에 우현虞縣이 있다梁國有虞縣"고 하였다. 지금의 귀덕부歸德府 우성현虞城縣 서남西南 3리의 옛 우성虞城이 이곳이다. 그렇다면 "윤綸을 봉읍으로 주다邑諸綸"[15]의 "윤綸"은 거기서 멀지 않을 것이다. 따라서 사마표司馬彪는 "우虞나라에 윤성綸

---

15 《좌전·애공원년》"우나라 임금 사(思)는 두 딸을 그의 아내로 주고, 윤(綸)을 봉읍으로 주니, 소강은 토지 1성(成)과 민중(民衆) 1여(旅)를 갖게 되었습니다."(虞思於是妻之以二姚, 而邑諸綸, 有田一成, 有衆一旅)

城이 있었는데, 소강少康의 읍이다虞有綸城, 少康邑"고 하였고, 두우杜佑는 "우성虞城에 윤성綸城이 있으니, 곧 소강의 읍이다虞城有綸城, 即少康邑"라 하고 다른 곳은 언급하지 않았다. 지금 우성현虞城縣 동남東南 의원향義原鄉에 과연 옛 윤읍성綸邑城이 있으니, 바로 이곳이다. 어찌 위왕魏王 태泰, 장회태자章懷太子 이현李賢, 이길보李吉甫, 자 홍헌(弘憲)가 다시 등봉현登封縣 서남西南 70리 한漢 윤씨성綸氏城에서 "하夏 소강少康의 윤읍綸邑이다夏少康綸邑"고 한 것인가? 우虞나라의 사思는 작은 나라를 가졌는데, 어찌 8백 리 이상 바깥의 읍을 하나의 나라로 할 수 있었겠는가? 이런 말을 하면 사람들을 웃게 만들 것이다.

어떤 이가 물었다.

결국 윤씨綸氏 옛터는 어디에 속하는가?

나는 대답하였다.

《죽서기년》으로 고찰해보면, "초楚나라 오득吾得이 군사를 거느리고 진秦에 이르러 정鄭을 정벌하고 윤씨綸氏를 포위하였다楚吾得帥師及秦伐鄭, 圍綸氏"고 하였으니, 정읍鄭邑에 속한다. 읍邑은 본래 "윤씨綸氏" 두 글자로 이름하였으므로, "윤綸"단 한 글자로 명명한 것과는 현격하게 구별된다.

제91.《공전》의 "화산지양華山之陽" 주해가 옳지 않음을 논함

自孔安國傳《武成》不釋"華山", 止釋"桃林", 曰 : "桃林在華山東", 是明指
太華山言. 則所謂"華山之陽", 亦即太華山可知. 下至唐陸氏《釋文》,孔氏
《正義》因之. 旁搜鄭註《禮記》,張註《史記》並同, 無異說者. 竊以果太華山之
陽爲《禹貢》梁州地, 武王歸馬於此, 無乃太遠? 桃林塞爲今靈寶縣西至潼關
廣圍三百里皆是, 而馬獨驅而跨出太華山南, 事所不解. 讀《水經注》, 洛水自
上洛縣東北分爲二水, 枝渠東北出爲門水, 門水又東北歷陽華之山, 即華陽,
《山海經》所謂"陽華之山, 門水出焉"者也, 遂躍然曰 : 原《武成》之華山, 乃
陽華山, 非太華山. 今商州雒南縣東北有陽華山, 其斯爲武王歸馬之地哉! 與
桃林之野正南北相望, 壤相接. 故桃林其中多野馬. 周穆王時造父於此得驊
騮,綠耳,盜驪之乘以獻, 非當日歸馬之遺種乎? 使遠隔于太華南, 焉得有此?
後惟陸氏《武城‧音義》"華曰華山, 在恒農". 胡氏《通鑑注》"華陽君羋戎"曰
"華陽, 即武王歸馬處", 引《水經注》以實. 余于是嘆窮經者, 多忽地理, 而眞
得其解如陸,胡, 殆難其人焉.

공안국《전》이《무성》의 "화산華山"은 주해하지 않고, 단지 "도림桃林"만
주해하여 "도림은 화산華山의 동쪽에 있다桃林在華山東"고 한 것[16]으로부터,

---

16 《무성‧공전》山南曰陽. 桃林在華山東. 皆非長養牛馬之地, 欲使自生自死, 示天下不復乘用.

화산은 명백히 태화산太華山을 가리켜 말한 것이 되었다. 그러므로 이른바 "화산지양華山之陽" 역시 태화산太華山임을 알 수 있다. 이후 당唐 육덕명《석문》, 공영달《정의》도 그 설을 따르게 되었다. 정현 주註《예기》와 장수절 주註《사기》를 두루 살펴보아도 모두 같고 다른 설은 없다. 가만히 생각해 보건대, 과연 태화산太華山의 남쪽은《우공》양주梁州지역이니, 무왕이 그곳에 말을 돌려보냈다면 너무 멀지 않은가? 도림새桃林塞는 지금의 섬서陝西 영보현靈寶縣 서쪽에서 동관潼關 주위 삼백 리가 모두 해당되는데, 말만을 몰아 화산의 남쪽을 넘어갔다는 사실이 이해되지 않는다.《수경주》를 읽어보면, 낙수洛水는 상락현上洛縣 동북東北에서 나뉘어 두 물줄기가 되는데, 지류枝流는 동북東北으로 나와 문수門水가 되고, 문수門水는 다시 동북으로 양화陽華의 산을 지나는데, 곧 화양華陽이니《산해경》의 이른바 "화양의 산에서 문수門水가 출원한다陽華之山, 門水出焉"이므로, 마침내 다음과 같이 말할 수 있다. 원래《무성》의 화산華山은 고 양화산陽華山이지 태화산太華山이 아니다. 지금의 상주商州 낙남현雒南縣 동북東北에 양화산陽華山이 있는데, 그곳이 바로 무왕이 말을 돌려보낸 지역[17]이다! 도림桃林의 들과는 정正남북南北으로 서로 바라보며 땅은 서로 접해있다. 따라서 도림桃林 안에는 야생마가 많다. 주周목왕穆王 때, 조보造父가 도림에서 화류驊騮, 녹이綠耳, 도려盜驪 등 네 필을 얻어 헌상한 것은 당시 돌려보내진 말의 유종遺種이 아니겠는가? 멀리 떨어진 태화산 남쪽으로 보냈다면 어찌 그와 같은 일이 있었겠는가? 이후에 오직 육덕명의《무성·음의音義》만 "화華는 화산華山이니, 항

---

17 《무성》厥四月哉生明, 王來自商, 至于豐. 乃偃武修文, 歸馬于華山之陽, 放牛于桃林之野, 示天下弗服.

농恒農에 있다華曰華山, 在恒農"고 하였다. 호삼성《통감주通鑑注》는 "화양군華陽君 미융羋戎, 華陽君羋戎"에서 "화양은 곧 무왕이 말을 돌려보낸 곳이다華陽, 即武王 歸馬處"라고 한 것은, 《수경주》를 인용하여 실증한 것이다. 나는 여기에서 경문을 궁구하는 자들이 대부분 지리地理를 소홀히 대하고, 진실로 육덕 명과 호삼성과 같은 주해를 얻기가 진실로 어렵다는 것을 한탄한다.

원문

按 : 安國又言"華山, 桃林皆非長養牛馬之地, 欲使自生自死", 穎達言"華山 之旁尤乏水草", 不知本非指太華山, 其誤認且勿論, 而今靈寶縣西有馬牧澤, 正《山海經》所云"桃林中多馬"者, 豈乏水草之地哉? 昔魏主燾集公卿議討沮 渠牧犍, 衆曰 : "彼無水草." 崔浩曰 : "《漢書·地理志》稱涼州之畜爲天下饒, 若無水草, 何以畜牧?"及往討, 見姑臧城外水草豐足, 果如浩言. 非其生平稽 古之力乎? 雖然, 《地理志》明稱武威以西四郡, 水草宜畜牧, 浩猶聞之不博, 識之不強, 已足塞異議者之口. 且果如安國言, 將武王不及一田子方. 子方見 老馬于道, 曰 : "少盡其力, 老棄其身, 仁者不爲." 曾謂武王一戰有天下, 即置 牛馬于不長不養之地, 欲其殄滅乎? 蓋歸之放之, 不過示吾弗復乘, 弗復服耳. 注疏凡此等處, 既違事實, 又害義理, 安得極力一掊擊耶?

번역 안按

공안국은 다시 "화산과 도림은 모두 소와 말을 기를 수 있는 땅이 아니 므로 스스로 살다가 죽게 하고자 한 것이다華山, 桃林皆非長養牛馬之地, 欲使自生自 死"라고 하였고, 공영달은 "화산 주변은 더군다나 수초水草가 적다華山之旁尤

乏水草"고 한 것은 본래 태화산을 가리킨 것이 아님을 알지 못한 것이니, 그들이 잘못 안 것은 물론이거니와 지금의 영보현靈寶縣 서쪽에 마목택牧澤이 있는데, 바로《산해경》의 "도림 안에 말이 많다桃林中多馬"는 곳인데, 어찌 수초가 없는 지역이겠는가? 옛날 위주魏主 탁발도拓跋燾가 공경公卿들을 모아 거거목선沮渠牧犍의 토벌을 의론하였는데, 모두가 "그곳에는 수초가 없습니다彼無水草"라고 하였다. 최호崔浩, 381~450[18]는 "《한서·지리지》에서 량주涼州의 목축을 천하의 풍요로움이라 하였으니, 만약 수초가 없다면 어찌 목축할 수 있겠습니까?《漢書·地理志》稱涼州之畜爲天下饒, 若無水草, 何以畜牧?"라고 하였다. 토벌하러 가서 고장성姑臧城 바깥에 수초가 풍족한 것을 보니 과연 최호의 말대로였다. 최호가 평생 동안 옛것을 고찰한 힘이 아니겠는가? 비록 그렇지만,《지리지》에 명확하게 감숙甘肅 무위武威 서쪽 네 개 군郡의 수초는 목축에 적당하다고 하였으므로, 최호는 오히려 견문이 넓지 못하고 지식이 많지 않았지만 이론異論을 막기에는 이미 충분했다. 또한 과연 공안국의 말과 같다면, 무왕은 일개 전자방田子方[19]에게도 미치지 못할 것이다. 전자방이 길에서 늙은 말을 보고는 "젊어서 그 힘을 다하였는데, 늙었다고 그 몸을 버리는 것을 어진 자는 하지 않는다少盡其力, 老棄其身, 仁者不爲"고 하였다. 일찍이 말한 바와 같이 무왕이 한 번 싸워 천하를 소유하자마자 바로 소와 말을 기르지 못할 지역에 방치하여 그것들을 다

---

18 최호(崔浩): 자 백연(伯淵). 청하군(清河郡) 동무성(東武城) (지금의 하북성(河北省) 고성현(故城縣)) 출신이다. 남북조(南北朝)시기 북위(北魏)의 정치가이자 군사전략가이다.
19 전자방(田子方): 성(姓)은 전(田), 이름은 무택(無擇). 자방(子方)은 그의 자(字)이다. 위국(魏國) 출신으로 위(魏)문후(文侯)의 친우이다. 도덕학(道德學)으로 제후들에게 명성을 얻었다고 한다.

죽이려고 했던 것이겠는가? 대체로 소와 말을 돌려보내 놓아준 것은 무왕 자신이 다시는 타지 않고 다시 전쟁을 하지 않음을 보여준 것에 불과하다. 주소注疏가 이와 같은 곳에서 이미 사실을 어겼을 뿐만 아니라 또한 의리를 해치니, 어찌 온 힘을 다해 배격하지 않을 수 있겠는가?

又按 : 綠耳出桃林, 見《史記·趙世家》, 而《樂書》趙高曰"何必華山之騄耳", 又稱華山. 蓋陽華,桃林壤相接, 所産之物得以通稱.

우안又按

녹이綠耳는 도림桃林에서 나온 사실은 《사기·조세가趙世家》에 보이는데, 《사기·악서樂書》에서 조고趙高는 "어찌 꼭 화산의 녹이騄耳뿐이겠는가?何必華山之騄耳"라고 하여, 또 화산華山이라고 칭하였다. 대체로 양화陽華와 도림桃林의 땅은 서로 붙어서 생산되는 산물産物이 통칭될 수 있다.

又按 : 華陽君芈戎, 見《史記·穰侯列傳》. 《傳》云 : "宣太后二弟, 其異父長弟曰穰侯, 姓魏氏, 名冉. 同父弟曰芈戎, 爲華陽君." 予向讀至此, 笑謂人曰 : 宣太后之母凡二適其夫矣! 或疑訝焉. 曰 : 蓋宣太后之母初適芈氏, 生芈八子, 改適魏氏生魏冉, 終又歸芈氏生芈戎, 故異父弟居長, 同父弟反居少也. 太史公著一"長"字, 情蹤委折宛然. 下文即接以"昭王同母弟曰高陵君,涇陽君", 上文敘出昭王爲武王異母弟來, 異母弟,同母弟, 前後穿挿, 映帶本文異父弟,同父弟, 眞如花似火之筆矣.

화양군華陽君 미융羋戎은 《사기·양후열전穰侯列傳》에 보인다. 《양후열전》에 "선태후宣太后의 두 동생으로는, 아버지가 다른 큰 동생長弟은 양후穰侯로 성姓은 위씨魏氏, 이름은 염冉이다. 아버지가 같은 동생은 미융羋戎으로 화양군華陽君이 되었다宣太后二弟, 其異父長弟曰穰侯, 姓魏氏, 名冉. 同父弟曰羋戎, 爲華陽君"고 하였다. 내가 예전에 여기까지 읽고 웃으며 다른 사람에게 말하였다. "선태후宣太后의 어머니는 모두 두 번 남편에게 시집갔구나! 의아할 따름이다." 선태후宣太后의 어머니는 처음에 미씨羋氏에게 시집가서, 미팔자羋八子, 곧 선태후를 낳았고, 위씨魏氏에게 다시 시집가서 위염魏冉을 낳았으며, 끝으로 다시 미씨羋氏에게로 돌아와 미융羋戎을 낳았으므로, 아버지가 다른 동생이 큰 동생이 되고, 아버지가 같은 동생이 작은 동생이 된 것이다. 태사공이 "장長"자를 쓴 것은 정황에 따라 그대로 쓴 것이다. 아래 문장에서 바로 이어서 "소왕昭王의 어머니선태후가 같은 동생은 고릉군高陵君, 경양군涇陽君이다昭王同母弟曰高陵君, 涇陽君"라고 하였다. 앞 문장에서는 소왕昭王이 무왕武王의 이모제異母弟, 어머니가 다른 동생임을 서술하고, 이모제異母弟와 동모제同母弟를 앞뒤로 추가하여 본문에서 이부제異父弟와 동부제同父弟를 이어서 말하였으니 진실로 꽃이 불타오르는 듯한 필법이다.

又按 : 胡胐明註庾信《哀江南賦》"致佳於華陽奔命"曰 : "華陽, 地名, 在今陝西西安府雒南縣, 即武王歸馬處. 子山自江陵奉元帝命使于周, 取道商洛入武關, 此陽華山之南, 正其所必經, 故曰'華陽奔命'. 若作太華山陽, 失之甚矣."

호위자 비명(胐明)가 유신庚信, 513~581[20]의 《애강남부哀江南賦》 "화양으로 달려가라는 명령을 받았다致佳於華陽奔命"를 다음과 같이 주해하였다. "화양華陽은 지명으로 지금의 섬서陝西 서안부西安府 낙남현雒南縣에 있으니 곧 무왕이 말을 돌려보낸 곳이다. 유신庚信, 자 자산(子山)이 강릉江陵에서 원제元帝의 명命을 받들어 주周에 사신을 가면서, 상락商洛에서 무관武關으로 들어가는 길을 택했는데 이곳이 양화산陽華山의 남쪽이며, 바로 반드시 지나야 하는 곳이었으므로 '화양으로 달려가 명을 받든다華陽奔命'고 한 것이다. 만약 태화산太華山의 남쪽으로 쓴다면 잘못이 심한 것이다."

又按: 伊水, 蔡《傳》引《山海經》及郭璞《注》以辨班《志》出盧氏之熊耳爲非. 案《盧氏縣志》: "今觀熊耳雖稱有伊源之名, 而無流衍之迹, 其實出于悶頓嶺之陽, 北流過嵩縣, 洛陽, 東至偃師入于洛." 余欲取《括地志》補正曰: 伊水出虢州盧氏縣東巒山, 東北流入洛, 一名悶頓嶺. 巒山在今縣東南百六十里, 非今縣西南五十里之熊耳山也.

---

20 유신(庚信) : 자 자산(子山). 남북조(南北朝) 시기의 문학가. 주요 작품으로는《고수부(枯樹賦)》, 《애강남부(哀江南賦)》, 《소군사응조(昭君辭應詔)》 등이 있다.

이수伊水에 대해서, 《채전》은 《산해경》 및 곽박郭璞 《주》를 인용하여 《한서·지리지》의 노씨盧氏의 웅이熊耳에서 출원한다는 설이 틀렸다고 하였다. 《노씨현지盧氏縣志》를 살펴보면, "지금 웅이熊耳를 보면 비록 이원伊源의 명칭이 있지만 물이 흐른 흔적은 없고, 이수는 사실 민돈령悶頓嶺의 남쪽에서 출원하여 북쪽으로 흘러 숭현嵩縣과 낙양洛陽을 지나고, 동쪽으로 언사偃師에 이르러 낙수洛水로 유입된다"고 하였다. 나는 《괄지지括地志》를 취하여 보정補正하고자 한다. 이수는 괵주虢州 노씨현盧氏縣 동만산東巒山에서 출원하여 동북으로 흘러 낙수洛水로 유입되는데, 일명 민돈령悶頓嶺이라고도 한다. 만산巒山은 지금 현縣 동남東南 160리에 있으며, 지금 현 서남西南 50리의 웅이산熊耳山이 아니다.

又按：余欲補正澗水曰：澗水出澠池縣白石山, 穀水出澠池縣南山中穀陽谷, 一東流, 一東北流, 折而會于新安縣之東, 自是澗遂兼穀之稱, 故《洛誥》"澗水東, 瀍水西."《周語》"穀, 洛鬪, 將毀王宮", 穀即澗也. 蔡《傳》"澗水出今之澠池, 至新安入洛", 大非. 洛未嘗經新安縣境, 何得於此入洛? 蓋蔡氏誤讀班《志》之文. 班《志》《禹貢》澗水在新安東[句], 南入雒", 南入雒者, 周時澗水本在王城西入洛, 非新安也. 逮建武以後, 穿渠作堰, 水之遷變非一道矣.

나는 간수澗水를 보정하고자 한다. 간수는 면지현澠池縣 백석산白石山에서 출원하고, 곡수穀水는 면지현澠池縣 남산南山의 곡양곡穀陽谷에서 출원하여, 하나는 동쪽으로 흐르고 하나는 동북으로 흐르다가, 꺾여서 신안현新安縣의 동쪽에서 합하니, 여기부터 간수澗水가 마침내 곡수穀水와 겸칭兼稱되므로《낙고》"간수의 동쪽과 전수의 서쪽澗水東, 瀍水西"이라고 한 것이다.《국어·주어하周語下》에 "곡수와 낙수가 물길을 다투어 장차 왕궁을 침식하여 무너뜨리려 하였다穀, 洛鬪, 將毀王宮"고 하였는데, 곡수穀水가 곧 간수澗水이다.《채전》은 "간수는 지금의 면지에서 출원하여 신안에 이르러 낙수洛水로 유입된다澗水出今之澠池, 至新安入洛"고 한 것은 큰 잘못이다. 낙수는 신안현의 경내를 지나지 않는데, 어찌 거기에서 낙수로 유입될 수 있겠는가? 대체로 채침은《한서·지리지》문장을 잘못 읽은 것이다.《한서·지리지》에 "《우공》의 간수는 신안의 동쪽에 있고[구두], 남쪽으로 낙수雒水로 유입된다《禹貢》澗水在新安東[句], 南入雒"고 하였는데, 남쪽으로 낙수에 유입된다는 것은 주周나라 당시 간수澗水가 본래 왕성王城 서쪽에서 낙수로 된 것이며, 신안이 아니다. 동한 건무建武25~56 이후에 이르러, 물길이 뚫리고 제방이 만들어졌으니, 물길이 옮겨지고 바뀜에 일정한 길이 있는 것이 아니다.

원문

又按：嘗熟憑氏謂新都楊氏所著書幾無一可信, 似誠太過. 余讀蔡《傳》至徵故實處, 亦有幾無一可信之語, 爲承學家所駭, 不待云. 玆且證以《山海經·中山經》, 曰："蔓渠之山, 伊水出焉, 而東流注于洛." 又曰："熊耳之山, 浮濠之水出焉, 而西流注于洛." 酈氏引"蔓渠之山"二句于伊水《注》, 足見後魏

所見《山海經》本與今本無異. 何至蔡氏引"伊水出焉"作《山海經》曰'熊耳之
山'", 豈偶忘本文, 以意想像加之耶? 抑南宋本然耶? 請質諸篤信蔡《傳》者.
[又引《山海經》"婁涿之山, 波水出于其陰, 而北流注于穀", 今本"波"作"陂";
"雷澤中有雷神, 龍身而人頬, 鼓其腹則雷", 今本"頬"作"頭".]

번역 우안又按

　　상숙常熟풍씨馮氏가 말하길 신도新都양씨楊氏가 쓴 책은 하나도 믿을 것이
없다고 하였는데, 참으로 큰 잘못인 것 같다. 내가 《채전》의 옛 사실을
자세히 징험한 곳을 읽고도 거의 하나도 믿을 것이 없다고 한다면, 그 학
문을 계승한 학자들이 깜짝 놀랄 것은 당연할 것이다. 이에 《산해경 · 중
산경中山經》으로 증명해보면, "만거산蔓渠山에서 이수伊水가 출원하여 동쪽
을 흘러 낙수洛水로 주입된다蔓渠之山, 伊水出焉, 而東流注于洛"고 하였고, 또 "웅이
산熊耳山에서 부호수浮濠水가 출원하여 서쪽으로 흘러 낙수에 주입된다熊耳之
山, 浮濠之水出焉, 而西流注于洛"고 하였다. 역도원은 "만거지산蔓渠之山" 두 구를 이
수伊水《주》에 인용하였으니, 후위後魏, 北魏 때 본 《산해경》본이 금본今本과
다름이 없음을 충분히 알 수 있다. 어찌 채침이 "이수가 출원한다伊水出焉"
를 인용함에 이르러서는 "《산해경》에 이르길 '웅이산'에서 (이수가 출원한
다)《山海經》曰'熊耳之山'"라고 한 것인가? 어찌 우연히 본문을 잊어버리고 상상
력으로 덧붙였겠는가? 아니면 남송본南宋本은 그러했던 것인가? 《채전》
을 독실하게 믿는 자들에게 질의를 청하는 바이다.[또 《산해경》 "누탁산
婁涿山의 북쪽에서 파수波水가 출원하여 북쪽으로 흘러 곡수穀水로 주입된다
婁涿之山, 波水出于其陰, 而北流注于穀"를 인용하였는데, 금본에 "파波"는 "파陂"로 되

어있다. "뇌택雷澤 가운데 뇌신雷神이 있는데 용의 몸에 사람의 얼굴이며, 그 배를 두드리면 우레가 울린다雷澤中有雷神, 龍身而人頰, 鼓其腹則雷"는 금본今本에 "협頰"은 "두頭"로 되어 있다.]

원문

又按 : 安國《傳》"伊出陸渾山", 亦非. 陸渾山在今嵩縣東北四十里, 伊水經其下, 非出也. 說伊源者紛如, 當以《括地志》爲據.

번역 **우안又按**

공안국《전》"이수는 육혼산陸渾山에서 출원한다伊出陸渾山"도 틀렸다. 육혼산은 지금의 숭현嵩縣 동북東北 40리에 있으며 이수伊水가 그 아래를 지나지만 출원하는 것은 아니다. 이원伊源에 관한 설이 이와 같이 분분한데, 마땅히《괄지지》로 근거로 삼아야 할 것이다.

원문

又按 : 蔡氏多謬引《地理志》, 除已經駁正之外, 玆復得三十一條. 一云 "《地志》淸漳水出沾縣大黽谷東北, 至阜城入北河", 下"北"字本作"大". 二云 "《地志》碣石在北平郡驪城縣西南", "北平郡"上有"右"字, 兩漢皆然. 今云"北平郡", 則下雜晉制矣. "成"亦不從"土". 三云《地志》睢水出沛國芒縣", 此係應劭《注》, 非固本《注》, 須分別. 沛亦不爲國. 四云《地志》淄水出泰山郡萊蕪縣原山", 今本無"原山"二字, 二字出《水經》, 何不竟引《水經》? 五云《地志》沂水出泰山郡蓋縣艾山", 今本無"艾山"二字, 二字亦出《水經》, 何不竟引

《水經》? 又云"南至于下邳西南而入于泗",《地志》止言"南至下邳入泗", 此亦出《水經》. 六云《地志》東海郡下邳縣西有葛嶧山, 古文以爲嶧山", "山"當作"陽". 七云《地志》彭蠡在豫章郡彭澤縣東", "東"當作"西". 八云《地志》震澤在會稽郡吳縣西南五十里", 今本無"南五十里"四字, 止當云《地志》在吳縣西, 今蘇州吳縣西南四十五里是". 九云《地志》洛水至鞏縣入河", "鞏"上脫"東北"二字. 十云"瀍水至偃師縣入洛",《地志》止言"東南入洛". 十一云《地志》滎陽縣有很蕩渠", "蕩"當作"湯", 音宕. 十二云《地志》嶓冢山在隴西郡氐道縣, 漾水所出", 今本止云"養水所出", 無"嶓冢山"字, 嶓冢山在西縣也. 若欲言東西兩漢水俱出嶓冢, 不妨引酈氏《注》. 十三云《地志》蜀郡郫縣江,沱在東, 西入大江", 當作"江,沱在西, 東入大江". 十四云《地志》巴郡宕渠縣潛水西南入江", "江"當作"灊". 十五云《地志》漢中郡安陽縣灉谷水出西南入漢", "入漢"上有"北"字. 十六云《地志》涇水出安定郡涇陽縣西", "西"下有"开頭山"三字. 十七云《地志》渭水出隴西郡首陽縣西南", "西南"下有"鳥鼠同穴山"五字. 十八云《地志》扶風汧縣弦蒲藪芮水出其西北, 東入涇", "扶風"上有"右"字, 兩漢皆然. 今云"扶風", 則下雜魏制矣. 十九云《地志》漆水出扶風縣", 當云"在右扶風漆縣西", 非出也. 二十云《地志》酆水出扶風鄠縣終南山", 當云"出右扶風鄠縣東南, 今永興軍鄠縣終南山也", "終南山"當於今縣下補出. 二十一云《地志》北條荊山在馮翊懷德縣南", "馮翊"上脫"左"字, 亦雜魏制. 二十二云《地志》終南在扶風武功縣", "縣"下脫"東"字. "惇物在扶風武功縣", "縣"下亦脫"東"字. 二十三云"龍門山左馮翊夏陽縣", "縣"下脫"北"字. 二十四云《地志》析城在河東郡濩澤縣西", "西"下脫"南"字. 二十五云《地志》朱圍在天水郡冀縣南", 當云《地志》"圍"作"圉". 二十六云《地志》太華在

京兆華陰縣南", "京兆"下脫"尹"字, 亦雜魏制. 二十七云《地志》南條荊山在
南郡臨沮縣北", "北"上脫"東"字. 二十八云《地志》衡山在長沙國湘南縣",
"縣"下脫"東南"二字. 二十九云《地志》導江東陵在廬江郡西北者非是", 固自
謂廬江西北有東陵鄉, 淮水出耳, 非指《禹貢》, 駁之轉非. 三十云《地志》濟
水出河東郡垣曲縣王屋山東南", 當云"出河東郡垣縣東北", 王屋山以垣曲名
縣自宋始. 三十一云《地志》鳥鼠山者, 同穴之枝山也", 固絕無此語, 此出酈
氏所引他說曰, 豈可依據?

번역 우안又按

　채침은 《한서 · 지리지》를 많이 바꾸어 인용하였는데, 이미 공박하여
바로잡은 것을 제외하고 여기 다시 31조條를 덧붙인다. ①"《지지地志》에
청장수淸漳水는 점현沾縣 대민곡大䤵谷 동북에서 발원하여 부성阜城에 이르러
북하北河로 유입된다《地志》淸漳水出沾縣大䤵谷東北, 至阜城入北河"의 뒤의 "북北"자는
본래 "대大"로 되어있다. ②"《지지》에 갈석산碣石山은 평북군北平郡 여성현驪
城縣 서남에 있다《地志》碣石在北平郡驪城縣西南"의 "북평군北平郡" 앞에 "우右"자가
있고, 양한兩漢에도 모두 그러했다. 지금 "북평군北平郡"이라고 말하는 것
은 이후 진晉나라 제도가 뒤섞인 것이다. "성成"도 "토土"변을 따르지 않았
다. ③"《지지》에 저수雎水는 패국沛國 망현芒縣에서 출원한다《地志》雎水出沛國芒
縣"고 한 것은 응소應劭《주》에 따른 것이지 반고의 본本《주》가 아니므로
마땅히 분별해야 한다. 패沛 또한 국國이 아니었다. ④"《지지》에 치수淄水
는 태산군泰山郡 내무현萊蕪縣 원산原山에서 출원한다《地志》淄水出泰山郡萊蕪縣原山"
했는데, 금본今本은 "원산原山" 두 글자가 없다. 두 글자는 《수경》에 나오는

데, 어찌 끝내《수경》은 인용하지 않은 것인가? ⑤ "《지지》에 기수沂水는 태산군泰山郡 개현蓋縣 애산艾山에서 출원한다《地志》沂水出泰山郡蓋縣艾山"고 하였는데, 금본今本은 "애산艾山" 두 글자가 없다. 두 글자 또한《수경》에 나오는데, 어찌 끝내《수경》은 인용하지 않은 것인가? 또 "남쪽으로 하비下邳에 이르고 서남西南으로 사수泗水로 유입된다南至于下邳西南而入于泗"고 하였는데, 《지지》는 단지 "남쪽으로 하비에 이르러 사수로 유입된다南至下邳入泗"고만 하였고, 이 또한《수경》에서 나온 것이다. ⑥ "《지지》에 동해군東海郡 하비현下邳縣 서쪽에 갈역산葛嶧山이 있는데, 고문古文은 역산嶧山이라고 하였다《地志》東海郡下邳縣西有葛嶧山, 古文以爲嶧山"의 "산山"은 마땅히 "양陽"으로 써야 한다. ⑦ "《지지》에 팽려彭蠡는 예장군豫章郡 팽택현彭澤縣 동쪽에 있다《地志》彭蠡在豫章郡彭澤縣東"의 "동東"은 마땅히 "서西"로 써야 한다. ⑧ "《지지》에 진택震澤은 회계군會稽郡 오현吳縣 서남 50리에 있다《地志》震澤在會稽郡吳縣西南五十里"고 하였는데, 금본今本에는 "남오십리南五十里" 4자가 없으며, 마땅히《지지》에 오현吳縣 서쪽에 있다고 했으니, 지금의 소주蘇州 오현吳縣 서남西南 40리가 이곳이다《地志》在吳縣西, 今蘇州吳縣西南四十五里是"라고 해야 한다. ⑨ "《지지》에 낙수洛水는 공현鞏縣에 이르러 하수河로 유입된다《地志》洛水至鞏縣入河"의 "공鞏"앞에 "동북東北" 두 글자가 탈락되었다. ⑩ "전수瀍水는 언사현偃師縣에 이르러 낙수洛水로 유입된다瀍水至偃師縣入洛"고 하였는데,《지지》에는 단지 "동남으로 낙수로 유입된다東南入洛"고만 되어 있다. ⑪ "《지지》에 형양현滎陽縣에 낭탕거狼蕩渠가 있다《地志》滎陽縣有狼蕩渠"의 "탕蕩"은 마땅히 "탕湯"으로 써야 하며, 음은 탕宕이다. ⑫ "《지지》에 파총산嶓塚山은 농서군隴西郡 저도현氐道縣에 있으며, 양수漾水가 출원한다《地志》嶓塚山在隴西郡氐道縣, 漾水所出"고 하였는데,

금본今本은 단지 "양수가 출원한다養水所出"고만 하였고, "파총산嶓塚山"이라는 글자는 없으며, 파총산嶓塚山은 서현西縣에 있다. 만약 동서의 두 한수漢水가 파총산에서 출원한다고 말하려고 했다면 역도원의《주》를 인용하는 것도 무방했다. ⑬《지지》에 촉군蜀郡 비현郫縣은 강수江水와 타수沱水가 동쪽에 있고, 서쪽으로 대강大江에 유입된다《地志》蜀郡郫縣江, 沱在東, 西入大江"는 마땅히 "강수江水와 타수沱水는 서쪽에 있으며, 동족으로 대강大江에 유입된다江, 沱在西, 東入大江"고 해야 한다. ⑭《지지》에 파군巴郡 탕거현宕渠縣의 잠수潛水는 서남쪽으로 강수江水로 유입된다《地志》巴郡宕渠縣潛水西南入江"의 "강江"은 마땅히 "심潗"으로 써야 한다. ⑮《지지》에 한중군漢中郡 안양현安陽縣은 심곡수潗谷水가 출원하여 서남으로 흘러 한수漢水로 유입된다《地志》漢中郡安陽縣潗谷水出西南入漢"의 "입한入漢" 앞에 "북北"자가 있다. ⑯《지지》에 경수涇水는 안정군安定郡 경양현涇陽縣 서쪽에서 출원한다《地志》涇水出安定郡涇陽縣西"의 "서西"다음에 "개두산開頭山" 세 자가 있다. ⑰《지지》에 위수渭水는 농서군隴西郡 수양현首陽縣 서남에서 출원한다《地志》渭水出隴西郡首陽縣西南"의 "서남西南" 다음에 "조서동혈산鳥鼠同穴山" 다섯 자가 있다. ⑱《지지》에 부풍扶風 견현汧縣 현포수弦蒲藪의 예수芮水가 서북에서 출원하여 동쪽으로 경수涇水로 유입된다《地志》扶風汧縣弦蒲藪芮水出其西北, 東入涇"의 "부풍扶風"위에 "우右"자가 있으며 양한兩漢에도 모두 그러했다. 지금 "부풍扶風"이라고 하는 것은 이후에 위魏나라 제도가 섞인 것이다. ⑲《지지》에 칠수漆水는 부풍현扶風縣에서 출원한다《地志》漆水出扶風縣"는 마땅히 "우부풍右扶風 칠현漆縣 서쪽에 있다在右扶風漆縣西"고 해야하며, 출원하는 것이 아니다. ⑳《지지》에 풍수酆水는 부풍扶風 호현鄠縣 종남산終南山에서 출원한다《地志》酆水出扶風鄠縣終南山"는 마땅히 "우부풍右扶風

호현鄠縣 동남에서 출원하니, 지금의 영흥군永興軍 호현鄠縣 종남산終南山이다 出右扶風鄠縣東南, 今永興軍鄠縣終南山也"고 해야 하며, "종남산終南山"은 마땅히 지금 현縣 아래에 보충해야 한다. ㉑ "《지지》에 북조형산北條荊山은 풍익馮翊 회 덕현懷德縣 남쪽에 있다《地志》北條荊山在馮翊懷德縣南"의 "풍익馮翊" 위에 "좌左"자가 탈락되었는데, 또한 위魏나라 제도가 섞인 것이다. ㉒ "《지지》에 중남산終 南山은 부풍扶風 무공현武功縣에 있다《地志》終南在扶風武功縣"의 "현縣" 아래에 "동 東"자가 탈락되었다. "돈물산惇物山은 부풍扶風 무공현武功縣에 있다惇物在扶風武 功縣"의 "현縣"아래에도 "동東"자가 탈락되었다. ㉓ "용문산龍門山은 좌풍익左 馮翊 하양현夏陽縣에 있다龍門山左馮翊夏陽縣"의 "현縣" 아래에 "북北"자가 탈락되 었다. ㉔ "《지지》에 석성析城은 하동군河東郡 호택현濩澤縣 서쪽에 있다《地志》析 城在河東郡濩澤縣西"의 "서西" 아래에 "남南"자가 탈락되었다. ㉕ "《지지》에 주 어산朱圉山은 천수군天水郡 기현冀縣 남쪽에 있다《地志》朱圉在天水郡冀縣南"는 마땅 히 《지지》에 "어圉"는 "어圄"로 썼다고 해야 한다. ㉖ "《지지》에 태화산太 華山은 경조京兆 화음현華陰縣 남쪽에 있다《地志》太華在京兆華陰縣南"의 "경조京兆" 아래에 "윤尹"자가 탈락되었으며, 이 또한 위魏나라 제도가 섞인 것이다. ㉗ "《지지》에 남조형산南條荊山은 남군南郡 임저현臨沮縣 북쪽에 있다《地志》南條 荊山在南郡臨沮縣北"의 "북北"위에 "동東"자가 탈락되었다. ㉘ "《지지》에 형산衡 山은 장사국長沙國 상남현湘南縣에 있다《地志》衡山在長沙國湘南縣"의 "현縣" 아래에 "동남東南" 두 글자가 탈락되었다. ㉙ "《지지》에 강수江水를 이끈 동릉東陵 이 여강군廬江郡 서북西北에 있다는 것은 틀렸다《地志》導江東陵在廬江郡西北者非是" 라고 하였는데, 반고는 여강廬江 서북쪽에 동릉향東陵鄉이 있고 회수淮水가 출원한다는 것을 말한 것일 뿐이지, 《우공禹貢》을 지칭한 것이 아니니, 그 내용을 반박한 것이 오히려 잘못이다. ㉚ “《지지》에 제수濟水는 하동군河東郡 원곡현垣曲縣 왕옥산王屋山 동남에서 출원한다《地志》濟水出河東郡垣曲縣王屋山東南”는 마땅히 “하동군河東郡 원현垣縣 동북에서 출원한다出河東郡垣縣東北”고 해야 하며, 왕옥산王屋山이 원곡垣曲이라는 이름의 현縣에 속하는 된 것은 송宋나라 때 부터였다. ㉛ “《지지》에 조서산鳥鼠山은 동혈산同穴山의 지산枝山이다《地志》鳥鼠山者, 同穴之枝山也”라고 하였는데, 반고는 절대 이런 말을 하지 않았으며, 이 말은 역도원이 다른 설을 인용한데서 나온 것인데, 어찌 그 설에 의거할 수 있겠는가?

원문

又按：蔡氏“球琳琅玕”,《傳》證以《爾雅》“西北之美者, 有崑崙虛之球琳琅玕”. 或曰：《爾雅》“球”本作“璆”, 二字名別, 子指摘何不及之? 余曰：蓋兼用《說文》.《說文》“球”字下即接“璆”字, 曰：“球或從翏.” 此正蔡氏之所本. 前“厥貢璆”,《傳》“璆, 玉磬”, 已用《說文》“球, 玉磬也”之解矣.

번역 **우안又按**

“구림과 낭간球琳琅玕”의 채침 《전》은 《이아》의 “서북쪽에서 아름다운 것은 곤륜허崑崙虛의 구림球琳과 낭간琅玕이 있다西北之美者, 有崑崙虛之球琳琅玕”를 증거로 삼았다.

어떤 이가 물었다.

《이아》에 “구球”는 본래 “구璆”로 썼고, 두 글자는 이름으로 구별되는데, 그대는 그것을 지적하여 말하지 않은 것인가?

나는 대답하였다.

대체로《설문》설을 겸용한 것이다.《설문》의 "구球" 다음에 바로 "구璆"자가 있으며, "구球는 구璆를 따르기도 한다球或從璆"고 하였다. 이것이 바로 채침이 저본으로 삼은 것이다. 앞의 "그 공물은 구璆이다厥貢璆"의《채전》에서 "구璆는 옥형玉磬이다璆, 玉磬"고 한 것은, 이미《설문》의 "구球는 옥형玉磬이다球, 玉磬也"는 주해를 사용한 것이다.

원문

又按 : 蔡《傳》"大陸"引"孫炎曰鉅鹿北廣阿澤", 此係郭璞語非孫炎, "阿"亦作"河"; "篠簜"引"郭璞曰竹闊節曰簜", 此係孫炎語, 非郭璞. 請觀注疏. [又安國《傳》: "篠, 竹箭. 簜, 大竹." 此從《爾雅》來.《爾雅·釋草》云 : "篠, 箭." 邢昺《疏》: "'會稽之竹箭'是也. 言竹之小者可以爲箭幹." 今倒其文曰"篠, 箭竹", 似未妥.]

번역 **우안又按**

《채전》은 "대륙大陸"에서 "손염孫炎의 '거록鉅鹿의 북쪽 광아택廣阿澤이다'孫炎曰鉅鹿北廣阿澤"를 인용하였는데, 이는 곽박郭璞의 말이지 손염의 말이 아니며, "아阿" 또한 "하河"로 썼다. "소탕篠簜"에서 "곽박郭璞의 '대나무 마디가 넓은 것이 탕簜이다'郭璞曰竹闊節曰簜"를 인용하였는데, 이는 손염의 말이지 곽박의 말이 아니다. 주소注疏를 살펴보기를 청한다. [또한 공안국《전》에서 "소篠는 죽전竹箭이다. 탕簜은 대죽大竹이다篠, 竹箭. 簜, 大竹"는《이아》에서 온 것이다.《이아·석초釋草》에 "소篠는 화살이다篠, 箭"라고 하였고,

형병《소》는 "'회계의 죽전'이 이것이다. 대나무의 작은 것을 화살대로 쓸 수 있다는 말이다會稽之竹箭'是也. 言竹之小者可以爲箭幹"고 하였다. 지금은 그 문장이 바뀌어 "소篠는 전죽箭竹이다篠, 箭竹"라 하는데, 타당하지 않은 것 같다.]

又按：蔡《傳》"馬頰河"引《元和志》云："在德州安德平原南東." 今案：《元和志》德州安德縣乃郭下有馬頰河，在縣南五十里. 縣東北至平昌縣八十里，平昌縣南十里有馬頰河，于平原縣不相涉，不知何緣認作平原. "誤書思之, 亦是一適", 殆是"昌縣南"三字耳.

우안又按

《채전》은 "마협하馬頰河"에 대해《원화지元和志》의 "덕주德州 안덕安德 평원平原 남동에 있다在德州安德平原南東"를 인용하였다.

살펴보건대,《원화지元和志》덕주德州 안덕현安德縣 아래에 마협하馬頰河가 보이는데, 현縣 남쪽 50리에 있다. 현縣 동북東北으로 평창현平昌縣까지는 80리이고, 평창현平昌縣에서 남쪽 10리에 마협하馬頰河가 있으니, 평원현平原縣과는 상관없는데, 무엇을 근거로 평원平原이라고 썼는지 알 수 없다. "잘못된 책으로 생각을 하더라도 이 또한 하나의 성취이다誤書思之, 亦是一適"라고 한 것은 아마도 "창현남昌縣南" 세 글자뿐일 것이다.

又按：蔡氏於《堯典》"三危"曰"即雍之所謂'三危既宅'者"; 於《禹貢》"三

危”曰“即舜竄三苗之地. 或以爲燉煌, 未詳其地.”不知何獨疑夫三危, 又何至未詳燉煌所在? 予爲集羣說以補正曰 : 杜預云 : “三苗與允姓之祖, 俱放于三危. 瓜州, 今敦煌也.”酈道元云 : “三危山在燉煌縣南.”《括地志》: “三危山有峯, 故曰三危, 俗亦名卑羽山, 在沙州燉煌縣東南三十里.”《隋·地理志》: “敦煌縣有三危山.”《通典》: “沙州燉煌縣, 舜流三苗于三危即其地, 允姓之戎居瓜州者, 其子孫也.”

번역 **우안又按**

채침은《요전》의 “삼위三危”에서 “곧 옹주雍州의 이른바 ‘삼위가 이미 집을 짓고 살 수 있다’는 것이다即雍之所謂‘三危旣宅’者”라고 하였고,《우공》의 “삼위三危”에서 “곧 순舜이 삼묘三苗를 귀양보낸 땅이다. 혹은 돈황燉煌이라 하나 그 지역이 상세하지 않다即舜竄三苗之地. 或以爲燉煌, 未詳其地”고 하였다. 삼위三危를 의심한 것인지는 알 수 없으나 또한 돈황이 어디에 있는지를 알 수 없다고 한 것인가? 내가 여러 설들을 모아 보정補正하고자 한다.

두예는 “삼묘와 윤성允姓의 조상은 모두 삼위三危에 추방되었다. 과주瓜州는 지금의 돈황이다三苗與允姓之祖, 俱放于三危. 瓜州, 今敦煌也”고 하였다. 역도원은 “삼위산은 돈황현 남쪽에 있다三危山在燉煌縣南”고 하였다.《괄지지》는 “삼위산에 봉우리가 있으므로 삼위三危라고 하였고, 세속에서는 비우산卑羽山이라고도 하는데, 사주沙州 돈황현燉煌縣 동남 30리에 있다三危山有峯, 故曰三危, 俗亦名卑羽山, 在沙州燉煌縣東南三十里”고 하였다.《수서·지리지》는 “돈황현에 삼위산이 있다敦煌縣有三危山”고 하였다.《통전》은 “사주沙州 돈황현燉煌縣은 순舜이 삼위에 삼묘를 유폐시켰던 그 지역이며, 윤성允姓의 융戎들이 과주瓜州게 거주하는 것은 그 자손들이다^{沙州燉煌縣, 舜流三苗于三危即其地, 允姓之戎居瓜州者, 其子孫}^也"고 하였다.

원문

又按 : 蔡《傳》"受都, 今衛州也. 洛邑, 今西京也"二句, 亦須分別. 觀《寰宇記》朝歌故城在衛州衛縣西二十二里, 即紂都. 衛州則治于汲縣, 乃殷牧野地, 當易"州"爲"縣", 且云"在今衛縣西二十二里"方確. 至"洛邑, 今西京", 宋西京本隋大業元年楊素所改築者, 地正周之王城, 與東漢,魏晉及後魏都周下都者不同, 此句致確.

번역 우안又按

《채전》의 "수受의 도읍은 지금의 위주衛州이다. 낙읍洛邑은 지금의 서경西京이다受都, 今衛州也. 洛邑, 今西京也". 두 문장도 분별해야만 한다. 《환우기寰宇記》를 보면, 조가朝歌의 고성故城은 위주衛州 위현衛縣 서쪽 22리에 있으니, 곧 주紂의 도읍지이다. 위주衛州는 급현汲縣도 다스렸는데 곧 은殷의 목야牧野이니 마땅히 "주州"를 "현縣"으로 바꾸어야 하며, 또한 "지금의 위현衛縣 서쪽 22리에 있다在今衛縣西二十二里"고 해야 확실하다. "낙읍洛邑은 지금의 서경西京이다"에 이르러서는, 송宋의 서경西京은 본래 수隋 대업大業 원년元年605 양소楊素, 544~606가 개축改築한 것으로 지역은 바로 주周의 왕성王城인데, 동한東漢, 위진魏晉 및 후위後魏北魏가 주周 하도下都洛邑에 도읍한 것과는 같지 않으니, 이 구절이 가장 확실하다.

又按 : 蔡《傳》: "今詳漢九江郡之尋陽縣, 乃《禹貢》揚州之境." 漢尋陽縣
不隸九江, 隸廬江郡, 惟境相接耳, 莫確于杜氏 《通典》江州潯陽郡下云 :
"《禹貢》荊, 揚二州之境". 《禹貢》揚州曰"彭蠡既豬", 荊州曰"九江孔殷", 今彭
蠡湖在郡之東南, 九江在郡之西北, 則彭蠡以東爲揚州, 九江以西爲荊州. 他
若洛州河南府, 河北諸縣爲冀州, 餘則豫州. 陝州陝郡, 河北諸縣爲冀州, 餘
則豫州. 襄州襄陽郡, 南漳一縣爲荊州, 餘六縣並豫. 隨州漢東郡, 東南三十
餘里有光化郡爲荊州, 餘並豫. 冀州信都郡理信都縣, 東入兗州之域, 西入冀
州. 貝州淸河郡理淸河縣, 乃在浲水之東入兗州, 在浲水之西諸縣入冀州. 兗
州魯郡之任城, 龔丘縣爲兗州, 餘九縣並徐州. 其分畫之精如此, 然猶混洛出
上洛郡洛南縣冢嶺山於梁州, 當改入豫; 混東平郡鉅野縣有大野澤於兗州; 又
全混渾州東平郡於兗州, 當改入徐; 混魯郡萊蕪縣汶水所出於徐州, 當改入
靑; 誤認嶧陽在鄒縣, 當如班《志》入下邳縣. 宋楊蟠《金山詩》云: "天末樓臺
橫北固, 夜深燈火見揚州." 王平甫譏之曰: "莊宅牙人語, 解量四至." 余謂談
地理者能量四至得確, 斯亦足矣.

우안又按

《채전》은 "지금 살펴보니 한漢나라 구강군九江郡의 심양尋陽이 바로 《우
공》의 양주揚州 경계이다今詳漢九江郡之尋陽縣, 乃《禹貢》揚州之境"고 하였다. 한漢 심
양현尋陽縣은 구강군九江郡에 예속되지 않았고 여강군廬江郡에 예속되었으며,
오직 경계가 서로 접했을 뿐이다. 두우《통전》의 강주江州 심양군潯陽郡 아
래에서 "《우공》 형주荊州, 양주揚州 두 주의 경계이다《禹貢》荊, 揚二州之境"라고

한 것보다 확실한 것은 없다. 《우공》양주揚州에 "팽려에 이미 물이 모였다彭蠡既豬"고 하였고, 형주荊州에 "구강의 물길이 매우 바르게 흘렀다九江孔殷"고 하였는데, 지금의 팽려호彭蠡湖는 군郡의 동남東南에 있고, 구강九江은 군郡의 서북西北에 있으므로 팽려彭蠡 동쪽은 양주揚州가 되고, 구강九江 서쪽은 형주荊州가 된다. 기타 낙주洛州 하남부河南府의 하북河北 제현諸縣과 같은 경우는 기주冀州가 되고, 나머지는 예주豫州이다. 섬주陝州 섬군陝郡의 하북河北 제현諸縣은 기주冀州가 되고, 나머지는 예주豫州이다. 양주襄州 양양군襄陽郡의 남장현南漳縣만 형주荊州가 되고 나머지 여섯 현縣은 모두 예주豫州이다. 수주隨州 한동군漢東郡의 동남東南 30여 리에 있는 광화군光化郡은 형주荊州가 되고 나머지는 모두 예주豫州이다. 기주冀州 신도군信都郡은 신도현信都縣을 거느리는데, 동쪽은 연주兗州 지역에 들어가고 서쪽은 기주冀州로 들어간다. 패주貝州 청하군清河郡은 청하현清河縣을 거느리는데, 강수漳水 동쪽에 있는 것은 연주兗州로 들어가고, 강수漳水 서쪽의 제현諸縣은 기주冀州로 들어간다. 연주兗州 노군魯郡의 임성과 공구현龔丘縣은 연주兗州가 되고 나머지 아홉 현縣은 모두 서주徐州이다. 그 구획을 나눈 정밀함이 이와 같은데, 낙수洛水가 출원하는 상락군上洛郡 낙남현洛南縣 총령산冢嶺山이 양주梁州와 뒤섞인 것은 마땅히 예주豫州로 편입하여 바꾸어야 하며, 동평군東平郡 거야현鉅野縣에 있는 대야택大野澤이 연주兗州와 뒤섞인 것과 군주渾州 동평군東平郡이 연주兗州와 완전히 뒤섞인 것은 마땅히 서주徐州로 편입하여 바꾸어야 하며, 노군魯郡 내무현萊蕪縣 민수汶水가 출원하는 곳이 서주徐州와 뒤섞인 것은 마땅히 청주青州로 편입하여 바꾸어야 하며, 역양嶧陽이 추현鄒縣에 있다고 잘못 알았던 것은 마땅히《한서·지리지》와 같이 하비현下邳縣에 편입시켜야 한다. 송宋 양반楊蟠, 1017?~1106[21]은《금산시金山詩》에서 "하늘 끝 누대는 북고산에 걸쳐있고, 깊은 밤의 등불은 양주를 비추네天末樓臺橫北固, 夜深燈火見揚州"라고 하였고, 왕안국王安国, 1028~1074, 자 평보(平甫)[22]은 "시골 거간꾼의 말로서 오지랖이 사방에 뻗쳤다非宅牙人語, 解量四至"고 기롱하였다. 내 생각에 지리를 담론하는 자는 온 사방을 다 헤아려야 확신할 수 있으니, 그것으로 또한 충분하다.

원문

又按 : 蔡《傳》"下土墳壚", "壚, 疏也", 從《史記·夏本紀》注引孔安國曰"壚, 疏也"得來. 今《書傳》却無, 不如用陸氏引《說文》作"壚, 黑剛土也"解較勝. 蓋顔師古曰 : "此言豫之高地則壤, 壤, 柔土也 ; 下土則墳壚, 謂土之剛黑者." 師古無"玄而疏者謂之壚"之說, 惟《廣韻》云 : "壚, 土黑而疏." 蔡氏不知引. "厥土青黎", "黎, 黑也", 本孔《傳》. 果爾, 二字皆色, 與冀,兗,青,徐,雍五州例不合, 不如用馬融,王肅注"黎, 小疏也. 青以辨其色, 黎以辨其質耳"解較勝.

번역 우안又按

"(예주豫州의) 낮은 지역은 토질이 분로墳壚하다下土墳壚"의《채전》"노壚는 성긴 것이다壚, 疏也"는《사기·하본기夏本紀》주注의 공안국孔安國이 말한 "노壚는 성긴 것이다壚, 疏"를 인용한 것이다. 지금《서전書傳》은 없으므로,

---

21 양반(楊蟠) : 자 공제(公濟). 호 호연거사(浩然居士). 북송(北宋)의 시인. 저서에는《장안집(章安集)》이 있었으나, 망실되었다.
22 왕안국(王安國) : 자 평보(平甫). 북송의 시인. 왕안석(王安石)의 동모제(同母弟)로서, 왕안례(王安禮), 왕방(王雱)과 더불어 "임천삼왕(臨川三王)"으로 불린다.

육덕명이 《설문》의 "노로壚는 검고 굳센 흙이다壚, 黑剛土也"를 인용한 해석만큼 좋은 것은 없다. 안사고는 "이 말은 예주豫州의 높은 지역은 양토壤土인데 양壤은 부드러운 흙柔土이고, 낮은 지역의 토질이 분로墳壚라는 것은 흙이 굳세고 검은 것이다此言像之高地則壤, 壤, 柔土也; 下土則墳壚, 謂土之剛黑者"라고 하였다. 안사고는 "거뭇하면서 성긴 것을 노로壚라고 한다玄而疏者謂之壚"는 말을 하지 않았고, 오직 《광운廣韻》에서 "노로壚는 흙이 검고 성긴 것이다壚, 土黑而疏"고 하였다. 채침은 이를 인용할 줄은 몰랐다. "(양주梁州의) 그 흙은 청려青黎하다厥土青黎"의 《채전》 "여黎는 검은 색이다"는 《공전》에 근본한 것이다. 과연 그렇다면, 두 글자가 모두 색깔을 나타낸 것은 기주冀州, 연주兗州, 청주青州, 서주徐州, 옹주雍州의 다섯 주州의 예例와 맞지 않게 되니, 마융, 왕숙王肅의 "여黎는 조금 성긴 것이다. 청青으로 그 색깔을 분별하였고, 여黎로써 그 토질을 분별한 것일 뿐이다黎, 小疏也. 青以辨其色, 黎以辨其質耳"라는 주해가 비교적 더 나은 것만 못할 것이다.

又按 : 復檢得茅氏瑞徵《禹貢匯疏箋》曰 : "豫土止言壤, 其色雜也. 從'厥土'中又別以'下土'言之, 與青州再指'海濱'同義." 又曰 : "案經文'厥土'未有言色不言質及兩言色者. 金仁山云'梁土色青, 故生物易; 性疏, 故散而不實. 向聞成都土疏, 難以築城'. 馬說殆近之."

우안又按

다시 모서징茅瑞徵[23]의 《우공회소전禹貢匯疏箋》을 검토해보았다. "예주豫州

의 토양은 단지 양토壤土일 뿐이고 그 색이 뒤섞인 것이다. '궐토厥土' 안에 다시 '하토下土'를 말한 것은 청주靑州에서 '해빈海濱'[24]이라고 다시 지적한 것과 같은 의미이다." 또 말하였다. "경문의 '궐토厥土'를 살펴보면, 색깔은 말하고 토질은 언급하지 않거나 색깔을 두 번 언급한 것은 없다. 김이상金履祥, 효 인산(仁山)은 '양주梁州의 토색土色이 청색이므로 식물을 생장시키기 쉬우나, 성질이 성기기 때문에 흩어져 실하지 않다. 예전에 듣자니, 성도成都의 토질이 성글어서 축성하기가 어렵다고 한다'고 하였다. 마융의 설[25]이 아마도 사실에 가까울 것이다."

원문

或問 : 孔《傳》云, 三江有北, 有中, 則南可知, 其說何如? 余曰 : 未易盡非, 只是《地理志》有南江, 中江, 北江, 中江至陽羡入海, 于今不合. 當用蘇, 曾二家之說以疏孔, 不得依班氏. 蘇氏曰 : "豫章江入彭蠡而東, 至海爲南江. 岷山, 江之經流, 會彭蠡, 以入海, 爲中江. 漢自北入江, 匯于彭蠡以入海爲北江." 曾氏敗曰 : "考於地理, 豫章之川如鄱水至彭水, 凡九合于湖漢, 東至彭蠡入江, 此九水蓋南江也. 南江乃江之故迹, 非禹所導. 禹導漢水入焉, 與舊江合流, 而水之沠分爲南北, 故漢爲北江. 又導岷山之江入焉, 其流介乎二江之中, 故爲中江. 南江乃故道, 故經不志. 然亦別爲三江, 而非'三江旣入'之三江也."

---

23 모서징(茅瑞徵) : 자(字) 오운(五芸). 명(明) 절강(浙江) 귀안현(歸安縣) 출신. 만력(萬曆) 29년(1601) 진사(進士)급제. 주요 저서에는《상어사대조의(上禦史台條議)》,《수리론(水利論)》,《적벽집(赤壁集)》,《상서록(象胥錄)》등이 있다.
24 《우공》厥土白墳. 海濱廣斥.
25 《우공·정의》壤, 馬云天性和美也. "양(壤)에 대하여 마융(馬融)은 '흙의 성질이 화미(和美)한 것이다'라고 하였다."

《공전》에 삼강三江에 북강北江과 중강中江이 있으므로 남강南江을 말하지 않아도 알 수 있다는 말이 무엇인가?

나는 대답하였다.

완전히 틀렸다고는 할 수 없으니, 단지 《지리지》에 남강南江, 중강中江, 북강北江이 있는데, 중강中江이 양선陽羨에 이르러 대해大海로 유입된다는 것은 지금과 맞지 않는다. 마땅히 소식蘇軾, 증민曾旼 두 학자의 설을 인용하여 공전을 통하게 해야하며 반고班固의 설에 의존해서는 안된다. 소식은 다음과 같이 말했다. "예장강豫章江은 팽려彭蠡로 유입되어 동쪽으로 흘러 대해大海에 이르니 남강南江이 된다. 민산岷山은 강江이 걸쳐 흐르는 곳이며, 팽려彭蠡에서 모여 대해로 유입되는 것은 중강中江이 된다. 한수漢水가 북쪽에서 강수江水로 유입되고, 팽려에 모여 대해로 유입되는 것은 북강北江이 된다豫章江入彭蠡而東, 至海爲南江. 岷山, 江之經流, 會彭蠡, 以入海, 爲中江. 漢自北入江, 匯于彭蠡以入海爲北江." 증민曾旼은 다음과 같이 말했다. "지리를 고찰해보면, 예장豫章의 천川인 파수鄱水에서 팽수彭水와 같은 모두 아홉 개의 물[26]이 호한湖漢에 합쳐져 동쪽으로 팽려彭蠡에 이르러 강수江水로 유입되는데, 이 구수九水가 남강南江이다. 남강南江은 곧 강수江水의 옛 흔적이지, 우禹가 인도한 것이 아니다. 우禹는 한수漢水를 인도하여 옛 강수와 함께 흐르게 하였는데, 물길의 지류가 남북으로 나뉘었기 때문에 한수漢水가 북강北江이 되었다. 또 민산岷山의 강江을 인도하여 유입시켰는데, 그 흐름이 두 강 사이에 끼었으

---

26 구수(九水) : 공강수(贛江水), 파수(鄱水), 여수(余水), 수수(修水), 감수(淦水), 우수(旴水), 촉수(蜀水), 남수(南水), 팽수(彭水).

므로 중강中江이 되었다. 남강南江은 곧 옛 물길이므로 경문에서 기록하지 않은 것이다. 그렇다면 또한 별개의 삼강三江이 되어, '(양주揚州의) 삼강三江이 이미 (대해로) 유입되다三江既入'의 삼강三江이 아니다考於地理, 豫章之川如鄱水至彭水, 凡九合于湖漢, 東至彭蠡入江, 此九水蓋南江也. 南江乃江之故迹, 非禹所導. 禹導漢水入焉, 與舊江合流, 而水之派分爲南北, 故漢爲北江. 又導岷山之江入焉, 其流介乎二江之中, 故爲中江. 南江乃故道, 故經不志. 然亦別爲三江, 而非'三江既入'之三江也."

원문

或又問：《職方氏》楊州"其川三江"解孰爲定? 余曰：鄭無注, 賈疏非. 當以郭景純解"三江者, 岷江, 松江, 浙江也"以當之斯爲定. 蓋一州之內, 其山鎭澤藪川浸至多, 選取最大者而言, 楊州之最大川孰有過岷, 浙二江者哉? 即松江之在當時, 亦必水勢洪闊, 與揚子, 錢唐相雄長, 而後可以稱禹迹, 非如今所見之淺狹. 此豈專指泄震澤之下流者之江?《國語》申胥曰"吳與越三江環之", 范蠡曰"我與吳爭三江五湖之利", 夫環二國之境而食其利, 正《職方》之三江, 我故曰《周禮》一三江,《禹貢》又一三江也.

번역 어떤 이가 또 물었다.

《주례 · 직방씨職方氏》에서 양주揚州의 "천川은 삼강三江이다其川三江"의 주해는 누구의 것으로 정해야 하는 것인가?

나는 대답하였다.余曰

정현의 주해는 없고, 가공언의 소疏는 틀렸다. 마땅히 곽박郭璞, 자 경순(景純)의 "삼강은 민강岷江, 송강松江, 절강浙江이다三江者, 岷江, 松江, 浙江也"는 주해를 여기에 해당시켜야 한다. 대체로 하나의 주州 안에 산, 못, 천川 등이 매우 많은데, 그 가운데 가장 큰 것을 선택하여 말하는 것이니, 양주楊州 최대 의 천川을 말함에 누가 민강岷江, 절강浙江 두 강을 빠뜨리겠는가? 곧 송강松 江은 당시에도 반드시 물의 흐름이 크고 거칠어서 양자강揚子江, 전당강錢唐 江과 더불어 웅장하였으므로 후세에 우禹의 자취로 칭해질 수 있었으니, 지금 보이는 것과 같이 얕고 좁지 않았다. 이 어찌 진택震澤 하류에 빠뜨 린 강을 가리키는 것이겠는가?《국어 · 월어상越語上》에 신서申胥, 伍子胥가 "오吳와 월越을 삼강三江이 두르고 있다吳與越三江環之"고 하였고,《국어 · 월어 하越語下》에 범려范蠡는 "우리가 오吳와 더불어 삼강三江과 오호五湖의 이익을 다툰다我與吳爭三江五湖之利"고 하였는데, 대저 두 나라의 경계를 두르고 그 이 로움으로 먹고 산 것이 바로《직방》의 삼강三江이므로 나는 다음과 같이 말한다.《주례》가 하나의 삼강三江이고,《우공》은 또 하나의 삼강三江이다.

又按 : 嘗謂理之至者, 數自不能違. 上蘇, 曾二說, 不過從經文空處度出, 非 眞有名稱. 而《南史 · 王僧辯傳》"陳武帝率師出自南江, 行至盆口", 胡三省《通 鑑註》"贛水謂之南江", 則知豫章江爲南江, 六朝時已然. 安知禹不素有此名? 討論至此, 眞覺快心. 又程氏大昌有論 : "東匯澤爲彭蠡", "東迆北會于匯", 是 二經語者, 非附著南江, 以槧其所不書者與? 夫同爲一水, 既別其北流以爲北江 矣, 又命其中流爲中江矣, 而彭蠡一江方自南而至, 橫絶兩流, 與之回轉, 而得 名之曰匯. 參配北, 中, 與之均敵, 而得名之爲會. 則是向之兩大者, 並此爲三矣. 當其兩大, 則分北, 中以名之, 及其匯會, 而鼎錯于南, 則辨方命位, 而以南江目之, 不亦事情之實哉? 其會匯之地雖名彭蠡, 而上流鍾爲鄱易大澤者, 亦彭蠡也. 彭蠡之爲南江既無疑, 禹之行水曾經疏導, 則雖小而見錄, 無所致力, 則雖大而不書. 南江源派誠大且長, 正以不經疏導, 故自彭蠡而上無一山一水得見于經. 然於其合並江與漢而以匯會名之, 使天下因鼎錯之實, 參北,中之見而南江隱然在二語之中. 此眞聖經之書法錯落, 所謂觀書眼如月者.

번역 **우안又按**

일찍이 말했듯이, 이치가 지극한 것은 스스로 위배될 수 없다. 앞선 소식과 증민의 두 설은 경문의 빈 곳으로부터 도출된 것에 불과하며 진실로 명성을 얻은 것은 아니다. 《남사南史 · 왕승변전王僧辯傳》에 "진陳무제武帝가 군대를 이끌고 남강南江으로부터 행군하여 분구盆口에 이르렀다陳武帝率師出自南江, 行至盆口"고 하였고, 호삼성胡三省《통감주通鑑註》는 "공수贛水를 남강南江이라 한다贛水謂之南江"고 하였으니 예장강豫章江을 남강南江이라고 한 것은 육조六朝시대에도 이미 그러했음을 알 수 있다. 우禹의 시대에 이 이름이 없었는지를 어찌 알겠는가? 토론이 여기에 이르면, 진심으로 통쾌함을 깨닫는다.

또한 정대창程大昌, 1123~1195[27]의 논의가 있다.

"동쪽으로 돌아 못이 되는 것은 팽려彭蠡가 된다東匯澤爲彭蠡.", "동쪽으로 넘쳐 북쪽으로 모여 회匯, 彭蠡가 된다東迤北會于匯"의 두 경문은 남강南江에 붙이지 않는 것으로 기록하지 않음에 가능한 것인가? 대저 동일한 하나의

---

27 정대창(程大昌) : 자 태지(泰之). 남송의 정치가, 문학가이다. 주요 저서에는 《시론(詩論)》, 《연번로(演繁露)》, 《고고편(考古編)》 등이 있다.

물인데 북쪽으로 흐르는 것을 구별하여 북강北江이라 하고, 또 그 가운데 흐르는 것을 중강中江이라 명하였으며, 팽려彭蠡의 한 강江이 남쪽에서 이르러와서 두 물줄기를 가로지르고 더불어 회전함으로써 회匯라는 이름을 얻었다. 북강北江과 중강中江에 짝 맞추어 균등하게 하여 회會라고 이름한 것이다. 그러므로 예전의 두 개의 큰 것과 아울러 세 개가 되었다. 그 두 개의 큰 것에 해당되는 것을 북과 중으로 나누어 명명하였고, 물들이 모임匯會에 미쳐서는 남쪽에서 모여 섞였으므로 방위로 변별하여 남강南江으로 지목한 것이니, 이 또한 사실이 아니겠는가? 그 물이 모이는 지역이 비록 팽려彭蠡라고 명명되었지만, 상류上流로 올라가 만나는 파양鄱陽의 큰 못도 팽려彭蠡였다. 팽려彭蠡가 남강이 되는 것은 이미 의심의 여지가 없다. 우禹가 물을 운행시켜 일찍이 소통됨을 겪었다면 비록 작은 규모라도 기록에 드러났지만, 힘쓴 바가 없다면 비록 크더라도 기록하지 않았다. 남강南江의 원류는 진실로 장대하나 바로 소통되지는 않았으므로, 팽려彭蠡 앞에 하나의 산과 물이 경문에 없는 것이다. 그러나 강수江水와 한수漢水가 합쳐져 물이 모이는 것으로 명명함으로써 천하 사람들에게 확정된 진실을 보여주고, 북강과 중강이 드러난 것을 참고로 하여 남강이 두 말 사이 은연중에 있게 하였다. 이는 진실로 성경聖經의 서법이 드러난 곳으로 이른바 책을 보는 눈이 달과 같다는 것이다.

제92.《공전》의 양산梁山과 기산岐山이 옹주雍州에 있다는
주해가 옳음을 논함

원문

《詩》與《書》相表裏. "信彼南山, 維禹甸之", 則《禹貢》之"終南"也; "豐水東注, 維禹之績", 則《禹貢》之"豐(灃)水攸同"也; "奄有下土, 纘禹之緒", 則指"禹汝平水上", "后稷播時百穀"; "洪水芒芒, 禹敷下土方", 則指"禹敷土"; "天命多辟, 設都于禹之績", 則指"五百里侯服"等. 豈"奕奕梁山, 維禹甸之"爲當日韓侯入覲之道, 有不指"治梁及岐"之"梁"在今韓城, 郃陽二縣之境者哉? 既如此, 二縣仍應屬雍州, 不得如晁氏改爲冀州山. 或曰: 奈例不合何? 余曰: 此特聖經之變例也. 安國《傳》所謂"壺口在冀州, 梁, 岐在雍州. 從東循山治水而西"是也. 蓋禹他日導山, 由岐至荆, 逾河而東, 抵壺口. 茲治畿內水患由壺口渡河而西, 而梁山, 而岐山, 正相合也. 壺口在今吉州西七十里, 與河津縣西北三十里之龍門相連, 爲大河出入之道, 與隔河之梁山對峙. 余因悟《尸子》"龍門未闢, 呂梁未鑿, 河出于孟門之上", 乃是"龍門未鑿, 呂梁未闢", 何者? 龍門見今猶存禹劚削之跡, 梁山則無之. 以梁山不過道梗塞. 闢者, 開也, 啟也. 開之啟之, 河斯流矣. 試觀《公羊傳》"梁山, 河上山", 《穀梁傳》"梁山崩, 壅遏河三日不流", 苟當日止致力壺口, 龍門而不及梁山, 亦屬枉然. 此二山者, 既爲連雞之勢, 而經文遂連類而書, 實有出于某州某山常例之外者, 且於冀曰"治岐", 他日於其本州但曰"岐既旅"而已, 正互見也. 更考樂史《寰宇記》云: "相州安陽縣有鯀堤, 禹之父所築以捍孟門, 今謂三刃城." 有不愈明禹鑿之, 辟之之爲第一功哉?

《시》와《서》는 서로 표리^{表裏}가 된다.《소아 · 신남산^{信南山}》"진실로 저 남산을 우임금이 다스리셨네^{信彼南山, 維禹甸之}"는 곧《우공》의 "종남^{終南}"²⁸이며,《대아 · 문왕유성^{文王有聲}》"풍수^{豐水}가 동쪽으로 흐르는 것은 우임금의 공적이네^{豐水東注, 維禹之績}"는 곧《우공》의 "풍수^{灃水}가 (渭水에) 합해진다^{灃水攸同}"이며,《노송 · 비궁^{閟宮}》"곧 하토^{下土}를 소유하사 우임금의 전통을 이었네^{奄有下土, 纘禹之緒}"는 곧 "우, 너는 물과 땅을 다스려라^{禹, 汝平水土}"²⁹와 "후직아, 이 백곡을 파종하도록 하라^{后稷, 播時百穀}"³⁰를 가리키며,《상송 · 장발^{長發}》"홍수가 아득하고 아득하거늘 우임금께서 하토^{下土}의 지방을 다스리사^{洪水芒芒, 禹敷下土方}"는 곧 "우가 토지를 분별하다^{禹敷土}"이며,《상송 · 은무^{殷武}》"하늘이 제후들을 명하사 우임금의 다스린 곳에 도읍을 세우게 하시니^{天命多辟, 設都于禹之績}"는 곧 "5백 리는 후복이다^{五百里侯服}" 등의 오복^{五服}을 가리킨다.《대아 · 한혁^{韓奕}》"크고 큰 양산^{梁山}을 우임금이 다스리셨네^{奕奕梁山, 維禹甸之}"는 당시 한후^{韓侯}가 입근^{入覲}한 길인데, 어찌《우공》"양산^{梁山}과 기산^{岐山}을 다스리다^{治梁及岐}"의 "양^梁"이 지금의 한성^{韓城}과 합양^{郃陽} 두 현^縣의 경계를 가리키지 않을 수 있겠는가? 이미 이와 같다면, 두 현^縣은 곧 옹주^{雍州}에 속하며, 송^宋 조열지^{晁說之}가 기주^{冀州}의 산^山으로 바꾼 것과 같을 수 없을 것이다.³¹

---

28 《우공》荆 · 岐旣旅. 終南 · 惇物, 至于鳥鼠.
29 《순전》舜曰, 咨四岳, 有能奮庸, 熙帝之載, 使宅百揆, 亮采惠疇. 僉曰, 伯禹作司空. 帝曰, 兪. 咨禹, 汝平水土, 惟時懋哉. 禹拜稽首, 讓于稷 · 契暨皐陶. 帝曰, 兪. 汝往哉.
30 《순전》帝曰, 棄, 黎民阻飢. 汝后稷, 播時百穀.
31 《채전》은 조열지(晁說之)의 설을 그대로 따랐다. "梁 · 岐, 皆冀州山. 梁山, 呂梁山也. 在今石州離石縣東北.

상서고문소증 권6 하 **87**

어떤 이가 물었다.

어찌 예例가 합치하지 않은 것인가?

나는 대답하였다.

이것은 단지 성경聖經의 변례變例이다. 공안국《전》의 이른바 "호구산壺口山은 기주冀州에 있고, 양산梁山과 기산岐山은 옹주雍州에 있다. 동쪽에서부터 산을 따라 홍수를 다스려 서쪽으로 갔다壺口在冀州, 梁, 岐在雍州. 從東循山治水而西"가 그것이다. 대체로 우禹가 다른 날 도산導山할 때는 기산岐山에서 형산荊山에 이르러 하수河水를 넘어 동쪽으로 가서 호구壺口에 이르렀다. 여기에서는 기내畿內의 수환水患을 다스림에 호구壺口에서 하수를 넘어 서쪽으로 가서 양산梁山을 다스리고 기산岐山을 다스린 것과 꼭 합치한다. 호구산壺口山은 지금의 길주吉州 서쪽 70리에 있는데, 하진현河津縣 서북 30리의 용문龍門과 서로 이어지며 대하大河가 출입하는 길로서 하수 건너편의 양산梁山과 대치하고 있다.

나는 이로 인하여《시자尸子》"용문龍門이 아직 열리지 않고 여량산呂梁山이 아직 뚫리기 전에는 하수河水가 맹문孟門의 위로 나왔다龍門未闢, 呂梁未鑿, 河出于孟門之上"라는 말이 곧 "용문龍門이 아직 뚫리지 않고 여량산이 아직 열리지 않았다龍門未鑿, 呂梁未闢"는 말임을 깨달았다. 왜 그런가? 용문龍門에는 지금도 여전히 우가 깎은 흔적이 보이는데, 양산梁山에는 없다. 양산梁山으로 인해 막힌 길을 넘지 못하였다. 벽闢이란 개開와 계啓의 의미이다. 양산의 길을 열어서 하수가 이에 흐르게 된 것이다.《공양전》"양산梁山은 하수 가의 산이다梁山, 河上山"와《곡량전》"양산梁山이 무너져 하수를 막아 물이 3일 동안 흐르지 않았다梁山崩, 壅遏河三日不流"를 보면, 진실로 우禹 당시에는 단지 호구壺口와 용문龍門에만 힘을 다하고 양산梁山에는 미치지 않았던 것이니, 이 또한 어쩔 수 없는 것이다. 이 두 용문산과 양산은, 이미 하나로 묶여진 닭의 형세와 같으므로 경문에서 마침내 비슷한 부류로 연결하여 서술하였으나, 사실은 어떤 주의 어떤 산이 있다는 범례에 벗어난 것이며, 또한 기주冀州에서 "기산을 다스리다治岐"고 하였고, 다른 날 그 산의 본주本州, 雍州에서는 단지 "기산岐山에 여旅제사를 지내다岐旣旅"고만 한 것은 바로 상호간 서로 미루어 짐작하게 한 것이다. 다시 악사樂史의 《환우기寰宇記》 "상주相州 안양현安陽縣에 곤제鯀堤가 있는데, 우禹의 아버지가 쌓아 맹문孟門을 막은 것으로 지금은 삼인성三刃城이라 부른다相州安陽縣有鯀堤, 禹之父所築以捍孟門, 今謂三刃城"를 고찰해보면, 우禹가 길을 뚫고 엶에 제일의 공로가 있다는 사실이 더욱 명백하지 않은가?

원문

按 : 胡朏明謂 : 子胡不解"及岐"二字? "岐"非河所經也. 余曰 : 亦曾考來, 禹言"予決九川距四海", 使天下大水有所歸; "濬畎澮距川", 使水之小者有所泄. 必不是大水治畢, 然後去治小水, 蓋隨手可了斯了耳. 岐山在今岐山縣東北十里, 縣在鳳翔府東五十里, 余所舊遊處.《志》稱府居四山之中, 五水之會. 五水, 汧也,渭也,漆也,岐也,雍也. 岐水入漆, 雍水合漆水入渭, 汧水,漆水各入渭, 應是治此羣水注渭耳. 至梁與岐, 當日勢同連雞, 工宜並擧. 其所以然之故, 千載而下殆難以臆度, 故曰 : 學莫善于闕疑.

번역 **안按**

호위胡渭, 자 비명(朏明)가 말했다.

그대는 어찌 "급기及岐"[32] 두 자는 해석하지 않는가? "기岐"는 하수河水가 지나는 곳이 아니다.

나는 대답하였다.

그 또한 일찍이 고찰해보았으니, 우禹가 말한 "내가 구주九州의 물을 터서 사해四海에 이르게 하였다予決九川距四海"는 천하天下의 큰 물줄기가 돌아갈 곳이 있게 한 것이고 "견畎과 회澮를 깊이 파서 내에 이르게 하였다濬畎澮距川"는 물줄기의 작은 것이 흘러나가게 한 것이다.[33] 반드시 큰 물의 다스림이 끝난 이후에 작은 물을 다스릴 필요는 없으니, 대체로 손이 가는 대로 하는 것일 뿐이다. 기산岐山은 지금의 기산현岐山縣 동북 10리에 있고, 현縣은 봉상부鳳翔府 동쪽 50리에 있는데 내가 예전에 노닐었던 곳이다. 《지지地志》에서는 봉상부가 사산四山의 가운데 오수五水가 모이는 곳에 위치한다고 하였다. 오수五水란 견수汧水, 위수渭水, 칠수漆水, 기수岐水, 옹수雍水이다. 기수岐水는 칠수漆水로 유입되고, 옹수雍水는 칠수漆水와 합하여 위수渭水로 유입되며, 견수汧水와 칠수漆水는 각각 위수渭水로 유입되는데, 마땅히 이 뭇 물길을 다스려 위수渭水로 물댄 것일 뿐이다. 양산梁山과 기산岐山에 이르러서는 당시에 산세가 하나로 묶여진 닭의 형세와 같았으므로 마땅히 공사를 같이 일으켜야만 했던 것이다. 그러한 까닭임에도 천년 이후

---

32 《우공》治梁及岐.

33 《익직》禹曰, 洪水滔天, 浩浩懷山襄陵, 下民昏墊. 予乘四載, 隨山刊木, 曁益奏庶鮮食. 予決九川, 距四海, 濬畎澮, 距川, 曁稷播奏庶艱食鮮食. 懋遷有無化居, 烝民乃粒, 萬邦作乂.

에 억측할 수는 없는 것이므로, 학문은 의심스러운 것을 비워두는 것보다 더 좋은 것은 없다.

又按：鄭端簡《禹貢圖說》曰："冀州, 天下所當先, 壺口又帝都所當先. 導山, 嘗先岍,岐矣, 然特相其便宜耳. 開鑿之功, 實自壺口始也. 導河, 嘗先積石矣, 然特疏其上流耳. 疏浚之功, 實自壺口始也. 八年於外, 始于此時; 四載之乘, 始于此地也." 蓋壺口正大河北來南注之處, 但謂梁,岐二山河水所經, 則仍蔡氏之亂道矣.

번역 우안又按

단간공端簡公 정효鄭曉, 1499~1566의 《우공도설禹貢圖說》에서 다음과 같이 말했다.

"기주冀州는 천하天下 가운데 우선해야 하며, 호구壺口 또한 제도帝都로서 우선해야 한다. 도산導山은 일찍이 견산岍山과 기산岐山을 먼저하였으나, 다만 서로 편리했기 때문일 뿐이다. 물길을 열고 뚫은開鑿의 공로는 실로 호수壺口로부터 시작되었다. 도하導河는 일찍이 적석積石을 먼저하였으나, 다만 그 상류를 소통시킨 것일 뿐이다. 소통시키고 준설한疏浚 공로는 실로 호구壺口로부터 시작되었다. 우禹가 8년을 밖에서 일한 것이 이때에 시작되었고, 네 가지 탈 것을 탄 것도 이 지역에서 시작되었다."

대체로 호구壺口가 바로 대하大河가 북쪽에서 남쪽으로 주입되는 곳인데, 다만 양산梁山과 기산岐山 두 산이 하수河水가 지나는 곳이라고 말한 것은 채침이 도道를 어지럽힌 것이다.

又按：呂梁有四：一出《尸子》,《禹貢》之梁山也；一出《列子》, 即孔子所觀者, 在今徐州東南六十里；一出蔡《傳》, 爲今永寧州東北骨脊山, 殊附會不足信；一出酈道元, 稱呂梁山"巨石崇竦, 壁立千仞, 河流激蕩, 濤湧波襄, 雷奔雲洩, 震天動地", 與所稱河經龍門水勢無異. 道元曰："即呂梁矣, 在離石北以東可二百餘里." 離石, 明之石州, 改名永寧州者. 必求其地以實之, 永寧州東北則今靜樂縣岢嵐州之地, 西去黃河約二百里, 無所謂河流也. 土人欲當以河曲縣西南二十五里天橋峽, 亦有禹鑿之跡, 天將陰雨, 激浪如雷, 聲聞數十里, 幾相似矣, 而無所謂千仞巨石, 又南去離石四百有餘里. 種種悉不合, 安得起酈氏於九原而問之哉? 宜闕疑.

번역 우안又按

여량산呂梁山은 네 가지 설이 있다. 첫째는《시자尸子》에 나오는데,《우공》의 양산梁山이다. 둘째는《열자列子》에 나오는 것으로, 곧 공자가 본 것이니 지금의 서주徐州 동남東南 60리에 있다. 셋째는《채전》에서 말한 지금의 영녕주永寧州 동북 골척산骨脊山으로 너무 견강부회하여 신뢰하기 부족하다. 넷째는 역도원酈道元의 설로서, 여량산呂梁山에 대해 "거대한 돌이 우뚝 솟아 벼랑이 천 길이나 늘어섰고, 하수의 흐름이 격랑하여 물결이 용솟음쳐 천둥처럼 울리고 구름을 일으키며 하늘을 울리고 땅을 진동시킨다巨石崇竦, 壁立千仞, 河流激蕩, 濤湧波襄, 雷奔雲洩, 震天動地"고 하였으니, 하수河水가 용문龍門을 지날 때의 기세와 다를 바 없다. 역도원은 "이곳이 곧 여량산으로, 이석離石 북쪽에서 동쪽으로 2백여 리이다即呂梁矣, 在離石北以東可二百餘里" 고 하였다. 이석離石은 명明의 석주石州인데, 영녕주永寧州를 개명한 것이다. 반드시 그 땅을 구해서 실증해 보면, 영녕주永寧州 동북은 지금의 정락현靜樂縣 기람주嵐州 지역인데, 서쪽으로 황하黃河까지 약 2백 리 떨어져 있어 하수가 흐른다고 할 수 없다. 토착인들은 하곡현河曲縣 서남 25리의 천교협天橋峽이 여량산에 해당할 것이라고 생각하는데, 그곳에도 우禹가 굴착한 흔적이 있어 날씨가 흐려 비가 내리면 물결의 격랑이 천둥과 같고 그 소리가 수십 리 밖에도 들려 거의 비슷한 것 같지만, 천 길의 거대한 암벽은 없고, 또 남쪽으로 이석離石까지는 4백여 리나 떨어져 있다. 모든 것이 다 합치하지 않은데, 어찌 역도원을 묘지에서 일으켜 세워 물어볼 수 있겠는가? 의심스러움은 비워둠이 마땅할 것이다.

원문

又按:《困學紀聞》謂"治梁及岐", 若從古注, 則雍州山距冀州甚遠, 壺口, 太原不相涉. 晁以道用《水經注》, 以爲呂梁,狐岐山. 蔡氏《集傳》從之. 朱文公曰:"梁山證據不甚明白." 予讀至此, 擊節嘆曰:"朱子之言, 其殆聖矣乎!"

번역 우안又按

《곤학기문》은 "양산과 기산을 다스리다治梁及岐"에 대해 고주古注를 따랐으니, 곧 옹주雍州의 산으로 기주冀州와는 매우 멀고, 호구壺口와 태원太原과는 관계가 없다고 하였다. 조열지晁說之, 자 이도(以道)는 《수경주》를 인용하여 여량산呂梁山과 호기산狐岐山이라고 하였다. 채침의 《집전》이 그 설을 따랐다. 주문공은 "여량산의 증거가 매우 확실하지 않다梁山證據不甚明白"고 하였다. 나는 여기까지 읽고는 무릎을 치며 "주자의 말씀이 거의 성인의 말씀일 것이다!"고 탄복하였다.

又按 : 蔡《傳》, "淮入海, 在今淮浦." 案《寰宇記》,《九域志》,《文獻通考》,《宋史·地理志》無淮浦縣. 質之黃子鴻, 子鴻曰 : "淮浦見于班《志》, 不見于劉《宋書》, 蓋省入子山陽縣也. 宋明帝於此喬置襄賁縣, 隋開皇初改漣水. 宋太平興國三年以縣置漣水軍, 熙寧五年廢爲縣, 今安東縣是.《水經》淮水'東過淮陰縣北, 又東至廣陵淮浦縣入于海', 此蔡氏所本. 若遵本朝之制, 當曰'淮入海, 在今漣水'."

우안又按

《채전》은 "회수淮水가 대해大海로 유입되는 곳은 지금의 회포淮浦에 있다淮入海, 在今淮浦"**34**고 하였다.《환우기》,《구역지九域志》,《문헌통고》,《송사·지리지》를 살펴보아도 회포현淮浦縣은 없다. 황의黃儀, 자 자홍(子鴻)에게 질의하니, 자홍子鴻이 다음과 같이 대답하였다.

"회포淮浦는《한서·지리지》에 보이고 유송劉宋의《송서宋書》에는 보이지 않으니, 대체로 산양현山陽縣에 편입된 것이다. 남조南朝 송宋 명제明帝, 466~472

---

34 《우공》"導淮自桐柏. 東會于泗·沂, 東入于海"의 주해에 보인다.

재위時 이 곳에 양분현襄賁縣을 설치하였고, 수隋 개황開皇, 581~600 초기 비로소 연수漣水로 개명하였다. 宋宋 태평흥국太平興國 3년978 현縣 대신 연수군漣水軍을 설치하였고, 희녕熙寧 5년1072 군軍을 폐지하고 현縣이 되었으니 지금의 안동현安東縣이다. 《수경》회수淮水에 '동쪽으로 회음현淮陰縣 북쪽을 지나고, 다시 동쪽으로 광릉廣陵 회포현淮浦縣에 이르러 대해로 유입된다東過淮陰縣北, 又東至廣陵淮浦縣入于海'고 한 것을 채침이 근본으로 따랐다. 만약 송조宋朝의 제도를 따랐다면, 마땅히 '회수가 대해로 유입되는 곳은 지금의 연수漣水에 있다淮入海, 在今漣水'고 해야 한다."

又按：昨舟過武進, 飮于友人家, 一人曰："唐王勃《滕王閣宴集序》得毋後人僞撰, 何篇首云'南昌故郡, 洪都新府'？南唐交泰元年, 始于南昌縣建南都, 升爲南昌府. 明洪武初曰洪都府, 尋改南昌府. 那得王勃已載入其《序》中？"余不能對. 質之徐司寇健庵, 健庵曰："南昌故郡, 蓋言南昌故郡所治之地也. 唐武德五年置洪州總管府, 七年改都督府, 故曰'洪都新府'. 明太祖明以王序作典故, 非王序襲明制, 勿得顚倒見."

우안又按

어제 배를 타고 무진武進, 지금의 강소(江蘇) 상주(常州)을 지나면서 우인友人의 집에서 밥을 먹었는데, 어떤 사람이 말했다. "당唐 왕발王勃, 650?~676?의《등왕각연집서滕王閣宴集序》는 후대인의 위찬이 아닐 수 없으니, 어찌 편수篇首에서 '남창南昌 고군故郡, 홍도洪都 신부新府, 南昌故郡, 洪都新府'라고 했겠는가? 남당南唐 교태交泰 원년元年, 958, 비로소 남창현南昌縣에 남도南都가 세워졌고, 승격되어 남창부南昌府가 되었다. 명明홍무洪武 초기에 홍도부洪都府를 바로 남창부南昌府로 바꾸었다. 어떻게 왕발이 이미 그《서序》안에 넣을 수 있었겠는가?"나는 대답할 수 없었다. 사구司寇 서건학徐乾學, 1631~1694, 호 건암(健庵)에게 질의하니, 서건학이 대답하였다. "남창南昌고군故郡이란 대체로 남창南昌고군故郡이 다스리던 지역을 말한 것이다. 당唐 무덕武德 5년622 홍주총관부洪州總管府를 설치하였고, 7년624 도독부都督府로 바꾸었으므로 '홍도신부洪都新府'라고 한 것이다. 명明태조太祖가 왕발의 서序로 전고典故를 밝혔고 왕발의 서序가 명明의 제도를 따른 것이 아니므로, 전도되지 말아야 한다."

원문

又按 : 余舟中讀干寶 《晉紀》, 吳孫皓使紀陟如魏, 司馬昭問吳戍備幾何. 對曰 : "西陵至江都五千七百里." 又問道里甚遠, 難爲固守, 對曰 : "疆界雖遠, 而險要必爭之地不過數四, 猶人有八尺之軀, 靡不受患, 其護風寒亦數處耳." 昭稱善, 厚爲之禮. 裴松之以爲此譬未善, 當曰 : "譬如金城萬雉, 所急防者四門而已." 兒子時在側, 曰 : "詠曾楚遊, 自江都西南至江西彭澤縣約一千里, 自彭澤西北至湖廣武昌府約八百里, 自武昌西南至岳州府界約三百餘里, 自岳州西北至夷陵州約六百里. 夷陵州古西陵, 即水道曲折, 共計亦不及三千里. 吳使大言以夸敵耳. 敵不知披輿圖核里數以折, 可謂國有人乎? 而松之注亦不出." 余曰 : "然. 劉原父使遼, 契丹導之行, 自古北口至柳河, 回屈殆千里, 以夸示險遠. 原父質譯人曰 : '自松亭趨柳河甚徑且易, 不數日可抵中京,

| 何爲故道此?' 譯相顧駭愧曰 : '實然.' 不得謂後人遜于前人也."

번역 **우안又按**

　나는 배 안에서 간보干寶, 282?~351[35]의 《진기晉紀》를 읽었다. 오吳의 손호孫皓가 기척紀陟을 사신으로 삼아 위魏나라로 가자, 위나라 사마소司馬昭는 오吳의 변방 수비가 어떤지를 물었다. 기척이 대답하기를 "서릉西陵에서 강도江都까지 5천 7백 리입니다"하였다. 또 길과 촌락이 매우 멀어 수비하기에 곤란한지를 물었는데, 대답하기를 "경계가 비록 멀지만, 험준한 요충지로서 반드시 다투어야 할 땅은 서너 곳에 지나지 않으니, 팔 척의 사람만 있더라도 근심될 것이 없으며, 찬바람과 냉한을 막을 곳도 수 곳입니다"고 하였다. 사마소는 잘했다고 칭찬하고 후하게 예를 표하였다. 배송지裴松之는 이 비유가 좋지 않았다고 하면서 마땅히 "비유하자면 굳건한 성이 만 치에 이르러 급하게 방어해야 될 곳은 사문四門뿐입니다"라고 했어야 한다고 했다. 내 아들이 당시 옆에 있다가 다음과 같이 말했다. "제가[염영閻詠] 일찍이 초楚나라를 노닐 때, 강도江都 서남에서 강서江西 팽택현彭澤縣까지 약 1천 리, 팽택彭澤 서북에서 호광湖廣 무창부武昌府까지 약 8백 리, 무창武昌 서남에서 악주부岳州府 지계까지 약 3백여 리, 악주岳州 서북에서 이릉주夷陵州까지 약 6백 리였습니다. 이릉주夷陵州는 고古 서릉西陵이니, 곧 물길이 굽이쳐 꺾인 것도 모두 3천 리에 못 미쳤습니다. 오吳

35　간보(干寶) : 자 영승(令升). 동진(東晉)의 문학가, 사학가이다. 주요 저서에는 《수신기(搜神記)》,《주역주(周易注)》,《오기변화론(五氣變化論)》,《논요괴(論妖怪)》,《논산사(論山徙)》,《사도의(司徒儀)》,《주관례주(周官禮注)》,《진기(晉紀)》,《간자(干子)》,《춘추서론(春秋序論)》,《백지시(百志詩)》 등이 있다.

나라 사신이 과장하여 적에게 과시한 것일 뿐입니다. 적들이 지도를 펼쳐 핵실함에 몇 굽이 인지를 알지 못하는데, 나라에 훌륭한 인재가 있다고 할 수 있겠습니까? 그리고 배송지의 주^注도 거기를 벗어나지 않습니다."

나는 다음과 같이 생각한다. "그렇다. 유창^{劉敞, 1019~1068, 자 원보(原父)}이 요^遼나라에 사신길 때 거란^{契丹}이 길을 인노하였는데, 고북구^{古北口}에서 유하^{柳河}까지 둘러 꺾어감이 천리에 이르게 하여 험하고 먼 길임을 과장하여 보여주었다. 유창이 통역에게 '송정^{松亭}에서 유학^{柳河}까지는 매우 빠르고 쉬운 길이라 수일이 되지 않아 중경^{中京}에 닿을 수 있는데 무슨 연유로 이 길을 가는 것인가?'라고 묻자, 통역이 서로 돌아보며 놀라고 부끄러워하면서 '진실로 그렇습니다'라고 하였다. 후대 사람이 전대의 사람보다 겸손하다고 말할 수 없다."

원문

又按：蔡《傳》："山南曰陽, 即今岳陽縣地也." 岳陽縣雖在霍山之南, 汾水不經之, 當改云"山南曰陽, 今趙城縣是其地", 爲汾水所經. "壺口山, 漢在河東郡北屈縣, 今陽州吉鄉縣也", "陽州"當作"慈州". 或曰："陽"乃"隰"之譌, 宋熙寧五年, 吉鄉曾隸隰州云. 及檢舊本, 良然. "漢懷縣, 今懷州也", 當云"今懷州武陟縣也". "漢鄴縣, 今潞州涉縣", 當云"即今相州鄴縣, 熙寧五年省入臨漳". "漢阜城縣, 今定遠軍東光縣", 當云"今永靜軍阜城縣". 東光去阜城六十五里, 即東光亦隸永靜. 云定遠者, 景德元年以前稱也. 至酈《注》"河流激蕩, 震天動地", 誤作"震動天地"; "後魏於狐岐置六壁", "狐"誤作"胡". 皆"冀州"傳之當正者.

번역 우안又按

《채전》은 "산의 남쪽을 양陽이라 하니 곧 지금의 악양현岳陽縣 지역이다山南曰陽, 即今岳陽縣地也"[36]고 하였다. 악양현岳陽縣은 비록 곽산霍山의 남쪽에 있지만, 분수汾水가 지나지 않으므로 마땅히 "산의 남쪽을 양陽이라고 하니 지금의 조성현趙城縣이 그 지역이다山南曰陽, 今趙城縣是其地"라고 고쳐야 분수汾水가 지나는 곳이 된다. 《채전》 "호구산壺口山은 한나라 때 하동군河東郡 북굴현北屈縣에 있었으니, 지금의 양주陽州 길향현吉鄉縣이다壺口山, 漢在河東郡北屈縣, 今陽州吉鄉縣也"[37]의 "양주陽州"는 "자주慈州"로 써야 한다. 어떤 이는 "양陽"은 "습隰"의 와변으로 송宋 희녕熙寧 5년1072에 길향吉鄉은 일찍이 습주隰州 예속이 되었다고 한다. 구본舊本을 검토해보니 진실로 그러했다. 《채전》 "한漢 회현懷縣은 지금의 회주懷州이다漢懷縣, 今懷州也"[38]는 마땅히 "지금의 회주 무척현武陟縣이다今懷州武陟縣也"라고 해야 하고, 《채전》 "한漢 업현鄴縣은 지금의 노주潞州 척현涉縣이다漢鄴縣, 今潞州涉縣"는 마땅히 "곧 지금의 상주相州 업현鄴縣으로, 희녕熙寧 5년에 입장臨漳에 편입되었다即今相州鄴縣, 熙寧五年省入臨漳"고 해야 하며, "한漢 부성현阜城縣은 지금의 정원군定遠軍 동광현東光縣이다漢阜城縣, 今定遠軍東光縣"는 마땅히 "지금의 영정군永靜軍 부성현阜城縣이다今永靜軍阜城縣"라고 해야 한다. 동광東光에서 부성阜城까지는 65리 떨어져 있으니, 곧 동광東光 또한 영정永靜의 예속이다. 정원군定遠軍은 경덕景德 원년元年1004 이전의 칭호이다. 역도원《주》 "하수의 흐름이 격랑하여 물결이 용솟음쳐 하늘

---

36 《우공》 "旣修太原, 至于岳陽"의 주해에 보인다.
37 《우공》 "旣載壺口"의 주해에 보인다.
38 《우공》 "覃懷厎績, 至於衡漳"의 주해에 보인다.

을 울리고 땅을 진동시킨다河流激蕩, 震天動地”에 있어서《채전》은 “천지를 진동한다震動天地”로 잘못 적었고, “후위後魏, 北魏 때 호기산狐岐山에 육벽六壁을 설치하였다後魏於狐岐置六壁”의 “호狐”는 “호胡”로 잘못 적었다. 모두 “기주冀州”의 《채전》에서 바로잡아야 할 것들이다.

원문

又按：事有不可解者, 酈道元家酈亭, 今之涿州也, 距碣石六百餘里. 三言碣石淪于海. 無論今撫寧縣西有碣石山, 去海尙三十里, 卽其本朝文成帝太安四年戊戌登碣石山, 觀滄海, 改山名樂遊, 此豈 “苞淪洪波”者耶? 程大昌生南宋, 益附會以碣石在海中, 去岸五百餘里, 眞妄談! 惟近代韓恭簡邦奇一說頗爲之解嘲, 曰：“大海至永平府南發出一洋, 東西百餘里, 河從此洋之西北流注之. 此洋正逆河也. 碣石在其右轉屈之間. 碣石在海洋北, 洋闊五百餘里, 自洋南遠望如在海中, 實未淪入于海也.”

번역 **우안又按**

사안 가운데 이해가 되지 않는 것이 있으니, 역도원의 집은 역정酈亭으로 오늘날의 하북河北 탁주涿州로 갈석산碣石山까지 6백여 리 떨어져 있다. 역도원은 갈석산이 대해大海에 빠진다고 세 번이나 말했다. 지금의 무녕현撫寧縣 서쪽의 갈석산碣石山은 대해大海까지 30리 떨어져 있는데, 북위北魏 문성제文成帝가 태안太安 4년무술, 458 갈석산碣石山에 올라 창해滄海를 바라보고 산명을 낙유산樂遊山으로 바꾼 것을 논하지 않더라도, 그 산을 어찌 “큰 파도에 젖어 빠져든다苞淪洪波”고 할 수 있겠는가? 정대창程大昌, 1123~1195은

남송南宋에서 태어나 갈석산이 대해 가운데 있다고 더욱 견강부회하였는
데, 해안海岸까지 거리가 5백여 리이니 진실로 망령된 말이다! 오직 근대
의 공간공恭簡公 한방기韓邦奇, 1479~1556의 설이 자못 비웃는 자들에 대한 해
명의 말이 된다. "대해大海는 영평부永平府 남쪽에 이르러 하나의 해양海洋에
서 나오게 되는데, 동서東西 백여 리에 이르며, 하수河水가 이 해양海洋의 서
북을 따라 흐르다가 거기로 주입된다. 이 해양海洋이 바로 역하逆河이다.
갈석산은 역하가 오른쪽으로 굽어 도는 사이에 있다. 갈석산은 해양의
북쪽에 있는데, 해양은 5백여 리에 펼쳐져 있으므로 해양海洋 남쪽으로
멀리 바라보면 마치 대해大海 가운데 있는 것과 같지만, 실제로 대해에 빠
지지는 않는다."

<hr>

원문

又按：向謂釋《禹貢》山川不從《漢志》者衆, 玆復得二條：一終南,《地
志》："古文以太壹山爲終南山, 在扶風武功縣."《元和志》："終南山在萬年
縣南五十里. 經傳所說終南一名太一, 亦名中南. 據張衡《西京賦》'終南太一,
隆崛崔崒', 潘岳《西征賦》'九嵕巇嶭, 太一巃嵸', '面終南而背雲陽, 跨平原
而連嶓冢', 然則終南, 太一非一山也." 李善曰："終南, 太一, 以二賦徵之, 不
得爲一山明矣. 蓋終南, 南山之總名；太一, 一山之別號." 洵是. 固當於京兆
尹長安縣下注："《禹貢》終南山在南". 一岍山,《地志》："扶風汧縣西吳山, 古
文以爲汧山." 此則余所舊遊岍山, 在隴州西四十里,《唐六典》隴右道名山曰
秦嶺者是. 吳嶽山在隴州南八十里,《唐六典》關內道名山曰吳山者是, 尤非一
山. 不知固家扶風安陵, 距長安咫尺, 吳嶽亦不遠, 何緣認皆錯. 祇當于右扶

風汧縣下注 : "《禹貢》岍山, 在西, 雍州山"九字耳.

[번역] 우안又按

　　예전에 《우공》의 산천山川을 따르지 않은 《한서 · 지리지》 내용이 많다고 말했는데,[39] 여기에 다시 두 조목을 말한다.

　　첫째, 종남산終南山에 대해 《한서 · 지리지》는 "고문古文은 태일산太壹山을 종남산終南山이라고 하였는데, 부풍扶風 무공현武功縣에 있다古文以太壹山爲終南山, 在扶風武功縣"고 하였다. 《원화지元和志》에 "종남산은 만년현萬年縣 남쪽 50리에 있다. 경전에서 말한 종남은 일명 태일太一인데, 또한 중남中南이라고도 한다. 장형張衡 《서경부西京賦》의 '종남 태일은 우뚝 솟아 뾰족하네終南太一, 隆崛崔崒', 반악潘岳 《서정부西征賦》의 '구종九嵕의 깎아지른 절벽, 태일太一의 가파른 봉우리九嵕巀嶭, 太一巃嵸', '종남終南을 마주하여 운양雲陽을 등지며, 평원平原을 넘어 파총嶓冢에 이어지네面終南而背雲陽, 跨平原而連嶓冢'를 근거해본다면, 종남終南과 태일太一은 같은 산이 아니다"라고 하였다. 이선李善은 "종남終南과 태일太一은 두 부賦로 징험해보면 하나의 산이 될 수 없음이 명백하다. 대체로 종남은 남쪽 산의 총명總名이고, 태일太一은 한 산의 별호別號이다"고 하였는데, 참으로 옳다. 반고班固는 경조윤京兆尹 장안현長安縣 아래의 주注에서 "《우공》종남산은 남쪽에 있다《禹貢》終南山在南"고 하였다.

　　둘째, 견산岍山은 《한서 · 지리지》에 "부풍扶風 견현汧縣 서쪽의 오산吳山을 고문古文은 견산岍山이라 하였다扶風汧縣西吳山, 古文以爲汧山"고 하였다. 내가 예

---

39 제86. 《태서상》과 《무성》편은 모두 맹진(孟津)을 하수(河水)의 남쪽에 있었다고 한 것을 논함에 보인다.

전에 노닐었던 견산岍山은 농주隴州 서쪽 40리에 있는데,《당육전唐六典》의
농우도隴右道의 명산을 진령秦嶺이라고 한다는 것이 이것이다. 오악산吳嶽山
은 농주隴州 남쪽 80리에 있는데,《당육전》관내도關內道의 명산을 오산吳山
이라고 한다는 것이 이것이니, 더욱 같은 산이 아니다. 반고의 집은 부풍
扶風 안릉安陵으로 장안長安까지는 지척이고 오악吳嶽까지도 멀지 않았는데,
무슨 연고로 모두 잘못 안 것인지 알 수 없다. 우부풍右扶風 견현汧縣 아래
의 주注에서 합당한 것은 "《우공》견산은 (오산吳山의) 서쪽에 있고, 옹주의
산이다《禹貢》岍山, 在西, 雍州山". 9자뿐이다.

원문

又按：《溝洫志》王橫引《周譜》曰："定王五年河徙." 固述《溝洫志》曰"商
竭周移", 即本此. 酈道元亦不能詳其地, 但言周定王五年河徙故瀆. 余因疑魏
郡鄴縣下注"故大河在東", 此爲禹之故河. 至定王五年始不復從此行, 故曰
"河徙". 程大昌炫博者也, 竟實以"河徙砏礫". 砏礫人多不曉. 考諸《漢書》,
有"滎陽漕渠", 如淳曰："砏[今本作令]礫溪口是也." 砏礫溪, 即《水經》之礫
石溪, 正在滎陽縣界. 杜君卿亦但言河自定王五年徙流. 是漢訖唐不詳也, 而
謂程大昌能詳之乎? 吾嗤其妄.

번역 우안又按

《한서 · 구혁지溝洫志》에 왕횡王橫[40]은 《주보周譜》를 인용하여 "정왕定王 5

40 　왕횡(王橫) : 자 평중(平仲). 한(漢) 낭야(琅耶) 출신이다. 비직(費直)으로부터 《주역》
　　을, 서오(徐敖)로부터 《모시》를 배웠으며, 또 《고문상서》를 주해하였다고 한다. 왕망 때

년BC602 하수河水가 옮겨졌다定王五年河徙"고 하였고, 반고는 《구혁지溝洫志》를
서술하면서 "상商나라 때 고갈되었고 주周나라때 옮겨졌다商竭周移"[41]고 한
것은 이를 근본으로 한 것이다. 역도원도 그 지역을 상고하지 못했지만,
주周정왕定王 5년에 하수가 고독故瀆으로 옮겨졌다고 하였다.

그로 인해 나는 위군魏郡 업현鄴縣 아래의 주注 "고故대하大河는 동쪽에 있
다故大河在東"가 우禹의 고하故河임을 의심하였다. 정왕 5년에 이르러 비로소
다시는 그 길을 따르지 않았으므로 "하수가 옮겨졌다河徙"고 한 것이다.
정대창程大昌은 박식함을 과시하는 자였는데, 결국 "하수가 영력砱礫으로
옮겨졌다河徙砱礫"고 실증하고 말았다. 영력砱礫에 대해서 대부분의 사람들
이 이해하지 못하였다. 《한서》를 고찰해보면, "형양滎陽의 운하滎陽漕渠"가
있는데, 여순如淳[42]은 "영력계砱礫溪 입구이다砱[금본(今本)은 령(令)으로 썼다]礫溪口是
也"고 하였다. 영력계砱礫溪는 곧 《수경》의 역석계礫石溪로서 바로 형양현滎陽
縣 지계에 있다. 두우杜佑, 자 군경(君卿)도 하수는 정왕 5년부터 흐름이 옮겨
졌다고만 하였다. 이는 한대漢代에서 당대唐代에 이르기까지 상고하지 못
했는데, 정대창程大昌이 그것을 상고할 수 있었겠는가? 나는 정대창의 망
령됨을 비웃는다.

대사공(大司空) 연(掾)(속관)으로 하수(河水)의 치수정책을 맡았다.
41 《한서·서전하(敍傳下)》夏乘四載, 百川是導. 唯河爲逫, 災及後代. 商竭周移, 秦決南涯, 自
    茲䂖漢, 北亡八支. 文訊棗野, 武作瓠歌, 成有平年, 後遂洿沱. 爰及溝渠, 利我國家. 述溝洫志
    第九.
42 여순(如淳) : 삼국(三國)시대 조위(曹魏)의 역사가로서, 《한서(漢書)》를 주해하였다.

又按：《元和志》京兆府奉天縣有梁山，今乾州西北五里之梁山是.《志》云山即《禹貢》"治梁及岐"，《周本紀》古公亶父踰梁山止於岐下，及秦置梁山宮，皆此山. 蓋山勢紆迴，接扶風,岐山二縣之境. 經凡云"及"，皆相近之辭. 以梁山屬此，說亦可通. 然則，梁,岐仍雍州山云. 故曰義不妨於參觀.

우안又按

《원화지元和志》 경조부京兆府 봉천현奉天縣에 양산梁山이 있는데, 지금의 건주乾州 서북 5리의 양산梁山이 그것이다.《원화지》에 이르길, 산은 곧《우공》의 "양산梁山과 기산岐山을 다스리다治梁及岐"와《사기·주본기》의 고공단보古公亶父가 양산梁山을 넘어 기산岐山 아래에 머문 곳과 진秦에 이르러 양산궁梁山宮을 설치한 곳이 모두 이 산이라고 하였다. 대체로 산세山勢는 굽어돌아, 부풍扶風과 기산岐山 두 현縣의 지경과 접한다. 경문에서 말한 "급及"은 모두 서로 가깝다는 말이다. 양산梁山을 기산岐山에 속한다고 해도 그 설은 통할 수 있다. 그렇다면 양산梁山과 기산岐山은 곧 옹주雍州의 산이라고 할 수 있다. 따라서 주의 깊게 살펴봄에 의리를 해치지 않는다.

제93. 《채전》옹수灉水, 저수沮水를 연주兗州에 속하지 않는 것으로 주해한 것을 논함

원문

鄭夾漈有言："州縣之設, 有時而更; 山川之秀, 千古不易. 故《禹貢》分州, 必以山川定疆界. 使兗州可移, 而濟,河之兗州不可移; 梁州可遷, 而華陽,黑水之梁州不可遷.《禹貢》遂爲萬古不易之書." 余因覺濟,河之兗州既不可移, 則此兗州內必不闌入豫,徐二州之水鑿鑿矣. 胡蔡《傳》"灉,沮會同"引許愼曰"河灉水在宋", 又曰"汳水受陳留浚儀陰溝, 至蒙爲灉水, 東入于泗"? 此非水之出乎豫, 入乎徐者乎? 于兗曷與乎? 意沮水即睢水, 引應劭《漢‧地志》注曰"睢水出沛郡芒縣". 睢亦東南入于泗, 此又非水之出乎豫, 入乎徐者乎? 于兗曷與乎? 明韓邦奇覺其非, 別爲解曰："灉乃河之別流, 出于兗州者, 正如沱,潛二水或出荊或出梁也. 河既徙而南, 則灉爲平地矣. 山東濟南固有濟之別流, 小淸河是也, 則別是一灉沮也." 然亦屬憑虛臆度之見, 而非考古按今之論. 蓋嘗讀《括地志》云："雷夏澤在濮州雷澤縣郭外西北, 雍,沮二水在雷澤西北平地也."《元和志》云："灉水,沮水二源俱出雷澤縣西北平地, 去縣十四里." 又云："雷夏澤在縣北郭外, 灉,沮二水會同此澤."《寰宇記》並同. 更上而溯鄭康成《書》注："雍水,沮水相觸而合, 入此澤中." 下一"觸"字, 鄭蓋以目驗知之. 何曾氏,晁氏之呶呶哉? 大抵宋明人並此等書束之不觀, 游談無根, 余直欲以兗州水還諸兗州, 不俾闌入豫州,徐州之水而已矣.

정초鄭樵, 1104~1162, 협제(夾漈)선생는 다음과 같이 말했다.

"주현州縣의 설치는 시대에 따라 바뀌지만, 산천山川의 빼어남은 천고千古에 바뀌지 않는다. 따라서 《우공》 구주九州의 분획은 반드시 산천山川을 기준으로 강계疆界를 정하였다. 설령 연주兗州를 옮길 수는 있으나 제수濟水와 하수河水 사이의 연주兗州는 옮길 수 없으며, 양주梁州를 옮길 수는 있으나 화양華陽과 흑수黑水 사이의 양주梁州는 옮길 수 없다. 《우공》은 결국 만고불역萬古不易의 책이다."

이로 인해 나는 제수濟水와 하수河水의 연주兗州를 이미 옮길 수 없다면, 이 연주兗州 내에 반드시 예주豫州와 서주徐州 두 주州의 물을 납입시킬 수 없음이 명백하다는 것을 깨닫게 되었다. 어찌 《채전》은 "옹수雝水와 저수沮水가 모여 함께 (뇌하雷夏로) 흘러 들어간다雝, 沮會同"에서 허신許愼의 "하수河水의 옹수雝水는 송宋땅에 있다河雝水在宋"를 인용하고, 다시 "판수汳水는 진류군陳留郡 준의현浚儀縣의 음구陰溝를 받아 몽蒙에 이르러 옹수雝水가 되고 동쪽으로 사수泗水로 유입된다汳水受陳留浚儀陰溝, 至蒙爲雝水, 東入于泗"라고 한 것인가? 이 말은 물이 예주豫州에서 출원하여 서주徐州로 유입된다는 말이 아니겠는가? 연주兗州와는 무슨 관련이 있는가? 생각건대, 《채전》에서 저수沮水가 곧 수수睢水라고 한 것은 응소應劭의 《한서·지리지》 주注 "수수睢水는 패군沛郡 망현芒縣에서 출원한다睢水出沛郡芒縣"를 인용한 것이다. 수수睢水도 동남으로 사수泗水로 유입되는데, 이 또한 물이 예주에서 출원하여 서주로 유입된다는 말이 아니겠는가? 연주와는 무슨 관련이 있는가?

명明 한방기韓邦奇, 1479~1556는 그 잘못을 깨닫고, 별도로 다음과 같이 주해하였다. "옹수瀦水는 하수河水의 별류別流로서 연주兗州에서 출원하는 것인데, 바로 타수沱水와 잠수潛水 두 물이 형주荊州에서 나오기도 하고 양주梁州에서 나오기도 하는 것과 같다. 하수河水의 흐름이 이미 옮겨져 남쪽으로 가면 옹수瀦水는 평지平地가 된다. 산동山東 제남濟南에 별개의 제수濟水 별류別流가 있는데 소청하小淸河가 그것이니, 따라서 별개의 옹저瀦沮이다."

그러나 이 또한 허구에 기댄 억측의 견해로서 옛것을 고찰하고 지금을 살핀 논의가 아니다. 일찍이 다음의 내용을 읽은 적이 있다.《괄지지》에 "뇌하택雷夏澤은 복주濮州 뇌택현雷澤縣 외곽 서북에 있으며, 옹雍, 저沮 두 물은 뇌택雷澤 서북西北 평지平地에 있다雷夏澤在濮州雷澤縣郭外西北, 雍, 沮二水在雷澤西北平地也"고 하였다.《원화지》에 "옹수瀦水, 저수沮水의 두 근원은 모두 뇌택현雷澤縣 서북西北 평지平地에서 출원하는데, 현縣까지 14리 떨어져 있다瀦水, 沮水二源俱出雷澤縣西北平地, 去縣十四里"고 하였고, 또 "뇌하택雷夏澤은 현縣 북쪽 외곽에 있고, 옹瀦, 저沮 두 물이 이 뇌하택에서 만나 하나가 된다雷夏澤在縣北郭外, 瀦, 沮二水會同此澤"고 하였고,《환우기》도 같다. 좀 더 위로 거슬러가면 정강성鄭康成《서書》주注에 "옹수雍水, 저수沮水는 서로 접촉하고 합해져 이 뇌하택으로 유입된다雍水, 沮水相觸而合, 入此澤中"고 하였다. 아래의 "접촉하다觸"라는 글자는 정강성이 눈으로 직접 보고 안 것이다. 어찌 증민曾旼, 조열지晁說之가 맘대로 지껄일 수 있겠는가? 대체로 송명宋明의 사람들이 모두 이런 책들을 묶어두고 보지도 않고 근거 없는 말을 이리저리 해대었는데, 나는 다만 연주의 물을 연주로 되돌리고, 예주와 서주의 물을 납입시키지 않고자 할 뿐이다.

按 : 漢芒縣故城在今永城縣東北, 睢水東流逕芒縣之北, 非出也. 光武改曰
臨睢, 正合. 唐雷澤縣本漢成陽縣, 故城在今濮州東南一百十里, 澤里數如之.
酈氏稱其陂東西二十餘里, 南北一十五里, 即舜所漁處. 近志謂古雷澤應大倍
于今, 然已跨入曹州東北境. 本夏澤而名雷澤者, 仁和李之藻曰 : "澤底有巉
石深壑, 冬至前水吸而入, 如巨雷鳴, 故曰雷澤." 此可以正《山海經》怪物之
談矣.

한漢 망현芒縣 고성故城은 지금의 하남 영성현永城縣 동북東北에 있고, 수수
睢水는 동쪽으로 흘러 망현芒縣의 북쪽을 지나지 거기에서 출원하는 것이
아니다. 광무제光武帝가 임수臨睢로 고친 것이 꼭 들어맞는다. 당唐 뇌택현雷
澤縣은 본래 한漢 성양현成陽縣이었는데, 고성故城은 지금의 하남 복주濮州 동
남 110리에 있으며, 택리澤里가 대대로 그와 같았다. 역도원은 그 못 제방
의 동서 20여 리와 남북 15리가 순임금이 물고기 잡던 곳이라고 하였다.
근래의 현지縣志는 고뇌택古雷澤은 지금보다 곱절 더 컸다고 했는데, 그렇
다면 이미 조주曹州의 동북東北 지경을 넘어서게 된다. 본래 하택夏澤이었으
나 뇌택雷澤으로 불린 것에 대해 인화仁和의 이지조李之藻, 1565~1630[43]는 "못
바닥에 가파른 암벽과 깊은 골짜기가 있는데, 동지冬至 이전에 물이 흡입

---

43 이지조(李之藻) : 자 진지(振之), 아존(我存). 호 양암거사(涼庵居士). 절강(浙江) 인화
    (仁和)(지금의 항주(杭州))출신이다. 명대(明代)의 과학자이다. 주요 저서에는《곤여만
    국전도(坤輿萬國全圖)》,《천학초함(天學初函)》,《건곤체의(乾坤體義)》등이 있다.

되면 마치 거대한 천둥이 울리는 것과 같으므로 뇌택雷澤이라 하였다"고 하였다. 이 말은 《산해경》 괴물怪物의 담론을 바로 잡을 수 있을 것이다.

원문

又按：蔡氏地理謬舛, 不可勝摘, 茹而不吐, 不止逆已, 且病人焉. 然已流毒四百八十四年矣. 如此《傳》引《水經》"汳水東至蒙爲狙獾", 今本"狙獾"作"灘水".["灘水"仍當作"灘水"] 字書並無"獾"字, 其爲傳寫謬不待云. 若"灘之下流入于睢水", 則不可不極論之. 睢水在睢陽城南, 汳水在睢陽城北, 僅可云其相通. 何則? 經云"汳水餘波南入睢陽城中", 注云："汳水自縣南出. 今無復有水, 唯城南側有小水, 南流入睢." 可見古時汳水至睢陽與睢水相通, 至後魏其流殆絶. 灘之下流即爲獲水上源, 在梁郡蒙縣北, 東至彭城入于泗, 豈入睢者乎? 楊泉《物理論》語曰："能理亂絲, 乃可讀《詩》." 愚謂水道亦爾.

번역 우안又按

채침이 지리地理를 거짓으로 바꾸어 버린 것을 이루 다 지적할 수 없는데, 먹기만 하고 뱉지 않으며, 거꾸로 거스름을 그치지 않으면 또한 사람을 병들게 한다. 그러나 이미 독을 흘려 보낸지 484년이 되었다. 《채전》에서 《수경》 "판수汳水는 동쪽으로 몽蒙에 이르러 저환狙獾이 된다汳水東至蒙爲狙獾"를 인용한 것과 같은 경우, 금본今本은 "저환狙獾"을 "수수灘水"로 썼다.["수수灘水"는 마땅히 "옹수灘水"로 써야 한다] 자서字書에 모두 "환獾"자는 없으니, 그것이 전사傳寫의 오류임은 말할 것도 없다. 《채전》에서 "옹수灘水가 아래로 흘러 수수睢水로 유입된다灘之下流入于睢水"라고 한 것과 같은 것은 적극 논의하지 않을 수 없다. 수수睢水는 수양성睢陽城 남쪽에 있고, 판수汳水는 수양성睢陽城 북쪽에 있는데, 그것들이 서로 통한다고 말할 수 있다. 왜 그런가? 《수경》은 "판수汳水의 여파餘波는 남쪽으로 수양성睢陽城 안으로 유입된다汳水餘波南入睢陽城中"고 하였고, 주注는 "판수汳水는 현縣의 남쪽에서 출원한다. 지금은 그 물이 없는데, 오직 성城의 남측南側에 작은 물이 있어서 남쪽으로 흘러 수수睢水로 유입된다汳水自縣南出. 今無復有水, 唯城南側有小水, 南流入睢"고 하였으니, 옛날에는 판수汳水가 수양睢陽에 이르러 수수睢水와 서로 통했고, 후위後魏, 北魏에 이르러 그 흐름이 거의 끊어졌음을 알 수 있다. 옹수灉水의 하류下流가 곧 획수獲水의 상원上源이 되는데, 양군梁郡 몽현蒙縣 북쪽에 있으며 동쪽으로 팽성彭城에 이르러 사수泗水로 유입되니, 어찌 수수睢水로 유입되겠는가? 양천楊泉[44]의 《물리론物理論》에서 "얽힌 실을 다스릴 수 있으려면 《시》를 읽어야 한다能理亂絲, 乃可讀《詩》"고 하였는데, 내 생각에 수도水道도 또한 그러하다.

원문

又按 : 雷澤尙存而灉, 沮二水不復見, 蓋源竭爾. 因憶亡友顧景範告余 : "川瀆之異多, 而山之異少. 其間蓋有天事焉, 有人事焉. 大河之日徙而南也, 濟瀆之遂至于絶也, 不可謂非天也. 開鑿之迹, 莫盛于隋, 次則莫盛于元. 陂陀堙障, 易東西之舊道爲南北之新流, 幾幾變天地之常矣, 又何從而驗其爲

---

[44] 양천(楊泉) : 자 덕연(德淵). 서진(西晉) 양국(梁國) 수양(睢陽)(지금의 하남(河南) 상구(商丘) 수양구(睢陽區) 관할) 출신이다. 서진(西晉)시기의 철학자이다. 주요 저서에는 양웅(揚雄)의 저서를 모방한 《태현경(太玄經)》 14권, 《물리론(物理論)》 16권, 《청사(請辭)》, 《잔부(蠶賦)》, 《직기부(織機賦)》 등이 있다.

灘,沮,濟,澤之故川也哉?"嗟乎! 曾幾何時, 追憶吾友緖言, 稱之曰亡, 不亦悲
乎! 執筆潛然, 爲記于此.

뇌택雷澤은 아직 존재하지만 옹灘, 저沮 두 물은 다시 볼 수 없는 것은 수
원水源이 고갈되었기 때문이다. 이로 인해 망우亡友 고조우顧祖禹, 1631~1692,
자 경범(景範)가 나에게 알려준 말을 기억해본다.

"천독川瀆이 달라지는 경우는 많지만, 산山이 달라지는 경우는 적다. 그
사이에는 하늘의 일이 있고, 인간의 일이 있다. 대하大河가 날로 옮겨져
남쪽을 흐르고, 제독濟瀆이 마침내 단절되기에 이른 것은 하늘의 일이 아
니라고 말할 수 없다. 개착開鑿의 흔적은 수대隋代보다 더 왕성했던 적이
없었고, 그다음은 원대元代보다 왕성했던 적이 없었다. 제방으로 막아서
동서東西의 구도舊道를 바꾸어 남북南北으로 새로 흐르게 한 것은 거의 천지
의 법도를 바꾼 것과 같으니, 또 무엇으로부터 옹수灘水, 저수沮水, 제수濟
水, 탑수澤水의 고천故川을 징험하겠는가?"

아! 일찍이 언제인가, 내 친구의 서언緖言을 추억하면서 망우亡友라고
칭하는 것이 또한 슬프지 않은가! 붓을 들어 울컥함을 여기에 기록하는
바이다.

원문

又按 : 景範地志之學, 蓋出于家也. 尊人耕石先生[名柔謙, 字剛中], 著
《山居贅論》, 曰 : "大河之流, 自漢至今, 流移變異, 不可勝紀. 然孟津以上,

則禹迹宛然. 以海爲壑, 則千古不易也. 孟津之東, 由北道以趨于海, 則澶,滑
其必出之途. 由南道以趨于海, 則曹,單其必經之地. 衝澶,滑, 必由陽武之北
而出汲縣,胙城之間. 衝曹,單, 必由陽武之南而出封邱,蘭陽之下. 此河變之託
始也. 由澶,滑而極之, 或出大名, 歷邢,冀, 道滄,瀛以入海, 或歷濮,範, 趨博,
濟, 從濱,棣以入海. 由曹,單而極之, 或溢鉅野, 浮濟,鄆[謂濟寧,東平], 挾汶,
濟以入海; 或經豐,沛, 出徐,邳, 奪淮,泗以入海. 此其究竟也. 要以北不出漳,
衛, 南不出長淮, 中間數百千里, 皆其縱橫糜爛之區矣." 又曰 : "自古大河深
通, 獨爲一瀆. 今九河故道既湮滅難明, 即歷代經流亦填淤莫據. 大抵決而北,
則掩漳,衛, 決而東, 則侵清,濟, 決而南, 則陵淮,泗. 昔人謂河不兩行, 某謂自
漢以來, 河殆未嘗獨行矣." 又曰 : "天下之水, 大河而外, 重濁而善決者, 在北
則漳與沁, 在南則漢. 漳附衛入海, 而後漳水之決少; 漢附江入海, 而後漢水
之決少, 沁本濁而又並入于河, 故河之決最多. 或謂河合于淮, 藉淮以刷河,
而河庶幾可治. 然淮終非河敵也, 又安能使河之不至於決哉?"

번역 **우안又按**

　고조우顧祖禹, 자 경범(景範)의 지지학地志學은 가학家學에서 나왔다. 부친 경
석선생耕石先生, 1605~1665, 이름 유겸(柔謙), 자 강중(剛中)이 지은《산거췌론山居贅論》
에서 다음과 같이 말했다.

　"대하大河의 흐름이 한대漢代로부터 지금까지 옮겨지고 변한 것을 이루
다 기록할 수 없다. 그러나 맹진孟津 상류는 우禹의 자취가 완연하다. 대해
大海를 물이 빠지는 도랑으로 삼은 것은 천고에 변하지 않는다. 맹진孟津의
동쪽은, 북쪽 물길로부터 대해로 내달리므로 전수澶水와 활수滑水는 대하

가 반드시 나오는 길이 된다. 남쪽 물길로부터 대해로 내달리므로 조曹와 선僤은 대하가 반드시 지나는 곳이 된다. 전수灛水와 활수滑水와 부딪히고 반드시 무양陽武의 북쪽으로부터 급현汲縣과 조성胙城의 사이로 나온다. 조曹와 선僤과 부딪히고 반드시 무양陽武의 남쪽으로부터 봉구封邱와 난양蘭陽의 아래로 나온다. 이것이 하수 변천의 발단이다. 전수灛水와 활수滑水로부터 그 길을 다하면, 혹 대명大名으로 나오는 것은 형邢과 기冀를 거쳐, 창수滄水와 영수瀛水의 물길을 따라 대해로 유입되기도 하고, 혹 복濮과 범範을 거쳐, 박博과 제濟를 내달려, 빈수濱水와 체수棣水를 따라 대해로 유입되기도 한다. 조曹와 선僤으로부터 그 길을 다하면, 혹 거야鉅野로 넘치고, 제濟와 운鄆[제녕濟寧과 동평東平을 이른다]을 넘어, 민수汶水와 제수濟水를 끼고 대해로 유입되기도 하고, 혹은 풍豊과 패沛를 거쳐, 서徐와 비邳로 나와, 회수淮水와 사수泗水의 길을 빼앗아 대해로 유입되기도 한다. 이것이 그 결말이다. 요컨대 북쪽으로는 장漳과 위衛로 나오지 않고 남쪽으로는 장회長淮로 나오지 않으므로 중간의 수천 수백 리는 모두 하수河水가 종횡무진 휘젓는 구역이다."

또 말하였다. "예로부터 대하大河는 깊이 통하여 단독으로 하나의 도랑을 이루었다. 지금 구하九河의 고도故道는 이미 막히고 없어져 밝히기 어려우니, 역대歷代의 경류經流도 진흙으로 채워져 증거로 삼을 만한 것이 없다. 대체로 물길을 터서 북으로 가면 장수漳水와 위수衛水를 덮고, 물길을 터서 동쪽으로 가면 청수淸水와 제수濟水를 침범하며, 물길을 터서 남쪽으로 가면 회수淮水와 사수泗水를 넘어선다. 옛 사람들이 말하길 하수는 물길을 둘로 할 수 없다고 했는데, 내 생각에 한漢 이래로 하수는 일찍이 단독으로 흐른 적이 없었다."

또 말하였다. "천하의 물 가운데 대하大河를 제외하고 매우 흐리면서 잘 흐르는 것으로는 북쪽에는 장수漳水와 심수沁水이고, 남쪽에는 한수漢水 이다. 장수漳水는 위수衛水에 붙어 대해로 유입되고 이후의 장수漳水의 물결 은 적어지고, 한수漢水는 강수江水에 붙어 대해로 유입되고 이후의 한수漢水 의 물결이 적어지며, 심수沁水는 본래 탁하면서 아울러 하수河水로 유입되 므로 하수의 물결이 가장 많다. 어떤 이는 하수가 회수에서 합하고 회수 에 힘입어 하수를 씻어버리므로 하수를 거의 다스리게 되었다고 말한다. 그러나 회수는 끝내 하수의 적수가 되지 못하는데, 또한 어찌 하수로 하 여금 회수의 흐름에 이르지 못하도록 하겠는가?"

或問 : 王伯厚謂《漢志》有兩泗水, 其一濟陰郡乘氏縣注"泗水, 東南至睢 陵入淮"; 又一泗水, 魯國卞縣注"西南至方與入沛", "沛"自"沭"之譌. 其說信 乎? 余曰 : 殆王氏考之不審, 泗一而已, 安得復出乘氏? 乘氏, 漢縣,《寰宇 記》在鉅野縣西南五十七里, 班固祗當於卞縣下注曰"《禹貢》泗水出陪尾山, 西 南至方與, 與菏合, 又東南至睢陵入淮", 只此已足. 或又問 : 古大野澤在今鉅 野縣北五里, 正當卞縣之西, 何如何承天言鉅野湖澤廣大, 南通[蔡誤作"導"] 洙,泗, 北連淸, 濟? 此則亡友顧景範所云古人言南可以兼東, 北可以兼西之例 也. 酈《注》: "菏水東與泗水合於湖陵縣西六十里, 俗謂之黃水口." 黃水西 北通鉅野澤, 故曰南通洙,泗, 南即東也. 更進一層, 睢陵仍當作淮陰. 泗入淮 在今淸河縣東南, 謂之泗口, 亦名淸口. 睢陵則今睢寧縣治耳.

번역 어떤 이가 물었다

왕응린王應麟, 자 백후(伯厚)은 《한서 · 지리지》에 두 개의 사수泗水가 있다고 하였는데, 하나는 제음군濟陰郡 승씨현乘氏縣 주注의 "사수泗水는 동남으로 흘러 수릉睢陵에 이르러 회수淮水로 유입된다泗水, 東南至睢陵入淮"고 하였고, 또 다른 사수泗水는 노국魯國 변현卞縣 주注의 "서남으로 방여方與에 이르러 패수沛水로 유입된다西南至方與入沛"고 하였는데, "패沛"는 "제沛"의 와변임이 자명하다. 그 설이 믿을 만한 것인가?

나는 대답하였다.

아마도 왕응린이 자세히 고찰하지 않았으니, 사수泗水는 하나일 뿐이며 어찌 다시 승씨乘氏에서 나올 수 있겠는가? 승씨乘氏는 한漢의 현縣으로, 《환우기》에 거야현鉅野縣 서남 57리에 있다고 하였고, 반고班固는 응당 변현卞縣 아래 주注에서 "《우공》 사수泗水는 배미산陪尾山에서 출원하여, 서남으로 방여方與에 이르러 하수菏水에 합하고, 다시 동남으로 수릉睢陵에 이르러 회수淮水로 유입된다《禹貢》泗水出陪尾山, 西南至方與, 與菏合, 又東南至睢陵入淮"고 하였으니, 이것만으로 이미 충분하다.

어떤 이가 다시 물었다.

옛 대야택大野澤은 지금의 거야현鉅野縣 북쪽 5리에 있었으니, 바로 변현卞縣의 서쪽에 해당하는데, 어찌하여 하승천何承天, 370~447은 거야鉅野의 호택湖澤이 광대하여 남쪽으로는 수수洙水, 사수泗水와 통通[채침은 "도導"로 잘못 썼다]하며, 북쪽으로 청수淸水와 제수濟水와 이어진다고 한 것인가?

이것은 망우亡友 고조우顧祖禹, 자 경범(景範)가 말한 옛사람이 남南을 말하면서 동東을 겸하고, 북北을 말하면서 서西를 겸한다는 예이다. 역도원《주》

는 "하수苛水는 동쪽으로 호릉현湖陵縣 서쪽 60리에서 사수泗水와 합하는데, 세속에서는 황수구黃水口라고 한다苛水東與泗水合於湖陵縣西六十里, 俗謂之黃水口"고 하였다. 황수黃水는 서북으로 거야택鉅野澤과 통하고, 따라서 남쪽으로 수수洙水와 사수泗水와 통한다고 하였으니, 남쪽이 곧 동쪽이다. 한 단계 더 나아가면, 수릉睢陵은 마땅히 회음淮陰으로 써야 한다. 사수泗水가 회수淮水로 유입되는 곳은 지금의 청하현淸河縣 동남東南에 있으며 사구泗口라고 하며 또한 청구淸口라고도 한다. 수릉睢陵은 곧 지금의 수녕현睢寧縣의 관할일 뿐이다.

원문

又按：舊讀《魏書·地形志》郡凡五百, 以"新蔡"名郡者八, 東新蔡郡一, 別有新蔡,南陳留二郡, 號"雙頭郡"者又一. 而郡名重至三四, 如魯郡,高平郡之類, 則不可勝數. 其夥如此. 地不加闢, 不知其何所容? 庚午冬, 徐司寇命校《山西一統志》, 至壽陽縣, 《元和志》云："神武故城在縣北三十里, 後魏神武郡也, 周廢." 此即魏收所云朔州, 孝昌中始名, 後陷, 今寄治並州界, 領大安,廣寧,神武,太平,附化五郡者. 因考壽陽縣北有尖山, 則當日神武郡首領之尖山縣. 縣西有大安鎮, 則大安郡. 狄那寨, 則大安郡首領之狄那縣. 縣東北有石門, 又廣寧郡首領石門縣. 太平鄉太平村, 又當日太平郡及所領太平縣也. 蓋一州四郡, 皆置於縣境, 不獨一神武城. 壽陽今東西距一百三十里, 南北距一百五十里, 而能所容若此, 則後魏之僑置誇誕, 亦可笑矣. [雙頭郡梁武帝置, 可對今獨腳州]

번역 우안又按

  예전에 읽었던 《위서魏書 · 지형지地形志》의 군郡이 모두 5백 개였는데, "신채新蔡"로 명명된 군郡이 여덟이고, 동신채군東新蔡郡이 하나, 별개의 신 채新蔡, 남진류南陳留 두 군郡, "쌍두군雙頭郡"으로 불리는 것이 또 하나였다. 군명郡名이 중복되어 3~4개에 이르는 노군魯郡과 고평군高平郡과 같은 류類 는 이루 다 셀 수 없다. 그 많음이 이와 같다. 땅을 더 넓히지 않았는데 얼마를 수용하는지를 모르는 것인가?

  경오년庚午年(1690) 겨울, 사구司寇 서건학徐乾學, 1631~1694이 《산서일통지山 西一統志》교열을 명하였다. 수양현壽陽縣에 이르렀는데, 《원화지》에 "신무神 武 고성故城은 현縣 북쪽 30리에 있고, 후위後魏, 北魏의 신무군神武郡이었고, 후주後周 때 폐지되었다神武故城在縣北三十里, 後魏神武郡也, 周廢"고 하였다. 이곳은 곧 위수魏收, 507~572[45]가 말한 삭주朔州로서, 효창孝昌525~528연간에 처음 명 명되었고 이후 빠졌다가, 지금은 다른 주계州界들도 함께 다스리는데, 대 안大安, 광녕廣寧, 신무神武, 태평太平, 부화附化 등 다섯 군郡을 거느린다. 이로 인하여 고찰해보건대, 수양현壽陽縣 북쪽에 첨산尖山이 있으니, 곧 당시 신 무군神武郡 수령首領의 첨산현尖山縣이었다. 현縣 서쪽에 대안진大安鎮이 있었 으니 곧 대안군大安郡이다. 적나채狄那寨는 대안군大安郡 수령首領의 적나현狄那 縣이다. 현縣 동북東北에 석문石門이 있으니, 또한 광녕균廣寧郡 수령首領 석문 현石門縣이다. 태평현太平鄉 태평촌太平村은 또한 당시 태평군太平郡이 거느리 던 태평현太平縣이다. 대체로 1주州 4군郡이 모두 현縣 경내에 설치되었으

---

45 위수(魏收) : 자 백기(伯起). 남북조시대의 문학가, 사학가이다. 《위서(魏書)》130편을
    편찬하였다.

니, 오직 신무성神武城 하나만 있는 것이 아니었다. 수양壽陽은 지금 동서東西의 거리가 130리, 남북의 거리가 150리로서 수용됨이 이와 같다면, 후위後魏, 北魏 때 중첩되게 설치한 것을 자랑한 것도 가소로울 뿐이다.[쌍두군雙頭郡은 양梁무제武帝 때 설치되었는데, 지금은 오직 각주脚州에 대응한다 雙頭郡梁武帝置, 可對今獨脚州]

원문

又按:《魏書·地形志》"南淸河郡"下注曰:"晉泰寧中, 分平原置. 治苩城." 晉無泰寧年號, 而惠帝後平原,淸河二國並淪沒異域, 事理易明. 黃子鴻以《房亮傳》證之, 知"晉"爲"普"字之譌, "寧"字衍文, 刊正之. 於高唐州建置沿革曰"普泰中", 又於"靈縣置南淸河郡", 注引《房亮傳》:"亮弟悅. 普泰中, 濟州刺史張瓊表所部置南淸河郡, 請悅爲太守, 從之." 蓋後人誤"普"爲"晉", 復妄加"寧"字也. 進至京師來詰, 何以擅改正史舊文? 仍以魏收《志》爲案據. 徐司寇復書:"漢靈縣故城在今高唐州西南, 與博平縣接界. 後魏置南淸河郡, 治苩城. 苩城爲郡, 領零縣, 所有則當距此不遠, 豈南渡後之晉所得而僑立郡縣哉? 誤字衍文, 前書已詳." 乃不復詰也. 余笑使溫庭筠當此, 必曰:"事出《南華》, 非僻書也." 而詰者必如文丞相對字羅丞相曰:"一部十七史, 從何處說起?"

번역 **우안又按**

《위서魏書·지형지地形志》"남청하군南淸河郡" 아래 주注에 "진晉 태녕泰寧 연간에, 평원平原을 분리해서 설치하였다. 거성苩城을 다스렸다晉泰寧中, 分平原置.

治莒城"고 하였다. 진晉나라에는 태녕泰寧의 연호가 없으며, 혜제惠帝, 290~307 재위 이후에 평원平原과 청하淸河 두 국國은 다른 지역으로 편입되어 없어진 사실은 매우 분명하다. 황의黃儀, 자 자홍(子鴻)는 《위서·방량전房亮傳》을 가지고 이 사안을 증명하였는데, "진晉"은 "보普"자의 와변이고 "녕寧"자는 연문衍文임을 알게 되어 바로잡게 되었다. 고당주高唐州 설치 연혁에 "보태중普泰中"이라고 하였고, 또한 "영현靈縣을 남청하군에 설치하였다靈縣置南淸河郡"의 주注에 《방량전房亮傳》의 "방량의 동생은 방열房悅이다. 보태普泰, 531년 2월~10월 연간에 제주자사濟州刺史 장경張瓊이 관할지역에 남청하군南淸河郡을 설치하고 방열을 태수로 삼기를 청하는 표表를 올렸는데, 그대로 따랐다亮弟悅. 普泰中, 濟州刺史張瓊表所部置南淸河郡, 請悅爲太守, 從之"를 인용하였다. 대체로 후대인이 "보普"를 "진晉"으로 잘못 알았고, 거기에 다시 함부로 "녕寧"자를 더한 것이다. 경사京師에 올렸더니 힐문하기를 어떻게 정사正史의 구문舊文을 멋대로 고칠 수 있겠는가? 하였다. 이에 위수魏收의 《지志》를 근거로 삼았다. 사구司寇 서건학徐乾學이 다음과 같이 다시 기록하였다. "한漢 영현靈縣 고성故城은 지금의 고당주高唐州 서남西南에 있으며, 박평현博平縣과 경계를 접하고 있다. 북조 후위後魏, 北魏 때 남청하군南淸河郡을 설치하고, 거성莒城을 다스렸다. 거성莒城을 군郡으로 삼고 영현零縣을 거느렸는데, 이 모든 지역은 거리가 멀지 않은데, 어찌 남도南渡 이후의 진晉에 획득되어 임시로 군현郡縣을 세운 것이겠는가? 오자誤字와 연문衍文은 이전의 기록에 이미 상세하다漢靈縣故城在今高唐州西南, 與博平縣接界. 後魏置南淸河郡, 治莒城. 莒城爲郡, 領零縣, 所有則當距此不遠, 豈南渡後之晉所得而僑立郡縣哉? 誤字衍文, 前書已詳." 이에 다시 힐문하지 않았다. 나는 웃으며 다음과 같이 말했다. 당唐의 온정균溫庭筠[46]에게 이 일을 맑게 하면, 반드시 "사안이 《남화경》에 나오니, 드물게 보이는 책에서 나온 것이 아니다事出《南華》, 非僻書也"라고 할 것이다. 그리고 힐문하는 자는 반드시 宋송의 文문승상丞相이 원元의 발라李羅승상丞相에게 "송 이전의 17사史는 무엇을 근거로 한 것인가?一部十七史, 從何處說起?"라고 대답한 것과 같을 것이다.

又按 : 書局中偶談謝靈運宋元嘉十年論斬降死徙廣州, 後有人招出曾令人買兵器, 要合健兒于三江口篡之不及者, 詔於廣州棄市. 三江口在何地, 一紹興人曰 : "在㪍地." 引謝靈運《山居賦》自注云"江從山北流, 窮上虞界, 謂之三江口, 便是大海"爲據. 余曰 : "謝靈運未爲臨川內史, 未興兵叛, 帝尚不欲使東歸, 豈有徙送嶺南時, 反聽其就鄕里作別之三江口乎? 殆必不爾." 黃子鴻曰 : "廣州城東南八十里有三江口, 西江, 北江, 東江是也, 或此地." 余曰 : "又越却廣州去矣, 非中途篡取之事." 或擧胡三省《通鑑註》引《水經》"溫水至廣鬱縣爲鬱水, 灘水南至廣信縣入鬱, 封水西南入廣信縣, 南流注于鬱", 此蓋三水所會之地, 謂之三江口, 以爲得之矣. 余因細讀酈《注》, 明云 : 鬱水 "東逕蒼梧廣信縣[今蒼梧縣, 或曰即封川縣], 灘水注之. 鬱水又東, 封水注之." "注之"云爾, 豈有三水交會之文乎? 胡氏殆錯認. 然則奈何? 曰 : 一部《水經注》, 有兩三江口. 一, 沔水中云 : 江水岐分, 謂之三江口, 的在今吳江

---

46 온정균(溫庭筠) : 원명(原名)은 기(岐). 자 비경(飛卿). 당(唐)의 시인(詩人)이다. 천부적인 재능으로 손가락 여덟을 꼽을 동안 팔운(八韻)을 완성하여 "온팔차(溫八叉)" 혹은 "온팔음(溫八吟)"의 명성을 얻었다. 주요 작품으로는 《상산조행(商山早行)》, 《과진림묘(過陳琳墓)》, 《소무묘(蘇武廟)》, 《보살만(菩薩蠻)》 등이 있다.

縣, 非崑山. 一, 湘水云: 巴陵郡濱岨三江, 以西對長洲, 南則湘浦, 北則大江, 故曰三江, 三水所會, 亦或謂之三江口矣, 謝靈運欲人篡取其在此地乎! 蓋嘗與吾友朏明論, 六朝時自建康趨番禺, 有東, 西二路. 一, 沈約《宋書·志》所載, 則循江而上入彭蠡湖, 泝贛水, 度大庾嶺, 下始興之北江, 以達于廣州, 《志》所謂"水五千二百"者是. 一, 則循江而上, 抵巴陵入洞庭湖, 泝湘水, 度越城嶺, 下灘水, 從桂林, 廣信以達番禺, 乃《宋書·志》所未載. 以比東路多一千四, 五百里, 人所罕行, 而靈運當日由此者, 想以其興兵叛逸在臨川. 若汎彭蠡, 正與臨川接壤, 其支黨竄伏中途生變, 故使迂西路出巴陵, 而孰知其又有三江口之約乎? 此眞朝廷之所不及料者矣. 然則胡氏指三江口在廣信, 亦路所經由. 王象之《輿地紀勝》云: "封州, 據邕, 桂, 賀三江之口." 似宋時始有此目. 何如用酈道元少在靈運後者之三江口, 且去徒所尙遙, 合黨要謝, 惟此爲宜. 身之復生, 應亦拊掌.

번역 우안又按

서국書局 안에서 우연히 사령운謝靈運이 남조 송宋 원가元嘉 10년[433]에 사형을 면하고 광주廣州로 유배된 사건을 이야기했는데, 당시 어떤 사람을 불러 무기를 사게 하고 삼강구三江口에서 장정들을 모아 사령운을 겁박하여 광주에 가지 못하게 한 이가 있었고, 이에 황제文帝가 광주에서 사령운을 참수하여 저자에 내걸도록 명하였다. 삼강구三江口가 어느 지역에 있는지에 대해 어떤 소흥紹興의 사람은 "우리 지역에 있다在敝地"고 하면서 사령운《산거부山居賦》자주自注의 "강수는 산을 따라 북으로 흘러, 상우上虞의 경계에 이르니 그 곳을 삼강구三江口라 하는데 바로 대해大海이다江從山北流, 窮

上虞界, 謂之三江口, 便是大海"를 인용하여 근거로 들었다.

나는 다음과 같이 생각한다.

"사령운이 임천臨川 내사內史가 되지 않았고, 아직 반란이 일어나지도 않았으며 황제도 사령운을 동쪽으로 돌려보내려고 하지 않았는데, 어찌 영남嶺南으로 옮겨가면서, 오히려 향리에 들러 작별하기 위해서 삼강구三江口를 갔겠는가? 아마도 반드시 그렇지 않았을 것이다."

황의黃儀, 자 자홍(子鴻)가 말했다. "광주성廣州城 동남 80리에 삼강구三江口가 있는데, 서강西江, 북강北江, 동강東江이 그것이며, 혹 그 지역이다."

나는 다음과 같이 생각한다.

"또한 오히려 광주로 갔었고, 중도에 겁박을 당한 일이 있었던 것이 아니다."

어떤 이가 호삼성胡三省 《통감주通鑑註》에서 인용한 《수경》"온수溫水는 광울현廣鬱縣에 이르러 울수鬱水가 되고, 이수灕水는 남쪽으로 광신현廣信縣에 이르러 울수鬱水로 유입되며, 봉수封水는 서남으로 광신현廣信縣으로 유입되고, 남쪽으로 흘러 울수鬱水에 주입된다溫水至廣鬱縣爲鬱水, 灕水南至廣信縣入鬱, 封水西南入廣信縣, 南流注于鬱"를 근거로, 이곳이 삼수三水가 모이는 지역으로 삼강구三江口라고 하면서 그 지역이라고 여겼다.

이로 인하여 나는 역도원《주》를 자세히 읽었는데, 울수鬱水에 대해 "동쪽으로 창오蒼梧 광신현廣信縣[지금의 창오현蒼梧縣인데, 혹 봉천현封川縣이라고도 한다]을 거쳐, 이수灕水에 주입된다. 울수鬱水는 다시 동쪽으로 흘러 봉수封水에 주입된다東逕蒼梧廣信縣[今蒼梧縣, 或曰即封川縣], 灕水注之. 鬱水又東, 封水注之"고 하였다. "주입된다注之"라고만 하였는데, 어찌 삼수三水가 교차하여 모인다는 문장이 있었겠는가? 호삼성이 아마도 착오를 한 것이다. 그렇다면 어떻게 해야 하는가?《수경주》에 두 곳의 삼강구三江口가 있다. 하나는 면수沔水 가운데 강수江水가 갈려 나뉘는 곳을 삼강구三江口라고 한다고 하였으니, 분명 지금의 오강현吳江縣이지 곤산崑山이 아니다. 다른 하나는 상수湘水에서 파릉군巴陵郡 빈저濱岨의 삼강三江은 서쪽으로 장주長洲를 마주하고, 남쪽으로는 상포湘浦, 북쪽은 대강大江이므로 삼강三江이라고 하며, 삼수三水가 모이는 곳이므로 이곳 또한 삼강구三江口라고도 한다고 하였으니, 사람들이 사령운謝靈運을 붙잡아 겁박한 곳도 이곳일 것이다!

일찍이 나의 친우 호위胡渭, 자 비명(朏明)와 함께 육조六朝 시기에 건강建康, 南京에서 번우番禺, 지금의 광동(廣東) 광주(廣州)까지 갈 수 있는 동東과 서西의 두 길에 대해서 논의했다. 하나는 심약沈約《송서宋書·지志》에 기록되어 있으니, 강수江水를 따라 위로 올라가 팽려호彭蠡湖로 들어가서, 공수贛水를 거슬러 대유령大庾嶺을 건너 시흥始興의 북강北江으로 내려가 광주廣州에 도착하는 것으로, 《지志》의 이른바 "물 5천 2백 개水五千二百"가 이것이다. 다른 하나는 강수江水를 따라 위로 올라가, 파릉巴陵에 이르러 동정호洞庭湖로 들어가서, 상수湘水를 거슬러 월성령越城嶺을 건너 이수灕水로 내려가, 계림桂林, 광신廣信를 따라 번우番禺에 이르는 것으로, 곧 《송서宋書·지志》에는 기록되지 않은 것이다. 이 길은 동로東路에 비해 1천 4~5백 리가 더 멀어 사람들이 잘 다니지 않는데, 사령운이 당시에 이 길로 갔던 것은 임천臨川에서 반란이 일어날 것으로 생각했기 때문이다. 만약 팽려彭蠡에서 배를 탔다면 바로 임천臨川과 땅을 접하고 있어서, 반란의 무리들이 복병하여 변란이 생길 것이었기 때문에 서쪽 길로 우회하여 파릉으로 나왔던 것이니, 누가 삼강구에서의 기약을 알 수 있었겠는가? 이것은 진실로 조정에서 미처 생각지 못했던 것이다. 그렇다면 호삼성이 지적한 삼강구三江口가 광신廣信에 있다는 것도 이 길이 지나는 곳이다. 왕상지王象之, 1163~1230[47]는 《여지기승輿地紀勝》에서 "봉주封州는 옹강邕江, 계강桂江, 하강賀江의 삼강三江의 입구에 의존한다封州, 據邕, 桂, 賀三江之口"라고 하였는데, 송대에 비로소 이런 편목이 있게 되었던 것이다. 어떻게 역도원이 어려서 사령운 이후의 삼강구를 쓸 수 있었겠으며, 또한 옮겨가기를 오히려 멀리하였는데 무리들이 사령운을 맞이했다는 것이 마땅하다고 할 수 있겠는가? 다시 태어나더라도 반드시 손뼉을 치며 동의할 것이다.

원문

又按 : 趙城嶺, 即酈《注》之始安嶠也. 一水出嶠之陰, 北流爲湘; 一出嶠之陽, 南流爲灘. 湘, 灘之間, 陸地廣百餘步, 蓋五嶺道之最易者, 但極西耳. 觀漢武帝元鼎五年討南越, 遣伏波將軍出桂陽, 下湟水, 是從唐郴州臘嶺度也. 樓船將軍出豫章, 下橫浦, 是從唐虔州大庾嶺度也. 兩軍先至而戈船將軍出零陵, 下離水. 下瀨將軍下蒼梧, 並從唐桂州臨源嶺度者, 竟未至而南越已平, 非以其路獨遠耶? 沈約《志》止載近者, 以爲水程之便, 有以夫!

번역 우안又按

조성령趙城嶺은 곧 역도원《주》의 시안교始安嶠이다. 한 물줄기가 시안교

---

47 왕상지(王象之) : 자 의보(儀父). 남송의 지리학자. 송(宋) 지리학(地理學) 명저《여지기승(輿地紀勝)》을 편찬하였다.

의 북쪽에서 출원하여 북쪽으로 흘러 상수湘水가 되고, 다른 한줄기가 시안교의 남쪽에서 출원하여 남쪽으로 흘러 이수灑水가 된다. 상수湘水와 이수灑水 사이의 육지의 폭은 백여 보步이며, 오령五嶺[48]의 길 가운데 가장 쉬운 곳은 오직 맨 서쪽 길뿐이다. 한漢문제武帝 원정元鼎 5년BC112 남월南越을 토벌한 사실을 보건대, 복파장군伏波將軍은 계양桂陽으로 나와 황수湟水로 내려갔으니, 이는 당唐 임주郴州 엽령臘嶺, 騎田嶺의 한 지파이다을 건넌 길이다. 누선장군樓船將軍은 예장豫章으로 나와 횡포橫浦로 내려갔으니, 이는 당唐 건주虔州 대유령大庾嶺을 건넌 길이다. 두 군대가 먼저 이르렀고, 과선장군戈船將軍은 영릉零陵으로 나와 이수灑水로 내려갔다. 하뢰장군下瀨將軍은 창오蒼梧로 내려왔는데, 모두 당唐 계주桂州 임원령臨源嶺을 건넌 것으로 결국 미처 도착하지 못해서 남월南越은 이미 평정되었으니, 그 길이 유독 먼 것이 아니겠는가? 심약沈約의 《지志》는 단지 가까운 길만을 기록한 것은 물길이 편리하다고 여겼기 때문일 것이다!

원문

又按 : 朏明讀張子壽爲洪州都督,《秋晚登樓望南江入始興郡路》, 又《自豫章南還江上》作云 "歸去南江水, 磷磷見底淸", 告余此可爲唐人稱贛水曰南江之證.

---

48 오령(五嶺) : 대유령(大庾嶺), 조성령(越城嶺), 기전령(騎田嶺), 맹저령(萌渚嶺), 도방령(都龐嶺). 강서(江西), 호남(湖南), 광동(廣東), 광서(廣西) 사이에 위치한다.

번역 우안又按

　　호위胡渭, 자 비명(朏明)가 장구령張九齡, 673~740, 자 자수(子壽)이 홍주도독洪州都督이 되고 지은, 《늦가을 누대에 올라 남강南江을 바라보고, 시흥군始興郡의 길로 들어가다秋晚登樓望南江入始興郡路》[49]와 또《예장豫章에서 남쪽으로 강수江水를 돌아가다自豫章南還江上》[50]의 "남강의 물로 돌아오니, 돌틈으로 흐르는 물 사이로 바닥이 훤히 들여다보이네歸去南江水, 磷磷見底清"를 읽고는, 이것이 당대唐代 사람들이 공수贛水를 남강南江으로 칭한 증거라고 나에게 알려왔다.

원문

　　又按：胡三省云："廣陵故城謂之蕪城." 樂史云："蕪城, 即揚州江都縣城." 但云"古爲邗溝城", 大非. 邗, 吳地也. 於其地築城, 號邗城, 城下掘深溝, 引江水, 東北通射陽湖. 其城應在大江濱. 今儀眞縣南有上江口, 下江口, 舊江口, 或者舊江口爲吳夫差所穿, 故班《志》廣陵江都縣有渠水首受江是也. 第代遠城堙, 無復餘址. 樂史云："江都縣城臨江, 今圮於水." 江都既爾, 邗城可知. 近《志》竟實以蜀岡上遺迹, 豈其然?

번역 우안又按

　　호삼성胡三省이 말했다. "광릉廣陵 고성故城을 무성蕪城이라 한다廣陵故城謂之

49　장구령《추만등루망남강입시흥군로(秋晚登樓望南江入始興郡路)》：潦收沙衍出, 霜降天宇晶. 伏檻一長眺, 津途多遠情. 思來江山外, 望盡煙雲生. 滔滔不自辨, 役役且何成. 我來颯衰鬢, 孰云飄華纓. 櫪馬苦踡跼, 籠禽念遐征. 歲陰向晼晚, 日夕空屛營. 物生貴得性, 身累由近名.

50　장구령《자예장남환강상(自豫章南還江上)》：歸去南江水, 磷磷見底清. 轉逢空闊處, 聊洗滯留情. 浦樹遙如待, 江鷗近若迎. 津途別有趣, 況乃濯吾纓.

蕪城". 악사樂史가 말했다. "무성蕪城은 곧 양주揚州 강도현성江都縣城이다蕪城, 即揚州江都縣城." 다만 "옛날에는 한구성邗溝城이라 하였다古爲邗溝城"라고 말한 것은 큰 잘못이다. 한邗은 오吳 땅이다. 그 곳에 축성하고 한성邗城이라고 칭했는데, 성城 아래에 깊은 도랑을 파서 강수江水를 끌어들였고, 동북東北으로 사양호射陽湖와 통했다. 그 성城은 응당 대강大江의 물가에 있었다. 지금의 의진현儀眞縣 남쪽에 상강구上江口, 하강구下江口, 구강구舊江口가 있는데, 혹자는 구강구舊江口를 오吳 부차夫差가 뚫은 것이라고 하니, 따라서 《한서·지리지》에 광릉廣陵 강도현江都縣의 거수渠水가 맨 먼저 강수江水를 받아들인다는 것이 이것이다. 또한 시대가 멀어져 성城은 묻혀서 다시 그 유허를 회복하지 못했다. 악사樂史는 "강도현성江都縣城은 강수江水에 인접했는데, 지금은 물에 무너졌다江都縣城臨江, 今圮於水"고 하였다. 강도江都가 이미 그러했으므로 한성邗城도 알 수 있다. 근래의 《현지縣志》에서 마침내 양주揚州 촉강蜀岡의 유적遺迹을 실증했다고 하였는데 어찌 그럴 수 있겠는가?

원문

又按：《孟子集注》謂"汝,漢,淮,泗皆入于江, 記者之誤也", 不合《禹貢》, 眞鐵板矣. 近頗有欲爲翻案者, 予取《朱子文集·偶讀謾記》,《答吳伯豐書》二條以翼《集注》, 曰："《孟子》'決汝,漢, 排淮,泗, 而注之江', 此但作文取其字數足以對偶而云耳. 若以水路之實論之, 便有不通, 而亦初無所害於理也. 說者見其不通, 便欲彊爲之說, 然亦徒爲穿鑿, 而卒不能使之通也. 如沈括引李習之《南來錄》云'自淮沿流, 至于高郵, 乃泝于江', 因謂淮,泗入江, 乃禹之舊迹, 故道宛然, 但今江,淮已深, 不能至高郵耳. 此說甚似, 其實非也. 案《禹貢》淮水出桐柏, 會泗, 沂以入于海, 故以小水而列于四瀆, 正以其能專達于海耳. 若如所說, 則《禹貢》當云南入于江, 不應言東入于海, 而淮亦不得爲瀆矣. 且習之'沿','泝'二字, 似亦未當. 蓋古今往來, 淮南只行邗溝運河, 皆築埭置閘, 儲閉潮汐以通漕運, 非流水也. 若使當日自有禹跡故道, 可通舟楫, 則不須更開運河矣. 故自淮至高郵不得爲沿, 自高郵以入江不得爲泝. 而習之又有自淮順潮入新浦之言, 則是入運河時偶隨淮潮而入, 有似于沿, 意其過高郵後, 又迎江潮而出, 故復有似于泝, 而察之不審, 致此謬誤. 今人以是而說《孟子》, 是以誤而益誤也. 近世又有立說以爲淮,泗本不入江, 當洪水橫流之時排退淮,泗, 然後能決汝,漢以入江. 此說尤巧而尤不通. 蓋汝水入淮, 泗水亦入淮, 三水合而爲一. 若排退淮,泗, 則汝水亦見排退, 而愈不得入江矣. 漢水自嶓冢過襄陽, 南流至漢陽軍乃入于江. 淮自桐柏東流會汝水,泗水以入于海. 淮,漢之間自有大山, 從唐,鄧,光,黃以下至于潛,霍, 地勢隔礙, 雖使淮,泗橫流, 亦與江,漢不相干涉, 不得排退二水而後漢得入江也. 大抵《孟子》只是行文之失, 無害于義理, 不必曲爲之說, 閑費心力也." 又曰:"其說只是一時行文之過, 別無奧義, 不足深論, 況淮,泗能壅汝水不能壅漢水, 今排淮,泗而汝水終不入江, 則排淮,泗而後汝,漢得以入江之說有不通矣. 沈存中引李翱《南來錄》言唐時淮南漕渠猶是流水, 而汝,淮,泗水皆從此以入江, 但今江,淮漸深, 故不通耳. 此或猶可彊說, 然運河自是夫差所通之邗溝, 初非禹迹. 且果若此, 則淮又不能專達于海, 亦不得在四瀆之數矣. 沈說終亦不能通也." 愚謂一言初無所害于理, 再言無害於義理, 朱子將理與氣作兩樣看, 亦非.

번역 우안又按

《맹자집주孟子集注》에서 "여수汝水, 한수漢水, 회수淮水, 사수泗水가 모두 강수江水로 유입된다[51]고 한 것은 기록한 자의 오류이다汝, 漢, 淮, 泗皆入于江, 記者之誤也"라고 하였고, (《맹자》의 원문이) 《우공禹貢》과 합치하지 않으므로 진실로 바꿀 수 없는 논의이다. 근래에 이 논의를 뒤엎으려고 하는 자가 있으므로, 내가 《주자문집朱子文集 · 우독만기偶讀謾記》와 《답오백풍서答吳伯豐書》의 두 조목으로 《집주》를 보충하고자 한다.

"《맹자 · 등문공상》의 '여수汝水와 한수漢水를 트고 회수淮水와 사수泗水를 밀어서 강수江水로 주입하였다決汝, 漢, 排淮, 泗, 而注之江'라고 한 것은 단지 문장을 지음에 그 자수字數를 취하여 대우對偶를 충족시켜 말한 것일 뿐이다. 만약 수로水路의 실상으로 논의해보자면 통하지 않음이 있지만, 이 또한 애초에 의리義理를 해치는 것은 없다. (후대에) 말하는 자가 그 통하지 않음을 발견하고 억지로 설을 만들고자 하였으나 다만 천착할 뿐이고 결국 통하게 할 수 없었다. 가령 심괄沈括이 이고李翱, 772~841, 자 습지(習之)[52] 《남래록南來錄》의 '회수淮水로부터 따라 흘러가면 고우高郵에 이르고, 이내 강수江水로 거슬러 올라간다自淮沿流, 至于高郵, 乃泝于江'를 인용하여, 회수淮水와 사수泗水가 강수江水로 유입되는 것은 우禹의 옛 자취로서 고도故道가 완연宛然한데, 다만 지금의 강수江水와 회수淮水는 이미 깊어져 고우高郵에 이르지 못

---

51 《맹자 · 등문공상》禹疏九河, 瀹濟漯, 而注諸海; 決汝漢, 排淮泗, 而注之江, 然後中國可得而食也.

52 이고(李翱) : 평생동안 숭유배불(崇儒排佛)의 자세를 견지하면서 공자를 "성인 가운데 위대한 분"(聖人之大者也)으로 존숭하였다. 주요 저서에는 《복성서(復性書)》, 《이문공집(李文公集)》 등이 있다.

한다고 하였다. 이 설이 매우 그럴 듯하지만, 실제는 틀렸다.《우공》을 살펴보면, 회수淮水는 동백桐柏에서 출원하여, 사수泗水와 기수沂水와 합해져 대해大海로 유입되므로 작은 물小水로서 사독四瀆에 배열시키고, 그 물들이 오로지 대해로 도달할 수 있다고 한 것일 뿐이다. 만약 (심약이) 말한 바와 같다면《우공》에서 마땅히 남쪽으로 강수로 유입된다고 해야 하며, 동쪽으로 대해로 유입된다고 해서는 안 되며,[53] 회수 또한 독瀆이 될 수 없을 것이다. 또한 이고李翶가 말한 '물길을 따르다沿'와 '거슬러오르다泝' 두 글자도 온당치 않아 보인다. 대체로 고금古今의 왕래往來는 회남淮南에서 한구邗溝까지는 운하運河로 하였는데, 모두 보를 쌓고 갑문을 두어 조수를 가두어서 배가 소통할 수 있게 하는 것이지 자연스럽게 흐르는 물이 아니다. 설령 당시에 우임금이 지난 물길이 있어서 작은 배가 통과할 수 있었다면 운하를 개통할 필요가 없었을 것이다. 그러므로 회수에서 고우에 이르는 것은 '물길을 따른다沿'고 할 수 없고, 고우에서 강으로 들어가는 것도 '거슬러 올라간다泝'고 할 수 없다. 그런데 이고李翶는 또 회수에서 조류를 따라 신포新浦로 들어간다고 하였는데, 이것은 운하로 들어갈 때 우연히 회수의 조류를 따라 들어간다는 것이니, '물길을 따른다沿'는 뜻과 유사하며 고우를 지난 후에도 강의 조류를 거슬러 출발하기 때문에 다시 '거슬러 올라간다泝'는 것과 비슷하나 이것은 고찰이 자세하지 못해 이런 잘못을 저지르게 되었다. 오늘날 사람들은 이 주장으로《맹자》를 설명하려 한 잘못으로 인해 더욱더 잘못을 저지른 것이다. 근래에 다시

---

[53] 《우공》導淮自桐柏. 東會于泗·沂, 東入于海.

세워진 설에 따르면 회수와 사수는 본래 강수로 들어가지 않았는데, 홍수가 나서 물이 넘쳐흐르는 때가 되면 회수와 사수를 뒤로 민 다음에 여수汝水와 한수漢水를 트이게 해서 강수로 유입되게 할 수 있었다고 한다. 이 설은 더욱 교묘하기는 하지만 더욱 통하지 않는다. 대체로 여수汝水는 회수淮水로 유입되고 사수泗水 역시 회수로 유입되니, 세 물줄기가 합쳐서 하나가 된다. 만일 회수와 사수를 뒤로 밀리게 했다면 여수汝水 또한 뒤로 밀려 더욱 강수로 유입될 수 없게 된다. 한수는 번총嶓冢에서부터 양양襄陽을 지나 남으로 흘러 한양군漢陽軍에 이르러서야 강수로 유입된다. 회수는 동백에서부터 동으로 흘러 여수와 사수와 합쳐져서 대해로 유입된다. 회수와 한수의 사이에는 큰 산이 있고, 당唐, 등鄧, 광光, 황黃에서 잠潛, 곽霍에 이르기까지는 땅의 형세가 갑자기 멀어져 비록 회수와 사수를 넘쳐흐르게 하더라도 강수나 한수와는 서로 간섭할 수가 없으니, 두 물줄기를 뒤로 밀어올린 다음에야 한수가 강수로 유입될 수 있는 것이 아니다. 대체로《맹자》의 말은 단지 문장을 짓는 데서 비롯된 실수일 뿐이며 의리를 해치는 것은 없으니, 왜곡된 설명을 만들어 한가하게 마음을 낭비할 필요는 없다."

또 다음과 같이 말했다. "《맹자》의 말이 단지 당시에 문장을 짓는 데서 비롯된 실수일 뿐이며 특별히 깊은 뜻은 없으니 깊이 논하기에는 부족하다. 하물며 회수淮水와 사수泗水가 여수汝水를 막을 수 있으나 한수漢水를 막지 못하는데, 이제 회수와 사수를 밀어내면 여수는 끝내 강수에 유입되지 못하고, 회수와 사수를 밀어올린 이후에 여수와 한수가 강수로 유입된다는 설은 통하지 않는다. 심괄沈括, 자 존중(存中)이 이고李翶의《남래록南來

《錄》의 말을 인용하여 당^唐나라 때에 회남^{淮南}의 운하^{漕渠}에 오히려 자연스런 물이 흘렀다고 하고, 여수, 회수, 사수가 모두 이를 따라 강수로 유입되었지만, 이제 강수와 회수는 점점 깊어져서 통하지 않을 뿐이라고 하였다. 그러나 이것은 오히려 억설이며, 운하는 부차^{夫差}가 소통시킨 한구^{邗溝}이며 애초 우임금의 자취가 아니다. 또 만약 이와 같다면, 곧 회수는 오로지 대해에 도달하지 못하고, 또한 사독^{四瀆}의 수^數에 들지 못할 것이다. 그러므로 심괄의 설은 끝내 통할 수 없다."

내 생각에 처음의 말한 것도 애초에 이치를 해치지 않으며, 다시 말한 것도 의리^{義理}를 해침이 없으니, 주자가 리^理와 기^氣를 두 가지로 보았다는 말도 틀렸다.

원문

又按：哀九年吳城邗, 溝通江,淮, 爲吳王夫差十年, 就其境內之地引江水以通湖, 由湖西北至末口入淮, 越不得而徑焉. 故十四年會黃池, 越王勾踐乃命范蠡,舌庸率師, 沿海泝淮, 以絶吳路. 蓋轉從吳境外以入吳境中, 正《禹貢》當日揚州貢道也. 蘇氏《書傳》認溝通江,淮爲即闕溝通水, 王伯厚辨之曰："案吳之通水有二焉：一吳城邗, 溝通江,淮, 見《左氏內傳》; 一夫差起師北征, 闕爲深溝於商,魯之間, 北屬之沂, 西屬之濟, 以會晉公午於黃池, 見《左氏外傳》." 余謂：惟其然, 夫差退自黃池, 乃使王孫苟告勞於周曰："余沿江泝淮, 闕溝深水, 出於商,魯之間." 蓋自江而淮, 自淮而沂, 而深溝以達濟, 會於黃池, 皆一水相通, 無復阻間, 吳之勞民力亦不甚哉? 然觀《明一統志》, 邗溝舊水道屈曲, 逮隋大業初始開廣之, 則仍有不盡用其力之意. 《左氏》特下一"溝"字, 吳草廬不得其解, 謂江, 淮之間掘一橫溝, 兩端築堤, 壅水于中以行舟耳, 二水實未通流. 亦如上朱子非流水也之說, 豈其然?

애공 9년, 오吳나라가 한邗에 성을 쌓고 수로를 뚫어 강수江水와 회수淮水를 관통시켰는데, 이는 오왕吳王 부차夫差 10년에 오나라 경내境內의 땅에 강수江水를 끌어들여 호湖와 통하게 하고, 호湖 서북에서 마지막 입구에 이르러 회수로 유입되게 한 것으로 월越나라가 거기를 지날 수 없게 하기 위함이었다. 따라서 14년 황지黃池에서의 회합 때, 월왕越王 구천勾踐이 범려范蠡, 설용舌庸에게 군대를 거느리고 대해大海 연안을 따라 회수를 거슬러 오나라의 퇴로를 끊도록 명한 것이다. 대체로 운송에 있어 오나라 경계 바깥으로부터 오나라 경내로 진입하는 길은 바로《우공》당시 양주揚州의 공도貢道이다. 소식蘇軾《서전書傳》은 수로를 뚫어 강수와 회수를 관통시킨 것은 곧 운하를 뚫어 물을 관통시킨 것이라고 하였고, 왕응린王應麟, 자 백후(伯厚)은 다음과 같이 변론하였다. "살펴보건대, 오나라가 물을 관통시킨 곳은 두 곳이다. 첫째, 오나라가 한邗에 성을 쌓고 수로를 뚫어 강수와 회수를 관통시킨 것은《좌씨내전·애공9년》에 보인다. 둘째, 부차夫差가 군대를 일으켜 북정北征할 때, 상商, 노魯지역 사이에 깊은 운하를 뚫어 북쪽은 기수沂水에 속하게 하고, 서쪽은 제수濟水에 속하게 하여 황지黃池에서 진공晉公 오午와 회맹한 사실은《좌씨외전·오어吳語》에 보인다."

나는 다음과 같이 생각한다.

오직 그러할 것이니, 부차가 황지黃池에서 군대를 물리고, 이에 왕손王孫

구苟에게 시켜 주周나라에 자기의 공로를 알리게 하면서 "내가 강수 연안을 따라 회수를 거슬러 올라가 운하를 깊이 뚫어 상商과 노魯지역 사이로 나왔다余沿江泝淮, 闕溝深水, 出於商, 魯之間"고 하였다. 대체로 강수로부터 회수로, 회수로부터 기수沂水로 이어지고 운하를 깊게 파서 제수濟水에 도달하여 황지黃池에서 회맹한 것은, 모두 같은 물길이 서로 통하고 중간에 장애물이 없게 한 것이니, 오나라가 백성의 노동력을 수고롭게 한 것도 너무 심하지 않은가? 그러나 《명일통지明一統志》를 보면, 한구邗溝의 옛 물길이 굴곡졌는데, 수隋 대업大業, 605~618 초기에 이르러 비로소 넓혀졌으니, 백성의 노동력을 다 쓰지 않게 했던 의도도 남아 있다. 《좌씨》는 특별히 "구溝"자를 썼는데, 오징吳澄, 1249~1333, 호 초려(草廬)은 이해하지 못하고, 강수와 회수 사이에 가로지르는 도랑을 굴착하여 양 끝에 제방을 쌓고 중간에 물을 막아 배를 운행하게 했던 것뿐이며, 두 물이 실제로 통하여 흐른 적은 없었다고 하였다. 이 또한 앞서 주자가 자연스러운 물흐름流水을 비난했던 것과 같은 것으로 어찌 그러했겠는가?

원문

又按：平當以經明《禹貢》, 使行河, 奏言："按經義, 治水有決河深川, 而無堤防壅塞之文." 實亦不爾. "九澤旣陂", 孔《傳》曰："九州之澤已陂障, 無決溢矣." 障非防與? 或曰：賈讓策固言："古者大川無防, 小水得入陂障, 卑下以爲汙澤." 九州之澤, 謂卑者耳. 然賈讓策又言："黎陽南故大金堤, 東郡白馬故大堤." 質以《宋·河渠志》, 李垂兩言伯禹古堤近大伾, 則正賈讓之所指者, 謂非禹故迹與? 禹豈止導之而不有以防之者與? 竊以導猶德也, 防猶刑

也, 雖聖世不能純任德而廢刑也. 善夫! 鄒平馬公驌有言："鯀與水爭地, 禹
以地讓水, 事相反也, 奈何傳稱禹能修鯀之功? 蓋方當汎濫之時, 鯀務多爲堤
防以埋之, 水性逆, 故其患不息. 禹導水由地中行, 向鯀所爲堤防以障水者,
皆可用之以輔水. 事固有因敗以爲功者, 存乎其人之善用耳, 寧獨治水哉?"
[今東昌府有鯀堤, 又名禹堤, 此可爲馬說一助]

번역 우안又按

　평당平當, ?~BC4이 《우공》 경문에 밝음으로 인해 사使가 되어 하수河水를
순행하고, 상주上奏하기를 "경문經文의 뜻을 살펴보건대, 물을 다스림에 하
수를 트고 내를 깊이 팠다는 문구는 있지만, 제방을 쌓아서 물을 막았다
는 문구는 없습니다按經義, 治水有決河深川, 而無堤防壅塞之文"하였는데, 실로 그렇지
않다. "구택九澤은 이미 제방을 쌓았다九澤既陂"의 《공전》은 "구주九州의 못
들은 이미 가로막혀서 터지거나 넘칠 일이 없게 되었다九州之澤已陂障, 無決溢
矣"라고 하였으니, 가로막은 것은 제방을 쌓은 것이 아니겠는가? 어떤 이
가 말했다.

　가양賈讓[54]의 대책大策에 이르길 "옛날에 큰 냇물을 막지 않고 작은 물이
유입되게 하여, 낮은 지역은 저수지로 만들었습니다古者大川無防, 小水得入陂障,
卑下以爲汙澤"라고 하였다. 구주九州의 못澤이란 것은 낮은 지역일 뿐이다. 그
러나 가양賈讓의 대책에서 다시 이르길 "여양黎陽 남쪽은 옛날 큰 돌둑金堤
이고, 동도東郡 백마白馬는 옛 큰 둑이었습니다黎陽南故大金堤, 東郡白馬故大堤"라고

54　가양(賈讓) : 서한(西漢) 때 하수(河水)의 치리(治理)를 기획한 대표적 인물이다. 하수
　　치리를 위한 상중하 3책(策)을 제시하였다.

하였다.

《송사·하거지河渠志》로 질정해보면, 이수李垂가 백우伯禹의 옛 둑이 대비
大伾 근처에 있다고 두 번 언급하였으니, 바로 가양賈讓이 가리킨 것이 우禹
의 고적故迹을 말한 것이 아니겠는가? 어찌 우禹는 단지 도수導水만 하고
제방을 쌓아 막지 않았겠는가? 가만히 생각해보건대, 도수導水가 덕德이
라면 방수防水는 형刑과 같으니, 비록 성세聖世라고 하더라도 순수하게 덕
정德政으로만 하고 형벌을 폐기할 수는 없는 것이다. 훌륭하도다! 추평鄒平
의 마소馬驌, 1621~1673는 다음과 같이 말했다.

"곤鯀이 물과 다툰 지역을 우禹는 땅으로 물에게 양보하여 그 일들이
상반되는데, 어찌 우가 곤의 공적을 닦았다고 할 수 있겠는가? 대체로
범람하는 시기를 당해서, 곤은 제방을 쌓아 물을 막는 일에 많이 힘썼는
데, 물의 성질이 거슬러오르는 것이었으므로 그 근심이 사라지지 않았
다. 우의 도수導水는 (물이) 땅속의 길을 따라서 흘러가게 하여, 예전 곤이
제방을 쌓은 물을 가로막은 것을 모두 가용하여 물을 돕도록 하였다. 일
이 진실로 실패로 인하여 공을 이루는 것이 있더라도 사람이 잘 운용한
것을 보존할 뿐이니, 어찌 유독 치수에만 해당될 뿐이겠는가?"[지금 동
창부東昌府에 곤제鯀堤가 있는데 또한 우제禹堤라고도 불린다. 이것이 마소
의 설에 일조할 수 있다.]

원문

又按:《溝洫志》成帝時李尋,解光言"議者常欲求索九河故迹而穿之". 王莽
時韓牧言"可略於《禹貢》九河處穿之, 縱不能九, 但爲四五".《宋·河渠志》李

垂言：“今考圖志九河並在平原而北，且河壞澶,滑，未至平原而上已決矣，則九河奚利哉？”此數語足喚醒漢人.

[번역] **우안又按**

《한서·구혁지溝洫志》성제成帝 때 이심李尋과 해광解光은 “의논하는 자들이 항상 구하九河의 옛 물길을 찾아 준설하고자 한다議者常欲求索九河故迹而穿之”고 하였다. 왕망王莽 때 한목韓牧은 《우공》의 구하九河가 있던 곳을 다스리되 비록 아홉 곳을 다 하지는 못하더라도 단 4, 5군데는 다스릴 수 있다可略於《禹貢》九河處穿之, 縱不能九, 但爲四五”고 하였다.

《송사·하거지》에 이수李垂가 이르길 “지금 도지圖志를 고찰해보면, 구하九河는 모두 평원平原 이북에 있었고, 또한 하수河水가 전수澶水와 활수滑水를 무너뜨려 평원平原에 이르지 않아서 이미 넘쳐흐르니, 구하九河가 무슨 이로움이 있겠습니까?”라고 하였다. 이 몇 마디들은 한대漢代 사람들을 정신차리게 하기에 충분하다.

[원문]

又按：《元·河渠志序》曰：“昔禹堙洪水, 疏河陂澤, 以開萬世之利.《周禮·地官》所載豬防溝遂之法甚詳. 當是之時, 天下蓋無適而非水利也. 且先王彊理井田之制壞, 而後水利之說興. 魏史起鑿漳河, 秦鄭國引涇水, 漢鄭當時, 王延世皆嘗試其術而有功者.”夏氏《禹貢合注》曰：“天下皆溝洫, 則天下皆容水之地; 而天下皆修溝洫, 則天下皆治水之人. 小水有所支分, 則大水不至溢決, 而水無不治, 則田無不墾. 後世舉古溝洫封畛之法盡毀之, 水何得不興害也哉?" 此二段正可參觀.

《원사元史 · 하거지河渠志서序》에 다음과 같이 말하였다.

"옛날 우禹가 홍수를 막고 하수를 소통시키고 못에 제방을 쌓아 만세
의 이로움을 개창하였다. 《주례 · 지관地官》에 기록된 물을 막아 홍수를
예방하고 운하를 뚫어 물길을 소통시키는 법은 매우 상세하다. 당시에
천하는 가는 곳마다 수리水利 사업 아닌 곳이 없었다. 또한 선왕先王이 강
역을 구획하고 정전井田을 다스리던 제도가 붕괴된 이후에 수리水利의 설說
이 흥기하였다. 위魏 사기史起는 장하漳河를 뚫었고, 진秦의 정국鄭國은 경수
涇水를 끌어들였으며, 한漢의 정당시鄭當時, 왕안세王延世 등은 모두 일찍이
그들의 치수의 기술을 시험하고 성공을 거둔 자들이다."

하윤이夏允彛, 1596~1645[55]의 《우공합주禹貢合注》에서 다음과 같이 말하였다.

"천하가 모두 구혁溝洫을 하였다면 천하는 모두 물을 수용할 수 있는
땅이 되고, 천하가 모두 구혁溝洫을 닦는다면 천하는 모두 치수하는 사람
이 된다. 작은 물은 지류로 나뉘는 바가 있으면 큰 물은 넘쳐 터지는 지
경에 이르지 않게 되고 물이 다스려지지 않음이 없으면 전답은 개간되지
않음이 없다. 후대의 사람들이 옛날의 구혁과 강계彊界의 법을 다 훼손하

---

55 하윤이(夏允彛) : 자 이중(彛仲). 호 원공(瑗公). 명말청초의 정치가. 이자성(李自成)이
북경(北京)을 함락했을 때, 이부고공사(吏部考功司) 주사(主事)로 임명되었다. 청군(清
軍)이 강남(江南)으로 진공하자 진자룡(陳子龍) 등과 항거하다 순절하였다. 저서에는
《하문충공집(夏文忠公集)》,《사제책(私制策)》,《행존록(幸存錄)》,《춘추사전합편(春秋
四傳合論)》,《우공합주(禹貢合注)》5권,《기사육군자시(幾社六君子詩)》1권 등이 있다.

였으니, 물이 어떻게 해로움을 일으키지 않을 수 있겠는가?"

이 두 단락을 참고하여 살펴야 할 것이다.

又按︰呂成公《大事記》, 周成烈王十三年, "晉河岸傾, 壅龍門, 至于底柱",
春秋後河患見史傳, 殆於此. 顧氏《川瀆異同》曰︰"三代時河患見於經傳者絶
少, 雖《盤庚》之誥有'蕩析離居'之言, 然爾時臣民方且戀戀厥居, 不以從遷爲
樂. 蓋止于瀕河侵溢之患, 不若後世漂潰田廬, 千里一壑之甚也. 漢代河患漸
多, 自宋以來, 大河未有十年無事者. 金及元, 患且與其國祚相始終. 說者以
爲天地之氣古今不同, 豈其然乎?"

우안又按

여성공呂成公, 呂祖謙《대사기大事記》주周 성렬왕成烈王 13년, "진하晉河의 연
안이 기울어져 용문龍門을 막았고, 물길의 막힘이 지주底柱에 이르렀다晉河
岸傾, 壅龍門, 至于底柱"고 하였는데, 춘추春秋시대 이후 하수河水와 관련된 재해
가 사전史傳에 보이는 것은 아마도 이곳이 유일하다.

고염무顧炎武《천독이동川瀆異同》에서 다음과 같이 말하였다.

"삼대三代시기 하수의 재해가 경전에 보이는 것이 매우 적으니, 비록
《반경》의 고문誥文에 '백성들이 이리저리 흩어져 살다蕩析離居'라는 말이 있
지만, 그 당시의 신민臣民들은 오히려 원래의 거주지에 연연하면서 옮겨
가는 것을 달가워하지 않았다. 대체로 물가가 침수되고 넘치는 근심을
막은 것은 후대의 전답과 가옥이 무너지고 천리가 하나의 골짜기가 되는

대홍수의 심함과 같을 수 없다. 한대漢代 하수의 재해가 점점 많아졌고, 송宋이래로 대하大河에 십 년 동안 아무 일 없던 적이 없었다. 금金과 원元은, 하수의 재해가 국운과 처음과 끝을 같이하였다. 말하는 자들은 천지의 기氣가 고금古今이 같지 않기 때문이라고 하는데, 어찌 그럴 수 있겠는가?"

원문

又按：枚乘說吳王："轉粟西向, 不如海陵之倉." 臣瓚曰："海陵, 縣名, 有吳太倉." 今泰州東有海陵倉是. "修治上林, 不如長洲之苑",《後漢 · 志》"東陽縣有長洲澤, 吳王濞太倉在此." 此又一太倉也, 不得合而一之. 撰《泰州志》者合一, 蓋見《後漢》無海陵, 謂省入東陽. 既而覺東陽在今天長縣界; 中隔江都縣凡一百九十里, 變其說曰後漢廢海陵, 而移東陽之名於此. 果爾, 東漢當有兩東陽矣, 何不見也? 惟沈約《宋志》："海陵, 三國時廢." 參以《三國 · 吳志》："呂岱字定公, 廣陵海陵人也, 爲郡縣吏, 避亂南渡, 詣孫權幕府." 分明有縣, 有人, 有吏, 則是其縣故在而《志》誤脫耳. 廢當于建安以後十載三國鼎立時, 故曰三國時廢, 晉太康元年復置云.

번역 우안又按

매승枚乘, BC210?~BC138?이 오왕吳王 유비劉濞에게 말했다. "곡식을 서쪽으로 운송함에 해릉海陵의 창고만한 곳이 없습니다轉粟西向,[56] 不如海陵之倉." 신찬臣瓚 주注는 "해릉海陵은 현명縣名으로 오吳의 태창太倉이 있다海陵, 縣名, 有吳太倉"

---

56 向：《한서 · 매승열전(枚乘列傳)》에 鄕으로 되어 있다.

고 하였다. 지금의 태주泰州 동쪽의 해릉창海陵倉이 그곳이다. 또 매승枚乘이 "상림원上林苑을 건설하는데 장주長洲의 원苑만한 곳이 없습니다修治上林, 不如 長洲之苑"라고 하였는데,《후한서·군국지》에 "동양현東陽縣에 장주역長洲澤이 있고, 오왕吳王 유비劉濞의 태창太倉이 여기에 있다東陽縣有長洲澤, 吳王濞太倉在此" 고 하였다. 이것이 또 하나의 태창太倉으로 하나로 합치될 수 없다.《태주 지泰州志》를 찬술한 자는 하나로 보았는데, 대체로《후한서》에는 해릉海陵 이라는 지명이 보이지 않는 것은 동양東陽으로 편입된 것이라고 하였다. 이미 동양東陽은 지금의 천장현天長縣 지계에 있다는 것을 알았고, 강도현江 都縣까지는 190리 떨어져 있으므로 그 설을 바꾸어 후한 때 해릉海陵을 폐 지하고 거기에 동양東陽의 지명이 옮겨왔다고 한 것이다. 과연 그렇다면 동한東漢 때는 마땅히 두 개의 동양東陽이 있어야만 하는데, 어찌 보이지 않는 것인가? 오직 심약沈約의《송서宋書·지志》에 "해릉海陵은 삼국시대에 폐지되었다海陵, 三國時廢"고 하였다.《삼국지·오지吳志》"여대呂岱의 자는 정 공定公, 광릉廣陵 해릉海陵 출신이다. 군현리郡縣吏였는데 전란을 피하여 남쪽 으로 건너와 손권의 막부로 들어갔다呂岱字定公, 廣陵海陵人也, 爲郡縣吏, 避亂南渡, 詣孫 權幕府"는 내용을 참고해보면, 분명 현縣, 인물, 관리도 있었으니 이 현縣은 예로부터 존재했었으나《지志》에서 잘못 빠진 것일 뿐이다. 그 현의 폐지 는 건안建安196 10년 후 삼국이 정립된 시기에 해당되므로 삼국시기에 폐 지되었다고 한 것이고, 진晉태강太康 원년280에 다시 설치되었다.

원문

又按 : 陳第季立, 閩人也. 嘗登黃鶴樓, 望隔江漢陽府東北山實名大別, 爲漢水入江之處, 因憶《左氏》"楚師濟漢而陳, 自小別至于大別", 蓋近漢也. 杜預《土地名》至云"大別, 闕, 不知何處", 豈未經斯地耶? 抑果以未見孔《傳》耶? 于是而益信禹之神聖也. 當洪荒時, 主名山川, 若指諸掌. 後世案經索之, 往往錯誤, 何耶? 蓋禹乘四載歷九州, 皆得諸親見. 儒者雖博稽載籍, 口耳而已矣, 無惑乎言之不詳也哉? 故曰 : 讀萬卷書不行萬里道, 不足以知山川. 此足正朱子"往往使官屬去相視山川, 其其圖說以歸, 作此一書", 又"分遣官屬而不了事底記述得文字不整齊"之說之非.

번역 우안又按

진제陳第, 1541~1617, 자 계립(季立)는 민閩 지역 사람이다. 일찍이 황학루黃鶴樓에 올라 강수江水 건너 한양부漢陽府 동북東北의 산山, 즉 실제 지명 대별大別을 바라보고, 한수漢水가 강수江水로 유입되는 곳이라고 여겼는데, 이로 인하여 《좌씨 · 정공4년》"초나가 군대가 한수漢水를 건너 진을 친 것이 소별산小別山에서 대별산大別山에 이르렀다楚師濟漢而陳, 自小別至于大別"를 떠올리니, 대체로 한수漢水와 가까운 곳이다. 두예杜預《토지명土地名》에서는 "대별大別, 궐闕, 비워둠, 어디인지 알지 못한다大別, 闕, 不知何處"라는 지경에 이르렀는데, 어찌 그 지역을 다스리지 않았겠는가? 아니면 과연 《공전》을 보지 못했던 것인가? 여기에서 우禹의 신성神聖함을 더욱 믿게 된다. 홍수가 거칠었던 당시에, 유명한 산천山川을 주관함이 마치 손바닥을 들여다보는 듯 하였다. 후대의 사람들이 경문을 살펴 찾아봄에 종종 착오가 있는 것은 어째서인가? 대체로 우禹는 네 가지 탈 것을 타고 구주九州를 지나다니면서, 모두 직접 눈으로 보았다. 유자儒者들이 비록 전적들을 두루 살펴보았다고 하더라도 입과 귀로 했을 뿐이니, 말이 상세하지 않음에 의혹됨이 없겠는가? 따라서 만 권의 책을 읽었더라도 만 리의 길을 다니지 않으면 산천을 알기에 부족하다고 하는 것이다. 이것은 주자가 말한 "종종 관리에게 산천을 시찰하게 하고 그 도설圖說을 갖추어 돌아오게 한 뒤에 이 우공편을 지었다往往使官屬去相視山川, 具其圖說以歸, 作此一書"라는 말을 바로 잡기에 충분하며, 또한 "관리들을 나누어 파견하였으나 끝나지 않은 일을 기술함에 문자가 정제되지 않았다分遣官屬而不了事底記述得文字不整齊"는 설[57]의 잘못을 바로잡기에 충분하다.

원문

又按 : 陳第季立解"予乘四載"曰 : "孔《傳》謂'水乘舟, 陸乘車, 泥乘輴, 山乘樏', 後儒皆從之. 舟, 車不可易矣. 輴,《史記 · 夏本紀》作'橇',《河渠書》作'毳',《漢書 · 溝洫志》亦作'毳',《尸子》作'蕝', 實一物也. 孟康曰 : '毳, 形如箕, 摘行泥上.' 張守節又詳釋之曰 : '橇, 形如船而短小, 兩頭微起, 人曲一腳泥上摘進, 用拾泥上之物.' 孟, 張之解既得其形, 又得其用. 今閩越海濱皆有之, 泥行之具必不可易者也. 如淳謂'以板置泥上, 以通行路'. 夫置板以行泥, 此拙滯之法, 不可以變通轉移. 彼蓋未至海濱而視所謂橇, 特以意度之而已耳. 樏,《史記 · 夏本紀》作'檋',《河渠書》作'橋',《漢書 · 溝洫志》作'梮', 實一物也. 如淳曰 : '梮, 謂以鐵如錐頭長半寸施之履下, 不蹉跌也.' 蔡氏從之. 某見吳下僕夫施鐵環于草屨下以走沮洳之地, 可免顛蹶, 俗呼爲甲馬, 亦呼爲腳

---

57 모두《주자어류》권79에 보인다.

澀, 此僕傭所用, 豈以禹而用之? 故知如淳之說舛也. 韋昭曰：'橇, 木器也, 如今輿牀, 人輿以行.' 此說頗近之. 某謂《史記》作'橋', '橋'即今之轎也. 某嘗登泰岱與武當絶頂, 其土人以竹兜子施皮絆於肩, 遇峻陡則挾之以行, 上下嶺坂如飛, 山行之具必不可易者也. 豈以禹而廢之? 夫曰'四載', 如舟, 車乃可以載, 惟其可載, 故可以乘. 若如淳之說置板于泥, 施鐵于履, 板, 鐵之類既不可謂之載, 足之所踐又豈可謂之乘乎? 夫禹稱神聖, 用物有宜：水乘舟, 不病涉也; 陸乘車, 可致遠也; 泥乘橇, 從者曲其足也; 山乘橋, 僕者施其錐也. 勞形而有逸形者在, 逸形而有勞心者存, 此所以地平天成, 爲萬世利也. 或問：子謂讀書有疑則闕, 今不闕'四載', 可乎? 曰：此無待于闕也. 水陸而廢舟車, 泥山而廢橇橋, 則沒世不行尋常矣. 故知大禹決不能舍斯四者而別有所濟也, 以理斷之也."

번역 **우안又按**

진제陳第, 자 계립(季立)는 "여승사재予乘四載"를 다음과 같이 해석하였다.

"《공전》은 '물에서는 배舟를 타고, 육지에서는 수레車를 타고, 진흙에서는 널배橇을 타고, 산에서는 산가마欙를 탔다水乘舟, 陸乘車, 泥乘橇, 山乘欙'라고 하였고, 후유後儒들이 모두 이 설을 따랐다.

배와 수레는 다른 기구로 대체할 수 없다.

널배橇는 《사기 · 하본기》에 '취橇'로 썼고, 《하거서》에 '취毳'로 썼으며, 《한서 · 구혁지》에도 '취毳'로 썼고, 《시자尸子》에 '절蕝'로 썼는데, 실제는 같은 기물이다. 맹강孟康은 '취毳는 형태가 키箕와 같고, 진흙 위를 휘저어 다닌다毳, 形如箕, 擿行泥上'고 하였다. 장수절張守節은 더욱 상세하게 해석하였다. '취橇는 형태가 배船와 같지만 짧고 작으며, 두 개의 끝머리가 조금 올라왔으며, 사람이 한 다리를 구부려 진흙 위에서 휘저어 나아가고, 진흙 위의 물체를 줍는데 사용한다橇, 形如船而短小, 兩頭微起, 人曲一脚泥上摘進, 用拾泥上之物.' 맹강과 장수절의 주해로 이미 그 모양을 알았고, 또한 그 용도도 알게 되었다. 지금 민월閩越의 해변에서는 모두 이 널배橇가 있고, 진흙을 다니는 기구를 결코 대체할 수 없다. 여순如淳은 '진흙 위에 목판을 설치하여 통행로로 사용하였다以板置泥上, 以通行路'고 하였다. 대저 목판을 설치하여 진흙을 통행하는 것은 매우 융통성 없는 방법으로 길을 바꾸어 옮겨갈 수 없다. 여순은 해변에 가서 이른바 취橇를 보지 못한 채, 단지 추측만 하였을 뿐이다.

산가마橶는 《사기 · 하본기》에 '국橾'으로 썼고, 《하거서》에 '교橋'로 썼으며, 《한서 · 구혁지》에 '국橋'으로 썼는데, 실제는 같은 기물이다. 여순如淳은 '국橋은 송곳과 같은 쇠 반 자 정도 길이를 신 아래에 붙여서 넘어지지 않게 한 것이다橋, 謂以鐵如錐頭長半寸施之履下, 不蹉跌也'고 하였고, 채침이 이 설을 따랐다. 내가 오吳지역의 복부僕夫들이 초구草屨 아래에 쇠를 둘러 저습한 땅을 달리면서 넘어지지 않게 한 것을 보았는데, 세속에서는 갑마甲馬로 부르고 또한 각삽腳鍤이라고도 한다. 이것은 일꾼과 품팔이들이나 사용하는 것인데, 어찌 우禹가 그것을 사용했겠는가? 그러므로 여순의 설이 잡된 것임을 알 수 있다. 위소韋昭는 '국橋은 목기木器인데, 지금의 여상輿牀과 같이 사람이 타고 다녔다橋, 木器也, 如今輿牀, 人輿以行'고 하였는데, 이 설이 제법 이치에 가깝다. 내 생각에 《사기》는 '교橋'로 썼는데, '교橋'는 곧 지금의 산가마橋이다. 나는 일찍이 태산泰山과 무당산武當山 꼭대기를 올랐었는데, 그 지역 사람들은 어깨에 가죽끈으로 죽두자竹兜子를 걸치고서, 험준한 곳을 만나면 어깨에 끼고 다녔는데, 비탈진 고개를 오르내림이 날개를 단 것 같았으니, 산행山行의 기구를 결코 다른 기구로 대체할 수 없다. 어찌 우禹가 그것을 버렸겠는가? 대저 '네 가지 탈 것'四載 가운데 배舟와 수레車와 같은 것은 물건을 실을 수 있는데, 물건을 실을 수 있으므로 사람이 탈 수도 있다. 만약 여순의 설과 같이 진흙에 목판을 설치하고 신에 쇠를 붙였다면, 목판과 쇠의 부류는 이미 물건을 싣는다고 말할 수 없고, 밟기에는 충분하지만 또 어찌 사람이 탈 수 있다고 말할 수 있겠는가? 대저 우禹를 신성神聖으로 칭하는 것은 기물을 사용함이 마땅했기 때문이다. 곧 물에서 배舟를 타면 물 건넘을 걱정하지 않으며, 뭍에서 수레車를 타면 멀리 닿을 수 있으며, 진흙에서 널배橇를 타면 따르는 자가 발을 굽힐 수 있고, 산에서 산가마檋를 타면 종복이 신에 송곳을 붙일 수 있다. 형세가 수고로우면 형세가 편안한 것이 있게 마련이고, 형세가 편안하면 마음이 수고로움이 존재하는 것이니, 이것이 땅이 다스려짐에 하늘이 이루어짐으로써 만세의 이로움이 되는 까닭이다.

어떤 이가 물었다.

그대가 책을 읽다가 의심이 생기면 비워 두라고 했었는데, 지금 '네 가지 탈 것'四載'을 비워두지 않는 것이 옳은가?

나는 대답하였다.

이는 비워 둘 것이 없다. 물과 뭍을 오가는데 배舟와 수레車를 버리고, 진흙과 산을 오가는데 널배橇와 산가마檋를 버린다면, 죽을 때까지도 평소와 같이 행할 수 없을 것이다. 그러므로 대우大禹가 결코 이 네 가지를

버리고 별개의 건너는 도구를 가질 수 없음을 알 수 있으니, 이는 이치로
판단한 것이다."

又按:越明年, 予得《吳中水利全書》, 載明弘治間水利主事姚文灝答人書
曰:"《書》稱'禹乘四載'而'隨山刊木', 《史》稱禹手足胼胝, 何也? '四載'云者,
謂水行乘舟, 陸行乘車, 泥乘輴, 山乘樏也. 夫禹以一人而領九州之水, 必不
得而往, 取通衢, 巨川, 相其大勢可矣. 其他泥淖山徑之處, 盡遣其屬以行而已
不勞焉, 豈不可哉? 而禹方且崎嶇跋涉, 惟恐不及, 意者救饑拯溺之心橫于中,
不暇顧事體之宜不宜也. '胼胝'云者, 謂手足皮厚也, 是必躬有執作之勞, 乃
至此. 若但擘畫指揮乎其間, 則焦勞或有, 而胼胝必無. 《論語》亦稱其'躬稼',
是知禹之於水不獨自往, 又自爲之也." 又曰:"政有可以坐理, 官有可以堂居,
校文, 聽訟之類是也. 乃若水部, 農官, 則不然, 必以舟航爲衙署, 阡陌爲几席,
探源索委, 度高量卑, 然後爲無負于人. 苟或不然, 皆心之所未盡, 義有所未
安." 尤足正朱子之說之非.

우안又按

이듬해에 나는 《오중수리전서吳中水利全書》를 얻었는데, 명明 홍치弘治 연
간 수리水利 주사主事 요문호姚文灝[58]가 답장한 서한이 실려있었다.

"《상서》는 '우禹가 네 가지 탈 것을 타고禹乘四載', '산을 따라 돌며 나무

---

58 요문호(姚文灝) : 저서에는 《절서수리서(浙西水利書)》가 있으며, 《사고전서총목제요(四
庫全書總目提要)》에 저록되었다.

를 베었다隨山刊木'"고 하였고, 《사기》는 우의 "손과 발에 굳은살이 박혔다
手足胼胝"고 하였는데 왜 그런가?

'네 가지 탈 것四載'을 말한 것은 물을 다닐 때는 배를 타고, 뭍을 다닐
때는 수레를 타며, 진흙은 널배를 타고, 산은 산가마를 탄 것을 이른다.
대저 우禹 한 사람이 구주九州의 물을 다스리려고 했으면 반드시 갈 수 없
었고, 사통팔달의 큰 길과 큰 내를 취하여 그 큰 기세를 살펴야만 했을 것
이다. 그 나머지 진흙과 산길이 있는 곳은 모두 관속을 파견하여 가도록
해서 이미 수고롭지 않았으니 어찌 불가했겠는가? 그리고 또한 우가 험
한 길을 밟아 건너고자 할 때는 오직 미치지 못할 것을 두려워하였는데,
생각하는 이들은 주린이를 구제하고 물에 빠진 이를 건져주는 마음이 가
득하여 사리의 마땅함과 그렇지 않음을 돌아볼 겨를이 없었다고 한다.

'굳은 살이 박혔다胼胝'고 말하는 것은 손과 발의 피부가 두터워진 것이
니, 이는 필시 몸소 행한 수고로움이 있었기에 그렇게 된 것이다. 만약
단지 그 사이에 엄지손가락을 그려 지휘만 했다면 마음을 쓴 수고로움이
혹 있었겠으나 굳을 살은 반드시 없었을 것이다. 《논어·헌문》에서도 우
禹는 '몸소 농사를 지었다躬稼'고 하였으니, 우가 치수에 있어서도 혼자만
간 것이 아니고 또한 혼자서 한 것이 아님을 알 수 있다." 또 다음과 같이
말하였다.

"정사는 앉아서 다스릴 수 있는 것이 있고, 공무도 관청에서 볼 수 있
는 것이 있으니, 교문校文과 청송聽訟과 같은 류가 그것이다. 수부水部와 농
관農官과 같은 것은 그렇지 못하니, 반드시 선박을 관청으로 삼고 두렁을
안석으로 삼아 근원을 물이 출원하는 곳과 물 흐름이 모이는 곳을 찾고,

높고 낮은 곳을 도량한 연후에야 그 사람을 저버릴 수 없을 것이다. 진실로 혹 그렇지 못하다면, 마음이 미진한 바가 있게 되고 의리에 편안하지 않은 바가 있게 된다."

더욱 주자설의 잘못을 바로잡기에 충분하다.

又按：《周譜》云"定王五年河徙", 歲在己未, 上距禹河功之成凡一千六百七十七年, 而河始變而患始生.《宋書·始興王濬傳》元嘉二十二年, 上言"二吳,晉陵,義興四郡同注太湖, 而松江,滬瀆壅噎不利, 故處處涌溢, 浸漬成災. 欲從武康紵溪開漕谷湖, 直出海口, 一百餘里, 穿渠洽必無閡滯." 歲在乙酉, 上距震澤底定時凡二千七百二十三年, 而震澤所由入海之路始塞, 而患始生. 歸熙甫極詆穿鑿之端蓋自此始. 夫以江之湮塞宜從其湮塞而治之, 不此之務而別求他道, 所以治之愈力而失之愈遠也. 余尤嘆人情之不可解. 大河已徙, 雖神禹復生, 亦不能挽之復故流, 而必仍求九河處穿之, 穿之河不復行, 奈何? 震澤入海之路, 不過以松江暫塞, 去其塞斯復流矣. 偏欲求新奇可喜, 當時功竟不立, 豈非永鑒! 余因悟《禹貢》之三江, 斷當從蔡《傳》, 此震澤所以底定之根也. 宋熙寧間郟亶言："禹時震澤爲患, 東有堽阜以隔截其流, 禹乃鑿斷堽阜, 流爲三江, 東入于海, 而震澤底定." 初聞似覺駭人, 不知沿海之地號爲岡身, 田土高卬不比內地, 海濱人歷歷言之. 若非遇堽阜處鑿斷, 江何由分爲東北流以入海, 又分東南流以入海乎? 歸熙甫又曰："惟三江之說明, 然後三吳之水可得而治. 三吳水治, 國之倉庾充實也. 豈細故哉?"

《주보周譜》에 "정왕定王 5년BC602 하수가 옮겨졌다定王五年河徙"고 하였는데, 그 해는 기미년으로, 앞서 우禹가 하공河功을 완성한 1,677년 만에 비로소 하수가 변화하여 재난이 발생하기 시작한 것이다.

《송서·시흥왕 유준전始興王劉濬傳》 원가元嘉 22년445, 유준劉濬이 상주上奏하기를, "이오二吳, 진릉晉陵, 의흥義興 네 군郡의 하수는 모두 태호太湖로 주입되지만, 송강松江, 호독滬瀆은 막혀서 이롭지 않으므로 곳곳에서 물이 넘쳐 전답이 잠기는 재난이 됩니다. 무강武康 저계紵溪로부터 조곡호漕谷湖로 통하게 하여 바로 해구海口로 나오게 하려면, 1백여 리의 잠긴 도랑을 뚫어야 반드시 수로가 잠기고 막히지 않을 것입니다二吳, 晉陵, 義興四郡同注太湖, 而松江, 滬瀆細壹不利, 故處處洶溢, 浸漬成災. 欲從武康紵溪開漕谷湖, 直出海口, 一百餘里, 穿渠洛必無閣滯" 하였는데, 그해는 을유년으로, 앞서 "진택이 안정震澤底定"된 시기로부터 2,723년 만에 진택震澤을 지나 대해大海로 유입되는 길이 비로소 막혀서 재난이 발생하기 시작한 것이다. 귀유광歸有光, 1507~1571, 자 희보(熙甫)은 천착穿鑿의 단서가 이로부터 시작된 것을 극력 비난하였다. 대저 강수江水가 막히면 마땅히 그 막힌 곳으로부터 다스려야 하는데, 그것에 힘쓰지 않고 다른 방법을 강구하면 다스리는 데 더욱 힘이 들고 그 방법을 잃어버림도 더욱 멀어지게 된다.

나는 더욱이 인정人情이 풀릴 수 없음을 한탄한다. 대하大河가 이미 옮겨졌다면, 비록 신성神聖한 우禹임금이 다시 살아오더라도 하수의 물길을 당겨 옛 흐름으로 회복시킬 수 없을 것인데, 반드시 구하처九河處를 찾아 뚫는다고 하니, 하수를 뚫더라도 다시 운행하지 않은 것은 어째서인가? 진택震澤이 대해로 유입되는 길은 송강松江이 잠시 막힌 것에 지나지 않으니 그 막힘을 제거하면 이에 다시 흐르게 될 것이다. 신기하고 기뻐할 만한 것만을 구하고자 하였으므로 당시에 공은 끝내 이루지 못하였으니, 영원히 경계로 삼아야 할 것이 아니겠는가!

나는 이로 인하여 《우공》의 삼강三江은 단연코 《채전》을 따르는 것이 마땅하다는 것을 깨닫게 되었으니, 그것이 진택震澤이 안정된 근원이기 때문이다. 宋송 희녕熙寧1068~1077 연간에 겹단郟亶은 "우禹의 시대때 진택이 근심거리였는데, 동쪽으로 언덕이 있어서 그 흐름을 끊었으므로 이에 우가 언덕을 끊고 뚫어 흐름이 삼강三江이 되었고, 동쪽으로 대해로 유입되어 진택이 안정되었다禹時震澤爲患, 東有堰阜以隔截其流, 禹乃鑿斷堰阜, 流爲三江, 東入于海, 而震澤底定"고 하였다. 처음 들었을 때는 사람을 깜짝 놀라게 한 것 같았으나, 연해 지역을 강신岡身이라고 하니, 전답의 토양을 높이 올린 것이 내륙과는 같지 않은 것을 해변 지역의 사람들이 대대로 그렇게 말해 왔던 것을 몰랐던 것이다. 만약 언덕을 끊고 뚫은 것이 아니라면, 강수江水는 어떻게 동북으로 나뉘어 대해로 유입되고, 다시 동남으로 나뉘어 흘러 대해로 유입되겠는가? 귀유광자 희보(熙甫)이 또 말하였다. "오직 삼강三江의 설명이 명확하게 된 다음에야 삼오三吳, 晉의 吳興, 吳郡, 會稽의 물을 다스릴 수 있었다. 삼오의 물이 다스려지면, 나라의 창고가 충실해진다. 이 어찌 작은 일이겠는가?"

원문

又按 : "三江"之解聚訟, 其實有三 : 一蔡氏, 一蘇氏, 一明歸氏. 蔡氏雖引庚

仲初《揚都賦》注, 注實不曾指《禹貢》. 指《禹貢》者, 唐陸氏, 張氏, 又前晉顧
夷《吳地記》耳. 惜蔡見不及此. 蘇氏雖似安國, 而南,中,北各不同. 前同蘇氏
者, 實惟康成, 見《初學記》引鄭氏《書注》, 曰"左合漢爲江北,右會彭蠡爲南
江, 岷江居其中, 則爲中江", 故《書》稱"東爲中江"者, 明岷江至彭蠡與南北
合, 始得稱"中"也. 歸氏從郭璞來, 今實不知郭所指是何書之三江. 前同歸氏
者, 宋淳熙中邊寔[59]《崑山縣志》有是說. 愚嘗反覆參考蘇,歸二說, 雖自有理,
畢竟以蔡《傳》爲定. 蓋江至荊與漢合流, 至揚始入海. 於荊州記江,漢之合,
不言其合而言其"朝宗于海", 蓋雖未入海, 而勢已奔趨於海, 以"朝宗"二字狀
出水勢之妙. 倘再記于揚州, 不幾複乎? 經文恐不若. 故知三江也者, 震澤下
之三江爾.

번역 우안又按

"삼강三江"의 해석은 서로 다투어 정론이 없는데, 사실은 세 가지가 있
다.[60] 곧 채침, 소식蘇軾, 명明 귀유광의 설이다.

채침은 비록 유중초庾仲初의 《양도부揚都賦》 주注를 인용하긴 했으나, 실
제로 주注가 일찍이 《우공》을 지목하지 않았다. 《우공》을 지목한 것은 당
唐 육덕명陸氏, 장수절張守節, 그리고 전진前晉 고이顧夷의 《오지기吳地記》뿐이
다. 애석하게도 채침의 견해는 여기에 이르지 못하였다.

소식설은 비록 공안국설과 유사하지만, 남南, 중中, 북北이 각각 같지 않
다. 이전에 소식의 설과 같은 것으로는 사실 정강성이 유일한데, 《초학

59 寔 : 저본에는 "實"로 되어 있으나, 사고전서본에 의거하여 "寔"으로 고쳤다.
60 제90.《공전》의 삼강(三江)이 진택(震澤)으로 유입된다는 설의 잘못을 논함에 이미 보인다.

기》에 인용된 정강성 《서주書注》에 보인다. "왼쪽으로 한수와 합하여 북강이 되고, 오른쪽으로 팽려와 만나 남강이 되며, 민강岷江이 그 중간에 있으므로 중강中江이 된다左合漢爲江北, 右會彭蠡爲南江, 岷江居其中, 則爲中江"고 하였으므로, 《서》에서 "동쪽으로 중강이 된다東爲中江"라고 한 것은 민강岷江이 팽려彭蠡에 이르러 남북南北과 합해져 비로소 "중中"이라는 명칭을 얻은 것을 밝힌 것이다.

귀유광설은 곽박郭璞으로부터 왔는데, 사실 지금 곽박이 가리키는 것이 어떤 전적의 삼강인지 알지 못한다. 이전에 귀유광설과 같은 것으로는 송宋 순희淳熙(1174~1189) 연간 변식邊寔의 《곤산현지崑山縣志》에 그 설이 있다.

내가 일찍이 소식과 귀유광 두 설을 반복해서 참고해보니 비록 자체로 일리는 있었으나 결국은 《채전》을 정론으로 삼았다. 대체로 강수江水가 형주荊州에 이르러 한수漢水와 합류하고, 양주揚州에 이르러 비로소 대해로 유입된다. 형주荊州에서는 강수와 한수가 합해지는 것을 기록하면서, 그 물들이 합해진다고 말하지 않고 "대해에 조종朝宗하듯 흐른다朝宗于海"고 말하였으니, 대체로 비록 아직 대해에 유입되지는 않았지만 물의 기세가 이미 대해로 내달렸으므로, "조종朝宗" 두 글자로서 물 기세의 오묘함을 표현해낸 것이다. 만약 양주揚州에서 다시 기록했다면 중복한 것이 아니겠는가? 경문은 아마도 그와 같지 않을 것이다. 따라서 삼강三江이라는 것은 진택 아래의 삼강임을 알 수 있다.

원문

又按：鄭端簡曉曰：“江,漢發源于梁, 而荊當其下流之衝, 入海于揚, 而荊

據其上游之會, 故于此言'朝宗', 見其上無所壅, 下有所洩." 王恭簡樵曰 : "既
言'朝宗于海', 則入海不俟言, 故知'三江既入'不指大江也." 愚又考金氏履祥
曰 : "三江果以彭蠡爲一, 則上文既出彭蠡, 不應下文又出三江. 且經文二'既'
字對擧, 皆本效之辭, 三江仍宜屬震澤之下流." 並當採入《集傳》.

번역 우안又按

　　단간공端簡公 정효鄭曉가 말했다. "강수와 한수는 양주梁州에서 발원하므
로 형주荊州는 양주梁州 아래에서 물흐름이 서로 만나는 곳에 해당하며, 양
주揚州에서 대해로 유입되므로 형주는 양주揚州 위에서 물이 모이는 곳에
해당한다. 따라서 형주에서 '조종朝宗'이라고 말한 것이니, 형주 위로는
막히는 바가 없고 아래로는 대해로 흘러 빠지는 것을 보여준다."

　　공간공恭簡公 왕초王樵가 말했다. "이미 '대해에 조종한다朝宗于海'라고 했
으니 대해로 유입되는 것은 더 말할 것도 없다. 따라서 '삼강이 이미 (대해
로) 유입된다三江既入'는 것이 대강大江을 가리키는 것이 아님을 알 수 있다."

　　나는 또한 김이상金履祥의 설을 살펴보았다. "삼강三江이 과연 팽려彭蠡와
하나가 된다면 앞 문장에서 이미 팽려가 나왔는데 뒷 문장에서 다시 삼
강이 나온 것과 맞지 않는다. 또한 경문에서는 두 개의 '기既'자로 대구를
이루어[61] 본효本效를 이루는 말이니, 따라서 삼강三江은 진택震澤의 하류下流
에 속하는 것이 마땅하다."

　　이 모두는 마땅히 《집전》에 수록하여야 할 것이다.

---

61 《禹貢》淮海惟揚州. 彭蠡既豬, 陽鳥攸居. 三江既入, 震澤底定.

又按 : 明金藻著《三江水學》, 首引《禹貢》"三江既入, 震澤底定", 又引"九川滌源, 九澤既陂", 曰: "今東江已塞, 而松江復微, 是川源無滌也. 太湖泛濫, 隄防不修, 是澤無陂障也. 無陂所以靡定, 無滌所以靡入." 又曰: "三江, 流水也. 滌源, 流水之所以治也. 震澤, 止水也. 既陂, 止水之所以定也. 使《禹貢》無此二句總結于後, 將謂三江既入, 震澤自定矣. 自漢以來, 治經者多忽此." 予謂末語似微刺東坡.

번역 우안又按

명明 김조金藻[62]가 《삼강수학三江水學》을 지었는데, 맨 먼저 《우공》의 "삼강이 이미 대해로 유입되니, 홍수가 다스려져 진택이 안정되었다三江既入, 震澤底定"를 인용하고, 또한 "구주九州의 내에 근원을 깊이 파며, 구주의 못이 이미 제방을 쌓았다九川滌源, 九澤既陂"를 인용하면서 다음과 같이 말했다. "지금 동강東江은 이미 막혔고 송강松江은 다시 미약해졌는데, 이것은 내의 근원을 깊이 파지 않았기 때문이다. 태호太湖가 범람하는데도 제방을 다스리지 않으니, 이것이 못에 제방이 없는 것이다. 제방이 없는 것은 다스리지 않기 때문이고, 근원이 깊지 않은 것은 인력이 투입되지 않기 때문이다.." 또 말하였다. "삼강三江은 흐르는 물이다. '근원을 깊이 파는 것滌源'은 흐르는 물을 다스리기 위함이다. 진택震澤은 멈춰있는 물이다. '이미 제방을 쌓았다는 것既陂'은 멈춰있는 물을 안정시키기 위함이다. 만약

---

62 김조(金藻) : 상해현(上海縣) 출신이다. 홍치(弘治) 9년(1496) 전후에 《삼강수학(三江水學)》을 저술하였다.

《우공》에 이 두 구절이 없이 뒤에서 총결總結하고자 한다면 장차 '삼강이 이미 유입되어 진택이 저절로 안정되었다三江旣入, 震澤自定'라고 했어야 할 것이다. 한漢 이래로 경문을 공부하는 자들이 대부분 이 부분을 소홀히 하였다."

내 생각에 마지막 말은 소식蘇軾, 호 동파(東坡)을 조금 풍자한 것 같다.

원문

又按：三江旣定爲松江, 婁江, 東江矣. 而此三江, 亦言人人殊. 玆取明嘉靖中王司業同祖考曰："案太湖自吳江縣長橋東北合龐山湖者爲松江. 又東南分流, 出白蜆江, 入急水港, 入澱山湖, 迤東入海者爲東江. 此單鍔《吳中水利書》所謂'開白蜆江, 使水由華亭靑龍江入海'是也. 但澱湖之東已塞, 不復徑趨入海, 而北流乃合吳淞江, 故曰'東江已塞'也. 自龐山湖過大姚浦, 東北流, 三折成三江, 俗呼爲上淸江, 下淸江, 吳淞江, 其實一江也. 入崑山西南又分爲二, 一名剿娘江, 五里許復合爲一. 經崑山南, 又東南過石浦, 出安亭江, 過嘉定縣黃渡, 入靑龍江, 由江灣靑浦入海者爲婁江. 其安亭江在宋時已塞, 單鍔所謂'開安亭江, 使水由華亭靑龍入海'者是也. 至吳淞江入海, 則今自吳縣西南邐迤而來, 過崑山東南, 以達嘉定縣界, 曰吳淞江口, 甚明, 未曾塞. 自宋以前未有以劉家港爲古婁江. 以之, 自朱長文《續圖經》始. 玆不取."

번역 우안又按

삼강三江은 이미 송강松江, 누강婁江, 동강東江으로 정해졌다. 그러나 이 삼강三江에 대해서도 사람마다 말하는 것이 다르다. 여기에서는 명明 가정嘉

靖 연간 국자감 사업司業을 지낸 왕동조王同祖, 1497~1551[63]의 고찰을 취한다.

"살펴보건대, 태호太湖가 오강현吳江縣 장교長橋로부터 동북東北으로 방산호龐山湖와 합하는 것은 송강松江이 된다. 또 동남東南으로 나뉘어 흘러 백현강白蜆江으로 나와, 급수항急水港으로 들어가고, 전산호澱山湖로 들어가서, 비스듬히 동쪽으로 대해로 유입되는 것은 동강東江이 된다. 이것이 선악單鍔, 1031~1110[64] 《오중수리서吳中水利書》에서 이른바 '백현강白蜆江을 열어, 물을 화정華亭 청룡강靑龍江으로부터 대해로 유입시켰다開白蜆江, 使水由華亭靑龍江入海'는 것이 이것이다. 다만 전호澱湖의 동쪽은 이미 막혀 다시는 대해로 유입되지 않고, 북류北流는 오송강吳淞江과 합해지므로 '동강東江은 이미 막혔다東江已塞'고 한 것이다. 방산호龐山湖에서 대요포大姚浦를 지나 동북으로 흐르면 세 번 꺾여 삼강三江을 이루니, 세속에서는 상청강上淸江, 하청강下淸江, 오송강吳淞江이라 부르는데 사실은 하나의 강江이다. 곤산崑山의 서남西南으로 들어와 다시 두 흐름으로 나뉘는데, 일명 초랑강剿娘江이라 하며 5리쯤 지나 다시 합하여 하나가 된다. 곤산崑山의 남쪽을 지나 다시 동남으로 석포石浦를 넘어 안정강安亭江으로 나오고, 가정현嘉定縣 황도黃渡를 넘어 청룡강靑龍江으로 유입되어, 강만江灣 청포靑浦로부터 대해로 유입되는 것이 누

---

63 왕동조(王同祖) : 자 승무(繩武). 남직예(南直隸) 소주부(蘇州府) 곤산(崑山) 출신. 정덕(正德) 16년(1521) 진사에 급제하고 국자감 사업(司業)을 역임하였다. 저서에는 《행서시권(行書詩卷)》, 《동오수리통고(東吳水利通考)》 등이 있다.

64 선악(單鍔) : 자 계은(季隱). 상주(常州) 의흥(宜興)(지금의 의흥(宜興))출신이다. 송대의 학자. 박학다식하였으나 관직에 나아가지 않고 오직 오중(吳中)의 수리(水利)에 뜻을 두었다. 일찍이 홀로 작은 배를 타고 소주(蘇州), 상주(常州), 호주(湖州) 등을 왕래하면서 물흐름의 원류와 형세를 고찰하기를 30여 년간 지속하여 《오중수리서(吳中水利書)》를 저술하였다. 다른 저서로는 《시》, 《역》, 《춘추》제경(諸經)의 의해(義解)가 있었으나 모두 망실되었다.

강婁江이 된다. 그 안정강安亭江은 송대에 이미 막혔으니, 선악單鍔이 이른바 '안정강安亭江을 열어, 물을 화정華亭 청룡靑龍으로부터 대해로 유입시켰다開 安亭江, 使水由華亭靑龍入海'는 것이 이것이다. 오송강吳淞江에 이르러 대해로 유 입되는 것은 지금의 오현吳縣 서남西南으로부터 비스듬히 이어져 오다가 곤산崑山의 동남東南을 넘어 가정현嘉定縣의 경계에 도달하는 것을 오송강구 吳淞江口라고 하는 것이 매우 명백하며 일찍이 막힌 적이 없었다. 송 이전 에는 유가항劉家港을 고누강古婁江이라고 한 적이 없었다. 그렇게 된 것은 주장문朱長文, 1039~1098[65]의 《속도경續圖經》으로부터 비롯되었다. 여기에서 는 그 설을 취하지 않는다."

원문

又按 : 王同祖有《太湖考》, 太湖即五湖. 曰 : "古人之治太湖也, 置五堰於 溧陽, 以節宣,歙,金陵,九陽江之水, 使入蕪湖, 以北入于大江. 開夾苧干於宜 興,武進之境, 東抵漏湖, 北接長塘河, 西連五堰, 所以洩長蕩湖之水以入漏 湖, 洩漏湖以入大吳瀆等處. 而入常州運河之北偏十四斗門, 北下江陰之大 江, 所以殺西來之水, 使不入于太湖, 而皆歸諸江也. 又以荊溪不能當西來衆 流奔注之勢, 遂於震澤口疏爲百派, 謂之百瀆. 而又開橫塘以貫之, 約四十餘 里. 百瀆在宜興者七十有四, 在武進者二十有六, 皆西接荊溪, 而東通震澤者 也. 又于烏程,長興之間開七十二溇, 在烏程者三十有八, 在長興者三十有四,

---

65 주장문(朱長文) : 자 백원(伯原). 호 낙포(樂圃), 잠계은부(潛溪隱夫). 소주(蘇州) 오현 (吳縣)(지금의 강소(江蘇) 소주(蘇州))출신이다. 북송(北宋)의 서학(書學) 이론가이다. 저서에는 《오군도경속집(吳郡圖經續集)》, 《금태기(琴台記)》, 《낙포여고(樂圃餘稿)》, 《낙포집(樂圃集)》等.

皆自七十二溇通經遞脈, 以殺其奔衝之勢, 而歸于太湖也. 太湖上流諸水之來源若此, 而所以洩之者則惟于三江是賴焉." 又曰: "以江湖形勢觀之, 大要宣溧以上西北之水可使入于蕪湖以歸大江, 而不可使注於荊溪,蘇,常以下. 東南之水, 可使趨于吳淞江歸大海, 而不可使積于震澤. 此治水東南之大旨也."

번역 **우안又按**

왕동조王同祖, 1497~1551[66]는 《태호고太湖考》에서 태호太湖는 곧 오호五湖라고 하였다. "옛 사람이 태호太湖를 다스릴 때, 율양溧陽에 오언五堰을 설치하여 의宣, 흡歙, 금릉金陵, 구양강九陽江의 물을 조절하고, 그 물들을 무호蕪湖로 유입시켜 북쪽으로 대강大江에 들어가게 하였다. 의흥宜興과 무진武進의 경계에 협저간독夾苧干瀆을 열어 동쪽으로 격호滆湖를 거슬러, 북쪽으로는 장당하長塘河와 접하고, 서쪽으로는 오언五堰에 이어지게 한 것은 장탕호長蕩湖의 물을 빠지게 해서 격호滆湖로 유입시키고, 격호滆湖의 물을 빠지게 해서 대오독大吳瀆 등으로 유입시키기 위함이다. 그리고 상주常州 운하運河의 북쪽에 치우친 14개의 갑문閘門으로 유입되어 북쪽으로 강음江陰의 대강大江으로 내려가게 한 것은, 서쪽에서 오는 물을 상쇄시켜 태호太湖로 유입되지 않게 하고 모두 강江으로 돌아가게 하기 위함이다. 또한 형계荊溪[67]가 서쪽에서 내달려 오는 여러 흐름의 기세를 감당하지 못하므로 마침내 진택의 입구를 소통시켜 백파百派로 만들고 백독百瀆이라고 하였다. 그리고

---

66 왕동조(王同祖) : 자 승무(繩武). 남직예(南直隷) 소주부(蘇州府) 곤산(昆山) 출신이다. 《동오수리통고(東吳水利通考)》를 저술하였다.

67 형계(荊溪) : 《환우기(寰宇記)》에 이르길 '형계(荊溪)는 곧 《한지(漢志)》에서 말한 무호(蕪湖)의 중강(中江)이다'라고 하였다.

또한 횡당橫塘을 열어 관통하게 한 것이 약 40여 리이다. 백독百瀆 가운데 의흥宜興에 있는 것이 74개이고, 무진武進에 있는 것이 26개인데, 모두 서쪽으로 형계荊溪와 접하고 동쪽으로 진택과 통한다. 또 오정烏程, 장흥長興 사이의 72개 수로瀆를 열었는데, 오정烏程에 있는 것은 38개, 장흥長興에 있는 것은 34개인데, 모두 72개의 수로瀆로부터 수맥水脈이 교대로 통과하게 하여 내달려 충돌하는 기세를 상쇄시켜 태호로 돌아가게 하였다. 태호 상류上流 제수諸水의 내원來源이 이와 같으며, 태호의 물이 빠지게 한 것은 오직 삼강에서 힘입은 것이다." 또 말하였다. "강호江湖의 형세로 살펴보건대, 대략은 선율宣溧 위의 서북西北의 물은 무호無湖로 유입되게 해서 대강大江으로 돌아가게 하고, 형계荊溪, 소주蘇州, 상주常州 아래로 주입되지 않게 한 것이다. 동남東南의 물은 오송강吳淞江으로 내달리게 해서 대해로 돌아가게 하고, 진택으로 쌓이지 않게 하였다. 이것이 동남 치수治水의 대지大旨이다."

원문

又按 : 王恭簡樵曰 : "彭蠡未豬, 則江西東諸州之水爲揚州西偏之患. 震澤未定, 則浙西諸州之水爲揚東偏之患. 揚雖北邊淮, 而于徐已書'乂'; 雖中貫江, 而于荊已書'朝宗'. 獨大江之南, 西偏莫大于彭蠡, 東偏莫大于震澤, 二患旣平, 則揚之土田皆治矣. 故特擧二澤, 以見揚功之告成. 若其南偏, 率是山險, 浙亦山谿, 計不勞施工, 故餘不書也." 此亦是發明三江不指大江之江處.

번역 우안又按

공간공恭簡公 왕초王樵가 말했다.

"팽려彭蠡에 아직 물이 모이지 않았다면, 강수江水 서동西東의 모든 주州의 물은 양주揚州 서쪽편의 근심이 되었을 것이다. 진택震澤이 아직 안정되지 않았다면, 절수浙水 서쪽의 모든 주의 물은 양주揚州 동쪽편의 근심이 되었을 것이다. 양주揚州는 비록 북쪽 변두리에 회수淮水가 있었으나 서주徐州에서 이미 '다스려졌다乂'고 기록하였고,[68] 비록 중앙으로 강수가 관통하지만, 형주荊州에서 이미 '조종하다朝宗'를 기록하였다. 유독 대강大江의 남쪽은 서쪽편으로 팽려보다 더 큰 것이 없고, 동쪽편으로는 진택보다 더 큰 것이 없는데, 두 곳의 근심이 이미 다스려졌다면 양주揚州의 토지와 전답은 모두 다스려진 것이다. 따라서 다만 두 개의 택澤만을 들어 양주揚州 치수의 공이 이루어졌음을 보인 것이다. 양주揚州의 남쪽편과 같은 경우는 산의 험준함을 따라 절수浙水도 산계山谿가 되어 수고로이 공적을 베풀 수 없다고 여겼으므로 나머지는 기록하지 않았다."

이 또한 삼강三江이 대강大江의 강을 가리키는 것이 아님을 잘 밝혀준다.

원문

又按 : 金仁山曰 : "禹豬彭蠡, 廢其旁地爲蘆葦, 以備浸淫, 故陽鳥居之. 如漢築河隄, 去河各二十五里以防泛濫. 其後民頗居作, 其間時被漂沒. 以此知禹廢彭蠡之濱以居陽鳥, 其爲民防患之意蓋深." 茅氏瑞徵曰 : "此句正見善

---

68 《우공》海, 岱及淮惟徐州. 淮, 沂其乂.

治水者, 不與水爭利, 豈直見禽鳥之得其居止而遂其性也哉?"余謂隄防之作
近起戰國, "漢"當作"戰國"二字爲是.

번역 **우안又按**

　　김이상金履祥, 호 인산(仁山)이 말했다.

　　"우禹가 팽려彭蠡에 물을 모이게 하고 그 주변 땅을 폐廢하여 갈대밭으
로 만들어 물에 잠기는 것을 방비하였으므로 기러기가 살게 되었다.[69] 한
漢나라때 하수의 제방을 건설한 것과 같은 경우,[70] 하수와 각 25리 떨어
진 곳의 범람을 방비하였다. 그 후 백성들이 제법 거주하게 되었으나, 그
사이에도 때로 표몰漂沒을 당하였다. 이것으로 우가 팽려 수변의 땅을 폐
하여 기러기를 살게 한 것이 백성을 위해 재해를 방지하기 위한 뜻이 깊
었다는 것을 알게 된다."

　　모서징茅瑞徵이 말했다.

　　"이 구절이 바로 치수를 잘하는 자는 물과 이로움을 다투지 않는다는
것을 잘 보여주는데, 어찌 다만 날짐승이 그 살 곳을 얻는데 그치고 그
본성에 순응하는 것 뿐이겠는가?"

　　내 생각에 제방을 쌓은 일은 전국시대부터 시작되었으니, "한漢"은 마
땅히 "전국戰國" 두 글자로 써야 옳을 것이다.

---

69 《우공》淮海惟揚州. 彭蠡既豬, 陽鳥攸居.
70 《한서·구혁지》成帝初, …… 遣大司農非調調均錢穀河決所灌之郡, 謁者二人發河南以東漕
　　船五百艘, 徙民避水居丘陵, 九萬七千餘口. 河隄使者王延世使塞, 以竹落長四丈, 大九圍, 盛以
　　小石, 兩船夾載而下之. 三十六日, 河隄成.

又按：范文正公撰《張公綸神道碑》云："海陵郡有古堰, 廢旣久, 海濤爲
患, 綸請修復. 議者謂將有蓄潦之憂. 綸曰：'濤之患, 歲十而九, 潦之患, 歲
十而一. 護九而亡一, 不亦可乎?' 卒成之. 又江東大水, 綸請治五渠以洩于海.
議者謂潮將挾沙而至, 欲導終塞. 綸曰：'彼日之潮有損與盈, 三分其時, 損居
二焉. 衆川乘其損而趨之, 曾莫禦哉!' 卒治之." 後范文正知蘇州, 上宰相書論
吳中水利宜開松江俾歸于海, 正從綸得來.

문정공文正公 범중엄范仲淹, 989~1052[71] 찬撰 《장공윤신도비張公綸神道碑》에 다
음과 같이 말했다.

"해릉군海陵郡에 옛 방죽堰이 있는데, 폐기된 지 이미 오래되어 대해大海
의 파도가 근심거리였다. 장윤張綸이 그 방죽을 수리하여 복원하기를 청
하였다. 의논하는 자들이 장차 큰 물을 모아두는 근심이 있게 될 것이라
고 하였다. 장윤은 '파도의 근심은 1년 중 열에 아홉이고, 큰 물의 근심
은 1년 중 열에 하나이다. 아홉을 보호하고 하나를 버리는 것이 옳지 않
겠는가?'라고 하였고, 마침내 방죽을 완성하였다. 또한 강동江東에 큰 물
이 났는데, 장윤이 다섯 개의 도랑을 다스려 대해로 빠져나가게 하도록
청하였다. 의논하는 자들이 조수가 장차 모래를 몰고 올라와서 결국에는

---

71 범중엄(范仲淹)：자 희문(希文). 북송의 사상가, 정치가, 문학가. 경력(慶曆)3년(1043)
참지정사(參知政事)를 역임하면서 "경력신정(慶曆新政)"을 발기하였다. 저서에는 《범문
정공문집(范文正公文集)》 등이 있다.

막히게 할 것이라고 하였다. 장윤은 '저 날의 조수에는 덜고 가득참이 있어, 그 때를 삼분하면 덜함이 3분의 2를 차지한다. 뭇 내의 물이 조수의 덜함을 타서 대해로 달려나가면 누구도 막을 수 없을 것이다!'라고 하였고, 마침내 도랑을 다스렸다."

이후 문정공 범중엄이 지소주知蘇州가 되어, 재상宰相에게 오중吳中의 수리水利는 마땅히 소강松江을 열어 그 물을 대해로 돌아가게 해야 한다는 논의를 올렸는데, 바로 장윤의 논의로부터 나온 것이다.

제94.《채전》이 송조宋朝의 여지輿地를 외우지 못함을 논함

王伯厚嘗謂：“蔡氏《禹貢傳》曰：‘鳥鼠,《地志》在隴西郡首陽縣西南, 今
渭州渭源縣西也.’ 此以唐之州縣言. 若本朝輿地, 當云‘今熙州渭源堡’. 又
曰：‘朱圉,《地志》在天水郡冀縣南, 今秦州大潭縣也.’《九域志》建隆三年,
秦州置大潭縣, 縣有朱圉山. 熙寧七年, 以大潭隷岷州. 今爲西和州, 當云‘今
西和州大潭縣’.” 此二說絶是. 雖然, 余猶憾其掊擊之不盡也. 請廣之：蔡氏
曰：“今滄州之地北與平州接境, 相去五百餘里.” 今滄州北乃天津衛, 宋之淸
州界, 非平州. 平州却在東北五百餘里, 中隔幽州之武淸, 境不相接. 又曰：
“蒙山,《地志》在泰山郡蒙陰縣西南, 今沂州費縣也.” “今沂州費縣”, 當作“今
沂州新泰縣”. 至蒙山, 實在費縣北, 當云“今在沂州費縣,新泰二縣之界”. “東
海郡祝其縣, 今海州朐山縣也”, “朐山縣”當作“懷仁縣”. “今下邳有石磬山”,
當作“今下邳縣有石磬山”. “彭蠡在豫章郡彭澤縣東[已正作西], 合江西,江東
諸水, 跨豫章,饒州,南康軍三州之地”, 尤爲不諳本朝制度. 宋制州必兼郡, 州
而不兼郡者其州小. 洪,饒二州既皆大, 當改“饒州”曰“鄱陽”方一例. 蔡氏時豫
章久升爲隆興府, 更當改“豫章”作“隆興府”. “今岳州巴陵縣, 即楚之巴陵”, 楚
不見有甚巴陵, 巴陵二字起於三國, 吳有巴丘邸閣城, 晉遂于此置巴陵縣. “今
按：南郡枝江縣有沱水, 然其流入江, 而非出于江也”, 案《漢》枝江縣注：
“江沱出西, 東入江.” 顏師古曰：“沱即江別出者也.” 分明已說自江出, 何如
云“非出于江”? 況酈氏又有枝江縣以江沱枝分而獲名乎? “雲夢, 澤名, 跨江
南北, 華容,枝江,江夏,安陸皆其地”, 宋江夏縣, 漢沙羨地, 在江之東, 非古雲

夢地. "今興仁府濟陰縣南三里有荷山", 宋濟陰廢縣在今曹縣西北, 其地併無山. "嶓冢山,《地志》在隴西郡氐道縣, 又云在西縣, 今興元府西縣, 三泉縣也, 蓋嶓冢一山跨于兩縣云", 案, 氐道縣無考, 漢西縣在宋西和州, 今爲縣. 宋西縣爲漢漢中郡沔陽縣地, 後魏置嶓冢縣, 隋始改曰西縣, 下到宋, 去漢之西縣南北相距五六百里, 豈得一山跨其境? 且其水亦分東西二派. 宋三泉縣則在今寧羌州, 漢廣漢郡葭萌縣地也. "汶江縣, 今永康軍導江縣", 當作"今茂州汶山縣". "安陽縣, 今洋州眞符縣", 當作"今金州漢陰縣". "西傾山在隴西郡臨洮縣西, 今洮州臨潭縣西南", 臨潭縣唐廣德初陷吐蕃, 宋大觀二年收復, 仍舊爲洮州, 而不置縣, 當作"今洮州城西南扶風杜陽縣". "今岐山普潤縣之地, 亦漢漆縣之境", 當作"今鳳翔府麟遊, 普潤二縣之地, 亦漢漆縣地. "終南在扶風武功縣東[東字今增], 今永興軍萬年縣南五十里也", 終南山西起秦隴, 東徹藍田, 橫亘關中, 且八百里, 必欲貼漢武功縣言, 當作"今鳳翔府郿縣界有故武功城, 終南山在郿縣南三十里". 萬年縣, 至蔡氏時久更名樊川. "惇物在扶風武功縣東[亦今增], 今永興軍武功縣也", 殊屬妄談, 宋武功縣, 漢斄縣, 美陽二縣地, 豈得認爲漢故邑? 當亦作"今鳳翔府郿縣界有故武功城, 惇物山在其東". "龍門山在馮翊夏陽縣, 今河中府龍門縣", 當作"在今同州韓城縣及河中府龍門縣之地, 蓋山跨河之西東"云. "崑崙在臨羌, 漢金城郡臨羌縣有昆侖山祠, 非眞山", 司馬彪衍"祠"字, 而蔡氏誤本. "析支在河關西千餘里", 當依應劭於"西"下增"南"字. "岍山,《地志》扶風岍[當從水]縣西吳山, 古文以爲汧山, 是班氏合爲一山", 當作"今隴州汧源縣西六十里有汧山, 隴州吳山舊縣西南五十里有吳嶽山", 方與《寰宇記》合, 爲宋人語. 又引晁氏曰"今之隴山, 天井, 金門, 秦嶺山者, 皆古之岍也", 尤非.《括地志》岍山在隴州汧源縣西六十里, 其山東鄰岐岫, 西接隴岡, 汧水出焉. 謂隴與汧爲一猶可, 至天井山在今隴州南一百里, 金門山又在州南百四十里, 秦嶺山雖大, 要以在今藍田縣商州者爲正, 吾聞終南, 秦嶺本一山矣, 未聞與岍爲一也. "今陝州陝縣有三門山是也", "陝縣"當作"硤石縣". 三門山在縣東北五十里. "太行山在河內郡山陽縣西北, 今懷州河內也", 不知漢太行山有二, 其在山陽縣者名東太行山, 秖當引曰"太行山在河內郡墅王縣西北, 今懷州河內縣北二十五里也". 漢山陽爲宋修武縣, 非河內. "太華在今華州華陰縣二十里", 《括地志》, 《元和志》, 《寰宇記》並云在華陰縣南八里. "今襄陽府南章縣", "章"當作"漳". "葉榆澤, 其地乃在蜀之正西", 非正西, 西南也. 又"東北距宕昌不遠", 宕昌雖近雍州西南, 然與燉煌縣之三危中隔大河, 此條秖當闕疑. "洛汭在今河南府鞏縣之東, 洛之入河實在東南, 河則自西而東過之." 案杜氏《左傳注》: "洛汭在鞏縣南."《帝王世紀》: "在鞏縣東北三十里." 二說不同. 考《元和志》, 隋時鞏縣移治東界, 由是洛水乃在西北也. 《宋·河渠志》元豐二年"導洛水入汴", 《通志》今洛水"經鞏縣北三里, 又東至縣東北二十里汜水縣界入河", 蓋宋所移云. 然古時洛口斷在鞏縣之西, 作東者非. "今郢州長壽縣磨石山發源東南流者名滋水, 至復州竟陵縣界來, 又名汉水", "來"乃"者"字之譌. 及檢明初劉三吾奉旨纂《書傳會選》本, 亦是"來"字, 知承譌久矣. 嗚呼! 此制舉取士, 經筵進講之書也, 而作者懵然其本朝輿地事迹之鼺者至于如是, 豈不令異代以後讀者有秦無人之嘆哉?

번역 왕응린^{자 백후(伯厚)}은 일찍이 다음과 같이 말했다.

"채침 《우공전^{禹貢傳}》에 '조서^{鳥鼠}는 《한서·지리지》에 농서군^{隴西郡} 수양

현首陽縣 서남쪽에 있다고 하였으니, 지금의 위주渭州 위원현渭源縣 서쪽이다
鳥鼠,《地志》在隴西郡首陽縣西南, 今渭州渭源縣西也'고 하였는데, 이는 당唐의 주현州縣으
로 말한 것이다. 본조本朝, 宋朝 여지輿地와 같다면, 마땅히 '지금의 희주熙州
위원보渭源堡, 今熙州渭源堡'라고 해야 한다. 또 말했다. 《채전》에) '주어朱圉는
《한서 · 지리지》에 천수군天水郡 기현冀縣의 남쪽에 있다고 하였으니, 지금
의 진주秦州 대담현大潭縣이다朱圉,《地志》在天水郡冀縣南, 今秦州大潭縣也'고 하였다.
《구역지九域志》에 따르면, 건륭建隆 3년962 진주秦州에 대담현大潭縣을 설치하
였는데, 현縣에 주어산朱圉山이 있다. 희녕熙寧 7년1074, 대담현大潭을 민주岷州
에 예속시켰다. 지금은 서화주西和州가 되었으니, 마땅히 '지금의 서화주西
和州 대담현大潭縣, 今西和州大潭縣'이라고 해야 한다."

이 두 설은 매우 옳다. 비록 그렇지만 나는 오히려 《채전》을 배격함에
미진함이 있다고 여긴다. 그 논의를 다음과 같이 넓히기를 청한다.

채침이 말했다. "지금 창주滄州 지역은 북쪽으로 평주平州와 접경하는데
서로의 거리가 5백여 리이다今滄州之地北與平州接境, 相去五百餘里." 지금 창주滄州
북쪽은 바로 천진위天津衛로서, 송宋의 청주淸州의 경계이지 평주平州의 경계
가 아니다. 평주平州는 도리어 동북 5백여 리에 있고, 중간에 유주幽州의
무청武淸으로 끊겨있으니, 경계가 서로 접하지 않는다.

또 채침이 말했다. "몽산蒙山은 《한서 · 지리지》에 태산군泰山郡 몽음현蒙
陰縣 서남쪽에 있으니, 지금의 기주沂州 비현費縣이다蒙山,《地志》在泰山郡蒙陰縣西南,
今沂州費縣也." "지금의 기주沂州 비현費縣今沂州費縣"은 마땅히 "지금의 기주沂州
신태현新泰縣今沂州新泰縣"으로 써야 한다. 몽산蒙山에 있어서도 실제는 비현費
縣 북쪽에 있으므로 마땅히 "지금의 기주沂州 비현費縣, 신태新泰 두 현의 경

계에 있다^{今在沂州費縣, 新泰二縣之界}"고 해야 한다.

"(우산^{羽山}은) 동해군^{東海郡} 축기현^{祝其縣} 남쪽에 있다고 하였으니, 지금의 해주^{海州} 구산현^{朐山縣}이다^{東海郡祝其縣, 今海州朐山縣也}"의 "구산현^{朐山縣}"은 마땅히 "회인현^{懷仁縣}"으로 써야 한다.

"지금 하비^{下邳}에 석경산^{石磬山}이 있다^{今下邳有石磬山}"는 마땅히 "지금 하비현^{下邳縣}에 석경산^{石磬山}이 있다^{今下邳縣有石磬山}"로 써야 한다.

"팽려^{彭蠡}는 예장군^{豫章郡} 팽택현^{彭澤縣} 동쪽[이미 서쪽으로 바로잡았다]에 있으니, 강서^{江西}와 강동^{江東}의 여러 물을 합하여 예장^{豫章} · 요주^{饒州} · 남강군^{南康軍}의 세 주^州의 땅을 넘어간다^{彭蠡在豫章郡彭澤縣東[已正作西], 合江西, 江東諸水, 跨豫章, 饒州, 南康軍三州之地}"는 더욱 본조^{本朝}의 제도를 외우지 못한 것이다. 송제^{宋制}는 주^州는 반드시 군^郡을 겸하게 하였으니, 주^州이면서 군^郡을 겸하지 않는 것은 그 주^州가 작은 것이다. 홍주^{洪州}, 요주^{饒州} 두 주^州는 이미 모두 큰 주이므로 마땅히 "요주^{饒州}"를 "파양^{鄱陽}"과 같은 일례로 고쳐야 한다. 채침 당시 예장^{豫章}은 융흥부^{隆興府}로 승격된 지가 오래되었으므로 마땅히 "예장^{豫章}"을 "융흥부^{隆興府}"로 고쳐야 한다.

"지금의 악주^{岳州} 파릉현^{巴陵縣}은 곧 초^楚나라의 파릉^{巴陵}이다^{今岳州巴陵縣, 即楚之巴陵}"고 하였는데, 초^楚나라에 어떤 파릉^{巴陵}도 보이지 않고, 파릉^{巴陵} 두 글자는 삼국^{三國}시대에 나타났으니, 오^吳나라에 파구^{巴丘} 저각성^{邸閣城}이 있었고, 진^晉나라때 마침내 거기에 파릉현^{巴陵縣}을 설치하였다.

"지금 살펴보건대, 남군^{南郡} 지강현^{枝江縣}에 타수^{沱水}가 있으나 그 흐름이 강수^{江水}로 들어가지 강수에서 나온 것이 아니다^{今按：南郡枝江縣有沱水, 然其流入江, 而非出于江也}"고 하였다. 살펴보건대, 《한서 · 지리지》지강현^{枝江縣} 주^注에

"강타江沱가 서쪽으로 나와 동쪽으로 강수로 유입된다江沱出西, 東入江"고 하였고, 안사고顔師古는 "타沱는 강江에서 별개로 나온 것이다沱即江別出者也"고 하였다. 분명 이미 강수江水에서 나온다고 했는데, 어찌 "강수에서 나온 것이 아니다非出于江"라고 한 것인가? 하물며 또한 역도원은 지강현枝江縣이 강타江沱가 지류로 나뉘어짐으로써 이름을 얻은 것이라고 한 것인가?[72]

"운몽雲夢은 택명澤名으로 (…중략…) 강江의 남북南北을 넘으니, 화용華容·지강枝江·강하江夏·안륙安陸이 다 그 지역이다雲夢, 澤名, 跨江南北, 華容, 枝江, 江夏, 安陸皆其地"고 하였는데, 송宋의 강하현江夏縣은 한漢의 사선沙羨 지역으로 강江의 동쪽에 있지 옛 운몽雲夢지역이 아니다.

"지금의 홍인부興仁府 제음현濟陰縣 남쪽 3리에 하산菏山이 있다今興仁府濟陰縣南三里有菏山"고 하였는데, 송宋 제음濟陰의 폐현廢縣은 지금의 조현曹縣 서북에 있고, 그 지역에는 아무 산도 없다.

"파총산嶓冢山은 《한서·지리지》에 농서군隴西郡 저도현氐道縣에 있다고 하였고, 또 서현西縣에 있다고도 하였으니, 지금의 홍원부興元府 서현西縣과 삼천현三泉縣이다. 대체로 파총산嶓冢山 하나가 두 현縣에 걸쳐있는 것이다嶓冢山, 《地志》在隴西郡氐道縣, 又云在西縣, 今興元府西縣, 三泉縣也, 蓋嶓冢一山跨于兩縣云"고 하였다. 살펴보건대, 저도현氐道縣을 상고할 만한 것이 없고, 한漢 서현西縣은 송宋 서화주西和州에 있었고, 지금은 현縣이 되었다. 송宋 서현西縣은 한漢 한중군漢中郡 면양현沔陽縣 지역에 해당되는데, 후위後魏, 北魏 때 파총현嶓冢縣을 설치하였으며, 수隋 때 비로소 서현西縣으로 고쳐서 이후 송宋에 이르렀다. 한漢

---

72 《수경주》 권34 江沱枝分, 東入大江, 縣治洲上, 故以枝江爲稱.

의 서현西縣까지의 거리는 남북南北으로 5~6백 리 떨어져 있는데 어찌 하나의 산이 그 경계에 걸쳐있을 수 있겠는가? 또한 그 물도 동서로 나뉘어 두 물줄기가 된다. 송宋 삼천현三泉縣은 지금의 영강주寧羌州에 있고, 한漢 광한군廣漢郡 가맹현葭萌縣 지역이다.

"민강현汶江縣은 지금의 영강군永康軍 도강현導江縣이다汶江縣, 今永康軍導江縣"는 마땅히 "지금의 무주茂州 민산현汶山縣이다今茂州汶山縣"로 써야 한다.

"안양현安陽縣은 지금의 양주洋州 진부현眞符縣이다安陽縣, 今洋州眞符縣"는 마땅히 "지금의 금주金州 한음현漢陰縣이다今金州漢陰縣"로 써야 한다.

"서경산西傾山은 농서군隴西郡 임조현臨洮縣 서쪽에 있으니, 지금의 조주洮州 임담현臨潭縣 서남쪽이다西傾山在隴西郡臨洮縣西, 今洮州臨潭縣西南"이라고 하였는데, 임담현臨潭縣은 당唐 광덕廣德, 763~764 초기에 토번吐蕃에 함락되었다가, 송宋 대관大觀 2년1108에 수복하여 옛날대로 조주洮州라고 하고 현縣을 설치하지 않았으므로 마땅히 "지금의 조주성洮州城 서남 부풍扶風 두양현杜陽縣이다今洮州城西南扶風杜陽縣"로 써야 한다.

"(杜陽은) 지금의 기산岐山 보윤현普潤縣 지역이며, 또한 한漢 칠현漆縣의 경내이다今岐山普潤縣之地, 亦漢漆縣之境"라고 한 것은 마땅히 "지금의 봉상부鳳翔府 인유麟遊와 보윤普潤 두 현縣의 지역이며, 또한 한漢의 칠현漆縣 지역이다今鳳翔府麟遊, 普潤二縣之地, 亦漢漆縣地"로 써야 한다.

"종남終南은 부풍扶風 무공현武功縣 동쪽[동東자는 지금 덧붙인 것이다]에 있으니, 지금의 영흥군永興軍 만년현萬年縣 남쪽 50리이다終南在扶風武功縣東[東字今增], 今永興軍萬年縣南五十里也"라고 하였는데, 종남산終南山은 서쪽 진농秦隴으로부터 동쪽으로 남전藍田으로 통하고, 가로로 관중關中에 걸쳐서 모두 8백 리이므로 반드시 한漢 무공현武功縣을 덧붙여 말하고자 한다면 마땅히 "지금의 봉상부鳳翔府 미현郿縣 경계에 옛 무공성武功城이 있고, 종남산終南山은 미현郿縣 남쪽 30리에 있다今鳳翔府郿縣界有故武功城, 終南山在郿縣南三十里"고 써야 한다. 만년현萬年縣은 채침의 시대에 이르러 번천樊川으로 개명된 지가 오래되었다.

"돈물惇物은 부풍扶風 무공현武功縣 동쪽[동東자 또한 지금 덧붙인 것이다]에 있다고 하였으니, 지금의 영흥군永興軍 무공현武功縣이다惇物在扶風武功縣東[亦今增], 今永興軍武功縣也"고 한 것은 심한 망담妄談에 속한다. 송宋 무공현武功縣은 한漢 시현漦縣, 미양美陽 두 현縣 지역인데, 어찌 한漢의 고읍故邑으로 여길 수 있겠는가? 또한 마땅히 "지금의 봉상부鳳翔府 미현郿縣의 경계에 옛 무공성武功城이 있고, 돈물산惇物山은 그 동쪽에 있다今鳳翔府郿縣界有故武功城, 惇物山在其東"고 써야 한다.

"용문산龍門山은 풍익馮翊 하양현夏陽縣에 있다고 하였으니, 지금의 하중부河中府 용문현龍門縣이다龍門山在馮翊夏陽縣, 今河中府龍門縣"는 마땅히 "지금의 동주同州 한성현韓城縣 및 하중부河中府 용문현龍門縣 지역에 있으니, 대체로 산이 하수河水의 서동西東을 가로지른다在今同州韓城縣及河中府龍門縣之地, 蓋山跨河之西東"라고 해야 한다.

"곤륜崑崙은 임강臨羌에 있는데, 한漢 금성군金城郡 임강현臨羌縣에 곤륜산사崑崙山祠가 있고, 진산眞山이 아니다崑崙在臨羌, 漢金城郡臨羌縣有崑崙山祠, 非眞山"라고 하였는데,[73] 사마표司馬彪가 "사祠"자를 덧붙인 것을 채침이 오본誤本을 인

---

73 현전《채전》에는 "崑崙在臨羌"만 보이고 "漢金城郡臨羌縣有崑崙山祠, 非眞山"은 보이지 않는다.

용하였다.

"석지析支는 하관河關 서쪽 천여 리 지점에 있다析支在河關西千餘里"는 마땅히 응소應劭의 주注에 의거해 "서西" 다음에 "남南"자를 더해야 한다.

"견산岍山은 《한서·지리지》에 부풍扶風 견岍[마땅히 수水자 변汧을 따라야 한다]현縣 서쪽 오산吳山인데, 고문古文은 견산汧山이라 하였고, 반고는 합하여 하나의 산이라고 하였다岍山, 《地志》扶風岍縣西吳山, 古文以爲汧山, 是班氏合爲一山"[74]는 마땅히 "지금의 농주隴州 견원현汧源縣 서쪽 60리에 견산汧山이 있고, 농주隴州 오산구현吳山舊縣 서남 50리에 오악산吳嶽山이 있다今隴州汧源縣西六十里有汧山, 隴州吳山舊縣西南五十里有吳嶽山"라고 써야 《환우기寰宇記》와 합치되어 송대 사람의 말이 된다. 또한 조열지晁說之의 "지금의 농산隴山, 천정산天井山, 금문산金門山, 진령산秦嶺山은 모두 옛날의 견산岍山이다今之隴山, 天井, 金門, 秦嶺山者, 皆古之岍也"는 더욱 잘못이다. 《괄지지》에 견산岍山은 농주隴州 견원현汧源縣 서쪽 60리에 있고, 그 산 동쪽으로 기수岐岫와 이웃하고, 서쪽으로 농강隴岡과 접하는데 견수汧水가 거기에서 출원한다. 농산隴山과 견산汧山을 하나라고 말하는 것은 오히려 괜찮으며, 천정산天井山이 지금의 농주隴州 남쪽 1백 리에 있고, 금문산金門山 또한 농주 남쪽 1백 40리에 있고, 진령산秦嶺山은 비록 크지만, 대략 지금의 남전현藍田縣 상주商州에 있다고 하는 것은 옳다. 나는 종남산終南山이 진령산秦嶺山과 본래 하나의 산이라고는 들었지만, 견산岍山과 하나가 된다는 말은 듣지 못했다.

"(지주厎柱는) 지금의 섬주陝州 섬현陝縣 삼문산三門山이 이것이다今陝州陝縣有

---

[74] 현전 《채전》에는 "岍山, 《地志》扶風岍縣西吳山, 古文以爲汧山"만 보이고, "是班氏合爲一山"은 보이지 않는다.

三門山是也"라고 하였는데, "섬현陝縣"은 마땅히 "협석현硤石縣"으로 써야 한다. 삼문산三門山은 현縣 동북東北 50리에 있다.

"태항산太行山은 하내군河內郡 산양현山陽縣 서북에 있으니, 지금의 회주懷州 하내河內이다太行山在河內郡山陽縣西北, 今懷州河內也"[75]라고 한 것은 한漢의 태항산太行山이 2개인 것을 모른 것이다. 산양현山陽縣에 있는 것을 동태항산東太行山이라고 부르니, 인용함에 마땅히 "태항산은 하내군河內郡 야왕현軹王縣 서북에 있으며, 지금의 회주懷州 하내현河內縣 북쪽 25리 지점이다太行山在河內郡軹王縣西北, 今懷州河內縣北二十五里也"라고 해야 한다. 한漢 산양山陽은 송宋 수무현修武縣이 되었고, 하내河內가 아니다.

"태화太華는 지금의 화주華州 화음현華陰縣 20리에 있다華在今華州華陰縣二十里"라고 하였는데, 《괄지지》, 《원화지》, 《환우기》에 모두 화음현華陰縣 남쪽 8리에 있다고 하였다.

"(형산荊山은 남군南郡 임저현臨沮縣에 있고) 지금의 양양부襄陽府 남장현南章縣이다今襄陽府南章縣"라고 하였는데, "장章"은 마땅히 "장漳"으로 써야 한다.

"엽유택葉榆澤, 그 지역은 바로 촉蜀의 정서正西쪽에 있다葉榆澤, 其地乃在蜀之正西"고 하였는데, 정서正西가 아니고, 서남西南쪽이다.

또한 "(엽유택葉榆澤은) 동북쪽으로 탕창宕昌과 거리가 멀지 않다東北距宕昌不遠"라고 하였는데, 탕창宕昌은 비록 옹주雍州 서남西南과 가까우나, 돈황현敦煌縣의 삼위三危와 더불어 중간에 대하大河로 막혀 있으므로 이 조목은 마땅히 궐의闕疑해야 할 것이다.

---

75 《채전》에서 조열지(晁說之)의 설을 인용한 것이다.

"낙예洛汭는 지금의 하남부河南府 공현鞏縣의 동쪽에 있고, 낙수洛水가 하수河水로 유입되는 길은 실로 동남쪽에 있으나 하수가 서쪽으로부터 동쪽으로 지나간다洛汭在今河南府鞏縣之東, 洛之入河實在東南, 河則自西而東過之"라고 하였다. 살펴보건대, 두예《좌전 · 소공원년》 주에 "낙예는 공현鞏縣 남쪽에 있다洛汭在鞏縣南"고 하였고,《제왕세기》에 "공현鞏縣 동북 30리에 있다在鞏縣東北三十里"고 하여 두 설이 같지 않다.《원화지》를 살펴보면, 수隋나라때 공현鞏縣의 동쪽 경계를 옮겨 다스렸는데, 이때부터 낙수洛水가 공현의 서북西北쪽에 있게 되었다.《송사 · 하거지》 원풍元豐2년1079 "낙수洛水를 이끌어 변수汴水로 주입시켰다導洛水入汴"고 하였고,《통지通志》에 지금의 낙수洛水는 "공현鞏縣 북쪽 3리를 지나고, 다시 동쪽으로 현縣 동북東北 20리에 사후현氾水縣 경계에 이르러 하수로 유입된다經鞏縣北三里, 又東至縣東北二十里氾水縣界入河"고 하였으니, 대체로 송대宋代에 옮겨진 것이다. 그러나 옛날 낙구洛口는 단연코 공현鞏縣의 서쪽에 있었으므로, 동쪽이라고 쓰는 것을 틀렸다.

"(삼서三澨는) 지금의 영주郢州 장수현長壽縣 마석산磨石山에서 발원하여 동남쪽으로 흐르는 것을 서수澨水라 하고, 복주復州 경릉현景陵縣 경계에 이르러 오는 것을 또 차수汉水라 이름한다今郢州長壽縣磨石山發源東南流者名澨水, 至復州竟陵縣界來, 又名汉水"라고 하였는데, "래來"는 "자者"자의 오류이다. 명초明初 유삼오劉三吾, 1313~1400[76]가 황명을 받들어 편찬한《서전회선書傳會選》본을 검토

---

[76] 유삼오(劉三吾) : 초명(初名)은 곤(昆)이었고, 이후 여보(如步)로 고쳤다. 삼오(三吾)는 그의 자(字)인데, 주로 자로 명명되었다. 자호(自號)는 탄탄옹(坦坦翁)이다. 호남(湖南) 다릉(茶陵) 출신이다. 원나라에서 벼슬하다가, 명나라 홍무 18년(1385)에 천거되어 좌찬선에 임명되었고 여러 번 한림학사를 지냈다. 어제(禦制)《대고(大誥)》·《홍범주(洪範注)》의 서문을 썼고, 30년 동안 회시(會試)를 주관하였다.

해보더라도 "래來"자로 되어있으니, 오류를 계승함이 오래되었음을 알게 되었다. 아! 이 과거에서 선비를 뽑고, 경연에서 진강하는 서책임에도 작자가 무지몽매하여 본조 여지輿地 사적事迹에 어두움이 이와 같으니, 어찌 다른 세대 후학자들에게 '진秦나라에 인재가 없다秦無人'[77]는 탄식을 하지 못하게 하겠는가?

원문

按：黃子鴻極詆蔡《傳》者, 偶舉其"華容縣有夏水, 首出于江, 尾入于沔, 亦謂之沱"曰："夏水從無沱稱, 不知蔡沈何所自來, 應屬臆說." 余曰："此本鄭康成《註》. 蓋此所謂沱也見孔《疏》者, 未爲臆說. 即證以酈《注》'夏水'云：'江津豫章口東有中夏口, 是夏水之首, 江之沱也.' 計當南宋蔡氏所見本'沱'定作'沱'. 何則? 水自江出爲沱, 此正夏水初分出江處也, 於沱爲合. 不然, 水決復入爲沱, 此非夏水至雲杜入沔處也, 於沱爲不合. 及檢朱謀㙔《箋》江水至枝江縣曰：'江沱, 沱當作沱.' 何實獲我心!" 子鴻笑曰："子於蔡《傳》, 亦可謂憎而知其善哉!"

---

77 진무인(秦無人)：《좌전·문공13년》진(晉)나라의 모사(謀士)인 사회(士會)가 정변으로 진(秦)나라로 망명했는데, 진(晉)나라에서는 진(秦)나라가 사회(士會)를 중용할까 두려워, 위수여(魏壽餘)를 시켜 사회(士會)를 유인하여 데려가려 하였다. 진(秦)나라의 대부로 지혜가 출중하였던 요조(繞朝)는 사회(士會)를 진(晉)나라로 보내는 것을 반대하였으나 자신의 계책이 채용되지 못하여 결국 사회(士會)는 진(晉)나라로 가게 되자, 그에게 채찍을 주면서 "자네는 우리 진(秦)나라에 지혜로운 사람이 없다고 말하지 말라. 다만 나의 계책이 채용되지 않았을 뿐이다(子無謂秦無人, 吾謀適不用也)"라고 하였다.

번역 안按

황의黃儀, 자 자홍(子鴻)[78]는 《채전》을 매우 비난하는 자인데, 우연히 《채전》의 "화용현華容縣에 하수夏水가 있으니, 머리는 강수江水에서 나오고 꼬리는 면수沔水로 들어가는데 또한 이것을 타수沱水라고 한다華容縣有夏水, 首出于江, 尾入于沔, 亦謂之沱"를 거론하며, "하수夏水를 타수沱水로 칭한 경우는 없는데, 채침의 설이 어디로부터 왔는지 알 수 없으니 마땅히 억설에 속한다"고 하였다.

내가 대답하였다. "그 설은 정강성鄭康成 《주》에 근본한 것이다. 여기에서 이른바 타沱 또한 《공소》에 보이므로 억설이 될 수 없다. 바로 역도원酈道元의 《주》로 증험해보면, '하수夏水'에 '강진江津 예장구豫章口 동쪽에 중하구中夏口가 있는데, 이것이 하수夏水의 머리로서, 강江의 지류汜이다江津豫章口東有中夏口, 是夏水之首, 江之汜也'라고 하였다. 아마도 남송南宋의 채침蔡氏이 본 판본은 '사汜'가 '타沱'로 되어있었을 것이다. 왜 그런가? 물이 강江으로로터 나오면 타沱가 되는데, 이것이 바로 하수夏水가 처음 강에서 나뉘어 나오는 곳으로 타沱라고 해야 합치가 된다. 그렇지 않으면, 물은 결코 다시 강으로 들어가 지류汜가 될 수 없으니, 이것이 하수夏水가 운두雲杜에 이르러 면수沔水로 들어가는 곳이 아니라면 사汜라고 하는 것이 합치하지 않는다. 주모한朱謀㙔, 1564~1624의 《수경주전水經注箋》을 검토해보니, 강수江水에서 지강현枝江縣에 이르길 '강사江汜의 사汜는 마땅히 타沱로 써야 한다江汜, 汜當作沱'

---

78 황의(黃儀) : 상숙(常熟) 출신이다. 여지학(輿地學)에 정밀하여 일찍이 《수경주(水經注)》를 근거로 《한서 · 지리지》에 실린 물줄기를 그렸다. 서건학(徐乾學)이 《일통지(一統志)》를 편수할 때, 염약거(閻若璩), 호위(胡渭), 고주우(顧祖禹) 등과 함께 참여하였다.

고 한 것이 어찌나 내 마음을 알아주었던가!"

황의黃儀, 자 자홍(子鴻)가 웃으며 "그대는《채전》을 미워하지만 그 장점도 안다고 말할 수 있다!"라고 하였다.

원문

又按：《寰宇記》："羽山在海州朐山縣西北九十里, 正《漢志》祝其縣之羽山." 此止論山所在之縣, 不論縣名合於漢與否. 此類甚多. 不然, 漢祝其城在懷仁縣南四十二里, 縣所在非山所在也, 豈得驗曰漢祝其今懷仁哉？ 予久而始悟其失, 特自掊擊之, 以謝蔡氏焉.

번역 우안又按

《환우기》에 "우산羽山은 해주海州 구산현朐山縣 서북 90리 지점에 있으니, 바로 《한서 · 지리지》 축기현祝其縣의 우산羽山이다羽山在海州朐山縣西北九十里, 正《漢志》祝其縣之羽山"라고 하였다. 여기에서는 산이 소재한 현縣만을 논의했고, 현명縣名이 한대漢代의 것과 합치하는지의 여부는 논의하지 않았다. 이런 류의 논의는 매우 많다. 그렇지 않다면, 한漢 축기성祝其城은 회인현懷仁縣 남쪽 42리 지점에 있고, 현縣 소재지가 산의 소재지가 아닌데, 어찌 한 축기현이 지금의 회인현이라고 증험할 수 있겠는가? 나는 오래지낸 뒤에야 비로소 그 잘못을 깨달았고, 다만 스스로 그런 잘못들을 배격한 채침에게 감사한다.

원문

又按：朱圉山, 向所登陟者, 山最小.《元和志》所謂"朱圉山在伏羌縣西南", 最合. 近徧徵之,《通典》天水郡上邽縣有朱圉山,《九域志》秦州成紀縣有朱圉山, 岷州大潭縣有朱圉山, 何朱圉之多也? 說者遂謂朱圉山連峯疊嶂, 縣亘於伏羌縣之西南, 皆可以朱圉目之. 予以爲否. 班氏明于冀縣下注曰"朱圉山在縣南梧中聚", 一村落中所有之山, 他縣寧得而附會去耶? 或曰：子言在伏羌西南三十里, 而《元和志》則六十里, 不合者何也? 予曰：今之縣治, 乃宋熙寧三年以伏羌寨爲城者, 在秦州西九十里, 見《九域志》, 與《元和志》云縣東南至秦州一百二十里者, 移却三十里矣. 或曰：子亦知秦漢冀縣故城乎? 在今縣南五十步, 亦余所目覩. 大抵山水澤藪原隰, 非身所親歷及文獻之鑿鑿者, 都未可憑. 余猶嫌王伯厚謂朱圉在大潭之不甚確耳.

번역 우안又按

주어산朱圉山은 예전에 올라봤었는데 산은 매우 작다.《원화지》의 이른바 "주어산은 복강현伏羌縣 서남에 있다朱圉山在伏羌縣西南"가 가장 합치한다. 근래에 두루 징험해보니,《통전》천수군天水郡 상규현上邽縣에 주어산이 있고,《구역지》진주秦州 성기현成紀縣에 주어산이 있으며, 민주岷州 대담현大潭縣에 주어산이 있으니, 얼마나 주어산이 많은가? 말하는 자들은 마침내 주어산이 봉우리가 이어지고 겹쳐져서 복강현伏羌縣의 서남까지 면면히 이어지는 것을 모두 주어산이라고 이름할 수 있다고 한다. 나는 그렇지 않다고 생각한다. 반고班固도 명확하게 기현冀縣 아래의 주注에서 "주어산은 현縣 남쪽 오중취梧中聚에 있다朱圉山在縣南梧中聚"고 하였으니, 하나의 촌락 가운데 있는 산인데, 어떻게 다른 현縣을 부회附會할 수 있겠는가?

어떤 이가 물었다.

그대는 복강현伏羌縣 서남 30리에 있다고 하였으나,《원화지》에는 60리
라고 하였으니, 서로 합치하지 않는 것은 어째서인가?

나는 대답하였다.

지금 현치縣治, 관아가 있는 곳는 송宋 희녕熙寧 3년1070 복강채伏羌寨를 성城을
쌓은 것으로 태주秦州 서쪽 90리 지점이며 《구역지》에 보이는데,《원화
지》에서 말한 현縣 동남에서 진주秦州까지는 120리라고 한 것과는 30리
옮겨진 것이다.

어떤 이가 물었다.

그대도 진한秦漢의 기현冀縣 고성故城을 알고 있는가?

지금 현縣 남쪽 50보에 있으니, 그 또한 내가 눈으로 보았다. 대저 산
수山水과 대택大澤, 평원과 습지 등은 몸소 직접 다니면서 문헌을 꿰뚫는
자가 아니면 모두 믿을 수 없다. 나는 오히려 왕응린자 백후(伯厚)이 주어산
은 대담大澤에 있다고 한 것이 매우 확실하지 않다고 의심한다.

원문

又按：蔡《傳》多有不可考者. 如"徐州"云："魚用祭祀, 今濠,泗,楚皆貢淮
白魚, 亦古之遺制與." 因徧考《宋史·地理志》,《元豐九域志》,《太平寰宇
記》, 此三州僅吾楚土產淮白魚, 不聞其入貢也. 兩《志》載楚之入貢者紵布一
十疋. 又上考《唐書·地理志》,《元和郡縣圖志》, 此三州亦不貢淮白魚. 蔡氏
將無以口腹之欲自出令耶?《寰宇記》漣水軍土產有淮白魚, 而反不引及.

번역 **우안又按**

《채전》에는 상고할 수 없는 것이 많다. 가령 "서주徐州"에서 "어물魚物은 제사에 사용하는데, 지금의 호濠·사泗·초楚에서 모두 회백어淮白魚를 공물로 바치니, 이 또한 옛날의 유제遺制인가 보다魚用祭祀, 今濠, 泗, 楚皆貢淮白魚, 亦古之遺制與"와 같은 것이다. 인하여 《송사·지리지》,《원풍구역지元豊九域志》,《태평환우기》를 두루 고찰해보았는데, 이 세 주州 가운데 겨우 우리 초楚땅에서만 회백어淮白魚가 나고, 공물로 들인다는 말은 듣지 못하였다. 두 《지志》에 실린 초楚의 입공入貢물품은 저포紵布 10필疋이다. 또 위로 《당서·지리지》와 《원화군현도지元和郡縣圖志》를 고찰해보니, 이 세 주州 역시 회백어淮白魚를 공물로 바치지 않았다. 채침은 입과 배를 채우려는 욕심없이 자의로 입공入貢의 명령을 내린 것인가? 《환우기》에 연수군連水軍 토산土産에 회백어淮白魚가 있으나 오히려 인용하여 언급하지 않았다.

원문

又按:蔡《傳》引"《水經》曰'淮水出南陽平氏縣胎簪山', 禹只自桐柏導之." "酈道元曰:渭水'出南谷山, 在鳥鼠山西北', 禹只自鳥鼠同穴導之." "熊耳, 盧氏縣熊耳山." "洛水出冢嶺山, 禹只自熊耳導之." 世無異議. 余謂冢嶺山即讙擧山, 在今商州西北一百二十里, 熊耳山,《括地志》在盧氏縣南五十里, 今相去不及三百里, 猶可曰禹從此導. 若胎簪山, 在今桐柏縣西北三十里, 去縣東一里之桐柏山三十里餘耳, 禹當日豈惜此三十里之勞乎? 南谷山, 在今渭源縣西二十五里, 鳥鼠同穴山, 則在縣西二十里, 剛少五里, 禹豈惜此五里之勞也者? 道破眞堪噴飯. 此非酈氏本文, 蔡增出耳. 余嘗譬蔡氏宛如今童子作

182　상서고문소증 3

小題時文, 翻剔字眼以爲新, 曾何當于經學? 或曰 : 畢竟作何解? 曰 : 禹“主
名山川”, 正初治洪水, 多大槩統名其山, 後代方漸于一山之間別標名目, 如桐
柏之有胎簪, 鳥鼠同穴之有南谷. 禹之時豈有是哉? 止統爲一山爾. 惟“導河蹟
石”, “岷山導江”, 與此“導洛熊耳”皆非其源, 可如蔡氏解.

《채전》에 “《수경》에 ‘회수淮水는 남양南陽 평씨현平氏縣 태잠산胎簪山에서
출원한다’하였으니, 우禹는 단지 동백산桐柏山으로부터 인도했을 뿐이다《水
經》曰‘淮水出南陽平氏縣胎簪山’, 禹只自桐柏導之”라고 하였고, “역도원酈道元은 ‘위수渭水
는 남곡산南谷山에서 나오니, 조서산鳥鼠山의 서북쪽에 있다’ 하였으니, 우禹
는 단지 조서산鳥鼠山과 동혈산同穴山으로부터 인도했을 뿐이다渭水‘出南谷山, 在
鳥鼠山西北’, 禹只自鳥鼠同穴導之”라고 하였으며, “웅이熊耳는 노씨현盧氏縣 웅이산熊
耳山이다熊耳, 盧氏縣熊耳山”, “낙수洛水는 총령산冢嶺山에서 출원하는데, 우禹가
단지 웅이산熊耳山으로부터 인도했을 뿐이다洛水出冢嶺山, 禹只自熊耳導之”라고 한
것은 세상에 이론異論이 없다.

나는 다음과 같이 생각한다.

총령산冢嶺山은 곧 환거산讙擧山이니 지금의 상주商州 서북 120리 지점에
있고, 웅이산熊耳山은 《괄지지》에 노씨현盧氏縣 남쪽 50리 지점에 있다고
했는데, 지금 두 산 간의 서로의 거리가 3백 리도 되지 않으므로 오히려
우禹가 여기로부터 인도했다고 해도 될 것이다. 태잠산胎簪山의 경우, 지금
의 동백현桐柏縣 서북 30리 지점에 있는데, 현縣 동쪽 1리의 동백산桐柏山과
의 거리가 30여 리일 뿐인데, 우 당시에 어찌 이 30리의 수고로움을 아

껐겠는가? 남곡산南谷山은 지금의 위원현渭源縣 서쪽 25리 지점에 있고, 조서동혈산鳥鼠同穴山은 현縣 서쪽 20리에 있어서, 겨우 5리 이내인데, 어찌 우가 이 5리의 수고로움을 아꼈겠는가? 말하면서 실로 먹던 밥도 뱉을 뻔하였다. 이는 역도원의 본문이 아니라 채침이 덧붙여 나온 말일 뿐이다. 내가 일찍이 채침을 비유하기를 완연히 어린 아이가 작은 제목의 시문을 지을 때 자안字眼을 뒤집는 것을 새로운 것으로 여기는 것과 같다고 하였는데, 그런 방법이 어떻게 경학經學에 합당할 수 있겠는가?

어떤 이가 물었다.

결국 어떻게 해석해야 하는 것인가?

대답하였다.

우禹가 "유명한 산천山川을 주관한 것主名山川"은 바로 애초에 홍수를 다스리기 위함이었으니, 대부분은 대략적으로 그 산을 통명統名하였고, 후대에 한 산 사이로 확장해 나아가 별개의 이름으로 표시하였으니, 가령 동백산桐柏山에 태잠산胎簪山이 있고, 조서동혈산鳥鼠同穴山에 남곡산南谷山이 있는 것과 같은 것이다. 우의 시대에 어찌 작은 산의 이름이 있었겠는가? 단지 통명統名으로 하나의 산이었을 뿐이다. 오직 "하수河水를 인도하되 적석積石으로부터 한 것導河蹟(積)石"과 "민산岷山에 강수江水를 인도한 것岷山導江" 그리고 이 "낙수洛水를 인도하되 웅이산熊耳山으로부터 한 것導洛(自)熊耳" 등은 모두 그 근원이 아니므로 채침의 주해와 같을 수 있다.

원문

又按 : 上謂止論山所在之縣, 不論縣名合于漢, 固已. 孰知又有山所在之縣秖爲縣不合于漢縣, 並山亦不眞在此縣, 如岷山爲江源是也, 不可不極論之. 蔡《傳》引《地志》, 岷山"在蜀郡湔氐道西徼外, 在今茂州汶山縣, 江水所出也", 豈不大謬? 漢湔氐道縣, 在唐爲松州廣德, 初陷吐蕃, 宋亦爲吐蕃地, 今爲松潘衛, 在成都府西北七百六十里. 岷山又在衛西北二百二十里, 曰大分水嶺, 江源出焉. 或曰即古羊膊嶺, 云相距五百八十餘里. 豈一地乎? 子鴻曰 : "誤自《元和志》汶山縣載岷山, 而樂史因之, 蔡沈又因之." 余曰 : "郭璞註《山經》, 已言岷山今在廣陽縣西, 江所出. 廣陽, 晉所更漢汶江縣之名者." 子鴻曰 : "誠然." 余曰 : "誤尙不止此. 漢武帝元鼎六年置汶山郡, 于此縣曰汶江, 已似專指此地." 或曰 : "然則岷山不在茂州汶山縣乎?" 余考《隋·地理志》, 汶山郡左封縣有汶山, 臨洮郡臨洮縣有岷山.《元和志》岷州溢樂縣南有岷山,《括地志》岷山在溢樂縣南. 連縣至蜀幾二千里皆名岷山, 安在茂州不有岷山與? 但蔡氏以班《志》'江水所出'四字繫'西徼外'之下者竄于'今茂州汶山縣'之下, 此倒置其文輒失者是也." "然則《集傳》當云何?" 曰 : "當作 : '岷山,《地志》在蜀郡湔氐道縣西徼外, 江水所出. 唐爲松州嘉誠縣, 末陷于吐蕃, 本朝未復. 今茂州汶山縣南有岷山, 江水則自徼外流入者.'"

번역 우안又按

앞서 말했듯, 단지 산이 소재한 현縣만을 논하고 현명縣名이 한대漢代의 것과 일치하는지는 논하지 않았다고 하였는데, 진실로 그러할 뿐이다. 또한 산이 소재한 현이 한대의 현縣과 일치하지 않을 뿐만 아니라, 그 산 또한 그 현에 실재하지 않음을 누가 알겠는가? 가령 민산岷山이 강수江水의 원류가 된다는 것이 이것인데, 극력 논하지 않을 수 없다.《채전》은

《한서 · 지리지》를 인용하여, 민산岷山은 "촉군蜀郡 전저도현湔氐道縣 서쪽 변방 밖에 있으니, 지금의 무주茂州 민산현汶山縣이며, 강수江水가 출원하는 곳이다在蜀郡湔氐道西徼外, 在今茂州汶山縣, 江水所出也"라고 하였는데, 어찌 큰 오류가 아니겠는가? 한漢의 전저도현湔氐道縣은 당대唐代에 송주松州 광덕廣德이 되었는데 애초에 토번吐蕃에 함락되었고, 송대宋代에도 토번의 땅이었으며, 지금은 송반위松潘衛가 되었으니 성도부成都府 서북 760리 지점에 있다. 또한 민산岷山은 송반위松潘衛 서북 220리 지점에 있는 대분수령大分水嶺이니, 강수江水의 원류가 거기에서 출원한다.

어떤 이가 말하였다. 곧 옛날의 양박령羊膊嶺이라는 곳으로 서로의 거리가 580여 리 떨어져 있다고 하였다. 어찌 같은 지역이겠는가?

황의黃儀, 자 자홍(子鴻)가 대답하였다. "《원화지》 민산현汶山縣에 민산岷山이 실려 있는데, 악사樂史가 그 내용을 인용하고, 채침이 다시 인용한 것으로부터 그 오류가 시작되었다."

내가 대답하였다. "곽박郭璞이 《산해경》을 주해하면서, 이미 민산岷山은 지금의 광양현廣陽縣 서쪽에 있으며 강수가 출원하는 곳이라고 하였다. 광양廣陽은 진대晉代에 한漢 민강현汶江縣의 이름을 고친 것이다." 황의黃儀, 자 자홍(子鴻)가 말하였다. "진실로 그러하다."

내가 말하였다. "오류는 더욱 여기에 그치지 않았다. 한漢무제武帝 원정元鼎6년BC111 민산군汶山郡을 설치하고, 그 군의 현縣을 민강汶江이라고 하였는데, 오로지 그 지역을 가리키는 것과 같이 된 것이다."

어떤 이가 물었다.

"그렇다면, 민산岷山은 무주茂州 민산현汶山縣에 있는 것이 아닌가?"

내가 《수서 · 지리지》를 고찰해보니, 민산군汶山郡 좌봉현左封縣에 민산汶山이 있고, 임조군臨洮郡 임조현臨洮縣에 민산岷山이 있다. 《원화지》에 민주岷州 일락현溢樂縣 남쪽에 민산岷山이 있고, 《괄지지》에 민산岷山은 일락현溢樂縣 남쪽에 있다고 하였다. 면면히 이어져 촉蜀에 이르기까지 거의 2천여 리를 모두 민산岷山이라고 이름하였으니, 어찌 무주茂州에 민산岷山에 없겠는가? 다만 채침은 《한서 · 지리지》의 '강수가 출원하는 곳江水所出' 이 네 글자가 '서쪽 변방 바깥西徼外' 다음에 있는 것[79]을 '지금 무주茂州 민산현汶山縣, 今茂州汶山縣' 다음으로 찬입竄入시켰으니,[80] 그 문장들을 도치시킴으로써 잘못되게 된 것이다."

"그렇다면 《집전》은 마땅히 어떻게 말해야만 했는가?"

"마땅히 다음과 같이 말해야 한다. '민산岷山은 《한서 · 지리지》에 촉군蜀郡 전저도현湔氐道縣 서쪽 변방 바깥에 있으며, 강수江水가 출원하는 곳이다. 당대唐代에 송주松州 가성현嘉誠縣이 되었으나, 끝내 토번吐蕃에 함락되었고, 본조本朝, 宋朝에서 수복하지 못하였다. 지금 무주茂州 민산현汶山縣 남쪽에 민산岷山이 있고, 강수江水는 그 변방 바깥으로부터 흘러 들어온다'岷山, 《地志》在蜀郡湔氐道縣西徼外, 江水所出. 唐爲松州嘉誠縣, 末陷于吐蕃, 本朝未復. 今茂州汶山縣南有岷山, 江水則自徼外流入者."

원문

又按 : 蔡《傳》又引晁氏曰 : "蜀以山近江源者通爲岷山, 連峰接岫, 重疊

---

[79] 《한서 · 지리지》 "蜀郡有湔道. 岷山在西徼外, 江水所出也."
[80] 《채전》 "岷山, 地志在蜀郡湔氐道西徼外, 在今茂州汶山縣, 江水所出也."

險阻, 不詳遠近. 青城, 天彭諸山之所環繞, 皆古之岷山, 青城乃其第一峰也."
止首二句爲足存, 餘乃杜光庭《遊青城山記》語, "岷山連峰接岫, 千里不絶,
青城乃第一峰也", 又增出"天彭諸山"四句, 曾何當于經旨? 余欲取宋儒王氏
炎曰：江, 漢發源此州. 方江, 漢之源未滌, 水或泛濫二山下, 其地有荒而不治
者. 今既可種藝, 知二水之順治也." 又《史記 · 貨殖傳》："汶山之下沃野, 下
有蹲鴟, 至死不饑." 汶山即岷山, 則岷山之宜樹藝舊矣. 二條以補之.

번역 우안又按

　　《채전》은 또한 조열지의 "촉蜀의 산이 강수江水의 근원에 가까운 것을
통틀어 민산岷山이라 하니, 봉우리들이 계속 이어지고 중첩되고 험하여
원근遠近을 상세히 알 수 없다. 청성산靑城山과 천팽산天彭山 등 둘러싸여 있
는 여러 산들이 모두 옛날의 민산岷山이며, 청성산靑城山은 곧 그 첫번째 봉
우리이다蜀以山近江源者通爲岷山, 連峰接岫, 重疊險阻, 不詳遠近. 青城, 天彭諸山之所環繞, 皆古之岷
山, 青城乃其第一峰也"를 인용하였다. 단지 첫 두 구절은 충분히 보존할 것이
되지만, 나머지는 두광정杜光庭, 850~933[81]《유청성산기遊青城山記》의 말들인
데, "민산의 봉우리들이 계속 이어져 천리千里가 되도록 끊어지지 않으며,
청성산이 제일봉이다岷山連峰接岫, 千里不絶, 青城乃第一峰也"라는 말에 다시 "천팽
산 등의 여러 산天彭諸山"이라는 네 구절을 더한 것이 어찌 경문의 뜻에 합

---

[81] 두광정(杜光庭) : 자 성빈(聖賓). 호 동영자(東瀛子). 당말(唐末) 오대(五代) 시기의 고도
(高道)이다. 만년에 사천(四川) 청성산(靑城山)에 은거하였다. 저서에는《도덕진경광성
의(道德眞經廣聖義)》,《도문과범대전집(道門科範大全集)》,《광성집(廣成集)》,《통천봉
지악독명산기(洞天福地嶽瀆名山記)》,《청성산기(靑城山記)》,《무이산기(武夷山記)》,
《서호고적사실(西湖古跡事實)》등이 있다.

당하겠는가?

나는 송유宋儒 왕염王炎, 1137~1218[82]의 말을 취하고자 한다. "강수江水와 한수漢水는 이 주州梁州에서 발원한다. 강수와 한수의 근원이 아직 깊이 파이지 않았을 때, 물이 간혹 두 산 아래로 범람하기도 하여 그 땅은 황량하고 다스려지지 못했다. 지금은 이미 곡물을 심을 수 있으므로 두 물이 잘 다스려졌음을 알 수 있다." 또 《사기·화식전》의 말을 취한다. "민산汶山 아래는 비옥한 들이 있어 그 아래에 토란이 잘 자라 굶어죽는 지경에 이르지 않는다汶山之下沃野, 下有蹲鴟, 至死不饑" 민산汶山은 곧 민산岷山이니, 민산岷山에 곡물을 심을 수 있게 된 지가 오래되었다. 두 조목으로 보충해야 할 것이다.

원문

又按 : 蔡《傳》"三苗, 國名, 在江南荊, 揚之間", 從《史記》吳起曰"昔三苗左洞庭, 右彭蠡"來. 洞庭屬荊州, 彭蠡屬揚州, 此說頗是. "今零陵九疑有舜塚云", 從《史記》"舜葬于江南九疑, 是爲零陵"來, 則不是. 蓋以宋輿地當作 : "今道州寧遠縣有九疑山, 爲舜所葬云." "塚"舊本不從"土". 至"幽州", 止註 "北裔之地", 當引《括地志》"故龔城在檀州燕樂縣界, 故老傳云舜流共工幽州居此城, 今鎭遠軍密雲縣也". "三苗在荊, 揚之間"下, 亦當補曰"今江州,鄂州, 岳州皆古三苗地".

---

82 왕염(王炎) : 자 회숙(晦叔), 회중(晦仲). 호 쌍계(雙溪). 무원(婺源)(지금의 강서(江西)에 속함) 출신이다. 저서에는 《독역필기(讀易筆記)》, 《상서소전(尙書小傳)》, 《예기해(禮記解)》, 《논어해(論語解)》, 《효성해(孝聖解)》, 《노자해(老子解)》, 《춘추연의(春秋衍義)》, 《상수계의(象數稽疑)》, 《우공변(禹貢辨)》 등이 있다.

《순전·채전》"삼묘三苗는 나라 이름이니, 강남江南의 형주荊州와 양주揚州 사이에 있다三苗, 國名, 在江南荊, 揚之間"는 《사기·손자오기열전》의 오기吳起가 말한 "옛 삼묘三苗는 왼쪽으로 동정洞庭이 있고 오른쪽으로는 팽려彭蠡가 있었다昔三苗左洞庭, 右彭蠡"에서 온 것이다. 동정洞庭은 형주荊州에 속하고, 팽려彭蠡는 양주揚州에 속하는 이 설이 제법 옳다.

《순전·채전》"지금 영릉零陵의 구의산九疑山에 순舜의 무덤이 있다今零陵九疑有舜塚云"는《사기·오제본기》"순임금을 강남의 구의산九疑山에 장사 지냈으니, 이곳이 바로 영릉零陵이다舜葬于江南九疑, 是爲零陵"에서 온 것인데, 옳지 않다.

대체로 송宋의 여지輿地에 의거한다면 마땅히 다음과 같이 말해야 한다. "지금의 도주道州 영원현寧遠縣에 구의산九疑山이 있는데, 순舜을 장사지낸 곳이다今道州寧遠縣有九疑山, 爲舜所葬云." "총塚"은 구본舊本에 "토土"변을 따르지 않았다. 《순전·채전》은 "유주幽州"에 대해서 단지 "북예北裔의 땅이다北裔之地"라고만 주해했는데, 마땅히 《괄지지》의 "옛 공성龔城은 단주檀州 연락현燕樂縣 경계에 있는데, 옛날 노인들이 전하기를 순舜임금이 공공共工을 유주幽州에 유폐시켜 그 성城에 살도록 했다고 하니, 지금의 진원군鎭遠軍 밀운현密雲縣이다故龔城在檀州燕樂縣界, 故老傳云舜流共工幽州居此城, 今鎭遠軍密雲縣也"를 인용해야만 한다. "삼묘三苗는 형주荊州와 양주揚州 사이에 있다三苗在荊, 揚之間." 다음에도 마땅히 "지금의 강주江州, 악주鄂州, 악주岳州는 모두 옛 삼묘三苗의 땅이다今江州, 鄂州, 岳州皆古三苗地"를 보충해야만 한다.

又按：《寰宇記》雖云眞符縣本漢安陽縣地, 蔡《傳》從之, 余駁其當作"今金州漢陰縣"者, 蓋以《寰宇記》又云"漢安陽縣在漢陰縣西二十四里, 即今放口東十里, 漢江之北故城是也". 指漢縣治所在, 非汎汎其地而已. 余之駁《集傳》也, 豈得已乎? 蔡氏于樂史書似未讀徧.

번역 우안又按

《환우기》에서 비록 진부현眞符縣은 본래 한漢 안양현安陽縣이라고 한 것을《채전》이 따랐음에도, 나는 그것을 공박하여 마땅히 "지금의 금주金州 한음현漢陰縣이다今金州漢陰縣"고 써야 한다고 생각하는 것은 대체로《환우기》에서 다시 "한漢 안양현安陽縣은 한음현漢陰縣 서쪽 24리 지점에 있으니, 곧 지금의 오구放口 동쪽 10리 지점이며, 한강漢江 북쪽의 고성故城이 그곳이다漢安陽縣在漢陰縣西二十四里, 即今放口東十里, 漢江之北故城是也"라고 했기 때문이다. 한漢의 현치縣治 소재지를 가리킨 것이지 범범하게 그 지역을 말한 것이 아니기 때문이다. 내가《집전》을 공박하는 것을 어찌 그만둘 수 있겠는가? 채침은 악사樂史, 930~1007의《환우기》를 두루 읽어보지 않은 것 같다.

又按："和夷底績", 蔡《傳》一段紕繆實甚. 晁氏主水名言, 云"夷水出巴郡魚復縣", 即《漢志》南郡巫縣之夷水, 宋爲巫山縣. 此猶在荊, 梁二州之界. 然東去和川水幾二千里, 二水不相距太遠乎? 不可從. 蔡氏主地名言, 云"嚴道以西有夷道, 或其地". 夷道即《漢志》南郡之夷道縣, 宋爲宜都縣. 遠在嚴道以東二千餘里，豈以西乎？且實是荊州域，於梁州曷與乎？尤不可從．然則，宜作何解？曰：《寰宇記》"和川路在嚴道縣界西，去吐蕃大渡河五日程，從大渡河西郭至吐蕃松城四日程，羌蠻混雜，連山接野，鳥路沿空，不知里數"，說者謂即《書》之和夷．余謂《水經注》"和"讀曰"桓"，"自桓水以南爲夷，《書》所謂'和夷厎績'也"，說似可從，但今桓水無所考．或曰：《晉地道記》云"梁州南至桓水"，疑指大渡河．《四川通志》："和夷，今黎雅，越嶲等處．" 案以酈《注》，大渡河果桓水也，則大渡河以南，今建昌衛，爲宋藝祖以玉斧畫而棄之者，蓋古和夷云．

번역 우안又按

(양주梁州) "화이和夷에 치수의 공적을 이루었다和夷厎績"에 대한 《채전》의 한 단락[83]은 어긋남이 실로 심하다. 조열지晁說之는 수명水名을 위주로 말하면서, "이수夷水는 파군巴郡 어복현魚腹縣에서 출원한다夷水出巴郡魚復縣"고 하였으니, 곧 《한서 · 지리지》 남군南郡 무현巫縣의 이수夷水이며, 송대宋代에는 무산현巫山縣이 되었다. 이곳은 오히려 형주荊州, 양주梁州 두 주州의 경계에 있다. 그러나 동쪽으로 화천수和川水와는 거의 2천 리 떨어져 있으니, 이수夷水와 화천수和川水 간의 거리가 너무 멀지 않은가? 그 설을 따를 수 없다. 채침은 지명地名을 위주로 말하면서, "엄도嚴道 서쪽에 이도夷道가 있는데 혹 그 지역인 듯하다嚴道以西有夷道, 或其地"고 하였다. 이도夷道는 곧 《한서 ·

83 《채전》和夷，地名．嚴道以西有和川，有夷道．或其地也．又按鼂氏曰，和夷，二水名．和水，今雅州榮經縣北．和川水，自蠻界羅嵓州東西來，逕蒙山．所謂青衣水而入岷·江者也．夷水，出巴郡魚復縣，東南過佷山縣南，又東過夷道縣北，東入于江．今詳二說，皆未可必．但經言厎績者三．覃懷·原隰，既皆地名，則此恐爲地名．或地名因水，亦不可知也．

지리지》남군南郡의 이도현夷道縣이며, 송대宋代에는 의도현宜都縣이 되었다. 그 거리가 엄도嚴道 동쪽 2천여 리로 멀리 있는데 어찌 서쪽이겠는가? 또한 실제는 형주荊州 영역이니 양주梁州와는 무슨 관계가 있는가? 더욱 그 설을 따를 수 없다.

그렇다면, 마땅히 어떻게 주해해야 하는가?《환우기》에 "화천로和川路는 엄도현嚴道縣 경계 서쪽에 있으며, 토번吐蕃 대도하大渡河까지는 5일 여정의 길이며, 대도하大渡河 서곽西郭으로부터 토번吐蕃 송성松城까지는 4일 여정인데, 강만羌蠻이 뒤섞여 살고 산과 들이 연접하고 새가 나는 길이 하늘을 따라 몇 리里인지 알 수 없다和川路在嚴道縣界西, 去吐蕃大渡河五程, 從大渡河西郭至吐蕃松城四日程, 羌蠻混雜, 連山接野, 鳥路沿空, 不知里數"고 하였는데, 말하는 자는 곧《서》의 화이和夷라고 하였다.

나는 다음과 같이 생각한다.《수경주》에 "화和"는 "환桓"으로 읽고, "환수桓水 이남以南으로부터 이夷이니,《서》에 이른바 '환이和夷에 치수의 공적을 이루었다和夷底績'는 것이다自桓水以南爲夷,《書》所謂'和夷底績'也"라는 설을 따를 만하다고 생각하는데, 다만 지금 환수桓水를 고찰할 수는 없다.

어떤 이가 말했다.

《진지도기晉地道記》에 "양주梁州 남쪽에서 항수桓水에 이른다梁州南至桓水"라고 한 것은 아마도 대도하大渡河를 가리킬 것이다.《사천통지四川通志》에 "화이和夷는 지금의 여아黎雅, 월휴越嶲 등지이다和夷, 今黎雅, 越嶲等處"라고 하였다.

역도원의《수경주》를 살펴보건대, 대도하大渡河는 과연 항수桓水이니, 대도하大渡河 이남以南은 지금의 건창위建昌衛로서, 송宋 예조藝祖, 太祖가 월휴越嶲를 수복하고 옥도끼로 지도를 그리고 버린 곳이며,[84] 옛 화이和夷 지역이다.

又按：地名有前人所未詳, 而後人漸知者, 從之可也; 有前人所不可知, 而
後人彊以指實者, 闕之可也,《禹貢》之蔡山是. 蔡山, 班《志》, 酈《注》並闕,
唐孔穎達, 司馬貞並言不知所在. 而謂宋政和中歐陽忞出曰"蔡山在雅州嚴道
縣", 可信乎? 及徧考隋唐《地理志》,《元和志》,《通典》,《寰宇記》,《九域
志》, 嚴道無所謂蔡山也. 忞同時葉少蘊傳《禹貢》, 復指嚴道縣東五里周公山
以當之, 又可信乎? 或曰：然則, 蔡山終竟不知耶? 曰：要就《禹貢》蒙山以
求, 最爲近之. 如太史河不知所在, 就九河間以求; 惇物山不知所在, 就漢武
功縣東以求. 雖不中, 不遠. 而必鑿鑿指實, 恐涉傅會, 論篤者弗取矣.

지명地名 가운데 전인前人이 상고하지 못하였지만 후인後人이 점점 알게
된 것이 있으면 후인의 설을 따르는 것이 옳으며, 전인이 알지 못했던 것
을 후인이 억지로 지목한 것은 비워두는 것이 옳으니,《우공》의 채산蔡山
이 바로 그것이다. 채산蔡山은《한서 · 지리지》와 역도원《수경주》에 모두
빠져 있고闕, 당唐 공영달孔穎達과 사마정司馬貞은 모두 소재지를 알 수 없다
고 하였다. 그런데 송宋 정화政和, 1111~1118 연간에 구양민歐陽忞[85]이 "채산蔡
山은 아주雅州 엄도현嚴道縣에 있다蔡山在雅州嚴道縣"라고 말한 것을 믿을 수 있

---

84 《명사(明史)》권311 열전(列傳) 제199：宋建隆三年(962), 王全斌平蜀, 以圖來上. 議者欲
    因兵威復越嶲, 藝祖以玉斧畫圖曰 "外此, 吾不有也."

85 구양민(歐陽忞)：생졸년미상. 길주(吉州) 여릉(廬陵)(강서(江西) 길안(吉安)) 출신이
    다. 북송의 지리학자. 정화(政和) 연간에《여지광기(輿地廣記)》를 저술하였다. 구양수
    (歐陽修)의 족손(族孫)이다.

겠는가? 수당隋唐의 《지리지》, 《원화지》, 《통전》, 《환우기》, 《구역지》 등을 두루 상고해보더라도, 엄도嚴道에 채산蔡山이라는 산은 없다. 구양민과 동시대의 섭몽득葉夢得, 1077~1148, 자 소온(少蘊)이 《우공》을 전주傳注하면서, 다시 엄도현嚴道縣 동쪽 5리에 주공산周公山을 가리켜 채산에 해당시킨 것을 또 믿을 수 있겠는가?

어떤 이가 물었다.

그렇다면, 채산蔡山은 결국 알 수 없는 것인가?

대답하였다.

《우공》의 몽산蒙山으로 구해야 가장 근사할 것이다. 태사공太史公이 하수河水의 소재를 알 수 없을 때 구하九河 사이로 나아가 구하였고, 돈물산惇物山의 소재를 알 수 없을 때 한漢 무공현武功縣 동쪽으로 나아가 구한 것과 같다. 비록 완전 적중하지 않더라도 멀지 않을 것이다. 반드시 하나하나 실재하는 곳을 지목하다 보면 견강부회하게 될 수가 있으니, 실천은 하지 못하고 말만 독실한 것論篤을 취하지 않는다.

원문

又按 : 陳氏大猷曰 : "古人擧事必祭, 況治水大事乎? 然旅獨於梁,雍言之者, 蓋九州終於梁,雍, 以見前諸州名山皆有祭也. 旅獨於蔡,蒙,荊,岐言之者, 蓋紀梁之山終於蔡,蒙, 紀雍之山始于荊,岐, 以見州內諸名山皆有祭也, 故下文復以'九山刊旅'總結之." 當採入《集傳》.

진대유陳大猷, 1198~1250[86]가 다음과 같이 말했다.

"옛사람은 일을 거행할 때 반드시 제사를 올렸으니, 하물며 치수治水와 같은 대사大事에 있어서랴? 그런데 여旅제사가 유독 양주梁州와 옹주雍州에 서만 언급된 것[87]은, 대체로 구주九州가 양주梁州와 옹주雍州에서 끝나기 때 문이니, 그것으로 이전의 모든 주州의 명산名山에서도 모두 제사를 지냈음을 보인 것이다. 여旅제사가 유독 채산蔡山, 몽산蒙山, 형산荊山, 기신岐山에서 만 언급된 것은 대체로 양주梁州의 산이 채산蔡山과 몽산蒙山에서 끝나고, 옹주雍州의 산이 형산荊山과 기신岐山에서 시작되는 것을 기록하여, 주州 내의 모든 명산에서 모두 제사 올린 것을 보인 것이다. 따라서 아래에서 다시 '구주의 산까지도 나무를 베어 길을 내어 이미 여旅제사를 지냈다九山刊 旅'라는 말로써 총결하였다."

마땅히 《집전》에 수록해야 할 것이다.

又按 : 岷山爲江源, 既得極論之, 而積石山爲禹導, 尤不可不極論焉. 蔡 《傳》引《地志》積石"在金城郡河關縣西南羌中, 今鄯州龍支縣界也"非, 縣非 漢縣, 並山非漢山之又一見乎? 漢河關縣宣帝神爵二年置, 後涼呂光龍飛二

---

86 진대유(陳大猷) : 자 충태(忠泰). 호 동재(東齋). 학문이 깊고 넓었고, 이학(理學)에 대한 성취가 있었다. 일찍이 주희(朱熹)의 석경법(釋經法)과 여조겸의 독시기(讀詩記)의 예(例)를 채용하고, 자신의 견해를 덧붙여 주희 주(注) 사서(四書)를 모방한 《혹문(或問)》을 저술하였다. 또한 제 학설을 취사선택하여 《상서집전(尙書集傳)》 12권을 지었다.
87 《우공》 (梁州)蔡 · 蒙旅平. / (雍州)荊 · 岐既旅.

年克河關, 凡四百五十七年爲郡縣, 後沒入吐谷渾, 遂不復, 況積石又在其縣
西南羌中乎? 當在漢西海郡之外, 是眞當日大禹導河處. 宋龍支縣近在今西
寧衛東南八十里, 爲漢金城郡允吾縣. 《元和志》"積石山在龍支縣西九十八里,
南與河州枹罕縣分界". 枹罕縣, 今臨洮府河州治. 積石山在州西北七十里, 積
石關則又在州西北百二十里, 所謂兩山如削, 河流經其中. 是較禹所導之積石
河隔千有餘里, 豈在其縣界者乎? 黃子鴻曰:"積石山本在徼外, 自唐儀鳳二
年置積石軍于靖邊城, 始移其名于內地矣." 余曰:"不止此. 隋大業五年平吐
谷渾, 置河源郡, 郡治古赤水城, 以境有積石山也. 尤移近內地矣. 然此乃小
積石山, 即酈《注》之唐述山耳. 大小積石之名, 莫明辨于唐人, 故魏王泰曰:
'大積石山在吐谷渾界, 小積石山在枹罕縣西北.' 張守節曰:'河自鹽澤潛行,
入吐谷渾界大積石山, 又東北流至小積石山.' 李弘憲曰:'河出積石山, 在西
南羌中注于蒲昌縣, 潛行地下, 出于積石, 爲中國河, 故今人目彼爲大積石,
此爲小積石.'" 余癸丑秋客臨洮, 欲策馬尋小積石之河源, 亦不果. 嗟乎! 漢如
段熲破西羌, 且鬪且行四十餘日, 至河首積石山. 唐如李靖等攻吐谷渾, 靖躋
積石山, 任城王道宗,侯君集行空荒之地二千里, 乃次星宿川, 達柏海, 望積石
山, 覽觀河源. 彼何人哉? 吾徒仰面看屋梁而著書, 不可以愧恥乎? 或曰:然
則蔡《傳》當云何? 曰:當作:"積石,《地志》在金城郡河關縣西南羌中. 積石
山, 漢在羌中, 唐在吐谷渾界. 今河州枹罕縣,鄯州龍支縣界有積石山, 雖河所
經, 非禹所導者."

민산岷山이 강수江水의 근원이 됨을 이미 극력 변론하였으므로, 적석산積

石山이 우禹가 인도한 것임을 더욱 극력 변론하지 않을 수 없다. 《채전》에서 《한서·지리지》를 인용하여, 적석積石은 "금성군金城郡 하관현河關縣 서남 강중羌中에 있으며, 지금의 선주鄯州 용지현龍支縣의 경계이다在金城郡河關縣西南羌中, 今鄯州龍支縣界也"라고 한 것은 잘못이니, 현縣은 한漢의 현縣이 아닐 뿐만 아니라 산 또한 한漢의 산山이 아님을 또 알게 된 것인가? 한漢 하관현河關縣은 선제宣帝 신작神爵 2년BC60에 설치되었고, 후량後涼의 여광呂光, 338~399[88]이 용비龍飛 2년398에 하관河關을 정벌하여 이긴 이후, 457년간 군현郡縣이 되었다가 이후 토곡혼吐谷渾, 선비족(鮮卑族)의 일파에 편입되어 끝내 수복하지 못하였는데, 하물며 적석積石이 또한 그 하관현河關縣 서남西南 강중羌中에 있겠는가? 마땅히 한漢 서해군西海郡의 바깥에 있어야 하며, 그 곳은 실제로 당시 대우大禹가 하수河水를 인도했던 곳이다.

송宋 용지현龍支縣은 지금의 서녕위西寧衛 동남 80리 부근에 있고, 한漢 금성군金城郡 윤오현允吾縣이었다. 《원화지》에 "적석산積石山은 용지현龍支縣 서쪽 98리 지점에 있고, 남쪽으로 하주河州 부한현枹, 音孚, 罕縣과 경계를 나눈다積石山在龍支縣西九十八里, 南與河州枹罕縣分界"고 하였다. 부한현枹罕縣은 지금의 임조부臨洮府 하주河州 관할이다. 적석산積石山은 하주河州 서북 70리 지점에 있으며, 적석관積石關은 다시 하주河州 서북西北 120리 지점에 있으니, 이른바 두 산이 깎인 듯하고 하수의 흐름이 그 사이를 지난다는 곳이다. 이 곳은

---

88 여광(呂光): 자 세민(世民). 약양(略陽)(지금의 태안현(秦安縣) 동부) 출신. 저족(氐族)이다. 부친 여파루(呂婆樓)는 전진(前秦)의 중신이었고, 여광은 383년에 사지절(使持節)·도독서역정토제군사(都督西域征討諸軍事)로 임명되어 서역 원정에 나서기도 하였다. 오호(五胡) 십육국(十六國) 가운데 하나인 후량(後涼, 386~403)을 세웠고, 후진(後秦)의 요흥(姚興)에게 망하였다.

우禹가 인도한 적석하積石河와 비교해서 1천여 리 떨어져 있는데, 어찌 그 현縣의 경계에 있겠는가?

황의黃儀, 자 자홍(子鴻)가 말했다. "적석산積石山은 본래 변방 바깥에 있었는데, 당唐 의봉儀鳳 2년677 정변성靖邊城에 적석군積石軍이 설치된 이후부터 비로소 내지內地로 그 명칭이 옮겨지게 된 것이다."

나는 다음과 같이 생각한다. "거기에 그치지 않는다. 수隋 대업大業 5년609 토곡혼吐谷渾을 평정하고 하원군河源郡을 설치했는데, 군치郡治는 옛 적수성赤水城으로 적석산積石山을 경계로 하였다. 더욱 내지內地와 가까운 곳으로 옮긴 것이다. 그러나 이는 소적석산小積石山이니, 곧 역도원《수경주》의 당술산唐述山일 뿐이다. 대소大小 적석積石의 명칭은 당인唐人보다 명백하게 분별할 수는 없으니, 위왕魏王 태泰는 '대적석산은 토곡현吐谷渾 경계에 있고, 소적석산은 부한현枹罕縣 서북에 있다大積石山在吐谷渾界, 小積石山在枹罕縣西北'고 하였고, 장수절張守節은 '하수는 염택鹽澤에서 잠행潛行하여 토곡현吐谷渾 경계 대적석산大積石山으로 유입되고, 동북으로 흘러 소적석산에 이른다河自鹽澤潛行, 入吐谷渾界大積石山, 又東北流至小積石山'고 하였으며, 이길보李吉甫, 758~814, 자 홍헌(弘憲)는 '하수는 적석산積石山에서 출원하는데, 서남西南 강중羌中에서 포창현蒲昌縣으로 주입되어 지하로 잠행하다가 적석積石으로 나와 중국中國의 하河가 되므로, 지금 사람들이 지목하기를 앞의 것을 대적석이라 하고 뒤의 것을 소적석이라고 한다河出積石山, 在西南羌中注于蒲昌縣, 潛行地下, 出于積石, 爲中國河, 故今人目彼爲大積石, 此爲小積石'고 하였다."

나는 계축년癸丑年, 1673, 37세 가을에 임조臨洮의 길손이 되었는데, 말을 달려 소적석小積石의 하원河源을 찾고자 하였으나 결과를 얻지 못했다. 아!

한漢 단경段熲, ?~179[89]이 서강西羌을 격파할 때, 또 싸우고 또 전진하기를 40여 일만에 하수의 원류 적석산에 이르렀다. 당唐 이정李靖, 571~649[90] 등이 토곡혼吐谷渾을 공격할 때, 이정李靖은 적석산積石山을 넘었고, 임성왕任城王 이도종李道宗, 병부상서 후군집侯君集은 텅 빈 황량한 땅 2천 리를 행군하여, 성수천星宿川을 지나 백해柏海로 도달하여 적석산積石山을 바라보고 하원河源을 살펴보았다. 저들은 어떤 사람들인가? 나는 단지 지붕만 올려다보고 글을 짓고 있으니 부끄럽지 않겠는가?

어떤 이가 물었다.

그렇다면 《채전》은 마땅히 어떻게 말해야 하는가?

대답하였다.

마땅히 다음과 같이 적어야 한다. "적석積石은 《한서 · 지리지》에 금성군金城郡 하관현河關縣 서남西南 강중羌中에 있다고 하였다. 적석산積石山은 한대漢代에는 강중羌中에, 당대唐代에는 토곡현吐谷渾 경계에 있었다. 지금의 하주河州 부한현枹罕縣, 선주鄯州 용지현龍支縣 경계에 적석산積石山이 있고, 비록 하수河水가 지나는 곳이기는 하지만 우禹가 인도한 것은 아니다積石, 《地志》在金城郡河關縣西南羌中. 積石山, 漢在羌中, 唐在吐谷渾界. 今河州枹罕縣, 鄯州龍支縣界有積石山, 雖河所經, 非禹所導者."

---

89 단경(段熲) : 자 기명(紀明). 무위(武威) 고장(姑臧)(지금의 감숙(甘肅) 무위(武威))출신. 동한(東漢)의 명장(名將). 강인(羌人)과의 180여 차의 교전 끝에 마침내 서강(西羌)을 평정하였다.
90 이정(李靖) : 자 약사(藥師). 옹주(雍州) 삼원(三原)(지금의 섬서(陝西) 삼원(三原)) 출신. 수말당초(隋末唐初)의 군사가(軍事家). 저서에는 《이정육군경(李靖六軍鏡)》 등 다수의 병서(兵書)가 있었다고 전해지나 이미 실전되었다. 후인(後人)들인 집록한 《당태종이위공문대(唐太宗李衛公問對)》가 《무경칠서(武經七書)》에 전한다.

又按：蔡《傳》引《寰宇記》只九河一條, 已多脫誤矣. 云胡蘇河"在滄州饒
安, 無棣, 臨津三縣". 無棣縣, 樂史幷未云有胡蘇河. 又云鬲津河"在樂陵東, 西
北流入饒安", 原本乃"樂陵西, 東北流入饒安". 德州安德有馬頰河, 德平有馬
頰河, 滄州樂陵亦有馬頰, 止及滴河者, 何與? 鬲津河既見安德, 又見德州, 將
陵, 而止云樂陵, 饒安又何也?《元和志》止引其及馬頰, 若德州安德有鬲津河,
將陵有鬲津河, 棣州陽信有鉤盤河, 概不之引.《通典》止引其及覆鬴, 若安德
有馬頰河, 滄州東光有胡蘇河, 亦不之引. 且蔡氏過矣, 九河闊二百餘里, 長約
四百里, 豈一二縣所能了此一河哉? 勢必分播多縣, 揚波注海也明矣.

번역 우안又按

《채전》은 단지《환우기》의 구하九河 1조목을 인용함에 있었도 이미 탈
오脫誤된 것이 많다. 호소하胡蘇河는 "(《환우기》에) 창주滄州의 요안饒安, 무체無
棣, 임진臨津 세 현縣에 있다在滄州饒安, 無棣, 臨津三縣"고 하였으나, 악사樂史는 무
체현無棣縣에 호소하胡蘇河가 있다는 말을 하지 않았다. 또 격진하鬲津河는
"악릉樂陵의 동쪽에 있고, 서북쪽으로 흘러 요안饒安으로 유입된다在樂陵東,
西北流入饒安"고 하였는데, 원본原本은 "악릉의 서쪽에 있고 동북으로 흘러
요안으로 유입된다樂陵西, 東北流入饒安"로 되어있다. 덕주德州 안덕安德에 마협
하馬頰河가 있고, 덕평德平에 마협하馬頰河가 있으며, 창주滄州 악릉樂陵에도 마
협馬頰이 있는데, 단지 체주棣州 상하滴河만 언급한 것에 그친 것은 어째서
인가? 격진하鬲津河는 이미 안덕安德에 보이고, 다시 덕주德州와 장릉將陵에
도 보이는데, 단지 악릉樂陵과 요안饒安만 언급한 것에 그친 것은 또 어째

서인가? 《원화지》는 단지 마협^{馬頰}만을 인용하여 언급하였고, 덕주^{德州} 안덕^{安德}에 격진하^{鬲津河}가 있는 것과, 장릉^{將陵}에 격진하^{鬲津河}가 있는 것과, 체주^{棣州} 양신^{陽信}에 구반하^{鉤盤河}가 있다고 한 것은 인용하지 않았다. 《통전》은 단지 복부^{覆鬴}만을 인용하여 언급하였고, 안덕^{安德}에 마협하^{馬頰河}가 있는 것과 창주^{滄州} 동광^{東光}에 호소하^{胡蘇河}가 있다는 것 역시 인용하지 않았다. 또한 채침의 잘못이 있으니, 구하^{九河}는 2백여 리에 퍼져 있고, 길이가 약 4백 리에 이르는데, 어찌 한 두개의 현^縣으로 하나의 하^河를 한정시킬 수 있겠는가? 그 세력이 필시 많은 현에 나누어 퍼져 있으면서 요동을 치며 대해^{大海}로 주입되는 것이 명백하다.

<원문>

又按 : 蔡《傳》"塗山, 國名, 在今壽春縣東北", 此用杜氏《左注》. 據《寰宇記》, 當作"在今濠州鍾離縣西九十五里". "甘, 地名, 有扈氏國之南郊, 在扶風鄠縣", 鄠縣自元魏改屬京兆郡, 唐爲府, 宋因之, 當作"在今京兆府鄠縣". 《五子之歌》"窮, 國名", 當補引《水經注》"在平原郡鬲縣, 今德州安德縣也". 《盤庚下》"鄭氏曰'東成皐, 南轘轅, 西降谷'", 降谷不知所在. 予疑即今永寧縣北六十里之三崤山, 亦曰二崤. 杜預謂"二崤間南谷中, 谷深委曲, 兩山相嵚", 故文王以之避風雨. 又永寧縣西北七十里有崤底, 崤谷之底也, 亦與"降"字義協. "牧, 地名, 在朝歌南, 即今衛州治之南也". 牧野"在朝歌南", 此用司馬彪語, "即今衛州治之南"乃蔡氏自語, 則錯. 衛州治衛縣, 可曰"牧野在衛州治之南". 自唐初衛州久移治於汲縣, 當作"即今衛州治之北爾". "庸, 濮在江, 漢之南", 庸即上庸, 今屬鄖陽府房縣, 庸當"在江之北, 漢之南." "妹邦即《詩》所謂'沬

鄉'", 當補一句曰：" 今濬州衛縣也."""奄, 杜預曰不知所在", 當云"在兗州曲
阜縣古奄國"."南巢, 地名, 廬江六縣有居巢城", 當作"今廬州巢縣有居巢城".
"六", 西漢縣名, 不隸廬江郡, 隸廬江郡, 東漢已改名曰"六安". 六安, 距居巢
相隔約三百里. 鎬京"在京兆鄠縣上林, 即今長安縣昆明池北鎬陂", 下句是,
上"上林"二字當衍. 豐"在京兆鄠縣, 即今長安縣西北, 靈臺豐水之上", "靈臺"
下脱"鄉"字, "之上"原本乃"上游"二字.

번역 **우안又按**

《익직 · 채전》"도산塗山은 국명國名이며, 지금의 수춘현壽春縣 동북쪽에
있었다塗山, 國名, 在今壽春縣東北"는 두예《좌전주左傳注》를 인용한 것이다. 《환
우기》를 근거로 들자면, 마땅히 "지금의 호주濠州 종리현鍾離縣 서쪽 95리
지점에 있다在今濠州鍾離縣西九十五里"고 써야 한다.

《감서 · 채전》"감甘은 지명地名이며, 유호씨有扈氏 나라의 남쪽 교외郊外이
니, 부풍군扶風郡 호현鄠縣에 있었다甘, 地名, 有扈氏國之南郊, 在扶風鄠縣"고 하였는데,
호현鄠縣은 원위元魏, 北魏 때 경조군京兆郡으로 개편되어 소속되었고, 당대唐代
에 부府가 되었으며, 송대宋代도 그대로 따랐으므로, 마땅히 "지금의 경조
부京兆府 호현鄠縣에 있었다在今京兆府鄠縣"고 써야 한다.

《오자지가 · 채전》"궁窮은 국명國名이다窮, 國名"는 마땅히《수경주》를 인
용하여 "평원군平原郡 격현鬲縣에 있었으며, 지금의 덕주德州 안덕현安德縣이
다在平原郡鬲縣, 今德州安德縣也"를 보충해야 한다. 《반경하 · 채전》"정현은 '동쪽
은 성고成皋, 남쪽은 환원轘轅, 서쪽은 강곡降谷이다'라고 하였다鄭氏曰'東成皋,
南轘轅, 西降谷'"고 하였는데, 강곡降谷은 그 소재를 알 수 없다. 나는 그곳이

곧 지금의 영녕현永寧縣 북쪽 60리 지점의 삼효산三崤山이 아닐까 의심하는데 또한 이효二崤라고도 한다. 두예는 "이효二崤 사이의 남곡南谷 사이로 골짜기가 깊고 꼬불꼬불하며 두 산이 서로를 향해 기울어져 있다二崤間南谷中, 谷深委曲, 兩山相嶔"고 하였으므로 문왕이 그곳으로 가서 풍우風雨를 피하였다. 또 영녕현永寧縣 서북 70리 지점에 효서崤底가 있는데, 효곡崤谷의 바닥底으로 또한 "강降"자와 의미가 같다.

《목서·채전》"목牧은 지명地名으로 조가朝歌의 남쪽에 있었고, 곧 지금의 위주衛州 치소治所의 남쪽이다牧, 地名, 在朝歌南, 即今衛州治之南也"라고 하였다. 목야牧野는 "조가朝歌 남쪽에 있다在朝歌南"라고 한 것은 사마표司馬彪의 말을 인용한 것이며, "곧 지금의 위주衛州 치소治所의 남쪽이다即今衛州治之南"는 바로 채침 자신의 말이므로 틀렸다. 위주衛州 치소治所가 위현衛縣이라면, "목야는 위주衛州 치소治所의 남쪽에 있다牧野在衛州治之南"고 할 수 있다. 당唐 초기로부터 위주衛州는 급현汲縣으로 치소治所를 옮긴 것이 오래되었으므로, 마땅히 "곧 지금의 위주衛州 치소治所의 북쪽에 있다即今衛州治之北爾"고 해야 한다.

《목서·채전》"용庸과 복濮은 강수江水·한수漢水의 남쪽에 있었다庸, 濮在江, 漢之南"라고 하였는데, 용庸은 곧 상용上庸으로 지금의 운양부鄖陽府 방현房縣에 속하니, 용庸은 마땅히 "강수江水의 북쪽, 한수漢水의 남쪽에 있었다在江之北, 漢之南"고 해야 한다.

《주고·채전》"매방妹邦은 곧 《시·용풍鄘風·상주桑中》의 이른바 '매향沬鄕'이다妹邦即《詩》所謂沬鄕"는 마땅히 "지금의 준주濬州 위현衛縣이다今濬州衛縣也"는 구절을 보충해야 한다.

《다방·채전》"엄奄에 대해, 두예는 소재를 알 수 없다고 하였다奄, 杜預曰

不知所在"고 한 것은 마땅히 "연주兗州 곡부현曲阜縣에 옛 엄국奄國이 있었다在兗州曲阜縣古奄國"라고 해야 한다.

《중훼지고·채전》"남소南巢는 지명地名이며, 여강廬江 육현六縣에 거소성居巢城이 있다南巢, 地名, 廬江六縣有居巢城"는 마땅히 "지금 여주廬州 소현巢縣에 거소성居巢城이 있다今廬州巢縣有居巢城"로 써야 한다. "육六"은 서한西漢의 현명縣名으로 여강군廬江郡에 예속되지 않았고, 여강군廬江郡에 예속된 동한東漢 때에는 이미 "육안六安"으로 개명되었다. 육안六安에서 거소居巢까지 거리는 약 3백 리 떨어져 있다.

《무성·채전》호경鎬京은 "경조京兆 호현鄠縣 상림上林에 있었으니, 곧 지금의 장안현長安縣 곤명지昆明池 북쪽 호피鎬陂이다在京兆鄠縣上林, 即今長安縣昆明池北鎬陂"의 뒤 구절은 옳은데, 앞의 "상림上林" 두 글자는 당연히 연문衍文이다.

《무성·채전》풍豐은 "경조京兆 호현鄠縣에 있었으니, 곧 지금의 장안현長安縣 서북의 영대靈臺 풍수豐水 가이다在京兆鄠縣, 即今長安縣西北, 靈臺豐水之上"의 "영대靈臺" 아래에 "향鄕"자가 탈락되었고, "지상之上"은 원본에 "상유上游" 두 글자로 되어 있다.

원문

又按 : 蔡《傳》煞有不可曉處 : "徐州"云 : "徐州之土雖赤, 而五色之土亦間有之, 故制以爲貢." 《元和志》明云"徐州彭城郡開元貢五色土各一斗", 《寰宇記》徐州"歲貢五色土各一斗", 彭城縣北三十五里之赭土山即出此土. 較著如此, 捨之不引, 而想像言之, 何與? 與"淮白魚"正相反? 茅氏瑞徵曰 : "此州制貢, 大畧並供禮樂之用." 又曰 : "禹瀉畎不遺窮谷, 以岱畎, 羽畎知之." 又

曰 : "徐州土五色, 雉羽亦五色, 物華土產, 適相符合, 豈天壤靈氣有獨鍾, 而
禽鳥亦得氣之先也與?" 皆當採入《集傳》.

번역 우안又按

《채전》에 절대 이해할 수 없는 곳이 있다. "서주徐州"에 "서주徐州의 토
질은 비록 붉으나 오색의 흙이 또한 사이에 있으므로 제도를 마련하여
공물貢物로 바치도록 하였다徐州之土雖赤, 而五色之土亦間有之, 故制以爲貢"고 하였다.
《원화지》에 명백하게 "서주徐州 팽성군彭城郡 개원開元 공물 오색토五色土 각
1두斗徐州彭城郡開元貢五色土各一斗"라고 하였고, 《환우기》 서주徐州에 "세공歲貢 오
색토五色土 각 1두斗歲貢五色土各一斗"라고 하였으니, 팽성현彭城縣 북쪽 35리의
자토산赭土山이 바로 이 오색토가 나오는 곳이다. 분명히 드러남이 이와
같은데, 그것을 버리고 인용하지 않고 상상해서 말한 것은 어째서인가?
"회백어淮白魚"와는 정반대인 것인가?

모서징茅瑞徵이 말했다. "이 서주徐州의 제공制貢은 대략 모두 예악禮樂에
이바지하는 용도이다." 또 말하였다. "우禹가 밭도랑畎을 깊이 파면서 깊
은 골짜기도 버려두지 않았으므로 대산岱山의 골짜기의 공물[91]과 우산羽山
의 골짜기의 공물[92]을 알게 되었다." 또 말하였다. "서주徐州의 토양이 오
색五色이고 꿩 깃도 오색으로 자연과 산물産物이 서로 부합하는데, 어찌 하
늘과 땅의 영기靈氣에 남다른 종鍾이 있어서 하늘을 나는 날짐승이 가장
먼저 기氣를 받을 수 있겠는가?"

---

91 《우공》 (青州)厥貢鹽·絺. 海物惟錯. 岱畎絲·枲·鉛·松·怪石. 萊夷作牧. 厥篚檿絲.
92 《우공》 (徐州)厥貢惟土五色. 羽畎夏翟. 嶧陽孤桐. 泗濱浮磬. 淮夷蠙珠曁魚. 厥篚玄纖縞.

이 모두는 마땅히 《집전》에 수록해야 할 것이다.

원문

又按 : 考 《漢 · 郊祀志》 : 平帝時"於官社後立官稷", 令"徐州牧歲貢五色土各一斗". 始知《元和志》直本此一句. 則開元制貢, 亦應爲社用爾.

번역 우안又按

《한서 · 교사지郊祀志》를 살펴보았다. 평제平帝, BC1~AD6 재위 때 "(우禹를) 관사官社에 배향한 이후 (후직后稷을 배향할) 관직官稷을 건립하였다於官社後立官稷"고 하였고, "서주목徐州牧의 세공歲貢은 오색토 각 1두徐州牧歲貢五色土各一斗"로 하게 하였다. 비로소《원화지》가 본래 이 구절에 근본한 것임을 알게 되었다. 그렇다면 개원開元 제공制貢 역시 응당 관사官社에 사용하기 위함이었다.

원문

又按 : "震澤"之解, 惟宋葉少蘊上與《周禮》合, 又與《班志》合, 自與魏晉間僞孔《傳》不合. 余勸徐司寇收入《一統志》吳縣中. 葉氏曰 : "孔氏以大湖爲震澤, 非是.《周官》九州有澤藪, 有川, 有浸, 揚州澤藪爲具區, 其浸爲五湖. 旣以具區爲澤藪, 則震澤卽具區也. '太湖', 乃五湖之總名耳. 凡言藪者, 皆人資以爲利, 故曰藪, 以富得名. 而浸則但水之所鍾也. 今平望, 八尺, 震澤之間水瀰漫而極淺, 與太湖相接, 而非太湖. 自是入于太湖, 自太湖入于海, 雖淺而瀰漫, 故積潦暴至, 無以洩之, 則溢而害田, 所以謂之'震', 猶言'三川皆震'者. 然蒲, 魚, 蓮, 芡之利, 人所資者甚廣, 亦或可隄而爲田, 與太湖異, 所以謂

之澤藪. 他州之澤無水暴至之患, 則爲一名而已. 而具區與三江通塞爲利害,
故二名以別之.《禹貢》方以旣定爲義, 是以言震澤而不言具區也.”

　“진택震澤”의 주해 가운데 오직 송宋 섭몽득葉夢得, 1077~1148, 자 소온(少蘊)의 설
이 그 이전의《주례》와 합치하고 또한《한서·지리지》와 합치하며, 저절
로 위진魏晉 연간의 위僞《공전》과는 합치하지 않는다. 나는 사구司寇 서건학
徐乾學, 1631~1694에게《일통지一統志》 오현吳縣 안에 수록토록 권유하였다.

　섭몽득은 다음과 같이 말했다.

　“공영달은 태호太湖를 진택震澤이라고 하였는데, 틀렸다.《주례·하관》
구주九州에는 택수澤藪와 천川과 침浸이 있는데, 양주揚州의 택수澤藪는 구구具
區이고, 침浸은 오호五湖라고 하였다. 이미 구구具區를 택수澤藪라고 하였으
므로, 진택震澤이 곧 구구具區이다. ‘태호太湖’는 곧 오호五湖의 총명總名일 뿐
이다. 무릇 수藪, 늪라고 말하는 것은 모두 사람들이 그것에 힘입어 이로
움을 얻기 때문이니 수藪라는 것은 풍성함으로 인해 이름 붙여진 것이다.
그리고 침浸은 단지 물이 모인 곳이다. 지금의 평망平望, 팔척八尺, 진택震澤
사이에 물이 질펀하게 퍼져 흐르면서 매우 얕은데, 태호太湖와 서로 이어
졌지만 태호는 아니다. 거기로부터 태호太湖로 유입되고, 태호太湖에서 대
해大海로 유입되는데, 비록 얕지만 질펀하게 퍼져 흐르기 때문에 큰 물이
쌓이고 폭우고 오게 되면 샐 곳이 없으므로 넘쳐서 밭에 해를 끼치므로
‘진震’이라 이르는 것이니, ‘삼천三川, 涇水·渭水·洛水에 모두 지진이 일어났
다三川皆震’[93]와 같은 말이다. 그러나 창포蒲, 물고기魚, 연蓮, 가시연芡의 이

로움은 사람에게 이바지하는 바가 매우 크기도 하고, 또한 둑을 막아 밭으로 만들 수 있기 때문에 태호太湖와는 다르므로 택수澤藪라고 한 것이다. 다른 주州의 택澤에는 폭우로 인한 수해가 없기 때문에 하나의 이름으로 불린 뿐이다. 그러나 구구具區는 삼강三江과 통하고 막힘이 이로움과 해로움이 되기 때문에 두 개의 이름具區와 震澤으로 구별한 것이다. 《우공》은 이미 정해진 것으로 의미를 삼으려 했기 때문에 진택震澤이라 말하고 구구具區라고 말하지 않은 것이다."

又按：《寰宇記》煞有不可曉者：既知北條荊山班　《注》於"左馮翊襄德縣"下，但當求漢懷德縣所在，則知《禹貢》荊山所在，奈何耀州富平縣西南十一里懷德故城曰"非漢懷德縣也"，又于富平縣之掘陵原復實以《尙書·禹貢》"荊山"，謂此不自相矛盾乎？縣非漢縣，將山仍漢山乎？及予討論同州朝邑縣有懷德城，曰"漢縣在今縣西南三十二里懷德故城是". 證以班《注》"荊山"下有"彊梁原"，原，樂史謂之朝坂也. 班《注》襄德有洛水，東南入渭，樂史謂城在渭水之北也. 歷歷不誣，獨不載有荊山耳. 其實荊山即在此.《漢·郊祀志》"黃帝採首山銅鑄鼎於荊山下"，晉灼《注》："荊山在馮翊懷德縣." 皇甫謐《帝王世紀》："禹鑄鼎於荊山，在馮翊懷德之南有荊山，今其山下有荊渠." 酈道元《水經注》："懷德縣故城在渭水之北,沙苑之南.《禹貢》北條荊山在南，山下有荊渠，即夏后鑄九鼎處也." 余因悟此當爲禹鑄鼎處. 無論方士公孫卿之徒

---

93 《국어·주어상》幽王三年, 西周三川皆震.

附會黃帝以學儒, 先禹而鑄鼎. 即果鑄鼎, 亦當在湖縣, 爲今閿鄉縣地, 不在此. 晉灼《注》不如皇甫,酈二說之確. 一帝一王, 各有一荊山耳. 或曰：子知酈《注》仍有兩懷德城乎? 曰：實一耳. 見沮水條內. 沮水逕懷德城之南, 澤泉水逕懷德城之北, 均樂史所謂懷德在富平縣者, 道元固未與在今朝邑縣者混而一矣.

번역 **우안又按**

《환우기》에 절대 이해할 수 없는 것이 있다. 북조형산北條荊山은《한서·지리지》"좌풍익左馮翊 회덕현褱德縣"[94] 아래에 있다는 것은 이미 알고 있다. 다만 한漢 회덕현懷德縣의 소재를 구한다면《우공》 형산荊山의 소재를 알 수 있게 되는데, 어찌奈何 요주耀州 부평현富平縣 서남 11리 회덕고성懷德故城을 "한漢 회덕현懷德縣이 아니다非漢懷德縣也"라고 하였고, 또 부평현富平縣의 굴릉掘陵은 원래 실제의 이름을 회복하여《상서·우공》"형산荊山"고 한 것은 서로 모순이 되지 않는가? 현縣은 한漢의 현縣이 아닌데, 산은 한漢의 산山인 것인가? 나와 토론해보자면, (《환우기》에) 동주同州 조읍현朝邑縣에 회덕성懷德城이 있다면서 "한현漢縣은 지금 현縣 서남 32리 회덕고성懷德故城이다漢縣在今縣西南三十二里懷德故城是"고 하였다.《한서·지리지·주注》"형산荊山" 아래의 "강량원彊梁原"으로 증험해보면, 원原은 악사樂史가 말한 조판朝版[95]이다.《한서·지리지·주注》에 회덕褱德에 낙수洛水가 있고, 동남으로 위수渭水로 유입된다고 하였고, 악사樂史는 성城은 위수渭水의 북쪽에 있다고 하였

---

94 《한서·지리지·주(注)》《禹貢》北條荊山在南, 下有彊梁原. 洛水東南入渭, 雍州浸.
95 《환우기》 권28 朝坂, 按注《水經》云, 洛水東南歷强梁原俗, 謂之朝坂.

다. 하나하나 속일 수 없는 것인데, 유독 형산荊山이 있는 것은 기록하지 않았다. 사실 형산荊山은 바로 여기에 있다.《한서·교사지》"황제黃帝가 수산首山의 동銅을 채취하여 형산荊山 아래에서 정鼎을 주조하였다黃帝採首山銅 鑄鼎於荊山下"고 하였고, 진작晉灼《주注》는 "형산은 풍익馮翊 회덕현懷德縣에 있다荊山在馮翊懷德縣"고 하였다. 황보밀《제왕세기》에 "우禹가 형산에서 정鼎을 주조하였는데, 풍익馮翊 회덕懷德 남쪽에 형산荊山이 있고, 지금 그 산 아래에 형거荊渠가 있다禹鑄鼎於荊山, 在馮翊懷德之南有荊山, 今其山下有荊渠"고 하였다. 역도원《수경주》에 "회덕현懷德縣 고성故城은 위수渭水의 북쪽, 사원沙苑의 남쪽에 있다.《우공》북조형산北條荊山은 남쪽에 있고, 산 아래에 형거荊渠가 있으니, 곧 하후夏后가 구정九鼎을 주조한 곳이다懷德縣故城在渭水之北, 沙苑之南.《禹貢》北條荊山在南, 山下有荊渠, 即夏后鑄九鼎處也."

나는 이로 인하여 이곳이 우禹가 정鼎을 주조한 곳이 됨을 알게 되었다. 서한西漢의 방사方士 공손경公孫卿의 무리들이 황제黃帝가 신선술을 배우고, 우禹 이전에 정鼎을 주조했다고 부회附會하는 것[96]은 논할 것이 없다. 과연 정鼎을 주조하였다면, 마땅히 호현湖縣에서 했을 것이니, 지금의 문향현閿鄉縣 지역으로 여기에 있지 않다. 진작晉灼《주》는 황보밀, 역도원 두 설의 확실함만 못하다. 황제黃帝와 우왕禹王에게 각각 하나의 형산荊山이 있을 뿐이다.

어떤 이가 물었다.

---

96 《사기·봉선서(封禪書)》黃帝且戰且學僊. 患百姓非其道者, 乃斷斬非鬼神者. 百餘歲然後得與神通. 黃帝郊雍上帝, 宿三月. 鬼臾區號大鴻, 死葬雍, 故鴻冢是也. 其後黃帝接萬靈明廷. 明廷者, 甘泉也. 所謂寒門者, 谷口也. 黃帝采首山銅, 鑄鼎於荊山下.

그대는 역도원《주》에 두 개의 회덕성懷德城이 있다는 것을 알았는가?
대답하였다.

실제는 하나일 뿐이다. 저수沮水 조목을 보라. 저수沮水는 회덕성懷德城의
남쪽을 지나고, 택천수澤泉水는 회덕성懷德城의 북쪽을 지난다고 했는데, 균
일히게 악사樂史는 회덕懷德은 부평현富平縣에 있나고 하였고, 역도원酈道元은
군이 지금의 조읍현朝邑縣에 있다는 것과 섞어서 하나로 하지 않았던 것이
다均樂史所謂懷德在富平縣者, 道元固未與在今朝邑縣者混而一矣.

원문

又按：復討論得《史記正義》引《括地志》"荊山在雍州富平縣，今名掘陵
原"是承譌已久.《隋·地理志》亦載富平縣有荊山. 又得《絳侯世家》引《括地
志》"懷德故城在同州朝邑縣西南四十三里"，里數較樂史不合，應是縣治有移.
余曾客朝邑數日，覺其治基頗高，乃置諸疆梁原之上說者，謂原即荊山北麓，
則可以知荊山所在矣. 或問：《後漢·郡國志》懷德已省，城何以有二？余曰：
樂史固有言矣，蓋後漢末及，三國時因漢舊名，於此立縣爲名. 晉移富平來治，
後魏復徙去，故有故城存焉. 懷德一移，並禹時臨河之荊山亦沒而不見矣，豈
不異哉？

번역 우안又按

다시 토론해보면,《사기·하본기·정의正義》에《괄지지》를 인용하여
"형산은 옹주雍州 부평현富平縣에 있으니, 지금은 굴릉원掘陵原으로 불린다荊
山在雍州富平縣, 今名掘陵原"고 한 것은 오류를 계승함이 이미 오래된 것이다.《수

서·지리지》에도 부평현富平縣에 형산荊山이 있다고 기록하였다. 또《사기·
강후세가絳侯世家·정의》에도《괄지지》의 "회덕懷德 고성故城은 동주同州 조읍
현朝邑縣 서남 42리에 있다懷德故城在同州朝邑縣西南四十三里"를 인용하였는데, 거리
가 악사樂史《환우기》와 합치하지 않는 것은 현치縣治가 옮겨진 것이다.

나는 일찍이 조읍朝邑에 수일 동안 빈객으로 있었는데, 그 치소治所의 기
반이 제법 높다는 것을 알았는데, 이에 강량원彊梁原 위에 설치한 것이라
고 말하는 자들이 강량원은 곧 형산荊山의 북쪽 산기슭이라고 하였으므로
형산荊山의 소재를 알게 되었다.

어떤 이가 물었다.

《후한서·군국지》에 회덕懷德은 이미 빠져 있는데, 성城은 어떻게 두 개
인가?

나는 대답하였다.

악사樂史가 다음과 같이 말했다. 대체로 후한後漢 말엽에서 삼국三國시기
에 이르러 한漢의 옛 명칭을 따라 이곳에 현縣을 세우고 명명하였다.[97] 진
대晉代에 부평富平으로 옮겨왔고, 후위後魏, 北魏 때 다시 옮겨갔기 때문에 부
평 고성故城에 보존되어 있다. 회덕懷德은 한번 옮겨졌는데, 아울러 우禹시
대의 하수河水에 임해있던 형산荊山 역시 없어져서 보이지 않는 것은 어찌
이상하지 않겠는가?

---

97 《환우기》 권31 懷德故城在今縣西南十一里, 非漢懷德縣也. 蓋後漢末及三國時因漢舊名, 於
此立縣爲名. 今有廢城存.

又按 : 蔡《傳》"萊夷作牧", "作牧者, 言可放牧", 不如陳氏大猷曰"作, 謂耕作; 牧, 謂芻牧. 夷人以畜牧爲業, 見禹之功及走獸也." 當採入《集傳》.

번역 우안又按

"래이작목萊夷作牧"에 대해, 《채전》은 "작목作牧은 방목할 수 있음을 말한 것이다作牧者, 言可放牧"고 한 것은 진대유陳大猷의 "작作은 경작耕作이고, 목牧은 추목芻牧, 꼴을 먹여 방목함을 말한다. 이인夷人은 목축畜牧을 주업으로 삼는데, 우禹의 공업功業이 달리는 짐승에게도 미쳤음을 보인 것이다作, 謂耕作; 牧, 謂芻牧. 夷人以畜牧爲業, 見禹之功及走獸也"만 못하니, 마땅히 《집전》에 수록해야 할 것이다.

又按 : 疏必遵傳, 唐人定例也. 然傳有分明說錯, 疏至欲改古郡縣方向以從之. 噫, 其甚矣! 僞孔《傳》"菏澤在胡陵", "胡陵"二字錯, 當依《班志》作"在定陶東". "孟豬, 澤名, 在菏東北", "東北"二字反, 當依《地圖》作"在菏西南", 如是而傳合矣, 疏亦可以無言矣. 惟宜引晉闞駰《十三州記》曰 : "不言'入'而言'被'者, 明不常入也, 水盛方乃覆被矣." 奈何傳既不爾, 疏復傅會, 至以"郡縣之名隨代變易. 古之胡陵當在睢陽西北, 故得東出被孟豬也", 豈有是理? 胡陵故城古今一也, 在魚臺縣東南六十里, 沛縣西北五十里交境處. 余曾親過之問, 距定陶之菏澤約幾三百里, 彼豈知菏澤在定陶東, 孟豬在睢陽東北, 二澤相通, 距僅一百四十里哉? 近代王恭簡樵和合《左氏》爲之解曰 : "孟豬之藪

可田, 則有水草, 而淺涸時多, 故導菏澤之溢時乎被孟豬, 不常入也. 或言導
菏澤, 又導孟豬, 故言'及', 非也. 澤無言導者, 此二澤相通, 故可以導. 此之
溢, 被彼之地, 故言導也." 茅氏瑞徵則云: "此處逗出一'導'字, 爲下文導山,
導水張本. 要見禹之治水, 全以疏導爲事." 亦通.

번역 **우안又按**

소疏는 반드시 전傳을 따라야 한다는 법칙은 당인唐人이 정한 법례이다.
그러나 전傳에도 분명 잘못을 말한 것이 있어서 소疏에서 옛 군현郡縣으로
고치고자 하더라도 결국 예전의 것을 그대로 따르게 된다. 아, 너무 심하
도다! 위僞《공전》"하택菏澤은 호릉胡陵에 있다菏澤在胡陵"의 "호릉胡陵" 두 글
자는 잘못이니, 마땅히《한서·지리지》에 의거하여 "정도定陶 동쪽에 있
다在定陶東"고 써야 한다.

"맹저孟豬는 택명澤名으로 하택菏澤 동북東北에 있다孟豬, 澤名, 在菏東北"의 "동
북東北" 두 글자는 반대이니, 마땅히《지도地圖》에 의거하여 "하택 서남에
있다在菏西南"고 써야 하니, 이와 같아야 부합하여 소疏에 대해서도 말이 없
을 것이다. 마땅히 진晉 감인闞駰[98]《심삼주기十三州記》의 "입'入'이라고 말하
지 않고 '피被'라고 말한 것[99]은, 항상 물이 들여지지入 않고 물이 많아져
야 비로소 물이 덮어짐覆被을 밝힌 것이다不言入而言被者, 明不常入也, 水盛方乃覆被矣"
를 인용해야 할 것이다. 어떻게 전傳이 이미 그렇지 않은데, 소疏가 다시

---

98 감인(闞駰): 자 현음(玄陰). 생존년미상. 돈황(敦煌)(지금의 감숙(甘肅)) 출신. 남북조
(南北朝) 시기, 북위(北魏)의 저명한 지리학자, 경학가이다. 주요 저서에는《역전(易
傳)》,《십삼주지(十三州志)》10권 등이 있다.
99《우공》導菏澤, 被孟豬.

부회傅會하여 "군현郡縣의 이름은 시대에 따라 변경되었으니, 옛날의 호릉胡陵은 응당 휴양睢陽의 서북쪽에 있었으므로 동쪽으로 흘러나가서 맹저孟豬를 뒤덮을 수 있었다郡縣之名隨代變易. 古之胡陵當在睢陽西北, 故得東出被孟豬也"라고 하였으니, 어찌 이런 이치가 있겠는가? 호릉胡陵 고성故城은 고금古今에 한 곳뿐이니, 어대현魚臺縣 동남 60리와 패현沛縣 서북西北 50리五十里 경계가 만나는 곳에 있다. 나는 일찍이 직접 지나면서 물어보니 정도定陶의 하택菏澤까지 거리는 약 3백여 리 떨어져 있었는데, 저들은 하택菏澤이 정도定陶의 동쪽에 있는 것과 맹저孟豬가 휴양睢陽의 동북東北에 있고 두 못이 서로 통하고 서로의 거리는 겨우 1백 40리 밖에 떨어져 있지 않다는 것을 어떻게 알았겠는가?

근대의 공간공恭簡公 왕초王樵, 1521~1601는 《좌씨》의 주해와 합치하는 주해를 하였다. "맹저孟豬의 늪藪은 밭을 일굴 수 있으니 수초水草가 있으나 물이 얕고 마를 때가 많다. 그러므로 하택이 넘칠 때 물을 인도하여 맹저로 들이지 항상 들이지는 않는다. 어떤 이는 하택을 인도하고 또 맹저를 인도하므로 '급及'이라고 말한 것[100]이라고 했는데, 틀렸다. 택澤에 인도한다는 말이 없는 것은 이 두 택澤이 서로 통하므로 인도할 수 있다는 것이다. 이 택澤이 넘치면 저 택澤의 지역으로 물을 들이므로 인도한다고 말한 것이다孟豬之藪可田, 則有水草, 而淺潤時多, 故導菏澤之溢時乎被孟豬, 不常入也. 或言導菏澤, 又導孟豬, 故言及, 非也. 澤無言導者, 此二澤相通, 故可以導. 此之溢, 被彼之地, 故言導也."

모서징茅瑞徵이 말하였다. "이 곳에 나온 '도導'자는 아래의 도산導山, 도

---

100 《우공 · 채전》 被, 及也.

水導水의 장본張本이 된다. 우禹의 치수治水가 전적으로 소통시키고 인도하는 것을 위주로 한 것임을 잘 보여준다此處逗出一‘導’字, 爲下文導山, 導水張本. 要見禹之治水, 全以疏導爲事." 이 또한 통한다.

원문

又按：宋傅氏寅《禹貢集解》引『許氏《說文》曰：‘菏澤水在山陽胡陵’, 與安國《傳》同, 而班固以爲在定陶, 何也? 蓋在定陶者其澤也, 在胡陵者其流也. 其流東與泗合, 正在今單州之魚臺. 魚臺在單之東北百里, 而近古胡陵地也." 分別菏水與菏澤所在不同, 班,許二氏殊塗同歸. 余因悟僞孔《傳》在《說文》後, 菏澤在胡陵, 正本《說文》來, 但誤脫一“水”字. 書出魏晉間, 又得一證.

번역 우안又按

송宋 부인傅寅, 1148~1215[101]《우공집해禹貢集解》는 다음을 인용하였다. "허신許愼《설문》의 ‘하택수菏澤水는 산양山陽 호릉胡陵에 있다菏澤水在山陽胡陵’고 하여 공안국《전》과는 같으나, 반고班固는 하택이 정도定陶에 있다고 한 것은 어째서인가? 대체로 정도定陶에 있는 것은 그 택澤이고, 호릉胡陵에 있는 것은 그 물의 흐름流이다. 그 물이 동쪽으로 흘러 사수泗水와 합하니, 바로 지금의 선주單州 어대魚臺에 있다. 어대魚臺는 선주單州 동북 백 리 지점에 있으며 옛 호릉胡陵 지역과 가깝다."

---

101 부인(傅寅)：자 동숙(同叔). 호 행계(杏溪). 천문(天文), 지리(地理), 봉건(封建), 정전(井田), 학상(學樣), 교묘(郊廟), 율력(律曆), 병제(兵制) 등의 와오(訛誤)를 고정(考訂)하여《군서백고(群書百考)》를 지었으나 전하지 않는다.

하수荷水와 하택荷澤의 소재가 같지 않음을 분별하였으니, 반고와 허신 두 사람의 길은 달랐지만 귀결되는 곳은 같았다. 나는 이로 인하여 위僞 《공전》은《설문》뒤에 나온 것임을 깨닫게 되었으니, 하택荷澤이 호릉胡陵 에 있다고 한 것은 바로《설문》을 근본으로 해서 온 것이지만 "수水"자는 탈락시켰다. 위僞《공전》서書가 위진魏晉연간에 나왔다는 또 하나의 증거 를 얻었다.

又按 : 馬, 鄭, 王本"滎波""波"並作"播", 伏生今文亦然, 惟魏晉間《書》始作 "波", 與《漢書》同. 余向謂其書多出《漢書》者, 此又一證. 然安國解猶作一水 非二水, 以爲二水自顏師古始. 宋林之奇本之, 以《周官》, 《爾雅》爲口實. 蔡 氏又本之, 下到今. 余嘗反覆參究, 而覺一爲濟之溢流, 一爲洛之枝流, 兩不 相蒙. 而忽合而言之, 與"大野""彭蠡"同一書法, 不亦參雜乎? 抑豈《禹貢》之 變例乎? 善夫! 傳氏寅曰 : "上文言導洛, 此則專主導濟言, 不當又泛言洛之 支水. 《職方》所記山川非治水次第, 不必況也." 且鄭註《職方氏》"其浸波", "波"讀爲"播", 引《禹貢》"滎播旣都", 仍當作"播", 證一. 賈公彥《疏》"案《禹 貢》有播水, 無波", 仍當作"播", 證二. 小司馬引鄭氏曰"今塞爲平地, 滎陽人 猶謂其處爲滎播", 仍當作"播", 證三. 《山海經》"婁涿之山, 波水出于其陰", 今本"波"本作"陂", 非屬波水, 證一. 惟酈《注》引作"波", 然亦出于山, 非出于 洛者, 非屬波水, 證二. 《水經》"洛水又東, 門水出焉", 《注》云 : "《爾雅》所謂 洛別爲波也." 惟此堪引. 然余考門水下流爲鴻關水, 今謂之洪門堰, 在商州雒 南縣東北, 至靈寶縣而入河, 何曾見水豬爲澤乎? 非屬波水, 證三. 余又謂豫州之水惟洛與濟爲要害, 他若桐柏, 淮之導已爾. 若洛汭, 河之過已爾. 淮之治大書于徐之"淮其乂", 河之治大書于冀之"覃懷底績", 固有不必復書於本州者. 曰"旣入",曰"旣豬",曰"導",曰"被", 而豫州之水已畢治矣.

번역 우안又按

마융, 정현, 왕숙 본本은 "형파滎波"의 "파波"를 "파播"로 적었으며, 복생 금문伏生今文도 그러한데, 오직 위진魏晉 연간의 《서》는 비로소 "파波"로 적어 《한서》와 같다. 내가 예전에 말한 그 위진魏晉 연간의 《서》가 대부분 《한서》에 나왔다는 것의 또 하나의 증거이다. 그러나 공안국의 주해는 오히려 (형파滎波를) 하나의 물이며 두 개의 물이 아니라고 하였는데,[102] (형파滎波를) 두 개의 물이라고 한 것은 안사고顏師古로부터 시작되었다. 송宋 임지기林之奇. 1112~1176[103]는 안사고의 설을 근본으로 삼으면서 《주례》와 《이아》를 구실로 삼았다. 채침도 그 설에 근본하였고,[104] 지금까지 이르렀다.

나는 일찍이 반복해서 궁구하여 하나는 제수濟水가 넘쳐 흐르는 것이고, 다른 하나는 낙수洛水의 지류로서 두 가지는 서로 무관한 것임을 깨닫게 되었다. 그러나 문득 합하여 말하는 것은 "대야大野"와 "팽려彭蠡"와 동

---

102 《공전》 滎澤波水, 已成渴豬.
103 임지기(林之奇) : 자 소영(少穎). 호 졸재(拙齋). 복주(福州) 후관(侯官) 출신. 왕안석(王安石)의 경학(經學)이 위진(魏晉)의 현학(玄學)에 빠져 있어 그 폐단이 걸주(桀紂)보다 더 심하다며 극력 반대하였다. 저서에는 《상서집해(尙書集解)》,《춘추(春秋)주례론(周禮論)》,《맹자강의(孟子講義)》,《논어주(論語注)》,《양자해의(揚子解義)》,《도산기문(道山紀聞)》,《졸재집(拙齋集)》 등이 있다.
104 《채전》 滎·波, 二水名.

일한 서법書法이 되니, 또한 서로 섞인 것이 아니겠는가? 그게 아니면 어찌 《우공》의 변례變例이겠는가?

훌륭하도다! 부인傅寅은 다음과 같이 말했다. "앞에서 낙수洛水를 인도하는 것을 말하였으니, 여기에서는 오로지 제수濟水를 인도하는 것을 말한 것이며, 범범하게 낙수洛水의 지류를 말한 것에 해당하지 않는다. 《주례 · 직방》에 기록된 산천山川은 치수治水의 차례가 아니므로, 반드시 비교해 볼 것은 없다上文言導洛, 此則專主導濟言, 不當又泛言洛之支水. 《職方》所記山川非治水次第, 不必況也." 또한 정현의 《주례 · 직방씨職方氏》 "그 물이 모이는 곳은 파波이다其浸波"의 주註는 "파波"는 "파播"로 읽는다고 하고 《우공》 "형滎과 파播는 이미 물이 모였다滎播既都"를 인용하였으니, 마땅히 "파播"로 써야 하는 첫 번째 증거이다. 가공언賈公彦 《소》는 "살펴보건대, 《우공》에 파수播水는 있지만 파수波水는 없다案《禹貢》有播水, 無波"고 하였으니 마땅히 "파播"로 써야 하는 두 번째 증거이다. 사마정司馬貞은 정현설을 인용하여 "지금은 물길이 막혀 평지가 되었는데, 형양滎陽 사람들은 아직도 그 곳을 형파滎播라고 한다今塞爲平地, 滎陽人猶謂其處爲滎播"고 하였으니, 마땅히 "파播"로 써야 하는 세 번째 증거이다.

《산해경》 "누탁산婁涿山이 있는데, 파수波水가 그 산의 북쪽에서 출원한다婁涿之山, 波水出于其陰"고 하였는데, 금본今本은 "파波"를 "피陂"로 썼으므로, 파수波水에 속하는 것이 아닌 첫 번째 증거이다. 오직 역도원 《주》에서 인용하면서 "파波"로 썼는데, 그 또한 산에서 출원하지 낙수洛水에서 출원하는 것이 아니므로 파수波水에 속하는 것이 아닌 두 번째 증거이다. 《수경》 "낙수洛水는 또 동쪽으로 흐르고, 문수門水가 거기에서 나온다洛水又東, 門水出

焉"의 《주》는 "《이아》의 이른바 낙수洛水와는 별개의 파수波水이다《爾雅》所謂 洛別爲波也"를 여기에 인용하였다. 그러나 내가 고찰해보니, 문수汶水 하류는 홍관수鴻關水인데, 지금은 홍문언洪門堰으로 불리며 상주商州 낙남현雒南縣 동 북東北에서 영보현靈寶縣에 이르러 하수河水로 유입되는데, 어찌 일찍이 물 이 모여 택澤이 된 것을 본 적이 있었겠는가? 파수波水에 속하는 것이 아 닌 세 번째 증거이다.

나는 또한 다음과 같이 생각한다. 예주豫州의 물 가운데 오직 낙수洛水와 제수濟水가 요해要害가 되므로, 그 물들은 동백산桐柏山으로부터 회수淮水를 인도하는 것[105]과 같이 하면 될 뿐이며, 하수河水가 낙예洛汭를 지나가게 하 면[106] 될 뿐이다. 회수淮水가 다스려짐을 서주徐州에서 "회수가 다스려지다 淮其乂"[107]라고 대서大書하였고, 하수河水가 다스려짐을 大書于기주冀州에서 "담 회覃懷에서 공적을 이루었다覃懷厎績"라고 대서하였으므로, 예주豫州에서는 꼭 반복해서 쓸 것은 없었던 것이다. "이미 들이다既入",[108] "이미 모이다既 豬",[109] "인도하다導", "이르게 하다被"[110]라고 말한 것으로써 예주豫州의 물 은 이미 치수를 끝낸 것이다.

又按 : 蔡《傳》: "伊,瀍,澗水入于洛, 而洛入于河, 此言'伊,洛,瀍,澗入于

---

105 《우공》導淮自桐柏. 東會于泗·沂, 東入于海.
106 《우공》東過洛汭, 至于大伾. 北過洚水, 至于大陸. 又北播爲九河, 同爲逆河入于海.
107 《우공》淮·沂其乂.
108 《우공》伊·洛·瀍·澗, 旣入于河.
109 《우공》滎·波旣豬.
110 《우공》導菏澤, 被孟豬.

河', 若四水不相合而各入河者, 蓋四水並流, 小大相敵故也.”或疑四水那得
相敵, 洛毋論, 伊頗大, 澗次之, 瀍又次之. 余曰：蔡《傳》正妙有體會. 蓋二
水勢均, 相入謂之“會”, “導洛”文于澗, 瀍曰“會”, 于伊曰“會”, 雖瀍水源短, 然
《洛誥》曰“我乃卜澗水東, 瀍水西”, 魚夑《典畧》曰“洛與伊, 瀍二水爲三川”,
非以其勢相敵乎? 且豫州內四水並列, 下文導洛則以洛爲主, 所謂古人文多
互見也.《傳》尚未及此.

번역 **우안又按**

《채전》에 다음과 같이 말했다. “이수伊水·전수瀍水·간수澗水는 낙수洛水
로 유입되고, 낙수洛水는 하수河水로 유입되는데, 여기에서 이수伊水·낙수
洛水·전수瀍水·간수澗水가 하수로 유입된다고 말하여, 마치 네 물이 서로
합해지지 않고 각각 하수로 유입되는 것처럼 말한 것은 네 물이 나란히
흘러서 크고 작음이 서로 필적할 만하기 때문이다伊, 瀍, 澗水入于洛, 而洛入于河,
此言'伊, 洛, 瀍, 澗入于河', 若四水不相合而各入河者, 蓋四水並流, 小大相敵故也.”

어떤 이가 네 물이 어찌 서로 필적할만 한 것이 될 수 있는지를 의심하
였는데, 낙수洛水는 논할 것도 없거니와 이수伊水도 제법 크고, 간수澗水가
그 다음이며, 전수瀍水가 또 그 다음이라고 하였다.

나는 대답하였다.

《채전》이 바로 올바른 이해를 한 것이다. 대체로 두 물이 세력이 비슷
하여 서로 물을 들이는 것을 “물이 모인다會”라고 하니, “낙수를 인도했
다導洛”는 문장에 간수澗水와 전수瀍水에 “모인다會”라고 하고, 이수伊水에
“모인다會”라고 하였다.[111] 비록 전수瀍水의 근원이 짧지만《낙고》에서 “내

周公가 간수澗水의 동쪽과 전수瀍水의 서쪽을 점치다我乃卜 澗水東, 瀍水西"라고 하였고, 어환魚豢[112]《전략典畧》에 "낙수洛水는 이수伊水와 전수瀍水 두 물과 삼천三川이 된다洛與伊, 瀍二水爲三川"고 하였으니, 그 세력이 서로 필적할만한 것이 아니겠는가? 또한 예주豫州 안에서 네 물을 함께 나열하고, 다음에 낙수를 인도함에 있어서는 낙수를 위주로 한 것은 이른바 옛 사람의 문장에 자주 보이는 서법이다. 《채전》은 오히려 이를 언급하지 않았다.

원문

又按：胡朏明篤愛蔡 《傳》載林氏曰："河濟下流兗受之. 淮下流徐受之. 江, 漢下流揚受之. 青雖近海, 然不當衆流之衝. 但濰, 淄二水順其故道, 則其功畢矣. 比之他州, 用力最省者也." 舉以告余, 余深以爲然. 後始覺, 欲改作 "河下流兗, 冀受之, 濟下流兗, 青受之, 淮下流徐, 揚受之", 於"青雖近海"之下增一句曰"惟濟於此入接, 然不當衆流之衝"句, 更確. 朏明又謬以余爲然.

번역 **우안又按**

호위胡渭, 자 비명(朏明)는 《채전》에 수록된 임씨林氏의 "하수河水와 제수濟水의 하류를 연주兗州에서 받고, 회수淮水의 하류를 서주徐州에서 받고, 강수江水와 한수漢水의 하류를 양주揚州에서 받는다. 청주青州는 비록 바다와 가까우나 여러 물에 충돌을 당하지 않는다. 다만 유수濰水와 치수淄水 두 물이

---

111 《우공》導洛自熊耳. 東北會于澗·瀍, 又東會于伊, 又東北入于河.
112 어환(魚豢) : 생졸년 미상. 경조(京兆)(지금의 섬서(陝西) 서안(西安)) 출신이다. 삼국시대 조위(曹魏)의 사학가(史學家)이다.

옛 길을 순히 따르면 그 공功이 끝나게 된다. 다른 주州에 비하면 힘을 씀이 가장 적게 든 것이다河濟下流兗受之. 淮下流徐受之. 江, 漢下流揚受之. 青雖近海, 然不當衆流之衝. 但濰, 淄二水順其故道, 則其功畢矣. 比之他州, 用力最省者也"를 독실하게 좋아해서 그 문장을 들어 나에게 알려 주었고, 나는 그 설이 매우 그러하다고 생각했다. 이후에 "하수河水의 하류를 연주兗州와 기주冀州에서 받고, 제수濟水의 하류를 연주兗州와 청주青州에서 받고, 회수淮水의 하류를 서주徐州와 양주揚州에서 받는다河下流兗, 冀受之. 濟下流兗, 青受之. 淮下流徐, 揚受之"로 고치고, "청주青州는 비록 바다와 가까우나青雖近海" 다음에 "오직 제수濟水가 여기로 유입되면서 여러 물에 충돌을 당하지 않는다惟濟於此入接, 然不當衆流之衝"는 구절을 더하면 더욱 확실해진다는 것을 비로소 깨닫게 되었다. 호위도 자신의 생각이 틀리고 나의 설이 그럴 듯하다고 하였다.

又按：鄭端簡曉言：“江，漢二川源于梁，委于揚，而荊州其所經.”此說江則得，說漢失之. 漢水自陝西白河縣流入，經鄖陽府治南，歷均州及光化縣之北，穀城縣之東，又東至襄陽府治北，折而東南，經宜城縣之東，又南經安陸府治西. 上除白河，下除鍾祥，餘並《禹貢》豫州之域，以在荊山之北也，安得遺？愚欲改正之曰：“江所歷之州曰梁，曰荊，曰揚. 漢所歷之州曰梁，曰豫，曰荊.”

번역 우안又按

단간공端簡公 정효鄭曉가 말했다. "강수江水와 한수漢水 두 물은 양주梁州에서 발원하여 양주揚州에 맡겨지고, 형주荊州는 지나는 곳이다江, 漢二川源于梁,

委于揚, 而荊州其所經." 강수江水를 말한 것은 옳으나, 한수漢水를 말한 것은 틀렸다. 한수는 섬서陝西 백하현白河縣에서 유입되어, 운양부鄖陽府 관할 남쪽을 지나, 균주均州 및 광화현光化縣의 북쪽과 곡성현穀城縣의 동쪽을 거치고, 다시 동쪽으로 양양부襄陽府 관할 북쪽에 이르러 꺾여 동남쪽으로 흘러 의성현宜城縣의 동쪽을 지나고, 다시 남쪽으로 안륙부安陸府 관할 서쪽을 지난다. 앞의 백하白河와 아래의 종상鍾祥을 제외하고 나머지 지역은 모두《우공》예주豫州 지역으로서 형산荊山의 북쪽인데, 남는 것이 어디 있는가? 나는 다음과 같이 바로잡고자 한다. "강수江水가 지나는 주州는 양주梁州, 형주荊州, 양주揚州이다. 한수漢水가 지나는 주州는 양주梁州, 예주豫州, 형주荊州이다江所歷之州曰梁, 曰荊, 曰揚. 漢所歷之州曰梁, 曰豫, 曰荊."

원문

又按：正蔡《傳》之譌如掃敗葉, 愈掃愈多. 更以冀州言之：引曾氏曰："覃懷平地, 當在孟津之東, 太行之西, 湅水出乎其西, 淇水出乎其東." 案酈《注》河水"逕懷縣南, 濟水故道之所入, 與成皋分河水". 懷縣在今懷慶府武陟縣界. 當云"覃懷在孟津之東少北, 太行之正南, 濟水出其西, 淇水出其東." 若湅水, 遠在今保定府湅水縣, 卽巨馬河. 或曰：恐係譌寫. 然檢明初劉三吾本, 仍是"湅水出乎其西". 引晁氏曰："今之恒水西南流至眞定府行唐縣, 東流入于滋水, 又南流入于衡水, 非古逕也." 案《漢志》："恒水出上曲陽縣恒山北谷, 東入滱水, 經滱水過上曲陽縣北, 恒水從西來注之." 酈《注》："滱水又東, 恒水從西來注之, 自下滱水兼納恒川之通稱焉, 卽《禹貢》之‘恒衛既從’也." 所以薛氏謂恒水曰"東流合滱水, 至瀛州高陽縣入易水", 最合. 以滱得兼稱恒,故蔡《傳》引此便足, 不當復贅以晁氏云云, 全與水道不合. 或曰：安知晁氏時不爾? 然檢《元和》,《寰宇》二書, 恒水並闕. 新輯《一統志》宛與班氏, 薛氏說同. 引晁氏曰："衛水東北合滹沱河, 過信安軍入易水","東北"當作"東南". 不爾, 便衍"北"字. 蔡氏自云"蓋禹河自澶, 相以北皆行西山之麓", 頗是, 但"以北"二字宜衍. 至云"古河之在貝, 冀, 以及枯洚之南, 率皆穿西山踵趾以行", 譌不可勝言. 案《寰宇記》貝州領縣五, 絕無一山; 冀州領縣八, 惟信都有歷山, 亦小小岡阜耳. 河從此行, 何嘗有山? 蔡氏豈能以意造山耶? 蓋賈讓策："河西薄大山, 東薄金堤." 金堤在漢白馬黎陽縣.《宋·河渠志》："禹故瀆尚存, 在大伾, 太行之間." 則古河從澶, 相行可分爲東西. 若折從貝, 冀之間過河, 則分南北矣, 寧得云"穿西山踵趾"耶? 且枯洚原自西南而東北, 歷貝之經城, 冀之南宮, 信都, 武邑. 武邑即河北過洚水處, 如何下"以及"二字, 又下文隋唐云云? 案漢廣河縣, 隋仁壽初改曰象城, 大業初改曰大陸. 唐武德四年復改曰象城, 天寶初改曰昭慶. 當隋之時, 無昭慶縣也, 安得云"隋改趙之昭慶以爲大陸縣"乎?《舊唐志》先天二年, 分饒陽, 鹿城界, 於古鄡城置陸澤縣.《新唐志》陸澤, 先天二年析饒陽, 鹿城置, 安得止云"唐割鹿城置陸澤"乎? 末引程氏曰："冀州北境, 其水如遼, 濡, 滹, 易皆中高, 不與河通, 故必自北海然後能達河也." 遼, 濡等水誠哉其中高, 但此指"島夷以皮服來"者, 貢道自由北海入冀之逆河及兗之九河而至帝都, 無所須遼, 濡等水, 何煩辭費? 又曰："碣石淪入海, 已去岸五百餘里." 審如是, 當自昌黎縣南黑洋河泛海, 雖至六七百里, 無所謂此山. 則此語尤不足信. 永平府人實云.

번역 우안又按

《채전》의 오류를 바로잡는 것은 낙엽을 쓸어내는 것과 같아서 쓰면 쓸수록 더욱 많아진다. 다시 기주冀州로 말하겠다. (《채전》은) 증씨曾氏가 말한 "담회覃懷는 평지이니, 마땅히 맹진孟津의 동쪽, 태항太行의 서쪽에 있고, 내수淶水가 그 서쪽에서 출원하고, 기수淇水가 그 동쪽에서 출원한다覃懷平地, 當在孟津之東, 太行之西, 淶水出乎其西, 淇水出乎其東"를 인용하였다.

살펴보건대, 역도원《수경주》하수河水에 "회현懷縣 남쪽을 지나, 제수濟水의 고도故道가 들어오는 성고成皋에서 하수河水와 나뉜다逕懷縣南, 濟水故道之所入, 與成皋分河水"고 하였다. 회현懷縣은 지금의 회경부懷慶府 무척현武陟縣 경계에 있다. 마땅히 "담회覃懷는 맹진孟津의 동쪽에서 조금 북쪽과 태항의 정남쪽에 있는데, 제수濟水가 그 서쪽에 출원하고, 기수淇水가 그 동쪽에서 출원한다覃懷在孟津之東少北, 太行之正南, 濟水出其西, 淇水出其東"라고 해야 한다. 내수淶水와 같은 경우는 멀리 지금의 보정부保定府 내수현淶水縣에 있으니 곧 거마하巨馬河이다.

어떤 이가 말했다. 아마도 전사傳寫의 오류인 듯하다.

그러나 명초明初 유삼오劉三吾본本을 검토해보면, "내수는 그 서쪽에서 출원한다淶水出乎其西"로 되어 있다.

(또한《채전》은) 조열지晁說之의 "지금의 항수恒水는 서남쪽으로 흘러 진정부眞定府 행당현行唐縣에 이르러 동쪽으로 자수滋水로 유입되며, 또 남쪽으로 형수衡水로 유입되는데, 이는 옛 길이 아니다今之恒水西南流至眞定府行唐縣, 東流入于滋水, 又南流入于衡水, 非古逕也"를 인용하였다.

살펴보건대, 《한서 · 지리지》에 "항수恒水는 상곡양현上曲陽縣 항산恒山 북곡北谷에서 출원하고 동쪽으로 구수滾水로 유입되는데, 구수滾水를 지나 상곡양현上曲陽縣 북쪽을 넘으면 항수恒水가 서쪽으로 와서 주입된다恒水出上曲陽縣恒山北谷, 東入滾水, 經滾水過上曲陽縣北, 恒水從西來注之"고 하였다. 역도원《수경주》는 "구수滾水는 다시 동쪽으로 흐르고 항수恒水가 서쪽으로 와서 주입되는데, 이 이하로부터 구수滾水가 항수恒水를 들인 것을 아울러 통칭하니, 곧《우공》의 '항수恒水와 위수衛水가 이미 물길을 따르다.'이다滾水又東, 恒水從西來注之, 自下滾水兼納恒川之通稱焉, 即《禹貢》之'恒衛既從'也"라 하였다. 설씨薛氏가 항수恒水에 대해 말한 "동쪽으로 흘러 구수滾水와 합류하여 영주瀛州 고양현高陽縣에 이르러 역수易水로 들어간다東流合滾水, 至瀛州高陽縣入易水"가 가장 합치하는데, 구수滾水를 겸하여 항수恒水로 칭했기 때문에《채전》이 그 말을 인용한 것으로 충분했지만, 다시 조씨晁氏가 말한 것을 쓸데없이 덧붙인 것은 온당치 않으니, 전혀 물길이 맞지 않기 때문이다.

어떤 이가 물었다. 조씨晁氏의 시대에 그렇지 않았는지를 어떻게 아는가?

그러나《원화지》,《환우기》두 서적을 검토해보면, 항수恒水는 모두 빠져 있다闕. 신집新輯《일통지一統志》는 반고班固, 설씨薛氏의 설과 완곡하게 같다.

(또한《채전》은) 조씨晁氏[113]의 "위수衛水는 동북으로 호타하滹沱河와 합류하여 신안군信安軍을 넘어 역수易水로 유입된다衛水東北合滹沱河, 過信安軍入易水"를 인용하였는데, "동북東北"은 마땅히 "동남東南"으로 써야 한다. 그렇지 않으면, "북北"자가 연문衍文이 된다. 채침 자신이 말한 "대체로 우禹 당시의 하수河水는 전주澶州와 상주相州 북쪽으로以北부터 모두 서산西山太行山의 기슭으

---

113 《채전》은 "薛氏"의 말로 되어 있다.

로 흘러갔다蓋禹河自澶, 相以北皆行西山之麓"는 제법 옳은 말이지만, "이북以北" 두 글자는 마땅히 연문衍文이 된다.

(《채전》에서) "고하古河는 패주貝州와 기주冀州로부터 고홍枯洚의 남쪽에 이르기까지 모두 서산西山太行山의 종지踵趾기슭를 뚫고 흘러간다古河之在貝, 冀, 以及枯洚之南, 率皆穿西山踵趾以行"라고 함에 이르러서는 오류를 이루 다 말할 수 없다.

살펴보건대, 《환우기》에 패주貝州의 영현領縣은 다섯 개인데 절대 하나의 산도 없으며, 기주冀州의 영현領縣은 여덟 개인데 오직 신도信都에 역산歷山이 있으며 그 또한 작은 언덕일 뿐이다. 하수河水가 여기로부터 흘러가는데 어찌 산이 있을 수 있겠는가? 채침이 어찌 마음대로 산을 만들 수 있겠는가? 가양賈讓[114]의 대책大策에 "하수河水가 서쪽으로 태산大山에 이르고 동쪽으로 금제金堤에 이른다河西薄大山, 東薄金堤"고 하였다. 금제金堤는 한漢 백마白馬 여양현黎陽縣에 있었다. 《송사·하거지河渠志》에 "우禹의 옛 도랑瀆이 아직 남아 있는데, 대비大伾와 태항太行 사이에 있다禹故瀆尙存, 在大伾, 太行之間"고 하였으니, 고하古河는 전주澶州와 상주相州로부터 흐르다 동서로 나뉘어졌다. 만약 물길이 꺾여 패주貝州와 기주冀州 사이에서 하수河水를 넘는다면 남북으로 나뉘었을 것이니, 어찌 "서산西山太行山의 종지踵趾기슭를 뚫고 흘러간다穿西山踵趾"고 말할 수 있겠는가? 또한 고홍枯洚은 원래 서남西南에서 동북東北으로 흘러, 패주貝州의 경성經城, 기주冀州의 남궁南宮, 신도信都, 무읍武邑을 지났다.

무읍武邑은 곧 하수河水가 북쪽으로 강수洚水를 넘는 곳이니, 어찌 "고홍

---

114 제93.《채전》옹수(灉水), 저수(沮水)를 연주(兗州)에 속하지 않는 것으로 주해한 것을 논함에 보인다.

의 남쪽에 이르다^{以及}" 두 글자를 붙이고, 또 다음 문장에서 수당^{隋唐}을 운운한 것인가?

살펴보건대, 한^漢 광하현^{廣河縣}은 수^隋 인수^{仁壽} 초기⁶⁰¹에 상성^{象城}으로 개명되었고, 대업^{大業} 초기⁶⁰⁵에 대륙^{大陸}으로 개명되었다. 당^唐 무덕^{武德} 4년⁶²¹ 다시 상성^{象城}으로 고쳤다가, 천보^{天寶} 초기⁷⁴²에 소경^{昭慶}으로 개명되었다. 수^隋 당시에는 소경현^{昭慶縣}이 없었는데, 어찌 "수^隋나라가 조주^{趙州}의 소경^{昭慶}을 고쳐서 대륙현^{大陸縣}이라 하였다^{隋改趙之昭慶以爲大陸縣}"고 말할 수 있겠는가? 《구당서 · 지리지》에 선천^{先天} 2년⁷¹³, 요양^{饒陽}, 녹성^{鹿城}의 경계를 나누어 옛 황성^{鄡城}에 육택현^{陸澤縣}을 설치하였다고 하였다. 《신당서 · 지리지》에 육택^{陸澤}은 선천^{先天} 2년 요양^{饒陽}과 녹성^{鹿城}을 나누어 설치했다고 하였으니, 어찌 "당^唐나라는 녹성^{鹿城}을 떼서 육택^{陸澤}을 설치하였다^{唐割鹿城置陸澤}"고 할 수 있겠는가?

끝으로 정씨^{程氏}의 "기주^{冀州} 북쪽 경계의 요수^{遼水} · 유수^{濡水} · 호타하^{滹沱河} · 역수^{易水}와 같은 물들은 모두 중간 지역이 높아서 하수^{河水}와 통하지 못하였으므로 반드시 북해^{北海}로부터 온 뒤에야 하수^{河水}에 도달할 수 있다^{冀州比境, 其水如遼, 濡, 滹, 易皆中高, 不與河通, 故必自北海然後能達河也}"를 인용하였다. 요수^{遼水}, 유수^{濡水} 등의 물들은 진실로 그 중간 지역이 높지만, 기주에서 "도이^{島夷}가 피복^{皮服}을 입고 공물을 바친다^{島夷以皮服來}"고 지목한 것은 공도^{貢道}가 북해^{北海}에서 기주^{冀州}로 들어가는 역하^{逆河} 및 연주^{兗州}의 구하^{九河}로부터 제도^{帝都}에 이른다는 것이며, 반드시 요수^{遼水}, 유수^{濡水} 등의 물을 따르지 않아도 되니, 어찌 번거롭게 말을 낭비하는 것인가?

또 (《채전》에서) 말하였다. "갈석^{碣石}이 대해^{大海}에 빠져 이미 해안과는 5

백여 리 떨어졌다^{碣石淪入海, 已去岸五百餘里}." 만약 이와 같다면, 창려현^{昌黎縣} 남쪽으로부터 흑양하^{黑洋河}가 대해^{大海}에 빠진 것이 비록 6~7백 리에 이르지만 이것이 산이라고 말하지 않는 것에 해당된다. 그렇다면 이 말을 더욱 믿기에 부족하다. 영평부^{永平府}의 사람이 실제로 한 말이다.

원문

又按：蔡《傳》"大陸云者, 四無山阜, 曠然平地"解最妙. 謂"杜佑,李吉甫以邢,趙,深三州爲大陸者得之", 予徵諸《通典》,《元和志》, 良然. 因思於此平地有澤焉, 人遂名之大陸澤, 非大陸一片土盡爲澤藪也. 果盡澤藪, 水患雖平, 人可得而耕作乎? 故知大陸在《禹貢》主地言, 在《爾雅》指藪言, 不得合而一之. 合而一之, 自班氏《地理志》"《禹貢》大陸澤在鉅鹿縣北"始. 果爾, 經文當作"北過大陸, 至于洚水", 何則? 枯洚渠在貝,冀二州, 今在鉅鹿縣大陸澤之北, 故經文既是"北過洚水, 至于大陸", 其必不屬枯洚渠可知. 嘗徧考載籍, 然後知洚水爲濁漳, 大河導至古鄴縣東, 迤而東北行. 孔安國《傳》："漳水橫流入河." 馬貴與："漳水橫流入河, 在廣平府西北肥鄉縣界."《通典》："《禹貢》衡漳, 在廣平郡南肥鄉縣界." 肥鄉去古鄴縣約百五十里, 漳當由此入, 非復有入海之事, 亦非如《班志》至阜城始入河. 河先過漳水, 次至邢,趙,深之大陸, 歷歷皆合, 道元所謂"推次言之"也. 又謂"河之過降, 當應此矣. 下至大陸, 不異經說".《水經注》"絳水發源屯留, 下亂章津, 是乃與章俱得通稱", 張守節兩解《禹貢》並云"降水源出潞州屯留縣西南", 宋張泊講求汴水云《禹貢》降水即濁漳". 之三說者, 聖人復起, 不能易也. 又《水經注》"鬲,般列于東北, 徒駭漯聯漳,絳", 徒駭河之經流漳,絳, 即其北過之水也. 抑思鉅鹿自地名, 非澤名,

應劭曰：“鹿者，林之大者也.” 漢以此氏其縣. 大陸澤方為澤，亦與廣河澤不
得合而一之. 合而一之，漢不以廣河別氏縣矣. 故《元和志》一在鉅鹿縣西北
五里，一在昭慶縣東二十五里. 昭慶縣今眞定府之隆平，余五代祖之弟實遷其
地云.

번역 우안又按

《채전》“대륙大陸이라 말한 것은 사방에 산과 언덕이 없이 광활한 평지
이기 때문이다大陸云者, 四無山阜, 曠然平地”는 주해가 가장 묘妙하다. (《채전》은)
“두우杜佑와 이길보李吉甫가 ‘형주邢州, 조주趙州, 심주深州 세 곳이 대륙大陸에
해당된다’고 하였다李吉甫以邢, 趙, 深三州爲大陸者得之”라고 말했는데, 내가 《통
전》,《원화지》 등으로 징험해보니, 진실로 그러했다. 이로 인하여 이 평
지에 택澤이 있었으므로 사람들이 마침내 대륙택大陸澤이라고 명명한 것이
지, 대륙大陸의 땅이 모두 택수澤藪, 못과 늪가 아님을 떠올리게 되었다. 만약
그 땅이 모두 택수澤藪라면 수해가 비록 평정되었더라도 사람들이 어떻게
경작할 수 있었겠는가? 따라서 대륙大陸에 대해《우공》에서는 땅을 위주
로 말하였고,《이아》에서는 늪藪을 가리켜 말하여 하나로 합치할 수 없음
을 알게 되었다. 합하여 하나로 된 것은 반고班固《한서·지리지》의 “《우
공》대륙택은 거록현鉅鹿縣 북쪽에 있다禹貢大陸澤在鉅鹿縣北”로부터 시작되었
다. 과연 그렇다면, 경문經文은 마땅히 “북쪽으로 대륙大陸을 넘어 강수洚水
에 이른다北過大陸, 至于洚水”로 써야만 했는데, 왜 그런가? 고홍거枯洚渠는 패
주貝州, 기주冀州 두 주州에 있으니, 지금의 거록현鉅鹿縣 대륙택大陸澤의 북쪽
이므로 경문經文은 이미 “북쪽으로 강수洚水를 넘어 대륙大陸에 이른다北過洚

水, 至于大陸"라고 한 것이니, (대륙大陸이) 반드시 고홍거에 예속되지 않아도 됨을 알 수 있다. 일찍이 전적을 두루 고찰한 연후에 강수絳水가 탁장濁漳이고, 대하大河가 인도되어 옛 업현鄴縣 동쪽에 이르러 비스듬하게 동북으로 흘러감을 알게 되었다. 공안국《전》은 "장수漳水가 가로로 흘러 하수河水로 유입된다漳水橫流入河"고 하였다. 마단림馬端臨, 1254~1323, 자 귀여(貴與)은 "장수漳水는 가로로 흘러 하수河水로 유입되는데, 광평부廣平府 서북 비향현肥鄉縣 경계에 있다漳水橫流入河, 在廣平府西北肥鄉縣界"고 하였다. 《통전》은 "《우공》의 횡장衡漳은 광평군廣平郡 남쪽 비향현肥鄉縣 경계에 있다《禹貢》衡漳, 在廣平郡南肥鄉縣界"고 하였다. 비향肥鄉은 옛 업현鄴縣까지 약 150리 떨어져 있고, 장수漳水는 당연히 여기로부터 유입되니, 다시 대해大海로 유입되는 일이 있는 것이 아니고, 또한 《한서·지리지》의 부성阜城에 이르러 비로소 하수河水로 유입되는 것과 같은 것이 아니다. 하수河水 우선 장수漳水를 넘은 다음 형주邢州, 조주趙州, 심주深州의 대륙大陸에 이른 것이 하나하나가 모두 합치하니, 역도원酈道元의 이른바 "차례대로 말한 것推次言之"이다.

또한 역도원酈道元은 "하수河水가 강수降水를 넘는 것은 마땅히 여기에 응한 것이다. 아래로 대륙大陸에 이르는 것은 경설經說과 다르지 않다河之過降, 當應此矣. 下至大陸, 不異經說"고 하였다. 《수경주》는 "강수絳水는 둔류屯留에서 발원하여, 아래로 장수漳水진津을 어지럽히니, 장수漳水와 더불어 통칭된다絳水發源屯留, 下亂漳津, 是乃與漳俱得通稱"고 하였고, 장수절張守節은 《우공》 두 번의 주해에 모두 "강수降水는 노주潞州 둔류현屯留縣 서남에서 출원한다降水源出潞州屯留縣西南"고 하였으며, 송宋 장계張洎, 934~997[115]는 변수汴水를 강구講求하면서 "《우공》 강수降水는 곧 탁장濁漳이다《禹貢》降水即濁漳"고 하였다. 이 세 가지 설은 성인聖人이 다시 나타나더라도 바꿀 수 없는 논의이다.

또 《수경주》는 "격鬲, 반般이 [116]동북에 우뚝 서 있고, 도해독徒駭瀆이 장수漳水, 강수絳水와 이어진다鬲, 般列于東北, 徒駭瀆聯漳, 絳"고 하였는데, 도해하徒駭河가 장수漳水, 강수絳水를 지나는 것은 곧 그 북쪽으로 넘는 물이다. 다시 거록鉅鹿은 지명地名으로부터 온 것이지, 택명澤名으로 온 것이 아님을 생각하게 되었다. 응소는 "녹鹿은 큰 수풀이다鹿者, 林之大者也"고 하였다. 한漢나라때는 그런 류로 씨현氏縣을 만들었다. 대륙택大陸澤은 택澤이었으므로 또한 광하택廣河澤과는 합하여 하나로 하지 않았다. 합하여 하나로 했다면, 한漢나라때는 별개의 씨현으로 하지 않았을 것이다. 따라서 《원화지》에 하나는 거록현鉅鹿縣 서북西北 5리에 있고, 하나는 소경현昭慶縣 동쪽 25리에 있는 것이다. 소경현昭慶縣은 지금의 진정부眞定府의 융평隆平으로 나의 5대조의 동생분이 실제로 그곳에 옮겨 살았다.

원문

又按 : 唐孔氏 《疏》 : "漳水橫流入河, 故曰橫漳." 曾氏曰 : "河自大伾北流, 漳水東流注之. 地形東西爲橫, 南北爲從. 河北流而漳東注, 則河從而漳橫矣." 此二條當採入《集傳》. 引《班志》, 酈《注》, 止當及 "東至鄴合淸漳", 不必及 "東北至阜成入大河" 句. 蓋此乃河旣徒之新道, 非禹故道. 禹故道若此, 則漳斜流入河矣, 何名橫漳? 蔡氏似全昧此.

---

115 장계(張洎) : 자 사암(師黯), 해인(偕仁). 저주(滁州) 전숙(全椒)(지금의 안휘(安徽) 전숙(全椒))출신. 남당(南唐)에 벼슬하였고, 후에 송조(宋朝)로 귀순하였다. 저서에는 《가씨담록(賈氏談錄)》 등이 있다.
116 列 : 《수경주》 원문은 "峙"로 되어 있다.

당唐 공영달《소疏》는 "장수漳水가 가로로 흘러서 하수河水로 유입되기 때문에 '횡장橫漳'이라 한다漳水橫流入河, 故曰橫漳"고 하였다. 증씨曾氏는 "하수河水는 대비大伾에서 북쪽으로 흐르고, 장주漳水가 동쪽으로 흘러 하수로 주입된다. 지형이 동서로 가로가 되고 남북으로 세로가 된다. 하수河水가 북쪽으로 흐르고 장수漳水가 동쪽으로 주입되니 하수河水는 하종河從이 되고 장수漳水는 장횡漳橫이 된다河自大伾北流, 漳水東流注之. 地形東西爲橫, 南北爲從. 河北流而漳東注, 則河從而漳橫矣"고 하였다. 이 두 조목은 마땅히 《집전》에 수록해야 한다. 《집전》은《한서 · 지리지》, 역도원《수경주》를 인용하면서, "동쪽으로 업鄴에 이르러 청장淸漳과 합류한다東至鄴合淸漳"까지만 언급했어야 하며, "동북으로 부성阜城에 이르러 대하大河로 유입된다東北至阜城入大河" 구절은 인용할 필요는 없었다. 대체로 이는 하수河水가 이미 옮겨진 신도新道로서, 우禹의 고도故道가 아니다. 우禹의 고도故道가 이와 같았다면 장수漳水는 비스듬하게 하수로 유입되었을 것이니, 어찌 횡장橫漳이라고 명명하겠는가? 채침은 이 점에 대해서는 전혀 알지 못했던 것 같다.

又按：王横言：“往者天嘗連雨, 東北風, 海水溢, 西南出浸數百里, 九河之地已爲海所漸矣.” 是說也, 酈氏述之, 程大昌主之, 蔡氏載入《集傳》, 非之者已四起. 愚以爲特"九"字譌. 若作"逆河之地已爲海所漸矣", 妙何可勝言? 蓋自平原以下, 天津以上, 皆古九河之道. 抵天津, 已是盡頭, 無復有地可着, 逆河乃漢代然也. 道元曰：“昔在漢世, 海水波襄, 呑食地廣, 當同碣石, 苞淪洪波." 碣石現存, 止逆河淪海耳. 朏明曰 : "神禹復生, 定以子爲知言."

번역 **우안又按**

　왕횡王橫이 다음과 같이 말했다. "옛날 날씨가 연이어 비가 내리고 동북풍이 불어 해수海水가 넘치니 서남 수백 리가 잠기고 구하九河의 땅은 이미 해수에 **빠졌다**往者天嘗連雨, 東北風, 海水溢, 西南出浸數百里, 九河之地已爲海所漸矣."[117] 이 설을 역도원이 기술하고, 정대창程大昌이 주장하여, 채침이《집전》에 기재하였는데, 이를 비판하는 설이 이미 사방에서 일어났다. 나는 특히 "구九"자가 오류라고 생각한다. 만약 "역하逆河의 땅이 이미 해수가 **빠졌다**逆河之地已爲海所漸矣"라고 썼다면, 그 묘妙함을 어찌 이루 다 말하겠는가? 대체로 평원平原 아래와, 천진天津 위쪽은 모두 옛 구하九河 길이다. 천진天津에 이르면 이미 막다른 길로서 더 붙일 땅이 없으니 역하逆河가 한대漢代에 그러했다. 역도원은 "옛날 한 대漢世에 해수海水의 파도가 넘실거려 넓은 땅을 삼켰는데 당연히 갈석碣石과 같은 것도 큰 파도에 안겨 **빠졌다**昔在漢世, 海水波裏, 呑食地廣, 當同碣石, 苞淪洪波"고 하였는데, 갈석碣石은 현존하며, 단지 역하逆河만 해수에 **빠졌을** 뿐이다. 호위胡渭, 자 비명(朏明)가 말했다. "신우神禹가 다시 살아오더라도, 그대의 말이 식견이 있다고 단정할 것이다神禹復生, 定以子爲知言."

원문

　又按 : 禹厮二渠, 載《河渠書》, 太史公尙所目覩. 二渠之解有二 : 一孟康

---

[117]《한서 · 구혁지》.

曰:"其一出貝丘西南, 南折者也; 其一漯川." "南折"二字, 大有譌闕, 不如酈
道元解: "一則漯川, 則今所流也; 一則北瀆, 王莽時空, 故世名是瀆爲王莽河
也. 二渠皆自長壽津以引其河." 長壽津在大伾山之東, 今滑縣東北是. 至河之
經流, 則太史公謂"北載之高地, 過降水以入于勃海"者. 余嘗反覆參考, 而覺
漯者河之枝流, 兗之貢道, 著于經文, 見于《孟子》, 復何可疑? 獨北瀆經貝丘
西南行於禹未有所考. 忽思王橫曰"禹之行河水, 本隨西山下東北去,《周譜》
云'定王五年河徙', 則今所行非禹之所穿也", 似專指北瀆言. 則此渠也, 其周
定五年所徙之新道乎? 河自此徙, 山足之經流乃絕. 定王五年己未至新莽篡
漢戊辰, 凡六百一十年. 莽以元城是其家墓所在, 北瀆廢, 不復治. 蓋河當《禹
貢》時, 一經流, 一支渠也; 周定五年後, 一新流, 一故瀆也. 逮王莽後新流遂
空, 而故瀆不改. 上下二千二百八十六年間, 河之變如是. 當太史公時,《書》
未盡出, 如《周譜》之類或未及見, 不知北瀆非禹所穿, 遂並以爲禹有二渠. 加
以武帝親臨塞決, 築宮作歌, 榮觀史策, 曰"二渠復禹舊迹", 孰敢不以之爲然?
試問上道河北行禹河, 本緣西山足以行, 元封間然耶? 否耶? 此爲禹迹, 定王
五年所徙者豈又別一道耶? 漯川入海, 在千乘縣馬常坈. 千乘故城, 在今高苑
縣北二十五里. 北瀆名王莽河, 流至阜城縣漳水注之, 至章武入海. 章武今名
乾符鎮, 在滄州東北. 此太史公所覩二渠, 若上所云貝丘西南南折, 折則必入
漯川. 不爾, 將從何以入海? 孟康之不可信如此, 故曰有譌闕也.

번역 우안又按

우禹가 두 개의 도랑渠을 나눈 사실은《사기·하거서河渠書》에 실려 있으
며,[118] 태사공太史公이 일찍이 목도目覩한 것이다. 두 도랑渠의 주해는 두 가

지가 있다. 첫째, 맹강孟康은 "그중 하나는 패구貝丘 서남에서 나와 남쪽으로 꺾이고, 다른 하나는 탑천漯川이다其一出貝丘西南, 南折者也; 其一漯川"라고 하였다. "남쪽으로 꺾인다南折"라는 말은 오류와 빠진 곳이 있으며, 역도원의 주해만 못하다. 둘째, 역도원은 "하나는 탑천漯川이니 지금 흐르는 것이고, 다른 하나는 북독北瀆으로 왕망王莽 때 뚫었기 때문에 그 독의 세상에 전하는 이름은 왕망하王莽河가 되었다. 두 도랑渠은 모두 장수진長壽津에서 하수河水를 인도한다一則漯川, 則今所流也; 一則北瀆, 王莽時空, 故世名是瀆爲王莽河也. 二渠皆自長壽津以引其河"고 하였다. 장수진長壽津은 대비산大伾山의 동쪽에 있으며, 지금의 활현滑縣 동북이다. 하수河水의 본류에 이르게 되면, 대사공이 말한 "북쪽으로는 높은 지대로 흐르게 하여 강수降水를 지나 발해勃海로 유입되게 하였다北載之高地, 過降水以入于勃海"[119]이다.

내가 일찍이 반복해서 고찰하여 탑수漯水가 하수河水의 지류임을 알게 되었는데, 연주兗州의 공도貢道로서 경문에 기록[120]되어 있고, 《맹자·등문공상》에도 보이니[121] 어찌 의심할 것이 있겠는가? 오직 북독北瀆이 패구貝丘 서남西南을 지나 가는 것은 우禹에게서 고찰할 수 있는 것이 없다. 문득 왕횡王橫이 말한 "우禹가 하수河水를 흘러가게 할 때, 본래 서산西山, 太行山 아래 동북쪽을 따라가게 했고, 《주보周譜》에 '정왕定王 5년BC602 하수河水가 옮겨졌'고 하였으니, 지금 물이 흘러가는 곳은 우禹가 뚫은 곳이 아니다禹

---

118 《사기·하거서》於是禹以爲河所從來者高, 水湍悍, 難以行平地, 數爲敗, 廝二渠以引其河.
119 《사기·하거서》 원문은 다음과 같다. 北載之高地, 過降水, 至于大陸, 播爲九河, 同爲逆河, 入于勃海九川旣疏, 九澤旣灑, 諸夏艾安, 功施于三代.
120 《우공》浮于濟·漯, 達于河.
121 《맹자·등문공상》禹疏九河, 瀹濟漯, 而注諸海; 決汝漢, 排淮泗, 而注之江, 然後中國可得而食也.

之行河水, 本隨西山下東北去,《周譜》云'定王五年河徙', 則今所行非禹之所穿也"[122]를 떠올려보니,
이는 오로지 북독北瀆을 가리켜 말한 것이다. 그렇다면 이 도랑渠은 바로
주周 정왕定王 5년BC602에 옮겨진 신도新道인 것인가? 하수河水가 이때부터
옮겨져, 산山 아래의 본류가 이에 끊어지게 되었다. 정왕定王 5년BC602 기
미己未에서 신망新莽이 한漢을 찬탈한 무진년戊辰年, AD8까지는 모두 610년이
다. 왕망이 원성元城을 자기 총묘冢墓의 소재지로 삼으면서 북독北瀆이 폐기
되고 다시 다스려지지 않았다. 대체로 하수河水는 《우공》 당시에 하나의
본류經流와 하나의 지거支渠가 있었는데, 주周 정왕 5년 이후 하나의 신류新
流와 하나의 도독故瀆이 있게 되었다. 왕망王莽 이후에 신류新流가 마침내 뚫
리면서 고독故瀆은 바뀌지 않았다. 전후 2286년간 하수의 변천이 이와 같
다. 태사공太史公 당시,《서書》가 다 출현하지 않았고,《주보周譜》와 같은 류
도 미처 보이지 않았으므로 북독北瀆이 우가 뚫은 것이 아님을 알지 못하
였고, 마침내 북독北瀆을 우가 나눈 두 개의 도랑渠으로 여기게 되었던 것
이다. 게다가 무제武帝가 친히 하수가 터진 곳으로 와서 물길을 막고 선방
궁宣防宮을 건축하고 노래를 지은 것이 찬란하게 사책史策에 기록되어 "두
도랑이 우禹의 옛 자취를 회복하였다二渠復禹舊迹"고 하였으니,[123] 누가 감히
그렇지 않다고 하였겠는가?

　묻건대, 앞에서 말한 하수河水가 북쪽으로 우하禹河로 흐르는 것은 본래
서산西山, 太行山 아래로 흐르게 한 것인데, 무제武帝 원봉元封, BC105~BC110 연
간에도 그러했는가? 그렇지 않았는가? 이것이 우禹의 자취이니, 주周 정

---

122 《한서·구혁지》.
123 《사기·하거서》,《한서·구혁지》,《자치통감》 등에 기록되어 있다.

왕定王 5년에 옮겨진 것이 어찌 다시 별개의 길이 되겠는가? 탑천漯川이 대해大海로 유입되는 곳은 천승현千乘縣 마상갱馬常坑에 있다. 천승千乘 고성故城은 지금의 고원현高苑縣 북쪽 25리 지점에 있다. 북독北瀆은 왕망하王莽河라 부르는데, 흐름이 부성현阜城縣에 이르러 장수漳水가 주입되고, 장무章武에 이르러 대해大海로 유입된다. 장무章武의 지금 이름은 건부진乾符鎮으로, 창주滄州 동북에 있다. 이것이 태사공이 직접 본 두 도랑渠이며, 앞에서 패구貝丘 서남에서 남쪽으로 꺾인다고 말한 것과 같이, 물길이 꺾인다면 필시 탑천漯川으로 유입될 것이다. 그렇지 않으면, 장차 어디로부터 대해大海로 유입되겠는가? 맹강孟康의 설을 믿을 수 없음이 이와 같으므로 오류와 빠진 곳이 있다고 한 것이다.

又按：《梁書 · 劉杳傳》王僧孺被敕撰譜, 訪杳血脈所因, 杳曰："桓譚《新論》云：'太史《三代世表》旁行邪上, 並效《周譜》.' 以此而推, 當起周代." 則上王橫引《周譜》"定王五年河徙", 即此《譜》也. 太史公曰"殷以前, 諸侯不可得而譜, 周以來乃頗可著", 又曰"太史公讀《春秋曆譜諜》",《周譜》蓋遷所讀. 或者於河徙事未及討論. 古人讀書, 盡有疏畧者.

번역 **우안又按**

《양서梁書 · 유묘전劉杳傳》에 왕승유王僧孺가 칙명으로 보첩譜牒을 찬수하게 되면서, 유묘劉杳를 방문하여 혈통의 원류를 물었는데, 유묘가 다음과 같이 대답했다. "환담桓譚《신론新論》에 '태사공《삼대세표三代世表》는 가로로 배열하여 완성하였는데, 모두 《주보周譜》를 모방한 것이다'라고 하였으니, 이것으로 미루어보건대, 마땅히 주대周代로부터 시작해야 할 것이다桓譚《新論》云: '太史《三代世表》旁行邪上, 並效《周譜》.' 以此而推, 當起周代." 그렇다면, 앞에서 왕횡王橫이 《주보》의 "정왕定王 5년에 하수가 옮겨졌다定王五年河徙"를 인용한 것은 바로 이 《보譜》일 것이다. 태사공은 "은殷 이전에는 제후諸侯들은 보첩譜牒을 만들 수 없었고, 주周 이래도 다소 저술이 가능하였다殷以前, 諸侯不可得而譜, 周以來乃頗可著"고 하였고, 또한 "태사공은 《춘추역보첩春秋曆譜牒》을 읽었다太史公讀《春秋曆譜牒》"고 하였으니, 《주보周譜》는 사마천이 읽었던 책이다.

어떤 이는 하수가 옮겨진 일은 토론할 것이 못 된다고 하였다. 옛사람의 독서讀書는 진실로 소략함이 있기 때문이다.

원문

又按:《水經注》"河水"條凡五, 敘至長壽津二渠而止, 下便及大河故瀆. 故瀆皆周漢以來之新道, 非禹河故道也. 然中有"至于大陸, 北播于九河"經文及注一段, 上不與"元城縣沙丘堰"相次, 下不與"沙丘堰南屯氏河出焉"相次, 分明經,注別有及禹河故瀆者, 惜不盡傳耳. 偶聞于黃子鴻, 子鴻驚曰: "某讀《水經注》三十年, 從未聞此論." 遂簡以示之. 又"漯水"條敘至末, 酈氏引《淮南子》曰云云, 亦爲"至碣石入海"作注, 與經文"河水又東分爲二水"不合. 參以"濁漳水"條詳"北過涅水", 是禹河自大伾以下至入海處了了然見於《水經注》, 但或當日有意互見, 或後人任意錯簡. 嘗聞馮開之以經,注相淆, 間用朱墨勾乙, 未曾卒業. 使果成篇定爾可觀.

《수경주》"하수河水"의 모두 5조목인데, 서술은 장수진長壽津 두 도랑渠에 이르러 그치고, 그다음은 바로 대해大河 고독故瀆을 언급하였다. 고독故瀆은 모두 주한周漢 이래의 신도新道이며, 우하禹河 고도故道가 아니다. 그러나 그 가운데 있는 "대륙大陸에 이르러, 북쪽으로 구하九河로 흩어진다至于大陸, 北播于九河"라는 경문經文 및 주注 단락은 위로는 "원성현元城縣 사구언沙丘堰元城縣沙丘堰"과 서로 이어지지 않고, 아래로는 "사구언沙丘堰 남둔씨南屯氏에서 하수가 출원한다沙丘堰南屯氏河出焉"와 서로 이어지지 않으니, 경經과 주注가 별개로 우하禹河 고독故瀆을 언급하고 있음이 분명하니 애석하게도 다 전할 것이 못된다. 우연히 황의黃儀, 자 자홍(子鴻)에게 들려주니, 황자홍이 깜짝 놀라며 "내가 《수경주》를 읽은 지가 30년인데, 아직 그런 논의는 들어본 적이 없다"고 하였으므로, 마침내 간략하게 알려주었다.

또 "탑수漯水"조목의 서술이 끝에 이르러서, 역도원이 《회남자》를 인용하면서 "갈석碣石에 이르러 대해로 유입된다至碣石入海"고 주해한 것은, 경문經文의 "하수河水는 다시 동쪽으로 나뉘어 두 물이 된다河水又東分爲二水"와 합치되지 않는다. "탁장수濁漳水"의 조목으로 "북으로 강수를 넘는다北過洚水"를 상고해보면, 이 우하禹河는 대비大伾로부터 이하 대해로 유입되기까지 명백하게 《수경주》에 잘 드러나 있지만, 간혹 당시에 서로 미루어 짐작하기도 하고 혹 후대 사람들이 임의로 착간하기도 하였다. 일찍이 듣자니, 풍몽정馮夢禎, 1548~1606, 자 개지(開之)[124]은 경經, 주注가 서로 섞인 것을

---

124 풍몽정(馮夢禎) : 자 개지(開之). 호 구구(具區). 절강(浙江) 수수(秀水)(지금의 가흥(嘉興))출신. 명대(明代)의 시인(詩人). 저서에는 《쾌설당집(快雪堂集)》64권, 《쾌설당만록

그 사이에 적흑의 두 색으로 구분하였는데 아직 작업이 끝나지 않았다고 한다. 과연 작업이 완성되면 볼 만할 것이다.

(快雪堂漫錄)》1권,《역대공거지(歷代貢擧志)》등이 있다.

제95.《우공》전복旬服 내에 해당되는 지역을 논함

自有《禹貢》以來, 以冀州爲盡帝畿之地, 他州無涉. 果爾, 帝城之外四面各
廣五百里, 何以解周惟都於鎬, 僻居一隅? 勢不得不東西長, 南北短, 絶補而
成千里, 若冀中土也. 堯當洪水旣平之後, 分疆經野, 廓然一新, 是乾坤再闢
時也, 何所復礙而不截然方正以與經文合, 示宅中圖大之規模於萬世哉? 堯
都平陽, 其故城在汾水之西, 今府治白馬城西南,《括地志》云 "平陽城東面堯
築" 者是. 以是爲中, 東至河南彰德府六百里. 六百里, 古五百里也. 南至河南
河南府盧氏縣東南界六百里, 跨入豫州. 西至陝西延安府鄜州六百里, 跨入雍
州. 北至山西太原府西靜樂縣南界六百里. 東南到河南開封府許州南界, 亦跨
入豫州. 西南到陝西西安府鎭安縣界, 亦跨入雍州. 西北到延安府米脂縣西北
榆林衛界, 亦跨入雍州. 東北到直隸眞定府. 如是而後畫然井然, 號稱甸服.
其最爲左驗者, 甸服有賦而無貢, 冀果盡畿內, 不應有 "島夷皮服" 之文. 案
《圖經》, 今遼東朝鮮之屬, 古島夷也. 浮渤海由碣石而入貢, 遠距平陽三四千
里, 正冀東北邊之地. 則冀不盡屬甸服, 而甸服亦不盡於冀明矣. 周惟僻, 故
從雍至豫; 堯惟方, 故兼有冀, 豫, 雍. 禹以山川定九州之域, 隨其勢; 以四方之
土畫帝畿, 惟其形, 各有取爾也. 竊以此爲《禹貢》第一義, 特發之自今日云.

《우공》이래로 기주冀州는 모두 제기帝畿의 지역이며, 다른 주州는 관련
이 없다고 여겼다. 과연 그렇다면, 제성帝城 바깥 사방 각 5백 리로 넓어

지는데, 오직 주周나라는 호경鎬京에 도읍하여 후미진 한 모퉁이에 자리하고 있는 것을 어떻게 이해해야 하는가? 세력이 동서로 길어지고 남북으로 짧아질 수 밖에 없었으므로 절장보단絕長補短하여 천리千里를 완성하였으므로 마치 기주冀州가 중토中土가 된 것과 같았다. 요堯임금 당시 홍수를 이미 진정시킨 이후, 강토를 나누고 토지를 경영하여 확연히 새롭게 되었고, 그 때가 하늘과 땅이 다시 열린 시대였으니 네모반듯하게 자른 것이 경문과 합치하게 하여 중앙에 거하면서 대업을 도모하는 규모를 만세에 보이는데 무슨 어려움이 있었겠는가?

요堯임금은 평양平陽에 도읍하였다. 그 고성故城은 분수汾水의 서쪽에 있고, 지금 부치府治의 백마성白馬城 서남西南이며, 《괄지지》의 "평양성平陽城 동면東面은 요堯가 쌓았다平陽城東面堯築"는 것이 이것이다. 이 곳을 중앙으로 삼아 동쪽으로 하남河南 창덕부彰德府까지 6백 리이다. 6백 리는 고대의 5백 리이다. 남쪽으로 하남河南 하남부河南府 노씨현盧氏縣 동남 경계까지 6백 리이며, 예주豫州로 넘어선다. 서쪽으로 섬서陝西 연안부延安府 부주鄜州까지 6백 리이며, 옹주雍州로 넘어선다. 북쪽으로 산서山西 태원부太原府 서정악현西靜樂縣 남쪽 경계까지 6백 리이다. 동남東南으로 하남河南 개봉부開封府 허주許州 남쪽 경계에 이르더라도 예주豫州로 넘어선다. 서남西南으로 섬서陝西 서안부西安府 진안현鎭安縣 경계에 이르더라도 옹주雍州로 넘어선다. 서북西北으로 연안부延安府 미지현米脂縣 서북西北 유림위榆林衛 경계에 이르더라도 옹주雍州로 넘어선다. 동북으로 직예直隷 진정부眞定府에 이른다. 이와 같이 반듯하게 획정畫井한 이후에 전복甸服이라고 호칭하였다. 가장 좋은 증거가 되는 것은 전복甸服에는 부賦는 있지만 공貢은 없는 것이니, 기주冀州는 과연 모두 기내畿內에 해당하므로 "도이島夷가 피복皮服을 입고 와서 공을 바쳤다島夷皮服"와 같은 문장이 있는 것은 옳지 않다.

《도경圖經》을 살펴보면, 지금 요동조선遼東朝鮮에 속하는 것이 옛 도이島夷이다. 발해渤海에 배를 띄워 갈석碣石으로부터 들어와 공물을 바쳤는데, 평양平陽과의 거리는 3~4천 리 떨어져 있으며, 바로 기주冀州 동북東北의 변방지역이다. 그렇다면 기주冀州가 모두 전복甸服에 속하는 것이 아니며, 전복甸服 또한 모두 기주冀州를 다 포함하는 것이 아님이 명백하다. 오직 주周나라는 치우쳐 있었기 때문에 옹주雍州에서 예주豫州까지였으나, 요堯임금 때는 네모반듯했기 때문에 기주冀州, 예주豫州, 옹주雍州를 겸했던 것이다. 우禹는 산천山川으로 구주九州의 구역을 정하면서 그 기세를 따랐고, 사방四方의 토지로 제기帝畿를 획정하면서 오직 그 형세를 따랐으니, 각각 취한 바가 있었던 것이다. 이것으로 《우공》 제일의 의의意義로 삼고자 특별히 오늘 발표하는 바이다.

원문

按 : 林氏于豫州曰 : "《周官 · 載師》漆林之征二十而五. 周以爲征. 而此乃貢者, 蓋豫州在周爲畿內, 故載師掌其征而不制貢 ; 禹時豫在畿外, 故有貢也. 推此義, 則冀不言貢者可知." 或擧此段以難予. 予曰 : 是不難辨. 豫之域大矣, 漆林在禹之畿內, 與入二十而五之征 ; 在畿外, 與制貢, 與兗州同. 不觀河東鹽池沃饒甲天下乎? 彼靑州且貢鹽, 而此乃不貢, 以其在甸服, 入厥賦上上錯之中耳. 不然, 地敢愛其寶, 人敢藏其貨哉? 凡考古, 須會意於文字之外, 不得拘以字面. 冀亦第無"貢"字耳. "皮服"較"卉服"何殊?

번역 **안按**

  임지기林之奇, 1112~1176는 예주豫州에서 다음과 같이 말했다. "《주례·재사載師》에 칠림漆林에 대한 세금은 20분의 5이다. 주周나라는 세금으로 내었으나 여기서는 공물貢物로 바치게 한 것은 예주豫州가 주周나라의 기내畿內에 있었기 때문에 재사載師가 세금을 관장하고 공물을 내도록 하지 않은 것이며, 우禹 당시에는 예주豫州가 기외畿外에 있었으므로 공물貢物이 있었던 것이다. 이 뜻을 미루어보면 기주冀州에서 공물貢物을 말하지 않은 것도 알 수 있다周官·載師》漆林之征二十而五. 周以爲征. 而此乃貢者, 蓋豫州在周爲畿內, 故載師掌其征而不制貢; 禹時像在畿外, 故有貢也. 推此義, 則冀不言貢者可知." 어떤 이가 이 단락을 들어 나를 비난하였다.

  나는 대답하였다. 이를 변론하는 것은 어렵지 않다. 예주豫州의 구역은 넓었으므로, 칠림漆林이 우禹의 기내畿內에 있는 것은 20분의 5의 세금을 거두게 한 것이고, 기외畿外에 있는 것은 공물을 제정한 것이 연주兗州와 같았다. 하동河東 염지鹽池의 기름진 땅이 천하 제일인 것을 보지 않았는가? 저 청주靑州 또한 소금을 공납하였으나, 하동은 공납하지 않은 것은 그 땅이 전복甸服에 있었기 때문에 그 부賦만 상상上上에 중中으로 섞어서 낼 뿐이었다. 그렇지 않다면, 땅은 감히 그 보물을 아끼고, 사람은 감히 그 재화를 감추었겠는가? 무릇 옛 것을 고찰함에 반드시 문자 바깥에 담긴 뜻이 있게 마련이니 글자에 얽매여서는 안 된다. 기주冀州에도 다만 "공貢"자만 없을 뿐이다. "피복皮服"이 "훼복卉服"과 어찌 다르겠는가?

又按：周服里數倍於禹服, 是古今一大疑義. 解者有二：一賈公彥曰："若
據鳥飛直路, 此周之九服亦止五千; 若隨山川屈曲, 則《禹貢》亦萬里. 彼此無
異也." 一易祓曰："禹五服, 帝畿在內. 帝畿千里, 而兩面各五百里, 數其一
面, 故曰'五百里甸服'. 自甸至荒皆數一面, 每面各五百里, 總爲二千五百里.
兩面相距, 凡五千里.《職方氏》所載, 則王畿不在九服之內, 自方五百里之侯
服至方五百里之藩服, 其名凡九. 九服每面各二百五十里, 通爲二千二百五十
里. 兩面相距, 通爲四千五百里. 并王畿千里, 通爲五千五百里. 增於禹者, 五
百里之藩服耳. 然禹九州之外, 咸建五長, 東漸西被, 即成周藩服之域. 其名
雖增, 而地未嘗增也." 金仁山本後解, 益引伸之曰："攷諸經文, 甸服方千里,
而田五百里, 是擧一面計之.《周官》方千里曰王畿, 又其外方五百里曰某服,
則擧兩面通計之. 然則《禹貢》所謂'五百里甸服'者, 乃千里, 而《周官》所謂
'外方五百里'者, 乃二百五十里也." 遂覺易氏說爲定.

주복周服의 리수里數가 우복禹服에 곱절인 것은 고금古今의 큰 의문이다.
이에 관한 주해가 두 가지 있다.

첫째, 가공언賈公彥이 말했다. "만약 새가 직선으로 날아가는 길에 의거
한다면, 이 주周나라의 구복九服또한 5천 리에 그치지만, 산천山川의 굴곡
을 따라간다면《우공》도 일만 리가 되니, 두 가지의 차이는 없다若據鳥飛直
路, 此周之九服亦止五千; 若隨山川屈曲, 則《禹貢》亦萬里. 彼此無異也."

둘째, 이볼易祓, 1156~1240이 말했다. "우禹 오복五服 가운데, 제기帝畿가 안

에 들어 있다. 제기帝畿가 천리千里이고 양 방면으로 각 5백 리씩인데, 한 방면을 헤아렸으므로 '5백 리 전복甸服'이라 하였다. 전복甸服에서 황복荒服까지 모두 한 방면을 헤아리면, 매 방면이 각각 5백 리이므로 모두 2천 5백 리이다. 양 방면의 거리는 모두 5천 리이다. 《직방씨職方氏》의 기록에 따르면, 왕기王畿는 구복九服 내에 있지 않고, 사방 5백 리 후복侯服에서 사방 5백 리 번복藩服까지 그 명칭이 모두 아홉이다. 구복九服마다 한 방면은 각각 2백 50리이므로 모두 2천2백50리가 된다. 양 방면의 거리는 모두 4천 5백 리가 된다. 우禹 당시보다 더해진 것은 5백 리 번복藩服뿐이다. 그러나 우禹 구주九州 외에 '모두 다섯 방백方伯을 세우다咸建五長',[125] '동쪽으로 바다에 무젖고, 서쪽으로 유사流沙에 입혀지다東漸西被',[126]가 곧 성주成周 번복藩服 지역이다. 그 복服의 명칭이 비록 더해졌으나 땅은 일찍이 더해지지 않았다禹五服, 帝畿在內. 帝畿千里, 而兩面各五百里, 數其一面, 故曰五百里. 甸服自甸至荒皆數一面, 每面各五百里, 總爲二千五百里. 兩面相距, 凡五千里. 《職方氏》所載, 則王畿不在九服之內, 自方五百里之侯服至方五百里之藩服, 其名凡九. 九服每面各二百五十里, 通爲二千二百五十里. 兩面相距, 通爲四千五百里. 并王畿千里, 通爲五千五百里. 增於禹者, 五百里之藩服耳. 然禹九州之外, 咸建五長, 東漸西被, 即成周藩服之域. 其名雖增, 而地未嘗增也."

김이상金履祥, 1232~1303, 호 인산(仁山)은 이볼易祓의 주해를 근간으로 더욱 인신引伸하여 다음과 같이 말했다."여러 경문經文을 고찰해보면, 전복甸服은 사방 천리千里이고, 전田은 오백 리인 것은 한 방면만 들어 헤아린 것이다. 《주례》에 사방 천리를 왕기王畿라 하고, 또 그 바깥 사방 오백 리를 모복某

---

125 《익직》 外薄四海, 咸建五長, 各迪有功. 苗頑弗即工.
126 《우공》 東漸于海, 西被于流沙.

服이라 하였으니, 양 방면을 들어 모두 헤아린 것이다. 그렇다면《우공》
의 이른바 '오백 리 전복五百里甸服'은 곧 천 리이고,《주례》의 이른바 '바깥
사방 오백 리外方五百里'는 곧 2백 50리이다攷諸經文, 甸服方千里, 而田五百里, 是舉一面計
之.《周官》方千里曰王畿, 又其外方五百里曰某服, 則舉兩面通計之. 然則《禹貢》所謂'五百里甸服者', 乃千里,
而《周官》所謂外方五百里者, 乃二百五十里也."

마침내 이볼易祓의 설을 정론으로 삼아야 함을 깨달았다.

원문

又按 : 宋張氏子韶不知《舜典》分于《堯》,《益稷》分于《臯陶》, 及《大禹
謨》晚出, 各作一論, 多傅會. 而《禹貢論》一篇, 眞能發千古所未發, 余賞而錄
于此, 曰 : "此一篇以爲史官所紀耶? 而其間治水曲折, 固非史官所能知也.
竊意'禹敷土, 隨山刊木, 奠高山大川', 此史辭也 ; '禹錫玄圭, 告厥成功', 此
史辭也. 若夫自'冀州'至'訖于四海', 皆禹具述治水本末, 與夫山川之主名, 草
木之生遂, 貢賦之高下, 土色之黑白, 山之首尾, 川之分派, 其所以弼成五服, 聲
敎四訖者, 盡載以奏於上, 藏之史官, 畧加刪潤, 敍結成書, 取以備一代之制,
作而謂之《夏書》. 然其間稱'祗台德先, 不距朕行', 此豈史辭哉? 此禹之自言
也. 自稱'祗我之德, 不違我之行', 而不知退讓, 安在其爲不矜伐哉? 曰 : 古
之所謂不矜伐者, 非如後世心夸大而外辭遜也. 其不矜伐者在心, 其色理情性
退然如無能之人, 不言而天下知其爲聖賢. 至於辭語之間, 當敍述而陳白者,
亦不可切切然校計防閑, 如後世之巧詐彌縫也. 使其如後世之人, 中外不相
應, 豈能變移造化, 成此大功哉? 某因以發之, 然此書所紀事亦衆矣, 而謂之
《禹貢》, 其間言賦亦詳矣, 乃不畧及之, 何哉? 曰 : 此史官名書之深意也. 其

意以謂昔者洪水茫茫, 九州不辨, 民皆昏墊. 今一旦平定四海, 使民安居樂土,
自然懷報上之心, 以其土地所有獻於上, 若人子具甘旨溫淸之奉於慈親焉! 此
民喜悅之心也. 名篇之意, 其在茲乎! 故不及賦. 以言名雖曰賦, 亦非強爲科
率, 使民不聊生也. 其喜悅願輸, 亦若貢物然, 此所以統名之曰'貢'也. 意其深
哉! 嗚呼! 山川道里, 水土細微, 事亦大矣, 而其名篇, 乃以民心爲言, 則聖賢
之心蓋可知矣. 其意如此, 豈班,馬所能及哉?"

번역 우안又按

송宋 장구성張九成, 1092~1159, 자 자소(子韶)[127]은《순전》이《요전》에서 나누어
지고,《익직》이《고요모》에서 나누어진 것과《대우모》가 늦게 나온 것임
을 알지 못하고 각각 하나의 논의를 지었는데, 견강부회한 것이 많았다.
그러나《우공론禹貢論》1편은 진실로 천고千古에 나오지 않았던 것을 드러
냈으니, 내가 그 내용을 칭찬하여 여기에 기록한다.

　"이《우공》편은 사관史官이 기록한 것인가? 그러나 그 사이 치수治水의
곡절曲折은 진실로 사관이 알 수 있는 바가 아니다. 가만히 생각해보건대,
'우禹가 토지를 나누고, 산을 돌아다니면서 나무를 베어 길을 내면서 높
은 산과 큰 하천을 정하였다禹敷土, 隨山刊木, 奠高山大川'는 사관의 말이고, '(요堯
임금이) 우禹에게 검은 옥으로 만든 규圭를 하사하여 그가 하늘의 공을 잘
이룬 것을 알렸다禹錫玄圭, 告厥成功'는 사관의 말이다. '기주冀州'에서 '우禹의

127 장구성(張九成) : 자 자소(子韶). 호 무구(無垢). 남송의 관료, 학자이다. 경학에 독창적
　인 견해를 가졌는데 불학(佛學)이 섞여있는 것으로 평가되며, 후에 "횡포학파(橫浦學
　派)"를 형성하게 된다. 저서에는《횡포집(橫浦集)》등이 있다.

공적이 사해四海에 모두 입혀졌다訖于四海'까지는 모두 우禹가 치수治水의 본말本末을 유명한 산천山川을 주관함과 더불어 초목草木의 생장, 공부貢賦의 고하高下, 토양의 색깔, 산山의 수미首尾, 천川의 분파分派를 다 갖추어 기술한 것이니, '오복五服의 제도를 도와 이루고弼成五服',[128] '성교聲教가 사해四海다 다 입혀졌다聲教四訖'는 것을 다 기록하여 요임금에 올린 것은 사관이 보관하였다가 그 대략을 더하고 빼고 윤색하여 결론을 서술하고 책을 완성하되, 한대代의 제도를 갖추어 지은 것을 《하서》라고 하였다. 그러나 그 사이에 '나의 덕德을 공경하여 솔선率先하니, 나의 행함을 어기지 않았다祗台德先, 不距朕行'라고 한 것은 어지 사관의 말이겠는가? 이는 우禹 자신이 한 말이다.

스스로 '나의 덕을 공경하여 솔선하니, 나의 행함을 어기지 않았다祗我之德, 不違我之行'라고 한 것은 겸양을 모른 것이니, 자랑하지 않고자 함이 어디에 있는 것인가?

옛날의 이른바 자랑하지 않는다는 것은 후대의 마음으로 과시하면서 겉으로는 사양하는 것과 같이하는 것이 아니다. 그 자랑하지 않음이 마음에 있으니, 그 얼굴빛이 정성情性을 다스리며 물러나 겸손하게 함이 마치 아무것도 할 수 없는 사람처럼 하므로 말하지 않더라도 천하가 그 사람이 성현聖賢임을 알게 된다. 말로 표현함에 이르러서는 서술한 것에 합당하게 진술한 것이 또한 절절하게 하여 꾸미거나 함부로 할 수 없었던 것이니, 마치 후세의 교만과 기만이 드러나는 것과 같은 것이다. 만약 후

---

128 《익직》啓呱呱而泣, 予弗子, 惟荒度土功, 弼成五服, 至于五千, 州十有二師.

세 사람과 같이 겉과 속이 서로 응하지 않는다면, 어찌 조화造化를 옮겨 이런 큰 공로를 완성할 수 있었겠는가?

내가 이로 인해 드러내는 바이지만, 이 책에 기록된 사실 또한 많으니, 이 책을 《우공》이라 하고 그 안에 부세賦稅를 말함에 또한 상세하게 하고 대략으로 언급하지 않은 것은 어째서인가?

그것은 사관이 책을 이름한 깊은 뜻이다. 그 뜻이란 옛날 홍수가 가득 넘쳐 구주가 분별되지 않고 백성은 모두 어려움에 빠졌다. 이제 하루아침에 사해를 평정시켜 백성들을 낙토에서 편안하게 거처하게 하니, 자연스레 요임금에게 보답하고 싶은 마음을 품게 되어, 그 땅에서 나오는 것으로 바치게 되었으니, 마치 사람의 자식이 맛있는 음식으로 계절에 맞추어 부모님을 봉양하는 것과 같았다! 이것은 백성들이 기뻐하는 마음이다. 편명을 붙인 뜻도 여기에 있을 것이다! 그러므로 부賦라고 하지 않았다. 명칭은 비록 부賦라고 했지만, 강제로 과율科率을 매겨 백성들이 살아갈 방도가 없게 한 것이 아니다. 백성의 기쁨 마음으로 나르기를 원한 것이 또한 공물貢物과 같았으므로 이에 통칭하여 '공貢'이라고 하였다. 그 뜻이 깊도다! 아! 산천山川과 도리道里, 수토水土를 세밀하게 하는 것도 큰 일지만, 이 편을 명명함에 곧 민심民心으로 말하였으니, 성현聖賢의 마음 씀씀이를 알 수 있다. 그 의미가 이와 같은데, 어찌 반고班固와 마융이 언급할 수 있었겠는가?"

제96. 《사기 · 하거서》 "형양 동남에서 하수를 이끌었다榮陽下引河"는 《우공》 이후의 일임을 논함

원문

蘇氏《書傳》"浮于淮, 泗, 達于河", 不知"河"古本作"菏", 曰："《禹貢》九州之末皆記入河水道, 而淮,泗獨不能入河. 帝都所在, 理不應爾, 意其必開卞渠之道以通之. 汴渠當時已具, 世謂創自隋煬帝, 非. 而杜預《與王濬書》固言'自江入淮, 逾于泗,汴, 泝河而上, 振旅還都'矣." 愚嘗反覆考論, 鬱積累年, 一旦發寤於中, 而歎蘇氏眞如所云"學者考之不詳"耳.《禹貢》濟入於河, 南溢而爲滎, 而陶丘, 而菏, 而汶, 而海. 此禹時之濟瀆發源注海者也? 抑所謂出河之濟, 不與河混者也?《史記 · 河渠書》禹"功施乎三代. 自是之後, 滎陽下引河東南爲鴻溝, 以通宋, 鄭, 陳, 蔡, 曹, 衛, 與濟, 汝, 淮, 泗會", 此禹以後代人於滎澤之北下引河東南流, 故《水經》謂"河水東過滎陽縣浪蕩渠出焉"者是; 亦引濟水分流, 故《漢志》謂"滎陽縣有狼湯渠, 首受泲, 東南流"者是. 又自是之後, 代有疏瀹, 枝津別瀆, 不可勝數, 則酈氏《注》所謂"滎波,河,濟, 往復逕通"者也. 雖然, 其來古矣. 蘇秦說魏襄王曰"大王之地, 南有鴻溝", 則戰國前有之. 宣公十二年, 晉楚之戰, 楚軍於泌, 泌卽汳水, 則春秋前有之.《爾雅》"水自河出爲灘", 灘本汳水, 則《爾雅》前有之. 然莫不善於道元之言曰"大禹塞滎澤", 滎澤莽時方枯, 豈禹塞之乎? 又曰："昔禹塞其淫水, 而於滎陽下引河." 滎陽河非禹引, 而謂禹之時遽有乎? 余是以斷自《河渠書》, 參以"滎陽下引河"不見《禹貢》之書, 爲出禹以後. 頗自幸其考比蘇氏差詳矣.

소식蘇軾《서전書傳》은《우공》"회수淮水와 사수泗水에 띄워 하수河水에 도
달한다浮于淮, 泗, 達于河"의 "하河"는 고본古本에 "하苛"[129]로 썼는지 알 수 없다
는 점에 대해 다음과 같이 말했다.

"《우공》구주九州의 끝에는 모두 하수河水로 유입되는 수도水道를 기록하
고 있는데, 회수淮水와 사수泗水는 유독 하수河水로 유입될 수 없다. 제도帝都
가 있는 곳을 다스림이 적합지 않았을 것이니, 아마도 반드시 변거汴渠의
수로를 열어 통하게 했을 것이다. 변거汴渠는 당시에 이미 갖추어져 있었으
니, 세간에서 수隋 양제煬帝 때 개창되었다고 하는 것은 틀렸다. 그리고 두
예杜預의《여왕준서與王濬書》에서 확실하게 '강수江水로부터 회수淮水로 들어
가서, 사수泗水와 변수汴水를 넘어 하수河水를 거슬러 오르면 군대의 위세를
떨치며 국도國都로 돌아올 수 있다自江入淮, 逾于泗, 汴, 泝河而上, 振旅還都'고 하였다."

내가 일찍이 반복해서 고찰한 지가 수 년이 되었는데, 하루아침에 깨
닫고서 진실로 소식蘇軾이 말한 "학자들의 고찰이 상세하지 않았을 뿐"임
을 탄식하였다.《우공》에서 제수濟水가 하수河水로 유입되는데, 남쪽으로
넘쳐서 형수滎水가 되고, 도구陶丘로 나와, 하수菏水에 이르고, 문수汶水에 이
르러, 대해大海로 유입된다.[130] 이것은 우禹 당시 제독濟瀆의 발원發源과 대해
大海로의 주입인 것인가? 아니면 이른바 하수河水에서 나온 제수濟水가 하
수와는 섞이지 않는다는 것인가?

---

129 《설문》을 가리킨다.
130 《우공》(雍州) 導沈水, 東流爲濟入于河. 溢爲滎, 東出于陶丘北. 又東至于菏, 又東北會于汶.
又北東入于海.

《사기 · 하거서》에 우禹의 "공적이 하은주 3대까지에 이어졌고, 그 이후로 형양滎陽에서 하수의 물을 동남쪽으로 이끌어 홍구鴻溝를 만들어, 송宋, 정鄭, 진陳, 채蔡, 조曹, 위衞 등과 통하게 하고, 제수濟水, 여수汝水, 회수淮水, 사수泗水 등의 물을 모았다功施乎三代. 自是之後, 滎陽下引河東南爲鴻溝, 以通宋, 鄭, 陳, 蔡, 曹, 衞, 與濟, 汝, 淮, 泗會"고 하였으니, 이는 우禹 이후 후대 사람이 형택滎澤의 북쪽에서 아래로 하수를 이끌어 동남으로 흐르게 한 것이므로,《수경》에서 "하수河水가 동쪽으로 형양현滎陽縣 낭탕거浪蕩渠를 넘어 나온다河水東過滎陽縣浪蕩渠出焉"라고 한 것이 이것이다. 또한 제수濟水를 당겨 흐름을 나누었으므로《한서 · 지리지》의 "형양현滎陽縣에 낭탕거狼湯渠가 있는데, 위에서 제수沛水를 받아 동남으로 흐른다滎陽縣有狼湯渠, 首受沛, 東南流"라고 한 것이 이것이다. 또한 이 이후로, 시대마다 수로를 준설하고 작은 나루와 별개의 도랑瀆을 설치한 것을 이루 다 헤아릴 수 없으니, 역도원《수경주》의 이른바 "영파滎波, 하수河水, 제수濟水는 오가는 길이 통한다滎波, 河, 濟, 往復逕通"라는 것이다. 비록 그렇다 하더라도 그 유래는 오래되었다. 소진蘇秦이 위魏양왕襄王에게 유세하기를 "대왕의 땅은 남쪽에 홍구鴻溝가 있습니다大王之地, 南有鴻溝"라고 하였으니, 전국戰國 이전에 그 이름이 있었던 것이다. 선공宣公12년, 진초晉楚의 전쟁에서 초군楚軍은 필수泌水에 있었는데, 필수泌水는 곧 변수汳水이니, 춘추春秋 이전에 그 이름이 있었던 것이다.《이아 · 석수釋水》에 "물은 하수河水로부터 나와 옹수灘水가 된다水自河出爲灘"가 하였는데, 옹수灘水는 본래 변수汳水이므로《이아》이전에 그 이름이 있었던 것이다. 그러나 역도원의 "대우大禹가 형택滎澤을 막았다大禹塞滎澤"라는 말보다 안 좋은 말이 없으니, 형택滎澤은 왕망王莽 때에 마르기 시작했는데, 어찌 우禹가 막았겠는가? 또 역도원은 "옛날 우禹가 그 넘치는 물을 막고, 형양滎陽 남쪽에서 하수河水를 이끌었다昔禹塞其淫水, 而於滎陽下引河"고 하였는데, 형양하滎陽河는 우禹가 인도한 것이 아닌데, 우禹의 시대에 갑자기 생겨났다고 말하는 것인가? 나는 이런 말들이 《사기·하거서》로부터 나온 것이라고 단정하는데, "형양滎陽 아래에서 하수를 이끌었다滎陽下引河"라는 말이 《우공》에 보이지 않는 것을 참고해보면, 그 일은 우禹 이후에 있었던 일이다. 이 고찰이 소식蘇軾의 것에 비해 조금 상세함을 다행스럽게 생각한다.

원문

按:向主杜氏《釋例》, 郭景純《註》, 證酈氏"濟復出河之南"爲可信. 然其誤不自杜君卿, 始唐章懷太子賢, 曰:"濟水東流, 徑溫縣入河. 度河, 東南入鄭州. 又東入滑, 曹, 鄆, 濟, 齊, 靑等州入海, 卽此渠也. 王莽末旱, 因枯涸, 但入河內而已." 見《循吏傳·註》. 因思杜, 郭並言"今濟水自滎陽卷縣", 卷縣故城在原武縣西北七里. 又言"東經陳留", 則指其所領封丘縣. 封丘今縣治. 余嘗往來封丘, 陽武, 原武間, 質以酈《注》, 南濟水蓋經陽武縣, 封丘縣之南者, 北濟水蓋經陽武縣, 封丘縣之北者. 問其土人濟水何在, 曰亡矣. 案其故牒, 皆以爲大河旣決, 其堙也久矣. 然後嘆章懷, 君卿之言, 固未爲無稽矣. 或曰:封丘縣南八里有翟溝, 一名白溝, 其水澄澈可鑑人, 以爲濟水餘流也. 果爾, 亦不出自河者也. 昔金初, 河始南徙, 不經瀋縣界. 范成大《北使錄》云:"瀋州城西南有積水若何, 蓋大河剩水也." 吾謂濟水亦猶是乎! 酈道元當南朝爲齊, 梁人, 章懷太子註史成爲儀鳳初, 相距一百七十餘年. 意濟瀆復枯如莽時故事, 必在此百七十年間. 嗚呼! 此何等災變? 史官闕載, 所失獨潼關一事而已哉? 猶幸遺文逸句歷歷可尋. 王莽後枯而復通, 唐高宗前通而復枯, 咸出天數, 夫豈人謀? 余特著此論, 一主一偏, 聊爲范陽,景兆兩家之調人爾.

번역 안按

예전에 두예의 《석례釋例》, 곽박郭璞, 자 경순(景純) 《주註》를 위주로 하여 역도원의 "제수濟水는 다시 하수河水의 남쪽에서 나온다濟復出河之南"라는 말이 믿을 수 있음을 증명했다.[131] 그러나 이미 물길이 막혀버렸다고 한 오류가 두우杜佑, 735~812, 자 군경(君卿)로부터 나온 것이 아니라, 당唐 장회태자章懷太子 이현李賢의 "제수濟水는 동쪽으로 흘러 온현溫縣을 거쳐 하수로 유입된다. 하수를 건너 동남으로 정주鄭州로 들어간다. 다시 동쪽으로 활滑, 조曹, 운鄆, 제濟, 제齊, 청青 등의 주州를 거쳐 대해大海로 유입되니, 바로 이 도랑渠, 濟水 혹은 濟瀆이다. 왕망王莽 말엽 가뭄으로 인해 마르게 되어 단지 하내河內로 들어갈 뿐이다濟水東流, 徑溫縣入河. 度河, 東南入鄭州. 又東入滑, 曹, 鄆, 濟, 齊, 青等州入海, 即此渠也. 王莽末旱, 因枯涸, 但入河內而已"에서 시작되었으니, 《후한서 · 순리전循吏傳 · 주註》에 보인다. 이로 인해 두예와 곽박이 함께 말한 "지금 제수濟水는 형양滎陽 권현卷縣으로부터今濟水自滎陽卷縣"라는 말을 생각해 보았는데, 권현卷縣 고성故城은 원무현原武縣 서북 7리 지점에 있다. 또 "동쪽으로 진류陳留를 지난다東經陳留"고 하였으니, 진류陳留의 봉구현封丘縣을 가리킨다. 봉구封丘는 지금의 현치縣治이다.

내가 일찍이 봉구封丘, 양무陽武, 원무原武 지역을 왕래하면서 역도원《수

---

131 제89. 제수(濟水)의 물길이 고갈되었다가 다시 통하게 된 것은 왕망 이후의 일인데《공전》에도 기록되어 있음을 논함.

경주》를 질정해보았는데, 남제수南濟水는 대체로 양무현陽武縣, 봉구현封丘縣의 남쪽을 지나고, 북제수北濟水는 대체로 양무현陽武縣, 봉구현封丘縣의 북쪽을 지났다. 그 지역민에게 제수濟水가 어디에 있는지를 물으니, 없다고 하였다. 옛 자료를 살펴보니, 모두 대하大河가 이미 터져 그것을 막은 지가 오래되었다. 그런 연후에 장회章懷, 두우杜佑, 자 군경(君卿)의 말이 진실로 미처 잘 살피지 못한 것임을 알고 탄식하였다.

어떤 이가 말했다. 봉구현封丘縣 남쪽 8리 지점에 적구翟溝가 있는데, 일명 백구白溝라고 하며, 그 물이 매우 맑아 사람을 비출 수 있고 제수濟水의 지류라고 여긴다. 과연 그렇더라도 하수河水로부터 나온 것이 아니다. 옛날 금金 초기에 하수河水가 처음 남쪽으로 옮겨져 준현濬縣의 경계를 지나지 않았다. 범성대范成大, 1126~1193 《북사록北使錄》에 "준주성濬州城 서남에 고인 물이 있는데 하수河水와 같으며, 대하大河의 남은 물이다濬州城西南有積水若河,[132] 蓋大河剩水也"라고 하였는데, 내 생각에 제수濟水도 이와 비슷했을 것이다! 역도원酈道元은 남조南朝 제齊, 양梁 때 사람이고, 장회태자章懷太子 《후한서》 주註는 의봉儀鳳 초기[676]에 완성되었으니, 서로 170여 년이 차이가 있다. 아마도 제독濟瀆이 다시 말라 왕망 때의 고사와 같아진 것은 필시 이 170년 사이에 있었을 것이다! 아! 이것은 무슨 재변災變인가? 사관史官이 기록을 빠뜨리고 실수한 곳이 오직 동관潼關, 서북의 변방 사건 하나뿐인 것인가? 오히려 남아 있는 문구를 낱낱이 살펴볼 수 있음이 다행스럽다. 왕망王莽 이후 말랐다가 다시 통하였고, 당唐고종高宗 이전에 통하다가 다

---

132 원문은 "何"로 되어 있다. 사고전서본 및《우공추지(禹貢錐指)》는 "河"로 되어 있다.

시 말랐으니, 이 모두는 천수天數에서 나온 것이지 어찌 사람이 도모한 것이겠는가? 나는 특별히 이 논의를 지어 한편으로 주장하고 한편으로는 편을 나누어 범양范陽, 李賢과 경조景兆, 杜佑[133] 양가兩家가 사람들을 조롱했던 것을 달래본다.

又按:《王景列傳》建武十年, 陽武令張汜上言:"河決積久, 日月侵毁, 濟渠所漂, 數十許縣." 後三十六年爲永平十三年, 汴渠成, 詔曰:"今河,汴分流, 復其舊迹, 陶丘之北, 漸就壤墳."《春秋》桓公十有八年, 杜《註》:"濼水在濟南歷城縣西北入濟." 哀公十有三年:"陳留封丘縣南有黃亭, 近濟水."《左氏》僖元年, 杜《註》:"汶水出泰山萊蕪縣, 西入濟." 僖三十一年:"濟水自滎陽東過魯之西, 至樂安入海." 哀二十七:"濮水自陳留酸棗縣傍河東北, 經濟陰至高平入濟." 皆足爲河南之地仍有濟瀆之證.

번역 우안又按

《후한서 · 순리열전循吏列傳 · 왕경전王景傳》 건무建武 10년[34], 양무령陽武令 장사張汜가 상주上奏하기를 "하수河水가 터진 지가 이미 오래되어 매일매일 수해를 입는데, 제거濟渠에 잠긴 곳이 수십 현縣에 이릅니다河決積久, 日月侵毁, 濟渠所漂, 數十許縣"라고 하였다. 36년 후인 영평永平 13년[70]에 변거汴渠가 완성되자, 조서詔書를 내려 "지금 하수河水와 변수汴水가 나뉘어 흘러 그 옛 자취

---

133 景兆:사고전서본은 "京兆"로 되어 있다. 곧 두우(杜佑)를 지칭한다.

를 회복하였으니, 도구陶丘의 북쪽은 점점 흙이 쌓여 언덕을 이루게 되었 다今河, 汴分流, 復其舊迹, 陶丘之北, 漸就壤墳"[134]고 하였다.

《춘추》 환공 18년, 두예《주》"낙수濼水는 제남濟南 역성현歷城縣 서북에 서 제수濟水로 유입된다濼水在濟南歷城縣西北入濟." 애공 13년 "진류陳留 봉구현封 丘縣 남쪽에 황정黃亭이 있고, 제수濟水와 가깝다陳留封丘縣南有黃亭, 近濟水."《좌 씨》희공원년, 두예《주》"문수汶水는 태산泰山 내무현萊蕪縣에서 출원하여 서쪽으로 제수濟水로 유입된다汶水出泰山萊蕪縣, 西入濟." 희공 31년 "제수濟水는 형양滎陽으로부터 동쪽으로 노魯의 서쪽을 넘어 낙안樂安에 이르러 대해大海 로 유입된다濟水自滎陽東過魯之西, 至樂安入海." 애공 27년 "복수濮水는 진류陳留 산 조현酸棗縣 옆 하동河東 북쪽에서, 제음濟陰을 거쳐 고평高平에 이르러 제수濟 水로 유입된다濮水自陳留酸棗縣傍河東北, 經濟陰至高平入濟." 이 모두는 하남河南의 땅 에 제독濟瀆이 있었다는 증거가 되기에 충분하다.

원문

或問 : 許敬宗對唐高宗之言"濟潛流屢絶", 非一絶于王莽, 再絶于唐以前 之徵乎? 余曰 : 否. 許第言濟, 甚微細耳. 章懷賢外, 惟李弘憲言濟水自王莽 末入河, 同流于海, 則河南之地無濟水矣. 自後所說, 皆習舊名. 自後所說, 則 鄆州須昌縣, 濟水去縣西二里; 盧縣, 濟水在縣東二十七里; 齊州全節縣, 濟 水在縣北四十里; 章丘縣, 濟水西去縣十七里; 臨邑縣, 濟水西去縣四十里; 臨濟縣, 濟水在縣南二十里; 長淸縣, 濟水北去縣十里; 豐齊縣, 濟水西去縣

---

134 《후한서 · 명제기(明帝紀)》.

二十六里; 淄州長山縣, 濟水西北去縣三十五里; 鄒平縣, 濟水南去縣三十五里; 濟陽縣, 濟水在縣南; 高苑縣, 濟水北去縣七十步者是. 然未言實爲何水, 惟杜君卿言: "濟水因王莽末旱. 渠涸不復截河過. 今東平,濟南,淄川,北海界中有水流入於海, 謂之淸河, 實菏澤,汶水合流. 亦曰濟河, 蓋因舊名, 非本濟水也." 然後知爲汶水. 質以余足之所蹈,目之所擊, 今歷城縣北有大小二淸河, 大淸河乃汶水, 由濟故瀆以行, 于欽《齊乘》謂之"古濟而今汶". 其實東平,歷下諸泉悉入此河, 則仍是濟水之溢流, 不得謂全爲汶水. 至入海處,《元和志》有二道, 一在靑州博昌縣東北, 杜君卿却云舊沭合在此縣界, 今無; 一在棣州蒲臺縣, 俗呼爲闕口淀, 正元以前入海處也. 小淸河乃濼水, 即今趵突泉. 蓋濟之伏地而突出者流至華不注山東北入大淸河. 僞齊劉豫導之東行, 分一支爲小淸河, 經高苑,博興至樂安馬車瀆入海. 馬車瀆則《班志》齊郡鉅定縣馬車瀆水是也. 大小二淸, 局中諸公爲之斷斷者屢年. 余謂使朱文公聞之, 應笑不獨會禮之家名爲聚訟已也. 竊以徵濟瀆者, 當取於斯.

번역 어떤 이가 물었다.

허경종許敬宗이 당唐고종高宗에게 대답하기를 "제수濟水는 땅 밑으로 흘러 그 흐름이 자주 끊어집니다濟潛流屢絶"[135]라고 하였는데, 왕망王莽 때 한 번 끊기고, 당唐 이전에 다시 끊겼다는 증거가 아니겠는가? 나는 대답하였다.

아니다. 허경종은 단지 제수濟水가 매우 미세함을 말한 것일 뿐이다. 장회태자 이현李賢 외에, 오직 이길보李吉甫, 758~814, 자 홍헌(弘憲)가 제수濟水는 왕

---

135 《신당서 · 간신열전 · 허경종전(許敬宗傳)》.

망王莽 말엽부터 하수로 유입되어 함께 흘러 대해로 유입되니, 하남河南의 지역에는 제수濟水가 없다고 하였다. 그 이후에 말한 것은 모두 옛 이름을 답습한 것이다. 그 이후에 말한 것은 다음과 같다. 운주鄆州 수창현須昌縣, 제수濟水는 현縣 서쪽 2리 떨어져 있다. 노현盧縣, 제수濟水는 현縣 동쪽 27리 지점에 있다. 제주齊州 전절현全節縣, 제수濟水는 현縣 북쪽 40리 지점에 있다. 장구현章丘縣, 제수濟水는 서쪽으로 현縣과 17리 떨어져 있다. 임읍현臨邑縣, 제수濟水는 서쪽으로 현縣과 40리 떨어져 있다. 임제현臨濟縣, 제수濟水는 현縣 남쪽 20리 지점에 있다. 장청현長淸縣, 제수濟水는 북쪽으로 현縣과 10리 떨어져 있다. 풍제현豐齊縣, 제수濟水는 서쪽으로 현縣과 26리 떨어져 있다. 치주淄州 장산현長山縣, 제수濟水는 서북으로 현縣과 35리 떨어져 있다. 추평현鄒平縣, 제수濟水는 남쪽으로 현縣과 35리 떨어져 있다. 제양현濟陽縣, 제수濟水는 현縣 남쪽에 있다. 고원현高苑縣, 제수濟水는 북쪽으로 현縣과 70보步 떨어져 있다가 그것이다. 그러나 실제로 어떤 물인지 말하지 않았으니, 두우杜佑, 자 군경(君卿)는 "제수濟水는 왕망王莽 말엽에 가물었다. 도랑渠이 말라 다시 하수를 끊어 넘어가지 않았다. 지금의 동평東平, 제남濟南, 치천淄川, 북해北海의 경계 안에 물이 흘러 대해大海로 유입되는 것을 청하淸河라 하는데, 실제는 하택菏澤과 문수汶水가 합류한 것이다. 또한 제하濟河라고도 하는데, 옛 이름에 기인한 것이지 본래 제수濟水는 아니다濟水因王莽末旱. 渠涸不復截河過. 今東平, 濟南, 淄川, 北海界中有水流入於海, 謂之淸河, 實菏澤, 汶水合流. 亦曰濟河, 蓋因舊名, 非本濟水也"라고 하였다. 그런 연후에 그것이 문수汶水임을 알게 되었다.

내가 직접 다녀보고 눈으로 목격한 것으로 질정해보면, 지금의 역성현歷城縣 북쪽에 대소大小 두 개의 청하淸河가 있으니, 대청하大淸河가 곧 문수汶

水로서 제濟 고독故瀆으로 흐르는데, 원元 우흠于欽, 1283~1333[136] 《제승齊乘》의 이른바 "옛 제수濟水, 지금의 문수汶水이다古濟而今汶"이다. 실제 동평東平, 역하歷下의 모든 샘泉들이 다 이 대청하로 유입되므로 곧 제수濟水의 일류溢流가 되고 온전히 문수汶水라고 할 수 없다. 대해大海로 유입되는 곳으로는 《원화지》에 두 개의 길이 있으니, 하나는 청주靑州 박창현博昌縣 동북東北에 있는 것으로 두우杜佑, 자 군경(君卿)가 옛 제수沛水가 이 현의 경계에서 합류했는데, 지금은 없다고 한 곳이다. 다른 하나는 체주棣州 포대현蒲臺縣으로, 세속에서는 투구정鬪口淀으로 부르는데, 조위曹魏 정원正元, 254~256 이전의 입해처入海處였다. 소청하小淸河는 낙수濼水이니, 바로 지금의 포돌천趵突泉이다. 대체로 제수濟水가 땅 속에 잠겼다가 돌출된 것이 흘러 화불주산華不注山 동북東北에 이르러 대청하大淸河로 유입된다. 위제僞齊의 유예劉豫, 1073~ ? 가 이끌어 동쪽으로 흐르게 하고, 지류를 나누어 소청하小淸河로 만들었는데, 고원高苑, 박흥博興을 거쳐 낙안樂安 마차독馬車瀆에 이르러 대해大海로 유입된다. 마차독馬車瀆은 《한서 · 지리지》의 제군齊郡 거정현鉅定縣 마차독수馬車瀆水이다. 대소大小 두 청하淸河에 대해서, 서국書局의 제공諸公들이 시비是非를 논한 것이 수 년이었다. 내 생각에 주문공에게 들려주었다면, 응당 웃으면서 오직 '예禮를 따지는 사람이 모이는 것만을 취송聚訟이라고會禮之家, 名爲聚訟' 하지 않을 것이라고 했을 것이다. 제독濟瀆을 징험하려면 마땅히 여기에서 취해야 할 것이다.

---

136 우흠(于欽) : 자 사용(思容). 원(元) 방지(方志) 편찬(編纂), 역사 지리학자이다. 산동(山東) 익도(益都)(지금의 청주시(靑州市) 정모진(鄭母鎭))에 살았으며, 현존 최고의 산동(山東) 방지(方志)인 《제승(齊乘)》을 편찬하였다.

又按:鄭康成《書注》云:"今塞爲平地,滎陽民猶謂其處爲滎澤,在其縣東."或問:此非康成時河南無濟之切證乎? 何杜元凱,郭景純,張處度三家所見之濟水與鄭不合,何也? 余曰:道元明言"後水流逕通,不與昔同",則"今塞爲平地"者,乃《禹貢》時溢爲滎之地,三家所云則出河之濟之新道也,何相礙之有? 續考得《順帝紀》陽嘉元年二月,詔"遣王輔等持節詣滎陽盡心祈焉",《注》:"濟水,四瀆之一,至河南溢爲滎澤,故於滎陽祠焉."《袁紹傳》將伐操,宣檄曰"青州涉濟,漯",《注》:"紹長子譚爲青州刺史.濟,漯二水名."《五行志》殤帝延平元年,《注》引袁山松書曰:"六州河,濟,渭,雒,洧水盛長泛溢,傷秋稼."《鄧艾傳》:"宜開河渠引水溉田,又通運漕之道,乃著《濟河論》以喻其指."《慕容儁載記》:"遣弟恪討段龕於廣固,遇龕於濟水之南."《慕容超載記》:"是歲河,濟凍合,而灅水不冰.""至諸葛攸率水陸二萬討儁,入自石門,屯于河渚.""苻堅伐晉,運漕萬艘自河入石門,達於汝,潁."石門,滎口石門也,正爲濟水,其不枯絶可知.《宋書·符瑞志》文帝元嘉二十四年二月,"河,濟俱淸",《鮑照傳·河淸頌序》所云"長河巨濟,異源同淸;澄波萬壑,潔瀾千里"是也.孝武帝孝建三年九月,"濟,河淸";大明五年九月,"河,濟俱淸";《魏書·靈徵志》顯祖皇興三年正月,"河,濟起黑雲,廣數里,掩東陽城上如夜";《隋書·五行志》"後齊河淸元年四月,河,濟淸";《北齊·帝紀》所云青州刺史上言"今月庚寅,河,濟淸,以河,濟淸改大寧二年爲河淸"是也.《北史·齊本紀》武成帝河淸二年六月,齊州上言"濟,河水口,見八龍升天";《周本紀》宣帝大象二年二月,"滎川有黑龍見,與赤龍鬭于汴水側";《魏·叔孫建傳》"建與長孫道生濟河而南,宋將王仲德等自淸入濟,東走青州".凡十八條,皆濟水也,皆王莽以

後也. 抑足見事之有者愈證而愈出, 愈出而愈確. 余尤惜司馬文正《通鑑》號
有書契以來所無, 亦沿襲君卿說謂濟久枯, 于《北齊》大書"河, 濟淸"者易作
"河水淸", 不知"濟"字何緣譌爲"水"? 不唯此也, 於《毛穆之傳》之"濟",《郗超
傳》之"濟"皆易作"淸水", 以菏澤, 汶水合流之淸河以當之, 不知此眞濟水也,
非如君卿說亦曰濟水也. 嗟乎! 地學之不精, 乃致妄竄於史學如是哉.

번역 우안又按

정강성鄭康成《서주書注》에 "지금은 막혀서 평지가 되었는데, 형양滎陽 주
민들은 오히려 그곳은 형택滎澤이라 하며, 현縣 동쪽에 있다今塞爲平地, 滎陽民猶
謂其處爲滎澤, 在其縣東"고 하였다.

어떤 이가 물었다. 이것은 정강성 시대, 하남河南에 제수濟水가 없었다는
확실한 증거가 아니겠는가? 어찌 두예杜預, 자 원개(元凱), 곽박郭璞, 자 경순(景純),
장담張湛[137], 자 처도(處度) 삼가三家가 본 제수濟水가 정강성이 본 것과 같지 않
은 것인가?

나는 대답하였다.

역도원은 명확하게 "그 후 물이 흘러 물길이 통하여 옛날과 똑같지 않
았다後水流逕通, 不與昔同"[138]고 하였으니, "지금 막혀서 평지가 되었다今塞爲平地"
는 것은 곧《우공》당시 넘쳐서 형수滎水가 된 지역이며, 삼가三家가 말한
것은 하수河水에서 나온 제수濟水의 신도新道이니, 서로 무슨 상관이 있겠는

---

137 장담(張湛) : 동진(東晉)의 현학가(玄學家). 자 처도(處度). 저서에는《양생요집(養生要
集)》10권,《양성전(養性傳)》2권,《연평비록(延年秘錄)》12권,《장자주(莊子注)》,《문
자주(文子注)》,《열자주(列子注)》,《열자음의(列子音義)》등이 있다.
138《수경주》권7 濟水當王莽之世, 川瀆枯竭. 其後水流逕通, 津渠勢改, 尋梁脈水, 不與昔同.

가? 계속해서 고찰해보면,《후한서 · 순제기順帝紀》양가陽嘉 원년元年(132) 2월, 조서詔書하기를 "시중 왕보王輔 등을 파견하여 부절符節을 가지고 형양榮陽 등지를 나누어 진심으로 기도하게 하였다遣王輔等持節詣滎陽盡心祈焉"고 하였고,《주》에 "제수濟水는 사독四瀆의 하나로서, 하남河南에 이르러 넘쳐 형택榮澤이 되었으므로, 형양榮陽에서 제사를 올렸다濟水, 四瀆之一, 至河南溢爲滎澤, 故於滎陽祠焉"고 하였다.《후한서 · 원소전袁紹傳》에 장차 조조曹操를 정벌하면서, 격문을 선포하며 "청주靑州의 군대는 제수濟水와 탑수濕水를 건넌다靑州涉濟, 濕"라고 하였고,《주》에 "원소의 장자 담譚이 청주자사靑州刺史가 되었다. 제수와 탑수는 두 개의 수명水名이다紹長子譚爲靑州刺史. 濟, 濕二水名"고 하였다.《후한서 · 오행지》상제殤帝 연평延平 원년106,《주》에 원숭袁崧,?~401[139]의《후한서》를 인용하여 "육주六州의 하수河水, 제수濟水, 위수渭水, 낙수雒水, 유수洧水가 가득차 넘쳐 가을 농사를 상하게 하였다六州河, 濟, 渭, 雒, 洧水盛長泛溢, 傷秋稼"고 하였다.《삼국지 · 위지魏志 · 등애전鄧艾傳》에 "마땅히 하거河渠를 뚫어 물을 끌어 관개를 해야 하고, 또한 군량을 나르는 수로를 통하게 해야 하므로, 이에《제하론濟河論》을 지어 그 뜻을 드러내었다宜開河渠引水漑田, 又通運漕之道, 乃著《濟河論》以喩其指"고 하였다.《진서晉書 · 모용준慕容儁재기載記》에 "동생 모용각慕容恪을 보내 광고廣固에서 단감段龕을 토벌하게 하였는데, 제수濟水의 남쪽에서 단감段龕과 조우하였다遣弟恪討段龕於廣固, 遇龕於濟水之南"고 하였다.《진서 · 모용초慕容超재기載記》에 "이 해에 하수河水와 제수濟水가 모두 얼었으나,

---

139 원문은 "袁山松"으로 되어 있다. "원숭(袁崧)"은 "원산송(袁山松)"이라고 적기도 한다. 자 교손(喬孫). 동진(東晉)의 문학가. 저서에《후한서(後漢書)》백편(百篇)이 있다고 하나, 유실되었다.

승수濰水는 얼지 않았다是歲河, 濟凍合, 而濰水不冰"고 하였다. (다시《진서晉書·모용준慕容儁재기載記》에) "제갈수諸葛攸가 수륙水陸 2만萬을 이끌고 와서 모용준을 토벌함에, 석문石門으로 들어와서 하저河渚에 주둔하였다至諸葛攸率水陸二萬討儁, 入自石門, 屯于河渚"고 하였다. (《진서晉書·부견符堅하下재기載記》에) "부견符堅이 진晉을 정벌함에, 군량을 나르는 일만 척이 하수로부터 석문石門으로 들어와, 여수汝水와 영수潁水에 도달하였다符堅伐晉, 運漕萬艘自河入石門, 達於汝, 潁"고 하였다. 석문石門은 형구滎口 석문石門이니, 바로 제수濟水이며, 그 물이 고갈되거나 끊어지지 않았음을 알 수 있다.《송서宋書·부서지符瑞志》문제文帝 원가元嘉 24년447 2월, "하수河水와 제수濟水가 모두 맑아졌다河, 濟俱清"고 하였는데, 《송서·포조전鮑照傳·하청송河清頌서序》에서 말한 "길고 긴 하수河水여, 거대한 제수濟水여, 원류는 다르지만 맑기는 똑같네. 맑은 물결이 만길 골짜기에 가득하고, 깨끗한 물결이 천리에 이르네長河巨濟, 異源同清; 澄波萬壑, 潔瀾千里"가 그것이다. 효무제孝武帝 건무孝建 3년456 9월, "제수濟水, 하수河水가 맑아졌다濟, 河清", 대명大明 5년461 9월, "하수河水, 제수濟水가 모두 맑아졌다河, 濟俱清",《위서魏書·영징지靈徵志》현조顯祖 황흥皇興 3년469 정월, "하수河水, 제수濟水에 검은 구름이 일어나, 그 넓이가 수 리里에 이르렀는데, 동양성東陽城을 뒤덮어 마치 밤과 같았다河, 濟起黑雲, 廣數里, 掩東陽城上如夜",《수서·오행지》 "후제後齊 하청河清 원년元年562 4월, 하수河水, 제수濟水가 맑아졌다後齊河清元年四月, 河, 濟清"는《북제서北齊書·제기帝紀》에서 청주자사青州刺史가 상주上奏한 "그 달 경인일庚寅日에 하수, 제수가 맑아졌는데, 하수, 제수가 맑아졌으므로 대녕大寧 2년二年을 하청河清으로 연호를 고쳤다今月庚寅, 河, 濟清, 以河, 濟清改大寧二年爲河清"가 그것이다.《북사北史·제본기齊本紀》무성제武成帝 하청河清

2년563 6월, 제주齊州에서 상주上奏하기를 "제수, 하수 입구에, 여덟 용龍이 승천升天하는 것이 보였다濟, 河水口, 見八龍升天", 《북사·주본기周本紀》 선제宣帝 대상大象2년580 2월, "형천滎川에 흑룡黑龍이 나타나 변수汴水가에서 적룡赤龍과 싸웠다滎川有黑龍見, 與赤龍鬪于汴水側", 《위서魏書·숙손건전叔孫建傳》 "숙손건叔孫建이 장손도생長孫道生과 더불어 하수河水를 건너 남으로 갔고, 송장宋將 왕중덕王仲德 등은 청수淸水로부터 제수濟水로 들어가, 동쪽으로 청주靑州로 달렸다." 이상 18조목은 모두 제수濟水를 말한 것이며, 모두 왕망王莽 이후의 일이다. 사안이 있는 것을 증명하려 하면 할수록 증거가 나오게 되고, 증거가 나오면 나올수록 확실해진다는 것을 잘 보여준다. 내가 더욱 애석하게 생각하는 것은 문정공 사마광의 《통감通鑑》은 문자가 생긴 이래로 없었던 것이라는 칭호가 있지만, 또한 두우의 설을 답습하여 제수濟水가 오랫동안 말랐다고 하였고, 《북제서北齊書》에 "하수, 제수가 맑아졌다河, 濟淸"라고 크게 써 있는 것을 "하수가 맑아졌다河水淸"로 바꾸어버린 것이니, "제濟"자가 무슨 연유로 "수水"로 와변되었는지를 몰랐던 것인가? 오직 이 뿐만 아니라, 《진서·모목지전毛穆之傳》의 "제濟", 《진서·극초전郄超傳》의 "제濟"자를 모두 "청수淸水"로 바꾸어, 하택菏澤과 문수汶水가 합류하는 청하淸河에 해당시킨 것은 그것이 진짜 제수濟水이고, 두우가 말한 제수濟水가 아님을 몰랐던 것이다. 아! 지리학이 정밀하지 않으면, 그 망령됨이 사학史學에까지 미침이 이와 같다.

원문

又按：蔡《傳》引唐李賢謂"濟自鄭以東貫滑, 曹, 鄆, 濟, 齊, 青以入于海", 不及王莽末枯涸等語, 似唐見有此水. 引本朝樂史謂"今東平,濟南,淄川,北海界中有水流入海, 謂之淸河", 不實指菏,汶二水, 語不全具, 本出《通典》, 非《寰宇記》也. 宋人每好改節往籍以就已說, 却失古人本意, 此其一云.

《채전》은 당唐 이현李賢의 "제수濟水는 정주鄭州로부터 동쪽으로 활주滑州·조주曹州·운주鄆州·제주濟州·제주齊州·청주靑州를 관통하여 대해大海로 유입된다濟自鄭以東貫滑, 曹, 鄆, 濟, 齊, 靑以入于海"를 인용하였는데, 왕망王莽 말엽에 제수濟水가 말랐다는 말은 언급하지 않았으므로 당대唐代에 제수濟水의 물이 있음을 보았던 것 같다. 또한 본조本朝, 宋朝 악사樂史의 "지금의 동평東平·제남濟南·치천淄川·북해北海 지역 가운데에 물이 흘러 대해大海로 유입되는 것이 있으니, 이것을 청하淸河라 한다今東平, 濟南, 淄川, 北海界中有水流入海, 謂之淸河"를 인용한 것은, 실제로 하菏, 문汶 두 물을 가리키지 않고 말을 완전하게 갖추지 못한 것이 《통전》에 근본한 것이지 《환우기》에 근본한 것이 아니다. 송인宋人들은 매번 지난날의 전적에 대한 지조를 바꾸어 자기의 설로 취하는 것을 좋아하여 옛 사람의 본의를 잃어버렸는데, 이것도 그 중 하나이다.

又按 : 蔡《傳》"萊夷"引顏師古曰 : "'萊山之夷', 齊有萊侯, 萊人, 即今萊州之地." 余因悟《齊世家》封太公於營丘, 營丘邊萊, 萊侯與之爭營丘. 萊人, 夷也. 則當在今昌樂縣東南五十里營丘城.《班志》北海郡營陵縣下, 應劭

《注》"師尙父所封"是也. 至臨淄縣西北二里有營丘城, "齊獻公所徙". 《班志》
齊郡臨淄縣下自注 : "師尙父所封." 非也. 蓋地本臨淄, 亦復謂之營丘者, 猶
晉遷于新田, 而仍謂之絳; 楚遷於鄀, 而仍謂之郢. 班氏又言臨淄名營丘, 終
屬認爲一地, 亦非. 獻公先一世胡公都薄姑, 薄姑在今博興縣東南. 《括地志》
云"青州博昌縣東北六十里", 則縣治徙矣. 竊以言齊三都者取徵於此.

번역 우안又按

《채전》은 "내이萊夷"에 대해서 안사고顏師古의 "'내산萊山의 이족夷族'인데,
제齊나라에 내후萊侯와 내인萊人이 있었으니, 바로 지금의 내주萊州 지역이
다'萊山之夷', 齊有萊侯, 萊人, 即今萊州之地"를 인용하였다.

나는 이로 인하여 《사기 · 제세가齊世家》에 태공太公을 영구營丘에 봉한 이
유를 깨닫게 되었으니, 영구營丘는 내이萊夷와 인접하였고, 내후萊侯와 영구
營丘를 다투었던 것이다. 내인萊人은 이족夷族이다. 그렇다면 지금의 창락현
昌樂縣 동남 50리 지점에 있는 영구성營丘城에 해당할 것이다. 《한서 · 지리
지》 북해군北海郡 영릉현營陵縣 아래 응소應劭《주》의 "사상보師尙父가 봉해진
곳이다師尙父所封"가 이곳이다. 임치현臨淄縣 서북 2리 지점에 있는 영구성營
丘城은 "제齊헌공獻公가 옮겨간 곳이다齊獻公所徙". 《한서 · 지리지》 제군齊郡 임
치현臨淄縣 아래 자주自注의 "사상보師尙父가 봉해진 곳이다師尙父所封"는 틀렸
다. 대체로 땅은 본래 임치臨淄인데, 또한 다시 영구營丘라고 한 것은 진晉
나라가 신전新田에 천도하고는 강絳이 불린 것 것과 초楚나라가 약鄀에 천
도하고서 영郢이라고 불린 것과 비슷하다. 반고班固가 또한 임치臨淄를 영
구營丘로 명명하고 끝내 같은 지역에 속하는 것으로 여긴 것 또한 잘못이

다. 헌공獻公 바로 이전의 호공胡公은 박고薄姑에 도읍하였는데,[140] 박고薄姑는 지금의 박흥현博興縣 동남에 있다. 《괄지지》에 "청주靑州 박창현博昌縣 동북 60리靑州博昌縣東北六十里"라고 한 것은 현치縣治가 옮겨진 것이다. 제齊의 삼도三都를 말하는 자는 여기에서 증거를 취해야 할 것이다.

원문

又按：顧氏《肇域記》解"濰, 淄其道"曰：濰水出今莒州箕屋山, 東北流逕箕縣故城西, 故《漢志》謂濰水出琅邪郡箕縣東北, 過昌邑縣; 又東北入于海, 故《漢志》謂北至都昌入海. 《左傳》襄十八年"晉師東侵及濰". "濰"字與《禹貢》同. 而《地理志》字或省"水"作"維", 琅邪郡朱虛縣, 箕縣下並作"維"是也. 或省"系"作"淮", 靈門縣, 橫縣, 折泉縣下並作"淮"是也. 篇首引《禹貢》"惟菑其道", 又作"惟". 一卷之中異文三見, 後人誤讀"淮"爲"淮, 沂其乂"之"淮", 遂呼此水爲槐河矣. 某親歷其地, 始能辨之.

번역 **우안又按**

고염무顧炎武《(산동山東)조역기肇域記》에 "유수濰水와 치수淄水가 예전 물길을 따랐다濰, 淄其道"를 다음과 같이 주해하였다.

유수濰水는 지금의 거주莒州 기옥산箕屋山에서 출원하여, 동북東北으로 흘러 기현箕縣 고성故城 서쪽을 지나므로 《한서·지리지》에서 유수濰水는 낭

---

140 《사기·제세가(齊世家)》주(周) 이왕(夷王)이 제(齊) 애공에게 팽(烹)의 형벌을 내리고, 그 동생 정(靜)(즉, 호공(胡公))이 세워졌다. 호공은 도읍을 박고(薄姑)로 옮겼다. 애공의 동모제(同母弟) 강산(姜山)이 호공을 원망하여 영구(營丘)의 사람들을 이끌고 호공을 습격하여 죽이고 스스로 즉위하였는데 그가 헌공(獻公)이다.

야군琅邪郡 기현箕縣 동북東北에서 출원하여 창읍현昌邑縣을 지난다고 하였다. 또한 유수는 동북東北으로 대해大海로 유입되므로 《한서·지리지》에 북으로 도창都昌에 이르러 대해로 유입된다고 하였다. 《좌전》 양공 18년 "진晉나라 군대가 동쪽으로 진격하여 유수濰水에 이르렀다晉師東侵及濰"고 하였다. "유濰"자字는 《우공》과 같다. 그러나 《지리지》의 글자는 간혹 "수水"를 생략하여 "유維"로 쓰기도 했는데, 낭야군琅邪郡 주허현朱虛縣과 기현箕縣 아래에 모두 "유維"로 쓴 것이 그것이다. 혹은 "계系"를 생략하여 "회淮"로 쓰기도 했는데, 영문현靈門縣, 횡현橫縣, 절천현折泉縣 아래에 모두 "회淮"로 쓴 것이 그것이다. 편수篇首에서 《우공》 "惟甾其道"를 인용한 것은 또한 "회惟"로 썼다. 한 권卷 안에 이문異文이 세 번 보이는데, 후대 사람들이 "회淮"를 "(서주徐州)의 회수淮水와 기수沂水가 다스려지다淮, 沂其乂"의 "회淮"로 잘못 읽게 되었으므로, 마침내 이 물을 괴하槐河라고 부르게 되었다. 내가 직접 그 지역을 다녀보았으므로 비로소 변론할 수 있게 되었다.

원문

又按 : 《樂安縣志》: "'海濱廣斥', 謂如今高家港[即 《漢志》馬車瀆] 以往, 即其地都無所生, 婦人有白首而不識五稼, 歲時盤薦, 惟魚殽爾. 知府朱鑑詩云: '海若生潮成碧浪, 天如不雨盡黃塵. 可堪二月無花柳, 踏遍孤村不見春.'"

번역 **우안又按**

《낙안현지樂安縣志》에 다음과 같이 말했다.

"'바닷가는 넓고 염분이 많은 땅이다海濱廣斥'는 지금의 고가항高家港[즉

《한서·지리지》의 마차독馬車瀆] 이후를 말하니, 곧 그 지역은 아무것도 나지 않으며, 부인婦人은 백수白首가 되도록 오곡五穀을 알지 못하며, 해마다 공물로 바치는 것은 오직 물고기뿐이다. 명明 정덕正德 청주靑州지부知府 주감朱鑑의 시詩에 '바다의 조수는 푸른 파도를 만들고, 하늘은 메마른 날의 황토 빛이네. 2월의 봄꽃이 없음을 어떻게 견디나, 쓸쓸한 촌락을 돌아다녀도 봄은 보이지 않네海若生潮成碧浪, 天如不雨盡黃塵. 可堪二月無花柳, 踏遍孤村不見春'라고 하였다."

원문

又按：孔《疏》引《地志》"淄水出泰山萊蕪縣原山, 東北至千乘博昌縣入海", "海"字自譌. 又《地志》"汶水出泰山萊蕪縣原山, 西南入濟", 蔡氏於"汶出原山"下增"之陽"二字猶可, 於"淄出原山"下增"之陰"二字不可. 蓋于欽《齊乘》謂淄出今益都岳陽山東麓, 地名泉河, 古蕪萊地. 岳陽即原山, 山連亘萊蕪, 淄川, 益都三縣境. 夫既出東麓, 謂之"之陰"可乎? 蔡不過以下文"東北"字生出"陰", "西南"字生出"陽", 不知東北, 西南乃指二水所從入處, 非發源. 此增一字輒失者是也.

번역 우안又按

《공소》는 《한서·지리지》의 "치수淄水는 태산군泰山郡 내무현萊蕪縣 원산原山에서 출원하여, 동북쪽으로 천승千乘 박창현博昌縣에 이르러 대해大海로 유입된다淄水出泰山萊蕪縣原山, 東北至千乘博昌縣入海"를 인용했는데, "해海"자는 《공소》의 오류이다.[141] 또한 《한서·지리지》는 "문수汶水는 태산泰山 내무현萊蕪縣

원산原山에서 출원하여, 서남으로 대해로 유입된다汶水出泰山萊蕪縣原山, 西南入濟"
고 하였는데, 채침이 "문수汶水는 원산原山에서 출원한다汶出原山." 다음에
"원산의 남쪽之陽" 두 글자를 더한 것은 옳으나, "치수淄水는 원산原山에서 출
원한다淄出原山". 다음에 "원산의 북쪽之陰" 두 글자를 더한 것은 옳지 않다.

우흠于欽《제승齊乘》은 다음과 같이 말했다. 치수淄水는 지금의 익도益都
악양산岳陽山 동쪽 산기슭에서 출원하는데, 지역의 이름은 천하泉河이며 옛
무래蕪萊 지역이다. 악양岳陽은 곧 원산原山이며, 산이 이어져 내무萊蕪, 치천
淄川, 익도益都 세 현縣의 경계에 걸쳐 있다.

대저 이미 동쪽 산기슭에서 나온다고 하였는데, "산의 북쪽之陰"이라고
하는 것이 옳은가? 채침은 《한서 · 지리지》의 다음 문장의 "동북東北"글자
로 인해 "음陰"이라고 썼고, "서남西南"이라는 글자로 인해 "양陽"이라고 쓴
것에 불과하니, 동북東北, 서남西南이 곧 두 물이 따라 유입되는 곳이지 발
원처가 아님을 몰랐던 것이다. 이는 글자를 덧붙이면서 오류가 생긴 경
우이다.

원문

又按：余久而始悟雲夢在《周官》可名曰澤藪, 唐虞時不爾. 何以見之？ 果
爲荊之澤也, 則與兗之雷夏, 徐之大野, 揚之彭蠡及震澤, 豫之滎及波, 菏澤及孟
豬, 雍之豬野也一例. 經文當書曰澤, 曰豬, 曰底定, 或導或被矣, 豈得曰"土"如
桑土, 曰"作"如大陸, 曰"乂"如蒙, 羽及岷, 嶓也哉？ 既書曰"土", 曰"作乂", 其非

---

141 "海"는 "沛"의 오류이다. 제86.《태서상》과《무성》편은 모두 맹진(孟津)을 하수(河水)의
남쪽에 있었다고 한 것을 논함에 보인다.

爲水之鍾也明甚. 善乎! 邵文莊寶曰:"雲夢, 澤歟? 非澤也. 果宜澤而土焉,
而又焉, 其將能乎? 縱能之, 其得謂行所無事乎? 《周·職方氏》澤之可也." 余
因數禹治水成功, 至周公作《禮》, 時凡一千一百六十九年, 時代有改易, 陵谷
有遷變, 其不得以後之㮣前, 今之格古也. 抑又悟大陸自原隰, 廣阿自澤藪, 《淮
南子》合而一之者, 亦似是而非與.

번역 우안又按

　　나는 오랜 이후에야 비로소 운몽雲夢이 《주례》에서는 택수澤藪라고 불
릴만 했고, 당우唐虞시절에는 그렇지 않았음을 깨닫게 되었다. 어떻게 그
것을 알게 되었는가? 과연 형주荊州의 택澤에 해당되는 것에는 연주兗州의
뇌하雷夏, 서주徐州의 대야大野, 양주揚州의 팽려彭蠡 및 진택震澤, 예주豫州의 형
滎과 파波와 하택菏澤 및 맹저孟豬, 옹주雍州의 저야豬野 등이 같은 예이다. 경
문經文은 '마땅히 택澤, 저豬, (진택震澤이) 안정된다震澤厎定'라고 썼고, 혹은
"인도하다導", 혹은 "이르게 하다"라고 썼는데, 어찌 상토桑土는 "토土"라
하고, 대륙大陸은 "작作"이라 썼으며, 몽蒙, 우羽 및 민岷, 파嶓 등은 "예乂"라
고 한 것인가? 이미 "토土", "작예作乂"라고 썼다는 것은 그것이 물의 종류
가 아님이 매우 명백한 것이다.

　　훌륭하다! 문장공文莊公 소보邵寶, 1460~1527[142]는 다음과 같이 말했다. "운
몽雲夢은 택澤인가? 택澤이 아니다. 과연 택澤인데도 '토土'라고 하고, '예乂
'라고 한 것[143]이 가능했겠는가? 설령 할 수 있다고 하더라도 그것을 행

---

142 소보(邵寶): 자 국현(國賢), 호 천재(泉齋). 시(諡) 문장(文莊). 강소(江蘇) 무석(無錫)
　　출신. 명대 관원(官員), 저명한 장서가(藏書家)이다.

함에 아무 일이 없었다고 할 수 있었겠는가? 《주례 · 직방씨職方氏》에 택澤이라고 한 것[144]은 옳다."

나는 이로 인하여 우禹 치수성공에서 주공周公의 《주례》 제정까지를 헤아려보니 모두 1169년의 차이가 나므로, 시대가 바뀌고 강산이 바뀌어 후대의 것으로 전대의 것을 어림잡을 수도, 지금의 것으로 옛것을 바로잡을 수 없다. 또한 대륙大陸은 원습原隰으로부터 되었고, 광아廣阿는 택수澤藪로부터 된 것이라며, 《회남자》와 일치하는 것[145] 또한 옳은 것 같지만 틀린 것임을 깨닫게 되었다.

원문

又按 : 蔡 《傳》 "沱,潛旣道" 曰 : "若潛水則未有見也." 讀之不覺失笑. 《寰宇記》乾德三年, 升唐白洑徵科巡院爲潛江縣, 《九域志》潛江縣在江陵府東北一百二十里, 《宋 · 地理志》江陵府潛江縣次畿, 焉得云未見? 案明 《承天府志》漢水自鍾祥縣北三十里分流爲蘆洑河, 逕潛江縣東南復入于漢. 《爾雅》水自漢出爲潛, 其實 《荊州府志》云 "潛水經潛江縣界東南入大江" 爲是. 至 《隋志》南郡松滋縣有 "涔", "涔" 古 "潛" 字, 《史記 · 夏本紀》正作 "涔". 說者引以證 《禹貢》, 亦非. 此涔水不出自漢. 鄭氏 《書注》曰 "潛則未聞", 在康成時或可, 豈有至南宋後而爲此等語哉?

---

143 《우공》 (荊州) 雲土夢作乂.
144 《주례 · 하관 · 직방씨》 正南曰荊州, 其山鎭曰衡山, 其澤藪曰云瞢.
145 《회남자 · 지형훈(墜形訓)》 何謂九山? 會稽, 泰山, 王屋, 首山, 太華, 岐山, 太行, 羊腸, 孟門. 何謂九塞? 曰太汾, 澠阨, 荊阮, 方城, 肴阪, 井陘, 令疵, 句注, 居庸. 何謂九藪? 曰越之具區, 楚之雲夢澤, 秦之陽紆, 晉之大陸, 鄭之圃田, 宋之孟諸, 齊之海隅, 趙之鉅鹿, 燕之昭餘.

번역 우안又按

"(형주荊州) 타수沱水와 잠수潛水가 이미 물길을 따른다沱, 潛旣道"에서 《채전》은 "잠수潛水와 같은 것은 아직 기록에 보이지 않는다若潛水則未有見也"고 하였는데, 읽다가 실소를 금치 못했다. 《환우기》에 건덕乾德 3년965, 당唐 백보白洑의 징과순원徵科巡院146을 잠강현潛江縣으로 승격시켰다고 하였고, 《구역지九域志》에 잠강현潛江縣은 강릉부江陵府 동북東北 120리 지점에 있다고 했으며, 《송사·지리지》에 강릉부江陵府 잠강현潛江縣 차기次畿147라고 하였는데, 어찌 기록에 보이지 않는다고 할 수 있는가?

살펴보건대, 명明 《승천부지承天府志》에 한수漢水는 종상현鍾祥縣 북쪽 30리로부터 나뉘어 흘러 노보하蘆洑河가 되고, 잠강현潛江縣 동남東南을 지나 다시 한수로 유입된다고 하였다. 《이아》에 물이 한수漢水로부터 나온 것은 잠수潛水가 된다고 하였으니, 사실은 《형주부지荊州府志》에서 말한 "잠수潛水는 잠강현潛江縣 경계를 지나 동남東南으로 대강大江으로 유입된다潛水經潛江縣界東南入大江"가 그것이다. 《수서·지리지》에 이르러서는 남군南郡 송자현松滋縣에 "잠灊"이 있는데, "잠灊"은 고古"잠潛"자 이니, 《사기·하본기》에 바로 "잠灊"으로 썼다. 말하는 자들이 이를 인용하여 《우공》을 증명하는 것도 틀렸다. 이 잠수灊水는 한수漢水로부터 나오지 않는다. 정현《서주書注》에 "잠수潛水는 들어보지 못했다潛則未聞"고 했는데, 정강성의 시절에는 옳을 수 있지만, 어찌 남송 이후에 이런 말을 할 수 있겠는가?

---

146 당(唐) 대중(大中) 11년(857) 백보(白洑)에 징과순원(徵科巡院)을 설치하였다. 《환우기》 등에 보인다.

147 당제(唐制)에 경도(京都)에서 다스리는 곳을 적현(赤縣)으로 하고, 방읍(傍邑)은 기현(畿縣)으로 하였다.

又按：蔡 《傳》引曾氏“徐州水以沂名者非一：酈道元謂水出尼丘山西北,
徑魯之雩門, 亦謂之沂水; 水出太公武陽之冠石山, 亦謂之沂水”, 讀之亦失
笑.《水經注》“泗水”下有“沂水”, 果出尼丘山西北, 曾點所欲浴者. 沂出, 北對
稷門, 稷門即雩門, 對也, 非徑也. 沂水下有三沂水, 皆別之曰小. 一出東莞
[今本誤作‘苑’]縣黃孤山, 西南流逕其縣北, 西南注于沂. 一沂水逕臨沂故城
東, 有治[今本誤作‘洛’]水注之. 水果出太山南武陽縣之冠石山, 世俗謂此爲
小沂水, 但蔡譌“山”爲“公”, “武陽”上脫“南”字, 下脫“縣”字. 于欽作《齊乘》時
猶仍爲小沂水. 愚過費縣, 土人則呼浚河, 在其縣西北八十里. 一沂水於下邳
縣北, 西流分爲二水, 其逕城東, 屈從縣南注于泗者, 謂之小沂水. 并前爲四
沂水, 固莫有大於出泰山蓋縣也者.

《채전》은 증씨曾氏의 “서주徐州에 물을 기沂라고 이름한 것이 하나가 아
니다. 역도원酈道元은 물이 니구산尼丘山 서북에서 출원하여 노魯나라의 우
문雩門을 경유하는 것도 기수沂水라 하고, 물이 태공太公 무양武陽의 관석산冠
石山에서 출원하는 것도 기수沂水라 한다.”를 인용하였는데, 이것을
읽다가도 실소를 금치 못했다.《수경주》《사수泗水》 아래에 “기수沂水”가 있
는데, 과연 니구산尼丘山 서북西北에서 출원하며, 증점曾點이 목욕하고자 했
던 곳이다. 기수沂水가 출원하는 정북으로 직문稷門과 마주하는데, 직문稷門
이 곧 우문雩門이니, 우문을 대면하는 것이지 경유하는 것이 아니다. 기수
沂水 아래에는 세 개의 기수沂水가 있는데, 모두 기수와 구별하여 “소小기

수"라고 부른다. 하나는 동완東莞[금본今本은 '원苑'으로 잘못 썼다]현縣 황고산黃孤山에서 출원하여, 서남으로 흘러 현縣 북쪽을 경유하며, 서남으로 기수沂水로 주입된다. 또 하나는 기수沂水가 임기臨沂 고성故城 동쪽을 경유하여, 치治[금본은 '낙洛'으로 잘못 썼다]수水로 주입된다. 물은 과연 태산太山 남南무양현武陽縣의 관석산冠石山에서 출원하며, 세속에서는 소기수小沂水라고 하는데, 다만 채침은 "태산太山"을 "태공太公"으로 잘못 썼고, "무양武陽" 위에 "남南"자를 탈락시켰으며, 아래에 "현縣"자도 탈락시켰다. 우흠于欽이 《제승齊乘》을 지을 당시에도 소기수小沂水라고 하였다. 내가 비현費縣을 지날 때, 지역민 들이 준하浚河라고 부르는 것이, 비현費縣 서북 80리 지점에 있었다. 또 다른 기수沂水는 하비현下邳縣 북쪽에서, 서쪽으로 흘러 두 물줄기로 나뉘는데, 그 가운데 성城 동쪽을 경유하여 굴종현屈從縣 남쪽에서 사수泗水에 주입되는 것을 소기수小沂水라고 한다. 앞의 네 개의 기수沂水 가운데 진실로 태산泰山 개현蓋縣에서 출원하는 것보다 더 큰 것은 없다.

원문

又按：蔡《傳》引"《水經》濟水至乘氏縣分爲二, 南爲荷, 北爲濟", 是不待云, 旋接"酈道元謂一水東南流, 一水東北流, 入鉅野澤", 則是二水齊赴鉅野澤, 與道元原文不合. 原文曰"其一水東南流", 此指經之南爲荷水; "其一水從縣東北流入鉅野澤", 此指經之北爲濟瀆, 兩不相蒙. 蔡氏祇緣明澤所聚者大, 故倂入二水. 不知荷水東南流經昌邑金鄕縣, 卽今金鄕縣, 在鉅野澤之南, 相去百餘里. 此省一字輒失者是也.

우안又按

("대야기저大野既豬" 아래) 《채전》은 "《수경》의 제수濟水가 승씨현乘氏縣에 이르러 둘로 나뉘어서 남쪽은 하수菏水가 되고 북쪽은 제수濟水가 된다《水經》濟水至乘氏縣分爲二, 南爲菏, 北爲濟"를 인용하고, 다른 말을 기다리지 않고 돌연 이어서 "역도원이 이르길 한 물은 동남으로 흐르고, 한 물은 동북으로 흘러 거야택鉅野澤으로 유입된다酈道元謂一水東南流, 一水東北流, 入鉅野澤"라 하였으니, 이 두 물이 나란히 거야택鉅野澤으로 내달린다는 것은 역도원의 원문과 일치하지 않는다. 원문原文은 "그 한 물은 동남으로 흐른다其一水東南流"인데, 이는 남쪽을 경유하여 하수菏水가 되는 것을 가리키고, "그 한 물은 현縣동북으로부터 흘러 거야택으로 유입된다其一水從縣東北流入鉅野澤"인데, 이것은 북쪽을 경유하여 제독濟瀆이 되는 것을 가리키며, 이 두 가지는 서로 상관이 없다. 채침은 단지 명백하게 대야택大野澤에 모이는 물이 많다는 사실로 인하여 두 물이 모두 유입된다고 한 것이다. 하수菏水는 동남東南으로 흘러 창읍昌邑 금향현金鄕縣을 지나는데, 지금의 금향현金鄕縣은 거야택鉅野澤의 남쪽에 있으며, 그 거리가 백여 리 떨어져 있다는 사실을 모른 것이다. 이것은 글자를 생략하여 오류가 생긴 경우이다.

又按 : 《寰宇記》: 磬石山在淮陽軍下邳縣西南八十里, "《禹貢》'泗濱浮磬', 孔《傳》:'水中見石可以爲磬.' 案泗水中無此石, 其山在泗水南四十里. 今取磬石上供樂府, 聲淸亮, 大小擊之皆然, 與安國說不同. 恐禹治水之時, 水至此山矣." 此正所謂不以今格古, 後槩前者最是. 今則在鳳陽府宿州靈壁縣北七十里, 馬公驌云.

우안又按

　《환우기》에 경석산磬石山은 회양군淮陽軍 하비현下邳縣 서남 80리 지점에 있다고 하면서, "《우공》'(서주徐州의 공물貢物은) 사수泗水 물가에 떠있는 경쇠이다泗濱浮磬'의 《공전》은 '사수泗水 물가에 돌이 물 위로 드러나 있는데 경쇠를 만들 만하다水中見石可以爲磬'고 하였다. 살펴보건대, 사수泗水 가운데는 이런 돌이 없으며, 경석산磬石山은 사수泗水 남쪽 40리 지점에 있다. 지금을 경석磬石을 채취하여 악부樂府에 바치는데, 소리가 맑고 청량하며, 크거나 작은 것을 두드려도 모두 그러하니, 공안국설과는 같지 않다. 아마도 우禹가 치수治水하던 당시에는 물이 이 산까지 이르렀던 것이다"고 하였다. 이것이 바로 이른바 지금의 것으로 옛것을 바로잡거나, 후대의 것으로 전대의 것을 어림잡지 못한다는 말에 가장 가까운 것이다. 지금은 봉양부鳳陽府 숙주宿州 영벽현靈壁縣 북쪽 70리 지점에 있다고 한 것은 마소馬驌, 1621~1673의 말이다.

　又按 : "嶧陽孤桐", 有謂此嶧爲鄒嶧山, 在今鄒縣東南二十里; 有謂此爲葛嶧山, 在今邳州西北六里. 余則以劉昭"葛嶧山"《注》"山出名桐. 伏滔《北征記》曰'今槃根往往而存'", 證《禹貢》當在此, 抑曾親至其地云.

"(서주徐州의 공물貢物은) 역산嶧山 남쪽의 우뚝자란 오동나무이다嶧陽孤桐"에서 이 역산嶧山은 추역산鄒嶧山으로서 지금의 추현鄒縣 동남 20리 지점에 있다는 설이 있고, 그 산은 갈역산葛嶧山으로 지금의 비주邳州 서북 6리 지점에 있다는 설이 있다.

나는 유소劉昭의 "갈역산葛嶧山"의 《주注》 "산山은 동桐이라는 이름에서 나왔다. 복도伏滔 《북정기北征記》에 '지금도 굽은 뿌리가 종종 보인다'고 하였다山出名桐. 伏滔《北征記》曰'今槃根往往而存'"를 가지고, 《우공》의 역산嶧山이 여기에 해당되는 것을 증명하였는데, 유소는 일찍이 직접 그 지역을 다녀왔다고 한다.

又按："蒙, 羽其藝", "蒙"即《論語》之東蒙山. 自《元和志》謂蒙山在費縣西北八十里, 東蒙山在費縣西北七十五里, 是以蒙與東蒙爲二山, 而東蒙在蒙山之東五里爾. 土人今猶承譌. 余則以《漢志》蒙陰縣《注》《禹貢》蒙山在西南, 有祠. 顓臾國在蒙山下", 證其爲一山.

"(서주徐州) 몽산蒙山과 우산羽山이 곡식을 심을 수 있다蒙, 羽其藝"의 "몽蒙"은 곧 《논어 · 계씨》의 동몽산東蒙山이다.[148] 《원화지》에서 몽산蒙山은 비현

---

148 《논어 · 계씨》 계씨(季氏)가 전유(顓臾)를 치려 하였는데, 염유(冉有)와 계로(季路)가 공자를 뵙고 말하였다. "계씨(季氏)가 전유(顓臾)에서 일을 벌이려고 합니다." 공자께서 말

費縣 서북 80리 지점에 있고, 동몽산東蒙山은 비현費縣 서북西北 75리 지점에 있다고 말한 것으로부터 몽蒙과 동몽東蒙이 두 개의 산이 되었으니, 동몽산東蒙山은 몽산蒙山의 동쪽 5리 지점에 있는 것이다. 지역민들은 지금도 그 오류를 계승하고 있다.

나는《한서 · 지리지》몽음현蒙陰縣《주》"《우공》몽산蒙山은 서남에 있는데, 사祠가 있다. 전유국顓臾國은 몽산蒙山 아래에 있었다《禹貢》蒙山在西南, 有祠. 顓臾國在蒙山下"를 가지고 그 산들이 같은 산임을 증명하였다.

원문

又按 : 蔡《傳》引「《水經》曰 : '漾水出隴西郡氐道縣嶓冢山, 東至武都.'常璩曰 : '漢水有兩源, 此東源也, 即《禹貢》所謂「嶓冢導漾」者. 其西源出隴西西縣[二字今增]嶓冢山, 會泉, 始源曰沔, 逕葭萌入漢.'東源在今西縣之西, 西源在今三泉縣之東也. 酈道元謂'東西兩川俱出嶓冢而同爲漢水者'是也."《水經》原文乃"東至武都沮縣爲漢水". 玆節去五字, 語不完. "會泉, 始源曰沔", "泉"乃"白水"二字. "始源曰沔", 當移在"逕葭萌入漢"之下, 《華陽國志》可證. 至"逕葭萌入漢", 是西東兩漢水異源同流. 宇宙間水之大者, 不可不極論焉. 酈道元雖前引庾仲雍"漢水南至關城合西漢水"之文, 及自歷次津流止云"又西南逕關城北, 除水流入焉", 不云及東漢, 是二水不合者一. 關城, 今陽平關,

---

씀하셨다. "구(求)(冉有)야! 이것은 너의 잘못이 아니냐?" 저 전유(顓臾)는 옛적에 선왕(先王)께서 동몽산(東蒙山)의 제주(祭主)로 삼으셨고, 또한 우리나라 안에 위치하고 있으니, 이는 사직(社稷)의 신하이다. 어찌 정벌할 수 있겠는가?"(季氏將伐顓臾. 冉有, 季路見於孔子曰 : 「季氏將有事於顓臾.」孔子曰 : 「求! 無乃爾是過與? 夫顓臾, 昔者先王以爲東蒙主, 且在邦域之中矣, 是社稷之臣也. 何以伐爲?」)

在寧羌州西北八十里, 州北九十里爲嶓冢山, 漾水所出, 東流入沔縣界. 西漢水則在州西, 自畧陽縣流入, 又西南入四川廣元縣界, 是二水不合者二. 經文"岷,嶓既藝","導嶓冢至于荊山", 山爲梁州之山."嶓冢導漾, 東流爲漢", 則水即爲梁州之水, 與漢西縣在雍州地, 西漢水即出在雍州地者原不相涉, 豈得以後代同名之水上混聖經? 是二水不合者三. 梁州貢道"浮于潛", 潛, 鄭康成《註》爲西漢水;"逾于沔", 沔即東漢. 兩水中有間阻, 不能以舟通行, 故經文曰"逾", 是二水不合者四. 其強爲附合者一誤於班固, 再誤於常璩. 班固曰:"西縣,《禹貢》嶓冢山, 西漢水所出."多却"禹貢"二字. 此蓋別一嶓冢, 爲西漢水源, 與酈《注》亦雅合. 常璩曰:"逕葭萌入漢."今寧羌州有三泉故城,金牛廢縣, 皆古葭萌地, 何曾見兩川同注? 異者, 直至魏收撰《地形志》曰"嶓冢縣有嶓冢山, 漢水出焉", 此地方顯. 此名前此僅《班志》有於西縣,《水經》有於氐道縣耳. 何《禹貢》三千年後, 始知當日導漾實在此地? 故世翻滋擬議. 或曰:《通典》云嶓山在漢中府金牛縣,《寶宇記》嶓冢在三泉縣東二十八里. 既知漾水出此, 則亦知漢氐道縣所在, 何以謂氐道無考? 嘗質諸黃子鴻, 子鴻曰:宋三泉縣, 今寧羌州也, 爲漢廣漢郡葭萌縣地. 其北今畧陽縣, 爲漢武都郡沮縣地. 又北今鞏昌之兩當,漢中之鳳縣, 皆漢武都故道縣地. 至於漢氐道縣, 屬隴西郡. 隴西東南境爲今秦州, 與漢葭萌縣相去五六百里. 中隔武都郡, 何由接壤? 其水又有嘉陵江水隔之, 亦不能通入東漢, 故曰無考. 且云"西源在今三泉縣之東", 當作"東源在今三泉縣之東";"東源在今西縣之西", 當作"西源在今秦州清水縣上邽鎮及西和州之境". 蔡氏始終不辨末西縣[在今沔縣]非漢之西縣爾.

번역 우안又按

　(《우공》雍州 "嶓冢導漾, 東流爲漢" 아래)《채전》은 다음을 인용하였다. "《수경》에 '양수漾水는 농서隴西 저도현氐道縣 파총산嶓冢山에서 출원하여 동쪽으로 무도武都에 이른다' 하였다. 상거常璩, 291?~361?[149]는 '한수漢水는 두 개의 근원이 있으니, 이 양수漾水는 동쪽 근원으로 곧《우공》의 이른바「파총嶓冢에 양수漾水를 인도했다」는 것이다. 서쪽 근원은 농서隴西 서현西縣[서현西縣 두 글자는 지금 더 한 것이다] 파총산嶓冢山에서 출원하는데, 샘泉을 모아서 된 처음의 근원을 면수沔水라 하고, 가맹葭萌을 지나 한수漢水로 들어간다'고 하였다. 동쪽 근원은 지금 서현西縣의 서쪽에 있고, 서쪽 근원은 지금 삼천현三泉縣의 동쪽에 있다. 역도원酈道元은 '동·서의 두 천川이 모두 파총산嶓冢山에서 출원하여 함께 한수漢水가 된다'고 한 것이 이것이다《水經》曰 : '漾水出隴西郡氐道縣嶓冢山, 東至武都.' 常璩曰 : '漢水有兩源, 此東源也, 即《禹貢》所謂「嶓冢導漾」者. 其西源出隴西西縣[二字今增]嶓冢山, 會泉, 始源曰沔, 逕葭萌入漢.' 東源在今西縣之西, 西源在今三泉縣之東也. 酈道元謂'東西兩川俱出嶓冢而同爲漢水者'是也."

　《수경》원문은 "동쪽으로 무도武都 저현沮縣에 이르러 한수漢水가 된다東至武都沮縣爲漢水"이다. 여기에서 다섯 자 '沮縣爲漢水'를 없애버려 말이 완전하지 않게 되었다. "샘泉을 모아서 된 처음의 근원을 면수沔水라 한다會泉, 始源曰沔"의, "천泉"은 "백수白水" 두 글자로 되어 있다. "처음의 근원을 면수沔水라 한다始源曰沔"는 마땅히 "가맹葭萌을 지나 한수漢水로 유입된다逕葭萌入漢." 아

---

149 상거(常璩) : 자 도장(道將). 동진(東晉) 사학가(史學家). 촉군(蜀郡) 강원(江原)(지금의 사천(四川) 성도(成都) 숭주(崇州)) 출신이다. 현전 최고(最古)의 완비된 지방지인《화양국지(華陽國志)》12권을 지었다. 중국 서남 지역의 산천, 역사, 인물, 민속에 관한 중요한 역사 자료이다.

래로 옮겨야 하니,《화양국지華陽國志》로 증명할 수 있다. "가맹葭萌을 지나 한수漢水로 유입된다逕葭萌入漢"라고 해버리면, 서와 동 두 한수漢水가 근원은 다르지만 같이 흐르게 되는 것이다.

온 세상에 물 가운데 큰 것은 적극 논하지 않을 수 없는 법이다. 역도 원酈道元은 비록 앞서 유중옹庾仲雍[150]의 "한수漢水는 남쪽으로 관성關城에 이 르러 서한수西漢水와 합류한다漢水南至關城合西漢水"는 문장을 인용하기는 했지 만, 역차진歷壓次津으로부터 흘러 단지 "다시 서남西南으로 관성關城 북쪽을 지나고, 제수除水로 흘러 들어간다又西南逕關城北, 除水流入焉"고만 하였지, "동한 수東漢水"에 이른다고는 하지 않았으니, 이것은 두 물이 합류하지 않는 첫 번째 증거이다.

관성關城은 지금의 양평관陽平關으로, 영강주寧羌州 서북 80리 지점에 있 고, 영강주寧羌州 북쪽 90리에 파총산嶓冢山이 있는데 양수漾水가 출원하여 동쪽으로 흘러 면현沔縣의 경계로 유입된다. 서한수西漢水는 영강주寧羌州 서 쪽에 있는데, 약양현畧陽縣에서 흘러 들어와 다시 서남西南으로 사천四川 광 원현廣元縣 경계로 유입되니, 이것은 두 물이 합류하지 않는다는 두 번째 증거이다.

경문 "(양주梁州) 민산岷山과 파산嶓山에 이미 곡식을 심다岷、嶓既藝", "(옹주 雍州) 파총산嶓冢山을 인도하여 형산荊山에 이르게 하다導嶓冢至于荊山"의 산山은 양주梁州의 산이다. "(옹주雍州) 파총산嶓冢山에 양수漾水를 인도하고 동쪽으

---

150 유중옹(庾仲雍) : 육조(六朝)시대 유송(劉宋) 혹은 진송(晉宋)의 지리학자. 저서에는 《상주기(湘州記)》,《형주기(荊州記)》,《강기(江記)》,《한수기(漢水記)》,《심강원기(尋江 源記)》 등이 있다.

로 흘러 한수漢水가 되다嶓冢導漾, 東流爲漢"의 물은 곧 양주梁州의 물이니, 한서현漢西縣이 옹주雍州의 지역인 것과 서한수西漢水가 곧 옹주雍州 지역에서 출원한 것과는 애초에 상관이 없으니, 어찌 후대의 동명同名의 물을 가지고 성경聖經을 어지럽힐 수 있겠는가? 이것은 두 물이 합류하지 않는다는 세 번째 증거이다.

양주梁州의 공도貢道 "잠수潛水에 배를 띄우다浮于潛"의 잠潛은 정강성鄭康成 《주》는 서한수西漢水라고 하였고, "면수沔水를 넘다逾于沔"의 면沔은 곧 동한수東漢水라고 하였다. 두 물 사이는 떨어져 있어 배로 통행할 수 없으므로 경문에서 "넘다逾"라고 한 것이니, 이것은 두 물이 서로 합류하지 않는다는 네 번째 증거이다.

억지로 합친 것이 반고班固에게서 한 번 오류가 생기고, 상거常璩에게서 두 번 오류가 생기게 되었다. 반고班固는 "서현西縣은 《우공》의 파총산嶓冢山이며 서한수西漢水가 출원한다西縣, 《禹貢》嶓冢山, 西漢水所出"고 하여 "우공禹貢" 두 글자가 더 많다. 이것은 별개의 파총嶓冢으로 서한수西漢水의 근원이 되니, 역도원 《수경주》와도 꼭 일치한다. 상거常璩는 "가맹葭萌을 지나 한수漢水로 유입된다逕葭萌入漢"고 하였는데, 지금의 영강주寧羌州에 삼천三泉고성故城과 금우金牛폐현廢縣이 있는데, 모두 옛 가맹葭萌 지역인데, 어찌 일찍이 두 물이 같이 주입되는 것을 보았겠는가?

다른 설은, 단지 위수魏收, 507~572가 찬술한 《지형지地形志》에서 "파총현嶓冢縣에 파총산嶓冢山이 있고, 한수漢水가 출원한다嶓冢縣有嶓冢山, 漢水出焉"에 이르러, 이 지역이 드러나게 되었다. 이 지명 이전에는 단지 《한서 · 지리지》의 서현西縣과 《수경》의 저도현氐道縣뿐이었다. 어떻게 《우공》 3천 년 이후에야 비로소 당시의 양수漢水를 인도한 곳이 이 지역임을 알게 된 것인가? 그러므로 세상에 더욱 논의가 많아지게 되었다.

어떤 이가 물었다.

《통전》에서 파산嶓山은 한중부漢中府 금우현金牛縣에 있다고 하였고, 《환우기》에 파총嶓冢은 삼천현三泉縣 동쪽 28리 지점에 있다고 하였다. 이미 양수漢水가 이곳에서 출원하는 것을 안다면, 한漢 저도현氐道縣의 소재도 알 것인데, 어찌 저도氐道에 대한 고찰은 없는 것인가?

일찍이 황의黃儀, 자 자홍(子鴻)에게 질의하니, 황의가 대답했다.

송宋 삼천현三泉縣은 지금의 영강주寧羌州이며, 한漢 광한군廣漢郡 가맹현葭萌縣 지역이다. 그 북쪽은 지금의 약양현畧陽縣으로 한漢 무도군武都郡 저현沮縣 지역이다. 다시 그 북쪽은 지금의 공창鞏昌의 양당兩當과 한중漢中의 봉현鳳縣으로, 모두 한漢 무도武都 고도현故道縣 지역이다. 한漢 저도현氐道縣에 있어서는 농서군隴西郡에 속한다. 농서隴西 동남東南 경계는 지금의 진주秦州로서, 한漢 가맹현葭萌縣과는 5~6백 리 떨어져 있다. 사이에 무도군武都郡이 끼어 있으니, 어찌 땅을 접하겠는가? 그 물西漢水 또한 가릉강嘉陵江의 물이 중간에 끼어 있어 동한수東漢水로 통할 수 없으므로 고찰함이 없는 것이다.

또한 《채전》에서 인용한 상거常璩의 "서쪽 근원은 지금 삼천현三泉縣의 동쪽에 있다西源在今三泉縣之東"는 마땅히 "동쪽 근원은 지금 삼천현三泉縣의 동쪽에 있다東源在今三泉縣之東"로 써야 하고, "동쪽 근원은 지금 서현西縣의 서쪽에 있다東源在今西縣之西"는 마땅히 "서쪽 근원은 지금 진주秦州 청수현清水縣 상규진上邽鎮 및 서화주西和州의 경계에 있다"로 써야 한다. 채침은 시종 일관 송宋의 서현西縣[지금 면현沔縣에 있다]이 한漢의 서현西縣이 아님을 분별하지 못했다.

又按 : 吾友胊明極賞余前論, 問曰 : "子知庾仲雍之言出何書乎?" 余謝以
不知. 曰 : "《隋書 · 經籍志》有庾仲雍《漢水記》五卷, 當出此. 獨酈《注》引
《漢中記》曰'嶓冢以東, 水皆東流, 嶓冢以西, 水皆西流, 故俗以嶓冢爲分水
嶺', 其作者似已知《漢 · 地理志》之譌, 而以《禹貢》嶓冢爲當實在漢中也者.
不然, 於《漢中記》胡爲詳及嶓冢耶? 蓋不惟不待魏收撰《志》時始知, 而後魏
分沔陽置嶓冢縣已知之矣. 大抵經之理以漸推愈明, 卽經之事迹, 地理亦有然
者, 惜道元歷覽奇書, 特爲班所壓, 不能發揮斯義耳."

내 친우 호위胡渭, 자 비명(朏明)가 나의 앞의 논의를 매우 칭찬하며 "그대
는 유중옹庾仲雍의 말이 어떤 책에서 나온 것인지를 아는가?"라고 물었는
데, 나는 사양하며 모른다고 하였다.

다음과 같이 말하였다. "《수서 · 경적지》에 유중옹庾仲雍의 《한수기漢水
記》5권이 저록되어 있는데, 당연히 거기에서 나온 것이다. 오직 역도원
《수경주》는 《한중기漢中記》의 '파총嶓冢 이동以東의 물은 모두 동쪽으로 흐
르고, 파총嶓冢 이서以西의 물은 모두 서쪽으로 흐른다. 따라서 세속에서는
파총嶓冢을 분수령分水嶺으로 여긴다'嶓冢以東, 水皆東流, 嶓冢以西, 水皆西流, 故俗以嶓冢爲
分水嶺'를 인용하였는데, 《한중기漢中記》의 작자는 이미 《한서 · 지리지》의
오류를 알았고, 《우공》의 파총嶓冢이 실제로 한중漢中에 있는 것이 마땅함

을 알았던 것 같다. 그렇지 않다면 《한중기漢中記》에서 왜 파총嶓冢을 상세하게 언급하였겠는가? 위수魏收가 《지志》를 편찬함에 이르러서야 비로소 알게 되었고, 이후 위魏나라가 면양沔陽을 나누어 파총현嶓冢縣을 설치하면서 알려지게 되었다. 대체로 경經의 이치는 점점 밝아지는 법이니, 곧 경經의 사적事迹과 지리地理도 그러한 것이다. 애석하게도 역도원은 기이한 책을 두루 열람하였고, 특히 반고班固에 압도당하여 이런 의의를 발휘할 수 없었을 뿐이다."

원문

又按 : 嶓冢山當有三, 其可考者, 出《元和志》"在興元府金牛縣東二十八里, 漢水所出", 此眞《禹貢》嶓冢山, 《漢中記》一名分水嶺是也 ; 《元和志》"在秦州上邽縣西南五十八里, 漾水所出", 此《班志》誤認《禹貢》之嶓冢山, 今一名分水嶺是也. 二山各不同. 余曾至秦州此山下, 山不甚高, 而峯岫延長連屬若丘塚. 問其土人寧羌州此山若何? 愕然曰 : "從金牛驛北望見嶓冢山, 嶻然雲表, 豈敝地所能作其兒孫乎? 但水亦微細, 自西東流, 即所謂'嶓冢導漾'者, 水纔濫觴, 合五丁峽水東流爲沔, 其流始大. 此地則水出嶺時爲南流, 與東不合耳". 余心識之, 以爲負薪能談王道. 至氐道嶓冢, 實無考者. 參以《元和志》, 鳳州兩當, 河池二縣並云"永嘉之後地沒氐羌, 縣名絕矣", 興州云"晉永嘉末, 氐人楊茂搜自號氐王, 據武都. 自後郡縣荒廢", 則氐道縣之不知所在, 豈得已哉? 然郭璞註《山經》嶓冢"今在武都氐道縣南", 常璩撰《漢中志》"東漢水源出武都氐道", 又並隷氐道於武都郡, 與漢制不同.

파총산幡冢山에 해당되는 것은 세 가지가 있으니, 고찰할 수 있는 것은 《원화지》에 나오는 "홍원부興元府 금우현金牛縣 동쪽 28리 지점에 있으며, 한수漢水가 출원하는 곳이다在興元府金牛縣東二十八里, 漢水所出"인데, 이곳이 진짜 《우공》 파총산幡冢山이며, 《한중기漢中記》의 일명 분수령分水嶺이라는 곳이다. 《원화지》의 "진주秦州 상규현上邽縣 서남 58리에 있으며, 양수漾水가 출원하는 곳이다在秦州上邽縣西南五十八里, 漾水所出"는 《한서 · 지리지》에서 《우공》의 파총산幡冢山으로 오인한 곳이며, 오늘날 일명 분수령分水嶺이라는 곳이다. 두 산은 각각 같지 않다.

내가 일찍이 진주秦州의 그 산 아래에 갔는데, 산이 그리 높지 않으나, 산봉우리가 길게 이어진 것이 구총丘塚의 부류 같았다. 그 지역민들에게 영강주寧羌州의 그 산이 어떤지를 물었다. 깜짝 놀라며 대답했다. "금우역金牛驛에서 북쪽으로 파총산幡冢山을 바라보면 아득히 구름으로 가려져 있는데, 어찌 피폐한 땅에서 자손들을 키울 수 있겠는가? 다만 물도 작고 가늘게 서쪽에서 동쪽으로 흐르니 이른바 '파총幡冢에 양수漾水를 인도하다幡冢導漾'는 것이며, 물은 겨우 남상濫觴이 되고, 오정협五丁峽에서 물이 합류하여 동쪽으로 흘러 면수沔水가 되면, 그 흐름이 비로소 커진다. 이 지역은 물이 분수령에서 나올 때는 남쪽으로 흐르니, 동쪽으로 합류하지 않는다." 나는 마음 속으로 섶을 지고 왕도王道를 논하는 짓이라고 여겼다.

저도氐道 파총幡冢에 있어서는 실로 고찰할 것이 없다. 《원화지》를 참고해보면, 봉주鳳州 양당兩當, 하지河池 두 현縣에 모두 "영가永嘉 이후에 그 땅이 저강氐羌에 함락되어, 현명縣名이 끊어졌다永嘉之後地沒氐羌, 縣名絶矣"고 하였

고, 홍주興州에 "진晉 영가永嘉 말엽, 저인氐人 양무수楊茂搜가 저왕氐王으로 자
칭하며, 무도武都에 의지하였다. 그 후로 군현郡縣이 황폐해졌다晉永嘉末, 氐人
楊茂搜自號氐王, 據武都. 自後郡縣荒廢"고 하였으니, 저도현氐道縣의 소재를 알 수 없
는 것을 어찌 하겠는가? 그러나 곽박郭璞이 《산해경》 파총嶓冢에 대해 "지
금의 무도武都 저도현氐道縣 남쪽에 있다今在武都氐道縣南"고 주해하였고, 상거常
璩가 지은 《한중지漢中志》에 "동한수東漢水 근원은 무도武都 저도氐道에서 출
원한다東漢水源出武都氐道"고 하였다. 또한 저도氐道를 무도군武都郡에 예속시킨
것은 한漢의 제도와 같지 않다.

又按:《水經》以"漾水出隴西氐道縣嶓冢山, 東至武都沮縣爲漢水". "爲漢
水"者, 爲西漢水也. 故下文又東南至廣魏與白水合, 又東南至葭萌縣與羌水
合. 酈氏《注》云: "今西縣嶓冢山, 西漢水所導也." 此自遙承上班固《地理
志》來, 不見有"禹貢"字面, 是道元以《班志》"西縣"下"禹貢"字爲非, 但不顯
駁之, 古人文多隱約.《水經》以"沔水出武都沮縣東狼谷中", 此爲東漢水. 又
言"沔水東南逕沮水戌而東南流注漢", 酈氏《注》云: "所謂沔漢者也.《尙書》
曰'嶓冢導漾, 東流爲漢'." 特標出"尙書曰", 是道元以大禹當日之所導實在此,
於西漢了無涉. 獨亡友顧景范謂:《水經》不詳漢所自出, 沔水一名沮, 特入
漢之小水耳, 反詳志其源, 忘却出今寧羌州者何與? 說極是. 余請兩言以剖別
之, 曰: 西漢水可單曰漢水, 亦可曰漾水, 亦可曰沔水. 東漢水可單曰漢水, 亦
可曰漾水, 亦可曰沮水, 亦可曰沔水. 酈道元謂"東西兩川俱出嶓冢", 猶言各
出嶓冢云爾. 而"同爲漢水", 猶言同名漢水云爾. 近代《雍大記》引《通典》"嶓

冢山有二, 一在天水上邽, 一在漢中金牛", 從而釋之曰 : "西漢水在西和縣,
源出嶓冢山, 西流與馬池水合, 此乃上邽之嶓冢, 在今秦州. 漢江源出沔縣嶓
冢山, 東流入金州, 此乃金牛之嶓冢. 《禹貢》'嶓冢導漾'乃沔縣之嶓冢, 非秦
州之嶓冢." 知嶓冢有二, 則西,東二漢源流各自了然. 此殆可以注酈《注》矣.

번역 우안又按

《수경》은 "양수漾水는 농서隴西 저도현氐道縣 파총산嶓冢山에서 출원하여,
동쪽으로 무도武都 저현沮縣에 이르러 한수漢水가 된다漾水出隴西氐道縣嶓冢山, 東至
武都沮縣爲漢水"고 하였다. "한수漢水가 된다爲漢水"는 서한수西漢水이다. 따라서
다음 문장에서 다시 동남으로 흘러 광위廣魏에 이르러 백수白水와 합류하
고, 다시 동남으로 흘러 가맹현葭萌縣에 이르러 강수羌水와 합류한다고 하
였다. 역도원《수경주》는 "지금 서현西縣 파총산嶓冢山이며, 서한수西漢水가
인도된 곳이다今西縣嶓冢山, 西漢水所導也"고 하였다. 이 설은 멀리 반고班固의
《지리지地理志》로부터 온 것인데, "우공禹貢"이라는 글자가 보이지 않는 것
은 역도원은 《한서 · 지리지》"서현西縣" 아래의 "우공禹貢"이라는 글자를
틀린 것으로 생각한 것이며, 다만 그것을 반박하지 않은 것은 옛 사람의
글이 대부분 은약隱約하기 때문이다.

《수경》은 "면수沔水는 무도武都 저현沮縣 동랑곡東狼谷 안에서 출원한다沔水
出武都沮縣東狼谷中"고 하였는데, 이것은 동한수東漢水이다. 또한 "면수沔水는 동
남東南 저수수沮水戍를 지나고 동남으로 흘러 한수漢水로 주입된다沔水東南逕沮
水戍而東南流注漢"고 하였고, 역도원《수경주》는 "이른바 면한沔漢이라는 것이
다. 《상서尙書》의 '파총嶓冢에 양수漾水를 인도하여 동쪽으로 흘러 한수漢水

가 된다'이다所謂沔漢者也.《尙書》曰'嶓冢導漾, 東流爲漢'"라고 하였다. 특별히 "상서 왈尙書曰"이라고 표시한 것은 역도원은 대우大禹 당시에 인도한 곳이 실제로 이곳에 있었다고 여겼고, 서한수西漢水와는 관련이 없는 것이다.

오직 망우亡友 고경범顧景范이 다음과 같이 말했다.

《수경》은 한수漢水가 출원하는 곳이 상세하지 않다. 면수沔水는 일명 저수沮水이고, 단지 한수로 유입되는 작은 물일 뿐인데 오히려 그 근원을 상세하게 기록하고, 지금 영강주寧羌州에서 출원하는 것을 망각한 것은 무엇 때문인가?

이 설이 매우 옳다. 나는 두 가지를 나누어 구별해 줄 것을 청하였다.

서한수西漢水를 간단히 한수漢水라고 할 수 있고, 또한 양수漾水라고 할 수 있으며, 또한 면수沔水라고도 할 수 있다. 동한수東漢水를 간단히 한수漢水라고 할 수 있고, 또한 양수漾水라고 할 수 있으며, 또한 저수沮水라고 할 수 있으며, 또한 면수沔水라고도 할 수 있다. 역도원酈道元이 말한 "동서東西 두 천川이 모두 파총嶓冢에서 출원한다東西兩川俱出嶓冢"는 각각 파총에서 나온다는 말과 같다. 그러나 "같이 한수漢水가 된다同爲漢水"는 한수漢水의 이름을 같이 부른다는 말과 같다. 근대의 《옹대기雍大記》는 《통전》의 "파총산嶓冢山은 두 개가 있는데, 하나는 천수天水 상규上邽에 있고, 다른 하나는 한중漢中 금우金牛에 있다嶓冢山有二, 一在天水上邽, 一在漢中金牛"를 인용하여 설명하기를 "서한수西漢水는 서화현西和縣에 있는데, 근원은 파총산嶓冢山에서 출원하여, 서쪽으로 흘러 마지수馬池水와 합류하는데, 이것이 곧 상규上邽의 파통嶓冢이며 지금의 진주秦州에 있다. 한강漢江의 근원은 면현沔縣 파총산嶓冢山에서 출원하여, 동쪽으로 흘러 금주金州로 유입되는데, 이것이 곧 금우金牛의 파총

嶓冢이다. 《우공》 '파총嶓冢에 양수漾水를 인도하다嶓冢導漾'는 곧 면현沔縣의 파총嶓冢이지, 진주秦州의 파총嶓冢이 아니다"고 하였다. 파총嶓冢이 두 개임을 안다면 서西와 동東 두 개의 한원漢源이 각각 흘러가는 것이다.

이 설은 아마도 역도원《수경주》를 주해할 수 있을 것이다.

又按：孔安國《傳》"嶓冢導漾"二句曰："泉始出山爲漾水, 東南流爲沔水, 至漢中東流爲漢水", "東南流爲沔水"遙與前"逾于沔"《傳》"漢上曰沔"相照應, 補出此句最佳. 余欲以《班志》"沮縣"下《注》"沮水出東狼谷, 南至沙羡南入江, 過郡五, 行四千里", 取"武都縣"下《注》"一名沔, 過江夏, 謂之夏水"十字補入"東狼谷"之下, "南至沙羡"之上, 東漢水源源委委方備. 《班志》最亂道者, "武都縣"下《注》"東漢水受氐道水"七字. 試問漢武都縣爲郡治, 傍仇池山, 遠在東漢發源處三四百里之上, 豈有反下受漾水之理? 余嘗愛魏文侯告西門豹之言："人始入官如入晦室, 久而愈明." 談水道者亦復爾爾. 而今而後, 恐班孟堅亦不能相欺矣!

우안又按

공안국《전》은 "파총嶓冢에 양수漾水를 인도한다嶓冢導漾" 두 구절에 대해 "샘이 처음 산에서 나와서 양수漾水가 되고, 동남으로 흘러서 면수沔水가 되고, 한중漢中에 이르러 동쪽으로 흘러 한수漢水가 된다泉始出山爲漾水, 東南流爲沔水, 至漢中東流爲漢水"고 하였는데, "동남으로 흘러서 면수沔水가 된다東南流爲沔水"는 말은 앞서 "(梁州) 면수沔水를 넘다逾于沔"의《전》"한수漢水의 상류를 면沔이라 한다漢上曰沔"와 서로 상응하므로, 이 구절을 보충하는 것이 가장 좋다.

나는 《한서 · 지리지》 "저현沮縣" 아래 《주》 "저수沮水는 동랑곡東狼谷에서 출원하여, 남쪽으로 사선沙羨 남쪽에 이르러 강수江水로 유입되는데, 다섯 개의 군郡을 지나며 4천 리를 간다沮水出東狼谷, 南至沙羨南入江, 過郡五, 行四千里"에 대하여, "무도현武都縣" 아래의 《주》 "일명 면수沔水라고 하며, 강하江夏를 넘으면 하수夏水라고 한다一名沔, 過江夏, 謂之夏水"는 열 글자를 취하여 "동랑곡東狼谷"아래, "남쪽으로 사선沙羨에 이른다南至沙羨" 위에 보충해서, 동한수東漢水의 원위源委를 갖추어주고 싶다. 《한서 · 지리지》에서 가장 도道를 어지럽히는 것은 "무도현武都縣" 아래 《주》 "동한수東漢水는 저도수氐道水를 받아들인다東漢水受氐道水." 일곱 글자이다. 한 번 물어보건대, 한漢 무도현武都縣은 군치郡治이고, 구지산仇池山이 옆에 있고, 동한수東漢水의 발원처發源處 3~4백 리 위에 멀리 있는데, 어찌 도리어 하류의 양수漾水를 받아들이는 이치가 있겠는가?

나는 일찍이 위문후魏文侯가 서문표西門豹에게 알려준 말을 좋아했다. "사람이 처음 벼슬길에 나서는 것은 마치 캄캄한 밤에 방에 들어가는 것과 같아 한참이 지나야 밝아진다人始入官如入晦室, 久而愈明."[151] 수도水道를 담론하는 자도 또한 이를 반복하는 것일 뿐이다. 지금 이후로는 아마도 반고班固, 자 맹견(孟堅)도 속일 수 없을 것이다!

---

151 《설원 · 정리(政理)》에 보인다.

又按：胡朏明曰："昔賢謂《水經》非一人一時所作, 其證頗多. 今更以漾
水一條驗之：《經》云'漢水東南至廣魏白水縣西', 廣魏即廣漢, 蓋曹氏改稱.
此經乃魏人所續, 宋本改爲'廣漢', 反失眞面目矣. 不惟此也, 羌水,涪水,梓
潼,《水經》文皆有廣魏, 又有小廣魏, 不一而足, 明係作者遵制而書, 非字之
譌. 凡'魏'朱謀㙔悉作'漢', 特未深考耳." 又曰："《水經》魏人續成, 自後間有
所附益, 亦未必下及隋唐. 頃讀至'漾水'末有'漢州江津縣', 大驚曰：此非隋
唐人筆乎?'漢'乃'渝'字之譌. 然渝州江津縣今屬重慶府, 本州治巴縣地, 西
魏分置江陽縣, 隋改曰江津. 巴縣在東, 江津在西, 漢水不得過江津也. 再三
推尋, 不知其故. 及讀至'羌水', 云：'出羌中, 東南至廣魏白水縣與漢水合.
又東南至巴郡閬中縣, 又南至墊江縣, 東南入於江.' 憬然悟曰：羌水合白水,
東南流至白水縣與漢水合. 漢水入江之道, 即羌水入江之道. 自"閬中"以下,
經文正當與此字字相同也. 今本之誤, 蓋由'東南入于江'之上字有空缺, 妄庸
人率意塡補耳, 非續經也. 墊江, 今合州. 漢水流徑州東, 涪水西自州南來注
之, 正酈氏所云'涪水注之, 故仲雍謂涪內水者也'. 若作渝州江津縣, 則涪,漢
之合遠在上流, 經,注齟齬矣. '東南入漢州江津'七字, 當改作'南至墊江'四
字." 予曰："入"字尤非,《水經》次水所逕過之郡之縣, 未有用"入"字者.

우안又按

호위胡渭, 자 비명(朏明)가 말했다.

"옛날 현인이 이르길《수경》은 한 사람, 한 시대의 작품이 아니며, 그
증거가 매우 많다고 하였다. 지금 다시 양수漾水 한 조목으로 증험해보겠

다.《수경》은 '한수漢水는 동남으로 광위廣魏 백수현白水縣 서쪽에 이른다漢水東南至廣魏白水縣西'고 하였는데, 광위廣魏는 곧 광한廣漢으로 조씨曹氏가 개칭改稱하였다. 이 경문은 곧 위인魏人이 이어 쓴 것인데, 송본宋本은 '광한廣漢'으로 고치면서 오히려 진면목을 잃었다. 오직 이뿐만 아니라, 강수羌水, 부수涪水, 재동梓潼은《수경》문장에서 모두 광위廣魏에 있고, 또 소광위小廣魏에도 있는데, 하나로 만족하지 않은 것은 명백히 이어서 쓴 작자가 제도에 따라 쓴 것이지 글자의 오류가 아니다. 모든 '위魏'자를 주모한朱謀㙔, 1564~1624이 다 '한漢'으로 쓴 것은, 단지 깊은 고찰을 하지 않았기 때문이다.”

또 말하였다. “《수경》은 위인魏人이 이어서 완성하였는데, 그 이후에 간간히 덧붙인 바가 있으나, 또한 이후 수당隋唐까지는 이르지 않는다. 읽다가 '양수漾水' 끝에 '한주漢州 강진현江津縣'에 이르러, '이것은 수당인隋唐人의 기록이 아닌가?'라며 크게 놀랐다. '한漢' 곧 '유渝'자의 오류이다. 그러나 유주渝州 강진현江津縣은 지금의 중경부重慶府에 속하고, 유주渝州 주치州治는 파현巴縣지역이었는데, 서위西魏 때 나누어 강양현江陽縣을 설치하였고, 수隋 때 강진江津으로 개명하였다. 파현巴縣은 동쪽에 있고 강진江津은 서쪽에 있으므로 한수漢水는 강진江津을 넘을 수 없다. 두 번 세 번 찾아보아도 그 연고를 알 수 없었다. 읽다가 '강수羌水'에 이르러, '(강수羌水는) 강중羌中으로 나와, 동남으로 광위廣魏 백수현白水縣에 이르러 한수漢水와 합류한다. 다시 동남으로 파군巴郡 낭중현閬中縣에 이르고, 다시 남쪽으로 점강현墊江縣에 이르며, 동남東南으로 강수江水로 유입된다出羌中, 東南至廣魏白水縣與漢水合. 又東南至巴郡閬中縣, 又南至墊江縣, 東南入於江'고 하였다. 비로소 깨닫게 되었다. 강수羌水는 백수白水와 합류하여, 동남으로 흘러 백수현白水縣에 이르러 한수漢水와 합류한다. 한수漢水가 강江으로 유입되는 길이 곧 강수羌水가 강江으로 유입되는 길이었다. '낭중閬中' 이후로부터 경문經文이 이 글자들과 서로 일치하였다. 금본今本의 오류는 '동남東南으로 강수江水로 유입된다東南入于江'의 앞 글자가 빠져 있는 것인데, 함부로 일반인이 임의로 보충한 것일 뿐이며, 경문을 이어 쓴 것이 아니다. 점강墊江은 지금의 합주合州이다. 한수漢水는 합주合州의 동쪽을 흘러 지나고, 부수涪水의 서쪽이 합주合州의 남쪽으로부터 와서 한수漢水로 주입되니, 이것이 바로 역도원이 말한 '부수涪水가 주입되므로, 유중옹庾仲雍이 부내수涪內水라고 하였다涪水注之, 故仲雍謂涪內水者也'는 것이다. 만약 유주渝州 강진현江津縣으로 썼다면, 부수涪水와 한수漢水의 합류는 멀리 상류上流에 있게 되어, 경經과 주注가 서로 어긋나게 된다. '동남으로 한주漢州 강진江津으로 들어온다東南入漢州江津' 일곱 글자는 마땅히 '남쪽으로 점강墊江에 이른다南至墊江'는 네 글자로 써야 한다."

나는 말하였다.

"입入"자가 더욱 틀렸으니, 《수경》에서 물이 지나고 넘는 군郡과 현縣의 차례에는 "입入"자를 쓰지 않았다.

원문

又按：常璩漢有二源, 以東源爲卽《禹貢》之漾水, 極是. 與《水經》各自一書, 非承《水經》而爲文者. 蔡氏於此全昧, 旣引「《水經》漾水"云云, 旋接"常璩曰此東源也", 常氏止以西源爲沔漢, 酈氏引《漢中記》以駁之, 復駁其漾山之目, 原未及東源之誤. 此蔡氏連綴其文輒失者是也. 獨道元於《水經》以西漢水爲漾, 曲徇其說, 寧取《山海經》,鬪氏荒誕之說曰：川流有潛通之理, 故

漾,漢互稱. 至敍次通谷水曰:"上承漾水, 西南流爲西漢水." 漾水之稱, 仍屬
東漢. 酈氏微意, 居然可覩矣.

번역 우안又按

　　상거常璩가 한수漢水에 두 개의 근원이 있고, 동원東源이 곧《우공》의 양
수漾水라고 한 것은 매우 옳다. 상거常璩의《화양국지華陽國志》는《수경》과
별개의 책이며,《수경》을 계승하여 쓴 글이 아니다. 채침은 여기에 대해
서 완전 우매하여, 이미 "《수경》양수漾水"를 인용하고, 바로 이어서 "상
거常璩는 이것이 동원東源이라고 하였다常璩曰此東源也 (…중략…)"를 인용하
였다. 상거常璩는 단지 서원西源을 면한沔漢이라고 하였고, 역도원은《한중
기漢中記》를 인용하여 그 내용을 반박하고 다시 양산漾山의 조목에서 반박
하였으나, 원래 동원東源의 오류는 언급하지 않았다. 이것은 채침이 그 문
장을 이어붙이면서 생긴 오류이다. 오직 역도원은《수경》에서 서한수西漢
水를 양수漾水라고 한 것을 그대로 따랐는데, 차라리《산해경》과 진晉 감인
闞駰의 황당한 설을 취하여 천川의 흐름은 잠겨서 통하는 이치가 있으므로
양수漾水와 한수漢水는 서로 칭해질 수 있다고 해야 할 것이다. 통곡수通谷水
를 서술함에 이르러서는 "위로는 양수漾水를 이어서, 서남으로 흘러 서한
수西漢水가 된다上承漾水, 西南流爲西漢水"고 하였으니, 양수漾水의 명칭은 곧 동한
수東漢水에 속하는 것이다. 역도원의 은미한 뜻을 가만히 엿볼 수 있다.

원문

又按 : 張衡《西京賦》云 : "左有崤函重險", "右有隴坻之隘.", "於前則終

南太一", "於後則高陵平原". 又云："連岡乎嶓冢", 繫于"終南太一"之下, 與上文"右有隴坻"不相承. 參以潘岳《西征賦》"面終南而背雲陽, 跨平原而連嶓冢", 則二公似皆指廣漢葭萌之嶓冢, 非指隴西西縣之嶓冢, 與《禹貢》合. 作《漢中記》者, 雖未知與岳孰後先, 要必出張平子後, 是東漢人已有不同《班志》者矣. 胐明曰："子可謂'引而伸之, 觸類而長之'矣."

[번역] 우안又按

　장형張衡, 78~139, 자 평자(平子)《서경부西京賦》에 "(함양咸陽) 동쪽으로는 효산崤山, 함곡관函谷關의 중첩한 험함이 있네左有崤函重險", "서쪽으로는 농저隴坻의 장애가 있네右有隴坻之阻", "앞에는 종남 태일於前終南太一", "뒤에는 고릉 태원於後則高陵平原이라고 하였다. 또한 "파총으로 산등성이 이어지네連岡乎嶓冢"라고 한 것은 "종남 태일終南太一" 아래에 이어지지, 앞의 "서쪽에 농저隴坻가 있다"와 서로 이어지지 않는다.[152] 반악潘岳, 247~300《서정부西征賦》의 "종남終南을 마주하고 운양雲陽을 등지고, 평원平原을 넘어 파총嶓冢으로 이어지네面終南而背雲陽, 跨平原而連嶓冢"를 참고해보면, 두 사람은 모두 광한廣漢 가맹葭萌의 파총嶓冢을 가리킨 것이고, 농서隴西 서현西縣의 파총嶓冢을 가리킨 것이 아닌 듯하니, 《우공》과 합치한다. 《한중기漢中記》를 지은 자는 비록 반악潘岳과 더불어 누가 먼저 태어났는지는 알 수 없으나, 반드시 장형張衡, 자 평자(平子) 이후에 태어났을 것이므로, 이는 동한인東漢人 가운데 이미

152　장형(張衡)《서경부(西京賦)》"漢氏初都, 在渭之涘, 秦裏其朔, 實爲咸陽. 左有崤函重險, 桃林之塞, 綴以二華, 巨靈贔屭, 高掌遠蹠, 以流河曲, 厥迹猶存. 右有隴坻之阻, 隔閡華戎, 岐梁汧雍, 陳寶鳴雞在焉. 於前終南太一, 隆崛崔崒, 隱轔鬱律, 連岡乎嶓塚, 抱杜含戶, 欱灃吐鎬, 爰有藍田珍玉, 是之自出. 於後則高陵平原, 據渭踞涇, 澶漫靡迤, 作鎮於近."

《한서 · 지리지》의 설과 같지 않은 자가 있었던 것이다.

호위胡渭, 자 비명(朏明)가 말했다. "그대는 '늘여서 신장시키고 유사함이 닿는 대로 키워나가는引而伸之, 觸類而長之'[153] 사람이라 할 수 있을 것이다."

원문

又按：人亦有言, '博古易, 通今難.' 蔡氏古既不博, 今尤不通. 三泉縣其彰彰者矣, 唐有三三泉縣：一義寧二年置, 以彭原縣西南三泉故城爲名, 後更名同川; 一武德四年置, 以山下有三泉水爲名, 在嘉陵江之西; 一天寶元年移於嘉陵江東一里, 樂史所謂即今縣理是也. 宋有二三泉縣：一即唐故治, 後至道二年建大安軍, 縣遂廢; 一重置於今沔縣界, 即今大安驛, 蓋紹興三年改置大安軍於此, 復置縣以隸焉, 同在嘉陵江之東. 若當蔡氏時言西源, 東源, 更當云 "東源在今三泉縣之西". 余上謂其當作"在今三泉縣東"者, 猶不識末之復置三泉縣治所耳.

번역 우안又按

또한 사람들이 하는 말 가운데 '옛것을 널리 아는 것은 쉬우나 지금의 것에 능통하기는 어렵다'는 말이 있다. 채침은 옛것에 이미 박식하지 않았고, 지금의 것에 더욱 통하지 못했다. 삼천현三泉縣은 밝게 드러난 것으로 당唐에는 세 개의 삼천현三泉縣이 있었다. 하나는 의녕義寧 2년[618]에 설치된 것으로, 팽원현彭原縣 서남의 삼천三泉 고성故城으로 인해 명명되었고,

---

153 《역 · 계사 상(上)》 引而伸之, 觸類而長之, 天下之能事畢矣.

이후 동천同川으로 개명되었다. 다른 하나는 무덕武德 4년621에 설치되었는데, 산 아래 있는 삼천수三泉水로 인해 명명되었으며, 가릉강嘉陵江의 서쪽에 있었다. 나머지 하나는 천보天寶 원년742, 가릉강嘉陵江 동쪽 1리 지점으로 옮겨진 것인데, 악사樂史가 이른바 곧 지금의 현리縣理가 그곳이다.

송宋에는 두 개의 삼천현三泉縣이 있었다. 하나는 곧 당唐의 고치故治로서, 이후 지도至道 2년996 대안군大安軍을 설치하면서, 현縣은 마침내 폐지되었다. 다른 하나는 지금의 면현沔縣 경계, 곧 지금의 대안역大安驛에 다시 설치된 것인데, 소흥紹興 3년1133 여기에 대안군大安軍을 다시 설치하고, 다시 현縣을 설치하여 예속시켰는데, 모두 가릉강嘉陵江의 동쪽에 있었다. 만약 채침 당시에 서원西源과 동원東源을 말한다면, 마땅히 "동원東源은 지금의 삼천현三泉縣 서쪽에 있다東源在今三泉縣之西"고 해야만 한다. 내가 앞에서 마땅히 "지금의 삼천현 동쪽에 있다今三泉縣東"라고 적어야 한다고 했던 것은 송대宋代에 삼천현三泉縣의 치소治所를 다시 설치한 것을 몰랐던 것이다.

원문

又按：西,東兩漢水, 予與朏明,子鴻反覆考辨者彌月, 始少了了. 久之, 朏明復告予曰："西東二源不相牽合,《水經》固爲得之, 而以西源爲漾, 則與《班志》同失, 東源知有沔而不知有漾. 知有東狼谷而不知有嶓冢山, 似與'嶓冢導漾'之經文絶不相蒙, 而自爲一說矣." 予問："然則必如何, 而後可不悖於《禹貢》?" 朏明曰："漢水自爲一目, 而以漾爲漢之始源, 以沔爲漢之別源, 以潛爲漢之伏流, 而嘉陵水出自隴西者, 則與羌,白,涪諸水並列, 不名爲漢, 斯可以折羣言而翼聖經矣."

서西, 동東 두 한수漢水에 대해, 내가 호위胡渭, 자 비명(朏明), 황의黃儀, 자 자홍(子鴻)와 더불어 반복해서 고변考辨한 지 10개월이 넘어서야 비로소 조금 명백해졌다. 오래 지나서, 호위胡渭, 자 비명(朏明)가 다시 나에게 알려왔다. "서西, 동東 두 근원은 서로 끌어서 합할 수 없는 것은《수경》이 진실로 그렇게 여겼지만, 서원西源을 양수漾水라고 한 것은《한서·지리지》와 오류가 같으며, 동원東源에 면수沔水가 있는 것은 알았으나 양수漾水가 있는 것은 알지 못했고, 동랑곡東狼谷이 있는 것을 알았으나 파총산嶓冢山이 있는 것은 알지 못한 것은, '파총嶓冢에 양수漾水를 인도하다嶓冢導漾'는 경문經文과는 절대 서로 상관이 없고 그 자체로 일설이 된다."

내가 물었다. "그렇다면 반드시 어떻게 해야《우공》과 어긋나지 않게 되는가?"

호위胡渭, 자 비명(朏明)가 대답했다. "한수漢水를 자체로 하나의 조목으로 하되, 양수漾水를 한수漢水의 시원始源으로 하고, 면수沔水를 한수漢水의 별원別源으로 하고, 잠수潛水를 한수漢水의 복류伏流로 하고, 가릉수嘉陵水는 농서隴西에서 나오는 것으로 하면 강수羌水, 백수白水, 부수涪水 모든 물들과 나란하게 한수漢水로 명명하지 않게 되니, 그렇게 되면 군설羣說들을 꺾어버리고 성경聖經을 지킬 수 있을 것이다."

又按：班氏《地理志》簡而核，然言水有與今不合者，有徑說錯者，須分別觀之．"毗陵縣"《注》："北江在北，東入海，即今岷江也.""吳縣"《注》："南

江在南, 束入海, 即今吳松江,《左氏》之笠澤也."自《三國志·注》左慈在曹
公坐, 釣松江鱸魚, 始有松之名.[《後漢書·左慈傳》曹操曰:"今日高會, 所少
吳松江鱸魚耳.""吳"字讀, 指郡名, 故章懷太子賢止註"松江"二字, 不連吳]
《陳書·侯縝傳》:"縝追侯景, 與戰, 敗於吳松江."是時已有吳松江之名, 不
待宋元來. 並水道與今合者. 其不合, 則"蕪湖縣"《注》"中江出西南, 束至陽
羨入海, 即今荊溪也". 蓋謂至陽羨入太湖, 由湖以入江, 由江以入海. 古人多
說得闊遠, 非誤也. 予嘗相其地形, 束壩自明洪武, 永樂兩番築之後, 若宣州,
若歙州, 若今廣德州, 西境諸水悉從蕪湖以達大江, 不復涓滴入太湖. 惟廣德
州束境及溧陽, 金壇, 宜興諸水總匯於荊溪, 然後束入太湖, 故三吳水患少. 此
豈非束壩之力哉? 水與班氏時迥相反. 討論《景定建康志》, 唐景福三年, 楊
行密將臺濛作魯陽五堰. 是時中江作堰, 江流亦既狹矣. 五堰今易爲二壩, 統
名曰束壩. 其實《元和志》當塗縣有蕪湖水, 在縣西南八十里, 源出縣束南之
丹陽湖, 西北流入于大江, 水道蚤與今時符合. 應是唐元和以前, 此地已置堰,
方改而爲西北流入江, 與漢中江水束流至宜興者不合. 作《建康志》者見尚不
及此, 頗覺齮然. 至說錯, 則"石城縣"《注》"分江水首受江, 束至餘姚入海, 行
千二百里". 石城廢縣在今貴池縣西七十里, 無復斯水. 信如"首受江"之說, 餘
姚乃在浙江束岸, 又中隔宣, 歙諸水, 安得越而束過至餘姚以入海乎? 酈《注》
復附會江水自石城束出, 遲吳國南爲南江, 不知南江班氏指吳松尾洩太湖之
水者, 豈首受岷江者乎? 同作夢語. 兩公聞之, 亦應自笑於地下也.

번역 우안又按

반고班固《지리지》는 간략하고 견실하지만, 물水을 말함에 있어 지금과 합치하지 않는 것이 있고, 성급하게 말한 착오가 있으므로 반드시 분별하여 보아야 할 것이다. "비릉현毗陵縣"《주》는 "북강北江이 북쪽에 있고, 동쪽으로 대해大海로 유입되니, 곧 지금의 민강岷江이다北江在北, 東入海, 即今岷江也"고 하였다. "오현吳縣"《주》는 "남강南江이 남쪽에 있고, 동쪽으로 대해大海로 유입되니, 곧 지금의 오송강吳松江이며, 《좌씨左氏》의 입택笠澤이다南江在南, 東入海, 即今吳松江,《左氏》之笠澤也"고 하였다. 《삼국지 · 주注》의 좌자左慈가 조조曹操의 연회에서 송강松江의 농어를 낚은 것으로부터, 비로소 송松이라는 이름을 얻었다.[《후한서 · 방술열전方術列傳 · 좌자전左慈傳》조조曹操가 "오늘 성대한 연회에, 부족한 것은 오吳송강松江의 농어뿐이다今日高會, 所少吳松江鱸魚耳"라고 하였다. "오吳"자는 군명郡名을 가리키므로, 장회태자章懷太子 이현李賢은 단지 "송강松江"두 글자만 주해하고, 오吳자를 이어 읽지 않았다.]《진서陳書 · 후진전侯瑱傳》에 "후진侯瑱이 후경侯景을 추격하여 더불어 싸웠는데, 오송강吳松江에서 대패시켰다續追侯景, 與戰, 敗於吳松江"고 하였으니, 이 당시에 이미 오송강吳松江이라는 명칭이 있었으니, 송원宋元까지 기다릴 것은 없다. 아울러 수도水道는 지금과 합치한다. 합치하지 않은 것은 "무호현蕪湖縣"《주》의 "중강中江은 서남西南에서 출원하여, 동쪽으로 양선陽羨에 이르러 대해大海로 유입되니, 곧 지금의 형계荊溪이다中江出西南, 東至陽羨入海, 即今荊溪也"이다. 대체로 양선陽羨에 이르러 태호太湖로 유입되고, 태호에서 강수江水로 유입되며, 강수江水에서 대해大海로 유입된다고 말한 것이다. 옛 사람들이 활원闊遠하게 많이 말한 것이지 오류가 아니다.

나는 일찍이 그 지형을 관찰했는데, 동패東壩가 명明 홍무洪武, 1368~1398, 영락永樂, 1403~1424 연간에 두 차례 축조된 이래로, 선주宣州, 흡주歙州, 지금의 광덕주廣德州와 같은 주州의 서쪽 경계의 모든 물들은 다 무호無湖로부터 대강大江에 도달하고, 작은 물줄기라도 다시는 태호太湖로 유입되지 않았다. 오직 광덕주廣德州 동쪽 경계 및 율양栗陽, 금단金壇, 의흥宜興의 모든 물들은 모두 형계荊溪에 모인 다음 동쪽으로 태호太湖로 유입되므로, 삼오三吳의 수재水災가 감소하게 되었다. 이 어찌 동패東壩의 힘이 아니겠는가? 물水이 반고班固의 시대와는 완전 상반된다. 《경정건강지景定建康志》[154]를 토론해 보면, 당唐 경복景福 3년894, 양행밀楊行密의 부장 대몽臺濛이 노양魯陽의 오언五堰을 쌓았다. 이 당시 중강中江에 방죽을 쌓아, 중강의 흐름이 이미 좁아졌다. 오언五堰은 지금 이패二壩로 바뀌었는데, 통칭하여 동패東壩라 한다. 사실《원화지元和志》의 당도현當塗縣에 무호수蕪湖水가 있는데, 현縣 서남西南 80리 지점에 위치하고, 근원은 현縣 동남東南의 단양호丹陽湖에서 출원하여 서북으로 흘러 대강大江에 유입되며, 수도水道가 일찍이 지금과 부합하였다. 응당 당唐 원화元和, 806~820 이전에 이 지역에 이미 방죽을 설치하면서 수도水道가 바뀌어 서북으로 흘러 강수江水로 유입된 것이며, 한중漢中의 강수江水가 동쪽으로 흘러 의흥宜興에 이르는 것과는 일치하지 않는다.《건강지建康志》를 지은 자도 이를 보았지만 언급하지 않았음을 알게 되었다.

말한 것이 잘못인 것은 "석성현石城縣"《주》의 "분강수分江水가 앞에서 강수江水를 받아, 동쪽으로 여요餘姚에 이르러 대해大海로 유입되니, 1천 2백리를 간다分江水首受江, 東至餘姚入海, 行千二百里"고 하였다. 석성石城폐현廢縣은 지금의 귀지현貴池縣 서쪽 70리 지점에 있는데, 그런 물이 없다. "앞에서 강수江

---

154 《경정건강지(景定建康志)》: 송원(宋元)교체기 주응합(周應合)(1213~1280)이 편찬한 남경(南京)지역의 지방지(地方志). 경정(景定)은 원(元) 세조(世祖)의 연호이다.

水를 받는다首受江"는 설을 믿는다면, 여요餘姚는 곧 절강浙江 동안東岸에 있고, 또한 중간에 선宣, 흡歙의 물들이 가로막고 있는데, 어떻게 그 물들을 건너 동쪽을 넘어 여요餘姚에 이르러 대해大海로 유입될 수 있겠는가? 역도원《수경주》 다시 강수江水에 부회하여 석성石城 동쪽으로 나와 오국吳國의 남쪽을 지나 남강南江이 된다고 하였는데, 남강南江은 반고班固가 오송吳松이 태호太湖에 새어들어가는 물을 가리킨 것임을 알지 못한 것이니, 어찌 앞에서 민강岷江을 받을 수 있겠는가? 모두 잠꼬대를 한 것이다. 두 사람이 이 말을 듣더라도 응당 지하에서 스스로 웃을 것이다.

원문

又按：江南之有東壩, 猶江北之有高堰. 無高堰, 是無淮,揚也; 無東壩, 是無蘇,常也. 東壩在高淳縣東南六十里, 與溧陽縣分界. 高淳父老言："湖底與蘇州譙樓頂相平, 假令水漲時壩一決, 蘇,常便爲魚鱉."《兩河議》曰："高堰去寶應高丈八尺有奇, 去高郵高二丈二尺有奇. 高寶堤去興化,泰州田高丈許, 或八九尺有奇, 去堰不啻卑三丈有奇矣. 昔人築堰, 使淮不南下而北趨者, 亦因勢而導之. 不然, 淮一南下, 因三丈餘之地勢灌千里之平原, 安得有淮南數郡縣儼然一都會耶?" 觀此二段議論, 則壩與堰可廢乎, 不可廢乎? 廢東壩者多出于壩上之人, 至追咎蘇軾,單鍔之言行; 廢高堰者出於泗州之人, 至恐潘季馴以毀陵之罪, 殊可痛疾. 善乎! 歐陽公有言："天下事無全利而無害, 惟擇利多害少者行之." 其此壩與堰之謂哉!

번역 우안又按

강남江南에 동패東壩가 있는 것은 강북江北에 고언高堰이 있는 것과 같다. 고언高堰이 없었다면, 회주淮州, 양주揚州가 없었을 것이고, 동패東壩가 없었다면 소주蘇州, 상주常州가 없었을 것이다. 동패東壩는 고순현高淳縣 동남 60리 지점에 있으며, 율양현溧陽縣을 나누는 경계이다. 고순高淳의 부로父老들이 말하길 "호湖의 밑바닥이 소주蘇州 성城 망루望樓 꼭대기와 높이가 같아서, 가령 물이 불어나 방죽壩을 한번 넘게 되면, 소주蘇州와 상주常州는 바로 물고기가 사는 곳이 된다"고 하였다.

반계순潘季馴, 1521~1595[155] 《양하의兩河議》에 다음과 같이 말했다. "고언高堰은 보응寶應까지 높이 1장丈 8척尺 남짓이고, 고우高郵까지 높이 2장 2척 남짓이다. 고보제高寶堤는 흥화興化, 태주泰州의 전답까지 높이 1장 정도, 혹은 8~9척 남짓이고, 방죽壩까지는 불과 겨우 3장 남짓이다. 옛 사람들이 방죽을 쌓을 때, 회수淮水를 남하南下하지 못하게 하고 북으로 내달리게 한 것은 또한 수세水勢로 인하여 인도한 것이다. 그렇지 않고, 회수淮水가 한번 남하南下하면, 3장丈 여의 지세地勢로 인해 천리千里의 평원平原에 물을 들이게 될 것이니, 회남淮南의 여러 군현郡縣들이 엄연히 큰 도시를 이룰 수 있겠는가?"

이 두 단락의 의론을 보건대, 패壩와 언堰을 폐기할 수 있겠는가? 폐기할 수 없겠는가? 동패東壩를 폐기하자고 하는 자들은 대부분 패壩 상류의

---

[155] 반계순(潘季馴) : 자 시량(時良), 호 인천(印川). 호주부(湖州府) 오정현(烏程縣)(지금의 절강성(浙江省) 호주시(湖州市) 오흥구(吳興區)) 출신. 명조(明朝) 중기(中期)의 대신(大臣), 수리학가(水利學家), 치수명인(治水名人)이다. 저서에는 《신단대공록(宸斷大工錄)》, 《양하관견(兩河管見)》, 《하방일람(河防一覽)》, 《유여당집(留餘堂集)》 등이 있다.

사람들로서, 소식蘇軾과 선악單鍔, 1031~1110의 언행言行의 허물을 추구하기에 이르렀고, 고언高堰을 폐기하자고 하는 자들은 사주泗州 출신들로서, 반계순潘季馴이 능陵을 훼손하는 죄를 지을까 두려워하였으니, 참으로 통탄할 일이다. 훌륭하다! 구양공歐陽公의 말씀이여. "천하의 일 가운데 완전히 이롭기만 하고 해로움이 전혀 없는 것은 없으니, 오직 이로움이 많고 해로움이 적은 것을 선택해서 행해야 할 것이다天下事無全利而無害, 惟擇利多害少者行之." 이는 패壩와 언堰을 두고 한 말일 것이다!

원문

又按 : 沱,潛二水, 難解者潛, 而尤難解者梁州之潛. 蔡氏既以《地志》宕渠縣,安陽縣二潛水以解之, 宕渠縣是已; 安陽縣, 今爲興安州漢陰縣. 孔氏《疏》已引康成《注》, 此潛水其尾入漢耳, 首不於漢出. 余謂鬵谷乃谷名, 水名由谷而得, 非《爾雅》"水自漢出"之謂. 鄭固不以爲潛水, 誤自小司馬引以釋《史記》, 而蔡仍之以釋經, 大抵梁州僅一潛水耳. 質諸胡胐明, 胐明曰 : "否. 一在巴郡宕渠縣, 一在廣漢郡葭萌縣, 惜《班志》未詳." 予請胐明出手撰此解一篇. 既成, 予嘆爲《禹貢》之忠臣, 而高密之諍友, 喜而亟錄其辭, 曰 : 《爾雅》 : "水自江出爲沱, 漢爲潛." 馬融曰 : "其中泉出而不流者謂之潛." 蓋潛與沱不同. 沱, 分派別行者也; 潛, 伏流重出者也.《書正義》引鄭"荊州"《注》 : "潛則未聞象類.""梁州"《注》 : "潛蓋漢西出嶓冢, 東南至巴郡江州, 入江行二千七百六十里." 其水道與《班志》無異. 是康成明以西縣嶓冢山所出之漢水爲潛也. 然嶓冢所出乃西漢之始源, 與《爾雅》"漢出爲潛"之義不合. 可疑者在此. 兹據諸家所說, 梁州之潛有二. 一巴郡宕渠縣.《地志》 : "縣有潛水, 西南入江."酈道元云："潛水蓋漢水枝分潛出，故受其稱．今爰有大穴，潛水入焉．通岡山下西南潛出，謂之伏水，或以爲古之潛水．鄭氏曰'漢別爲潛'，其穴本小，水積成澤，流與漢合．大禹道漢疏通，即爲西漢水也．故《書》曰'沱潛既道'."道元又云："宕渠水即潛水．出南鄭縣南巴嶺，謂之北水．東南流逕宕渠縣，謂之宕渠水．又東南入漢."今順慶府渠縣有漢宕渠故城，渠江在縣東．自巴州小巴嶺西南流逕蓬州，又東南逕營山縣入縣界，又西南逕廣安州，至重慶府之合州入嘉陵江者是．一廣漢郡葭萌縣．郭璞《爾雅音義》："有水從漢中沔陽縣南流，至梓潼漢壽入大穴中．通峒[疑當作'岡']山下，西南潛出，一名沔水，舊俗云即《禹貢》潛也."劉澄之說同．漢壽，故葭萌，先主更名．《括地志》："潛水，一名伏水，今名龍門水，源出縣谷縣東龍門山大石穴下."《元和志》："潛水出縣谷縣龍門山．《書》曰'沱潛既道'是也．山在縣東北八十二里."《寰宇記》："縣谷縣龍門山，亦名葱嶺山."引《梁州記》云"葱嶺有石穴，高數十丈，其狀如門，俗號爲龍門"，今四川廣元縣東北之龍門山是．此二潛者，皆自漢出，伏而又發，蹤跡顯然，正與《爾雅》之義相符，較鄭爲長．然觀道元所引"漢別爲潛"，"流與漢合"之語，則鄭亦既知象類，義適符于《爾雅》．前所謂"西出嶓冢"者，豈其未定之論與！又道元《注》"桓水"一條云："葭萌西漢，即鄭氏之所謂潛水."然則，潛當斷自廣元縣北龍門伏流入西漢之處始受其稱，而水出西縣者不妨自爲嘉陵江源．如必追上流並爲潛，而謂水自西漢通東漢，則西漢導源之地初無伏而又發之狀，如宕渠葭萌所云者，安得據闚覦荒誕之說而目之以自漢出耶？禹主名山川，當時此水有潛名無西漢名，後人徇末忘本，信史疑經，鮮有知西漢爲潛者．宋傅寅《禹貢集解》謂西漢爲禹時所浮之潛，庶幾得之，而不知康成已有其說．證據不明，亦何以取信於天下後代哉？

타수沱水, 잠수潛水 두 물 가운데, 이해하기 어려운 것이 잠수潛水인데, 더욱 이해하기 어려운 것은 양주梁州의 잠수潛水이다. 채침은 이미《한서·지리지》의 탕거현宕渠縣, 안양현安陽縣의 두 잠수潛水로 주해하였는데, 탕거현宕渠縣은 채침의 주해 그대로 (지금의 거주渠州 유강현流江縣)이고, 안양현安陽縣은 지금은 홍안주興安州 한음현漢陰縣이다. 공영달《소》는 이미 정강성《주》를 인용하여, 이 잠수潛水의 끝이 한수漢水로 유입될 뿐이고, 잠수의 처음은 한수에서 나오지 않는다고 하였다.

내 생각에 심곡鬵谷은 곡명谷名이고, 수명水名은 곡명谷名으로 나온 것이지,《이아》의 "물은 한수漢水로부터 나온다水自漢出"는 말이 아닐 것이다. 정강성은 진실로 그것을 잠수潛水가 아니라고 했는데, 오류는 소사마小司馬, 司馬貞가 인용하여《사기》를 주석하면서부터 시작되었고, 채침이 그대로 경문을 해석한 것이니, 대저 양주梁州에는 단 하나의 잠수潛水가 있을 뿐이다.

호위胡渭, 자 비명(朏明)에게 질의하니, 비명朏明이 대답하였다. "아니다. 하나는 파군巴郡 탕거현宕渠縣에 있고, 다른 하나는 광한군廣漢郡 가명현葭萌縣에 있는데, 애석하게도《한서·지리지》는 상세히 밝히지 못했다." 나는 비명朏明에게 이 한 편의 해설을 손으로 적어주기를 청하였다. 이미 완성됨에, 나는《우공》의 충신忠臣이자 고귀한 쟁우諍友임을 찬탄하였고, 기쁜 마음으로 빨리 그 내용을 기록하였다.

《이아》에 "물이 강수江水로부터 나오면 타수沱水이고, 한수漢水로부터 나오면 잠수潛水이다水自江出爲沱, 漢爲潛"고 하였다. 마음은 "그 가운데에서 샘이 솟아나와 흐르지 않는 것을 잠潛이라 한다其中泉出而不流者謂之潛"고 하였다. 대체로 잠潛은 타沱와 같지 않다. 타沱는 물결이 나뉘어 별개로 흐르는 것이고, 잠潛은 땅 밑으로 흐르다가 다시 나오는 것이다. 《상서정의》는 정강성의 "형주荊州"《주》 "잠수潛水에 대해서는 비슷한 것을 들어보지 못하였다潛則未聞象類"를, "양주梁州"《주》: "잠수潛水는 대체로 서한수西漢水가 파총嶓冢에서 나와 동남쪽으로 파군巴郡 강주江州에 이르러 강수江水로 들어가니, 2천 760리를 흐른다潛蓋西漢出嶓冢, 東南至巴郡江州, 入江行二千七百六十里"를 인용하였다. 그 수도水道가 《한서·지리지》와 다름이 없다. 이는 정강성이 명백하게 서현西縣 파총산嶓冢山에서 나오는 한수漢水를 잠수潛水라고 한 것이다. 그러나 파총嶓冢에서 나오는 것은 곧 서한수西漢水의 시원始源이며, 《이아》 "한수漢水에서 나온 것이 잠수潛水이다漢出爲潛"와 의미가 합치하지 않는다. 의심스러운 것이 여기에 있다.

이에 제가諸家의 설說을 들어보면, 양주梁州의 잠수潛水는 두 개가 있다.

하나는 파군巴郡 탕거현宕渠縣에 있다. 《한서·지리지》에 "현縣에 잠수潛水가 있고, 서남으로 강수江水로 유입된다縣有潛水, 西南入江"고 하였다. 역도원은 다음과 같이 말했다. "잠수潛水는 대체로 한수漢水 지류가 나뉘어 숨어서 나오기 때문에 그 명칭을 얻은 것이다. 지금 거기에 큰 굴大穴이 있어서 잠수潛水가 유입된다. 산등성이 아래를 통과하여 서남西南으로 잠수潛水가 나오는 것을 복수伏水라 하는데, 혹은 그것을 옛 잠수潛水라고도 한다. 정강설은 '한수漢水의 별개의 지류를 잠수潛水라고 한다'고 하였는데, 그 굴穴이 본래 작으나 물이 쌓이면 택澤을 이루고 흘러서 한수漢水와 합류한다. 대우大禹가 한수漢水를 이끌어 소통시킨 것은 곧 서한수西漢水이다. 따라서 《서》에 '타수沱水와 잠수潛水가 이미 물길을 따른다沱潛既道'라 하였다潛水

蓋漢水枝分潛出, 故受其稱. 今爰有大穴, 潛水入焉. 通岡山下西南潛出, 謂之伏水, 或以爲古之潛水. 鄭氏曰'漢別爲潛', 其穴本小, 水積成澤, 流與漢合. 大禹道漢疏通, 即爲西漢水也. 故《書》曰'沱潛旣道'."또 역도원이 말했다. "탕거수宕渠水가 곧 잠수潛水이다. 남정현南鄭縣 남쪽 파령巴嶺에서 출원하는 것을 북수北水라 한다. 동남東南으로 흘러 탕거현宕渠縣을 지나는 것을 탕거수宕渠水라 한다. 다시 동남東南으로 한수漢水로 유입된다宕渠水即潛水. 出南鄭縣南巴嶺, 謂之北水. 東南流逕宕渠縣, 謂之宕渠水. 又東南入漢."지금 순경부順慶府 거현渠縣에 한漢 탕거宕渠고성故城이 있고, 거강渠江은 현縣 동쪽에 있다. 파주巴州 소파령小巴嶺에서 서남으로 흘러 봉주蓬州를 지나고, 다시 동남東南으로 영산현營山縣을 거쳐 현縣 경계로 들어가고, 다시 서남으로 광안주廣安州를 지나, 중경부重慶府의 합주合州에 이르러 가릉강嘉陵江에 유입되는 것이 이것이다.

다른 하나는 광한군廣漢郡 가맹현葭萌縣이다. 곽박《이아음의爾雅音義》에 "물이 한중漢中 면양현沔陽縣에서 남쪽으로 흘러 재동梓潼 한수漢壽에 이르러 대혈大穴 속으로 유입된다. 통강岡[아마도 마땅히 '강岡'으로 써야 할 것이다]산山 아래를 통과하여, 서남으로 숨어서 나오는데, 일명 면수沔水라고 하며, 예전 세속에서는 곧《우공》의 잠수潛水라고 하였다有水從漢中沔陽縣南流, 至梓潼漢壽入大穴中. 通岡[疑當作'岡']山下, 西南潛出, 一名沔水, 舊俗云即《禹貢》潛也."유징지劉澄之[156]의 설도 같다. 한수漢壽는 옛 가맹葭萌인데, 선주先主劉備가 개명하였다.《괄지지》에 "잠수潛水는 일명 복수伏水라고 하는데, 지금의 이름은 용문수龍門水이며, 근원은 면곡현縣谷縣 동쪽 용문산龍門山 대석혈大石穴 아래에서 출

---

156 유징지(劉澄之) : 남조(南朝) 송(宋)의 학자.《파양기(鄱陽記)》의 저자이다.

원한다潛水, 一名伏水, 今名龍門水, 源出縣谷縣東龍門山大石穴下"고 하였다. 《원화지》에 "잠수潛水는 면곡현縣谷縣 용문산龍門山에서 출원한다. 《서》의 '타수沱水와 잠수潛水가 이미 물길을 따른다沱潛既道'가 이것이다. 산山은 현縣 동북東北 82리 지점에 있다潛水出縣谷縣龍門山.《書》曰'沱潛既道'是也. 山在縣東北八十二里"고 하였다. 《환우기》에 "면곡현縣谷縣 용문산龍門山은 또한 총령산葱嶺山이라고도 한다縣谷縣龍門山, 亦名葱嶺山"고 하였고, 《양주기梁州記》의 "총령산葱嶺山에 석혈石穴이 있는데, 높이는 10장丈이고 그 형상이 문과 같아서 세속에서는 용문龍門이라 부른다葱嶺有石穴, 高數十丈, 其狀如門, 俗號爲龍門"를 인용하였는데, 지금 사천四川 광원현廣元縣 동북의 용문산龍門山이 이것이다.

이 두 잠수潛水는 모두 한수漢水에서 출원하여, 잠복하다가 다시 나와, 종적이 환하게 드러나니, 바로《이아》의 의미와 서로 부합하니, 정강성 설에 비해 낫다. 그러나 역도원이 인용한 "한수漢水의 별개의 지류를 잠수潛水라고 한다漢別爲潛.", "흘러서 한수와 합류한다流與漢合"는 말들을 살펴보면, 정강성도 이미 그 비슷한 것을 알았고, 의미가《이아》가 부합한다. 앞에서 말한 "서한수西漢水가 파총嶓冢에서 나온다西出嶓冢"가 어찌 정해지지 않은 논의겠는가! 또한 역도원《수경주》"환수桓水" 조목에서 "가맹葭萌의 서한수西漢水는 곧 정강성이 말한 잠수潛水이다葭萌西漢, 即鄭氏之所謂潛水"라고 하였다. 그렇다면, 잠수潛水는 응당 광원현廣元縣 북쪽 용문龍門에서 복류伏流하다가 서한수西漢水로 유입되는 곳에서 비로소 그 명칭을 얻게 되었고, 물이 서현西縣으로 나오는 것은 자연스럽게 가릉강嘉陵江의 근원이 되는 것도 무방하다고 단정할 수 있을 것이다. 만약 반드시 상류上流를 쫓아서 모두 잠수潛水라고 하고, 그 물이 서한수西漢水에서 동한수東漢水로 통한다면, 서한수西漢水의 근원을 인도한 곳은 애초에 복류伏流하다가 다시 나오는 형상이 없게 되고, 만약 탕거宕渠와 가맹葭萌과 같이 말한다면, 어찌 감인闞駰의 황당무계한 설을 근거로 조목을 만들어 한수漢水에서 나온다고 할 수 있겠는가? 우禹가 유명한 산천山川을 주관할 당시에 이 물은 잠潛이라는 이름이 있었고, 서한수西漢水라는 이름은 없었는데, 후대 사람들이 말단을 따르고 근본을 망각하여 사史를 믿고 경經을 의심하였으므로, 서한수西漢水가 잠수潛水임을 아는 이가 드물었다. 송宋 부인傳寅《우공집해禹貢集解》에서 서한수西漢水는 우禹 당시 공물의 배를 띄우던 잠수潛水라고 한 것은 거의 정확했으나, 정강성이 이미 그 설을 말한 것은 알지 못했다. 증거證據가 명확하지 않으면, 또한 어찌 천하 후대 사람에게서 신망을 얻을 수 있겠는가?

원문

又按 : 胐明復告予曰 : "緜谷今爲廣元縣, 亦漢葭萌地, 屬四川保寧府, 東北與陝西沔縣接界, 龍門山當在其間. 然此水合西漢水處終不及詳, 惟《廣元縣舊志》云 : '潛水出縣北一百三十餘里木寨山, 流經神宣驛, 又南二十里經龍洞口至朝天驛北. 朝天驛, 古籌筆驛也. 穿穴而出, 入嘉陵江.' 此言確有源委, 而所出之山不同, 殊爲可疑. 然覈其里數, 神宣驛在縣北一百二十里, 南二十里爲龍洞口, 又南二十里爲朝天驛, 去縣八十里, 恰與龍門之里數相符. 意者木寨山乃郭璞沔陽水之所經, 人誤以爲出, 而朝天之穴卽龍門之穴, 郭及劉澄之兼言南北之出入. 而《括地》,《元和》,《廣元舊志》則但言其南口之所出也與. 龍洞口者, 龍門穴之北口也. 朝天驛北, 龍門穴之南口也. 以理推之, 當如是矣. 果爾, 則此水潛行山下, 亦不過二十里."

번역 우안又按

호위胡渭, 자 비명(朏明)가 다시 나에게 알려왔다.

"면곡緜谷은 지금의 광원현廣元縣인데, 또한 한漢 가맹葭萌 지역으로 사천四川 보녕부保寧府에 속하며, 동북으로 섬서陝西 면현沔縣과 경계를 접하니, 용문산龍門山은 마땅히 그 사이에 있다. 그러나 이 물이 서한수西漢水와 합류하는 곳을 끝내 상세히 언급할 수 없는데, 오직《광원현구지廣元縣舊志》에 '잠수潛水는 현縣 북쪽 130여 리 지점의 목채산木寨山에서 출원하여, 흐르다 신선역神宣驛을 지나고, 다시 남쪽 20리를 가서 용동구龍洞口를 지나 조천역朝天驛 북쪽에 이른다. 조천역朝天驛은 옛 주필역籌筆驛이다. 굴穴을 뚫고 나와 가릉강嘉陵江으로 유입된다潛水出縣北一百三十餘里木寨山, 流經神宣驛, 又南二十里經龍洞口至朝天驛北. 朝天驛, 古籌筆驛也. 穿穴而出, 入嘉陵江'고 하였다. 이것은 확실하게 원위源委를 말하고 있지만, 출원하는 산山이 같지 않으므로 매우 의심스럽다. 그러나 그 리수里數를 자세히 살펴보면, 신선역神宣驛은 현縣 북쪽 120리 지점에 있고, 남쪽으로 20리를 가면 용동구龍洞口에 이르고, 다시 남쪽으로 20리를 가면 조천역朝天驛이니, 현縣과의 거리가 80리로서, 용문龍門의 리수里數와 꼭 부합한다. 아마도 목채산木寨山은 곧 곽박郭璞이 말한 면양수沔陽水가 지나는 곳인데, 사람들이 출원하는 곳으로 잘못 안 것이고, 조천朝天의 굴穴은 곧 용문龍門의 굴로서, 곽박 및 유징지劉澄之가 모두 남북南北으로 출입하다고 한 것이다. 그러나《괄지지》,《원화지》,《광원구지廣元舊志》는 단지 그 남쪽 출입구에서 나오는 것만 말하였다. 용동구龍洞口는 용문혈龍門穴의 북쪽 출입구이다. 조천역朝天驛 북쪽은 용문혈龍門穴의 남쪽 출입구이다. 이 치로 미루어보면, 마땅히 이와 같을 것이다. 과연 그렇다면, 이 물이 산 아래를 잠겨 흐르는 것도 20리에 불과하다."

又按：朏明曰："河水無伏流, 子言之. 漢水有伏流, 子信之, 然人或未信, 不知濟, 淮重源顯發皆有根證, 它小水伏而又出者所在多有, 何獨至於漢而疑之? 惟是龍門穴水西委未詳, 巴嶺渠江北源莫測, 斯則不無可疑耳. 然嘗讀《溝洫志》, 武帝時穿龍首渠, '自徵引洛至商顔下, 岸善崩, 乃鑿井, 深者數十餘丈. 往往爲井, 井下相通行水, 水隤以絶商顔, 東至山嶺十餘里間. 井渠之生自此始'. 蓋鑿井深至數十丈, 洛水下注於井, 會地中之水絶山而過, 東出爲渠, 故謂之井渠也. 某因悟地中有水, 往往相通, 潛之入穴, 猶洛之入井, 但一由天工, 一由人力耳. 沔漢自龍門巴嶺之東北通岡山下, 西南潛出, 理無足怪, 不得以目所不覩而疑其妄. 地理潛閟, 變通無方, 原始要終, 潛流或一, 善長豈欺我哉?" 余曰："據郭景純言, 是沔水入大穴中而復出者爲潛水, 此一潛水. 據酈善長言, 是漢水入大穴中而復出者爲潛水, 又一潛水. 相距約五百餘里. 要之, 二潛水'入穴通山, 西南潛出'八字並同, 大奇大奇!"

우안又按

호위胡渭, 자 비명(朏明)가 말하였다.

"하수河水에 복류伏流가 없는 것은 그대가 말하였다. 한수漢水에 복류伏流가 있는 것은 그대는 믿지만, 다른 사람들이 혹 아직 믿지 못하는 것은, 제수濟水, 회수淮水의 하나 이상의 근원이 드러난 것이 모두 근거가 있고, 그 작은 물줄기들이 복류伏流하다가 다시 나오는 곳이 많이 있음을 알지 못한 것인데, 어찌 유독 한수漢水에 대해서만 의심하는 것인가? 오직 용문혈龍門穴의 물의 서쪽 근원이 상세하지 못하고, 파릉巴嶺 거강渠工 북원北源을 헤아릴 수 없기 때문인데, 이것을 의심하지 않을 수 없다. 그러나 일찍이 《한서·구혁지溝洫志》를 읽어보니, 무제武帝 때 용수거龍首渠를 뚫었는데, '징현徵縣에서 낙수洛水를 끌어 상안산商顔山 아래까지 이르렀는데, 물의 양안兩岸이 잘 무너졌으므로 이에 우물井을 뚫었는데, 깊이가 수십여 장丈이었다. 이렇게 종종 우물을 만들었고, 그 우물 밑이 서로 통하여 물이 흐르게 되었고, 물은 땅속으로 상안산商顔山을 끊어 지나가서 동쪽으로 산령山嶺로부터 10여 리쯤 되는 곳까지 이르렀다. 정거井渠가 생긴 것은 이때부터 시작되었다自徵引洛至商顔下, 岸善崩, 乃鑿井, 深者數十餘丈. 往往爲井, 井下相通行水, 水隤以絶商顔, 東至山領十餘里間. 井渠之生自此始.' 대체로 우물을 뚫어 깊이가 수십 장丈에 이르렀고, 낙수洛水가 우물 아래로 주입되어, 땅속에서 물이 모여 산을 끊어 지나서 동쪽으로 나와 도랑渠이 되었으므로 정거井渠라고 한 것이다. 나는 이로 인하여 땅속의 물이 종종 서로 통하고 잠겨서 굴속으로 들어가는 것이 낙수洛水가 우물에 들어가는 것과 같은데, 다만 하나는 천공天工에서 비롯된 것이고, 다른 하나는 인공人工으로 비롯된 것일 뿐임을 깨닫게 되었다. 면한沔漢은 용문龍門 파령巴嶺의 동북東北에서 산등성岡山 아래를 통과하여, 서남으로 잠겨 흐르다가 나오는 것이 이치상 이상할 것이 없으나, 눈으로 직접 보지 못하므로 그 망령됨을 의심하였다. 지리地理가 꽉 막혔으므로 다방으로 변통變通하여 처음을 탐색하고 종말을 궁구하여 잠류潛流가 혹 하나가 되더라도, 역도원자 선장酈(善長)이 어찌 나를 속이겠는가?"

나는 말하였다.

"곽박郭璞, 자 경순(景純)의 말을 근거로 해보면, 면수沔水가 대혈大穴 속으로 들어가서 다시 나온 것이 잠수潛水이니, 이것이 하나의 잠수潛水이다. 역도원酈道元, 자 선장(善長)의 말을 근거로 해보면, 한수漢水가 대혈大穴 속으로 들어가서 다시 나온 것이 잠수潛水이니, 또 하나의 잠수潛水이다. 둘 사이의 거리는 5백여 리 떨어져 있다. 요약하자면, 두 잠수潛水는 '굴穴로 들어가 산을 통과하여, 서남西南으로 잠긴 것이 나온다入穴通山, 西南潛出.' 여덟 글자가 모두 같으니, 참으로 신기하고도 신기하다!"

원문

又按 : 吳草廬言"凡江, 漢支流皆名沱, 潛, 不拘一處." 於是明陸氏深曰 : "今蜀山連緜延亙, 凡居左者皆曰岷, 右者皆曰嶓. 凡水出於岷者皆曰江. 出於嶓者皆曰漢. 江別流而復合者皆曰沱, 漢別流而復合者皆曰潛. 恐屬方言爾." 此求其說而不得, 從而爲之辭者. 天下學問, 地理難于天文, 天文終古不易者也, 地理歷代有遷者也. 水之學較難於山, 山之變少, 水之變則無方, 而難之難者. 《禹貢》水道在三千九百七十一載之上, 而欲下合于今日, 來源往委, 口陳手書, 苟所不可通者, 只索付諸闕如. 苟可以通者, 豈容不博考精思, 會粹一帙, 以明神聖之經綸, 造化之功用也哉? 向雅愛六朝時謝莊分《左氏》經傳, 隨國立篇, 置木方丈, 圖山川土地, 各有分理. 離之則州別縣殊, 合之則寓內爲一, 以爲此絶學也. 惜其圖失傳. 及讀莊詩有云 : "《山經》亟旋覽, 水牒勸敷尋." 固自供出水學之難言矣. 豈不信哉? 豈不異哉? 爲之一笑.

오징吳澄, 1249~1333, 호 초려(草廬)은 "모든 강수江水와 한수漢水의 지류支流는 모두 타沱, 잠潛으로 명명하니, 한 곳에 구애되지 않는다凡江,漢支流皆名沱,潛,不拘一處"고 하였다. 이에 명明 육심陸深, 1477~1544[157]은 다음과 같이 말했다. "지금 촉산蜀山은 면면히 이어져 걸쳐져 있는데, 그 왼쪽에 있는 것을 모두 민산岷山이라 하고, 오른쪽에 있는 것을 모두 파산嶓山이라 한다. 물이 민산岷山에서 나오는 것을 모두 강江이라 하고, 파산嶓山에서 나오는 것을 모두 한수漢水라고 한다. 강수江水가 나뉘어 흐르다가 다시 합류하는 것을 모두 타沱라 하고, 한수漢水가 나뉘어 흐르다가 다시 합류하는 것은 모두 잠潛이라 한다. 아마도 방언方言에 속하는 것 같다." 이는 그 설說을 구하다가 할 수 없으므로 따라서 말을 만든 것이다. 천하天下의 학문學問 가운데 지리地理가 천문天文보다 어려우니, 천문天文은 오랫동안 변하지 않은 것이지만 지리地理는 세대를 거치면서 옮겨짐이 있다. 물水에 대한 학문이 산山에 비해 어려운데, 산의 변화는 적지만 물의 변화는 예측할 수 없으므로 어려운 것 가운데 어려운 것이다. 《우공》 수도水道는 3971년 이전의 것인데, 아래로 오늘날과 합치시키고자 해서 원위源委를 오가며 입으로 묻고 손으로 적더라도 진실로 통할 수 없는 것은 그냥 모른 것은 비워두는 것으로 부쳐야 한다. 진실로 통할 수 있는 것은 널리 고찰하고 정밀히 살펴 한 권으로 모아 신성한 경륜經綸과 조화의 공용功用을 밝히지 않음을 어찌 용납하겠는가? 평소 예전부터 육조六朝시기 사장謝莊, 421~466[158]이 《좌씨》

---

157 육심(陸深) : 자 자연(子淵). 호 엄산(儼山). 명대(明代) 문학가(文學家), 서예가.
158 사장(謝莊) : 자 희일(希逸). 남조(南朝) 송(宋)의 대신(大臣), 문학가(文學家).

경전經傳을 분류한 것을 좋아했는데, 나라별로 편篇을 나누고, 1장丈 크기의 목판에 산천山川과 토지土地를 그렸는데, 각각 이치에 맞게 나누었다. 분리하면 주州와 현縣이 확연히 구별되고, 합치면 안에서 하나가 되니, 절세의 학문이라 할 수 있겠다. 애석하게도 그 그림은 실전失傳되었다. 사장謝莊의 시詩 "《산해경》을 자주 회람하니, 수로에 대한 문헌을 찾는 것이 게을러지네《山經》亟旋覽, 水牒勌敷尋"를 읽어보니, 진실로 스스로 수학水學의 어려움을 토로한 것이다. 어찌 믿지 않겠는가? 어찌 이상하지 않겠는가? 이 때문에 한 번 웃는다.

원문

又按：或謂梁州之潛既得聞矣, 而荊州之潛何直至宋乾德三年以水氏縣潛隨縣著, 若是其遲乎? 不與後魏正始中置嶓冢縣事類乎? 余曰：未盡然. 魏黄初二年王孫權於吳, 策命曰："遠遣行人, 浮于潛漢, 兼納纖絺, 南方之貢." 此非從今鍾祥,潛江,沔陽州一路行者乎? 豈可以康成偶未及而遽抹煞此水乎? 竊以今之蘆洑河尾名襄河, 恐亦非盡當日貢道也. 何則? 南方水之善決者, 莫若漢, 與北之大河同. 自襄陽以下,沔陽以上, 上去發源處既遠, 下距入江處亦遙, 衆流日多, 勢益卑, 漢水汎濫其中, 若潰癰然, 衝決時時聞, 況又去禹三千餘載, 計當日貢道所謂潛者, 亦應如沱之在枝江及華容, 非止一道. 余雅愛韓恭簡邦奇解此曰：《禹貢》之記貢道者, 如記二水云"浮于淮,泗", 非謂近泗之地必由淮入泗也. 蓋近于泗水者則徑浮于泗, 近于淮水者則自淮而入泗也. 此荊州近于漢者, 則徑浮于漢, 不必自江而入漢也. 近于潛者則徑浮于潛而入漢, 亦不必自江也. 沱自華容縣出于江入于沔, 沔即漢也. 由江入沱, 由沱入漢,一路也. 潛自漢出, 至潛江縣入于江. 由江入潛, 由潛入漢, 一路也.

어떤 사람이 물었다. 양주梁州의 잠潛은 이미 들어보았지만, 형주荊州의 잠潛은 단지 송宋 건덕乾德 3년965에야 수시현水氏縣 잠수현潛隨縣으로 드러나니 어찌 이와같이 더디었던 것인가? 후위後魏北魏 정시正始504~507 연간에 파총현嶓冢縣을 설치한 일과 유사하지 않은가?

나는 대답하였다.

그렇지 않다. 위魏 황초黃初 2년221 위魏문제文帝가 오吳의 손권孫權에게 책명策命하기를 "멀리서 파견된 사자使者가 잠수潛水와 한수漢水를 건너, 고운 갈포纖絺등 남방의 공물을 바친다遠遣行人, 浮于潛漢, 兼納纖絺, 南方之貢"고 하였는데, 이는 오늘날 종상鍾祥, 잠강潛江, 면양주沔陽州를 따라오는 행로路行가 아니겠는가? 어찌 정강성이 우연히 언급하지 않았던 것으로 갑자기 이 물을 말살시킬 수 있겠는가? 가만히 생각해보건대, 지금의 노복하蘆洑河 끝을 양하襄河라고 하는데, 아마도 진실로 당시의 공도는 아닐 것이다. 어째서인가? 남방南方의 물 가운데 잘 터지는 것은 한수漢水만한 것이 없으며, 북쪽의 대하大河와 같다. 양하襄河 북쪽으로부터, 면양沔陽까지, 위로는 발원처發源處까지 이미 멀고, 아래로 입강처入江處까지도 요원하며, 뭇 흐름들이 매일 많아지고 세력은 점점 약해지는데 한수漢水가 그 가운데서 범람하는 것은 종기가 나는 것과 같아서 물이 제방을 넘는 것이 때때로 들렸는데, 하물며 3천년 이전의 우禹의 시대에 당시의 공도貢道를 잠수潛水로 했다는 것을 헤아려보더라도, 마땅히 타수沱水가 지강枝江 및 용화華容에 이르기까지 단지 하나의 길만 있었던 것이 아니었다. 나는 평소 예전부터 공간공恭簡公 한방기韓邦奇의 다음 주해를 좋아했다. 《우공》에서 공도貢道를 기록한 것 가운데, 두 물을 기록하면서 "회수淮水와 사수泗水에 배를 띄우다浮于淮, 泗"와 같은 것은 사수泗水에 가까운 지역은 반드시 반드시 회수淮水에서 사수泗水로 들어오는 것을 말한 것이 아니다. 대체로 사수泗水에 가까운 곳은 사수泗水를 지나면서 띄우고, 회수淮水에 가까운 곳은 회수淮水에서 사수泗水로 들어왔다. 이 형주荊州에서 한수漢水에 가까운 곳은 한수漢水를 지나면서 띄우고, 반드시 강수江水에서 한수漢水로 들어올 것은 없다. 잠수潛水에 가까운 곳은 잠수潛水를 지나면서 띄우고, 또한 반드시 강수江水에서 들어올 것은 없다. 타수沱水는 용화현華容縣으로부터 강수江水에서 나와 면수沔水로 들어가는데, 면수沔水가 곧 한수漢水이다. 강수江水에서 타수沱水로 들어가고, 타수沱水에서 한수漢水로 들어가는 길은 같은 길이다. 잠수潛水는 한수漢水에서 나와 잠강현潛江縣에 이르러 강수로 들어간다. 강수江水에서 잠수潛水로 들어가고, 잠수潛水에서 한수漢水로 들어가는 길은 같은 길이다.

상서고문소증 권6 하下 종終

권7

제97. 상商의 "사祀", 주周의 "년年" 또한 호칭互稱될 수 있었고, 반드시《이아》의 용례를 따르지 않았음을 논함

《爾雅》爲詁訓之書, 特少所襲用.《大禹謨》"朕宅帝位三十有三載", 即唐虞曰"載";《胤征》"每歲孟春, 遒人以木鐸徇于路", 即夏曰"歲";《伊訓》"惟元祀",《太甲》"惟三祀", 商曰"祀"也.《泰誓》"惟十有三年春",《畢命》"惟十有二年", 周曰"年"也. 愚及質之今文《書》, 反多未合. 如唐虞純稱載不待論, 若商必曰祀, 何周公告成王曰"肆中宗之享國七十有五年, 高宗五十九年, 祖甲三十三年", 及"罔或克壽"者, 亦俱稱年不等. 或曰 : 此蓋以周之年述商在位之數云爾. 若對商臣言, 則曰"惟十有三祀"; 對商民言, 則曰"今爾奔走臣我監五祀", 仍不沒其故稱矣. 愚曰 : 然則,《多方》亦有"天惟五年須暇之子孫誕作民主, 罔可念聽", 非對商民以言商君者乎? 何亦稱"年"? 疑"祀", "年"古通稱, 不盡若《爾雅》之拘. 觀周公稱高宗"三年不言", 參諸《論語》,《戴記》俱然. 及一入《說命》, 便改稱"三祀", 亦見其拘拘然以《爾雅》爲藍本, 而惟恐或失焉, 情見乎辭矣.

《이아》는 훈고서詁訓書이지만, 습용襲用된 바는 매우 적다. 《대우모》에 "짐朕, 舜이 제위에 있은 지 33재載이다朕宅帝位三十有三載"라고 하였으니, 당우唐虞시대에는 "재載"라고 하였고, 《윤정》에 "매 세歲 이른 봄에 주인道人이 목탁木鐸을 흔들고 길거리를 다닌다每歲孟春, 道人以木鐸徇于路"라고 하였으니, 하대夏代에는 "세歲"라 하였으며, 《이훈》에 "(태갑太甲) 원사元祀惟元祀", 《태갑 중》에 "(태갑太甲) 3사祀惟三祀"라 하였으니, 상대商代에는 "사祀"라 하였다. 《태서》에 "(무왕武王) 13년年 봄惟十有三年春", 《필명》에 "(강왕康王) 12년年惟十有二年"이라 하였으니, 주대周代에는 "년年"이라 하였다.

내가 금문今文 《서》와 대조해보니, 오히려 대부분 합치하지 않았다. 당우唐虞시대, 순전히 "재載"만을 칭했다는 것 같은 경우는 더 논할 것이 없고, 상대商代에 반드시 "사祀"라고 했다고 하는 경우, 《무일》의 주공周公이 성왕成王에게 "그러므로 중종中宗의 향국享國이 75년이었습니다肆中宗之享國七十有五年.", "고종高宗의 향국享國이 59년이었습니다高宗五十九年.", "조갑祖甲의 향국이 33년이었습니다祖甲三十三年." 및 "장수한 이가 없어 혹은 10년, 혹은 7~8년, 혹은 5~6년, 혹은 3~4년이었습니다罔或克壽, 或十年, 或七八年, 或五六年, 或四三年"이라고 고告한 것 또한 모두 "년年"으로 칭하여 고문의 예와 같지 않다.

어떤 이가 말했다. 그것은 주周의 년年으로 상商 재위在位 년수年數를 서술해서 말한 것일 뿐이다. 상商의 신하에게 말한 것에서 "13사祀, 惟十有三祀"[1]

---

1 《홍범》.

라 하고, 상商의 백성들에 말한 것에서 "이제 너희가 분주히 우리 감監에 게 신하 노릇한 지가 5사祀이다今爾奔走臣我監五祀"²라고 하였으니, 그 옛 명칭 을 없애지 않은 것이다.

나는 말하였다. 그렇다면《다방》에서 "하늘이 5년年 동안 자손에게 기 다리고 여가를 주어 크게 백성의 군주가 되게 하였으나 생각하고 들을 만함이 없었다天惟五年須暇之子孫誕作民主, 罔可念聽"라고 한 것도, 상商의 백성들에 게 상商의 임금을 언급한 것이 아닌가? 어찌 또한 "년年"이라고 칭한 것인 가? 아마도 "사祀"와 "년年"은 고대에 통칭通稱되었으며, 모두《이아》의 용 례와 같이 구애되지 않았던 것 같다. 주공周公이 고종高宗에 대해 "3년 동 안 말하지 않았다三年不言"³는 것을 보건대,《논어 · 헌문憲問》⁴와《예기》⁵도 모두 그 내용을 참고한 것이다.《열명說命》에 들어가게 되면서, "3사三祀" 로 고쳐 칭하였으니, 또한 그것이 구구하게《이아》를 근거로 삼았음을 보여준다. 여기에서 실수를 하게 되었으니, 그 정황이 단어에 보인다.

2　《다방》.
3　《무일》.
4　《논어 · 헌문》子張曰 : 「書雲 :《高宗諒陰, 三年不言.》何謂也?」子曰 : 「何必高宗, 古之人皆然. 君薨, 百官總己以聽於冢宰, 三年.」
5　《예기 · 단궁하(檀弓下)》: 子張問曰 : 「《書》云 :《高宗三年不言, 言乃歡.》有諸?」仲尼曰 : 「胡爲其不然也?古者天子崩, 王世子聽於冢宰三年.」《방기(坊記)》: 子云 : 「君子弛其親之過, 而敬其美.」《論語》曰 : 「三年無改於父之道, 可謂孝矣.」《高宗》云 : 「三年其惟不言, 言乃讙.」《상복사제(喪服四制)》:《書》曰 : 「高宗諒闇, 三年不言」, 善之也 ; 王者莫不行此禮. 何以獨善之也?曰 : 高宗者武丁 ; 武丁者, 殷之賢王也. 繼世即位而慈良於喪, 當此之時, 殷衰而復興, 禮廢而復起, 故善之. 善之, 故載之書中而高之, 故謂之高宗. 三年之喪, 君不言,《書》云 : 「高宗諒闇, 三年不言」, 此之謂也. 然而曰「言不文」者, 謂臣下也.

按：《宣和博古圖》錄商《兄癸卣銘》曰“惟王九祀”，《周己酉方彝銘》曰“惟王一祀”，周亦稱“祀”. “太甲元祀”惟梅氏《書》，而劉歆眞古文仍是“元年”，商亦稱“年”.《爾雅》“夏爲昊天”，《堯典》“欽若昊天”，則天之總稱，不獨夏也；“秋爲旻天”，《多士》“旻天大降喪于殷”，則時惟三月，非秋也. “鳥曰雌雄”，“獸曰牝牡”，《牧誓》“牝雞無晨”，鳥亦未嘗不稱牝；“二足而羽謂之禽，四足而毛謂之獸”，《皋陶謨》“百獸率舞”，鳥亦未嘗不稱獸. 何今文詁訓不盡拘《爾雅》乎？古文反是，盍可以徵其情矣.

안按

《선화박고도宣和博古圖》에 저록된 상商《형계유명兄癸卣銘》에 “왕 9사祀, 惟王九祀”라고 하였고,《주기유방이명周己酉方彝銘》에 “왕 1사祀, 惟王一祀”라고 하였으니, 주대周代에도 “사祀”라고 칭한 것이다. (《이훈·서》) “태갑 원사太甲元祀”는 오직 매씨梅氏《서》만 그렇고, 유흠劉歆 진고문眞古文은 “원년元年”이라 하였으니,[6] 상대商代에도 “년年”이라고 칭한 것이다.《이아·석천釋天》 “여름夏은 호천昊天이 된다夏爲昊天”라 하였지만,《요전》은 “호천昊天의 명을 경건하게 따른다欽若昊天”라 하였으니, 호천昊天은 하늘의 총칭總稱으로 여름夏에 국한되지 않고,《이아·석천釋天》 “가을秋은 민천旻天이 된다秋爲旻天”라 하였지만,《다사》 “민천旻天이 크게 은殷나라에 망함을 내리다旻天大降喪于殷”라 하

---

6 《이훈·서(序)·공소(孔疏)》 商謂年爲祀, 序稱‘年’者, 序以周世言之故也. 據此經序及太甲之篇, 太甲必繼湯後, 而殷本紀云 “湯崩, 太子太丁未立而卒, 於是乃立太丁之弟外丙. 三年崩, 別立外丙之弟仲壬. 四年崩, 伊尹乃立太丁之子太甲.” 與經不同, 彼必妄也. 劉歆·班固不見古文, 謬從史記. 皇甫謐旣得此經, 作帝王世紀, 乃述馬遷之語, 是其疏也.

였으니, 그때는 3월[7]이지 가을秋이 아니다. "새는 자웅雌雄이라 한다鳥曰雌雄",[8] "길짐승은 빈모牝牡라 한다獸曰牝牡"[9]라 하였는데, 《목서》 "빈계牝雞암탉은 새벽에 울지 않는다牝雞無晨"라고 하였으니, 새鳥 역시 일찍이 빈牝이라고 칭하지 않음이 없었고, 《이아 · 석조釋鳥》 "두 발이면서 날개 달린 것을 금禽날짐승이라 하고, 네 발이면서 털이 달린 것을 수獸, 길짐승이라 한다二足而羽謂之禽, 四足而毛謂之獸"라 하였는데, 《고요모》 "온갖 짐승들이 모두 따라서 춤을 추다百獸率舞"라고 하였으니, 새 또한 일찍이 수獸라고 칭하지 않음이 없었다. 어떻게 금문今文의 고훈詁訓은 다 《이아》에 구애되지 않은 것인가? 고문古文은 그 반대이니, 그 위조된 정황을 더욱 잘 징험할 수 있다.

원문

又按:《旅獒》"惟克商, 遂通道于九夷, 八蠻", 本出《國語》.《國語》是"九夷百蠻", 此易"百"爲"八"者, 襲用《禮 · 明堂位》及《爾雅》之文也. "九夷"復同《論語》, "八蠻"復同《周官》, 一事且兼數書, 其亦自炫其學之博也與!

번역 우안又按

《여오》 "상商나라를 이기고 마침내 구이九夷 · 팔만八蠻에 길을 통하였다惟克商, 遂通道于九夷八蠻"는 본래 《국어 · 노어하》[10]에서 나왔다. 《국어》는 "구이九夷, 백만百蠻"이라 하였는데, 《여오》가 "백百"을 "팔八"로 고친 것은 《예

---

7 《다사》 惟三月, 周公初于新邑洛, 用告商王土.
8 《이아 · 석조(釋鳥)》 鳥之雌雄不可別者, 以翼右掩左雄, 左掩右雌.
9 《이아 · 석수(釋獸)》 麋, 牡麞. 牝麚, 其子麆, 其跡躔, 絶有力狄.
10 《국어 · 노어하》 昔武王克商, 通道于九夷, 百蠻, 使各以其方賄來貢, 使無忘職業.

기·명당위》》[11] 및 《이아·석지釋地》[12]의 문장을 습용한 것이다. "구이九夷"
는 또한 《논어》[13]와 똑같고, "팔만八蠻"은 또한 《주례》[14]와 똑같으니, 하나
의 사안에 또한 여러 서적과 겹치게 한 것도 자신의 학문이 박식함을 스
스로 자랑한 것이다!

원문

又按 :《左傳》宣三年, 王孫滿於周曰"卜年七百", 於商曰"載祀六百". 是商
不獨通稱"年", 且稱"載", 古人不拘類如此.

번역 우안又按

《좌전》 선공 3년, 왕손만王孫滿이 주周나라에서 "복사卜辭에 7백 년을 누
릴 것이다卜年七百"라 하였고, 상商나라에서 "6백 재사載祀를 머물렀다載祀六
百"라 하였다. 이는 상商나라가 오직 "년年"으로만 통칭한 것이 아니라 또
한 "재載"도 통칭했던 것이니, 옛사람의 구애되지 않음이 이와 같았다.

---

11 《예기·명당위》 昔者周公朝諸侯于明堂之位 : 天子負斧依南鄕而立 ; 三公, 中階之前, 北面
　　東上. 諸侯之位, 阼階之東, 西面北上. 諸伯之國, 西階之西, 東面北上. 諸子之國, 門東, 北面東
　　上. 諸男之國, 門西, 北面東上. 九夷之國, 東門之外, 西面北上. 八蠻之國, 南門之外, 北面東上.
　　六戎之國, 西門之外, 東面南上. 五狄之國, 北門之外, 南面東上. 九采之國, 應門之外, 北面東
　　上. 四塞, 世告至. 此周公明堂之位也. 明堂也者, 明諸侯之尊卑也.
12 《이아·석지(釋地)》 東至於泰遠, 西至於邠國, 南至於濮鈆, 北至於祝栗, 謂之四極, 觚竹, 北
　　戶, 西王母, 日下, 謂之四荒. 九夷, 八狄, 七戎, 六蠻, 謂之四海, 岠齊州以南, 戴日爲丹穴, 北戴
　　斗極爲空桐, 東至日所出爲大平, 西至日所入爲大蒙, 大平之人仁, 丹穴之人智, 大蒙之人信, 空
　　桐之人武.
13 《논어·자한》 子欲居九夷. 或曰 :「陋, 如之何!」子曰 :「君子居之, 何陋之有?」
14 《주관·하관(夏官)·어인(圉人)》 掌養馬芻牧之事, 以役圉師. 凡賓客, 喪紀, 牽馬而入陳. 廞
　　馬亦如之. 職方氏 : 掌天下之圖, 以掌天下之地, 辨其邦國, 都鄙, 四夷, 八蠻, 七閩, 九貉, 五戎,
　　六狄之人民, 與其財用, 九穀, 六畜之數要, 周知其利害.

제98.《태서》에서 주紂의 죄를 비난한 성토가 매우 심하여
　　 결코 성인聖人의 말이 아님을 논함

　嘗讀《文中子 · 述史》篇："太熙之後, 述史者幾乎罵矣. 故君子沒稱焉."
曰：嗟乎! 罵史尙不可, 況經乎? 而謂眞出自聖人口哉?《註》曰："太熙, 晉
惠帝即位歲. 此後至《十六國春秋》及《南》《北史》, 有'索虜', '島夷'之呼, 如
詬罵然." 夫以相敵國罵尙不可, 況諸侯於共主乎? 豈眞出自三代上哉? 晚出
《泰誓》篇疑者固衆, 予獨怪其"古人有言曰"以下, 如"獨夫受洪惟作威, 乃汝
世讎", 當時百姓讎紂固往往而有, 何至武王深文之爲世讎? "樹德莫如滋, 去
疾莫如盡", 發端汎語也, 何至武王易其辭爲"除惡務本", 以加諸紂身? 湯誓師
不過曰"爾尙輔予一人, 致天之罰", 牧野誓師曰"今予發惟恭行天之罰", 如是
已耳, 何至此爲"肆予小子誕以爾衆士殄殲乃讎"? 若當時百姓亦未知讎紂, 而
武王實唻使之者. 噫! 其甚矣夫. 時際三代, 動關聖人, 而忽有此詬厲之言, 羣
且習爲當然. 先儒曰："不識聖賢氣象, 乃後世學者一大病. 道之不明, 厥由于
此." 余每讀之三嘆焉.

　일찍이《문중자文中子 · 술사述史》편의 "태희太熙, 290년 정월~4월 이후, 역사
를 서술한 자들이 거의 욕설을 해댔다. 따라서 군자가 그것을 도道라고
칭하지 않는다太熙之後, 述史者幾乎罵矣. 故君子沒稱焉"를 읽고 탄식하였다. 아! 사史
에 욕설을 하는 것도 불가한데, 하물며 경經에 있어서랴? 진실로 성인聖人

의 입에서 나왔다고 할 수 있으랴? 완일阮逸《주註》에 "태희太熙는 진晉혜제惠帝 즉위 해이다. 그 이후《십육국춘추十六國春秋》및《남사南史》와《북사北史》에 이르기까지, '색로索虜', '도이島夷' 등의 호칭이 욕설과 같았다太熙, 晉惠帝即位歲. 此後至《十六國春秋》及《南》《北史》, 有'索虜', '島夷'之呼, 如詬罵然"고 하였다. 대저 적국敵國을 대상으로 욕설을 하는 것도 불가한데, 하물며 제후들이 공동으로 받드는 군주에 있어서랴? 어찌 진실로 삼대三代에 나온 것이겠는가? 만출晩出《태서泰誓》편을 의심하는 자들이 진실로 많은데, 나는 유독 "옛사람이 말하기를古人有言曰"이하를 괴이하게 생각하는데, "독부獨夫 수受가 크게 위엄을 세우니, 바로 너희들 대대로의 원수이다獨夫受洪惟作威, 乃汝世讎"와 같은 것은, 당시 백성들이 주紂를 원수로 여기는 것은 진실로 종종 있었으나, 어찌 무왕武王의 격문檄文에 대대로의 원수라고 여기는 지경에 이르렀겠는가? "덕을 베풂에는 그 은덕이 더욱 자라나게 하는 것만 한 게 없고, 악을 제거함에는 그 해악이 다 제거되게 하는 것만 한 게 없다樹德莫如滋, 去疾莫如盡"[15]는 질책하는 말을 발단發端으로, 어떻게 무왕武王이 그 말을 "악을 제거하고 근본에 힘쓴다除惡務本"는 말로 바꾸어 주紂에게 가해할 수 있겠는가? 탕湯의 서사誓師는 "너희들은 부디 나 한 사람을 도와서 하늘의 벌을 이루도록 하라爾尙輔予一人, 致天之罰"에 불과하고, 목야牧野의 서사誓師는 "이제 나 희발姬發은 공손히 하늘의 벌罰을 행한다今予發惟恭行天之罰"와 같을 뿐인데, 어찌 만출晩出《태서泰誓》는 "이러므로 나 소자小子가 크게 너희 여러 군사들을 데리고 너희들의 원수를 끊고 섬멸하려 한다肆予小子誕以爾衆士殄殲乃讎"

---

15 《좌전·희공원년》.

라는 지경에 이르렀는가? 만약 당시 백성들조차도 주紂를 원수로 알지
못했다면, 무왕이 진실로 그들을 부추긴 것이다. 아! 매우 심하도다. 삼
대三代의 시절에 성인聖人과 관련된 사안인데, 문득 이 욕설이 있었다면 군
중들이 또한 마땅히 이렇게 여겼을 것이다. 선유先儒가 이르길 "성현聖賢의
기상氣象을 알지 못하는 것이 바로 후학자들의 큰 병통이다. 도道가 밝혀
지지 않는 것은 바로 이 때문이다不識聖賢氣象, 乃後世學者一大病. 道之不明, 厥由于此"라
고 하였다. 나는 매번 읽을 때마다 세 번 탄식한다.

원문

按 : 京山郝氏 《多士解》云 : "周公於殷, 未嘗有'頑民'之稱. '頑民'見孔
《書 · 君陳》,《畢命》及《序》, 三篇俱非古. 故于文王之雅稱殷士曰'膚敏',《酒
誥》曰'殷獻臣',《洛誥》曰'殷獻民', 茲曰'商王士', 曰'殷多士', 皆敬而矜之,
其肯詆之爲頑民乎?" 余讀《梓材》曰"迷民",《召誥》曰"讎民", "迷民", "讎民"
與"頑民", 又何別焉? 但謂曾加詬辭於紂, 則無是耳.

번역 **안按**

경산京山의 학경郝敬, 1558~1629 《다사해多士解》에 다음과 같이 말했다.

"주공周公은 은殷에 대해 일찍이 '완민頑民'이라는 칭호를 붙이지 않았
다. '완민頑民'은 《군진 · 공전孔傳》,[16] 《필명》[17] 및 《소서》[18]에 보이는데, 3

---

16 《군진》王若曰 : "君陳, 惟爾令德孝恭. 惟孝, 友于兄弟, 克施有政. 命汝尹茲東郊, 敬哉!《공
전》言其有令德, 善事父母, 行己以恭. 言善父母者必友于兄弟, 能施有政令. 正此東郊, 監殷頑
民, 教訓之.
17 《필명》惟周公左右先王, 綏定厥家. 毖殷頑民, 遷于洛邑, 密邇王室, 式化厥訓. 既歷三紀, 世變

편은 모두 옛것이 아니다. 따라서 문왕文王은 은사殷士들을 평소에 '아름답고 민첩한 자들膚敏'¹⁹이라 하였고, 《주고》에 '은殷의 헌신獻臣, 殷獻臣'이라 하고, 《낙고》에 '은殷의 헌민獻民, 殷獻民'이라 하였으며, '상왕商王의 선비士, 商王士', ²⁰ '은殷나라의 다사多士들아殷多士²¹라고 한 것이 모두 공경하고 아낀 것인데, 어찌 그들을 꾸짖어 완민頑民이라 한 것이겠는가?'

나는 《재재》의 "미민迷民",²² 《소고》의 "수민讎民"²³을 읽어보았는데, "미민迷民", "수민讎民"은 "완민頑民"과 또 어떻게 구별되는가? 단지 주紂에게 욕설은 더한 것 그 뿐이다.

원문

又按:《墨子》引《大誓》"小人見姦巧乃聞不言也, 發罪鈞", 其爲古《書》辭信無可疑. 或者聞而疑之, 以爲果爾, 特與商君之法"不告姦者殺", "告姦者與殺敵同賞"等爾, 恐武王無是語. 余證以二條曰:《盤庚中》: "乃有不吉不迪, 顚越不恭, 暫遇姦宄, 我乃劓殄滅之, 無遺育, 無俾易種于玆新邑."《酒誥》: "厥或誥曰羣飮, 汝勿佚, 盡執拘以歸于周. 予其殺." 此等所立法, 較《大誓》不尤甚矣乎? 或者無以難.

風移, 四方無虞. 予一人以寧.
18 《다사·서(序)》成周旣成, 遷殷頑民, 周公以王命誥, 作《多士》.
19 《시경·대아·문왕(文王)》"은나라 선비 중에 아름답고 민첩한 자들이 주나라 서울에서 강신제를 돕는다."(殷士膚敏 祼將于京)
20 《다사》惟三月, 周公初于新邑洛, 用告商王士.
21 《다사》王若曰, 爾殷多士, 今惟我周王, 丕靈承帝事.
22 《재재》肆王惟德用, 和懌先後迷民. 用懌先王受命.
23 《소고》予小臣, 敢以王之讎民·百君子, 越友民, 保受王威命明德.

번역 우안又按

《묵자·상동하》에서 《태서大誓》의 "소인小人은 간특한 일을 목도하고도 묵인하니, 그 죄가 똑같다小人見姦巧乃聞不言也, 發罪鈞"를 인용하였는데, 이것이 진실로 고古《서》의 문장임에 의심의 여지가 없다.

어떤 이가 이 말을 듣고 의심하기를, 과연 그렇다면, 단지 상군商君 앙鞅의 법에 "고발하지 않는 사람은 죽이고不告姦者殺", "나쁜 짓을 한 자를 고발하는 사람은 적을 죽인 자와 같은 상을 준다告姦者與殺敵同賞" 등[24]의 말과 같은 것은 무왕에게 이런 말이 없다고 하였다.

나는 두 조목으로 증명하였다. 《반경중》에 "착하지 못하고 부도덕한 사람이 타락하여 공손하지 않은 짓을 하거나 잠시만 사람을 만나도 간악한 짓을 하는 경우가 있거든, 나는 그들의 코를 베거나 죽여 없애어 그 자손을 기르지 못하게 함으로써 그 종자를 이 새 도읍으로 옮겨가지 못하도록 할 것이다乃有不吉不迪, 顚越不恭, 暫遇姦宄, 我乃劓殄滅之, 無遺育, 無俾易種于茲新邑"라 하였고, 《주고》에 "그 혹시라도 가르치기를 떼지어 술을 마시거든 너는 놓치지 말고 모두 붙잡아 구속해서 주周나라로 돌아오라. 내 그 죽이거나 하리라厥或誥曰羣飮, 汝勿佚, 盡執拘以歸于周, 予其殺"고 하였으니, 이와 같은 입법立法은 《태서大誓》와 비교해서 더 심하지 않은가?

어떤 이는 더 논난論難하지 못했다.

---

24 《사기·상군열전(商君列傳)》"고발하지 않는 사람은 허리를 자르는 형벌에 처하였고, 나쁜 짓을 한 자를 고발하는 사람은 적의 머리를 벤 자와 같은 상을 주고, 나쁜 짓을 한 자는 적에게 항복한 사람과 같은 벌을 받았다."(不告姦者腰斬, 告姦者與斬敵首同賞, 匿姦者與降敵同罰)

又按：姚際恒立方曰：伏《書》之誓, 《甘誓》, 《湯誓》, 《牧誓》, 《費誓》,

《秦誓》凡五篇. 誓辭之體, 告衆皆以行軍政令及賞罰之法爲主. 告以左右禦馬

之攻正用命,弗用命之賞罰者,《甘誓》也; 告以不宜憚此征役,明其賞罰者,《湯

誓》也; 告以稱比立之法, 步伐之數者,《牧誓》也; 告以戎器,牛馬, 芻糧,期會諸

事者,《費誓》也; 若《秦誓》, 則因敗悔過, 別是一格. 大抵古誓雖識當時告衆

之言, 然後人亦可藉以見一代之兵制, 豈徒然醜詆敵國, 如後世檄文已乎? 中

亦有略數敵罪, 如《甘誓》曰"威侮五行, 怠棄三正",《湯誓》舉桀之"時日曷喪"

語,《牧誓》舉受用婦言與崇信多罪者. 今《泰誓》上, 中, 下三篇, 僅有賞罰二

語, 絶口不及軍政, 惟是張目疾首, 洗垢索瘢, 若恐不盡. 嗚呼! 誓辭至此, 蕩

然掃地矣.

우안又按

요제항姚際恒, 1647~1715?, 자 입방(立方)이 말했다.

복생伏生《서》의 서誓는《감서》,《탕서》,《목서》,《비서》,《진서》등 모
두 5편이다. 서사誓辭의 문체는 군중에게 고함에 모두 군대를 운용하는
정령 및 상벌의 법을 위주로 한다. 좌우 어마禦馬에게 명령을 따름과 명령
을 어김에 다른 상벌賞罰을 고한 것은《감서》이다. 그 정역征役을 꺼리는
것의 부당함을 고하고 그 상벌을 밝힌 것은《탕서》이다. 방패를 나란히
하고 창을 세우는 법[25]과 보벌步伐의 수數[26]로 고한 것은《목서》이다. 무기

---

25 《牧誓》稱爾戈, 比爾干, 立爾矛. 予其誓.
26 《牧誓》今予發, 惟恭行天之罰. 今日之事, 不愆于六步七步, 乃止齊焉. 夫子勖哉.

戎器, 우마牛馬, 군량餉糧, 기회期會 등의 사안[27]을 고한 것은 《비서》이다. 《진서》와 같은 경우는, 패전으로 인해 잘못을 뉘우친 별개의 문체이다. 대저 옛 서誓가 비록 당시의 군중에게 고한 말을 기록한 것이지만 후대인들도 그에 힘입어 한 세대의 병제兵制를 볼 수 있으니, 어찌 다만 적국을 꾸짖어 비난하는 것과 같은 후대의 격문과 같겠는가? 그런 가운데에도 적敵의 죄를 간략하게 나열한 것도 있으니, 《감서》의 "오행五行을 경멸하고 삼정三正을 폐기하다威侮五行, 怠棄三正"와 《탕서》걸桀을 거론한 "저 해는 언제 없어지나時日曷喪"와 《목서》수受가 부인婦人의 말을 따르고 죄 많은 사람을 높이고 믿었던 것과 같은 것이다. 금문 《태서》상, 중, 하 삼 편은 겨우 상벌賞罰 두 단어만 말하고[28] 절대 군정軍政은 언급하지 않았으며, 오직 눈을 부라리고 애통해하며 티끌을 씻어내고 흠터를 찾으려고만 하는 것을 다 하지 못할까 두려워하였다. 아! 서사誓辭가 여기에 이르러 땅을 쓸어버린 듯 없어지게 되었다.

원문

又按 : 顧炎武寧人曰 : "商之德澤深矣, 尺地莫非其有也, 一民莫非其臣也. 武王伐紂, 乃曰'獨夫受洪惟作威, 乃汝世讎', 曰'肆予小子, 誕以爾衆士, 殄滅乃讎', 何至於此? 紂之不善, 亦止其身, 乃至幷其先世而讎之, 豈非《泰誓》之文出於魏晉間人之僞撰者耶?" 憶余晤寧人壬子冬, 曾問 : "古文《尙書》還當

---

27 《비서》甲戌, 我惟征徐戎. 峙乃糗糧, 無敢不逮. 汝則有大刑. 魯人三郊三遂, 峙乃楨榦. 甲戌, 我惟築, 無敢不供. 汝則有無餘刑. 非殺, 魯人三郊三遂, 峙乃芻茭, 無敢不多. 汝則有大刑.

28 《태서하》功多有厚賞, 不迪有顯戮.

疑否?"曰：" 否."此殆得悟之於晚歲者, 然他又騎牆矣. 見《日知錄》.

번역 우안又按

　고염무顧炎武, 1613~1682, 자 영인(寧人)가 다음과 같이 말하였다.

　"상商의 덕택德澤은 깊어, 한 자의 땅도 그 소유가 아님이 없었고, 한 사람의 백성도 그 신하가 아닌 자가 없었다. 무왕武王이 주紂를 정벌하면서 '독부獨夫 수受가 크게 위엄을 세우니, 바로 너희들 대대로의 원수이다獨夫受洪惟作威, 乃汝世讎'라 하고, '이러므로 나 소자小子가 크게 너희 여러 군사軍士들을 데리고 너희들의 원수를 끊고 섬멸하려 한다肆予小子, 誕以爾衆士, 殄滅(殲)乃讎'고 하였는데, 어찌 이 지경에 이르렀는가? 주紂의 불선不善함도 단지 그 자신에게 그치는 것인데, 그의 선세先世와 아울러 원수로 여기게 되었다고 하는 것은 어찌《태서》의 문장은 위진魏晉 연간의 사람이 위찬僞撰한 것이 아니겠는가?"

　임자년1672, 염약거 36세 겨울, 나는 영인寧人을 만난 적이 있었는데, "고문《상서》는 마땅히 의심해야 되지 않겠습니까?"라고 물으니, "아니다"라고 대답했었다. 아마도 위의 말은 말년에 깨달은 것으로 보이며, 그렇지 않으면 또한 입장이 명확하지 않은 것이다.《일지록》에 보인다.

제99.《서》가 드러나고 숨겨짐에도 시운^{時運}이 있으니, 고문의 성행이 이미 오래된 이후에는 당연히 폐기되어야 함을 논함

원문

道之行廢繫乎命. 予則謂書之隱與見亦有時運, 初非人意料所能及者. 嘗思緯書萌於成帝, 成于哀, 平, 逮東京尤熾. 有非讖者, 至比諸非聖無法, 罪殊死. 嘗詔東平王蒼正五經章句, 皆命從讖. 其撰禮名樂, 又不待云. 當時能心知其非而力排之者, 桓譚氏而止耳, 張衡氏而止耳. 縱有儒宗賈逵氏摘讖互異三十餘事, 以難諸言讖者, 及條奏帝前, 仍復附會圖讖以成其說, 身亦以貴顯, 他更可知. 於此有人焉能料二百載後其學浸微, 有發使四出搜天下書籍與讖緯相涉者悉焚之, 被糾輒死, 如隋之代也哉? 又料有乞取九經正義, 刪去讖緯之文, 使學者不爲怪異之言惑亂, 然後經義純一, 無所駁雜, 如歐陽氏之請也哉? 又思今天下所廟祀者, 莫過漢壯繆侯之盛, 抑知侯之前血食盛者, 則伍子胥也, 項羽也, 朱虛侯劉章也. 讀《風俗通義》, 城陽景王祠遍滿琅邪, 靑州六郡, 及勃海都邑, 鄕亭, 聚落, 雖遭禁絶, 旋復故. 讀《明一統志》, 僅莒州一處存耳. 懸絶如此, 豈非鬼神亦關氣運, 冥報各有時代? 古文《書》二十五篇出于魏晉, 立於元帝, 至今日而運已極. 中間爲桓譚, 張衡之非者不少, 安知後不更有歐陽氏出, 請以刪讖緯者刪此古文, 尊正義者尊伏生三十一篇, 俾其孤行乎? 亦《書》之運也. 吾終望之維持此運者.

번역

도^道가 유행하고 폐해지는 것은 명^命에 달린 것이다. 나는《서》가 숨겨지고 드러나는 것 또한 시운時運이 있는 것이어서 애초에 사람들이 마음대로 언급할 수 있는 것이 아니라고 생각한다. 예전부터 생각해온 것인데, 위서緯書는 한漢 성제成帝, BC33~BC7 재위 때 싹트기 시작해서, 애제哀帝, BC7~BC1 재위, 평제平帝, BC1~AD6 재위 때 성행하였으며, 동한東漢에 이르러 더욱 번성하였다. 참讖을 비난하는 자는 성인聖人을 비난하고 경법經法을 무시하는 것에 견주어져 그 죄가 죽어 마땅하였다. 일찍이 동평왕東平王 유창劉蒼[29]에게 오경장구五經章句를 교정하도록 칙명을 내렸는데, 모두 참讖에 따르도록 명하였다. 그가 찬술한 예악禮樂도 더 말할 것도 없다. 당시에 참서讖書의 잘못을 깨닫고서 극력 배척한 자는 환담桓譚, BC40?~32?에 그쳤고, 장형張衡, 78~139에 그쳤을 뿐이다. 설령 유가儒家의 종사宗師인 가규賈逵, 30~101가 참서讖書의 모순처 30여 곳을 지적하여 참讖을 말하는 자를 난처하게 한 적이 있었지만, 황제 앞에서 조주條奏함에 이르러서는 이에 다시 도참圖讖에 견강부회하여 그 설을 완성하였고[30] 자신도 더욱 드러나게 되었으니, 나머지도 알 수 있다. 이런 상황에서 2백 년 이후에 도참圖讖의 학문이 몰락하여 천하의 서적 가운데 참위讖緯와 관련된 것들을 색출하도록 해서 모두 불태워버리고, 참위와 관련하여 규찰을 당하면 참수에 처해지는 수대隋代 때와 같은 세상이 올 줄 어찌 상상이나 할 수 있었겠는가? 또한 구경九經의 정의正義를 취함에 이르러서는 참위讖緯의 문장을 삭제하고, 학자들에게 괴이怪異한 말로써 현혹시키거나 혼란시키지 않도록 한

---

29 유창(劉蒼)(?~AD83) 동한(東漢) 광무제(光武帝) 유수(劉秀)의 아들.
30 가규가 도참(圖讖)에서 말한 "한왕조는 요(堯)의 후예(漢爲堯後)로서 황제가 되는 것이 정당하다"는 설을 《좌전》을 이용해서 증명하자 황실이 고문경을 지지하게 되었다고 한다.

연후에 경의經義가 순일純一하게 되어 잡된 것이 섞이지 않도록 한 구양수歐陽脩, 1007~1072의 요청과 같은 것이 있을 줄 어떻게 알았겠는가?

또한 생각해보건대, 지금 천하의 사당에서 받들어지는 자 가운데 한漢 장목후壯繆侯關羽의 성대함보다 더 심한 것이 없는데, 장목후壯繆侯 이전에 혈식血食을 받았던 자로서는 오자서伍子胥, 항우項羽, 주허후朱虛侯 유장劉章임 을 알 것이다. 응소應劭 《풍속통의風俗通義》를 읽어보면, 성양경왕사城陽景王[31] 祠는 낭야琅邪, 청주靑州 6군郡 및 발해勃海의 도읍都邑, 향정鄕亭, 취락聚落 등에 가득했었고, 비록 금절禁絶을 당했더라도 바로 옛 모습을 회복했다고 한 다. 《명일통지明一統志》를 읽어보면, 겨우 거주莒州 한 곳만 존치되었을 뿐 이다. 그 현격함이 이와 같으니, 어찌 귀신도 기운氣運과 관련되어 각 시 대마다 보답받음의 차이가 있는 것이 아니겠는가?

고문 《서》 25편은 위진魏晉시대에 출현하였고, 동진 원제元帝, 318~323 재 위 때 학관에 세워져 오늘날까지 그 기운이 이미 극에 달했다. 그 사이 환 담桓譚, 장형張衡과 같이 비난한 자들이 적지 않았으나, 후대에 구양수歐陽 脩, 1007~1072가 나와 참위讖緯를 삭제하는 것과 같이 이 고문古文을 삭제하 도록 요청하고, 정의正義를 존숭하는 것과 같이 복생伏生 31편을 존숭하게 해서 복생伏生의 《서》만 외롭게 유행되도록 할지 어찌 알 수 있었겠는가? 이 또한 《서》의 운명이다. 나의 마지막 소망은 그런 운을 유지시키는 것이 다.

---

31 성양경왕(城陽景王) 즉 주허후(朱虛侯) 유장(劉章)이다.

按：或問：緯起哀,平, 子以爲始成帝者, 何也? 余曰：張衡言, "成,哀之後
乃始聞之", 初亦不省所謂. 讀班書《李尋傳》, 成帝元延中, 尋說王根曰："五
經,六緯, 尊術顯士." 則知成帝朝已有緯名, 衡言不妄. 衡又言："王莽簒位,
漢世大禍, 八十篇何爲不戒?" 則知圖讖成於哀,平之際也, 見尤洞然. 若《莊
子》"孔子繙十二經以說老聃", 說莊者謂兼六緯在內, 是莊子時有緯, 殆非也.

번역 안按

어떤 이가 물었다. 위서緯書는 애제哀帝, 평제平帝 때 일어났는데, 그대가
성제成帝 때 시작되었다고 한 것은 무엇 때문인가?

나는 대답하였다. 장형張衡은 "성제成帝, 애제哀帝 이후에 비로소 들려지
기 시작했다成, 哀之後乃始聞之"고 했는데, 애초에는 무슨 말인지도 몰랐다.
《한서·이심전李尋傳》을 읽어보면, 성제成帝 원연元延, BC12~BC9 연간, 이심李
尋이 왕근王根에게 "오경五經과 육위六緯는 경술經術을 더 높이고 선비들을 현
귀顯貴하게 한다五經, 六緯, 尊術顯士"고 하였으니, 성제조成帝朝에 이미 위緯라는
명칭이 있었고, 장형張衡의 말이 망령되지 않았음을 알 수 있다. 또 장형張
衡은 "왕망王莽이 제위를 찬탈한 것은 한漢나라의 큰 환난患難인데, 80편의
참위서讖緯書는 어찌 경계하지 않았던 것인가?王莽簒位, 漢世大禍, 八十篇何爲不戒"
라고 하였으니, 도참圖讖이 애제哀帝, 평제平帝 사이에 성행하였고, 더욱 환
하게 드러났음을 알 수 있다.

《장자·천도天道》의 "공자孔가 12경經을 되풀이하여 노담老聃을 설득하
였다孔子繙十二經以說老聃"와 같은 경우, 장자를 말하는 자들은 6위緯를 그 안

에 포함하고 있다고 하는데, 장자의 시대에 위緯가 있었다고 하는 것은 틀린 것 같다.

원문

或又問:《隋志·讖緯》篇云"賈逵之徒獨非之", 與范《書》"逵能附會文致, 最差貴顯"者不合, 何也? 余曰:此蓋《隋志》誤讀張衡疏"侍中賈逵摘讖互異三十餘事, 諸言讖者, 皆不能說"之文, 以爲逵非讖, 不知逵第摘之云爾, 初無所非也. 不然, 逵僅如鄭興, 尹敏, 官亦不顯, 尙望其於明,章兩朝以《左氏》學爲帝嘉納耶? 非附會圖讖力耶? 史凡此等誤謬處不勝辨, 聊一及之, 俟世之觸類而通者.

번역

어떤 이가 또 물었다. 《수서·경적지·참위讖緯》편에 "가규賈逵의 무리가 유독 참위를 비난하였다賈逵之徒獨非之"고 한 것은 《후한서·가규전》의 "가규는 (참위讖緯에) 견강부회하여 문장으로 완성할 수 있었으므로 가장 귀하고 현달한 데에 이르렀다逵能附會文致, 最差貴顯"와 합치하지 않은 것은 어째서인가?

나는 대답하였다. 이것은 아마도 《수서·경적지》에서 장형張衡의 소疏 "시중 가규賈逵가 참서讖書의 모순처 30여 곳을 지적하니, 참위讖緯를 말하는 자들이 모두 대답할 수 없었다侍中賈逵摘讖互異三十餘事, 諸言讖者, 皆不能說"라는 문장을 잘못 읽고 가규가 참위讖緯를 비난했다고 여긴 것이며, 가규는 다만 지적만 하고 애초에 비난하지는 않았다는 사실을 몰랐던 것이다. 그렇지 않다면, 가규는 겨우 정홍鄭興, 윤민尹敏과 같이 관직도 드러나지 않았는데, 어떻게 명제明帝, 장제章帝 양조兩朝에 《좌씨》학으로 황제의 부름을 기약할 수 있었겠는가? 도참에 견강부회한 힘이 아니겠는가? 사史의 이와 같은 오류를 이루 다 변별할 수 없으니, 오직 한 번 언급함으로써 세상에 이와 관련해서 통하는 자를 기다린다.

又按：《後漢·劉盆子傳》："軍中常有齊巫鼓舞, 祠城陽景王." 又："於鄭北設壇場, 祠城陽景王."《耿弇傳·注》："臨淄小城內有漢景王祠."《琅邪孝王京傳》："京都莒國中有城陽景王祠, 上書願徙宮開陽以避." 是景王祠東漢初已盛, 不獨如劭所言.

번역 우안又按

《후한서 · 유분자전劉盆子傳》에 "군중軍中에 항상 제齊의 무인巫人이 북을 두드리고 춤을 추며 성양경왕城陽景王을 제사지내는 자가 있었다軍中常有齊巫鼓舞, 祠城陽景王"고 하였다. 또한 "정鄭 북쪽 땅에 단장壇場을 설치하여 성양경왕城陽景王을 제사지냈다於鄭北設壇場, 祠城陽景王"고 하였다. 《후한서 · 경엄전耿弇傳 · 주注》에 "임치臨淄 소성小城 안에 한漢 경왕사景王祠가 있다臨淄小城內有漢景王祠"고 하였고, 《후한서 · 낭야효왕경전琅邪孝王京傳》에 "낭야왕 유경劉京이 도읍한 거국莒國에 성양경왕사城陽景王祠가 있었으므로, 상주上奏하기를 궁宮을 개양開陽으로 옮겨 피하기를 원한다고 하였다京都莒國中有城陽景王祠, 上書願徙宮開陽以避"고 하였다. 경왕사景王祠는 동한東漢 초기에도 이미 성행하였으니, 응소應劭가 말한 바와 같지 않다.

제100. 공안국《경명》전傳이《주례》태어大馭,
태복大僕과 합치하지 않은 오류가
《한서·백관공경표》응소 주注에 근본한 것임을 논함

원문

余向謂孔《傳》不甚通官制, 故有三公領六卿之說. 今且有兩職實不相通,
誤合爲一, 既見經復見傳者.《周禮》"大馭", 中大夫, 掌馭玉路以祀; "戎僕",
亦中大夫, 掌馭戎車; "齊僕", 下大夫, 掌馭金路以賓; "道僕", 上士, 掌馭象
路以朝夕,燕出入; "田僕", 上士, 掌馭田路以田以鄙. 此官皆馭王車, 而大馭
爲最尊. 又有大僕, 下大夫, 掌正王之服位, 出入王之大命, 掌諸侯之復逆, 王
出入則自左馭而前驅. 其佐有小臣, 掌王之小命, 詔相王之小濩儀; 祭僕, 掌
受命于王, 以眡祭祀; 禦僕, 掌群吏之逆及庶民之復; 隸僕, 掌五寢之掃除糞
洒之事. 此等官以僕名, 而無預于馭車之事. 大僕雖有左馭前驅之文, 而其所
重自在正服位,出入大命, 是其職與大馭初不相涉也. 晚出《冏命》篇"出入起
居, 罔有不欽, 發號施令, 罔有不臧", 是近臣有與于王之起居命令者, 則似太
僕所掌, 與《書序》合. "命汝作大正, 正于群僕", 又云"爾無昵于憸人, 充耳目
之官", 則官高職親與王同車, 又似大馭, 非大僕所可當, 得毋誤記《周禮》二
官爲一? 安國蚤已自吐供招曰∶"太僕長, 太禦中大夫." 然其誤亦有故∶案
《漢·百官公卿表》"太僕, 秦官", 應劭曰∶"周穆王所置, 蓋大御衆僕之長, 中
大夫也." 豈非經與傳之所從出哉? 凡余駁正古文, 皆抉摘其所以然, 使無遁
情. 近儒謂揚子雲生平, 昌黎亦被瞞過, 程子猶爲之諱. 朱文公出, 方是千年
照膽鏡, 雄爲狐妖無遁處. 快哉! 斯喻也.

　나는 예전에 《공전》이 관제官制에 매우 통달하지 못했기 때문에 삼공三
公이 육경六卿을 통솔한다는 설[32]이 있게 되었다고 하였다. 지금 또 두 관
직이 실제 서로 통하지 않은 것이었지만, 잘못 합쳐져 하나의 관직이 된
것이 이미 경문에 보이고 다시 《공전》에도 보이는 것이 있다.

　《주례 · 하관》 "태어大馭"는 중대부中大夫로서 제사를 지낼 때 쓰는 옥로玉
路를 모는 일을 맡고, "융복戎僕" 역시 중대부中大夫로서 융거戎車 모는 일을
맡고, "제복齊僕"은 하대부下大夫로서 빈객을 맞이하는 금로金路 모는 일을
맡고, "도복道僕"은 상사上士로서 조석朝夕으로 상조上朝할 때나 연회 출입할
때 쓰는 상로象路 모는 일을 맡고, "전복田僕"은 상사上士로서 전렵田獵이나
교외郊外로 갈 때 쓰는 전로田路를 모는 일을 맡는다. 이들 관직은 모두 왕
거王車를 몰며, 태어大馭가 가장 높다. 또 태복大僕은 하대부下大夫로서 왕의
복장과 위치를 바로 잡는 일과 왕의 대명大命의 출입을 담당하고, 제후諸侯
의 상주上奏와 명령의 하달을 담당하며, 왕이 출입할 때면 왼쪽으로 수레
에 올라 행차를 이끈다. 태복大僕을 보좌하는 소신小臣은 왕의 소명小命을
담당하는데 왕의 작은 의례를 알리고 도우고, 제복祭僕은 왕에게 명령을
받아 제사祭祀를 시찰하는 일을 담당하고, 어복御僕은 뭇 관리들의 복명服命
과 서민庶民의 상주上奏를 담당하고, 예복隸僕은 사당 오침五寢의 쓸고 닦는
일을 담당한다. 이와 같은 관직은 복僕으로 명명하였고, 어거馭車의 일에
는 관여하지 않는다. 태복大僕에는 비록 왼쪽으로 수레에 올라 행차를 이

끈다는 문장이 있지만, 그의 가장 중요한 임무는 왕의 복장과 위치를 바르게 하고 대명大命을 출입하는데 있으니, 그 직분이 태어太馭와는 애초에 아무 관련이 없다.

만출《경명》편에 "출입出入하고 기거起居함에 공경하지 않음이 없으며 호령을 냄에 불선不善함이 없었다出入起居, 罔有不欽, 發號施令, 罔有不臧"라고 하였는데, 이는 근신近臣으로 왕의 기기起居와 명령命令에 관여하는 자이니 태복太僕이 맡은 일과 유사하며, 《서서書序》[33]와 합치한다. "너를 명하여 대정大正으로 삼으니, 군복群僕들을 바로잡아라命汝作大正, 正于群僕"라 하였고, 또한 "간사한 사람과 친하여 이목耳目의 기관을 충족시키지 말라爾無昵于憸人, 充耳目之官"라고 하였으니, 관직의 지위가 높고 직분이 직접 왕과 함께 수레를 같이 타는 것으로 또한 태어太馭와 유사하고, 태복太僕이 담당할 수 있는 일이 아니니,《주례》의 태복太僕과 태어太馭 두 관직을 하나로 잘못 기록한 것이 아니라고 할 수 있겠는가? 공안국은 이미 공초供招에서 자백하길 "태복장太僕長은 태어太御 중대부中大夫이다太僕長, 太御中大夫"고 하였다. 그러나 그 오류에도 연고가 있다.

살펴보건대,《한서 · 백관공경표百官公卿表》에 "태복太僕은 진秦의 관제官制이다太僕, 秦官"고 하였고, 응소는 "주周목왕穆王이 설치한 것인데, 태어大御는 뭇 복僕의 우두머리로서 중대부中大夫이다周穆王所置, 蓋大御衆僕之長, 中大夫也"고 하였으니, 어찌 경經과 전傳이 이로부터 나온 것이 아니겠는가? 무릇 내가 고문을 공박하여 바로잡는 것은 모두 그 거짓된 원인을 도려내어 숨겨진

---

33 《서서(書序)》"목왕(穆王)이 백경(伯冏)을 명하여 태복정(太僕正)을 삼고《경명》을 지었다."(穆王命伯冏爲周太僕正, 作《冏命》)《공전》伯冏, 臣名也. 太僕長, 太御中大夫.

실정이 없게 하려는 것이다.

근래의 유자儒子가 이르길 '양웅揚雄, 자 자운(子雲)의 평생에 대해, 한유韓愈, 호 창려(昌黎) 또한 속임을 당했으며, 정자程子는 그를 위해 덮어버렸다. 주문공朱文公이 출현하여 천년千年을 환히 비추는 조담경照膽鏡[34]이 되면서, 양웅은 요사스러운 여우가 되어 도망갈 곳이 없게 되었다'고 하였다. 그 비유가 통쾌하다!

원문

按：《漢表》云："太僕, 秦官, 掌輿馬." 以太僕專司馬政, 蓋自秦失之. 秦官制多不師古, 然官有古卑而今尊者, 漢之尙書令是; 有古貴而今賤者, 漢之校尉是; 有名內而實外, 侍中,給事中之官是; 有名武而實文, 太尉,大司馬之官是. 亦古今沿革遷流之常, 無足異. 獨異當周穆王朝作書, 命其臣爲太僕, 不本《周官》, 旁侵大馭, 職掌如秦制, 殊失却本色耳.

번역 안按

《한서 · 백관공경표》에 "태복太僕은 진秦의 관제로 여마輿馬를 담당하였다太僕, 秦官, 掌輿馬"고 하였다. 태복太僕은 오로지 마정馬政을 맡았는데, 진秦 이후로 없어졌다. 진秦의 관제官制는 대부분 옛 것을 계승하지 않았지만, 관직이 옛날에는 낮았으나 지금 높은 것은 한漢 상서령尙書令이며, 옛날에는 고귀하였으나 지금은 미천한 것은 한漢의 교위校尉이며, 이름은 내직이나

---

34 조담경(照膽鏡) : 진(秦)나라 함양궁(咸陽宮)에 있었다는 거울인데, 오장(五臟)을 비추어서 그 마음의 정사(正邪)를 보았다고 한다. 《서경잡기(西京雜記)》 권3.

실제로는 외직인 것은 시중侍中, 급사중給事中의 관직이며, 이름은 무관이나 실제로는 문관인 것은 태위太尉, 대사마大司馬의 관직이 그것이다. 또한 고금古今의 연혁이 변화하는 법칙은 이상할 것이 없다. 다만 이상한 것은, 주周목왕穆王 당시에 서書를 작성하여 그의 신하를 태복太僕에 명하면서《주례》에 근본하지 않고, 두루 태어太馭의 직분을 침범하였고, 담당하는 직분이 진秦의 관제와 같은 것은 그 본색을 잃어버림이 매우 심한 것이다.

或謂：古文《書》多出《漢書》, 遵若繩尺, 莫敢或爽, 子能一一窮其所出, 其於《漢書》亦可謂熟已. 余曰：何足云. 憶宋嘗有二事：韓魏公當英宗初, 屢以危言動光獻太后. 一日, 簾下忽問："漢有昌邑王事如何?" 公即對曰："漢有兩昌邑王, 不知所問何王耶." 太后語便塞. 案《武五子傳》李夫人所生子名髆, 初封昌邑王, 賀乃嗣立者, 國旋除, 故漢實兩昌邑王. 公蓋援此以對, 若爲弗識其意, 明以全國體, 而陰以消母后之邪心. 誰謂宰相可不用讀書人乎? 蘇轍紹聖初疏諫"父作子救, 何世無之", 且及漢昭變武帝法度事. 哲宗大怒曰："安得以漢武比先帝?" 轍下殿待罪, 莫敢救者. 范忠宣從容言曰："武帝雄才大畧, 史無貶辭, 轍以比先帝, 非謗也." 帝爲少霽. 案《武帝紀》贊曰："如武帝之雄材大畧, 不改文, 景之恭儉以濟斯民, 雖《詩》,《書》所稱, 何有加焉?" 蓋班氏乃用微辭非貶辭, 其體析之精如此. 若二公者, 庶可謂之《漢》聖. 彼劉深父對客能誦"奈何妄薄命, 端遇竟寧前", 及"設爲屏風張某所"等語無一字差, 經生技耳.

번역 **어떤 이가 말했다**

고문《서》가 대부분《한서》에서 나왔고, 마치 승척繩尺을 따르는 것과 같이 감히 어긋남이 없다는 것을 그대가 하나하나 그 출처를 궁구하였으니, 그대는《한서》에도 능숙하다고 할 수 있을 것이다.

나는 대답하였다.

더 말할 것이 있겠는가. 생각해보건대, 일찍이 송대宋代에 두 가지 사건이 있다. 위공魏公 한기韓琦, 1008~1075[35]가 영종英宗, 1063~1067 재위 초기에, 누차 직언으로 광헌태후光獻太后를 움직였다.[36] 하루는 태후簾下가 갑자기 물었다. "한漢나라 창읍왕昌邑王의 일이 어떠한가?" 한기가 바로 대답하였다. "한漢나라에는 두 명의 창읍왕昌邑王이 있으니, 어떤 왕을 물으신 건지 모르겠습니다." 태후의 말을 바로 막아버렸다. 살펴보건대,《한서 · 무오자전武五子傳》이부인李夫人이 낳은 자식의 이름은 박髆으로, 애초에 창읍왕昌邑王에 책봉되었고, 그의 아들 하賀가 바로 제위를 이으면서 상복을 벗었기 때문에 한나라에 실제 두 명의 창읍왕이 있는 것이다. 한기가 이것으로 대답하여 마치 태후의 의도를 알지 못한 듯이 하면서 국체國體의 온전함을 밝히고 드러나지 않게 모후母后의 사심邪心을 없애버린 것이다. 그 누가 재상을 책을 읽지 않는 사람이라고 할 수 있겠는가?

---

35 한기(韓琦) : 자 치규(稚圭). 북송(北宋) 정치가, 사인(詞人). 위국공(魏国公)에 봉해졌고, 이후 위군왕(魏郡王)으로 증봉(贈封)되었다. 《안양집(安陽集)》, 《간원존고(諫垣存稿)》 등이 세상에 전한다.

36 광헌태후(光獻太后) : 가우(嘉祐) 8년(1063) 3월에 송(宋) 인종(仁宗)이 죽고 뒤를 이은 영종(英宗)은 아직 어린 데다 즉위한 지 오래지 않아 또 병이 들었다. 그래서 자성광헌태후(慈聖光獻太后, 조태후(曹太后))가 수렴청정하여 국사를 다스리다가 그 이듬해 여름에 영종에게 정사를 돌려주었다.

소철蘇轍이 소성紹聖, 1094~1098 초기에 상소하여 간언하기를 "아버지가 앞에서 일으키고 자식이 뒤에서 구원하여 일을 이루는 일은 어느 세대엔들 없겠습니까?父作子救, 何世無之?"라고 하고, 또 한漢 소제昭帝가 무제武帝의 법도法度를 바꾼 일을 언급하였다. 철종哲宗이 "어찌 한 무제를 선제先帝에 비기는가?"라며 대노하니, 소철이 퇴전退殿하여 죄를 기다렸고, 감히 구원하는 자가 없었다. 충선공忠宣公 범순인范純仁, 1027~1101[37]이 조용히 말하길 "무제武帝는 웅걸한 재주에 큰 지략을 타고 났고, 사서史書에 폄훼하는 말이 없으니, 소철이 무제를 선제先帝에 비긴 것은 비방한 것이 아닙니다." 하니, 황제의 화가 조금 누그러졌다. 살펴보건대, 《한서 · 무제기武帝紀》 찬贊에 "무제와 같은 웅걸한 재주와 큰 지략으로 만일 문제文帝와 경제景帝의 공손하고 검소함을 변치 않고 이 백성들을 구제했다면, 비록 《시》와 《서》에서 칭하는 현군賢君이라 하더라도 어찌 이보다 더하였겠는가?如武帝之雄材大略, 不改文, 景之恭儉以濟斯民, 雖《詩》,《書》所稱, 何有加焉?"라고 하였다. 반고班固는 미사微辭로써 폄사貶辭한 것이 아니고, 그 대체를 분석함의 정밀함이 이와 같았다.

한기와 범순인 두 공公의 경우는 거의 《한서》의 성인聖人이라 할 수 있을 것이다. 저 유심보劉深父가 객客에게 외워서 대답했던 "첩妾의 박명薄命을 어쩌겠는가? 한漢 원제元帝 이전에 태어났어야 했다奈何妾薄命, 端遇竟寧前." 및 "설령 아무 곳에 병풍을 펼치려고 했더라도設爲屏風張某所" 등의 말[38]이 한

---

37 범순인(范純仁) : 자 효부(堯夫). 시(諡) 충선(忠宣). 참지정사(參知政事) 범중엄(范仲淹)의 차자(次子)이다. 저서에는 《범충선공집(范忠宣公集)》이 있다.
38 《한서 · 외척열전 · 효원왕황후(孝元王皇后)전(傳)》에 보인다. 본서의 문장은 《곤학기문》에서 인용한 것으로 보인다.

글자도 차이가 없는 것은, 줄기에서 가지가 나는 것일 뿐이다.

又按：余向謂作古文者生于錯解未正之日, 故《書》亦隨之而誤. 今又得一事, 是"怵惕惟厲". 穎達《疏》："厲訓危也, 即《易》稱'夕惕若厲'之義也." 予謂《乾》之九三"君子終日乾乾"爲句, "夕惕若"爲句, "厲無咎"爲句. 證以下《文言》"雖危無咎", 益驗句讀斷宜如此. 三代以上人, 必不誤讀"厲"聯上"若", 王輔嗣輩可知. 詎意周穆王時以輔嗣爲本, 而摹脫之乎? 其出魏晉間可知. 或曰：誤果自王輔嗣輩乎? 予曰：張竦爲陳崇草奏曰："終日乾乾, 夕惕若厲."《淮南子·人間訓》曰："終日乾乾, 以陽動也. 夕惕若厲, 以陰息也." 誤已見於此.

우안又按

나는 앞에서 고문古文을 지은 자가 (채침과 김이상 두 사람이) 오류를 바로 잡기 전에 태어났기 때문에[39] 《서》도 그대로 오류가 있게 되었다고 말하였다. 지금 또 하나의 사안을 얻었으니, 《경명》의 "출척유려怵惕惟厲"[40]이다. 공영달《소》는 "려厲는 위危로 훈석하니, 곧 《역》에서 말한 '저녁까지 조심하고 위태롭지 않다夕惕若厲'의 의미이다厲訓危也, 即《易》稱'夕惕若厲'之義也"고

---

39 제50. 잘못된 해석을 사실로 여긴 두 곳을 논함에 보인다.
40 《경명》 왕이 다음과 같이 말하였다. "백경(伯冏)아! 나는 덕(德)에 능하지 못하면서 선인(先人)을 이어 큰 임금의 자리에 거하니, 두려워하고 위태롭게 여겨서 한밤중에 일어나 허물을 면할 것을 생각하노라."(王若曰, 伯冏, 惟予弗克于德, 嗣先人宅丕后, 怵惕惟厲, 中夜以興, 思免厥愆)

하였다.

　내 생각에 《건乾》 구삼九三은 "군자는 종일토록 조심조심하고君子終日乾乾"가 한 구절, "저녁까지 조심하면夕惕若"이 한 구절, "위태로우나 허물이 없다厲無咎"가 한 구절이 된다. 그 아래의 《문언文言》 "비록 위태로우나 허물은 없다雖危無咎"로 증명해보면, 이 구두의 마땅함이 더욱 확실해진다. 삼대三代 이전의 사람들은 결코 "려厲"를 앞의 "약若"과 이어서 읽은 왕필王弼, 226~249, 자 보사(輔嗣)[41] 무리들과 같지 않았음을 알 수 있다. 어찌 주周목왕穆王 당시에 왕필王弼 주注를 근본[42]으로 잘못 쓸 수 있었겠는가? 이것이 위진魏晉연간에 출현한 것임을 알 수 있다.

　어떤 이가 물었다.

　오류가 과연 왕필의 무리에게서 나온 것인가?

　나는 대답하였다.

　장송張竦이 진숭陳崇을 위하여 초안을 만들어 왕망에게 상주하기를 "하루종일 조심조심하고, 저녁까지 두려워하고 위태롭게 여기다終日乾乾, 夕惕若厲"[43]라 하였고, 《회남자 · 인간훈人間訓》에 "하루 종일 조심조심하는 것은 양陽이 움직이기 때문이고, 저녁까지 두려워하고 위태롭게 여기는 것은 음陰이 소식消息하기 때문이다終日乾乾, 以陽動也. 夕惕若厲, 以陰息也"라고 하였으니,

---

41　왕필(王弼) : 자 보사(輔嗣). 위진(魏晉) 현학(玄學)의 대표인물이다. 저저에는 《노자주(老子注)》, 《노자지략(老子指略)》 및 《주역주(周易注)》, 《주역약례(周易略例)》 등이 있다.

42　《주역 · 건》 九三 : 君子終日乾乾, 夕惕若厲, 无咎. 《왕필주》 處下體之極, 居上體之下, 在不中之位, 履重剛之險. 上不在天, 未可以安其尊也. 下不在田, 未可以寧其居也. 純脩下道, 則居上之德廢 ; 純脩上道, 則處下之禮曠. 故 "終日乾乾", 至于夕惕猶若厲也. 居上不驕, 在下不憂, 因時而惕, 不失其幾, 雖危而勞, 可以 "无咎". 處下卦之極, 愈於上九之亢, 故竭知力而後免於咎也. 乾三以處下卦之上, 故免亢龍之悔. 坤三以處下卦之上, 故免龍戰之災.

43　《한서 · 왕망전》.

오류가 여기에 이미 드러나 있다.

원문

又按：魏禧冰叔著《革奄宦策》，云：“夏商以前不聞奄人之名，至周而著.” 予曾寄語之曰：“《文王世子》‘問內豎之御者’，曰‘內豎’非奄人乎？《周禮》不明言其‘倍寺人之數’乎？王季當商之季，固先周而見於經.” 因憶張九成廷對策：“閹寺聞名，國之不祥也. 堯，舜閹寺不聞於《典》，《謨》，三王閹寺不聞於《誓》，《誥》. 豎刁聞於齊而齊亂，伊戾聞於宋而宋危.” 亦只是好議論，其實《立政》篇“左右攜僕”，孔《疏》謂“左右攜持器物之僕，若內小臣，寺人等百司”，蔡《傳》謂“若內司服之屬”. 內司服，《周禮》以奄爲之. 但當時在文，武之廷皆常德吉士，無復有凶人匪類者厠其間，何不祥之有？又憶《後漢書·宦者傳·序》：“《易》曰：‘天垂象，聖人則之.’ 宦者四星在皇位之側，故《周禮》置官亦備其數.” “其數”正指內小臣以下凡四項，連閹人在內. 雖小誤，要以內豎爲非士人，足正鄭《註》之譌. 作一序從聖人仰觀于天說起，何等源遠流長！近文士問以夏商且茫然，對此能無閣筆而歎？或曰：苗民承蚩尤制肉刑，方有刑餘之人以充閹宦，不知蚩尤前將若之何？予曰：奄，精氣閉藏者，人固有生而然者也. 以四海之廣，億兆之衆，豈無生而奄者若干人以出，入天子之禁闥，以傳天子之命令哉？欒巴生東漢，尚給事掖庭，上世可知. 考天官所屬奄有四十四人，地官有十二人，春官八人，共計之六十四人. 成周號稱百官備，庶務繁，數僅如此，況上古之代其用彌寡，取諸天之所生而已足，此何必俟其人自陷於罪戾，而後吾從而刑之，復取而用之，以供吾之職役哉？《靈樞經》：“黃帝，歧伯已及宦者無鬚.” 然此書出戰國之末.

위희魏禧, 1624~1680, 자 빙숙(冰叔)[44]는 《혁엄환책革奄宦策》을 지었는데, 거기에서 "하상夏商 이전에 엄인奄人, 宦官의 명칭을 들어보지 못했고, 주周에 이르러 드러났다夏商以前不聞奄人之名, 至周而著"고 하였다.

나는 일찍이 그에게 편지를 부쳐 다음과 같이 말했다. "《예기 · 문왕세자文王世子》에 '안에 있는 관을 쓰지 않은 사내로서 모시고 있는 자에게 (부친 왕계王季의 안부를) 물었다問內豎之御者'고 하였으니, '안에 있는 관을 쓰지 않은 사내內豎'가 환관奄人이 아니겠는가? 《주례 · 천관》에 '(내수內豎는) 시인寺人의 수數5인의 두 배이다倍寺人之數'라고 명확하게 기록하지 않았는가? 왕계王季는 상商 말엽에 살았으므로, 진실로 주周 이전의 경經에 보인다."

이로 인하여 장구성張九成, 1092~1159이 올린 조정朝廷 대책對策이 생각났다. "환관의 이름이 알려지는 것은 나라의 상서롭지 못한 일이다. 요堯, 순舜 때의 환관은 《전典》과 《모謨》에 보이지 않고, 삼왕三王의 환관도 《서誓》와 《고誥》에 보이지 않는다. 수조豎刁가 제齊나라에서 알려졌기 때문에 제나라가 어지러워졌고, 이려伊戾가 송宋나라에서 알려졌기 때문에 송나라가 위태롭게 되었다閹寺開名, 國之不祥也. 堯, 舜閹寺不聞於《典》, 《謨》, 三王閹寺不聞於《誓》, 《誥》. 豎刁聞於齊而齊亂, 伊戾聞於宋而宋危." 이 또한 좋은 의론인데, 사실 《입정》편 "좌우의 휴복左右攜僕"의 《공소》는 "좌우에 기물器物을 든 복僕으로 내소신內

---

44 위희(魏禧) : 자 빙숙(冰叔), 응숙(凝叔). 호 유재(裕齋). 작정선생(勺庭先生)으로 불린다. 강서(江西) 영도(寧都) 출신. 명말청초의 저명한 산문가(散文家)로서, 후조종(侯朝宗), 왕완(汪琬)과 더불어 "명말청초 산문 삼대가(三大家)"로 칭해진다. 저서에는 《위숙자문집(魏叔子文集)》 22권, 《시집》 8권, 《일록(日錄)》 3권, 《좌전경세(左傳經世)》 10권, 《병모(兵謀)》, 《병법(兵法)》 각 1권, 《병적(兵跡)》 12권 등이 있다.

小臣이나 시인寺人과 같은 백사百司들이다左右攜持器物之僕, 若內小臣, 寺人等百司"고 하였고, 《채전》은 "내사복內司服과 같은 등속이다若內司服之屬"고 하였다. 내사복內司服은 《주례》에서 엄奄이 그 일을 한다.[45] 다만 당시 문왕, 무왕의 조정에는 모두 상덕常德의 길사吉士만 있었고, 그들 사이에 흉인凶人이나 단정하지 못한 자들이 없었으니, 어찌 상서롭지 못함이 있었겠는가?

또한 《후한서 · 환자전宦者傳 · 서序》를 생각해본다. "《역》에 '하늘이 상象을 드리워 길흉을 나타내니, 성인聖人이 그것을 본받는다天垂象, 聖人則之'라고 하였다. 환관은 사성四星으로 황의皇位의 옆에 있기 때문에 《주례》에 그 관을 설치한 것도 그 수를 갖춘 것이다《易》曰: '天垂象, 聖人則之.' 宦者四星在皇位之側, 故《周禮》置官亦備其數"고 하였다. "그 수其數"란 바로 내소신內小臣 이하의 4개의 관직으로 혼인閽人까지 그 안에 포함된다. 비록 작은 오류이지만, 내수內豎가 사인士人이 아니라고 한 것은 충분히 《정주鄭注》[46]의 잘못을 바로잡기에 충분하다. 서문을 지음에 성인聖人이 하늘을 우러러 관찰한 것으로부터 시작하였으니, 어찌 이와 같이 그 근원이 깊고 흐름이 긴 것인가! 근래의 문사文士들이 하상夏商의 아득함으로 물어오면, 그것을 대답함에 붓을 놓고 탄식하지 않을 수 있겠는가?

어떤 이가 물었다.

묘민苗民은 치후蚩尤가 제정한 육형肉刑을 계승하면서 형刑을 당하고 남은 사람으로 환관을 충당하였는데, 잘 모르겠으나 치우 이전에는 어떠했

---

45 《주례 · 천관》 내사복(內司服) : 奄一人, 女御二人, 奚八人.
46 《주례 · 천관》 내수(內豎) : 掌外內之通令. 鄭玄注 : 內, 後六宮; 外, 卿大夫也. 使童豎通王內外之命.

는가?

나는 대답하였다.

엄인閹人은 정기精氣가 닫힌 자로서 사람이 본디 태어나면서 그런 자들이다. 사해四海의 광활함과 억조億兆의 무리들이 있는데, 어찌 태어나면서 엄인閹人이 조금이라도 나와 천자가 사는 궁궐에 들어가 천자의 명령을 전달하던 자가 없었겠는가? 난파欒巴는 동한東漢 때 태어나, 일찍이 액정掖庭, 비빈(妃嬪)이 거주하는 곳의 일을 맡았다는 사실은 온 세상에 알려져 있다. 고찰해보건대, 천관天官 소속所屬 엄인閹人은 44인, 지관地官은 12인, 춘관春官은 8인으로 모두 64인이었다. 성주成周는 백관百官을 구비했다고 알려져 있고 여러 업무들이 번잡하였지만, 그 수가 겨우 이와 같은데, 하물며 상고上古 시대의 그 쓰임이 더욱 적었으므로 선천적으로 태어나는 자들에서 취하더라도 이미 충분하였을 것이다. 어찌 반드시 그 사람이 스스로 죄를 짓기를 기다렸다가 그에 따라 형벌을 가하고, 다시 그들을 취하여 환관으로 씀으로써 우리에게 직분을 제공하게 했겠는가? 《영추경靈樞經》에 황제黃帝와 기백歧伯이 이미 환인宦人은 수염이 없다[47]고 언급하였다. 그렇다면 《영추경》은 전국戰國 말엽에 나온 것이다.

원문

又按：《革奄宦策》云：“周猶以罪人供事, 秦漢以降悉平民矣.” 予謂, 毋論

---

[47] 《황제내경 · 영추(靈樞) · 오음오미(五音五味)》 黃帝曰：士人有傷於陰, 陰氣絶而不起, 陰不用, 然其鬚不去, 其故何也?宦者獨去何也?願聞其故. 歧伯曰：宦者去其宗筋, 傷其沖脈, 血寫不復, 皮膚內結, 唇口不榮故鬚不生.

李延年坐法腐刑, 方給事狗監中; 石顯, 弘恭皆少坐法腐刑, 方爲中黃門. 漢腐刑尚存, 平民無自宮以求用者. 即司馬遷爲中書令, 尊寵任職, 亦以李陵故獲罪, 獲罪後下蠶室方可爲此職. 蓋原名尙書令, 武帝游宴後庭, 始改今名. 昔以士人爲之, 帝改用宦者, 以典機事, 是遷爲中書令已不復列於士類, 唯給事殿省, 爲銀璫左貂之儔矣, 可恥孰甚? 故每感慨嗚咽不自禁. 憶東海公編《古文淵鑒》, 問予《報任安書》可入選否. 予曰: 此大有關繫文字. 近袁公繼咸題其後曰: "負絕代良史才, 寧賤辱自處, 以杜閹宦擅政用人之漸, 其爲天下萬世慮尤深遠矣." 可稱遷知己. 幷載此語書後, 以徹乙夜之覽, 亦可以當諫書也. 公曰: 善.

번역 우안又按

　《혁엄환책革奄宦策》에서 "주周나라는 여전히 죄인罪人으로 환관일을 맡게 하였고, 진한秦漢 이후로는 모두 평민으로 하였다"고 하였다. 내 생각에 이연년李延年[48]이 죄를 지어 부형腐刑, 宮刑의 벌을 받아 구감狗監, 황제의 사냥개를 관리하는 곳에서 일했던 것과 석현石顯, 홍공弘恭[49]이 모두 작은 죄로 부형腐刑을 받아 중황문中黃門이 된 것은 논할 것도 없다. 한대漢代에 부형腐刑이 여전히 존재했었고, 평민을 궁宮에서 구하여 쓰는 일은 없었다. 곧 사마천司馬遷은 중서령中書令으로서 존중받고 총애받는 관직을 맡았지만, 그 전에 그도 이릉李陵으로 인해 죄를 얻었고, 죄를 얻은 후에는 잠실蠶室의 궁형이

48　이연년(李延年) : 서한 무제(武帝)시기의 음악가(音樂家). 무제(武帝)의 총비(寵妃) 이부인(李夫人)((李姸))의 오빠이다. 대표작은 《가인곡(佳人曲)》 등이 있다.
49　석현(石顯), 홍공(弘恭) : 한(漢) 원제(元帝) 때의 환관들이다.

내려져서 그 관직이 될 수 있었다. 원명原名은 상서령尙書令이었으나, 무제武帝가 후정後庭에서 연회를 열면서 비로소 오늘날의 이름으로 바뀌었다. 예전에는 사인士人이 그 일을 맡았으나, 황제가 환관을 임용하는 것으로 바꾼 것은 비밀스러운 일을 전담하기 때문이었다. 사마천이 중서령中書令이 되어 이미 다시는 사류士類에 배열되지 못하고, 오직 궁중의 일만을 맡아 모두 은銀으로 된 구슬로 관冠을 장식하고 담비가죽을 왼쪽에 다는 사람銀璫左貂[50]이 되었으니, 부끄러움이 이보다 심했겠는가? 따라서 매번 서러워하며 흐느낌을 금할 수 없었다.

생각해보건대, 동해공東海公 서건학徐乾學, 1631~1694이 《고문연감古文淵鑒》을 편찬하면서, 나에게 사마천司馬遷의 《보임안서報任安書》[51]를 수록할지 물었다.

나는 대답하였다.

그것은 매우 영향력이 큰 문건이다. 근래의 원계함袁繼咸, 1593~1646[52]이 그 뒤에 제사題辭하기를 "당대에 뛰어난 훌륭한 사관의 자질을 자부하며, 차라리 천하고 욕됨에 스스로 처신하면서 엄환閹宦이 정사를 천단擅斷하고 인재를 운용하는 폐단을 막았으니, 아마도 천하 만세를 위한 걱정이 더욱 깊고 원대하였기 때문일 것이다負絶代良史才, 寧瑕辱自處, 以杜閹宦擅政用人之漸, 其爲

---

50 《후한서·환관열전(宦者列傳)》漢興, 仍襲秦制, 置中常侍官. 然亦引用士人, 以參其選, 皆銀璫左貂, 給事殿省.

51 《보임안서(報任安書)》: 사마천(司馬遷)이 그의 친구 임안(任安)에게 쓴 답장 서신이다. 서신에서 사마천 자신이 불행과 치욕을 감내하면서 《사기》를 편찬한 사실 등을 격정적으로 잘 드러내었다.

52 원계함(袁繼咸) : 자 계통(季通). 호 임후(臨侯). 명대(明代) 대신(大臣). 청(淸)에 항복에 반대하며 순국하였다.

天下萬世慮尤深遠矣"라고 하였으니, 사마천의 지기知己라 할 만하다. 아울러 이
말을 책 뒤에 기록하여 을람乙覽, 황제의 독서을 밝힌다면 또한 간서諫書에 해
당될 수 있을 것이다.

동해공이 말하였다. 옳다.

원문

又按:《立政》篇"庶常吉士", 又云"其惟吉士". 召公戒其君, 亦詠"藹藹王多
吉士","藹藹王多吉人". 周家用人之法, 惟在吉.《冏命》襲其語曰"其惟吉士".
憸人者, 吉士之反, 虞廷之所謂凶人.《立政》篇"國則罔有立政用憸人", 又云
"其勿以憸人",《冏命》亦曰"爾無昵于憸人", 其襲取可勿問矣.

번역 **우안又按**

《입정》편에 "모두 떳떳한 길사吉士이다庶常吉士"이라 하였고, 또 "오직 길
사吉士를 등용하다其惟吉士"라 하였다. 소공召公이 성왕成王을 경계시키면서
도 "성대하게 왕에게는 길사吉士가 많으시니藹藹王多吉士", "성대하게 왕에게
는 길인吉人이 많으시니藹藹王多吉人"라고 읊었다.[53] 주周나라의 인재를 등용
하는 법法은 오직 사람의 길吉, 善함에 있었다.《경명》은 그 말을 습용하여
"오직 길사吉士를 등용하도록 하라其惟吉士"고 하였다. 섬인憸人은 길사吉士에
반하는 자로서 우정虞廷, 당우의 조정에서 이른바 흉인凶人을 말한다.《입정》
편에서 "나라에서는 정사를 세움에 섬인憸人을 등용하지 말아야 한다國則罔

---

53 《시·대아·권아(卷阿)》.

有立政用憸人"라 하고, 또한 "섬인憸人을 등용하지 말라其勿以憸人"고 하였는데, 《경명》에서도 "너는 섬인憸人과 친하지 말라爾無昵于憸人"고 한 것은 《경명》에서 습용하여 취한 것임을 더 물을 것이 없을 것이다.

又按 : 穎達《疏》: "府史已下官長所自辟除, 命士以上皆應人主自選. 今命太僕謹簡其僚屬者, 人主所用皆由臣下, 臣下銓擬可者然後用之." 此雖爲僞古文宛轉解得, 猶知有《周官》之典在, 不似蔡氏竟云 "成周時, 凡爲官長, 皆得自擧其屬, 不特辟除府史胥徒而已"之謬也. 蔡《傳》凡徵及故實處, 非畧則謬, 儒者之無用如此.

우안又按

공영달《소》[54]에 "부사府史 이하는 관장官長이 스스로 제수하고, 명사命士 이하는 모두 인주人主가 스스로 선발한다. 지금 태복太僕에게 자기의 요속僚屬을 신중하게 가리게 한 것은, 인주가 등용하는 것은 모두 신하로부터 하고 신하는 헤아려보아 등용될 수 있는 자격이 있은 연후에 등용되어지는 것이다府史已下官長所自辟除, 命士以上皆應人主自選. 今命太僕謹簡其僚屬者, 人主所用皆由臣下, 臣下銓擬可者然後用之"고 하였다. 비록 이것은 위고문僞古文으로 인하여 완곡하게 해석한 것이지만, 오히려 《주례》의 전법典法이 있음을 알 수 있으며, 채침이 마지막에 말한 "성주成周의 때에 모든 관장官長이 된 자들은 모두 스스

---

54 《경명》愼簡乃僚, 無以巧言令色, 便辟側媚, 其惟吉士.《공전》當謹愼簡選汝僚屬侍臣, 無得用巧言無實, 令色無質, 便辟足恭, 側媚諂諛之人, 其惟皆吉良正士. 아래의 《정의(正義)》이다.

로 관속官屬을 들어 쓸 수 있었고, 비단 부府 · 사史 · 서胥 · 도徒를 불러 제수할 뿐만이 아니었다成周時, 凡爲官長, 皆得自擧其屬, 不特謂余府史胥徒而已"의 오류와는 같지 않다.《채전》에서 모든 옛 사실을 징험하여 언급한 곳은 소략하지 않으면 오류가 있으니, 유자儒子의 쓸모없음이 이와 같다.

又按 : 唐永淳元年, 魏玄同上言選擧法弊曰 : "穆王以伯冏爲太僕正, 命曰 '愼簡乃僚', 此自擇下吏之言也. 太僕正特中大夫, 尙以僚屬委之, 則三公, 九卿可知. 故太宰, 內史並掌爵祿廢置, 司徒, 司馬別掌興賢詔事. 是分任羣司而統以數職, 王命其大者而自擇其小者也." 竟以僞古文爲眞周官制, 不知爵祿, 予奪, 生殺, 廢置八者, 皆人君馭臣之大柄, 冢宰不敢專, 告王以施之而已. 至內史第掌其副貳, 爲考其當否, 以將順匡救之, 於辟除僚屬無與. 而司徒所掌之興賢, 則謂其"賓興"; 司馬所掌之詔事, 則謂其"以能", 皆無關辟屬. 吾不知玄同所讀是何《周禮》也, 得毋以漢諸侯得自置吏四百石以下, 州郡掾史從事悉任之牧守, 遂上意成周亦當然乎? 誤矣.

우안又按

당唐 영순永淳 원년682, 위현동魏玄同, 617~689[55]이 선거법選擧法의 폐단을 상소上疏하였다. "목왕穆王이 백경伯冏을 태복정太僕正으로 삼으면서, 명하기를 '너의 막료幕僚들을 삼가 선발하라愼簡乃僚'고 하였는데, 이것은 백경으로

---

55 위현동(魏玄同) : 당(唐)의 관원. 정주(定州) 고성현(鼓城縣)(지금의 하북(河北) 진주(晉州)) 출신이다.《구당서(舊唐書)》권87《위현동전(魏玄同傳)》이 있다.

하여금 자신의 하급관리를 선택하게 했다는 말이다. 태복정太僕正은 단지 중대부中大夫였지만 오히려 요속僚屬의 선발을 위임받았으므로, 삼공三公과 구경九卿도 그러했음을 알 수 있다. 따라서 태재太宰, 내사內史도 아울러 작록爵祿의 설치와 폐지를 맡았고, 사도司徒, 사마司馬도 별개로 현사賢士를 등용하여 왕명을 받들게 하였다. 이것이 뭇 벼슬을 나누어 임용하면서 수많은 직분을 통솔하는 방법이니, 왕은 벼슬의 큰 것을 명하고 그들 스스로 작은 벼슬을 선택하게 한 것이다.”

결국은 위고문僞古文을 진짜 주周의 관제官制로 여겼으니, 작록爵祿, 여탈予奪, 생살生殺, 폐치廢置의 여덟 가지 일이 모두 인군人君이 신하를 부리는 대병大柄이며, 총재冢宰가 감히 오로지 하지 못하고 왕에게 알려서 시행한 것뿐임을 알지 못한 것이다. 내사內史에 있어서는 단지 자기의 보좌로 하여금 그 일의 합당한지를 살피게 해서 장차 순조롭고 바른 일 처리를 구하는 것이지, 요속僚屬을 관직에 제수하는 것과는 무관하다. 그리고 사도司徒가 맡은 현사賢士를 등용하는 것은 “빈흥賓興, 빈객의 예로 대우함”[56]을 말한 것이고, 사마司馬가 맡은 왕명을 받들게 하는 것은 “이능以能, 능력으로 등용함”[57]을 말한 것이니, 모두 요속僚屬을 제수하는 것과는 무관하다. 나는 위현동魏玄同이 읽은 것이 어떤《주례》인지를 알 수 없으나, 한漢 제후諸侯가 스스로 4백 석石 이하의 관리를 둘 수 있었고, 주군州郡의 연사掾史가 모두 주군州郡의 장長인 목수牧守에게 종사從事했던 것을 가지고 마침내 성주成周도 마땅

---

56 빈흥(賓興) :《주례·지관·대사도(大司徒)》“향학(鄕學)의 삼물, 즉 세 종류의 교법을 가지고 만민을 교화하는데, 인재가 있으면 빈객의 예로 우대하면서 천거하여 국학에 올려 보낸다.”(以鄕三物教萬民而賓興之)
57 이능(以能) :《주례·하관·사사(司士)》以德詔爵, 以功詔祿, 以能詔事, 以久奠食, 惟賜無常.

히 그러했을 것이라고 마음대로 생각한 것이 아니겠는가? 잘못이다.

원문

又按:《宋史·儒林傳》朱子謂蔡元定曰:"人讀易書難, 子讀難書易." 蓋言其穎悟也. 余曾欲移此二語論《尙書》, 今文所謂難書也, 古文直易書耳. 人於二十五篇之蹈襲之譌謬處俱莫知辨析, 非讀易書難乎? 於三十一篇朱子亦不果斷句讀者, 羣且習孔, 蔡二傳爲固然, 莫敢是正, 非讀難書轉易乎? 聞者多爲之笑. 玆以《冏命》屬二十五篇終, 故附其下云.

번역 우안又按

《송사·유림전》에서 주자가 채원정蔡元定, 1135~1198[58]에게 "다른 사람은 쉬운 책도 읽기 어려워하는데, 그대는 어려운 책도 쉽게 읽어낸다人讀易書難, 子讀難書易"고 하였는데, 이는 채원정의 총명함을 말한 것이다. 나는 일찍이 이 두 마디를《상서尙書》로 옮겨 논하고 싶었는데, 금문今文은 이른바 어려운 책이고, 고문古文은 단지 쉬운 책일 뿐이다. 사람들이 고문 25편이 답습蹈襲한 오류처를 변석할 줄 모르는 것은 쉬운 책을 읽기 어려워하는 것이 아니겠는가? 금문 31편에 대해서 주자朱子도 과감하게 구두를 끊지 못했는데, 뭇사람들은 또한 공안국과 채침의 두 전傳을 익혀 굳어져 감히 바로잡지 못하는 것은 어려운 책도 쉽게 바꾸어 읽어 내는 것이 아니겠는가? 이 말을 들은 사람들이 대부분 웃었다.《경명》편이 고문 25편

---

[58] 채원정(蔡元定) : 자 계통(季通). 서산선생(西山先生)으로 불린다. 저서에는《율려신서(律呂新書)》,《서사공집(西山公集)》등이 있다.

의 마지막이므로 이 아래에 붙여두는 바이다.

又按：姚際恒立方曰：“《周本紀》：‘王道衰微，穆王閔文，武之道缺，乃命伯冏申誡太僕國之政，作《冏命》。復寧。’《紀》謂‘太僕國之政’，非太僕正也。命伯冏申誡之，非命伯冏爲太僕正也。與《書序》絶不相侔。”余曰：“子抑知所以不侔之故乎？蓋逸《書》十六篇原有《冏命》，太史公親受之，知其義如此，故改却《書序》之文，載入《本紀》。若魏晉間無由覩逸《書》，但止依傍《書序》爲說，而不顧與史背馳。眞古文，僞古文于茲又見一斑云。”

번역 우안又按

요제항姚際恒, 1647~1715?, 자 입방(立方)이 다음과 같이 말했다.

“《사기·주본기》에 ‘왕도王道가 쇠해지자 목왕穆王은 문왕과 무왕의 도가 없어지는 것을 근심하여 이에 백경伯冏을 태복국지정太僕國之政으로 거듭 경계하도록 명하고 《경명冏命》을 지었다. 천하가 다시 안정되었다王道衰微，穆王閔文，武之道缺，乃命伯冏申誡太僕國之政，作《冏命》。復寧’고 하였다. 《주본기》에서 말한 ‘태복국지정太僕國之政’은 태복정太僕正이 아니다. 백경伯冏에게 명하여 거듭 경계시킨 것이지, 백경伯冏을 태복정太僕正에 명한 것이 아니다. 《서서書序》와 전혀 맞지 않는다.”

나는 말하였다. “그대는 전혀 맞지 않는 까닭을 아는가? 대체로 일逸《서》16편에 원래 《경명》이 있었고, 태사공太史公이 직접 그것을 받아 보고, 그 의미가 이와 같음을 알았기 때문에 도리어 《서서書序》의 문장을 고쳐서《본기本紀》에 수록한 것이다. 위진魏晉 연간에 일逸《서》를 볼 일이 없었던 것과 같은 경우는, 단지《서서書序》를 모방하여 설을 만들면서 사서史書와 배치되는 것을 고려치 않았던 것이다. 진고문眞古文과 위고문僞古文은 여기에서 다시 한 점의 무늬─斑가 드러난다."

제101. 《채중지명》 "관숙을 치벽하다致辟管叔"라는 왕숙王肅 의 《금등》 "벽辟" 주해에 근본한 것임을 논함

원문

鄭夾漈謂, 六書明則六經如指諸掌, 余亦謂, 今文明則古文如指諸掌, 其相關合尤在《金縢》, 《蔡仲之命》二篇. 《金縢》爲千載來儒者聚訟, 今亦漸次渙釋. 獨難處 "則罪人斯得"一語, 以爲知流言出管, 蔡, 謂之罪人邪, 何不立歸公? 且《鴟鴞》詩 "旣取我子", 分明管, 蔡已陷于死, 公痛其兄之詞. 如此, 上文 "辟"將又作 "刑", "居東"又作 "東征". 近讀郝氏敬《辨解》云: "其居東二年何也? 王疑久未釋也, '則罪人斯得', 謂管叔始伏辜也. 公初至東, 管叔謀阻而終不肯改步. 明年將以殷叛, 成王覺, 使人執而殺之, 故曰 '罪人斯得'. 罪人, 即管叔也. 不曰 '討'而曰 '得', 不用師, 以計得也. 誰得之? 王與二公得之. 公不知乎? 曰: 不知也. 公居東, 叔叛, 王疑公黨叔, 故取叔必不使公知, 公知, 亦不敢爲叔請. 進無以白于王, 退無以解于兄. 管叔所以驀然被戮, 公所以黯然沈痛, 不能伸一臂之力于後. 公知, 而乃作《鴟鴞》之詩貽王也, 《鴟鴞》見《豳風》. 然史不稱 '叔'稱 '罪人', 何也? 叛, 故曰 '罪人'. 《孟子》云 '管叔以殷畔', 朝廷以叛殺罪人, 非以流言殺叔也. 何以知之? 以王不悟知之. 何以知王不悟? 得《鴟鴞》之詩猶不悔也, 欲誚讓公而未敢耳. 如王以流言殺叔, 自知公無罪矣, 何待風雷啓金縢然後悟耶? 惟上不悟, 故殺叔不以流言, 以叛也. 以叛爲罪, 則以流言爲忠. 以叛爲罪, 知叔之當討; 以流言爲忠, 不察公之無辜. 甚矣, 成王之蔽于讒也! 蓋流言初不知所起, 公知而不言. 及公居東久, 管叔旣以叛誅, 而王尙不悟流言之即叔也, 使元宰淹恤在外. 故史臣記 '罪人斯得'于公居東之年, 以正叔之罪, 以舒公之冤, 即《詩》云'謀欲譖言, 豈不爾受? 既其女遷'之意. 世儒不達, 誤謂公以流言得叔. 嗟夫! 古人立木求謗, 聞謗動色, 即非聖人, 況口舌風聞, 殺兄自明, 視管叔所爲, 賢, 不肖之相去其間不能以寸也. 或曰: 何據而知其非公得邪? 曰: 公得必以師, 是世儒所謂東征也. 時成王方以流言疑公, 公欲出師則必請, 請則王必不從, 不請獨行則王愈疑. 人謂已不利, 而又專制興師, 是救焚益薪也. 故當時聞謗不辨, 輒自引避. 處憂患而巽以行權, 非聖人不能, 豈有倉皇東征之事乎? 東征之說, 由漢儒誤解'我之弗辟'爲刑辟, 孔《書》承訛, 僞撰《蔡仲之命》謂公以流言致辟管叔, 囚蔡叔, 其說緣飾于《春秋傳》衛祝佗云: '管, 蔡啓商, 惎間王室. 王殺管叔, 放蔡叔, 以車七乘, 徒七十人. 其子蔡仲改行帥德, 周公舉爲己卿士, 見諸王而命以蔡.' 此言成王殺管叔, 周公不能救, 而推恩其子, 始末甚明. 杜元凱釋之云: '周公以王命殺之', 將爲公文殺兄之過而不知公本未嘗殺兄也. 據孔《書》爲辟叔, 而不知孔《書》後人僞增也. 《詩》詠《東山》, 《破斧》'缺斨', 是爲東征, 在成王悔悟, 迎公歸之明年, 非居東之二年也. 爲討武庚祿父, 非討管叔也. 爲黜商命, 非爲流言也. 是時罪人已得, 管叔已死, 《序》謂'將黜殷, 作《大誥》', '既黜殷, 殺武庚'是也. 故《書·大誥》後《金縢》, 《詩·東山》後《鴟鴞》, 編次正同. 世儒誤以居東爲東征, 不思《書》記'居東二年', 《詩》詠'東征三年'也. 又以《大誥》爲討管叔. 今《大誥》在, 何嘗一字及管, 蔡? 曖昧片語, 奚損盛德, 而擅興師旅, 甘心同氣? 兄弟之惡, 不過鬩牆, 而羽檄星馳, 播告四方, 豈聖人所爲? 況爲謗之初, 既不忍累兄自白, 避位之後, 又豈肯因謗殺兄? 學者窮經, 此何等事, 可以不辨? 既厚誣公矣, 乃詭稱大義滅親, 援湯, 武放殺爲解. 夫湯, 武放殺, 無地可避, 公一避而心迹昭然. 桀, 紂負天下, 天下棄之.

兄雖負弟, 弟詎忍棄兄?《常棣》一歌, 千古含悽,《七月》,《鴟鴞》, 皆爲傷兄作.《大誥》,《康誥》, 垂泣而語.《無逸》戒讚張亂殺,《立政》教敬爾由獄.《詩》云:'鼠思泣血, 無言不疾.' 公蓋終身未忘于管叔之死也, 豈其既殺兄而呻恫至此極乎?《孟子》之書, 最爲近古. 陳賈問孟子曰:'周公使管叔監殷, 管叔以殷畔, 有諸?' 孟子曰:'然.' 陳賈曰:'知而使之, 是不仁. 不知而使之, 是不智.' 孟子曰:'周公, 弟也; 管叔, 兄也. 周公之過, 不亦宜乎!' 皆言公失于使兄耳. 若更有殺兄之事, 陳賈巧詆, 豈不盡言? 而孟子又豈眞以誤使爲過? 不知誤使猶爲過, 況其殺之, 豈但過而已邪? 故其嘗竊幸公所以得免于殺兄, 成王, 二公所以能取罪人如及掌者, 正唯以公居東一行耳. 使公聞謗不早避, 避不即東, 管叔之叛何待二年? 且夕率紂子挺戈西向, 公于此時欲避不及, 欲不與于殺叔, 不可得矣. 惟其聞言即去, 不利之謗自解; 去而居東, 反側之謀坐銷. 是以管叔之叛遲至二年之後, 東方情形悉于居東之久. 公在外, 二公在內, 罪人束手, 社稷晏然, 而公亦賴以免于推刃同氣之慘. 此其應變精密, 幾事能權, 豈尋常思慮可到? 當世疑公殺兄, 亦以是耳. 嘗觀虞舜愛弟, 周公愛兄, 同也. 舜寧不有天下, 而不忍亡弟; 公寧不有冢宰, 而不忍亡兄, 其志同也. 顧舜爲人主, 力可曲全; 而公爲人臣, 勢不能兼. 茈家庭之變, 舜慘于公; 而遇主之知, 公不及舜. 舜所以卒能容弟, 而公卒不能救兄. 今古遭逢, 有幸不幸哉! 世儒又有疑《金縢》非古者, 嗟夫! 不有《金縢》, 公之冤不白于後世矣. 其曰'我之弗辟, 無以告我先王', 傳寫聖人心跡, 曠世如見. 曰'公居東二年, 則罪人斯得', 立言有體, 紀時紀事, 可徵可信, 爲千古尙論公案. 後人得據此以折服好事之口, 作史之功于斯爲大. 世儒不察《蔡仲之命》爲妄作, 顧謂《金縢》爲可疑." 某嘗哂千古少讀書人, 非詬語也.

번역

　정초鄭樵, 1104~1162, 협제(夾漈)선생는 육서六書⁵⁹가 밝혀지면 육경六經이 손바닥을 가리키듯 환해진다고 하였는데, 나 또한 금문今文이 밝혀지면 고문古文은 손바닥을 가리키듯 환해진다고 말하니, 관련하여 더욱 합치되는 곳이 《금등》과 《채중지명》 두 편이다. 《금등》은 천년 이래로 유자儒者들의 논쟁거리였는데, 지금도 점차 밝혀지고 있다. 유독 난해한 곳은 "죄인罪人을 이에 얻었다則罪人斯得" 구절인데, 유언비어가 관숙管叔과 채숙蔡叔으로부터 나온 것임을 알았다는 것으로 죄인罪人이라고 말한 것이면 어찌 주공을 돌아오게 해서 세우지 않은 것인가? 또 《시·치효鴟鴞》의 "이미 내 새끼를 잡아갔으니既取我子"는 분명 관숙과 채숙이 이미 죽임을 당하여, 주공이 자기 형을 애통해하는 말이다. 이와 같다면, 앞에 나오는 "벽辟"⁶⁰은 또한 "형刑"으로 읽고, "거동居東"⁶¹은 "동정東征"으로 읽어야 할 것이다.

　최근 학경郝敬, 1558~1629의 《변해辨解》를 읽었다. 그 내용은 다음과 같다.

　"주공이 동쪽에 2년을 거居'居東二年'한 것은 무엇 때문인가? 성왕의 의심이 오래되어 아직 풀리지 않았기 때문이며, '죄인을 이에 얻었다則罪人斯得'는 관숙管叔이 비로소 죄를 받은 것을 말한다. 주공이 처음 동쪽에 이르렀을 때, 관숙은 반역을 모의하고 끝내 바꾸려 하지 않았다. 이듬해 장차 은殷으로 반역하니, 성왕이 깨닫고는 사람으로 하여금 관숙을 잡아 죽이게

---

59 육서(六書) : 한자(漢字) 조자(造字)이론인 상형(象形), 지사(指事), 회의(會意), 형성(形聲), 전주(轉注), 가차(假借)를 말한다. 《周禮·地官·保氏》: "五曰六書.鄭玄注引鄭司農曰 : "六書, 象形, 會意, 轉注, 處事, 假借, 諧聲也.

60 《금등》周公乃告二公曰, 我之弗辟, 我無以告我先王.

61 《금등》周公居東二年, 則罪人斯得.

하였으므로 '죄인을 이에 얻었다罪人斯得'라고 한 것이다. 죄인罪人은 곧 관숙管叔이다. '토벌하다討'라 하지 않고 '얻었다得'라고 한 것은 군대를 운용하지 않고 계책으로 얻은 것이다. 누가 얻은 것인가? 성왕과 이공二公, 김公과 太公이 얻은 것이다. 주공은 알지 못했는가? 알지 못했다. 주공은 동쪽에 거居하였는데, 숙叔이 반란을 일으키니, 왕王은 주공을 숙叔과 같은 무리黨로 의심하였기 때문에 숙叔을 취함에 반드시 주공이 알지 못하게 하였으며, 주공이 알았더라도 숙叔으로 인하여 감히 청하지 않았다. 나아가서는 왕에게 아뢰지 못하고, 물러나서는 형에게 해명할 수 없었다. 관숙이 갑자기 죽임을 당하자, 주공은 매우 침통해 하였고 한쪽 팔을 필 힘조차 없었다. 이후 주공이 진상을 알고 이에 《치효》의 시를 지어 성왕에게 바쳤는데, 《치효》는 《빈풍豳風》에 보인다. 그러나 사관史官이 '숙叔'이라 칭하지 않고 '죄인罪人'이라고 칭한 것은 어째서인가? 반역했기 때문에 '죄인罪人'이라 한 것이다. 《맹자·공손추하》에 '관숙이 은殷으로 배반하였다管叔以殷畔'고 하였는데, 조정朝廷에서는 반역한 것으로 죄인을 죽인 것이지, 유언비어를 퍼뜨린 것으로 관숙을 죽인 것이 아니다. 어떻게 그것을 아는가? 왕이 진상을 깨닫지 못했기 때문이다. 무엇으로 왕이 깨닫지 못했음을 아는가? 《치효》의 시를 얻고도 오히려 뉘우치지 않고, 주공을 꾸짖고자 하였으나 감히 하지 못했기 때문이다. 만약 왕이 유언비어로 인해 관숙을 죽였다면, 저절로 주공의 무죄를 알았던 것인데, 어찌 천둥 비바람으로 인해 금등金縢, 쇠로 봉한 상자을 열기를 기다린 연후에 깨달았겠는가? 오직 왕이 깨닫지 못했기 때문에 관숙을 죽임에 유언비어로 하지 않고 반역으로 한 것이다. 반역은 죄가 되지만, 유언비어를 퍼뜨린 것은 충忠

이 된다. 반역은 죄가 되므로 관숙이 토벌당해야 함을 알았지만, 유언비어를 퍼뜨린 것은 충이므로 주공의 무고無辜를 살피지 않았던 것이다. 심하도다, 성왕成王이 참소譖訴에 가려짐이여! 대체로 유언비어가 퍼질 때 처음에 어디에서 일어난 것인지 알지 못했는데, 주공은 알면서도 말하지 않았다. 주공이 동쪽에 거居한지 오래됨에 이르러, 관숙이 이미 반역으로 주살당하였으나 왕은 여전히 유언비어를 퍼뜨린 것이 곧 숙叔임을 깨닫지 못했고, 원재元宰, 周公로 하여금 바깥에서 우환을 당하게 하였다. 따라서 사신史臣은 '죄인을 얻었다罪人斯得'를 주공 거동居東의 해 뒤에 기록하여, 숙叔의 죄罪를 바로잡고 주공의 억울함을 펼친 것이니, 곧《시 · 소아 · 항백巷伯》의 '참언을 하고자 하는구나, 어찌 너의 참언을 받아들이지 않으리오? 이윽고 너에게 옮겨가리라謀欲譖言, 豈不爾受? 旣其女遷'의 의미이다. 속세의 유자들이 통달하지 못하고 유언비어로 숙叔을 얻었다고 잘못 말한다. 아! 옛 사람은 나무를 심을 때도 헐뜯는 말을 구하였고, 헐뜯는 소리가 들려 얼굴빛이 변하면 곧 성인聖人이 아닌 것인데, 하물며 구설로 떠도는 말을 듣고 형을 죽인 것이 자명하고, 관숙의 행위를 지켜만 보았다고 한다면, 현賢, 불초不肖 사이의 거리가 한 마디寸도 될 수 없을 것이다.

어떤 이가 물었다. 무슨 근거로 주공이 얻은 것이 아님을 아는 것인가? 대답하였다. 주공이 얻었다면 반드시 군대로 하였을 것이니, 이는 속세의 유자들의 이른바 동정東征이다. 당시에 성왕成王은 유언비어로 주공을 의심하였고, 주공이 출병하고자 했다면 반드시 요청을 해야 했었는데, 요청을 했다면 왕은 결코 따르지 않았을 것이며, 요청하지 않고 단독으로 행동했다면 왕이 더욱 의심했을 것이다. 사람들이 이미 불리하다고 하는데도 다시 마음대로 군대를 일으킨다면 이는 불을 끄면서 섶을 더욱 더해주는 꼴이다. 그러므로 당시에 헐뜯는 말을 듣고도 변론하지 않고, 바로 스스로 피한 것이다. 우환憂患에 처했으면서도 손괘巽卦의 덕으로 권도權道를 행할 수 있는 것은 성인聖人이 아니면 할 수 없는 일이니, 어찌 창황하게 동정東征하는 일이 있었겠는가? 동정설東征說은 한유漢儒가 '아지불피我之弗辟'를 형벽刑辟으로 잘못 주해한 것으로부터 인하여, 공안국《서》가 그 오류를 계승하고《채중지명》를 위찬僞撰하면서, 주공이 유언비어를 퍼뜨린 것으로 인해 관숙管叔을 치벽致辟하고, 채숙蔡叔을 가두었다고 말하게 되었다. 그 설은《춘추좌전·정공4년》위衛축타祝佗의 말에 인연하여 꾸며지게 된 것이다. '관숙과 채숙이 상인商人을 계도啓導하여 왕실을 침범하기를 꾀하였습니다. 왕이 이에 관숙을 죽이고 채숙을 유배蔡시키되 채숙에게 수레 일곱 채와 역도役徒 70인을 주었습니다. 채숙의 아들 채중이 악행을 고치고 덕을 따르니 주공이 그를 등용하여 자신의 경사卿士로 삼고서, 왕에게 알현시켜 채후蔡侯로 명하게 하였습니다管, 蔡啓商, 惎間王室. 王殺管叔, 蔡蔡叔, 以車七乘, 徒七十人. 其子蔡仲改行帥德, 周公擧爲己卿士, 見諸王而命以蔡.' 이것은 성왕成王이 관숙管叔을 죽였으나, 주공周公은 관숙을 구할 수 없었고, 그 자식에게 추은推恩한 것을 말한 것으로 시말始末이 매우 분명하다. 두예杜預, 자 원개(元凱)는 '주공이 왕명王命으로 관숙을 죽였다周公以王命殺之'라고 주석하여 장차 주공이 형의 잘못으로 인해 죽인 것으로 꾸몄는데, 이는 주공이 본래부터 일찍이 형을 죽이고자 하지 않았음을 모른 것이다. 공안국《서》를 근거로 관숙을 치벽致辟했다고 하는 것은 공안국《서》가 후대인이 거짓으로 더한 것임을 모른 것이다.《시》에서《동산東山》을 노래하고,《파부破斧》의

'내 도끼를 깨뜨리다缺斨'라고 한 것은, 동정東征을 위한 것으로서 성왕成王
이 뉘우치고 주공을 맞아 돌아오게 한 이듬해의 일이지, 거동居東의 2년
의 일이 아니다. 곧 무경녹보武庚祿父를 토벌하기 위함이지, 관숙管叔을 토
벌한 것이 아니다. 상商의 명命을 축출하기 위함이지, 유언비어 때문이 아
니다. 이 당시에 죄인을 이미 얻었고 관숙은 이미 죽었으므로, 《서序》의
'장차 은殷의 명命을 축출하고자 《대고》를 지었다將黜殷, 作《大誥》'이다. 따라
서 《서書 · 대고大誥》 이후에 《금등金滕》이 오고, 《시詩 · 동산東山》 이후에 《치
효鴟鴞》가 오는 것이니, 편차編次가 똑같다. 세속의 유자들이 거동居東을 동
정東征으로 잘못 여기는 것은 《서書》에 기록된 '거동2년居東二年'과 《시詩》가
읊은 '동정3년東征三年'을 생각하지 않은 것이다. 또한 《대고》를 관숙을 토
벌한 것으로 여긴다. 지금 《대고》가 있는데, 일찍이 한 글자라도 관숙과
채숙을 언급한 것이 어디 있는가? 애매한 한마디 말로서 어떻게 성덕盛德
을 잃어버리게 하고 멋대로 군대를 일으켜 형제들을 죽이는 일을 달가워
할 수 있겠는가? 형제兄弟의 악행은 담장 안의 다툼鬩牆에 불과한 것인데,
긴급하게 격문을 띄움이 유성이 날아가듯이 하여 사방에 전파하는 것이
어찌 성인聖人의 행동이겠는가? 하물며 헐뜯음을 받은 초기에 이미 누차
형의 자백을 참지 못하고, 자리를 피한 이후에 어찌 다시 헐뜯음으로 인
하여 형을 죽이는 것을 기꺼워 했겠는가? 학자學者가 경經을 궁구함에 이
러한 일들은 분별하지 않겠는가? 이미 주공을 심하게 무고誣告한 것으로
인해 대의멸친大義滅親을 속여서, 탕湯, 무武의 추방과 주살을 끌어다 해석
하였다. 대저 탕湯, 무武의 추방과 주살은 불가피한 것이었으나, 주공은
한 번 피하여 마음과 행적이 밝고 분명하였다. 걸桀, 주紂가 천하天下를 등

지자, 천하는 그들을 버렸다. 형이 비록 동생을 등지더라도, 동생은 어찌 차마 형을 버리겠는가?《상체常棣》노래는 천고千古의 처량함을 담고 있고,《칠월七月》과《치효鴟鴞》는 모두 형을 슬퍼하며 지은 것이다.《대고》와《강고》는 눈물을 쏟으며 말한 것이다.《무일》은 허위로 떠들고 난살亂殺함을 경계한 것[62]이고,《입정》은 옥사獄事를 공경히 행할 것[63]을 가르친 것이다.《시·소아·우무정雨無正》에 '속으로 근심하고 피눈물을 흘려 말을 애통히 하지 않음이 없나니鼠思泣血, 無言不疾'라고 하였다. 주공은 종신토록 관숙의 죽음을 잊지 못했는데, 어찌 이미 형을 죽였으면서 끙끙대며 상심함이 이와 같이 극에 달했겠는가?

《맹자》는 옛 것에 가장 가까운 책이다. 진가陳賈가 맹자孟子에게 물었다. '주공이 관숙으로 하여금 은殷나라를 감독하게 하였는데, 관숙이 은나라를 가지고 배반했다 하니, 그러한 일이 있었습니까?' 맹자가 대답하였다. '그렇다.' 진가가 말했다. '(관숙이) 배반할 것을 알면서 그렇게 시킨 것은 인仁하지 않은 것입니다. 배반할 것을 모르고 시켰다면 지혜롭지 못한 것입니다.' 맹자가 대답했다. '주공은 아우요, 관숙은 형이다. 주공의 과실이 당연하지 않은가!'[64] 모두 주공이 형을 시킨 잘못을 말할 뿐이다.

---

62 《무일》周公曰, 嗚呼我聞曰, 古之人猶胥訓告, 胥保惠, 胥教誨. 民無或胥譸張爲幻.

63 《입정》周公若曰, 太史, 司寇蘇公, 式敬爾由獄, 以長我王國, 玆式有愼, 以列用中罰.

64 《맹자·공손추하》燕人畔, 王曰:「吾甚慚於孟子.」陳賈曰:「王無患焉. 王自以爲與周公, 孰仁且智?」王曰:「惡! 是何言也?」曰:「周公使管叔監殷, 管叔以殷畔. 知而使之, 是不仁也; 不知而使之, 是不智也. 仁智, 周公未之盡也, 而況於王乎?賈請見而解之.」見孟子, 問曰:「周公何人也?」曰:「古聖人也.」曰:「使管叔監殷, 管叔以殷畔也, 有諸?」曰:「然.」曰:「周公知其將畔而使之與?」曰:「不知也.」「然則聖人且有過與?」曰:「周公, 弟也; 管叔, 兄也. 周公之過, 不亦宜乎?且古之君子, 過則改之; 今之君子, 過則順之. 古之君子, 其過也, 如日月之食, 民皆見之; 及其更也, 民皆仰之. 今之君子, 豈徒順之, 又從爲之辭.」

만약 다시 형을 죽인 일이 있었다면, 진가陳賈의 교묘한 비난을 어찌 다 말하겠는가? 그리고 맹자 또한 어찌 진실로 형을 시킨 잘못으로 허물을 삼을 수 있겠는가? 형을 시킨 잘못이 허물이 되는지는 잘 모르겠으나, 하물며 동생이 형을 죽였다면 어찌 단지 허물로만 그칠 수 있겠는가? 그러므로 일찍이 생각해보건대, 다행스럽게도 주공이 형을 죽였다는 혐의를 벗을 수 있는 것과, 성왕과 이공二公이 죄인을 잡는 것을 담당했다는 것이 바로 오직 주공이 동쪽에 거居한 것과 그 행위가 하나로 이어질 뿐이다. 설령 주공이 헐뜯는 소문을 듣고도 일찍 피하지 않고, 피하더라도 동쪽으로 하지 않았다면, 관숙의 배반이 어찌 2년을 기다렸겠는가? 관숙이 아침저녁으로 주紂의 아들 무경녹보를 이끌고 창을 뽑아들고서 서쪽 성주成周를 진군할 때, 주공은 피하고자 하더라도 할 수 없었을 것이고, 관숙을 죽이는데 관여하지 않으려고 했더라도 할 수 없었을 것이다. 오직 헐뜯는 소문을 듣자마자 바로 떠남으로써 이롭지 않은 비방을 스스로 풀었고, 떠나되 동쪽에 거居함으로써 반측反側의 모의를 앉아서 누그러뜨릴 수 있었다. 이로써 관숙의 배반이 2년 이후로 늦추어졌으니, 동방의 상황이 주공이 동쪽에 오래 거居한 것으로 다 정리된 것이다. 주공은 밖에 있고 이공二公은 안에 있으면서, 죄인罪人은 손이 묶여 사직社稷이 편안하였으며, 주공 또한 그에 힘입어 형제에게 칼을 뽑는 참상을 면할 수 있었다. 이같은 변화에 대응함이 정밀하고, 모든 일에 권도權道로 할 수 있는 것이 어찌 평소의 생각으로 할 수 있는 일이겠는가? 당시에 주공이 형을 죽였다고 의심한 것도 이 때문이다. 일찍이 우순虞舜이 동생을 사랑한 것을 보면, 주공周公이 형兄을 사랑한 것과 같다. 순舜은 천하를 소유하

지 않을지언정 차마 동생을 버리지 못했고, 주공은 총재冢宰가 되지 않을
지언정 차마 형을 버리지 못했으니, 그 뜻이 같다. 오히려 순舜은 인주人主
로서 힘을 완곡하게 온전하게 할 수 있었지만, 주공은 인신人臣으로서 세
력을 아우를 수 없었다. 가정家庭을 뒤덮은 변고에 있어서 순舜이 주공보
다 참혹했으며, 모셨던 군주의 지혜는 주공이 순에게 미치지 못한다. 순
은 끝내 동생을 용납할 수 있었으나, 주공은 끝내 형을 구할 수 없었다.
금고今古의 시대를 만남에 다행과 불행이 있는 것이다! 세속의 유자들은
또한《금등》이 옛것이 아님을 의심하는데, 아!《금등》이 없었다면, 주공
의 억울함을 후세에 말할 수 없었을 것이다.《금등》에서 주공이 말한 '내
가 피하지 않으면 나는 우리 선왕先王에게 고할 수 없다我之弗辟, 無以告我先王'
는 성인聖人의 심적心跡을 기록하여 전한 것으로 세상에 없던 것을 보인 것
이다. '주공이 동쪽에 거한 지 2년에 죄인을 이에 얻었다公居東二年, 則罪人斯
得'는 입론立言함에 대체大體가 있고 시간과 사건을 기록하여 징험하고 신
뢰할 수 있으니, 천고의 논의할만한 공안公案이다. 후대 사람들이 이를 근
거로 호사가의 입을 굴복시켰으니, 역사를 기록한 공로가 크다하겠다.
속세의 유자들은《채중지명》이 함부로 지어진 것을 살피지 않고, 도리어
《금등》을 의심스럽다고 한다."

　나는 일찍이 천고의 독서하는 사람이 적음을 비웃었는데, 헛된 말이
아니다.

원문

按 : 讀"辟"爲"避",《太史公書》亦然, 王肅始解作刑辟, 漢儒當是. 魏儒也

以《康誥》爲成王書,《書序》及《傳》定四年皆然. 蔡氏從經文證辨, 屬之武王, 良是. 郝氏必欲易之, 得毋以由舊爲翻新地邪? 余嘗愛黃楚望注經, 于先儒舊說可從者拳拳尊信, 不敢輕肆臆說, 以相是非. 尹和靖云: "解經而欲新奇, 何所不至? 朱子至讀之汗下." 將合是二說爲郝氏告焉.

번역 **안按**

　"辟"를 "피避"로 읽는 것은 《사기》도 그러한데,[65] 왕숙王肅이 처음 형벽刑辟으로 주해하였는데 한유漢儒도 이에 해당된다. 위유魏儒는 《강고》를 성왕成王의 서書라고 여겼는데, 《서서書序》[66] 및 《좌전》 정공 4년[67]도 모두 그러하다. 채침이 경문經文을 따라 변증하여, 《강고》를 무왕武王의 서書에 배속시킨 것은 매우 옳다. 학경郝敬은 반드시 이를 바꾸고자 하면서, 어찌 옛 것으로 새것을 뒤엎지 않는 것인가?

　나는 일찍이 황초망黃楚望[68]의 경전 주해를 좋아했는데, 선유先儒의 구설舊說 가운데 따를 만한 것은 정성스럽게 존신尊信하고 감히 함부로 억설로

65　《사기 · 노주공세가》 其後武王旣崩, 成王少, 在彊葆之中. 周公恐天下聞武王崩而畔, 周公乃踐阼代成王攝行政當國.　管叔及其群弟流言於國曰: 「周公將不利於成王.」周公乃告太公望, 召公奭曰: 「我之所以弗辟而攝行政者, 恐天下畔周, 無以告我先王太王, 王季, 文王. 三王之憂勞天下久矣, 於今而后成. 武王蚤終, 成王少, 將以成周, 我所以爲之若此.」於是卒相成王, 而使其子伯禽代就封於魯. 周公戒伯禽曰: 「我文王之子, 武王之弟, 成王之叔父, 我於天下亦不賤矣. 然我一沐三捉髮, 一飯三吐哺, 起以待士, 猶恐失天下之賢人. 子之魯, 慎無以國驕人.」

66　《서서(書序)》 成王旣伐管叔, 蔡叔, 以殷餘民封康叔, 作《康誥》,《酒誥》,《梓材》.

67　《좌전 · 정공4년》 昔武王克商, 成王定之, 選建明德, 以藩屛周, (···중략···) 分康叔以大路, 少帛, 綪茷, 旃旌, 大呂, 殷民七族, 陶氏, 施氏, 繁氏, 錡氏, 樊氏, 饑氏, 終葵氏, 封畛土略, 自武父以南, 及圃田之北竟, 取於有閻之土, 以共王職, 取於相土之東都, 以會王之東蒐, 聃季授土, 陶叔授民, 命以康誥, 而封於殷虛, 皆啓以商政, 疆以周索.

68　원말명초의 학자.

여겨 시비를 따져서는 안 될 것이다. 윤돈尹燉, 1071~1142, 호 화정(和靖)⁶⁹이 말
하길 "경전을 주해하면서 신기하고자 한다면 어디엔들 이르지 않겠는
가? 주자가 읽으면 식은땀을 흘리며 부끄러워할 것이다_{解經而欲新奇, 何所不至?}
_{朱子至讀之汗下}"고 하였다. 이 두 설을 합쳐서 학경에게 알려주고자 한다.

원문

又按 : 讀《金縢》信"王翼日乃瘳", 人死可以請代免, 則益信周家得"祈天永
命"之道. 不然, 那能遂過其歷? 讀《文王世子》, 不信"我百爾九十, 吾與爾三
焉". 聖人豈能與子以年? 則亦不信"武王九十三而終", 如金仁山所辨者. 或
問 : 仁山從《竹書紀年》武王年五十四, 亦可信與? 曰 : 否. 《史記 · 周本紀》
載武王初得天下, 告周公旦曰 : "維天不饗殷, 自發未生於今六十年." 厥後武
王享天下七年, 是其崩壽且六十六, 豈五十四乎? 且必六十六, 生當于殷帝乙
十一年庚辰, 己卯有天下, 年六十, 故曰"武王未受命". 不然, 五十四耳, 有天
下方四十八, 與文王受命之年同中身也, 而得謂之老哉?

번역 우안又按

《금등》"무왕이 다음날에 병이 나았다_{王翼日乃瘳}"를 읽고, 사람의 죽음이
요청으로 대신하거나 면할 수 있음을 믿는다면, 주周나라 왕실이 얻은
"하늘의 영원한 명命을 기원하는_{祈天永命}"⁷⁰ 도道를 더욱 믿을 수 있게 된다.

---

69 윤돈(尹燉), 字彦明, 一字德充, 洛陽 (今河南省洛陽) 人. 靖康初年召至京師, 不欲留, 賜號
    和靖處士, 紹興四年 (一一三四) 授左宣教郞, 充崇政殿說書. 八年 (一一三八) 權禮部侍郞,
    兼侍講. 工書, 嘗手書歐陽文忠公 (修) 所作三志, 足以傳世. 朱熹得和靖先生帖於祈君之子真
    卿, 淳熙庚子刻之白鹿洞書院.

그렇지 않다면, 어떻게 무왕의 이력을 잘못되게 할 수 있겠는가?《예기 · 문왕세자》를 읽으면서, "나^{文王}는 나이 백세이고 너^{武王}는 90세이니, 내가 너에게 3년을 준다我百爾九十, 吾與爾三焉"를 믿지 않는다. 성인^{聖人}이 어찌 자식에게 연수^{年數}를 줄 수 있겠는가? 그렇다면 "무왕은 93세에 죽었다武王九十三而終"도 믿을 수 없으니, 김이상金履祥, 호 인산(仁山)이 변론한 바와 같다.

어떤 이가 물었다. 김이상이《죽서기년竹書紀年》의 무왕武王의 나이 54세를 따른 것도 믿을 수 있는가?

대답하였다. 그렇지 않다.《사기 · 주본기》의 기록에 따르면, 무왕이 처음 천하를 얻고, 주공周公 단旦에게 말하길 "하늘이 은나라의 제사를 받지 않은 것이, 이 사람 발發, 武王이 태어나기 이전부터 지금에 이르기까지 60년이 되었다維天不饗殷, 自發未生於今六十年"고 하였고, 그 이후 무왕 천하天下를 7년 동안 향유하였으니, 무왕의 붕수崩壽는 또한 66세이니, 어찌 54세라 하겠는가? 또한 반드시 66세여야만 하니, 무왕은 은殷 제을帝乙 11년 경진庚辰년에 태어나, 기묘년己卯年에 천하를 소유하였는데 이때 나이 60세였으므로 "무왕 말년에 천명을 받았다武王末受命"[71]라고 한 것이다. 그렇지 않고 54세에 죽었다고 하면, 천하를 소유한 때는 48세였으니, 문왕이 천명을 받은 해와 같이 중년이었는데,[72] 어찌 늙었다고 할 수 있겠는가?

---

70 《소고》宅新邑, 肆惟王其疾敬德. 王其德之用, 祈天永命.
71 《중용장구》18장.
72 《무일》文王不敢盤于遊田, 以庶邦惟正之供. 文王受命惟中身, 厥享國五十年.

又按 : 郝氏自謂《金縢》之解古所無, 達者信之. 余亦謂仁山《梓材》之解古
所無, 惜少未盡. 蓋自《康誥》篇首錯簡四十八字, 蘇子瞻欲移冠《洛誥》, 朱
子是之, 蔡《傳》從之. 而仁山則以《洛誥》乃告卜往復, 成王往來, 周公留後
之文, 與咸勤誥治之事不合, 不可冠, 致碻.《梓材》一書, 吳才老斷自"王其效
邦君"以下爲宅洛之文, 朱子是之, 蔡《傳》又頗不然. 而仁山則以其前章皆周
公"咸勤"之意, 其後章則乃"洪大誥治"之辭, 正合以《康誥》敘冠《梓材》爲一
書, 但衍"王"字,"封"字, 仍"曰"字耳, 致碻. 其所未盡者, 謂《召誥》"三月甲子,
周公乃朝用書命庶殷侯, 甸, 男邦伯", 其命庶殷之書則《多士》篇是, 敘所謂"惟
三月周公初于新邑洛, 用告商王士"者也; 其命侯, 甸, 男邦伯之書即此《梓材》
是, 其敘即《康誥》之敘, 所謂"惟三月哉生魄, 周公初基, 作新大邑于東國洛,
四方民大和會, 侯, 甸, 男邦, 采, 衛百工, 播民和, 見士于周, 周公咸勤, 乃洪大
誥治"者也. 愚考甲子乃月之二十一日, "哉生魄"則月之十六日. "哉生魄"在
前, 甲子在後, 豈可倂於一時? 又豈可以"哉生魄"字不合而擅削去之與? 竊以
是歲三月甲辰朔, 乙卯周公始至洛, 丁巳用牲于郊, 戊午社于新邑. 祭告事畢,
翼日己未望, 方大與斧斤版築之事. 侯, 甸, 男邦, 采, 衛咸在, 周公乃作"大誥"
焉. 後又五日甲子, 周公以書命庶殷侯, 甸, 男邦伯焉. 故前敘從詳, 後敘從畧,
亦可槩見. 或曰"命庶殷侯, 甸, 男邦伯"必一句讀與? 曰 : 然. 侯, 甸, 男邦伯, 周
有九服, 此居其三, 根庶殷言之也. 侯, 甸, 男邦, 采, 衛, 遂有九服之五, 此本四
方言之也. 服有廣狹, 則當時徒衆有多寡, 各任厥事. 且細玩《召誥》一書, 似
專爲庶殷. 一則曰"以庶殷攻位", 再則曰"用書命庶殷", 三則曰"庶殷丕作", 即
下召公"旅王若公", 亦以"誥告庶殷"爲詞. 初未闌入他諸侯, 故雖興役于望日,

《大誥》"爾邦君"亦不見《召誥》之敍, 其書法嚴如此. 仁山謂此"庶"復見古書
之舊, 余嘉其有大復古之功, 而少案文切理之實, 故訂之以俟後之君子云.

번역 우안又按

　　학경郝敬 스스로《금등》의 주해는 옛날에 없던 것으로 통달한 자는 믿을
것이라고 말하였다. 나 또한 김이상金履祥, 호 인산(仁山)의《재재梓材》의 주해는
옛날에 없던 것인데, 애석하게도 조금 미진한 부분이 있다고 말한다.

　　《강고》편 첫머리에 착간된 48자[73]를 소식蘇軾, 1037~1101, 자 자첨(子瞻)이
《낙고》의 첫머리로 옮기고자 한 것으로부터, 주자가 옳다고 여겼고,《채
전》이 그대로 따랐다. 그러나 인산仁山은《낙고》가 곧 점괘의 보고를 왕
복하고, 성왕成王이 낙읍을 오갔으며, 주공이 낙읍에 남은 이후의 문장으
로서, 완전히 삼가 고치誥治하는 일과는 합치하지 않으므로 첫머리로 둘
수 없다고 하였는데, 매우 정확하다.

　　《재재》편에 대해서, 오역吳棫, 1100?~1154, 자 재로(才老)은 단호하게 "왕이 방
군邦君과 어사御事에게 공효功效를 책망하다王其效邦君." 이하는 낙읍洛邑에 자
리잡는 것과 관련한 문장이라 하였고, 주자가 옳다고 하였는데,《채전》
은 다시 그렇지 않다고 여긴 것 같다. 그러나 인산仁山은 그 앞 문장이 모
두 주공周公의 "다 삼가는 뜻咸勤"이 있고, 그 뒷 문장은 "크게 다스림을 고
洪大誥治"한 말이므로,[74] 바로《강고》의 첫머리가《재재》와 하나의 편으로

---

73 《강고》惟三月哉生魄, 周公初基, 作新大邑于東國洛. 四方民大和會. 侯·甸·男邦·采·衛,
　　百工播民和, 見士于周. 周公咸勤, 乃洪大誥治.
74 《강고》惟三月哉生魄, 周公初基, 作新大邑于東國洛. 四方民大和會. 侯·甸·男邦·采·衛,
　　百工播民和, 見士于周. 周公咸勤, 乃洪大誥治.

합치하는데, 다만 "왕王", "봉封"자는 연문으로 "왈曰"자라고 한 것일 뿐[75]이라고 하였는데, 매우 정확하다.

그 미진한 점은 다음과 같다. 《소고》 "3월 갑자일에 주공이 아침에 조서로써 서은庶殷의 후복侯服 · 전복甸服 · 남복男服의 방백邦伯들에게 명命하였다三月甲子, 周公乃朝用書命庶殷侯, 甸, 男邦伯"에서 서은庶殷에게 명한 조서가 《다사》편으로 이른바 《다사》의 "3월에 주공이 처음으로 새 도읍인 낙읍洛邑에서 상商나라의 왕사王士들에게 고하였다惟三月周公初于新邑洛, 用告商王士"라는 것이며, 주공이 후侯, 전甸, 남복男服의 방백邦伯에게 명한 조서가 바로 《재재》이니, 그 서문은 곧 《강고》의 서문으로, 이른바 "3월 재생백哉生魄에 주공이 처음 터전을 잡아 새로운 대읍大邑을 동국東國인 낙洛에 만드니, 사방의 백성들이 크게 화합하여 모였고, 후侯 · 전甸 · 남방男邦 · 채采 · 위衛와 백공百工들이 인화人和를 전파하여 주周나라에 와서 뵙고 일하더니, 주공이 모두 수고한다하여 크게 다스림을 고하였다惟三月哉生魄, 周公初基, 作新大邑于東國洛, 四方民大和會, 侯, 甸, 男邦, 采, 衛百工, 播民和, 見士于周, 周公咸勤, 乃洪大誥治"이다.

내가 고찰해보건대, 갑자일甲子日은 곧 3월 21일이며, "재생백哉生魄"은 월 16일이다. "재생백哉生魄"에 앞에 있고, 갑자일甲子日은 뒤에 있는데, 어찌 같은 때에 나란히 말할 수 있겠는가? 또한 어찌 "재생백哉生魄"이 합치하지 않는다고 맘대로 삭제할 수 있겠는가?

가만히 생각해보건대, 이 해 3월 갑진삭甲辰朔이고, 을묘乙卯(12일)에 주공이 처음 낙읍洛邑에 이르렀고, 정사丁巳(14일)에 교제郊祭에 희생犧牲을 쓰

---

[75] 《재재》 王曰, 封, 以厥庶民, 暨厥臣, 達大家. 以厥臣達王, 惟邦君.

고, 무오戊午(15일)에 신읍新邑에서 사제社祭를 지냈다.[76] 제사를 올려 고하는 일이 끝나고, 다음날 기미己未 기망旣望(16일), 재생백哉生魄에 바야흐로 크게 큰 도끼와 작은 도끼로 판축版築하는 일을 벌였다.[77] 후侯, 전甸, 남男의 방백과 채采, 위衛가 모두 함께 있었으므로, 주공周公이 이에 "큰 고誥"즉《康誥》를 지은 것이다. 다시 5일 후 갑자甲子(20일)에 주공 조서로 서은庶殷의 후侯, 전甸, 남男의 방백邦伯에게 명하였다.[78] 따라서 앞의 서술은 상세함을 따르고 뒤의 서술은 간략함을 따랐으니, 그 대략을 알 수 있다.

어떤 이가 물었다. 《소고》의 "서은庶殷의 후侯 · 전甸 · 남男의 방백邦伯들에게 명命하였다命庶殷侯, 甸, 男邦伯"는 반드시 하나의 구절로 읽어야 하는가?

대답하였다. 그렇다. 《소고》의 후侯, 전甸, 남男의 방백邦伯은 주周의 구복九服가운데 세 가지에 해당하며, 서은庶殷을 근간으로 하여 말한 것이다. 《강고》의 후侯, 전甸, 남방男邦, 채采, 위衛는 마침내 구복九服 가운데 다섯 가지를 말한 것이니, 이는 사방을 근본으로 말한 것이다. 복服에는 넓고 좁음이 있었으니 당시의 무리에도 많고 적음이 있었고, 각각 그 일을 맡았다. 다시 《소고》편을 자세히 완미해보면, 오로지 서은庶殷에게 말한 것 같다. 첫째 "서은庶殷을 데리고 낙예洛汭의 자리를 다스리게 하다以庶殷攻位"라 하였고, 둘째 "조서로써 서은庶殷에게 명하였다用書命庶殷"하였으며, 셋째 "서은庶殷이 크게 일하였다庶殷조作"라 하였고, 바로 아래에서 소공召公이

---

76 《소고》若翼日乙卯, 周公朝至于洛, 則達觀于新邑營. 越三日丁巳, 用牲于郊. 牛二. 越翼日戊午, 乃社于新邑. 牛一, 羊一, 豕一.
77 《강고》惟三月哉生魄, 周公初基, 作新大邑于東國洛. 四方民大和會. 侯 · 甸 · 男邦 · 采 · 衛, 百工播民和, 見士于周. 周公咸勤, 乃洪大誥治.
78 《소고》越七日甲子, 周公乃朝用書, 命庶殷侯 · 甸 · 男邦伯.

"왕王과 및 주공周公에게 아뢰고旅王若公", 또한 "서은庶殷에게 가르침을 알리다誥告庶殷"라는 말을 하였다. 애초에 다른 제후들을 끼워 넣지 않았으므로, 비록 망일望日에 부역負役을 일으켰으나 《대고》의 "너의 방군爾邦君"과 같은 말도 《소고》의 서술에는 보이지 않는 것이니, 그 서법書法의 엄밀함이 이와 같다. 인산仁山은 말하길, 이 "서庶"는 고서古書의 오래됨을 다시 보여주는 것이라고 하였는데, 나는 그가 크게 옛것을 회복시킨 공로와 적은 문장으로 이치를 절실하게 한 사실을 기뻐하였으므로 인산의 설을 바로잡아 후대의 군자를 기다리는 바이다.

원문

又按 : 蔡《傳》計《金縢》書首尾凡七年, 非也. 克商二年, 歲在庚辰. 後五年乙酉, 武王崩. 明年成王紀元, 周公辟居東, 凡二年, 罪人始得, 秋大熟, 輒係于此二年中. 獨仁山以"于後"二字謂詩當作於二年之後. "秋大熟"乃成王三年戊子, 尤合. 蓋是書首尾凡九年云. 通計之, 《召誥》, 《洛誥》合一年. 《禹貢》十三年, 今文《堯典》一百五十二年. 以月計之, 《召誥》起二月, 訖三月, 《洛誥》起三月, 訖十二月, 古文《武成》起一月, 訖四月. 以日計之, 《顧命》十一日, 始四月癸亥, 訖癸酉; 《召誥》三十五日, 始二月庚寅, 訖三月甲子; 《洛誥》三百一十四日, 始三月乙卯, 中閏九月, 訖十二月戊辰; 《武成》一百四十四日, 始一月壬辰, 中閏二月, 訖四月乙卯. 其他書則未有出一日者.

번역 우안又按

《채전》이 《금등》편 수미首尾가 모두 7년이라고 계산한 것은 틀렸다. 상

商을 이긴 후 두 번째 세歲는 경진庚辰이었다. 5년 이후 을유년乙酉年에 무왕武王이 붕어하였다. 다음해 성왕成王 기원紀元에 주공周公이 동쪽으로 피하여 거주한 것이 2년이며, 죄인罪人을 비로소 얻었고 가을에 풍년이 든 해는 갑자기 이 2년 안에 포함시킨 것이다. 오직 김이상金履祥, 호 인산(仁山)은 "우후于後"[79] 두 글자는 시詩를 지은 것이 2년 이후에 해당됨을 말한 것이라고 하였다. "가을에 풍년이 들었다秋大熟"는 곧 성왕成王 3년三年 무자년戊子年이 되는 것이 더욱 합치한다. 이《금등》편의 수미首尾는 모두 9년이 된다는 것이다. 통계를 해보면, 《소고》와《낙고》는 합쳐서 1년이다. 《우공》은 13년이고, 금문《요전》은 152년이다. 월月로 헤아려보면, 《소고》는 2월에서 3월까지이고, 《낙고》는 3월에서 12월까지이며, 고문《무성》은 1월에서 4월까지이다. 일日로 헤아려보면, 《고명》은 11일이니 4월 계해일癸亥日에서 계유일癸酉日까지 이며, 《소고》는 35일이니 2월 경인일庚寅日에서 3월 갑자일甲子日까지이며, 《낙고》는 314일이니 3월 을묘일乙卯日에서 중간에 윤閏 9월이 있고 12월 무진일戊辰日까지이며, 《무성》은 144일이니 1월 임진일壬辰日에서 중간에 윤閏 2월이 있고 4월 을묘일乙卯日까지이다. 다른 서편에는 하루를 벗어나지 않는다.

원문

又按：蔡《傳》云："我不辟, 則於義有所不盡, 無以告先王於地下." 果爾, 周公亦爲失言. "三后在天", "文王在上, 於昭于天". 《召誥》篇："茲殷多先哲

---

[79] 《금등》于後公乃爲詩以貽王. 名之曰鴟鴞. 王亦未敢誚公.

王在天."《周書》祭公不豫, 曰 : "朕身尚在兹, 朕魂在于天昭王之所." 李泌對
唐德宗曰 : "臣若苟合取容, 何以見肅宗,代宗於天上?" 此君前稱謂得體處.
若王陵讓陳平,絳侯"何面目見高帝地下", 田延年責霍光"何面目見先帝於地
下", 北齊明帝臨崩, 口授詔"朕得啓手啓足, 從先帝於地下", 蘇子瞻《代張方
平諫用兵書》"臣亦將老且死, 見先帝於地下", 與蔡《傳》同一失.

번역 **우안又按**

《채전》은 "내가 피하지 않으면 의리에 다하지 못한 바가 있어 지하地下
에서 선왕先王에게 고할 수 없다我不辟, 則於義有所不盡, 無以告先王於地下"고 하였다.
과연 그렇다면, 주공 또한 실언失言한 것이다.

《대아 · 하무下武》 "세 임금이 하늘에 계시거늘三后在天",《대아 · 문왕文王》
"문왕이 위에 계시어 아! 하늘에 밝게 계시니文王在上, 於昭于天"라고 하였다.
《소고》편에 "이에 은殷나라의 많은 선철왕先哲王이 하늘에 있습니다兹殷多先
哲王在天"고 하였다. 《일주서 · 채공해祭公解》에 채공祭公이 기뻐하지 않으며
말하길 "저의 몸은 아직 여기에 있으나, 저의 혼은 하늘의 밝은 왕이 계
신 곳에 있습니다朕身尚在兹, 朕魂在于天昭王之所"라고 하였다. 이필李泌이 당唐덕
종德宗에게 대답하기를 "신이 만약 진실로 영합하려 했다면, 어떻게 하늘
에서 숙종과 대종을 뵐 수 있겠습니까?臣若苟合取容, 何以見肅宗, 代宗於天上?"하였
다. 이는 임금 앞에서 대체大體를 말한 부분이다.

우승상 왕릉王陵이 진평陳平과 강후絳侯를 꾸짖으며 "무슨 면목으로 지하
의 고제를 뵙겠는가?何面目見高帝地下?"[80]라고 한 것과, 전연년田延年이 곽광霍光
을 질책하며 "무슨 면목으로 지하에 계신 선제를 뵙겠는가?何面目見先帝於地

下?"[81]한 것과, 북제北齊 명제明帝가 죽음에 임박하여, 구술로 조서 내리기를 "짐의 생을 다하여, 지하에 계신 선제를 따를 것이다朕得啓手啓足, 從先帝於地下"한 것과, 소식蘇軾, 자 자첨(子瞻)이 《장방평을 대신해서 용병用兵에 대해 간언한 글代張方平諫用兵書》에서 "신 또한 장차 늙어 죽어 선제를 지하에서 뵙다臣亦將老且死, 見先帝於地下"와 같은 글들은 《채전》과 동일한 오류이다.

원문

又按：吳文正爲董鼎序書, 極詆蔡《傳》. 謂："《金縢》'弗辟', 蔡遵鄭《註》, 旣與朱子《詩傳》,《文集》不相同矣；然于《詩‧鴟鴞》却云'破巢取卵, 比武庚之敗管, 蔡及王室', 則又同於《詩傳》, 而與上文避居東都說相反. 一簡之內, 前後抵捂, 何哉？"致確. 但仍襲孔《傳》"辟"字義, 吾不謂然.

번역 **우안又按**

문정공文正公 오징吳澄, 1249~1333은 동정董鼎의 《서전집록찬주書傳輯録纂注‧후서後序》에서 《채전》을 극력 비난하였다. "《금등》'弗辟'에 대해, 채침은 정현《주》를 따름으로써 이미 주자朱子의 《시전詩傳》과 《문집文集》과 서로 같지 않게 되었다.[82] 그러나 《채전》에서 《시‧치효》에 대해서는 도리어 '치효새가 다른 새의 둥지를 부수고 알을 가져가는 것으로 무경武庚이 관

---

80 《사기‧여후본기(呂后本紀)》.
81 《한서‧곽광전》.
82 '弗辟'에 대한 정현의 주해는 "辟는 피(避)(피하다)의 의미이다. 동도(東都)에 거처하는 것이다"(辟謂避. 居東都)라고 하였다. 한편, 주자는 《치효‧집전》에서 "그러므로 주공이 동쪽을 정벌한 지 2년 만에 마침내 관숙과 무경을 잡아 주벌(誅罰)하였다"(周公東征二年, 乃得管叔武庚而誅之)고 하였다.

숙과 채숙 및 주 왕실을 무너뜨림을 비유한 것이다破巢取卵, 比武庚之敗管, 蔡及王室'고 한 것은 또한《시전詩傳》과 같고, 앞 문장의 동도東都에 피하여 거주한 설과는 상반된다. 같은 편 내에 전후가 서로 어긋나는 것은 어째서인가?" 매우 정확하다. 그렇다고《공전》"벽辟"致辟하다자 의미를 답습하는 것에 대해서는 나는 그렇지 않다고 생각한다.

제102. [궐闕]

제103. 《대우모》 "사해곤궁四海困窮" 앞에 다른 말들이 삽입되어 있는데, 이는 원래 요堯의 말을 순舜의 것으로 잘못 삽입한 것임을 논함

원문

十六字, 余旣證其所出非眞舜言. 詳味《堯曰》"咨爾舜"一節, 又覺"四海困窮, 天祿永終"僞作者揷入"敬修其可願"之下, 爲舜誤會堯之言. 何者?"四海困窮", 自不得如漢《注》作好;"天祿永終", 亦不得如朱《注》作不好. 蓋"允執其中"一句一義耳."四海困窮"欲其俯而恤人之窮;"天祿永終", 則欲仰而承天之福, 且亦如《洪範》"考終命",《大雅》"高朗令終"云爾, 班彪著《王命論》"則福祚流于子孫, 天祿其永終矣".《王嘉傳》"亂國亡軀, 不終其祿",《薛宣朱博傳》"敍位過厥任, 鮮終其祿","不終","鮮終", 方屬弗祥. 魏晉間此人似認此二句爲一連, 故於上文先作警辭曰"欽哉! 愼乃有位, 敬修其可願", 下卽續堯言曰"四海困窮, 天祿永終", 若以極言安危存亡之戒者, 而不知與原義相左. 使古文果眞, 是舜承堯之命於六十一載前, 解固如彼述之; 以命禹於六十一載後, 解又若此, 亦怪而可笑矣.

번역

16자[83]에 대해, 나는 이미 그것이 진짜 순의 말에서 나온 것이 아님을

---

83 우정(虞廷) 16자 "人心惟危, 道心惟微. 惟精惟一, 允執厥中"을 말한다. 제31. "인심은 위태롭고, 도심은 미약하다(人心惟危, 道心惟微)"가 순전히 《순자(荀子)》에서 인용한 《도경(道經)》에서 나온 것임을 논함에 보인다.

증명하였다. 《논어 · 요왈》 "아! 너 순舜아" 일절[84]을 상세하게 음미해보면, "사해四海가 곤궁하면 천록天祿이 영원히 끊어질 것이다四海困窮, 天祿永終"를 위작자僞作者가 《대우모》 "그 백성들이 원할 만한 것을 공경히 닦아라敬修其可願." 다음에 다시 삽입하였는데, 순舜을 위하여 요堯의 말을 잘못 붙인 것이다. 왜 그런가? "사해곤궁四海困窮"은 한漢 《주注》에서 긍정적으로 말한 것[85]과 같지 않고, "천록영종天祿永終" 또한 주자 《집주》에서 부정적으로 말한 것[86]과도 같지 않다.

대체로 "윤집궐중允執其中"은 하나의 구절과 하나의 의미일 뿐이다. "사해곤궁四海困窮"은 몸을 굽혀 사람들의 곤궁함을 구휼하고자 함이고, "천록영종天祿永終"은 우러러 하늘의 복을 계승하고자 함이니, 또한 《홍범》의 "고종명考終命", 《시 · 대아 · 기취旣醉》 "고명高明하여 마침을 잘하리로다高朗令終"라고 한 것과, 반표班彪가 지은 《왕명론王命論》의 "복을 본받아 자손에게 흘려보내면 천록이 영원히 오래할 것이다則福祚流于子孫, 天祿其永終矣"와 같다. 《진서晉書 · 왕가전王嘉傳》 "나라를 어지럽히고 자신을 망치면 그 녹祿을 오래 보존할 수 없다亂國亡軀, 不終其祿"와, 《한서 · 설선 주박전薛宣 · 朱博傳》에 "지위가 그 직임보다 지나치면 그 녹祿을 오래 보존하는 이가 드물다叙位過厥任, 鮮終其祿"의 "오래 보존하지 못하다不終", "오래 보존하는 이가 드물다鮮終"는 상서롭지 못한 경우에 속한다. 위진魏晉 연간의 이 사람은 이 두 구절을 하나로 연결시키고자 하였으므로, 앞 문장에서 우선 경계하는 말로

---

84 《논어 · 요왈》 堯曰:「咨! 爾舜! 天之曆數在爾躬. 允執其中. 四海困窮, 天祿永終.」
85 《논어 · 요왈 · 주소》 注: 包曰: 允, 信也. 困, 極也. 永, 長也. 言爲政信執其中, 則能窮極四海, 天祿所以長終.
86 《논어 · 요왈 · 집주》 四海之人困窮, 則君祿亦永絶矣, 戒之也.

서 "공경하라! 네가 소유한 지위를 삼가서 그들^{백성}이 원할 만한 것을 공경히 닦아라^{欽哉! 愼乃有位, 敬修其可願}"라고 하고, 그 아래에 바로 요^堯의 말씀인 "사해^{四海}가 곤궁하면 천록^{天祿}이 영원히 끊어질 것이다^{四海困窮, 天祿永終}"를 이어붙여 안위존망^{安危存亡}의 경계를 지극히 말한 것과 같이 하였는데, 이 는 그 원의^{原義}가 서로 상충하는 것임을 모른 것이다. 설령 고문^{古文}이 과 연 진짜라고 하더라도, 순^舜이 61세 이전에 요^堯의 명령을 계승함에 그 이해가 진실로 그와 같으면서, 순이 61세 이후에 우에게 명령함에 이해 가 또 그와 같았다면 괴이하고 가소로운 것이다.

원문

按:《前編》載其師王文憲柏曰 "'讓于德弗嗣'下無再命之辭, 巽位之際亦無 丁寧告戒語, 何也? 蓋《論語·堯曰》篇首二十四字乃二典之脫文也." 予極賞 心. 然謂是脫文亦不必. 要堯之告舜, 却應在斯時.

번역 **안^按**

김이상^{金履祥}이《전편^{前編}》에 그의 스승 문헌공^{文憲公} 왕백^{王柏, 1197~1274}의 말이 실려 있다. "《순전》'자신의 덕^德으로 제위^{帝位}를 계승할 수 없음으로 사양하였다^{讓于德嗣}.' 아래에 다시 명령하는 말이 없고, 선위^{禪位}하는 사 이에도 정녕 경계함을 알려주는 말이 없는 것은 어째서인가? 대체로《논 어·요왈》편의 맨 앞 24자[87]가 곧 두《전^典》의 탈문^{脫文}이다."

---

[87] 《논어·요왈》堯曰:「咨! 爾舜! 天之曆數在爾躬. 允執其中. 四海困窮, 天祿永終.」

나는 매우 기뻤다. 그러나 그 탈문이 꼭 그렇지만도 않았을 것이다. 요
堯가 순舜에게 고해야만 했다면 도리어 응당 당시에 했을 것이다.

원문

又按 : 漢武帝《立子齊王閎策》曰"悉爾心, 允執其中, 天祿永終", 獻帝《禪
位于魏冊》曰"允執其中, 天祿永終", 魏使鄭沖《奉策晉王》曰"允執其中, 天祿
永終", 皆節去"四海困窮"一句以聯上下. 雟不疑謂暴勝之曰"樹功揚名, 永終
天祿", 靈帝立皇后詔曰"無替朕命, 永終天祿", 孫權告天, 文曰"左右有吳, 永
終天祿", 倒置之義尤顯白. 今文《召誥》篇"天既遐終大邦殷之命", 遐, 遠也,
遠終雖指殷已亡, 然不得以"絶"字訓"終". 以"絶"訓"終", 蔡《傳》及朱子所未
安處.

번역 우안又按

한漢무제武帝《입자제왕홍책立子齊王閎策》의 "너의 마음을 다하고 진실로
그 중中의 도를 잡으면 천록天祿이 영원토록 오래 할 것이다悉爾心, 允執其中, 天
祿永終", 헌제獻帝《선위우위책禪位于魏冊》의 "진실로 그 중中의 도를 잡으면
천록天祿이 영원토록 오래 할 것이다允執其中, 天祿永終", 위사魏使 정충鄭沖《봉
책진왕奉策晉王》의 "진실로 그 중中의 도를 잡으면 천록天祿이 영원토록 오
래 할 것이다允執其中, 天祿永終"는 모두 "사해곤궁四海困窮" 구절을 제거하고 앞
뒤 문장을 연결시켰다.

준불의雟不疑가 포승지暴勝之에게 "공功을 세우고 이름을 드날리면 천록天
祿을 영원히 오래할 수 있습니다樹功揚名, 永終天祿"[88]라 하였고, 한 영제靈帝의

송미인宋美人을 황후皇后로 세우는 조서에서 "짐의 명을 바꾸지 않으면 천록天祿을 영원히 오래할 것이다無替朕命, 永終天祿"라 하였으며, 손권孫權이 하늘에 고하는 글에서 "오吳사방에 천록天祿을 영원히 오래할 것이다左右有吳, 永終天祿"[89]라고 한 것은 문장을 도치시켜 의미가 더욱 잘 드러나게 하였다.

금문《소고》편의 "하늘이 이미 대방大邦인 은殷의 명命을 멀리한 것이 오래되었다天既遐終大邦殷之命"의 하遐는 "멀다遠"의 의미이며, "원종遠終"은 비록 은殷이 이미 망한 것을 가리키는 것이지만, "절絶, 끊다"로 "종終"자를 훈석[90]할 수는 없다. "절絶"로 "종終"을 훈석한 것은 《채전》 및 주자가 살피지 못한 곳이다.

又按 : 賈誼《新書》載帝堯曰 : "我存心于先古, 加意于窮民, 痛萬姓之罹罪, 憂衆生之不遂也. 故一民或饑, 曰此我饑之也 ; 一民或寒, 曰此我寒之也 ; 一民有罪, 曰此我陷之也."《莊子》舜問于堯曰 : "天王之用心何如?" 堯曰 : "吾不敖無告, 不廢窮民, 若死者, 嘉孺子而哀婦人, 此吾所以用心已." 由是觀之, 則當禪位於虞之日, 其視四海爲困窮, 夫復何疑?

번역 우안又按

가의賈誼《신서新書 · 수정어상修政語上》에 제요帝堯가 말한 "나는 옛 제도에

---

88 《한서 · 준불의(雋不疑)열전(列傳)》.
89 《송서 · 예지(禮志)》 3.
90 《소고 · 채전》 大意謂天既欲遠絶大邦殷之命矣.

마음을 보존하고 곤궁한 백성에게 더욱 마음을 썼으며, 만백성이 죄에 걸리는 것을 애통해 하였으며, 뭇 백성이 생활을 이루지 못함을 근심하였다. 따라서 한 사람이라도 굶주리는 사람이 있으면 '이는 내가 그를 굶게 한 것이다'라 하였고, 한 사람이라도 추위에 떠는 사람이 있으면 '이는 내가 그를 춥게 한 것이다'라 하였으며, 한 사람이라도 죄가 있으면 '이는 내가 그 사람을 죄에 빠뜨린 것이다'라고 하였다我存心于先古, 加意于窮民, 痛萬姓之罹罪, 憂衆生之不遂也. 故一民或饑, 曰此我饑之也; 一民或寒, 曰此我寒之也; 一民有罪, 曰此我陷之也"가 실려 있다. 《장자 · 천도天道》에 순舜이 요堯에게 물었다. "천왕天王의 마음 씀은 어떻습니까?天王之用心何如?" 요가 대답하였다. "나는 하소연할 데 없는 백성들을 함부로 대하지 않으며, 곤궁한 백성들을 버리지 않으며, 죽은 사람을 애도하며, (부모 없는) 어린아이들을 사랑하고 홀로 된 여자들을 애처롭게 여기니, 이것이 내가 마음을 쓰는 일일 뿐이다吾不放無告, 不廢窮民, 若死者, 嘉孺子而哀婦人, 此吾所以用心已." 이것으로 본다면, 요임금이 우순虞舜에게 선위禪位하던 날에 사해四海가 곤궁困窮해진다고 여긴 것이 또한 의심스럽지 않은가?

원문

又按 : 《論語》"孝乎惟孝", "天祿永終"等, 朱子一以二十五篇爲據, 更其句讀, 效其語意, 反以前此本爲未定, 待此而定, 曾不悟晚出者之非. 楊愼有言 : "儒者通患, 信今而疑古. 《春秋》, 三傳之祖也, 反以三傳疑《春秋》; 《孟子》'班爵祿章', 《王制》之祖也, 反以漢文令博士諸生作者, 而疑《孟子》此章不與相合; 《詩》, 《楚辭》, 音韻之祖也, 反以沈約韻而改《詩》, 《楚辭》古音以合之, 繆已甚矣." 竊謂篤信晚出《書》者, 何以異此?

《논어》의 "효호유효孝乎惟孝"[91]와 "천록영종天祿永終"[92] 등에 대해 주자는 한결같이 고문 25편을 근거로 하여, 구두句讀를 끊고 그 의미를 드러냈었는데, 오히려 이 이전의 판본으로 정하지 않고, 고문을 기다린 다음에 정했다는 것은 일찍이 만출晚出《서》의 그릇됨을 깨닫지 못한 것이다.

양신楊愼, 1488~1559이 말하였다. "유자의 공통된 근심은 지금의 것을 믿고 옛 것을 의심하는 것이다.《춘추》는 삼전三傳의 조상인데 도리어 삼전三傳으로《춘추》를 의심하고,《맹자·만장하》'반작록班爵祿'장은《예기·왕제王制》의 조상인데 도리어 한漢문제文帝가 박사제생博士諸生에게 짓도록 명한 것[93]으로서《맹자》의 이 장章이 서로 합치하지 않음을 의심하며,《시》와《초사》는 음운音韻의 조상인데 도리어 심약沈約의 운韻으로《시》와《초사》의 고음古音을 개정하여 합치시킨 것은 잘못이 매우 심한 것이다." 만출晚出《서》를 독실하게 믿는 자가 어찌 이것과 다르겠는가?

又按: "永終"之不得訓絶, 亦猶"鬱陶"之不得訓憂耳. 博徵之《金縢》"惟永

---

91 《논어·위정·집주》書, 周書君陳篇. 書云孝乎者, 言書之言孝如此也. 善兄弟曰友. 書言'君陳能孝於親, 友於兄弟. 又能推廣此心, 以爲一家之政', 孔子引之, 言如此, 則是亦爲政矣. 何必居位, 乃爲爲政乎? 蓋孔子之不仕, 有難以語或人者. 故託此以告之, 要之至理亦不外是.
92 《논어·요왈·집주》舜後遜位於禹, 亦以此辭命之. 今見於虞書大禹謨, 比此加詳.
93 《예기대전(禮記大全)·왕제(王制)》盧植云, 文帝令博士諸生作.

終是圖",《周易·歸妹》象辭"君子以永終知敝".《詩·周頌》"以永終譽".《漢·元帝紀》詔曰"不得永終性命, 朕甚閔焉",《韋賢傳》匡衡曰"其道應天, 故福祿永終",《外戚傳》班倢伃賦曰"共洒埽於帷幄兮, 永終死以爲期",《孫權傳》文帝策命曰"以勖相我國家, 永終爾顯烈", 又權詔淵曰"相我國家, 永終爾休",《虞翻傳》子氾曰"非所以永終忠孝, 揚名後世", 皆無"絶也"之解, 何獨至《論語》而云然乎? 向謂訓詁之學, 至宋朱子而失, 固非無征, 當更徵之"四子書": 有依古註修入未及改者, 有自以意解不案諸字書者, 有古註當存者, 有闕畧者及誤者, 有註如是已足不必贅者, 有彼善於此者, 有未會歸于一者. 凡字非正訓, 只得言"猶"以似之. 苟既係的解, 何須爲此? 而《集註》有多蹈此, 至不可勝舉者. 或曰:《集註》爲朱子生平第一解, 其失亦有若是與? 余曰: 此第失之小者. 若《詩》"不競不絿",《毛傳》: "絿, 急也."《說文》,《左傳》杜《註》並同.《廣韻》: "絿, 急引."《集傳》却云: "絿, 緩也." "宵爾索綯",《爾雅》: "綯, 絞也." 謂夜而繩索糾絞也.《廣韻》: "綯, 糾絞繩索." 即朱子《孟子註》猶然. 何《集傳》云: "索, 絞也. 綯, 索也"? 文義違反至此. "罪罟不收",《說文》: "辠, 犯法也. 从辛从自, 言辠人蹙鼻苦辛之憂. 秦以'辠'似'皇'字, 改爲'罪'." 不知"罪"者, "捕魚行罔"也. 凡秦以前書有"罪罟", 即"網罟"一例字面何《集傳》云"刑罪爲之網罟"? 豈所稱識此字者乎? 或曰: 朱子遠本《毛傳》, 近引蘇氏, 是朱子前固有之. 余曰: "緜蠻黃鳥", 雖朱子前有長樂劉氏訓"緜蠻"作鳥聲, 終當從《毛傳》"緜蠻, 小鳥貌",《韓詩薛君章句》"緜蠻, 文貌"爲是. "白鳥翯翯", 雖朱子前有五臣《文選》註"皜皜, 白貌", 終當從《毛傳》"翯翯, 肥澤也",《說文》"鳥白肥澤皃",《字林》"鳥白肥澤曰翯"爲是. 固不得以偶有一說, 而廢歷來相傳之訓詁者也. 或曰: 子於朱子之學, 素所稱受其罔極之恩, 何茲詆之若是? 余曰：非敢詆也. 即以孟子論, 其所著七篇書內, 亦有注海, 注江違却地勢, 忽擧百鈞, 人情難推, 爲行文之失處, 何曾以此貶賢? 孟子旣然, 朱子抑復可知. 或曰：子攻擧子業, 遵《集注》莫敢或爽, 何獨著書不爾? 余曰："今用之, 吾從周", 又曰"郁郁乎文哉! 吾從周", 此經生家遵註說也. 若我輩窮聖人經, 自當博考焉, 精擇焉, 不必規規然於一先生之言. 則有行夏之時, 乘殷之輅, 服周之冕等法, 在聖人當日蓋亦並行不悖者. 且縱輕議先儒, 其罪小; 曲狗先儒, 而俾聖賢之旨終不明於天下後世, 其罪大. 余竊居罪之小者而已. 朱子嘗云："一部《論語》, 白頭亦解說不盡." 是以易簀前三日手自更定"誠意"章註. 又每欲重整頓《易本義》, 豈非求告無憾於聖賢, 而不以爲已足乎? 後之學者, 猶苦以擧業之見施之窮經. 朱子有靈, 正恐未必實以爲知言也矣!

번역 **우안又按**

"영종永終"을 "절絶, 끊어지다"로 훈석할 수 없는 것은 또한 "울도鬱陶"를 "우憂, 근심하다"로 훈석할 수 없는 것과 같을 뿐이다. 폭넓게 징험해보면, 《금등》 "영원히 오래함을 도모할 것이다惟永終是圖.", 《주역 · 귀매歸妹》 상사象辭의 "군자가 이를 본받아 영원히 오래하여 폐괴弊壞함을 안다君子以永終知敝", 《시 · 주송 · 진로振鷺》 "영원히 오래도록 명예로우리라以永終譽", 《한서 · 원제기元帝紀》에 조칙하기를 "성명을 영원히 오래하지 못함을 짐이 매우 근심하노라不得永終性命, 朕甚閔焉", 《한서 · 위현전韋賢傳》 광형匡衡이 말하길 "그 도가 하늘에 응하였으므로 복록福祿이 영원히 오래할 것입니다其道應天, 故福祿永終" 한 것과, 《한서 · 외척전外戚傳》 반첩여班倢伃의 부賦에 "휘장 안에 물 뿌리고 쓸어냄이여, 영원토록 오래 죽을 때까지 기약하리라共洒埽於帷幄兮, 永終

死以爲期"고 한 것과, 《삼국지·오지吳志·손권전孫權傳》 문제文帝 책명策命에 "우리 국가를 힘써 도와 영원히 너의 공열을 드러내어라以勖相我國家, 永終爾顯烈"고 한 것과, 또 손권이 공손연公孫淵에게 조칙하기를 "우리 국가를 도와 너의 아름다움을 영원히 오래도록 하라相我國家, 永終爾休"고 한 것과, 《삼국지·오지吳志·우번전虞翻傳》에 넷째 아들 범氾이 말하길 "충효를 영원히 오래하지 않는 것으로 후세에 이름을 날리는 것이다非所以永終忠孝, 揚名後世"[94]라 한 것들은 모두 "끊다絶也"의 주해가 없는데, 어찌 유독 《논어》에 이르러 그렇게 말하는 것인가?

예전에 훈고학訓詁學은 송宋 주자朱子에 이르러 망실되었다고 말했는데, 진실로 징험하지 않을 수 없으므로 마땅히 사서四書로 다시 징험해야 할 것이다.

고주古註에 의거하여 수록하면서 고치지 않은 것이 있고, 자기 뜻대로 주해하고 다른 자서字書는 참고하지 않은 것이 있으며, 고주古註 가운데 마땅히 존치시켜야 할 것이 있으며, 비워두거나 소략하여 오류인 것이 있으며, 주註가 이미 충분하여 덧붙일 필요가 없는 것이 있으며, 저것이 이것보다 더 나은 경우가 있으며, 일찍이 하나로 귀결되지 못하는 것이 있다. 자훈字訓이 정훈正訓이 아니라면 오직 "유猶"를 써서 비슷하다고 해야 한다. 진실로 이미 적확한 주해라면 어찌 이와 같이 하겠는가마는 《집주》는 이런 경우를 많이 답습한 것이 이루다 열거하지 못할 지경이다.

어떤 이가 물었다. 《집주》는 주자 평생의 제일 주해인데, 그 잘못이 이

---

94 《삼국지·오지(吳志)·우번전(虞翻傳)》 배송지(裴松之) 주(注)에 보인다.

와 같은가?

나는 대답하였다. 이는 단지 잘못의 작은 것이다. 《시·상송·장발長發》 "불경불구不競不絿"와 같은 경우, 《모전》은 "구絿는 급함急이다絿, 急也"하였고, 《설문》과 《좌전》 두예주도 모두 같다. 《광운》은 "구絿는 급하게 당김이다絿, 急引"고 하였는데, 《집전》은 도리어 "구絿는 느림緩이다絿, 緩也"라 하였다. 《빈풍·칠월七月》 "소이삭도宵爾索綯"의 경우, 《이아》에 "도綯는 새끼꼼絞이다綯, 絞也"라고 하였으니, 밤이 되면 새끼줄을 꼬는 것을 말한 것이다. 《광운》은 "도綯는 새끼줄을 꼬는 것이다綯, 糾絞繩索"라고 하여, 주자 《맹자집주》도 이와 같다.[95] 어찌 《집전》은 "삭索은 새끼를 꼬는 것이요, 도綯는 새끼줄이다索, 絞也. 綯, 索也"라고 한 것인가? 문의文義가 위반됨이 이 지경에 이르렀다. 《대아·첨앙瞻卬》 "죄고불수罪罟不收"의 경우, 《설문》은 "죄辠는 법을 어김이다. 신辛과 자自를 구성요소로 하고, 죄인辠人이 쓸쓸히 고통받는 근심을 말한 것이다. 진秦나라는 '죄辠'가 '황皇'자와 비슷하다고 여겨, '죄罪'로 고쳤다辠, 犯法也. 从辛从自, 言辠人蹙鼻苦辛之憂. 秦以'辠'似'皇'字, 改爲'罪'"고 하였다. 이는 "죄罪"가 "물고기를 잡으려 그물질하는 것捕魚行罔"임을 모른 것이다. 무릇 진秦 이전의 서적에 있는 "죄고罪罟"는 곧 "망고網罟"와 같은 글자인데, 어찌 《집전》에서는 "형벌과 죄를 받아 그물망에 걸리게 되다刑罪爲之網罟"라고 한 것인가? 어찌 이 글자를 안다고 말할 수 있겠는가?

어떤 이가 말했다. 주자는 멀리는 《모전》을 근본으로 하고 가까이는 소씨蘇氏蘇轍《詩集傳》를 인용하였는데, 이는 주자 이전에 있었던 것이다.

---

[95] 《맹자·등문공상》滕文公問爲國. 孟子曰 : 「民事不可緩也. 《詩》云 : 《晝爾于茅, 宵爾索綯 ; 亟其乘屋, 其始播百穀.》《집주》"綯, 絞也."

나는 말하였다. 《소아·면만綿蠻》"면만황조綿蠻黃鳥"의 경우, 비록 주자 이전에 장락長樂 유씨劉氏가 "면만綿蠻"을 "새소리"로 훈석한 것이 있었지만,[96] 결국에는 마땅히 《모전》"면만綿蠻은 작은 새의 모양이다綿蠻, 小鳥貌"와 《한시韓詩설군장구薛君章句》"면만綿蠻은 무늬있는 모양이다綿蠻, 文貌"를 따르는 것이 옳다. 《대아·영대靈臺》"백조학학白鳥翯翯"의 경우, 비록 주자 이전에 오신五臣《문선文選》주註 "학학翯翯은 하얀 모양이다翯翯, 白貌"가 있지만, 결국에는 마땅히 《모전》"학학翯翯은 살찌고 윤택남이다翯翯, 肥澤也", 《설문》"새가 하얗게 살쪄서 윤택나는 모양이다鳥白肥澤兒", 《자림字林》"새가 하얗게 살쪄서 윤택한 것을 학翯이라 한다鳥白肥澤曰翯"를 따르는 것이 옳다. 진실로 어떤 설이 있다고 해서 전해져 내려오던 훈고를 폐기할 수는 없는 것이다.

어떤 이가 물었다. 그대는 주자학朱子學에 대해서 평소 망극한 은혜를 입었다고 말했는데, 어찌 지금 그것을 비난함이 이와 같은가?

나는 대답하였다. 감히 비난하고자 함이 아니다. 바로 맹자孟子를 예로 들어 논의해보면, 맹자가 지은 7편 내에도 대해大海로 주입되고 강수江水로 주입되는 곳[97]이 오히려 지세地勢와 어긋남이 있고, 갑자기 백균百鈞, 三千斤을 드는 것[98]과 같이 사람들이 이해하기 어려운 것은 글을 만들어 가는 과정의 실수인데, 어찌 일찍이 그것으로 성현聖賢을 폄하할 수 있겠는

---

96 주자 《시집전》은 이 훈석을 따랐다.
97 《맹자·등문공상》禹疏九河, 瀹濟漯, 而注諸海；決汝漢, 排淮泗, 而注之江, 然後中國可得而食也.
98 《맹자·양혜왕상》曰：「有復於王者曰：《吾力足以舉百鈞》, 而不足以舉一羽；《明足以察秋毫之末》, 而不見輿薪, 則王許之乎?》《맹자·고자하》曰：「奚有於是? 亦爲之而已矣. 有人於此, 力不能勝一匹雛, 則爲無力人矣；今曰舉百鈞, 則爲有力人矣.

가? 맹자가 이미 이와 같으니, 주자도 또한 알 수 있다.

어떤 이가 물었다. 그대가 과거科舉공부를 할 때는《집주》를 따름에 조금의 어긋남도 없었을 것인데, 어찌 유독 책을 저술함에는 그렇지 않은 것인가?

나는 대답하였다. "지금 시행되고 있으니, 나는 주周나라를 따르겠다今用之, 吾從周"[99]라고 하였고, 또한 "찬란하게 빛남이여! 나는 주나라를 따르겠다郁郁乎文哉! 吾從周"[100]라고 하였으니, 이는 경經을 배우는 학생이 주설註說을 따르는 것이다. 우리 같이 성인聖人의 경經을 궁구하는 자들은 스스로 옛것에 박식하고 정밀하게 선택해야만 하고 어떤 한 선생의 말에 올곧게 얽매일 필요는 없다. 따라서 하夏나라의 책력을 행하고 은殷의 수레를 타며 주周나라의 면류관을 쓰는 것과 같은 법法이 성인聖人이 살던 당시에도 또한 아울러 행하여지고 어긋나지 않았다. 또한 함부로 경솔하게 선유先儒를 논의하는 죄는 작지만 선유先儒를 왜곡하고 구속하여 성현聖賢의 종지가 끝내 천하 후세에 밝혀지지 않게 한 죄는 크다. 나는 죄의 작은 것에 거居하고자 할 뿐이다. 주자가 일찍이 말하길 "일부《논어》는 늙도록 읽어도 해석을 다 할 수 없다一部《論語》, 白頭亦解說不盡"고 하였다. 따라서 역책易簀, 臨終하기 3일 전에도 손수 "성의誠意"장章의 주해를 바꾸었다. 또한 매번《역본의易本義》의 오류를 다시 정리하려고도 하였으니, 성현聖賢에게 유감이 없기를 구하였으나 이미 만족하지 못했던 것이 아니겠는가? 후대의

---

99 《중용장구》28장 : 夏禮, 吾能言之, 杞不足徵也 ; 殷禮, 吾學之, 有宋存焉. 吾學周禮, 今用之, 吾從周.
100 《논어 · 팔일》周監於二代, 郁郁乎文哉! 吾從周.

학자들은 오히려 고달프게 과거공부의 식견으로 경문을 궁구하려 한다. 주자의 영혼이 있다면, 진실로 그것이 꼭 식견 있는 것이 아니라고 할 것이다.

원문

又按 : 顧氏《音學五書》古音分爲十部, 第二部以去聲十九"代", 入聲二十四"職", 二十五"德"通爲一. 予因悟《孟子》"放勳曰"節亦皆韻協. 何者? "來"與 "倈"同在"代"韻, "直", "翼"在"職"韻, "得", "德"在"德"韻, 合前"躬", "中", "窮", "終"同出一"東", 何堯矢口輒爾諧聲? 亦一異聞.

번역 우안又按

고염무《음학오서音學五書》에서 고음古音을 10부部로 나누었는데, 제2부는 거성去聲19 "대代", 입성入聲24 "직職", 25 "덕德"을 통하여 하나로 하였다. 나는 이로 인하여《맹자·등문공상》"방훈왈放勳曰"[101] 구절이 또한 모두 운협韻協임을 깨닫게 되었다. 어째서인가? "래來"는 "래倈"와 더불어 모두 "대代"운韻에 있고, "직直", "익翼"은 "직職"운韻이며, "득得", "덕德"은 "덕德"운韻에 있으니, 앞의 "궁躬", "중中", "궁窮", "종終"[102]이 동일하게 "동東"운韻에서 나온 것과 합치하니, 어찌 요堯가 입을 열면 반드시 성운聲韻이 조화로운 것인가? 또한 하나의 새롭고 신기한 지식이다.

---

101 《맹자·등문공상》放勳曰 :《勞之來之, 匡之直之, 輔之翼之, 使自得之, 又從而振德之.》
102 《논어·요왈》堯曰 咨爾舜! 天之曆數在爾躬, 允執其中. 四海困窮, 天祿永終.

又按：古經殘闕, 見于他書, 可信者莫尙《論語》"咨爾舜"二十二字,《孟
子》"勞之來之"二十二字, 俱未爲古文所襲用, 以無處湊泊. 故《大禹謨》一用
"天之歷數在爾躬"等句, 韻不貫, 義相左, 其敗立見. 次則《禹貢》"至于大伾"
之下,"北過洚水"之上, 太史公補出三十字, 曰"於是禹以爲河所從來者高, 水
湍悍, 難以行平地, 數爲敗, 乃廝二渠以引其河". 二渠者一出貝丘, 一漯川,
西漢末始并行漯川. 當太史公時, 宣房旣塞, 道河北行, 二渠復禹舊迹, 負薪
從行, 得於目擊, 故載之《河渠書》. 禮失而求諸野, 官失而學諸夷, 詎不信哉?

번역 **우안又按**

고경古經의 잔궐殘闕은 다른 책에도 보이는데, 믿을 수 있는 것은《논어
· 요왈》"자이순咨爾舜" 22자와《맹자 · 등문공하》"노지래지勞之來之" 22자
보다 더 나은 것이 없으니, 모두 고문古文에 습용襲用되지 않은 것은 포섭
할 곳이 없기 때문이었다. 그러므로《대우모》에 한 번 습용된 "하늘의 역
수曆數가 너의 몸에 있다天之歷數在爾躬" 등의 구절[103]은 운韻이 일관되지 않고,
의미가 서로 충돌하여 그 패착이 드러난다. 다음은《우공》"대비大伾에 이
르며至于大伾"와 "북쪽으로 홍수洚水를 넘다北過洚水"[104] 사이에, 태사공은 30
자를 보충하기를 "이때에 우禹는 하수河水가 높은 지대에서 흘러와서 수

---

[103]《대우모》帝曰, 來禹, 洚水儆予. 成允成功, 惟汝賢. 克勤于邦, 克儉于家, 不自滿假, 惟汝賢.
汝惟不矜, 天下莫與汝能. 汝惟不伐, 天下莫與汝爭功. 予懋乃德, 嘉乃丕績. 天之曆數在汝
躬. 汝終陟元后.

[104]《우공》(雍州) 導河積石, 至于龍門. 南至于華陰, 東至于底柱, 又東至于孟津. 東過洛汭, 至于
大伾. 北過洚水, 至于大陸. 又北播爲九河, 同爲逆河入于海.

세가 급하고 세기 때문에 평지로 흘러들기에는 쉽지 않아서 여러 차례 치수에 실패한 것이라고 여기고, 이에 이곳 대비산에서 두 물줄기二渠로 나누어서 하수를 이끌었다於是禹以爲河所從來者高, 水湍悍, 難以行平地, 數爲敗, 乃廝二渠以引其河"[105]고 하였다. 두 물줄기의 하나는 패구貝丘에서 나왔고, 하나는 탑천漯川인데, 서한西漢 말엽에 비로소 탑천漯川과 함께 흘렀다. 태사공 당시에 선방궁宣房宮을 지어 이미 물길을 막아[106] 하수를 북쪽으로 흐르도록 인도하였는데, 두 물줄기가 우禹의 구적舊迹을 회복한 것이므로 어려운 상황에서도 따라다니며 눈으로 직접 보고《하거서》에 수록한 것이다. 예禮가 없어지면 들에서 구하고禮失而求諸野,[107] 관제官制가 없어지면 이족夷族에게서 배운다고 한 것을 어찌 믿지 않겠는가?

원문

又按：向謂作僞《書》多因其時之所尙. 此《書》出魏晉間, 少前則《三國志》.《志》載明帝詔曰："山陽公深識天祿永終之運, 禪位文皇帝." 又曰："山陽公昔知天命永終於己, 深觀歷數, 久在聖躬." 陳留王奐咸熙二年十二月壬戌"天祿永終, 歷數在晉, 詔禪位於晉嗣王". 此方解"終"是畢也, 盡也, 與《大禹謨》解同. 蓋人之解, 有恪遵師說者, 如《王基傳》："散騎常侍王肅註諸經傳解及論定朝儀, 改易鄭玄舊說, 而基據持玄義, 常與抗衡." 王基者, 康成之門人也. 有一時風尙, 不相謀而說適合者, 如《李譔傳》："著古文《易》,《尙

---

105 《사기 · 하거서(河渠書)》.
106 제94.《채전》이 송조(宋朝)의 여지(輿地)를 외지 못함을 논함에 보인다.
107 《한서 · 예문지(藝文志)》.

書》,《毛詩》,《三禮》,《左氏傳》,《太玄指歸》, 皆依准賈, 馬, 異於鄭玄. 與王

氏殊隔, 初不見其所述, 而意歸多同." 李譔者, 蜀儒也. 合以"大兵一放, 玉石

俱碎"等語, 益驗《書》出魏晉間, 即魏晉間人之手筆云爾.

번역 **우안又按**

　예전 말한 바와 같이, 위僞《서》를 지을 때는 그 당시에 숭상했던 것에

많이 기인하였다. 이《서》는 위진魏晉 연간에 출현하였으므로, 조금 이전

은 곧《삼국지三國志》이다.《위지魏志》에 위魏 명제明帝가 조칙내리기를 "산

양공山陽公, 漢獻帝 劉協은 천록天祿이 영원히 끝난 운運임을 잘 알았으므로 문

황제文皇帝, 曹丕께 선위하였다山陽公昔知天命永終於己, 深觀歷數, 久在聖躬"고 기록하였

고, 또 "산양공山陽公은 예전에 자기에게서 천명天命이 영원히 끝났음을 알

았지만, 역수歷數를 깊이 관찰하여 오랫동안 성체聖體를 보존하였다山陽公昔

知天命永終於己, 深觀歷數, 久在聖躬"고 하였다. 위魏 진류왕陳留王 환奐은 함희咸熙2년

265 12월 임술일壬戌日에 "천록天祿이 영원히 끝나서 역수歷數가 진晉에 있으

니, 조서로서 진晉 사왕嗣王에게 선위한다天祿永終, 歷數在晉, 詔禪位於晉嗣王"고 하

였다. 이 문장들은 "종終"을 마침畢, 다함盡으로 해석한 것으로《대우모》

의 주해와 같다. 사람들의 주해 가운데 사설師說을 삼가 따르는 것이 있으

니,《삼국지 · 위지 · 왕기전王基傳》의 "산기상시散騎常侍 왕숙王肅이 뭇 경전經

傳을 주해하고 조의朝儀를 제정하면서 정현鄭玄의 구설舊說을 개역改易하였으

나, 왕기王基는 정현의 주해를 견지하여 항상 왕숙에 대항하였다散騎常侍王肅

註諸經傳解及論定朝儀, 改易鄭玄舊說, 而基據持玄義, 常與抗衡"의 경우, 왕기王基는 정강성鄭康

成의 문인門人이었다. 한때에 유행하여 서로 논의하지 않고도 그 설이 똑

같은 경우도 있는데, 《삼국지·촉지·이선전李譔傳》의 "(이선李譔은) 고문
《역》, 《상서》, 《모시》, 《삼례三禮》, 《좌씨전左氏傳》, 《태현지귀太玄指歸》를 지
었는데, 모두 가규賈逵, 마융馬融의 설에 의거하였고, 정현鄭玄과는 달랐다.
왕숙王肅과는 지역적으로 멀리 떨어져 애초에 왕숙의 저술을 보지 못했으
나 그 뜻이 대부분 동일하게 귀결되었다著古文《易》, 《尙書》, 《毛詩》, 《三禮》, 《左氏傳》,
《太玄指歸》, 皆依准賈, 馬, 異於鄭玄. 與王氏殊隔, 初不見其所述, 而意歸多同"고 하였는데, 이선李
譔은 촉유蜀儒이다. "대군을 한 번에 풀어놓으면 옥과 돌이 모두 부서지다
大兵一放, 玉石俱碎" 등의 말이 합치하니,[108] 《서》가 위진魏晉 연간에 나왔으며,
곧 위진 연간의 사람의 손에서 써진 것임을 더욱 징험해준다.

---

[108] 제64. 《윤정》의 "옥과 돌이 모두 불탄다"(玉石俱焚)는 말이 위진 연간에 나온 것임을 논
함에 보인다.

제104. 태강太康 실국失國 당시에 어머니는 이미 계시지 않았고, 다섯 형제가 어머니를 모시고 갔다는 것이 망언妄言임을 논함

원문

余向以史遷受逸《書》二十四篇內有《胤征》, 見其文與《書·小序》無異, 故以《序》爲可信, 載入《夏本紀》. 今且見《五子之歌·序》亦然. 《序》曰"太康失邦", 此必太康淫樂縱欲, 羿以彊諸侯代有夏政, 遂喪其宗社. 又曰"昆弟五人須于洛汭, 作《五子之歌》", 此必仲康等以羿實逼處, 相率出奔, 須于洛水之北, 作歌敍怨, 必非太康以久畋失國, 又必非兄弟五人盡從而田, 且奉垂白之母以行也者. 馮景山公以書來曰:"近讀《五子之歌》, 至'厥弟五人御其母以從', 揷此冗句, 殊不可曉. 且即如太康出畋, 於其母何與? 婦人無外事, 迎送不出門, 禮也, 豈合從子盤遊耶? 又豈厥弟五人逆知后羿將距于河, 遂蚤御其母以從耶? 果爾, 則當垂涕泣而道諫止其兄以篤親親之誼可也. 既知而不言, 坐待其敗, 雖作歌以敍怨, 亦何及哉?"余答之曰:"此辨誠善, 解同孔安國. 然金氏《前編》謂'太康在外忘反, 而羿入都簒國, 故五子御母避難, 迹太康所之, 逾河而南以從之, 望太康以圖復國, 故于洛汭而不至洛表', 又將何以辨? 孔穎達《疏》:'史述太康之惡既盡, 然後言其作歌, 故令「羿距」之文乃在「母從」之上, 行文之勢宜然.'金氏意則御母以從原在距于河之後, 事實宜然, 亦最有理. 則此辨雖善, 恐未足以服作僞者之心."山公語塞. 余曰:"不若直以其母斷之, 而知必無是事也."山公問故, 余曰:"禹言:'予創若時, 娶于塗山, 辛, 壬, 癸, 甲, 啓呱呱而泣, 予弗子, 惟荒度土功.'蓋禹自堯七十二載乙卯受命平水土, 則娶塗山氏女當在丁巳, 戊午啓生, 即次歲, 方去癸亥告成功

之年頗遠, 故中間數年, 得三過其家門. 啓以生于戊午計, 歷堯之崩與舜之崩,
俄而禹崩, 及啓即位改元歲丙戌, 年已八十九矣. 所以享國僅七年, 壽九十五
而終. 竊以是時其元妃未必存, 況又歷太康十九年歲辛亥, 方有失國之禍? 使
啓若存, 壽一百一十四歲. 古男子三十而娶, 女子二十嫁, 此蓋言其大限. 若
國君, 則十五而生子, 禮也, 妃定與之齊年, 天子何獨不然? 是仲康等御其母
以從, 母年當一百一十有四矣. 《莊子》言'人上壽百歲, 中壽八十, 下壽六十',
惟堯, 舜逾上壽之外, 他不少概見. 然則太康失國時, 固已無復母存矣. 昔有人
毀直不疑善盜嫂, 不疑曰 : '我乃無兄.' 帝問第五倫 : '聞卿爲吏笞婦公?' 倫
對曰 : '臣三娶妻皆無父.' 故柳宗元合而言曰 : '故有無兄盜嫂, 娶孤女云搰
婦翁者.' 余於《五子之歌》之母也亦然." 山公爲大笑.

번역

　　나는 예전에 사마천이 받아본 일逸《서》24편 안에《윤정》편이 있었고,
그 문장이《서·소서小序》와 다른 점이 없는 것을 보았으므로《서序》를 믿
을 수 있는 것이라고 여기고《하본기夏本紀》에 수록하였다고 하였다. 다시
지금《오자지가·서序》를 보니 또한 그러하였다.《서序》에 "태강이 나라
를 잃었다太康失邦"[109]고 하였는데, 이것은 필시 태강太康이 즐거움을 지나
치게 하고 욕구를 따랐으므로 예羿가 강한 제후諸侯로 하夏의 정사를 대신
하려 하였고, 마침내 하나라의 종사宗社가 상실된 것이다. 또《서序》는 "태
강의 형제 다섯 사람이 낙수洛水의 북쪽에서 기다리면서《오자지가》를 지

---

[109]《서(序)》太康失邦, 昆弟五人須于洛汭, 作《五子之歌》.

었다昆弟五人須于洛汭, 作《五子之歌》"고 하였는데, 이는 필시 중강仲康 등이 예羿가 실제로 핍박해옴으로 인해 달아나 낙수洛水의 북쪽에서 기다리면서 노래를 지어 원망함을 표현한 것이지, 결코 태강太康이 사냥을 오랫동안 하여 실국失國한 것 때문이 아니며, 또한 결코 형제 다섯 명이 모두 따라서 사냥을 간 것도 아니며, 또한 백발의 모친을 모시고 간 것도 아니다.

풍경馮景, 1652~1715, 자 산공(山公)이 서신을 보내왔다.

"근래에 《오자지가》를 읽다가, '그太康의 아우 다섯 사람이 어머니를 모시고 (사냥을) 따라갔다厥弟五人御其母以從"에 이르러 이 쓸데없는 구절을 삽입하여 전혀 이해할 수 없게 되었다. 또한 태강이 사냥을 나간 것이 그 어머니와는 무슨 상관인가? 부인婦人은 바깥 일이 없으니 영접하고 전송함에 문을 나서지 않는 것이 예禮인데, 어찌 자식을 따라 놀러 나감이 합당하겠는가? 또한 어찌 그 아우 다섯 사람은 후예后羿가 장차 하수를 막아설 것이라는 것을 미리 알았는데도, 끝내 일찍이 자기 어머니를 모시고 (사냥을) 따라간 것인가? 과연 그렇다면, 마땅히 눈물을 흘리며 자기 형이 사냥을 그만두도록 간언하여 친친親親의 마땅함을 돈독하게 하는 것이 옳았을 것이다. 이미 다 알았으면서도 말하지 않고 앉아서 정사의 실패를 기다렸다면, 비록 노래를 지어 원망함을 서술했더라도 무슨 소용이 있겠는가?"

나는 다음과 같이 대답하였다.

"그 변론이 진실로 좋고, 해석이 공안국孔安國과 같다.[110] 그러나 김이상

---

110 《오자지가》厥弟五人御其母以從. 《공전》御, 待(侍)也, 言從畋.

金履祥《전편前編》에서 '태강太康이 바깥에 있으면서 돌아오는 것을 망각하니, 예羿가 도읍으로 들어가 나라를 찬탈하였으므로, 다섯 명이 어머니를 모시고 피난을 떠나 태강이 있는 곳으로 따라갔는데, 하수河水를 넘어 남쪽으로 그를 따라가서 태강이 복국復國을 도모하기를 바랐으므로, 낙수洛水 가에 이르렀으나 낙수 바깥으로 가지 않은 것이다太康在外忘反, 而羿入都篡國, 故五子御母避難, 迹太康所之, 逾河而南以從之, 望太康以圖復國, 故于洛汭而不至洛表' 하였으니, 또한 무엇으로 변론할 것인가? 공영달《소》에 '사관史官이 태강의 악행을 이미 다 기술하고 난 뒤에 그들이 노래를 지은 것을 말하였기 때문에 「예가 하수를 막아서다」羿距의 문장이 「어머니를 모시고 따라가다」母從의 앞에 놓인 것이니, 글을 써 내려가는 형세가 마땅한 것이다史述太康之惡既盡, 然後言其作歌, 故令「羿距」之文乃在「母從」之上, 行文之勢宜然' 라 하였다. 김이상의 뜻은 어머니를 모시고 따라 간 것이 원래 예羿가 하수를 막은 이후에 있었다는 것이고, 사실이 마땅히 그러함으로 또한 가장 일리가 있다. 그렇다면 이 해석이 비록 좋긴하나, 위작자의 마음을 굴복시키기에는 부족한 것 같다." 산공山公의 말문이 막혔다.

나는 말하였다. "바로 그 어머니로 단정하건대, 그 일이 결코 없었다는 사실을 아는 것만 못하다." 산공山公이 그 연유를 물었고, 나는 대답하였다. "우禹의 말에 '저는 이와 같은 것을 경계하여, 도산씨塗山氏에 장가들어 신辛, 임壬, 계癸, 갑甲 4일밖에 집에 못 있었고, 계啓가 앙앙 울었으나 저는 자식의 이름을 지을 겨를도 없었던 것은 오직 수토水土만을 크게 다스렸습니다予創若時, 娶于塗山, 辛, 壬, 癸, 甲, 啓呱呱而泣, 予弗子, 惟荒度土功'[111]라 하였는데, 대체로 우禹는 요堯 72년 을묘년乙卯年에 수토水土를 다스리라는 명령을 받았으니, 도산씨塗山氏의 여자에게 장가든 해는 마땅히 정사년丁巳年이며, 무오년戊午年에 계啓가 태어났으니 바로 다음해이며, 그로부터 계해년癸亥年에 치수의 성공成功을 고한 해까지는 제법 멀므로, 중간의 수년數年간 자기 집 문을 세 번 지나친 것이다. 계啓가 무오년戊午年에 태어난 것으로 헤아려, 요堯의 붕어崩御와 순舜의 붕어를 거치고, 갑자기 우禹가 붕어함에 계啓가 즉위하여 개원改元한 해가 병술년丙戌年인데, 계의 나이는 이미 89세였다. 향국享國이 겨우 7년이므로, 그의 나이 95세로 생을 마쳤다. 가만히 생각해보건대, 이때에 원비元妃가 반드시 생존했을 리가 없으니, 하물며 태강太康19년 신해년辛亥年에 실국失國의 화禍를 거침에 있어서랴? 설령 계啓가 생존했더라도 나이가 114세이다. 옛날 남자는 30세에 장가들고 여자는 20세에 시집갔는데, 이는 나이의 상한을 말한 것이다. 국군國君의 경우는 15세에 자식을 낳는 것이 예禮였으니 비妃를 정하는 것도 이에 맞추어 같은 해로 하였으니, 천자天子만 유독 그렇지 않았겠는가? 중강仲康 등이 자기 어머니를 모시고 따라갔을 때, 어머니의 나이는 응당 114살이었을 것이다. 《장자莊子 · 도척盜跖》에 '사람의 상수上壽는 100세, 중수中壽는 80세, 하수下壽는 60세이다人上壽百歲 中壽八十 下壽六十'고 하였으니, 오직 요堯, 순舜이 상수上壽를 넘어선 것 외에는 다른 것은 대략도 보이지 않는다. 그렇다면 태강 실국失國 당시에 진실로 어머니가 생존했을 리 없다. 옛날 어떤 사람이 직불의直不疑가 형수와 내통을 잘한다고 비방하였는데, 불의不疑가 말하길 '나는 형이 없다我乃無兄'고 하였다.[112] 광무제光武帝가 제오륜第五倫에게 묻

<hr>

111 《익직》.
112 《사기 · 만석(萬石)장숙(張叔)열전》.

기를 '듣자니, 경卿이 관리로 있을 때 장인을 곤장때렸다고 하던데?' 제오
륜이 대답하기를 '신은 세 번 장가들었는데, 모두 장인이 없었습니다'고
하였다.[113] 따라서 유종원柳宗元이 합하여 말하길 '그래서 형이 없는데 형
수를 훔쳤다느니, 아버지를 잃은 딸에게 장가들었는데 장인을 때렸다느
니 하는 비방을 받은 자들이 있었다故有無兄盜嫂, 娶孤女云撾婦翁者'고 하였다. 나
는《오자지가》의 어머니도 그렇다고 생각한다." 산공山公이 크게 웃었다.

원문

按 : 馮山公又云 : "篇名《五子》, 子者, 有親之稱. 是時父啓已逝, 妄意其
母尙存. 特揷入此句, 只要關合'子'字耳. 不意遇閣徵君發此一篇, 虛空粉碎
矣. 援據辨駁, 亦從十三經注疏來, 但有勝古人處."

번역 안按

　　풍경馮景, 자 산공(山公)이 또 말했다. "편篇을 《오자五子》'라고 명명하였는
데, 자子는 어버이가 계심으로 칭하는 것이다. 이 당시에 아버지 계啓는
이미 돌아가셨는데, 함부로 그 어머니가 생존한 것으로 여긴 것이다. 특
별히 이 구절을 삽입한 것은 단지 '자子'자와 관련지으려 한 것일 뿐이다.
뜻밖에 염징군閻徵君, 閻若璩의 이 편을 발휘하여 그 공허함을 깨부수었다.
변론과 반박에 의거한 것도 또한 십삼경주소에서 온 것이지만, 옛 사람
보다 나은 점이 있다."

113《후한서 · 제오륜(第五倫)열전》.

　姚際恒立方曰 : "因五子稱'子', 憑空撰出一母, 彷彿與《凱風》七子相似. 相似者, 本意爲用此一'怨'字耳. 蓋《孟子》有'《凱風》何以不怨', 則《凱風》不宜怨. 此與《小弁》之詩親與兄之過大, 皆宜怨者也."

　요제항姚際恒, 자 입방(立方)이 말했다. "오자五子에 '자子'라고 칭한 것은, 거짓으로 어머니를 지어내어 《패풍·개풍凱風》[114]의 칠자七子와 유사하게 만든 것이다. 서로 유사한 것은 그 본의本意가 이 하나의 '원怨'자[115]를 사용하기 위함일 뿐이다. 대체로 《맹자·고자하》'《개풍》은 어찌하여 원망하지 않았습니까?《凱風》何以不怨'라 하였으니, 《개풍》은 원망함을 마땅히 여기지 않은 것이다. 《오자지가》는 《소아·소반小弁》 시[116]와 같이 형兄의 큰 허물을 친하게 여긴 것으로 모두 원망함이 마땅한 것이다."

　又按 : 馮山公云 : "'鬱陶乎予心', 用象思舜之語, 又是關合昆弟事, 其巧

---

114 《시·패풍·개풍(凱風)》 凱風自南, 吹彼棘心. 棘心夭夭, 母氏劬勞. 凱風自南, 吹彼棘薪. 母氏聖善, 我無令人. 爰有寒泉?在浚之下. 有子七人, 母氏勞苦. 睍睆黃鳥, 載好其音. 有子七人, 莫慰母心.

115 《오자지가》 厥弟五人, 御其母以從, 徯于洛之汭. 五子咸怨, 述大禹之戒, 以作歌.

116 《맹자·고자하》 公孫丑問曰 : 「高子曰 : 《小弁》, 小人之詩也.」孟子曰 : 「何以言之?」曰 : 「怨.」曰 : 「固哉, 高叟之爲《詩》也!有人於此, 越人關弓而射之, 則己談笑而道之 ; 無他, 疏之也. 其兄關弓而射之, 則己垂涕泣而道之 ; 無他, 戚之也. 小弁之怨, 親親也. 親親, 仁也. 固矣夫, 高叟之爲《詩》也!」曰 : 「《凱風》何以不怨?」曰 : 「《凱風》, 親之過小者也 ; 《小弁》, 親之過大者也. 親之過大而不怨, 是愈疏也 ; 親之過小而怨, 是不可磯也. 愈疏, 不孝也 ; 不可磯, 亦不孝也. 孔子曰 : 《舜其至孝矣, 五十而慕.》」

於作僞如此, 不意却錯認." 詳見《疏證》卷四第五十六.

풍경馮景, 자 산공(山公)이 말했다 : "'슬프도다, 내 심정이여鬱陶乎予心'[117]는 상象이 순舜을 생각하면서 했던 말[118]이니, 이 또한 형제간의 일과 관련이 있으니, 그 위작의 교묘함이 이와 같지만, 뜻하지 않게 도리어 잘못 안 것이다."《소증疏證》권4 제56[119]에 자세히 보인다.

원문

又按 : 穎達《疏》引《說文》曰 : '羿, 帝嚳射官也.' 賈逵曰 : '羿之先祖世爲先王射官, 故帝嚳賜羿弓矢, 使司射.'" 此自出二書. 蔡《傳》乃云 : "賈逵《說文》, 羿, 帝嚳射官", 是賈景伯又有《說文》矣.

번역 우안又按

공영달《소》는 "《설문》에 '예羿는 제곡帝嚳의 사관射官이다'고 하였다. 가규賈逵는 '예羿의 선조가 대대로 선왕의 사관이 되었기 때문에 제곡이 예羿에게 궁시弓矢를 하사하여 활 쏘는 일을 맡게 했다'라고 하였다《說文》

---

117 《오자지가》其五曰, 嗚呼曷歸. 予懷之悲. 萬姓仇予, 予將疇依. 鬱陶乎予心, 顔厚有忸怩. 弗愼厥德, 雖悔可追.

118 《맹자·만장상》萬章曰 : 「父母使舜完廩, 捐階, 瞽瞍焚廩. 使浚井, 出, 從而揜之. 象曰 : 《謨蓋都君咸我績. 牛羊父母, 倉廩父母, 干戈朕, 琴朕, 弤朕, 二嫂使治朕棲.》象往入舜宮, 舜在床琴. 象曰 : 《鬱陶思君爾.》忸怩. 舜曰 : 《惟玆臣庶, 汝其于予治.》不識舜不知象之將殺己與?」

119 제56. 《이아》는 "울도(鬱陶)"를 "희(喜)"의 뜻으로 해석하였는데, 지금의 고문은 "우(憂)"의 뜻으로 잘못 쓴 것을 논함.

曰 : '羿, 帝嚳射官也.' 賈逵曰 : '羿之先祖世爲先王射官, 故帝嚳賜羿弓矢, 使司射'"를 인용하였다.
이 인용은 두 개의 책에서 따로 나온 것이다. 《채전》은 "가규賈逵의 《설
문》에 '예羿는 제곡帝嚳의 사관射官이었다'賈逵《說文》'羿, 帝嚳射官'"라고 하였으
니, 이는 가규賈逵, 자 경백(景伯)의 또 다른 《설문해자說文解字》가 있었다는 것
이다.

又按 : 蔡《傳》:"堯初爲唐侯, 後爲天子, 都陶, 故曰陶唐." 堯爲天子, 實
先都吾晉陽, 後遷平陽府, 從不聞有都陶之事, 眞屬臆語. 即《書》疏,《左氏》
杜《注》,孔《疏》亦不確, 惟《漢書》臣瓚《注》:"堯初居於唐, 後居陶, 故曰陶
唐." 師古曰 : "瓚說非也. 許愼《說文解字》云 : '陶, 丘再成也, 在濟陰.《夏
書》曰 : 「東至陶丘」. 陶丘有堯城, 堯嘗居之, 後居於唐, 故堯號陶唐氏.' 斯得
其解矣." 吾欲取以易蔡《傳》.

번역 우안又按

《오자지가 · 채전》에 "요堯가 처음에 당후唐侯가 되었고, 뒤에 천자가 되
어 도陶에 도읍하였으므로 도당陶唐이라 하였다堯初爲唐侯, 後爲天子, 都陶, 故曰陶唐"
고 하였다. 요堯가 천자가 되어 실제로 먼저 우리 진양晉陽에 도읍하였다
가 이후에 평양부平陽府로 천도하였고, 도陶에 도읍한 사실은 들어보지 못
했으니 진실로 억설에 속한다. 곧 《서書》의 소疏,《좌씨左氏》두주杜注,《공소孔
疏》도 확실하지 않는데, 오직 《한서》 신찬臣瓚《주》는 "요堯는 처음 당唐에
거처했고, 이후 도陶에 거처하였으므로 도당陶唐이라 하였다堯初居於唐, 後居陶, 故

曰陶唐"고 하였다. 안사고顔師古가 말하였다. "신찬臣瓚의 설은 틀렸다. 허신 《설문해자》에 '도陶는 언덕이 중첩되어 만들어진 것으로 제음濟陰에 있다. 《하서》에 「동쪽으로 도구에 이른다」[120]라 하였다. 도구陶丘에 요성堯城이 있었으니, 요堯가 일찍이 그곳에 거주하였고 이후 당唐에 거주하였으므로 요堯를 도당씨陶唐氏로 부른다'고 하였으니, 여기서 그 주해를 얻었다.瓚說非 也. 許愼《說文解字》云: '陶, 丘再成也, 在濟陰. 《夏書》曰: 「東至陶丘.」陶丘有堯城, 堯嘗居之, 後居於唐, 故 堯號陶唐氏.' 斯得其解矣" 나는 이 설을 취하여 《채전》설을 바꾸고자 한다.

원문

又按: 杜氏《釋例》云: "晉,大鹵,大原,大夏,參虛,晉陽, 一地而六名." 余 謂尙不止此. 昭元年曰"唐", 定四年曰"夏虛", 《晉語》曰"實沈之虛", 襄二十四 年曰"陶唐"[杜《注》: "堯所治地, 大原晉陽縣"], 《世本》曰"鄂"[宋忠曰: "鄂 地今在大夏"], 《詩譜》曰"堯墟"[康成曰: "成王封母弟叔虞於堯之故墟, 曰唐 侯"] 又六名皆是也.

번역 우안又按

두예《석례釋例》에 "진晉, 태로大鹵, 태원大原, 태하大夏, 참허參虛, 진양晉陽은 한 지역이면서 여섯 개의 이름이 있다晉, 大鹵, 大原, 大夏, 參虛, 晉陽, 一地而六名"고 하였다.

내 생각에 오히려 여기서 그치지 않는다. 소공昭公원년元年에 "당唐"이라

---

120 《우공》에 "東出于陶丘北"라는 문장이 보인다.

고 하였고,[121] 정공定公 4년에 "하허夏虛"라고 하였으며,[122] 《국어 · 진어晉語》에 "(高辛氏의 막내아들) 실침의 고허實沈之虛"라고 하였으며,[123] 양공襄公 24년에 "도당陶唐"[124][《두주杜注》에 "요堯가 다스리던 지역으로, 대원大原 진양현晉陽縣이다堯所治地, 大原晉陽縣"고 하였다]이라 하였으며, 《세본世本》에 "악鄂"[송충宋忠은 "악鄂땅은 지금의 대하大夏에 있다宋忠曰 : "鄂地今在大夏""고 하였다.]이라 하였으며, 《시보詩譜》에 "요허堯墟"[강성康成은 "성왕成王이 모제母弟 숙우叔虞를 요堯의 고허故墟에 봉하고, 당후唐侯라고 하였다成王封母弟叔虞於堯之故墟, 曰唐侯"고 하였다.]라고 하였는데, 또한 여섯 개의 지명이 모두 해당된다.

<h2>원문</h2>

又按 : 《國語》引《書》曰 : "民可近也, 而不可上也." "上"讀上聲.《五子之歌》易"上"爲"下", 雖義較明, 而味浸薄. 吾最愛賈誼《新書》 : "民者至賤而不可簡也, 至愚而不可欺也. 自古至今, 與民爲仇者, 有遲有速, 而民必勝之." 其言深切, 足警世主. 即《孟子》"今而後得反之"之註腳耳.[姚際恒立方曰 : "《國語》'夫人性, 陵上者也', 故引《書》曰 : '民可近也, 而不可上也.' 此處難用此義, 故改爲'下'."]

---

[121] 《좌전 · 소공원년》遷實沈于大夏, 主參, 唐人是因, 以服事夏商. 其季世曰唐叔虞. 當武王邑姜, 方震大叔, 夢帝謂已, 余命而子曰虞, 將與之唐, 屬諸參而蕃育其子孫. 及生有文在其手, 曰虞, 遂以命之.

[122] 《좌전 · 정공4년》分唐叔以大路, 密須之鼓, 闕鞏姑洗, 懷姓九宗, 職官五正, 命以唐誥而封於夏虛.

[123] 《국어 · 진어(晉語) 4》實沈之墟, 晉人是居, 所以興也.

[124] 《좌전 · 양공24년》宣子曰, 昔丐之祖, 自虞以上爲陶唐氏, 在夏爲御龍氏, 在商爲豕韋氏, 在周爲唐杜氏, 晉主夏盟爲范氏, 其是之謂乎.

《국어 · 주어중周語中》에 《서》의 "백성은 가까이할 수는 있어도 그들의 위에 군림君臨할 수는 없다民可近也, 而不可上也"를 인용하였는데, "상上"을 상성上聲으로 읽었다. 《오자지가》는 "상上"을 "하下"로 바꾸어,[125] 비록 의미가 비교적 명확해졌으나, 고미古味가 옅어졌다.

내가 가장 아끼는 가의賈誼 《신서新書》의 "백성은 지극히 천하지만 함부로 할 수 없고, 지극히 우둔하지만 속일 수 없다. 예로부터 지금에 이르기까지, 백성의 원수가 된 자는 더딤과 빠름의 차이가 있지만, 백성이 반드시 그를 이긴다民者至賤而不可簡也, 至愚而不可欺也. 自古至今, 與民爲仇者, 有遲有速, 而民必勝之"라는 말이 매우 간절하여 후세 군주를 경계시키기에 충분하다. 곧 《맹자 · 양혜왕하》"(백성이) 지금에서야 되갚음을 한 것이다今而後得反之"의 주석注釋인 것이다. [요제항姚際恒, 자 입방(立方)이 말하였다. "《국어 · 주어중》 '사람의 본성은 남의 위에 있는 사람을 능가하려 한다夫人性, 陵上者也'"고 하였으므로 《서》의 '백성은 가까이할 수는 있어도 그들의 위에 군림할 수는 없다民可近也, 而不可上也'를 인용한 것이다. 《오자지가》에서는 이 의미를 사용하기에 어려웠으므로 '하下'로 고친 것이다.]

원문

又按 : 柳宗元言出《魏武帝紀》建安十年九月令.

---

125 《오자지가》其一曰, 皇祖有訓. 民可近, 不可下. 民惟邦本. 本固邦寧.

유종원柳宗元의 말[126]은《삼국지·위지·무제기武帝紀》건안建安 10년 9월 령令[127]에 보인다.

---

[126] 《삼국지·위지(魏志)·무제기》"그래서 형이 없는데 형수를 훔쳤다느니, 아버지를 잃은 딸에게 장가들었는데 장인을 때렸다느니 하는 비방을 받은 자들이 있었다."(故有無兄盜嫂, 娶孤女云撾婦翁者)

[127] 《삼국지·위지(魏志)·무제기》"昔直不疑無兄, 世人謂之盜嫂, 第五伯魚三娶孤女, 謂之撾婦翁, (…중략…) 此皆以白爲黑, 欺天罔君者也."

제105. 백편 소서小序는 복생이 보지 못한 것이나, 실제로 주진周秦 연간에 나온 것임을 논함

원문

百篇《序》謂之《小序》, 伏生時猶未得《小序》,《盤庚》三篇合爲一,《康王之誥》合於《顧命》, 孔安國始據以序古文《書》. 兩漢諸儒並以爲孔子作[《孔子世家》云"序《書傳》, 上紀唐虞, 下至秦繆", 似以《序》出自孔氏云.], 故寧屈經以從《序》, 而不顧其說之不可通. 有宋諸儒出, 始力排之, 排之誠是也. 朱子謂"是周秦間低手人所作", 尤屬特見. 蓋非周秦間不能備知百篇之名, 非低手人亦不應說之如是庸且妄也. 余獨愛百篇名目確然可信, 何則? 壁中《書》出, 除錯亂摩滅及僞《泰誓》, 凡得五十五篇, 無一篇名溢於《序》之外者, 則可證《小序》所載諸目爲無遺漏. 朱子亦嘗合爲一篇以附卷末. 但仍梅氏之舊本而未悉復賈逵,鄭康成之次第, 猶未古. 余故釐次之於左：昔在帝堯, 聰明文思, 光宅天下, 將遜于位, 讓于虞舜, 作《堯典》. 虞舜側微, 堯聞之聰明, 將使嗣位, 歷試諸難, 作《舜典》. 帝釐下土, 方設居方, 別生分類, 作《汨作》,《九共》九篇,《槀飫》. 皐陶矢厥謨, 禹成厥功, 帝舜申之, 作《大禹》,《皐陶謨》,《益[馬,鄭,王本作棄]稷》. 禹別九州, 隨山濬川, 任土作《貢》. 啓與有扈戰于甘之野, 作《甘誓》. 太康失邦, 昆弟五人須于洛汭, 作《五子之歌》. 羲和湎淫, 廢時亂日, 胤往征之, 作《胤征》. 自契至于成湯八遷, 湯始居亳, 從先王居, 作《帝告》,《釐沃》. 湯征諸侯, 葛伯不祀, 湯始征之, 作《湯征》. 伊尹去亳適夏, 既醜有夏, 復歸于亳, 入自北門, 乃遇汝鳩,汝方, 作《汝鳩》,《汝方》. 湯既勝夏, 欲遷其社, 不可, 作《夏社》,《疑至》,《臣扈》. 伊尹相湯伐桀,升自陑, 遂與桀戰于鳴條之野, 作《湯誓》. 夏師敗績, 湯遂從之, 遂伐三朡, 俘厥寶玉, 誼伯,仲伯作《典寶》. 湯歸自夏, 至于大坰, 仲虺作《誥》. 湯既黜夏命, 復歸于亳, 作《湯誥》. 伊尹作《咸有一德》. 咎單作《明居》. 成湯既沒, 太甲元年, 伊尹作《伊訓》,《肆命》,《徂后》. 太甲既立, 不明, 伊尹放諸桐, 三年, 復歸于亳, 思庸, 伊尹作《太甲》三篇. 沃丁既葬伊尹于亳, 咎單遂訓伊尹事, 作《沃丁》. 伊陟相太戊, 亳有祥桑,穀共生于朝, 伊陟贊于巫咸, 作《咸乂》四篇. 太戊贊于伊陟, 作《伊陟》,《原命》. 仲丁遷于囂, 作《仲丁》. 河亶甲居相, 作《河亶甲》. 祖乙圯于耿, 作《祖乙》. 盤庚五遷, 將治亳, 殷民咨胥怨, 作《盤庚》三篇. 高宗夢得說, 使百工營求諸野, 得諸傅巖, 作《說命》三篇. 高宗祭成湯, 有飛雉升鼎耳而雊, 祖己訓諸王, 作《高宗肜日》,《高宗之訓》. 殷始咎周, 周人乘黎, 祖伊恐, 奔告于受, 作《西伯戡黎》. 殷既錯天命, 微子作《誥》父師少師. 惟十有一年, 武王伐殷, 一月戊午師渡孟津, 作《泰[本作“大”, 自顧彪解作“泰”, 孔穎達因之, 誤至今]誓》三篇. 武王戎車三百兩, 虎賁三百人, 與受戰于牧野, 作《牧誓》. 武王伐殷, 往伐歸獸, 識其政事, 作《武成》. 武王勝殷殺受, 立武庚, 以箕子歸, 作《洪範》. 武王既勝殷, 邦諸侯班宗彝, 作《分器》. 西旅獻獒, 太保作《旅獒》. 巢伯來朝, 芮伯作《旅巢命》. 武王有疾[馬本有“不豫”二字], 周公作《金縢》. 武王崩, 三監及淮夷叛, 周公相成王, 將黜殷, 作《大誥》. 成王既黜殷命, 殺武庚, 命微子啓代殷後, 作《微子之命》. 唐叔得禾, 異畝同穎, 獻諸天子, 王命唐叔歸周公于東, 作《歸禾》. 周公既得命禾, 旅天子之命, 作《嘉禾》. 成王既伐管叔,蔡叔, 以殷餘民封康叔, 作《康誥》,《酒誥》,《梓材》. 成王在豐, 欲宅洛邑, 使召公先相宅, 作《召誥》. 召公既相宅, 周公往營成周, 使來告卜, 作《洛誥》. 成周既成, 遷殷頑民, 周公以王命誥, 作《多士》. 周公作《無逸》. 召公爲保, 周公爲師, 相成王爲左右, 召公不說, 周公作《君奭》. 成王東伐淮夷, 遂踐奄, 作《成王政》[馬本作"正"]. 成王既踐奄, 將遷其君於蒲[馬本作"薄"]姑, 周公告召公, 作《將蒲姑》. 成王歸自奄, 在宗周誥庶邦, 作《多方》. 成王既黜殷命, 滅淮夷, 還歸在豐, 作《周官》. 周公作《立政》. 成王既伐東夷, 肅[馬本作"息"]愼來賀, 王俾[馬本作"辨"]榮伯作《賄肅愼之命》. 周公在豐, 將沒, 欲葬成周; 公薨, 成王葬于畢, 告周公, 作《亳姑》. 周公既沒, 命君陳分正東郊成周, 作《君陳》. 成王將崩, 命召公,畢公率諸侯相康王, 作《顧命》[馬本有"成王崩"三字]. 康王既尸天子, 遂告諸侯, 作《康王之誥》. 康王命作冊畢分居里, 成周郊, 作《畢命》. 穆王命君牙爲周大司徒, 作《君牙》. 穆王命伯冏爲周太僕正, 作《冏命》. 蔡叔既沒, 王命蔡仲踐諸侯位, 作《蔡仲之命》. 魯侯伯禽宅曲阜, 徐夷並興, 東郊不開[馬本作"闢"], 作《費誓》. 呂命穆王訓夏贖刑, 作《呂刑》. 平[馬本無]王錫[馬本作"賜"]晉文侯秬鬯圭瓚, 作《文侯之命》. 秦穆公伐鄭, 晉襄公帥師敗諸崤, 還歸, 作《秦誓》.

번역

백편《서序》를《소서小序》라고 하는데, 복생伏生 당시에는 오히려《소서》를 얻지 못하였으므로《반경》3편은 합하여 1편으로 하였고,《강왕지고康王之誥》는《고명》에 합해져 있었는데, 공안국孔安國이 처음 이《소서》를 가지고 고문古文《서書》를 차례 지었다. 양한兩漢의 제유諸儒들은 모두 이《소서》를 공자孔子의 저작 [《사기 · 공자세가》에 "《서전書傳》을 차례 지었으니, 위로는 당우唐虞를 기록하고 아래로는 진秦목공繆公에 이르렀다序《書

傳), 上紀唐虞, 下至秦繆"고 하였으니, 이 《서序》가 공자로부터 나왔음을 말한 것 같다]이라고 여겼으니, 따라서 차라리 경문經文을 굽혀 《서序》를 따를지언정, 《서序》설이 통하지 않는 것은 거들떠보지 않았다. 송宋의 제유諸儒가 출현하면서, 비로소 극력 《소서》를 배척하였으니, 배척함이 진실로 옳았다. 주자의 "이 《소서》는 주진周秦 연간의 학식이 낮은 사람의 손으로 지어진 것이다是周秦間低手人所作"[128]고 한 말은 더욱 특별한 견해에 속한다. 대체로 주진周秦 연간의 사람이 아니라면 백편의 편명을 다 알 수 없으며, 학식이 낮은 사람이 아니라면 이와 같이 용졸하고 망령되지도 않았을 것이다. 나는 오직 백편의 명목名目을 아끼며, 확실히 믿을 만한 것이라고 생각하는데, 왜 그러한가? 벽중壁中 《서書》가 나왔을 때, 착란되거나 마멸된 것과 위僞 《태서泰誓》를 제외하고, 모두 55편을 얻은 것 가운데 단 하나의 편명도 《서序》를 벗어난 것이 없었으니, 《소서小序》에 실린 모든 편목에 누락된 것이 없음을 증명한 것이다. 주자朱子 역시 일찍이 《소서小序》를 하나의 편으로 합하여 권말卷末에 부록하였다. 다만 매색의 구본舊本을 따르면서 가규賈逵와 정강성鄭康成의 차례를 다 회복하지 못하여 여전히 옛 모습은 아니다. 따라서 내가 다음과 같이 차례를 바로잡는다.

옛날 제요帝堯가 귀가 밝고 명석하고 문채가 찬란하고 사려가 깊어 광덕이 천하에 빛났으니, 장차 지위를 양보하여 우순虞舜에게 선양禪讓하면서 《요전》을 지었다昔在帝堯, 聰明文思, 光宅天下, 將遜于位, 讓于虞舜, 作《堯典》.

우순虞舜은 거처가 누추하고 신분이 비천하였지만, 제요帝堯가 그의 총

---

128 《주자어류》 권78.

명함을 듣고 장차 제위帝位를 계승시키기 위하여 여러 가지 일을 시험하면서《순전》을 지었다虞舜側微, 堯聞之聰明, 將使嗣位, 歷試諸難, 作《舜典》.

제순帝舜이 하토下土를 다스리며 바야흐로 관직을 설치하여 그 자리에 머물게 하고, 족속을 구별하고 종류를 분별하며《골작》,《구공》9편,《고어》를 지었다帝釐下土, 方設居方, 別生分類, 作《汨作》,《九共》九篇,《槀飫》.

고요皐陶는 자기의 큰 계책을 진달하고, 우禹는 자기의 공功을 이루니, 제순帝舜이 거듭 아름답게 여기며《대우大禹》,《고요모皐陶謨》,《익益[마융, 정현, 왕숙 본本은 기棄로 썼다]직稷》을 지었다皐陶矢厥謨, 禹成厥功, 帝舜申之, 作《大禹》,《皐陶謨》,《益[馬, 鄭, 王本作棄]稷》.

우禹는 구주九州를 분별하여 산을 돌아다니면서 나무를 베고 하천을 깊이 팠으며, 토지에 임하여《우공》을 지었다禹別九州, 隨山濬川, 任土作《貢》.

계啓가 유호씨有扈氏와 감甘의 들에서 싸우고《감서》를 지었다啓與有扈戰于甘之野, 作《甘誓》.

태강太康이 나라를 잃자, 형제 다섯 사람이 낙수洛水의 북쪽에서 기다리면서《오자지가》를 지었다太康失邦, 昆弟五人須于洛汭, 作《五子之歌》.

희씨羲氏와 화씨和氏가 지나치게 술에 빠져서 천시天時를 폐하고 일수日數를 어지럽히므로, 윤후胤侯가 가서 정벌하며《윤정》을 지었다羲和湎淫, 廢時亂日, 胤往征之, 作《胤征》.

설契에서 성탕成湯에 이르기까지 여덟 번 천도遷都하였는데, 탕湯이 비로소 박亳에 살며 선왕先王의 거주지를 따르며《제고帝告》와《이옥釐沃》을 지었다自契至于成湯八遷, 湯始居亳, 從先王居, 作《帝告》,《釐沃》.

탕湯이 제후를 정벌할 때, 갈백葛伯이 제사를 지내지 않음으로 탕湯이 비로소 갈葛을 정벌하며 《탕정》을 지었다湯征諸侯, 葛伯不祀, 湯始征之, 作《湯征》.

이윤伊尹이 박亳을 떠나 하夏나라로 갔는데, 걸桀이 이미 하夏나라의 정사를 추악하게 하였으므로 이윤이 다시 박亳으로 돌아와 북문으로 들어오며 여구汝鳩와 여방汝方을 만나 《여구汝鳩》와 《여방汝方》을 지었다伊尹去亳適夏, 既醜有夏, 復歸于亳, 入自北門, 乃遇汝鳩, 汝方, 作《汝鳩》,《汝方》.

탕湯이 이미 하夏나라를 이기고 하사夏社를 옮기려고 하다가 불가하였으므로 《하사夏社》,《의지疑至》,《신호臣扈》를 지었다湯既勝夏, 欲遷其社, 不可, 作《夏社》,《疑至》,《臣扈》.

이윤伊尹이 탕湯을 도와 걸桀을 정벌할 때에 '이陑' 땅으로부터 길에 올라 마침내 걸桀과 명조鳴條의 들에서 싸우면서 《탕서》를 지었다伊尹相湯伐桀, 升自陑, 遂與桀戰于鳴條之野, 作《湯誓》.

하夏나라 군대가 패적敗績하자, 탕湯이 마침내 쫓아가서 드디어 삼종三朡을 정벌하고 그 보옥寶玉을 취하니, 의백誼伯과 중백仲伯이 《전보典寶》를 지었다夏師敗績, 湯遂從之, 遂伐三朡, 俘厥寶玉, 誼伯, 仲伯作《典寶》.

탕湯이 하夏나라로부터 돌아와 대경大坰에 이르니, 중훼仲虺가 《고誥》를 지었다湯歸自夏, 至于大坰, 仲虺作《誥》.

탕湯이 이미 하夏나라의 천명을 퇴출시키고 다시 박亳으로 돌아와 《탕고》를 지었다湯既黜夏命, 復歸于亳, 作《湯誥》.

이윤伊尹이 《함유일덕》을 지었다伊尹作《咸有一德》.

구선咎單이 《명거明居》를 지었다咎單作《明居》.

성탕成湯이 이미 죽고, 태갑太甲의 원년에 이윤伊尹이 《이훈伊訓》,《사명肆命》,《조후徂后》를 지었다成湯既沒, 太甲元年, 伊尹作《伊訓》,《肆命》,《徂后》.

태갑^{太甲}이 이미 즉위하였으나 명철하지 못하여 이윤^{伊尹}이 태갑을 동궁^{桐宮}으로 추방하였고, 3년 만에 박읍^{毫邑}으로 복귀하게 하여 상도^{常道}를 생각하게 하면서 이윤이 《태갑》 3편을 지었다^{太甲旣立, 不明, 伊尹放諸桐, 三年, 復歸于毫, 思庸, 伊尹作《太甲》三篇}.

옥정^{沃丁}이 이윤^{伊尹}을 박^毫에 이미 장사 지내고, 구선^{咎單}이 마침내 이윤의 일을 드러내면서 《옥정^{沃丁}》을 지었다^{沃丁旣葬伊尹于毫, 咎單遂訓伊尹事, 作《沃丁》}.

이척^{伊陟}이 태무^{太戊}를 도왔는데, 박^毫에 요사스러운 일이 있어 조정에 뽕나무와 닥나무가 하나로 합쳐져 자라므로 이척^{伊陟}이 무함^{巫咸}에게 고하여 《함예^{咸乂}》 4편을 지었다^{伊陟相太戊, 毫有祥桑, 穀共生于朝, 伊陟贊于巫咸, 作《咸乂》四篇}.

태무^{太戊}가 이척^{伊陟}에게 과오를 고칠 것을 고하며 《이척^{伊陟}》과 《원명^{原命}》을 지었다^{太戊贊于伊陟, 作《伊陟》,《原命》}.

중정^{仲丁}이 효^囂로 도읍을 옮기며 《중정^{仲丁}》을 지었다^{仲丁遷于囂, 作《仲丁》}.

하단갑^{河亶甲}이 상^相에 거처하며 《하단갑^{河亶甲}》을 지었다^{河亶甲居相, 作《河亶甲》}.

조을^{祖乙}이 상^相 땅이 무너져 도읍을 경^耿으로 옮기면서 《조을^{祖乙}》을 지었다^{祖乙圯于耿, 作《祖乙》}.

반경^{盤庚}이 다섯 번째 도읍을 옮겼는데, 장차 박은^{毫殷}을 다스리려고 함에 백성들이 슬퍼하며 서로 윗사람을 원망하였으므로 《반경》 3편을 지었다^{盤庚五遷, 將治毫, 殷民咨胥怨, 作《盤庚》三篇}.

고종^{高宗}이 꿈속에서 열^說을 보았으므로 백관^{百官}으로 하여금 들에서 찾게 하여 부암^{傅巖}에서 찾아내어 《열명^{說命}》 3편을 지었다^{高宗夢得說, 使百工營求諸野, 得諸傅巖, 作《說命》三篇}.

고종^{高宗}이 성탕^{成湯}에게 제사 지낼 때에 꿩이 날아와 솥귀에 올라가서 우니, 조기祖己가 王을 훈간訓諫하며 《고종융일》과 《고종지훈高宗之訓》을 지었다高宗祭成湯, 有飛雉升鼎耳而雊, 祖己訓諸王, 作《高宗肜日》, 《高宗之訓》.

은殷나라가 비로소 주周나라를 미워하였는데, 주周나라 사람이 여黎나라를 쳐서 이기니 조이祖伊가 두려워하여 달려가 수受에게 고하며 《서백감려》를 지었다殷始咎周, 周人乘黎, 祖伊恐, 奔告于受, 作《西伯戡黎》.

은殷나라가 이미 천명을 어지럽히니, 미자微子가 부사父師와 소사少師에게 《고誥》를 지었다殷既錯天命, 微子作《誥》父師少師.

11년에 무왕武王이 은殷나라를 정벌하였는데, 1월 무오일戊午日에 군대가 맹진孟津을 건너가자 《태泰[본래는 "태大"로 썼는데, 고표顧彪[129]가 "태泰"로 주해한 것으로부터 공영달孔穎達이 그것에 기인하여 오류가 지금에 이르게 되었다]서誓》 3편을 지었다惟十有一年, 武王伐殷, 一月戊午師渡孟津, 作《泰[本作"大", 自顧彪解作"泰", 孔穎達因之, 誤至今]誓》三篇.

무왕이 융거戎車 삼백 량과 호분虎賁 삼백 명으로 수受와 목야牧野에서 싸우면서 《목서》를 지었다武王戎車三百兩, 虎賁三百人, 與受戰于牧野, 作《牧誓》.

무왕이 은殷나라를 정벌하였는데, 가서 정벌하고 마소 등의 짐승을 돌려보내고, 좋은 정사政事를 기록하여 《무성》을 지었다武王伐殷, 往伐歸獸, 識其政事, 作《武成》.

무왕이 은나라를 이긴 뒤에 수受를 죽이고 그의 아들 무경武庚을 세우고, 기자箕子를 데리고 돌아와 《홍범》을 지었다武王勝殷殺受, 立武庚, 以箕子歸, 作《洪範》.

---

129 고표(顧彪) : 자 중문(仲文). 수말당초(隋末唐初)의 학자. 《고문상서소(古文尚書疏)》 20권을 지었다.

무왕이 이미 은나라를 이긴 후, 방국邦國을 세워 제후들을 봉하고 〈은나라〉 종묘의 이기彝器를 〈거둬〉《분기分器》를 지었다.武王既勝殷, 邦諸侯班宗彝, 作《分器》

서려西旅에서 큰 개를 바치자, 태보太保가《여오》를 지었다.西旅獻獒, 太保作《旅獒》

소백巢伯이 내조來朝하니, 예백芮伯이 《여소명旅巢命》을 지었다.巢伯來朝, 芮伯作《旅巢命》.

무왕이 질환[마융본은 "불예不豫, 기쁘지 않다" 두 글자가 있다]이 있으므로 주공周公이 《금등》을 지었다.武王有疾[馬本有"不豫"二字], 周公作《金縢》.

무왕이 붕어하자, 삼감三監이 회이淮夷와 더불어 반란하였으므로 주공이 성왕成王을 도와 장차 은殷나라를 물리치면서 《대고》를 지었다.武王崩, 三監及淮夷叛, 周公相成王, 將黜殷, 作《大誥》.

성왕成王이 이미 은殷나라 명命을 물리쳐 무경武庚을 죽이고는 미자계微子啟에게 은殷나라 뒤를 대신하도록 명하면서 《미자지명》을 지었다.成王既黜殷命, 殺武庚, 命微子啟代殷後, 作《微子之命》.

당숙唐叔이 벼를 얻었는데, 이랑은 달랐지만 이삭은 같았으므로 천자에게 바치니, 왕이 당숙唐叔에게 명하여 주공周公을 동쪽에서 돌아오게 하며 《귀화歸禾》를 지었다.唐叔得禾, 異畝同穎, 獻諸天子, 王命唐叔歸周公于東, 作《歸禾》.

주공周公이 이미 명화命禾, 왕이 하사한 벼를 얻고, 천자의 명命을 진술하며 《가화嘉禾》를 지었다.周公既得命禾, 旅天子之命, 作《嘉禾》.

성왕成王이 관숙管叔과 채숙蔡叔을 정벌하고 은殷나라의 남은 백성들을 강숙康叔에게 봉하면서 《강고》, 《주고》, 《재재》를 지었다.成王既伐管叔, 蔡叔, 以殷餘民封康叔, 作《康誥》, 《酒誥》, 《梓材》.

성왕成王이 풍豐에 있으면서 낙읍洛邑에 거하고자 하여 주공周公에게 먼저 집터를 보게 하며 《소고》를 지었다成王在豐, 欲宅洛邑, 使召公先相宅, 作《召誥》.

소공召公이 이미 집터를 보자, 주공周公이 가서 성주成周를 경영하고 사람을 보내와 점괘를 아뢰어 《낙고》를 지었다召公既相宅, 周公往營成周, 使來告卜, 作《洛誥》.

성주成周가 이미 완성되어 은殷나라의 완민頑民을 옮기면서 주공周公이 왕명으로써 고誥하여 《다사》를 지었다成周既成, 遷殷頑民, 周公以王命誥, 作《多士》.

주공周公이 《무일》을 지었다周公作《無逸》.

소공召公이 태보太保가 되고 주공周公은 태사太師가 되어 성왕成王을 도우는 좌우左右가 되었는데, 소공召公이 기뻐하지 않으므로 주공周公이 《군석》을 지었다召公爲保, 周公爲師, 相成王爲左右, 召公不說, 周公作《君奭》.

성왕成王이 동쪽으로 회이淮夷를 정벌하고, 마침내 엄奄나라를 멸하여 《성왕정成王政》[마융본은 "정正"으로 썼다]을 지었다成王東伐淮夷, 遂踐奄, 作《成王政》[馬本作"正"].

성왕成王이 이미 엄奄나라를 멸하고, 장차 엄奄의 군주를 포蒲[마융본은 "박薄"으로 썼다]고姑로 옮기려고 하니, 주공周公이 소공召公에게 고하여 《장포고將蒲姑》를 지었다成王既踐奄, 將遷其君於蒲[馬本作"薄"]姑, 周公告召公, 作《將蒲姑》.

성왕成王이 엄奄나라로부터 돌아와 종주宗周에 있으면서 여러 나라에 고하며 《다방》을 지었다成王歸自奄, 在宗周誥庶邦, 作《多方》.

성왕成王이 은殷나라 명命을 물리치고 회이淮夷를 멸하고 풍豐땅으로 돌아와 《주관》을 지었다成王既黜殷命, 滅淮夷, 還歸在豐, 作《周官》.

주공周公이 《입정》을 지었다周公作《立政》.[130]

---

130 현전《상서》의 목차는《입정(立政)》이《주관(周官)》앞에 위치하며,《주관(周官)》의 끝에《회숙신지명(賄肅愼之命)》,《박고(亳姑)》의《소서(小序)》가 보인다.

성왕成王이 이미 동이東夷를 정벌하니, 숙肅[마융본은 식"息"으로 썼다] 신愼이 와서 축하하므로, 왕이 영백榮伯으로 하여금俾[마융본에는 "변辨"으로 썼다]《회숙신지명賄肅愼之命》을 짓게 하였다成王旣伐東夷, 肅[馬本作"息"]愼來賀, 王俾[馬本作"辨"]榮伯作《賄肅愼之命》.

주공周公이 풍豊에 있으면서 장차 죽으면 성주成周에 묻히고자 하였다. 공이 죽음에 성왕成王이 필畢 땅에 장사 지내면서 주공周公에게 고하며《박고亳姑》를 지었다周公在豊, 將沒, 欲葬成周: 公薨, 成王葬于畢, 告周公, 作《亳姑》.

주공周公이 이미 죽자, 군진君陳을 동교東郊인 성주成周를 나누어 다스리도록 명하면서《군진》을 지었다周公旣沒, 命君陳分正東郊成周, 作《君陳》.

성왕成王이 장차 붕어하려 할 때에 소공召公과 필공畢公에게 제후들을 거느리고 강왕康王을 돕도록 명하면서《고명》[마융본에는 "성왕붕成王崩" 세 글자가 있다]을 지었다成王將崩, 命召公, 畢公率諸侯相康王, 作《顧命》[馬本有"成王崩"三字].

강왕康王이 이미 천자의 지위에 올라 드디어 제후들에게 고하며《강왕지고》를 지었다康王旣尸天子, 遂告諸侯, 作《康王之誥》.

강왕康王이 책서冊書을 지어 필공畢公에게 거주하는 마을을 분별케 하고 종주宗周의 교외郊外를 완성하도록 명하며《필명》을 지었다康王命作冊畢分居里, 成周郊, 作《畢命》.

목왕穆王이 군아君牙를 주周나라의 대사도大司徒로 명하면서《군아》를 지었다穆王命君牙爲周大司徒, 作《君牙》.

목왕穆王이 백경伯冏을 주周나라의 태복정太僕正으로 명하면서《경명》을 지었다穆王命伯冏爲周太僕正, 作《冏命》.

채숙蔡叔이 이미 죽자, 왕이 채중蔡仲을 제후諸侯의 지위에 오르도록 명하

면서 《채중지명》을 지었다蔡叔既沒, 王命蔡仲踐諸侯位, 作《蔡仲之命》.[131]

노후魯侯 백금伯禽이 곡부曲阜에 거하자 서이徐夷가 함께 일어나 동쪽 교외가 열리지開[마융본은 "벽闢"으로 썼다] 않으므로 《비서》를 지었다魯侯伯禽宅曲阜, 徐夷並興, 東郊不開[馬本作"闢"], 作《費誓》.[132]

여후呂后를 명하여 목왕穆王에게 하夏나라의 속형贖刑을 가르치도록 하여 《여형》을 지었다呂命穆王訓夏贖刑, 作《呂刑》.

평平[마융본에는 없다]왕王이 진晉문후文侯에게 검은 기장으로 빚은 울창주鬱鬯酒와 규찬圭瓚을 하사錫[마융본은 "사賜"로 썼다]하고 《문후지명》을 지었다平[馬本無]王錫[馬本作"賜"]晉文侯秬鬯圭瓚, 作《文侯之命》.

진秦목공穆公이 정鄭나라를 정벌하자, 진晉양공襄公이 군대를 거느려 효산崤山에서 패퇴시키니, 진秦목공穆公이 돌아와 《진서》를 지었다秦穆公伐鄭, 晉襄公帥師敗諸崤, 還歸, 作《秦誓》.

원문

按 : 《書》實百篇, 有云百二篇者, 非假造, 即緯書說. 見孔穎達《正義》.

번역 **안按**

《서書》는 실제 100편이며, 102편이라고 말하는 것은 거짓으로 만든 것이 아니라 곧 위서緯書를 말한다. 공영달《정의》에 보인다.[133]

---

131 현전 《상서》의 목차는 《군석(君奭)》 다음에 《채중지명》이 위치한다.
132 현전 《상서》의 《경명(冏命)》 이하의 목차는 《여형(呂刑)》, 《문후지명(文侯之命)》, 《비서(費誓)》, 《진서秦誓》의 차례이다.
133 《대서(大序)·정의(正義)》 或云百二篇者, 誤有所由. 以前漢之時, 有東萊張霸僞造《尙書》百

원문

又按 : 孔穎達於《盤庚·小序》下引束晳云 : "見孔子壁中《尚書》'將治亳殷'
作'將始宅殷', 與世行本不同." 益足證西晉人猶見古文經, 而東晉則失之矣.

번역 **우안又按**

공영달孔穎達은 《반경·소서小序》 아래에서 속석束晳, 264~303[134]의 "공자
고택의 벽 속에서 나온 《상서尚書》를 보니 '장차 박은亳殷 땅을 다스리려고
하였다將治亳殷'는 '장차 처음 은殷에 거주하려 했다將始宅殷'로 썼으니, 세상
에 유행하는 고문본과 같지 않다見孔子壁中《尚書》'將治亳殷'作'將始宅殷', 與世行本不同"
를 인용하였다. 서진西晉의 사람들이 오히려 고문경古文經을 보았고, 동진東
晉에 이르러 실전되었음을 증명하기에 더욱 충분하다.

원문

又按 :《唐書·王勃傳》: 初, 祖通"起漢魏盡晉, 作書百二十篇以續古《尚
書》. 後亡其序, 有錄無書者十篇. 勃補完缺逸, 定著二十五篇". 謂"古《尚書》
百二十篇", 即趙氏岐等說. "有錄無書者十篇",《太史公書》如此. "定著二十
五篇", 又梅氏晚出《書》篇數. 何王氏祖孫之學, 盡摹倣前人與? 抑偶合與?

兩篇, 而爲緯者附之. 因此鄭云 : "異者其在大司徒, 大僕正乎? 此事爲不經也."鄭作《書論》, 依
《尚書緯》云 : "孔子求書, 得黃帝玄孫帝魁之書, 迄於秦穆公, 凡三千二百四十篇. 斷遠取近, 定
可以爲世法者百二十篇, 以百二篇爲《尚書》, 十八篇爲《中候》." 以爲去三千一百二十篇, 以上
取黃帝玄孫, 以爲不可依用.

134 속석(束晳) : 자 광미(廣微). 서진(西晉)의 학자. 저서에는 《오경통론(五經通論)》, 《칠대
통기(七代通記)》, 《진서기지(晉書紀志)》, 《삼위인사전(三魏人士傳)》, 《발몽기(發蒙記)》
등이 있으나, 모두 산일(散佚)되었다.

《당서唐書 · 왕발전王勃傳》 애초에 왕발王勃의 조부 왕통王通, 584~617은 "한
위漢魏로부터 진晉에 이르기까지 《서書》 120편을 지어 고古《상서》를 이었
다. 이후 그 서序가 망실되어, 목록은 있으나 내용이 없는 것이 10편이었
다. 왕발이 빠진 것을 보완하여 25편을 편정하였다起漢魏盡晉, 作書百二十篇以續
古《尙書》. 後亡其序, 有錄無書者十篇. 勃補完缺逸, 定著二十五篇"고 하였다. "고古《상서》 120
편古《尙書》百二十篇"은 곧 조기趙岐 등이 말한 것이다. "목록은 있으나 내용이
없는 10편有錄無書者十篇"은 《사기史記》가 이와 같다. "25편을 편정定著二十五篇"
한 것은 또한 매색梅賾의 만출晚出《서書》 편수篇數이다. 어떻게 왕씨 조손祖
孫의 학문은 다 전인前人을 모방한 것인가? 아니면 우연히 일치한 것인가?

又按 : 今文《顧命》,《康王之誥》合爲一, 馬, 鄭, 王本以"無壞我高祖寡命"
以上爲《顧命》, 下則爲《康王之誥》. 晚出《書》又斷自"王出在應門之內", 遂
覺諸侯告王, 王報誥諸侯, 以類相從, 勝眞古文《書》.

금문《고명》,《강왕지고》는 합하여 한 편으로 되어있었는데, 마융, 정
현, 왕숙본은 "우리 고조高祖께서 어렵게 얻은 명을 무너뜨리지 마소서無壞
我高祖寡命". 이상을 《고명》으로 하고, 아래는 《강왕지고》로 하였다. 만출
《서》는 다시 "왕이 나가서 응문應門의 안에 계시다王出在應門之內"로부터 단
락을 나누었는데, 마침내 제후諸侯가 왕에게 아뢰고 왕이 제후에게 고誥한

것으로 서로 비슷한 것끼리 따르게 한 것은 진고문眞古文《서》보다 낫다고 생각된다.

제106. 만출 고문古文의 진고문眞古文과 서로 다른 곳이 오히려 《석문釋文》과《공소孔疏》에 드러나 보임을 논함

馬,鄭,王三家本係眞古文, 宋代已不傳. 然猶幸見其互異處於陸氏《釋文》
及孔《疏》. 愚故得摘出之, 整比於後, 以竢後聖君子慨然憤發, 悉黜梅氏二十
五篇, 一以馬,鄭,王所傳三十一篇之本爲正. 即不爾, 世或有李陽冰其人出,
嘗願刻石作篆, 備書六經立於明堂, 爲不刊之典, 號曰《大唐石經》者, 請其手
一書此三十一篇於石, 置諸西安府學宮內使觀視, 摹寫者塡咽, 亦未必非崇正
復古之一助云.

《堯典》"宅嵎夷"[鄭本"夷"作"鐵"]. 馬云："嵎, 海隅也. 夷, 萊夷也." 則馬本
初不異. 又考《釋文》云："《尚書考靈曜》及《史記》作'禺銕'." 是鄭所改乃依
緯文. "銕", 古'夷'字也], "平秩東作"[馬本"平"作"苹", 普庚反. 云："使也."],
"宅南交"[鄭云："夏不言'日明都'三字, 摩滅也." 穎達云："伏生所誦與壁中
舊本並無此字, 非摩滅也. 王肅以夏無'明都', 避'敬致'然. 即'幽'足見'明', 闕
文相避, 如肅之言, 義可通矣."], "平秩南訛"[馬本"平"作"苹"], "曰昧谷"[鄭本
"昧"作"柳"], "平秩西成"[馬本"平"作"苹"], "平在朔易"[馬本"平"作"苹"], "罷
訟可乎"[馬本"訟"作"庸"], "帝曰我其試哉"[馬,鄭,王本皆無"帝曰"二字], "如
西禮"[馬本"西禮"二字作"初"], "僉曰益哉"[馬,鄭,王本"僉"作"禹"].

《皋陶謨》"天敘有典"[馬本"有"作"五"], "自我五禮有庸哉"[馬本"有"作"五"],
"天明畏"[馬本"畏"作"威"], "暨稷播奏庶艱食鮮食"[馬本"艱"作"根", 云："根
生之食, 謂百穀"], "作會"[馬,鄭本"會"作"繪". 又考孔《疏》云："鄭康成《注》

'會'讀爲'繪'." 則鄭本初不異, 但讀爲"繪"耳].

《禹貢》"島夷皮服"[鄭康成《註》："鳥夷, 東方之民, 搏食鳥獸者也." 王肅《注》："鳥夷, 東方夷國名." 與孔不同, 是鄭, 王本"島"作"鳥"], "作十有三載乃同"[馬, 鄭本"載"作"年"], "厥土赤埴墳"[鄭本"埴"作"戠". 鄭, 王皆讀曰"熾"], "瑤琨篠簜"[馬本"琨"作"瑻"], "沿于江海"[鄭本"沿"作"松", "松"當爲"沿". 馬本作"均", 云："均, 平"], "滎波既豬"[馬, 鄭, 王本"波"作"播", 謂此澤名滎播], "導岍及岐"[馬本"岍"作"開"].

《甘誓》"天用勦絶其命"[馬本"勦"作"巢", 于小反].

《盤庚中》"誕告用亶"[馬本"亶"作"單", 音同, 誠也].

《盤庚下》"今予其敷心腹腎腸"[鄭本"心腹腎腸"作"憂腎陽"].

《微子》"用乂讎斂"[馬本"讎"作"稠", 云："數也"], "自靖"[馬本"靖"作"清", 謂"潔也"].

《牧誓》"弗迓克奔以役西土"[馬本"迓"作"禦", 禁也. 又考孔《疏》云："王肅讀'御'爲'禦'." 是王本又作"御"]

《洪範》"明作晢"[王肅《註》及《漢書・五行志》皆云："悊, 智也." 是王本"晢"作"悊"], "無虐煢獨"[馬本"無虐"作"亡侮"], "曰蒙"[王肅《註》："雺, 天氣下地不應, 闇冥也." 鄭康成以"雺者, 氣澤鬱鬱冥冥也". 是鄭, 王本"蒙"作"雺"], "曰驛"[王肅《註》："圛, 霍驛消減如雲氣." 鄭康成以"圛爲明, 言色澤光明也". 是鄭, 王本"驛"作"圛"], "曰豫"[鄭, 王本"豫"作"舒". 鄭云："舉遲也." 王云："舒, 隋也"].

《金縢》"噫公命"[馬本"噫"作"懿", 猶億也], "惟朕小子其新逆"[馬本"新逆"作"親迎"].

《大誥》"王若曰'猷大誥爾多邦'"[馬本"猷大誥爾多邦"作"大誥繇爾邦多".
又考孔《疏》云:"鄭, 王本'猷'在'誥'下.《漢書》王莽攝位, 東郡太守翟義叛
莽, 莽依此作《大誥》, 其書亦'猷'在'誥'下." 是鄭, 王本仍作"猷"], "天降割于
我家"[馬本"割"作"害"], "不少延"[馬讀此爲句, "不"爲"弗"], "厥考翼, 其肯曰
'予有後, 弗棄基'"[鄭, 王本於"矧肯構"下亦有此十二字].

《酒誥》"王若曰"[馬本作成王若曰". 德明云:"衛, 賈以爲戒成康叔以愼酒,
成就人之道也, 故曰成. 吾謂此'成'字後錄《書》者加之, 未可從." 又考孔《疏》
云:馬, 鄭, 王本皆有'成'字].

《梓材》"皇天既付中國民"[馬本"付"作"附"].

《多士》"非我小國敢弋殷命"[馬,鄭, 王本"弋"作"翼", 義同], "大淫泆有
辭"[馬本"泆"作"屑", 云:"過也"]

《無逸》"嚴恭寅畏"[馬本"嚴"作"儼"], "文王卑服"[馬本"卑"作"俾", 使也],
"則皇自敬德"[王本"皇"作"況". 況滋益用敬德也].

《君奭》"迪見冒"[馬本"冒"作"勖", 勉也].

《多方》"不克終日勸于帝之迪"[馬本"迪"作"攸", 云:"所也"], "爾罔不克臬"
[馬本"臬"作"劓"].

《顧命》"王不懌"[馬本"懌"作"釋", 云:"不釋, 疾不解也"], "在後之侗"[馬
本"侗"作"詷", 云:"共也"], "王崩"[馬本作"成王崩", 注"安民立政曰成"], "四
人綦弁, 執戈上刃"[馬本"綦"作"騏", 云:"青黑色"], "三咤"[馬本"咤"作"詫"].

《康王之誥》"王若曰"[馬,鄭,王本從此以下爲《康王之誥》].

《呂刑》"爰始淫爲劓刵椓黥[鄭本"劓刵椓黥"作"臏宮劓割頭庶剠", 又考孔
《疏》云:"鄭康成《註》:'刵, 斷耳. 劓, 截鼻. 椓, 謂椓破陰. 黥, 爲羈黥人面.

苗民大爲此四刑者, 言其特深刻, 異於皐陶之爲.'”是鄭本又初不異, 未知潁
達何自矛盾], “俾我, 一日”[馬本“俾”作“矜”. 矜, 哀也], “王曰吁”[馬本“吁”作
“于”, 于, 於也], “惟來”[馬本“來”作“求”, 云 : “有求, 請賕也”].

《秦誓》“惟截截善諞言”[馬本“諞”作“偏”, 云 : “少也, 甯約損明, 大辨佞之人”].

번역

마융, 정현, 왕숙 삼가본三家本은 진고문眞古文 계열인데, 송대宋代에 이미
전해지지 않았다. 그러나 다행스럽게도 그 서로 다른 부분이 육덕명《경
전석문》과 공영달《소疏》에 보인다. 따라서 나는 그 부분을 따로 떼어 아
래에 정리하여 비교해 둠으로써 이후의 거룩한 군자들이 발분하여 매색
의 25편을 모두 축출하고, 마, 정, 왕 삼가가 전한 31편을 통일하여 정본
으로 삼음을 마무리하였음 한다. 꼭 그렇지 않더라도, 세상에 혹 이양빙
李陽冰[135] 같은 사람이 출현함에 일찍이 비석에 전각하여 왕자王者의 명당明
堂에 육경을 기록하고 건립하여 불멸의 전적典籍으로 삼기를 바라면서
《대당석경大唐石經》이라고 부른 적이 있었으니, 청컨대 그 손으로 이 31편
을 돌에 기록하여 서안부西安府 학궁學宮 내에 설치하여 관람케 하고, 보고
베끼는 자들이 빽빽이 들어서게 하면, 이 또한 반드시 숭정崇正복고復古에
일조하는 일임에 틀림없을 것이다.

《요전》

---

135 이양빙(李陽冰) : 생졸년미상. 자 소온(少溫). 당(唐)현종(玄宗) 개원(開元) 연간의 활약
한 서예가이다. “이사(李斯) 이후 소전(小篆)의 일인자”로 불린다. 대표작품에는 《삼분
기(三墳記)》, 《겸괘명(謙卦銘)》, 《이정명(怡亭銘)》 등이 있다.

"우이嵎夷에 머물게 하다宅嵎夷"[정본鄭本에 "이夷"는 "철銕"로 썼다. 마융은 "우嵎는 바다 모퉁이다. 이夷는 래이萊夷이다嵎, 海隅也. 夷, 萊夷也"고 하였다. 그렇다면 마본馬本은 처음부터 다르지 않았다. 또 《석문》을 고찰해보면, 《상서고령요》 및 《사기》는 '우철禹銕'로 썼다《尙書考靈曜》及《史記》作'禹銕'"고 하였으니, 정현이 고친 것은 곧 위문緯文에 의거한 것이다. "철銕"은 고古"이夷"자이다]

"봄철 농사일을 고루 질서에 따라 진행하다平秩東作."[마본에 "평平"은 "평苹"으로 썼고, 보普와 경庚의 반절음이다. "사使"의 의미이다]

"남교에 머물게 하다宅南交."[정현은 "여름에 '왈명도曰明都' 세 자를 말하지 않은 것은 마멸된 것이다夏不言'曰明都'三字, 摩滅也"고 하였다. 공영달은 "복생이 외워 전한 《상서》와 공벽중 구본舊本《상서》에 모두 이와 같은 글자가 없으니 마멸된 것이 아니다. 왕숙은 여름에 '명도明都'가 없는 것은 '경치敬致'를 피했기 때문이라고 하였다. 그렇다면 '유幽'에서 충분히 '명明'의 의미가 드러남으로 글을 생략하여 피한 것이므로, 왕숙의 말과 같이 보아야 뜻이 통할 수 있다伏生所誦與壁中舊本並無比字, 非摩滅也. 王肅以夏無'明都', 避'敬致'然. 即'幽'足見'明', 闕文相避, 如肅之言, 義可通矣"고 하였다.

"여름 농사일을 고루 질서에 따라 진행하다平秩南訛"[마본에 "평平"은 "평苹"으로 썼다]

"매곡昧谷이라 하다曰昧谷"[정본에 "매昧"는 "류柳"로 썼다]

"가을 수확일을 고루 살피다平秩西成"[마본에 "평平"은 "평苹"으로 썼다]

"삭역朔易을 고루 살피다平在朔易"[마본에 "평平"은 "평苹"으로 썼다]

"수다스럽고 쟁송을 다투니, 옳겠는가?囂訟可乎"[마본에 "송訟"은 "용庸"

으로 썼다]

"제요가 말하였다. 내가 순을 시험해보겠다帝曰我其試哉."[마, 정, 왕본은 모두 "제왈帝曰" 두 글자가 없다]

"서쪽의 예와 같이하다如西禮."[마본에 "서례西禮" 두 글자는 "초初"로 썼다]

"모두 '익益입니다' 하였다僉曰益哉."[마, 정, 왕본은 "첨僉"은 "우禹"로 썼다]

《고요모》

"하늘이 차례로 펴서 법을 두다天敍有典."[마본에 "유有"는 "오五"로 썼다]

"우리 오례五禮로부터 하여 다섯 가지를 떳떳하게 하다自我五禮有庸哉."[마본에 "유有"는 "오五"로 썼다]

"하늘이 선한 자를 밝혀주고 악한 자를 두렵게 하다天明畏."[마본에 "외畏"는 "위威"로 썼다]

"직稷과 더불어 파종하여 모든 간식艱食과 선식鮮食을 올리다曁稷播奏庶艱食鮮食."[마본에 "간艱"은 "근根"으로 썼고 "뿌리에서 난 식량을 백곡이라 한다根生之食, 謂百穀"고 하였다]

"그림 그리다作會"[마, 정본에 "회會"는 "회繪"로 썼다. 또한 《공소》를 고찰해보면, "정강성 《주》에 '회會'를 '회繪'로 읽었다鄭康成《注》'會'讀爲'繪'"고 하였으니, 정본鄭本은 처음부터 다르지 않고, 다만 "회繪"로 읽었을 뿐이다]

《우공》

"(기주冀州) 도이島夷는 피복皮服을 입다島夷皮服."[정강성 《주》는 "조이鳥夷는 동방의 민족으로 조수鳥獸를 잡아먹는 자들이다鳥夷, 東方之民, 搏食鳥獸者也"고 하였고, 왕숙 《주》는 "조이鳥夷는 동방東方 이국夷國의 명칭이다鳥夷, 東方夷國名"고 하여 《공전孔傳》[136]과 같지 않으며, 정, 왕본에 "도島"는 "조鳥"로 썼다]

"(연주兗州) 13년 다스려야 다른 주州와 똑아진다作十有三載乃同."[마, 정본에 "재載"는 "년年"으로 썼다]

"서주徐州 토질은 붉고 찰지고 부풀어오른다厥土赤埴墳."[정본에 "식埴"은 "치戠"로 썼다. 정, 왕 모두 "치熾"로 읽었다]

"(양주揚州) 요옥瑤玉과 곤옥琨玉과 작은 살대와 큰 살대瑤琨篠簜."[마본에 "곤琨"은 "곤瑻"으로 썼다]

"(양주揚州) 강수와 대해의 연안을 따라 오르다沿于江海."[정본에 "연沿"은 "송松"으로 썼는데, "송松"은 응당 "연沿"이 되어야 한다. 마본은 "균均"으로 썼고 "균均은 평平의 의미이다"하였다]

"(예주豫州) 형파滎波는 이미 물이 모였다滎波既豬."[마, 정, 왕본에 "파波"는 "파播"로 썼고, 이 못을 형파滎播라 한다고 하였다]

"(형주雍州) 견산岍山에 물을 인도하여 기산岐山에 이르다導岍及岐."[마본에 "견岍"은 "개開"로 썼다]

《감서》

"하늘이 그 명命을 끊다天用勦絶其命."[마본에 "초勦"는 "소巢"로 썼고, 우于와 소小의 반절음이다]

《반경중》

"크게 고告하기를 정성으로 하다誕告用亶."[마본에 "단亶"은 "단單"으로 썼는데, 음이 같고, 성誠의 의미이다]

《반경하》

---

136 《공전》海曲, 謂之島. 居島之夷, 還服其皮, 明水害除.

"지금 나는 심장과 배와 신장과 창자에 있는 말을 펴다今予其敷心腹腎腸."
[정본에 "심복신장心腹腎腸"은 "우신양憂腎陽"으로 썼다]

《미자》

"다스림이 원수처럼 거두고 있다用乂讎斂."[마본에 "수讎"는 "조稠"로 썼고 "삭數, 자주"의 의미라고 하였다]

"스스로 편안해하다自靖."[마본에 "정靖"은 "청淸"으로 썼고, "결潔, 결백하다"의 의미라고 하였다]

《목서》

"도망하는 자들을 맞아 공격하여 서토西土 사람들을 노역勞役하게 하지 말라弗迓克奔以役西土."[마본에 "아迓"는 "어禦"로 썼고, 금禁, 금지하다의 의미이다. 또한《공소》를 고찰해 보면, "왕숙은 '어御'를 '어禦'로 읽었다王肅讀'御'爲'禦'"고 하였으니 왕본도 "어御"로 썼다]

《홍범》

"밝음은 명석함을 만든다明作哲."[왕숙《주》 및《한서 · 오행지》에 모두 "철悊은 지혜로움이다悊, 智也"고 하였으니, 왕본王本에 "석哲"은 "철悊"로 썼다]

"기댈 곳 없는 사람을 학대하지 말라無虐煢獨."[마본에 "무학無虐"은 "무모亡侮"로 썼다]

"음암陰暗함이다曰蒙."[왕숙《주》에 "몽霿은 천기天氣가 땅으로 내려와 서로 응하지 않음이니, 어두운 것이다霿, 天氣下地不應, 闇冥也"라 하였고, 정강성은 "몽霿은 기氣 음습하여 꽉 막히고 어두운 것이다霿者, 氣澤鬱鬱冥冥也"라 하였으니, 정, 왕본에 "몽蒙"은 "몽霿"으로 썼다]

"밝게 빛남이다曰繹."[왕숙《주》: "역繹은 재빨리 소멸함이 운기雲氣와 같음이다"고 하였고, 정강성은 "역繹은 밝음이니, 색과 광택이 밝게 빛남을 말한다繹爲明, 言色澤光明也"고 하였으니, 정, 왕본에 "역繹"은 "역繹"으로 썼다]

"게으름이다曰像."[정, 왕본에 "예像"는 "서舒"로 썼다. 정현은 "거동이 더딤이다舉遲也"고 하였다. 왕숙은 "서舒는 게으름이다舒, 隋(惰)也"고 하였다]

《금등》

"아! 주공의 명령이 있었다噫公命."[마본에 "희噫"는 "의懿"로 썼고, 억億과 유사한 의미이다]

"나 소자小子가 친히 주공을 맞이하다惟朕小子其新逆."[마본에 "신역新逆"은 "친영親迎"으로 썼다]

《대고》

"왕이 다음과 같이 말씀하였다. '아! 너희 많은 나라들에게 크게 고하노라'王若曰'猷大誥爾多邦'."[마본에 "유대고이다방猷大誥爾多邦"은 "대고요이방다大誥繇爾邦多"로 썼다. 또 《공소》를 고찰해보면, "정, 왕본에 '유猷'는 '고誥' 다음에 있다.《한서》에 왕망王莽이 섭정하자 동군태수東郡太守 적의翟義가 왕망을 배반하니, 왕망은 《주서 · 대고》에 의거하여 《대고大誥》를 지었는데, 그 편에서도 '도道'는 '고誥' 다음에 있다鄭, 王本'猷'在'誥'下.《漢書》王莽攝位, 東郡太守翟義叛莽, 莽依此作《大誥》, 其書亦'道'在'誥'下"고 하였으니 정, 왕본은 "유猷"로 썼다]

"하늘이 우리나라에 해로움을 내리다天降割于我家."[마본에 "해割"는 "해害"로 썼다]

"조금도 기다려주지 않는다不少延."[마융은 이렇게 구두를 끊어 읽었고, "부不"는 "부弗"로 썼다]

"부로父老가 공경히 섬기는 자들이 기꺼이 '내 후손이 있으니 기업基業을 버리지 않을 것이다'고 말하겠는가?厥考翼, 其肯曰'予有後, 弗棄基.'[정, 왕본은 "하물며 기꺼이 구축構築하겠는가?矧肯構"[137] 아래에도 이 12자가 있다]

《주고》

"왕이 다음과 같이 말씀하셨다王若曰."[마본은 "성왕약왈成王若曰"로 되어 있다. 육덕명이 말했다. "위굉衛宏과 가규賈逵는 이것으로 강숙에게 술을 삼갈 것을 경계시키고 이루게 하여 사람의 도를 성취시켰기 때문에 '성成'이라고 하였다고 했다. 내 생각에 이 '성成'자는 후대에 《서書》를 채록한 자가 덧붙인 것으로 따를 수 없다衛, 賈以爲戒成康叔以愼酒, 成就人之道也, 故曰成. 吾謂此'成'字後錄《書》者加之, 未可從." 또한 《공소》를 고찰해보면, 마, 정, 왕본 모두 '성成'자가 있다]

《재재》

"황천皇天이 이미 중국中國의 백성에게 맡겨 주셨다皇天旣付中國民."[마본에 "부付"는 "부附"로 썼다]

《다사》

"우리 작은 주周나라가 감히 은殷나라의 명을 취하려고 한 것이 아니다非我小國敢弋殷命."[마, 정, 왕본에 "익弋"은 "익翼"을 썼고, 의미가 같다]

"크게 음일淫泆하고 변명하는 말을 하다大淫泆有辭."[마본에 "일泆"은 "설屑"로 썼고, "과過"의 의미라고 하였다]

《무일》

---

137 《대고》王曰, 若昔朕其逝. 朕言艱日思. 若考作室. 旣厎法. 厥子乃弗肯堂, 矧肯構. 厥父菑, 厥子乃弗肯播, 矧肯穫. 厥考翼, 其肯曰予有後弗棄基. 肆予曷敢不越卬敉寧王大命.

"엄숙하고 공손하며 공경하고 두려워하다嚴恭寅畏."[마본에 "엄嚴"은 "엄儼"으로 썼다]

"문왕은 사역하였다文王卑服."[마본에 "비卑"는 "비俾"로 썼고, 사使의 의미이다]

"크게 스스로 덕德을 공경하다則皇自敬德."[왕본에 "황皇"은 "황況"으로 썼다. 황況은 점점 더욱 덕을 공경하게 된다는 의미이다]

《군석》

"그 덕德이 드러나도록 힘쓰다迪見冒."[마본에 "모冒"는 "욱勖"으로 썼고, "면勉, 힘쓰다"의 의미이다]

《다방》

"종일토록 상제의 인도함에 힘쓰지 않다不克終日勸于帝之迪."[마본에 "적迪"은 "유攸"로 썼고 "소所"의 의미라고 하였다]

"너희들은 법을 다스리지 않음이 없도록 하라爾罔不克臬."[마본에 "얼臬"은 "의劓"로 썼다]

《고명》

"왕의 병이 낫지 않다王不懌."[마본에 "역懌"은 "석釋"으로 썼고, "불석不釋은 병이 낫지 않은 것이다不釋, 疾不解也"고 하였다]

"뒤의 함께 함에 있어서在後之侗."[마본에 "동侗"은 "동詷"으로 썼고, "공共, 함께하다"의 의미라고 하였다]

"왕이 붕어하였다王崩."[마본은 "성왕붕成王崩"으로 썼고, "백성을 편안하게 하고 정사를 바로 세운 것을 성成이라 한다安民立政曰成"고 주해하였다]

"네 사람은 청흑색 차림으로 창날이 바깥으로 향하도록 잡는다四人綦弁,

執戈上刃."[마본에 "기綦"는 "기騏"로 썼고, "청흑색青黑色"이라고 하였다]

"세 번 술잔을 올리다三咤."[마본에 "타咤"는 "타詫"로 썼다]

《강왕지고》

"왕이 다음과 같이 말씀하셨다王若曰."¹³⁸[마, 정, 왕본은 이 이하를 《강왕지고》로 하였다]

《여형》

"이에 처음으로 지나치게 코 베고 귀 베고 음부陰部를 상하게 하고 얼굴에 묵형을 가하다爰始淫爲劓刵椓黥."[정본에 "의이탁경劓刵椓黥"은 "빈궁의할두서경臏宮劓割頭庶剠"으로 썼다. 또 《공소》를 고찰해보면, "정강성《주》는 '이刵는 귀 자름이다. 의劓는 코 벰이다. 탁椓은 음부를 쳐서 깨뜨림이다. 경黥은 사람 얼굴에 묵형을 가함이다. 묘민苗民이 크게 이 네 가지 형벌을 만들었다고 한 것은, 그것이 특히 심각하였고 고요皋陶가 만든 것과는 다름을 말한 것이다鄭康成《註》: '刵, 斷耳. 劓, 截鼻. 椓, 謂椓破陰. 黥, 爲羈黥人面. 苗民大爲此四刑者, 言其特深刻, 異於皋陶之爲'고 하였으니 정본鄭本도 처음부터 다르지 않았는데, 공영달은 어떻게 스스로 모순되게 말했는지 알 수 없다]

"나를 불쌍히 여겨 하루만 형벌을 쓰게 하다俾我一日."[마본에 "비俾"는 "긍矜"으로 썼다. 긍矜은 애哀의 의미이다]

"왕이 말씀하였다. 아!王曰吁."[마본에 "우吁"는 "우于"로 썼고, 우于는 오於의 의미이다]

"요구하다惟來."[마본에 "래來"는 "구求"로 썼고 "유구有求는 뇌물을 요구

---

138 《강왕지고》王若曰, 庶邦侯·甸·男·衛, 惟予一人釗報誥.

함이다有求, 請賑也"고 하였다]

《진서》

"절절截截하게 공교롭게 말을 잘하다惟截截善論言."[마본에 "편諞"은 "편偏"
으로 썼고, "적음의 의미이다. 말을 간략하게 하지만 매우 선명하니 대단
히 말 잘하는 사람이다少也. 辭約損明, 大辨佞之人"고 하였다]

원문

按：唐明皇寫《尙書》以今字, 藏其舊本.《宋史·藝文志》遂無三家所註古文
《尙書》. 宋中葉雖間有出者, 要亦未是三家本. 故宋人云：古文《尙書》作某字,
余槩不之及. 惟斷自唐以上之人之書, 摘次於後, 以補陸,孔二氏所未備焉.

裴駰《史記》注《集解》《五帝本紀》：《堯典》"四岳", 鄭本作"四嶽"；"三載
汝陟帝位", 鄭本作"三年"；"輯五瑞", 馬本"輯"作"揖", 注曰："揖, 斂也."
"柴", 鄭本作"紫", 注曰："紫, 燎也." "贄", 馬本作"摯". "眚災肆赦", 鄭本作
"眚烖過赦", 注曰："眚烖, 爲人作患害者也. 過失, 雖有害則赦之." "俞汝往
哉", 鄭本"俞"作"然"；"寇賊姦宄", 鄭本"宄"作"軌"；"惟明克允", 馬本作"維明
能信", 注曰："當明其罪, 能使信服之." "歌永言", 馬本作"謌長言".

《夏本紀》：《禹貢》"奠高山大川", 馬本"奠"作"定", 注曰："定其差秩, 祀
禮所視也." "島夷皮服", 鄭本"島"作"鳥"；"濟河惟兗州", 鄭本"兗"作"沇"；"灉
沮會同", 鄭本"灉"作"雍"；"作十有三載乃同", 鄭本"載"作"年"；"沿于江海",
鄭本"沿"作"均", 注曰："讀爲沿." "沱潛既道", 鄭本"潛"作"涔"；"惟箘簵楛",
馬,鄭本"簵"俱作"簬"；"三邦底貢厥名", 馬本作"三國致貢其名"；"終南惇物",
鄭本"惇"作"敦", 注曰："敦物在右扶風武功." "至于豬野", 鄭本"豬"作"都",

注曰:"都野在武威, 名休屠澤.""導岍及岐", 鄭本"岍"作"汧", 注曰:"汧在右扶風.""北過洚水", 鄭本"洚"作"降", 注曰:"降水在信都南.""嶓冢導漾", 鄭本"漾"作"瀁", 注曰:"瀁水出隴西氐道.""又東至于澧", 馬, 鄭, 王本"澧"俱作"醴"; "溢爲滎", 鄭本"溢"作"泆"; "庶土交正, 底愼財賦", 惟鄭本"庶"作"衆", "底"作"致".《皐陶謨》"庶明勵翼, 邇可遠, 在茲", 鄭本"庶"作"衆", "邇"作"近"; "天其申命用休", 鄭本"申"作"重", 注曰:"天將重命汝以美應, 謂符瑞也.""在治忽", 鄭本"忽"作"曶", 注曰:"曶者, 臣見君所秉, 書思對命者也. 君亦有焉, 以出内政教於五官."

《殷本紀》:《湯誓》"有衆率怠弗協", 馬本"弗協"作"不和";《西伯戡黎》"不有康食", 鄭本"康"作"安".

《周本紀》:《牧誓》"弗迓克奔以役西土", 鄭本"弗迓"作"不禦", 注曰:"禦, 强禦, 謂强暴也.""奔"作"犇".

《魯周公世家》:《金縢》"史乃冊祝", 鄭本"冊"作"策"; "乃命于帝庭", 馬本"于"作"於"; "我先王亦永有依歸", 鄭本"有"下有"所"字.《毋逸》"爰曁小人", 馬本"爰曁"作"爲與", 注曰:"與小人從事, 知小人艱難勞苦也.""乃或亮陰", 鄭本作"梁闇", 注曰:"楣謂之梁. 闇謂廬也.""言乃雍", 鄭本"雍"作"驩", 注曰:"驩, 喜悅也.""舊爲小人", 馬本"舊"作"久".《肸誓》"魯人三郊三遂", 王本"遂"作"隧".

《宋微子世家》:《微子》"我其發出狂", 鄭本"狂"作"往", 注曰:"發, 起也. 我其起作出往也.""今爾無指告于顚隮", 馬本"隮"作"躋", 注曰:"躋, 猶隊也."《鴻範》"威用六極", 馬本"威"作"畏", 注曰:"言天所以畏懼人用六極.""土爰稼穡", 王本"爰"作"曰"; "從作乂", 馬本"乂"作"治"; "錫汝保極", 鄭本

“汝”作“女”;“使羞其行而邦其昌”, 王本“邦”作“國”;“汝雖錫之福, 其作汝用
咎”, 鄭本“汝”俱作“女”;“皇極之敷言”, 馬本“皇”作“王”;“于帝其訓”, 馬本
“訓”作“順”, 注曰:“於天爲順也.”“是訓是行”, 王本“訓”作“順”, 注曰:“民納
言於上而得中者則順而行之.”“乃命卜筮”, 注引鄭曰:“卜五占之用. 謂雨,
濟,圛,霧,克也.” 又曰:“雨者”,“濟者”,“圛者”,“霧者”,“克者”, 則鄭本“曰圛”在
“曰霧”之上, 王本亦然. 又“曰霽”, 鄭本作“曰濟”;“衍忒”, 鄭本“忒”作“貣”;
“立時人作卜筮”, 鄭本“作”作“爲”;“王省惟歲”, 馬本“省”作“眚”.

번역 안按

　　당唐명황明皇, 玄宗이 《상서尙書》를 당시 통행자今字로 전사傳寫하고, 그 구
본舊本을 보관하였다. 《송사·예문지》에 마침내 삼가三家가 주해한 고문
《상서》는 없어지게 되었다고 하였다. 송宋 중엽中葉에 출현한 것이 있는지
만 요약하자면 삼가본三家本은 아니었다. 따라서 송인宋人이 고문《상서》에
는 모자某字로 썼다고 한 것을 나는 대개 언급하지 않는다. 오직 당唐 이전
사람의 책으로 단정하여, 아래에 간추려 서술하여 육덕명과 공영달이 갖
추지 못한 것을 보충하고자 한다.

　　배인裴駰《사기》주注《집해集解》《오제본기》:

　　《요전》

　　“사악四岳”, 정본은 “사악四嶽”으로 썼다.

　　“삼년이니, 네가 제위에 오르라三載, 汝陟帝位”, 정본은 “삼년三年”으로 썼다.

　　“다섯 가지 서옥을 거두다輯五瑞”, 마본은 “집輯”을 “읍揖”으로 썼고, “읍揖
은 거둠斂이다揖, 斂也”고 주해하였다.

"시柴제사를 올리다", 정본은 "시祟"로 썼고, "시祟는 료燎, 불타오름이다柴, 燎也."

"죽은 예물贄", 마본은 "지摯"로 썼다.

"과오와 불행으로 지은 죄는 놓아줘 용서한다眚災肆赦.", 정본은 "생재과사眚烖過赦"로 썼고, "생재眚烖는 남을 위하여 근심과 해로움을 지은 것이다. 과실過失을 저지름에 비록 해로움이 있으나 용서하는 것이다眚烖, 爲人作患害者也. 過失, 雖有害則赦之"라고 주해하였다.

"너의 말이 옳다. 네가 가서 수행하라俞, 汝往哉", 정본은 "유俞"는 "연然"으로 썼다.

"약탈하고 죽이며 밖을 어지럽히고 안을 어지럽히다寇賊姦宄", 정본은 "귀宄"는 "궤軌"로 썼다.

"밝게 살펴야 백성들이 믿을 수 있을 것이다惟明克允", 마본은 "유명능신維明能信"으로 썼고, "마땅히 그 죄를 밝혀야 사람들을 믿음으로 굴복시킬 수 있는 것이다當明其罪, 能使信服之"라 주해하였다.

"노래는 말을 길게 읊는 것이다歌永言", 마본은 "가장언謌長言"으로 썼다.

배인裴駰《사기》주注《집해集解》《하본기》:

《우공》

"높은 산과 큰 내를 정하다奠高山大川", 마본은 "전奠"은 "정定"으로 썼고, "그 등급과 차례를 정하여 예에 따라 제사지냄을 보이는 것이다定其差秩, 祀禮所視也"라고 주해하였다.

"도이島夷는 피복皮服을 입었다島夷皮服", 정본은 "도島"는 "조鳥"로 썼다.

"제수濟水와 하수河水 사이가 연주兗州이다濟河惟兗州", 정본은 "연兗"은 "연沇"으로 썼다.

"옹수灉水와 저수沮水가 모여 함께 흐른다灉沮會同", 정본은 "옹灉"은 "옹雍"으로 썼다.

"13년을 다스려야 다른 주州와 똑같게 된다作十有三載乃同", 정본은 "재載"는 "년年"으로 썼다.

"강수江水와 대해大海를 거슬러 올라가다沿于江海, 정본은 "연沿"은 "연均"으로 썼고, "연沿으로 읽는다讀爲沿"고 주해하였다.

"타수沱水와 잠수潛水가 이미 물길을 따르다沱潛既道", 정본은 "잠潛"은 "잠涔"으로 썼다.

"균죽菌竹과 노죽簵竹, 싸리나무 화살惟箘簬楛", 마, 정본은 "노簵"는 모두 "노簬"로 썼다.

"세 나라에서 유명한 것을 바친다三邦底貢厥名", 마본은 "삼국치공기명三國致貢其名"으로 썼다.

"종남산終南山과 돈물산惇物山으로부터終南惇物", 정본은 "돈惇"은 "돈敦"으로 썼고, "돈물산敦物山은 우부풍右扶風 무공武功에 있다敦物在右扶風武功"고 주해하였다.

"저야택豬野澤에 이르다至于豬野", 정본은 "저豬"는 "도都"로 썼고, "도야택都野澤은 무위武威에 있고, 휴도택休屠澤이라 부른다都野在武威, 名休屠澤"고 주해하였다.

"견산岍山에 물을 인도하여 기산岐山에 이르다導岍及岐", 정본은 "견岍"은 "견汧"으로 썼고, "견산汧山은 우부풍右扶風에 있다汧在右扶風"고 주해하였다.

"북쪽으로 홍수洚水를 넘다北過洚水", 정본은 "홍洚"은 "강降"으로 썼고, "강수降水는 신도信都 남쪽에 있다降水在信都南"고 주해하였다.

"파총산幡冢山에 양수漾水를 인도하다幡冢導漾", 정본은 "양漾"은 "양瀁"으로 썼고, "양수瀁水는 농서隴西 저도氐道에서 출원한다瀁水出隴西氐道"고 주해하였다.

"또 동쪽으로 예수澧水에 이르다又東至于澧", 마, 정, 왕본 모두 "예澧"는 "예醴"로 썼다.

"넘쳐 형수滎水가 되다溢爲滎", 정본은 "일溢"은 "일泆"로 썼다.

"여러 땅이 서로 바르게 하고 재부財賦를 신중히 하다庶土交正, 底愼財賦", 오직 정본은 "서庶"는 "중衆"으로, "저底"는 "치致"로 썼다.

《고요모》

"여러 현명한 이가 힘써 도우면 가까운 데로부터 먼 데에 미루어 나감이 여기에 달려 있다庶明勵翼, 邇可遠, 在玆", 정본은 "서庶"는 "중衆"으로, "이邇"는 "근近"으로 썼다.

"하늘이 거듭 명하여 아름답게 하다天其申命用休", 정본은 "신申"은 "중重"으로 썼고, "하늘이 아름다운 응보應報로써 거듭 너에게 명하는 것이니, 상서로움을 이른다天將重命汝以美應, 謂符瑞也"라고 주해하였다.

"다스려짐과 다스려지지 않음을 살피다在治忽", 정본은 "홀忽"은 "물曶"로 썼고, "물曶은 신하가 임금이 견지하는 바를 보고, 생각을 기록하여 명령에 대비하는 것이다. 임금도 이러한 것이 있어서 오관五官에 정교政教를 출납한다曶者, 臣見君所秉, 書思對命者也. 君亦有焉, 以出內政教於五官"라고 주해하였다.

배인裴駰 《사기》주注 《집해集解》《은본기》:

《탕서》

"이에 무리들이 모두 태만하고 화합하지 않다有衆率怠弗協", 마본은 "불협弗協"은 "불화不和"로 썼다.

《서백감려》

"편안히 먹음을 두지 않다不有康食", 정본은 "강康"은 "안安"으로 썼다.

배인裴駰《사기》주注《집해集解》《주본기》:

《목서》

"도망하는 자들을 맞아 공격하여 서토西土 사람들을 노역勞役하게 하지 말라弗迓克奔以役西土", 정본은 "불아弗迓"는 "불어不禦"로 썼고, "어禦는 강제로 막는 것으로 매우 포악함을 말한다禦, 強禦, 謂強暴也"고 주해하였다. "분奔"은 "분犇"으로 썼다.

배인裴駰《사기》주注《집해集解》《노주공세가》:

《금등》

"태사太史가 다음과 같이 책축冊祝하였다史乃冊祝", 정본은 "책冊"은 "책策"으로 썼다.

"상제上帝의 뜰에서 명命하다乃命于帝庭", 마본은 "우于"는 "어於"로 썼다.

"우리 선왕先王들도 또한 길이 의지하여 돌아갈 곳이 있을 것이다我先王亦永有依歸", 정본은 "유有"아래에 "소所"자가 있다.

《무일毋逸》

"이에 소인小人들과 함께하다爰暨小人", 마본은 "원기爰暨"는 "위여爲與"로 썼고, "소인과 더불어 종사해서 소인의 어렵고 수고로움을 안다與小人從事, 知小人艱難勞苦也"로 주해하였다.

"곧 양음亮陰에서乃或亮陰", 정본은 "양암梁闇"으로 썼고, "미楣, 기둥에 가로댄 나무를 양梁, 대들보이라 한다. 암闇은 오두막집廬이다楣謂之梁. 闇謂廬也"로 주해하였다.

"말을 하지 않다가 말을 시작하니 온화하였다言乃雍", 정본은 "옹雍"은 "환驩"으로 썼고, "환驩은 기뻐함이다驩, 喜悅也"고 주해하였다.

"오랫동안 소인이 되다舊爲[139]小人", 마본은 "구舊"는 "구久"로 썼다.

《비서肹誓》

"노魯나라 백성들의 3교郊와 3수遂들이魯人三郊三遂", 왕본은 "수遂"는 "수隧"로 썼다.

배인裴駰《사기》주注《집해集解》《송미자세가》:

《미자》

"우리가 발출發出하여 가다我其發出狂", 정본은 "광狂"은 "왕往"으로 썼고, "발發은 일어남起이다. 우리가 일어나 나가는 것이다發, 起也. 我其起作出往也"라고 주해하였다.

"이제 당신들은 넘어지고 떨어짐을 가리켜 알려줌이 없다今爾無指告于顚隮", 마본은 "제隮"는 "제隮"로 썼고, "제隮는 떨어지다와 유사하다隮, 猶墜也"라 주해하였다.

《홍범鴻範》

"위엄을 보임을 육극六極으로써 하다威用六極", 마본은 "위威"는 "외畏"로 썼고, "하늘이 사람을 두렵게 하는 것을 육극六極으로 함을 말한 것이다言天所以畏懼人用六極"라고 주해하였다.

"토土는 이에 심고 거두는 것이다土爰稼穡", 왕본은 "원爰"으로 "왈曰"로 썼다.

"순종함은 다스림을 만든다從作乂", 마본은 "예乂"는 "치治"로 썼다.

---

139 《소증》은 "위謂"로 되어 있으나, 《사고전서본》《황청경해본》 및 《상서》 원문에 의거하여 "위爲"로 고쳤다.

"너에게 극極을 보존함을 주다錫汝保極", 정본은 "여汝"는 "여女"로 썼다.

"그 행함에 나아가게 하면 나라가 번창할 것이다使羞其行而邦其昌", 왕본은 "방邦"은 "국國"으로 썼다.

"네가 비록 그에게 복을 주더라도 그는 너에게 허물을 지을 것이다汝雖錫之福, 其作汝用咎", 정본은 "여汝"는 모두 "여女"로 썼다.

"황극皇極으로 부연敷衍한 말皇極之敷言", 마본은 "황皇"은 "왕王"으로 썼다.

"상제上帝가 가르쳐주신 것이다于帝其訓", 마본에 "훈訓"은 "순順"으로 썼고, "하늘에 뜻에 따르는 것이다於天爲順也"라고 주해하였다.

"가르침으로 삼고 행하다是訓是行", 왕본은 "훈訓"은 "순順"으로 썼고, "백성이 임금에게 말씀을 드리고, 마음에 들게 되면 따라서 행하는 것이다民納言於上而得中者則順而行之"라고 주해하였다.

"이에 복서卜筮하기를 명한다乃命卜筮", 정현의 설을 인용하여 "다섯 가지 점占의 작용을 복서하는 것이다. 비오고雨, 비그치고濟, 볕나고圉, 어둑하고霧, 비의 기색氣色이 침범한 것克을 말한다卜五占之用. 謂雨, 濟, 圉, 霧, 克也"고 주해하였다.

또한 "비오는 것雨者", "비 그치는 것濟者", "볕나는 것圉者", "어둑한 것霧者", "비의 기색이 침범한 것克者"이라고 하였으니, 정본鄭本은 "왈역曰圉"은 "왈몽曰霧"의 앞에 위치하였고, 왕본도 그러하였다.

또한 "왈제曰霽"는 정본鄭本은 "왈제曰濟"라고 썼다.

"잘못된 점을 미루어 알다衍忒", 정본은 "특忒"은 "특貣"으로 썼다

"이 사람을 세워 복서卜筮를 하다立時人作卜筮", 정본은 "작作"은 "위爲"로 썼다.

"왕王이 살필 것은 해이다王省惟歲", 마본은 "성省"은 "생眚"으로 썼다.

又按：鄭氏《周禮注》引《召誥》“太保朝至于洛”，“洛”作“雒”；“太保乃以庶
殷攻位于洛汭”，作“於雒汭”；《呂刑》“度作刑以詰四方”，作“度作詳刑”；《堯
典》“宅西曰昧谷”，作“度西曰柳穀”；《禹貢》“羽畎夏翟”，“翟”作“狄”；《皋陶
謨》“天明畏自我民明威”，“畏”作“威”；《洪範》“謀及庶人”，“人”作“民”；《顧命》
“越翼日乙丑王崩”，“翼”作“翌”，“王崩”作“成王崩”；《皋陶謨》“日,月,星,辰,山,
龍,華蟲作會”，“會”作“繢”；“宗彝,藻,火,粉米,黼,黻絺繡”，“絺”作“希”；《洪範》
“曰雨,曰霽,曰蒙,曰驛,曰克”，作“曰雨,曰濟,曰圛,曰孟,曰尅”；《金縢》“啓籥見
書”，“啓”作“開”；又“體王其罔害”，“罔”作“無”；又“以啓金縢之書”，“啓”亦作
“開”；《堯典》“平秩東作”，四“平”字俱作“辨”；《顧命》“大輅在賓階面”，四“輅”
字俱作“路”，“綴”作“贅”；《禹貢》“溢爲滎”，“溢”作“泆”；又“滎波既豬”，作“滎
播既都”；又“灉沮會同”，“灉”作“雍”；《甘誓》“予則孥戮汝”，“孥”作“奴”；《費
誓》“杜乃擭，敜乃穽”，“費”作“柴”，“杜”作“敜”；《酒誥》“有正有事無彝酒”，
“正”作“政”；《堯典》“肆覲東后”，“肆”作“遂”；《禹貢》“杶幹栝柏”，“杶”作“櫄”.

우안又按

정현《주례·주注》의《서》편 인용은 다음과 같다.

《소고》“태보太保가 아침에 낙읍洛邑에 이르렀다太保朝至于洛”의 “낙洛”은
“낙雒”으로 썼고, “태보太保가 마침내 서은庶殷을 데리고 낙예洛汭에서 집터
를 다스리게 하다太保乃以庶殷攻位于洛汭”는 “어낙예於雒汭”로 썼다.《여형》“형
벌을 법률로 만들어 사방을 다스렸다度作刑以詰四方”는 “도작상형度作詳刑”으
로 썼다.

《요전》"서쪽에 머물게 하고 매곡^{昧谷}이라 하였다^{宅西曰昧谷}"는 "탁서왈류곡度西曰柳穀"으로 썼다.

《우공》"우산^{羽山} 골짜기의 여름철 꿩^{羽畎夏翟}"의 "적적^翟"은 "적적^狄"으로 썼다.

《고요모》"하늘이 선한 자를 밝혀주고 악한 자를 두렵게 함이 우리 백성의 밝음과 두려움으로부터 하다^{天明畏自我民明威}"의 "외畏"는 "위威"로 썼다.

《홍범》"꾀함이 서인^{庶人}에 미치다^{謀及庶人}"의 "인人"은 "민民"으로 썼다.

《고명》"다음날 을축일^{乙丑日}에 왕이 붕어하였다^{越翼日乙丑王崩}"의 "익翼"은 "익翌", "왕붕^{王崩}"은 "성왕붕^{成王崩}"으로 썼다.

《고요모》"일^日, 월^月, 성星, 신辰, 산山, 용龍, 화충^{華蟲}을 그리다^{日, 月, 星, 辰, 山, 龍, 華蟲作會}"의 "회會"는 "궤繢"로 썼고, "종이^{宗彝}, 마름(藻), 불(火), 분미^{粉米}, 보黼, 불黻을 수놓다^{宗彝, 藻, 火, 粉米, 黼, 黻絺繡}"의 "치絺"는 "희希"로 썼다.

《홍범》"비옴, 비갬, 흐림, 끊어짐, 엇갈림^{曰雨, 曰霽, 曰蒙, 曰驛, 曰克}은 "왈우^{曰雨}, 왈제^{曰濟}, 왈역^{曰圛}, 왈몽^{曰雺}, 왈극^{曰尅}"[140]으로 썼다.

《금등》"열쇠를 열어 봉한 글을 보다^{啟籥見書}"의 "계啟"는 "개開"로 썼고, 또 "(복서^{卜筮}의) 대체^{大體}는 왕에 해로움이 없을 것이다^{體王其罔害}"의 "망罔"은 "무無"로 썼으며, 또 "금등^{金縢}의 글을 열다^{以啟金縢之書}"의 "계啟"도 "개開"로 썼다.

《요전》"봄에 시작하는 일 고르게 차례짓다^{平秩東作}" 등의 네 개의 "평平"자[141]는 모두 "변辨"으로 썼다.

---

140 앞에 나왔다. 정현은 "비오고(雨), 비그치고(濟), 볕나고(圛), 어둑하고(霧), 비의 기색(氣色)이 침범한 것(克)"으로 주해하였다.
141 《요전》 "平秩東作", "平秩南訛", "平秩西成", "平在朔易".

《고명》 "대로大輅는 빈계賓階에서 남면한다大輅在賓階面" 등의 네 개의 "로輅"자[142]는 모두 "로路"로 썼으며, "철철綴綴"은 "췌칩贅"로 썼다.

《우공》 "넘쳐서 형수滎水가 된다溢爲滎"의 "일溢"은 "일泆"로 썼고, 또 "형택滎澤의 흐르던 물이 이미 막혀 못을 이루었다滎波既豬"는 "형파기도滎播既都로 썼으며, 또 "옹수灉水와 저수沮水가 모여 함께 흐른다灉沮會同"의 "옹灉"은 "옹雍"으로 썼다.

《감서》 "내 너의 처자식까지 죽이리라予則孥戮汝", "나孥"는 "노奴"로 썼다.

《비서費誓》 "네 덫을 막고 네 함정을 막다杜乃擭, 敜乃穽"의 "비費"는 "비柴", "두杜"는 "두斁"로 썼다.

《주고》 "벼슬을 맡은 이와 일을 맡은 이들에게 가르치시되 술을 항상 하지 말라고 하다有正有事無彝酒"의 "정正"은 "정政"으로 썼다.

《요전》 "마침내 동쪽 제후들을 만나보다肆覲東后"의 "사肆"는 "수遂"로 썼다.

《우공》 "참죽나무, 산뽕나무, 전나무, 잣나무杶榦栝柏", "춘杶"은 "훈壎"으로 썼다.

원문

又按 : 鄭氏《禮記注》引《大誥》"越爾御事", "爾"作"乃"; 《禹貢》"三百里納秸服", "秸"作"秳"; 《金縢》"公曰體其罔害", "罔"作"無"; 《堯典》"夒命汝典樂", "汝"作"女"; 《牧誓》"今日之事不愆于四伐五伐", "愆"作"過", 無"于"字; 又"王朝至于商郊牧野", "于"作"於"; 《皐陶謨》"予弗子", "弗"作"不"; 又"簡而

---

142 《고명》 大輅在賓階面. 綴輅在阼階面. 先輅在左塾之前. 次輅在右塾之前.

廉", "廉"作"辨";《堯典》"流共工于幽洲", "洲"作"州";《無逸》"乃或亮陰", 云
古作"梁闇".

번역 **우안又按**

　　정현《예기 · 주注》의《서》편 인용은 다음과 같다.

　　《대고》"너희 어사御事들爾御事"의 "이爾"는 "내乃"로 썼다.

　　《우공》"3백 리는 볏짚秸 채로 바친다三百里納秸服"의 "갈秸"은 "갈秙"로 썼다.

　　《금등》"주공이 말하였다. '복서卜筮의 대체大體는 왕에게 해로움이 없
을 것이다'公曰體(王)其罔害"의 "망罔"은 "무無"로 썼다.

　　《요전》"기夔 너를 전악典樂으로 명하다夔命汝典樂"의 "여汝"는 "여女"로 썼다.

　　《목서》"금일今日의 싸움은 4벌伐과 5벌伐을 넘지 말아야今日之事不愆于四伐五
伐"[143]의 "건愆"은 "과過"로 썼고 "우于"자가 없으며, 또 "왕이 아침에 상商나
라 교외郊外인 목야牧野에 이르렀다王朝至于商郊牧野"의 "우于"는 "어於"로 썼다.

　　《고요모》"저禹는 자식으로 여겨 사랑하지 못하다予弗子"의 "불弗"은 "불
不"로 썼고, 또 "간략하면서도 모나다簡而廉"의 "렴廉"은 "변辨"으로 썼다.

　　《요전》"공공共工을 유주幽洲에 유배시키다流共工于幽洲"의 "주洲"는 "주州"
로 썼다.

　　《무일》"곧 양음亮陰에서乃或亮陰"는 고문은 "양암梁闇"으로 썼다고 하였다.

143　《목서》今予發, 惟恭行天之罰. 今日之事, 不愆于六步七步, 乃止齊焉. 夫子勖哉. 不愆于四伐
五伐六伐七伐, 乃止齊焉. 勖哉夫子.

제107. 공안국《대서大序》의 "과두서科斗書가 폐지된 지는 이미 오래되었다"는 말은 허신의《설문해자 · 서序》에 근거한 것임을 논함

원문

安國《大序》一篇, 冠五十八篇之首者, 朱子謂其"不類西漢人文章". 又曰: "只是魏晉間人所作." 又曰 "'傳之子孫以貽後代', 漢時無這般文章." 余直謂此篇蓋規摹許愼《說文解字 · 序》而作, 觀其起處猶可見. 至承襲而譌, 遂謂: "科斗書廢已久, 時人無能知, 以所聞伏生《書》考論文義始得知." 其妄可得而辨焉:《說文解字 · 序》曰: "秦燒滅經書, 滌除舊典, 初有隷書, 以趣約易, 而古文由此絶矣. 自爾秦書有八體, 曰大篆,小篆,刻符,蟲書,摹印,署書,殳書,隷書. 漢興, 以八體試學僮. 新莽居攝, 時有六書, 曰古文,奇字,篆書,佐書,繆篆,鳥蟲書. 古文者, 即孔子壁中書." 若以自秦以後, 魯恭王壞孔子宅以前無所爲古文也者, 不知《藝文志》云: "漢興, 蕭何草律, 著其法曰: '太史試學童, 能諷書九千字以上, 乃得爲史. 又以六體試之, 課最者以爲尙書御史史書令史. 吏民上書, 字或不正, 輒擧劾.' 六體者, 古文,奇字,篆書,隷書,繆篆,蟲書, 皆所以通知古今文字, 摹印章, 書幡信." 蕭何固以習古文爲一代之功令也, 豈得云書廢已久, 時人無能識乎? 北平侯張蒼修《春秋左氏傳》多古字古言, 河間獻王所得書皆古文先秦舊書, 司馬遷年十歲則誦古文, 此皆章章明著, 不待孔安國以今文字參考而後可識也.

공안국《대서大序》편篇은 58편의 맨 앞에 위치하고 있는데, 주자는 "서한인西漢人의 문장과 비슷하지 않다不類西漢人文章"고 하였다. 또한 "위진魏晉 연간의 사람이 지은 것이다只是魏晉間人所作", "'자손에게 전하여 후대에 남겨준다'라고 하였는데 한대에 이런 문장은 없었다傳之子孫以貽後代', 漢時無這般文章"라고 하였다.[144] 내 생각에 이《대서大序》편은 허신許愼의《설문해자說文解字·서序》를 모방하여 지은 것이니, 그 기원을 보면 오히려 잘 드러난다. 계승하고 답습하면서 오류에 이르렀으니, 마침내는 "과두서科斗書가 폐지된 지는 이미 오래되어, 당시의 사람들은 알아볼 수 있는 이가 없었는데, 복생伏生의《서書》에게 들은 것으로 문의文義를 논고論考하여 비로소 알게 되었다科斗書廢已久, 時人無能知, 以所聞伏生《書》考論文義始得知"라고 하였다. 그 망령됨을 다음과 같이 변론할 수 있다.

《설문해자·서序》에 다음과 같이 말했다. "진秦나라는 경서經書를 불태워 없애고 옛 전적을 폐기하였다. (…중략…) 처음 예서隸書가 만들어지고 그것으로 간략하고 쉽게 쓰는 경향이 생기면서 고문은 이로부터 끊어졌다. 이로부터 진秦의 문자에는 팔체八體가 있게 되었으니, 대전大篆, 소전小篆, 각부刻符, 충서蟲書, 모인摹印, 서서署書, 수서殳書, 예서隸書이다. (…중략…) 한漢나라가 흥기하여 이 팔체八體로 학동學僮을 시험보았다. (…중략…) 신新 왕망이 섭정할 당시에 육서六書가 있었으니, 고문古文, 기자奇字, 전서篆書, 좌서佐書, 무전繆篆, 조충서鳥蟲書이다. 고문은 곧 공자고택 벽중서壁中書이다秦燒滅經

書, 滌除舊典. 初有隸書, 以趣約易, 而古文由此絶矣. 自爾秦書有八體, 曰大篆, 小篆, 刻符, 蟲書, 摹印, 署書,

殳書, 隸書. 漢興, 以八體試學僮. 新莽居攝, 時有六書, 曰古文, 奇字, 篆書, 佐書, 繆篆, 鳥蟲書. 古文者, 即孔

子壁中書." 만약 진秦 이후, 노魯공왕恭王이 공자孔子 고택을 허물기 이전에는

고문이 없었다고 하는 것은《한서·예문지》에서 말한 "한漢나라가 흥기

하여, 소하蕭何가 법률을 초안하여 그 법을 다음과 같이 만들었다. '태사太

史가 학동學童을 시험하는데, 9천 자 이상의 책을 외울 수 있어야 사史, 하급

관리가 된다. 또 육체六體로 시험하여 과課의 가장 우수한 자는 상서어사사

서령사尙書御史史書令史로 삼았다. 관리나 백성이 글을 올릴 때, 혹 글자가 바

르지 않으면, 그 잘못을 상세히 아뢰어 탄핵한다.' 육체六體는 고문古文, 기

자奇字, 전서篆書, 예서隸書, 무전繆篆, 충서蟲書이니, 모두 이것으로 고금古今의

문자를 다 알게 되고, 인장에 새기고 기치旗幟와 부절符節에 썼다漢興, 蕭何草

律, 著其法曰: '太史試學童, 能諷書九千字以上, 乃得爲史. 又以六體試之, 課最者以爲尙書御史史書令史. 吏

民上書, 字或不正, 輒擧劾.' 六體者, 古文, 奇字, 篆書, 隸書, 繆篆, 蟲書, 皆所以通知古今文字, 摹印章, 書幡

信"를 모른 것이다. 소하蕭何는 진실로 고문古文을 학습하는 것을 일대一代의

공령功令으로 삼았는데, 어찌 고문서가 폐기된 지가 오래되어 당시 사람

들이 아는 자가 없었다고 말할 수 있겠는가? 북평후北平侯 장창張蒼, BC256~

BC152[145]은《춘추좌씨전》을 찬수하면서 고자古字와 고언古言을 많이 썼

고,[146] 하간헌왕河間獻王이 얻었던 서적은 모두 고문古文으로 된 선진先秦 구

---

145 장창(張蒼) : 서한 초기의 승상(丞相), 역산학자(曆算學者)이다. 초기에 이사(李斯), 한
비(韓非) 등과 순자(荀子)의 문하에서 배웠다.《구장산술(九章算術)》을 교정하였다. 가
의(賈誼)의 스승이다.

146《한서·유림전》漢興, 北平侯張蒼及梁太傅賈誼, 京兆尹張敞, 太中大夫劉公子皆修春秋左氏
傳. 誼爲左氏傳訓故, 授趙人貫公, 爲河間獻王博士, 子長卿爲蕩陰令, 授淸河張禹長子. 禹與蕭
望之同時爲御史, 數爲望之言左氏, 望之善之, 上書數以稱說. 後望之爲太子太傅, 薦禹於宣帝,

서書였으며, 사마천은 10세 때 고문에 통달한 사실이 모두 환하게 밝게 드러나 있으니, 공안국이 금문자今文字, 당시 通行字로 참고參考한 이후에 알게 되었다는 말을 기다리지 않아도 된다.

원문

按：《說文·序》以初造書契爲黃帝之史倉頡, 此自從《易·繫辭》及《世本》來, 極確. 安國《大序》妄以爲伏犧氏, 孔穎達從而傅會, 正可一筆抹摋. 詳見余《潛邱劄記》.

번역 안按

《설문·서序》에 처음 서계書契를 만든 자는 황제黃帝의 사관 창힐倉頡이라고 하였는데, 이는《역·계사》및《세본》에서 유래한 것으로 확론確論이다. 공안국《대서大序》는 함부로 복희씨伏犧氏로부터 유래한 것이라 하였고, 공영달이 이를 따라 견강부회한 것을 한 번의 논의로 말살시킬 수 있다. 상세한 논의는 나의《잠구차기潛邱劄記》에 보인다.

원문

又按：杜預《左傳後序》云："太康元年, 汲郡人有發塚者大得古書, 皆科斗文字. 科斗書久廢, 推尋不能盡通, 藏在秘府." 杜預時謂科斗書久廢則可,

---

徵禹待詔, 未及問, 會疾死. 授尹更始, 更始傳子咸及翟方進, 胡常. 常授黎陽賈護季君, 哀帝時待詔爲郎, 授蒼梧陳欽子佚, 以左氏授王莽, 至將軍. 而劉歆從尹咸及翟方進受. 由是言左氏者本之賈護, 劉歆.

孔安國時則不可. 即《說文·序》云：孔子書六經, 左丘明傳《春秋》皆以古文,
繼云："秦焚滅經書, 滌除舊典, 而古文由此絶", 是亦絶經典之古文耳, 非謂
天下盡不識之也. 不然, 何後又云"張倉獻《左氏傳》, 郡國山川往往得鼎彝,
其銘即前代之古文"? 非先孔子壁而出者乎? 但謂漢承秦制以八體試學僮, 不
云六體, 與蕭何律悖, 余不可以不辨.

번역 **우안又按**

　두예《좌전左傳·후서後序》에서 말하였다. "태강太康 원년元年, 280, 급총汲郡
사람 가운데 총塚을 발굴한 자가 고서古書를 많이 얻었는데, 모두 과두科斗
문자로 되어 있었다. 과두서科斗書는 이미 폐지되어, 과두科斗문자를 아는
자를 찾았지만 다 알 수 없었으므로 비부秘府에 보관하였다太康元年, 汲郡人有發
塚者大得古書, 皆科斗文字. 科斗書久廢, 推尋不能盡通, 藏在秘府." 두예 당시에 과두서科斗書가
폐지된 것이 오래되었다고 하는 것은 옳으나, 공안국 시기는 옳지 않다.
곧《설문·서序》에서 말한 공자孔子가 육경六經을 기록하고, 좌구명左丘明이
《춘추》를 전주傳注한 것이 모두 고문古文으로 하였다고 한 것과, 이어서 말
하길 "진秦나라가 경서經書를 불태워 없애버리고, 옛 전적을 폐기하였고,
고문이 그로부터 끊어졌다秦焚滅經書, 滌除舊典, 而古文由此絶"고 하였는데, 이 또한
경전經典의 고문古文이 끊어졌다는 것일 뿐이지, 천하天下 사람들이 다 고문
을 알지 못함을 말한 것이 아니다. 그렇지 않다면, 어찌 뒤에서 다시 "장
창張倉이《좌씨전》을 헌상한 것과, 군국郡國의 산천山川에서 종종 얻은 정이
鼎彝, 靑銅祭器의 그 명문銘文이 곧 이전 시대의 고문古文이었다張倉獻《左氏傳》, 郡國山
川往往得鼎彝, 其銘即前代之古文"라고 하였겠는가? 공자의 고택 벽중에서 얻은 것

보다 먼저 출현한 것이 아니겠는가? 다만 한漢나라가 진秦나라 제도를 계승하여 팔체八體로 학동學僮을 시험보았다고 하고, 육체六體를 말하지 않은 것은 소하蕭何의 율법과 서로 어긋나므로, 나는 분별하지 않을 수 없다.

원문

又按：秀水徐嘉炎勝力謂余："《書大序》不類西京不待言，　　而尤悖理者，'贊《易》道以黜《八索》，述《職方》以除《九丘》'. 上文明云皆帝王遺書，既帝王遺書，夫子刪之定之可也. 黜之除之其可通乎？'學士逃難解散'，何其俗？'漢室龍興，開設學校，旁求儒雅，以闡大猷'，何其卑靡，竟類近代矣？且表章六經，莫盛漢武，一巫蠱事，何至'經籍道息'？"余曰："經籍道息"，猶言不重此道云爾，語頗輕. 以是折《大序》，恐未足服其心焉.

번역 **우안又按**

　수수秀水의 서가염徐嘉炎, 1631~1703, 자 승력(勝力)[147]이 나에게 말했다. "《서대서書大序》가 서한西漢의 문자와 비슷하지 않다는 것은 말할 것도 없이 더욱 이치에 어긋나는 것은 '(공자孔子가)《역易》의 도道를 찬술贊述하여 《팔색八索》을 내쳤고，《직방職方》을 술명述明하여 《구구九丘》를 제거하였다贊《易》道以黜《八索》, 述《職方》以除《九丘》'라는 것이다. 앞 문장에서 명확하게 모두 제왕帝王의 유서遺書임을 말하였으니，[148] 이미 제왕帝王의 유서遺書인 것을 부자夫子가 산

---

147 서가염(徐嘉炎)：자 승력(勝力). 호 화은(華隱). 절강(浙江) 수수(秀水)(지금의 가흥(嘉興))출신. 저서에는 《포경재시집(抱經齋詩集)》 20권이 있고, 그 외에 《설경(說經)》,《담사(談史)》,《오대사보주(五代史補注)》,《명사변증(明史辨證)》,《견문잡록(見聞雜錄)》 등이 있으나, 모두 실전되었다.

정删定한 것은 옳다. 물리치고 제거했다는 것이 통할 수 있겠는가? '(천하天下의) 학사學士들은 난을 피하여 흩어졌다學士逃難解散'라고 하였는데 어찌 그렇게 속된 것인가? '한나라 왕실이 흥기하여 학교를 개설하고 유생들을 널리 구하여 큰 도道를 천명하였다漢室龍興, 開設學校, 旁求儒雅, 以闡大猷'고 하였으니, 어찌 그렇게 비루한 것이 끝내 근대와 유사했겠는가? 또한 육경六經을 표창한 것이 한漢무제武帝 때보다 더 왕성한 때가 없었는데, 한 번의 무고巫蠱사건으로 인해 어찌 '경적經籍의 도道가 잠식經籍道息'되었겠는가?"

나는 말하였다. "경적經籍의 도道가 잠식經籍道息되었다는 것은 이 도道를 중용하게 여기지 않았다는 말과 같으니, 말이 제법 경솔하다. 이것으로 《대서大序》를 물리치고자 했지만, 그 마음을 굴복시키기에는 충분치 않은 것 같다.

원문

又按: 衛宏《古文奇字·序》先于許氏, 止云"秦改古文以爲篆隷", 又云"秦罷古文而有八體, 非古文矣", 未嘗云漢不用古文. 誤由于《說文·序》"漢以八體試學僮"一語, 不知漢乃六體, 六體有古文在內, 與秦殊. 又誤於新莽時六書古文, 奇字云云, 不知此即漢六體舊制, 非莽始. 《太史公自序》"秦撥去古文, 焚滅《詩》,《書》", 繼云"漢興百年之間, 天下遺文古事靡不畢集". 太史公一隱一見宛然. 蓋秦有天下者十五年, 僅此十五年天下不習尙古文, 漢一興而古文復矣. 王伯厚以秦下令焚書始禁古文, 距漢興才七年.

---

148 《대서(大序)》春秋左氏傳曰 楚左史倚相, 能讀三墳五典八索九丘, 卽謂上世帝王遺書也.

위굉衛宏《고문기자古文奇字·서序》는 허신許愼《설문》보다 먼저 나왔는데, 단지 "진秦나라는 고문古文을 고쳐 전예篆隸로 만들었다秦改古文以爲篆隸"고만 하였고, 또 "진秦은 고문古文을 파기하고 팔체八體가 있었는데, 고문古文이 아니다秦罷古文而有八體, 非古文矣"고 하였지, 일찍이 한漢나라는 고문古文을 사용하지 않았다고는 하지 않았다. 오류는《설문·서序》"한漢나라는 팔체八體로 학동學僮을 시험보았다漢以八體試學僮"라는 말에서 비롯되었으니, 한漢나라 때 육체六體가 있었고, 육체六體에는 고문古文이 그 안에 포함되어 진秦나라와는 달랐음을 모른 것이다. 또한 신新 왕망 때 육서六書의 고문古文, 기자奇字가 있었다고 잘못 말한 것은 그것이 한漢 육체六體의 구제舊制이지 왕망때 시작된 것이 아님을 모른 것이다.《태사공자서》에 "진秦나라는 고문古文을 제거하고,《시》,《서》를 불태워 없앴다秦撥去古文, 焚滅《詩》,《書》"고 하였고, 이어서 "한漢나라가 흥기한 이래 백년 동안, 천하에 남아 있던 서적이나 고문서가 다 수집되지 않은 것이 없었다漢興百年之間, 天下遺文古事靡不畢集"고 하였다. 태사공의 드러내고 감춤을 완연하게 알 수 있다. 대체로 진秦이 천하를 소유한 것이 15년인데, 겨우 이 15년 동안만 천하天下가 고문을 보존하지 못했고, 한漢나라가 흥기하면서 고문은 회복되었다. 왕응린王應麟, 자 백후(伯厚)은 진秦나라가 분서焚書를 명하여 비로소 고문古文을 금한 때부터 한나라가 흥기할 때까지는 겨우 7년이라고 하였다.

원문

又按：鄞萬言貞一與人論《尙書》疑義, 書中一條云："安有因國家刑獄之事, 臣子受命輯《書》, 序傳既成而可寢之不報者乎?" 亦佳.

은현鄞縣, 지금의 절강성(浙江省) 영파시(寧波市) 은주구(鄞州區)의 만언萬言, 1637~1705, 자 정일(貞一)¹⁴⁹이 지인들과 《상서》의 의의疑義를 논한 글 가운데 한 조목은 다음과 같다. "국가의 형옥 사건巫蠱事으로 인하여, 신하가 명을 받아 《서書》를 수집함에 있어서, 서序와 전傳이 이미 완성되어 있는데도 어찌 그것을 묻어두고 언급하지 않을 수 있겠는가?" 이 또한 좋은 논의이다.

又按:《說文·序》"今雖有《尉律》, 不課, 小學不修, 莫達其說久矣", 《尉律》, 漢律篇名. 蓋漢至和帝時蕭何所草律已不行, 學僮不試古文, 僅有一二通人如賈逵輩方相從受古學耳. 降至晉, 衛恒作《書勢》, 去漢逾遠, 幷謂'魯恭王得孔子宅書, 時人已不復知古文, 謂之科斗書, 漢代秘藏, 希得見'. 恒曾見《書大序》與否未可知. 要彼時自有此種議論散諸撰述, 益徵《大序》不作于漢武之時決矣.

《설문·서》에 "지금 비록 《위율尉律》이 있으나 시험보지 않으며, 소학小

---

149 만언(萬言) : 자 정일(貞一). 호 관촌(管村). 만사년(萬斯年)(1617~1693)의 아들이며, 만사동(萬斯同)(1638~1702)의 조카가 된다. 저서에는 《상서설(尙書說)》, 《명사거요(明史舉要)》가 있다. 《명사(明史)》 찬수에 참여하였고, 《숭정장편(崇禎長編)》을 완성하였다.

學, 字學을 익히지 않아, 자설字說에 통달한 이가 없어진 지가 오래되었다今雖
有《尉律》, 不課, 小學不修, 莫達其說久矣"고 하였는데, 《위율尉律》은 한율漢律 편명篇名이
다. 대체로 한漢나라 화제和帝, 88~106 재위 때에 이르러 소하蕭何가 기초한 율
법은 이미 시행되지 않았고, 학동學僮들은 고문古文을 시험보지 않았으며,
겨우 가규賈逵와 같은 한두 명의 통달한 자들이 고학古學을 전수했을 뿐이
었다. 이후 진晉에 이르러, 위항衛恒, ?~291[150]이 《서세書勢》를 지었는데, 한漢
나라와의 거리가 더욱 멀었으므로, 말하길 '노魯공왕恭王이 공자孔子宅의 서
書를 얻었는데 당시 사람들이 이미 고문을 다시 알지 못했으므로 그것을
과두서科斗書라고 불렀고, 한대漢代에 비장秘藏되어 거의 볼 수 없었다'고 한
것이다. 위항衛恒이 일찍이 《서대서書大序》를 보았는지는 알 수 없다. 요컨
대, 저 당시에 이러한 논의들이 흩어져 찬술된 것으로써 《대서大序》가 한
漢무제武帝 때에 쓴 것이 결코 아님을 더욱 징험하게 된다.

원문

又按 : 《潛邱劄記》恐世不傳, 仍載其說于此云 : 孔安國序 《尙書》謂 '伏犧
氏造書契以代結繩之政', 後小司馬 《三皇本紀》, 劉恕 《外紀》, 陳桱 《外紀》皆
本之. 愚嘗讀 《易 · 繫辭》, 而知其非也. 《繫辭》曰 : "上古結繩而治, 後世聖
人易之以書契, 百官以治, 萬民以察." 後世聖人, 蓋指黃帝, 堯, 舜, 豈謂伏犧
氏乎? 《世本》曰 : "黃帝世始立史官, 倉頡, 沮誦居其職." 又曰 : "倉頡作書."
許愼 《說文 · 序》曰 : "黃帝之史倉頡見鳥獸之迹, 初造書契." 皇甫謐 《帝王

---

150 위항(衛恒) : 자 거산(巨山). 서진(西晉)의 서예가.

世紀》曰：“黃帝垂衣裳, 倉頡造文字, 然後書契始作.”衛恒《書勢》曰：“昔在
黃帝, 創制造物, 有沮誦,倉頡者始作書契以代結繩.”又曰：“黃帝之史沮誦,
倉頡眺彼鳥迹, 始作書契.”則書契之作, 斷斷乎始於黃帝世無疑矣. 然則, 謂
包犧氏爲萬世文字之祖者, 其說非乎? 曰：此自爲畫八卦言之也. 六書之學
原本於八卦, 而八卦之畫不待於六書, 其先後固自別爾.

번역 우안又按

《잠구차기潛邱劄記》가 세상에 전해지지 않을까 염려해서 그 설을 여기
에 기록해두는 바이다.

공안국이 《상서》 서문에서 '복희씨伏羲氏가 서계書契를 만들어 결승結繩
의 정치를 대신하였다伏羲氏造書契以代結繩之政'고 하였고, 이후 사마정司馬貞
《색은索隱 · 삼황본기三皇本紀》, 유서劉恕, 1032~1078[151] 《외기外紀》, 진경陳桱[152] 《외
기外紀》가 모두 그것에 근본하였다. 내가 일찍이 《역 · 계사》를 읽어보고
그 설이 틀렸음을 알았다. 《계사전하繫辭傳下》에 “상고 시대에는 노끈으로
매듭을 지어 다스렸는데, 후세에 성인聖人이 이를 서계로 바꾸니 백관이
다스려지고 만백성이 살펴졌다上古結繩而治, 後世聖人易之以書契, 百官以治, 萬民以察”고
하였다. 후세의 성인은 황제黃帝, 요堯, 순舜을 가리키지, 어찌 복희씨伏羲氏
를 말한 것이겠는가? 《세본》에 “황제黃帝의 시대에 비로소 사관史官을 세

---

151 유서(劉恕) : 자 도원(道原). 송대의 사학가. 《자치통감》 부주편(副主編). 저서에는 《오대
십국기년(五代十國紀年)》, 《통감외기(通鑒外記)》, 《십육국춘추(十六國春秋)》 등이 있다.
152 진경(陳桱) : 자 자경(子經). 원말명초의 사학가. 저서에는 《통감속편(通鑒續編)》, 《통감
전편거요신서(通鑒前編擧要新書)》 2권, 《자치통감강목전편외기(資治通鑒綱目前編外記)》
1권 등이 있다.

우니, 창힐倉頡, 저송沮誦이 그 관직에 복무하였다黃帝世始立史官, 倉頡, 沮誦居其職"
고 하였다. 또한 "창힐倉頡이 글자를 만들었다倉頡作書"고 하였다. 허신《설
문·서》에 "황제黃帝의 사관 창힐倉頡이 조수鳥獸의 자취를 보고, 비로소 서
계書契를 만들었다黃帝之史倉頡見鳥獸之迹, 初造書契"고 하였다. 황보밀皇甫謐《제왕
세기帝王世紀》에 "황제黃帝가 의상衣裳을 드리우고, 창힐이 문자를 만든 연후
에 서계書契가 비로소 지어졌다黃帝垂衣裳, 倉頡造文字, 然後書契始作"고 하였다. 위
형衛恒《서세書勢》에 "옛날 황제黃帝시대에 제도를 창안하고 문물을 만들었
는데, 저송沮誦과 창힐倉頡이 비로소 서계書契를 만들어 결승結繩을 대체하였
다昔在黃帝, 創制造物, 有沮誦, 倉頡者始作書契以代結繩"고 하였다. 또한 "황제黃帝의 사관
저송沮誦과 창힐倉頡이 저 새들의 자취를 관찰하여 비로소 서계를 만들었
다黃帝之史沮誦, 倉頡眺彼鳥迹, 始作書契"고 하였으니, 서계書契가 만들어진 것은 확
실히 황제黃帝의 시대에 시작된 것임에 의심의 여지가 없다. 그렇다면 포
희씨包犧氏가 만세萬世 문자文字의 비조鼻祖라는 설은 틀린 것인가? 그것은
팔괘八卦를 그린 것으로부터 말한 것이다. 육서六書의 학學은 원래 팔괘에
근본하고, 팔괘八卦의 획괘는 육서六書와는 상관없는 것이므로, 그 선후가
저절로 구별될 뿐이다.

제108. [궐闕]

제109. [궐闕]

제110. [궐闕]

제111. 한대漢代에는 진고문眞古文으로 금문今文의 탈오脫誤를 교정할 수 있었음을 논함

《漢書·藝文志》:"劉向以中古文校歐陽,大小夏侯三家經文,《酒誥》脫簡一,《召誥》脫簡二. 率簡二十五字者脫亦二十五字, 簡二十二字者脫亦二十二字. 文字異者七百有餘, 脫字數十." 此段中四語致難解. 癸亥,甲子, 晤吾友胡朏明京師, 就質此義. 朏明好精思, 每至忘寢食, 曰:"此非可以倉卒對也." 越數日, 來告曰:"均是二尺四寸之簡, 而字數多少不同, 何也? 蓋伏生寫此二篇,《酒誥》率以若干字爲一簡,《召誥》率以若干字爲一簡, 三家因之而不敢易也. 向據中古文校外書, 以此之所有知彼之所脫, 然其間有脫字,脫簡之別. 脫字者傳寫之遺漏, 下文所謂脫字數十者是也. 脫簡者編次之失亡,《酒誥》脫簡一,《召誥》脫簡二是也. 必言率簡若干字者脫亦若干字, 蓋以字數之相應證中古文之足信也. 然則伏生所藏與孔壁之所出, 每篇每簡字數輒同乎? 曰:非然也. 藉令如此, 向但當以簡計, 不必以字計矣. 唯簡之字數有多少, 則篇之簡數有贏縮, 古文,今文參錯不齊, 故復言此以明之. 或問二篇脫簡始于何時. 弟謂劉歆《移太常博士書》言伏生《尚書》初出于屋壁, 朽折散絕, 則彼時當即有脫簡, 非必博士官溺職之所致也." 又曰:"竊意古人受經於師, 經有若干篇, 篇有若干簡, 簡有若干字, 終身守之不敢違. 及轉寫以授其弟子, 亦不敢略有所增損. 蓋損其字數則簡數必溢, 增其字數則簡數必虧, 非所以敬師傅,壹睹記也. 即此二篇推之, 其餘篇可知, 而他經亦可知矣." 復越數日, 告曰:"頃讀《春秋左傳·序·疏》云:'簡之所容, 一行字耳. 牘乃方版, 版廣於簡, 可以並容數行.' 此尤可以證率簡若干字之說. 蓋簡制狹長, 僅容一行, 故向但云率簡若干字而義已明, 不必以行計也. 竊以上下相承文理言之, 則二十五字乃《酒誥》之簡, 二十二字乃《召誥》之簡.《酒誥》脫簡一則中古文多二十五字,《召誥》脫簡二則中古文多四十四字也."

번역

《한서 · 예문지》 "유향劉向은 중고문中古文으로 구양歐陽, 대소大小하후夏侯 삼가三家 경문을 교정하였는데,《주고》는 탈간脫簡이 1개였고,《소고》는 탈간脫簡이 2개였다. 대체로 1간簡이 25자인 것은 또한 탈자脫字도 25자이고, 1간簡이 22자인 것은 또한 탈자도 22자이다. 문자文字가 다른 것이 7백여 자이고, 탈자는 수십자였다劉向以中古文校歐陽, 大小夏侯三家經文,《酒誥》脫簡一,《召誥》脫簡二. 率簡二十五字者脫亦二十五字, 簡二十二字者脫亦二十二字. 文字異者七百有餘, 脫字數十".

이 단락 가운데 네 단어가 매우 이해하기 어렵다. 계해癸亥, 1683, 염약거 47세와 갑자甲子, 1684, 염약거 48세년에 나의 벗 호위胡渭, 자 비명(朏明)를 경사京師에서 만나 이를 질의하였다. 비명朏明은 생각함이 매우 정밀하여 매번 침식寢食을 잊어버리곤 했는데, "이는 급하게 답할 수 있는 것이 아니다"고 하였다. 수일이 지나서, 다음과 같이 알려왔다. "균일한 2자 4척의 간簡이더라도 글자의 개수가 같지 않은 것은 어째서인가? 대체로 복생이 이 두 편을 전사傳寫하면서,《주고》의 약간의 글자를 한 간簡에 썼고,《소고》의 약간의 글자를 한 간簡에 썼는데, 삼가三家가 그로 인하여 감히 바꾸지 못한 것이다. 유향이 중고문中古文으로 외부의 다른 서적을 교정함에 여기에 있는 것으로 저기에 빠진 것을 알게 되었으니 그 사이에는 탈자脫字와 탈간脫簡의 구별이 있었다. 탈자脫字란 전사傳寫과정에서 빠지거나 누락된 것이니 다음에 말한 탈자脫字 수십 개가 그것이다. 탈간脫簡이란 편차編次가 망실된 것으로서, 《주고》 탈간 1개, 《소고》 탈간脫簡 2개가 그것이다. 반드시 1간簡이 약간 자字가 들어가면 탈자도 약간 자라고 말해야만 했던 것은 자수字數가 상응相應하는 것으로써 중고문中古文이 충분히 믿을 수 있는 것임을 증명한 것이다. 그렇다면 복생이 소장했던 판본과 공벽孔壁에서 나온 판본의 매편每篇매간每簡의 자수字數가 이렇게 똑같았던 것인가? 그렇지 않다. 가령 그와 같았다면, 유향은 마땅히 간簡으로만 헤아렸지 반드시 자수로 헤아리지 않았을 것이다. 오직 1간簡의 자수字數에 차이가 있다면, 편篇의 간수簡數도 남고 모자람이 있게 되니, 고문古文과 금문今文이 뒤섞여 고르지 않게 되므로, 반복해서 그 말을 함으로써 밝힌 것이다. 어떤 이가 두 편의 탈간脫簡은 언제 시작되었는지를 물었다. 다만 다음과 같이 말할 수 있을 뿐이다. 유흠劉歆의 《이태상박사서移太常博士書》에서 이르길 복생 《상서》가 처음 벽옥屋壁에서 나왔을 때 간책簡冊이 '썩고 꺾이고 흩어지고 끊어졌다朽折散絶'고 하였으니, 그 당시에 탈간脫簡이 되었던 것이며 박사博士들이 직무를 태만히 한 결과가 결코 아니다."

또 말하였다. "가만히 생각해보건대, 옛사람들은 스승에게서 경經을 전수받았는데, 경經에는 약간의 편篇이 있고, 편篇에는 약간의 간簡이 있으며, 간簡에는 약간의 글자가 있으니, 종신토록 그것을 지키면 감히 어기지 않았다. 그 경經을 전사傳寫하여 자기 제자에게 전수해 줄 때에 이르렀어도, 감히 조금이라도 증손增損하지 않았다. 그 자수字數를 빼게 되면 간수簡數는 반드시 남아돌게 되고, 그 자수를 더하게 되면 간수簡數는 반드시 모자라게 되니, 사부를 존중하거나 보고 기록한 것을 한결같이 하는 것이 아닌 것이다. 곧 이 두 편으로 미루어보면 그 나머지 편을 알 수 있으며, 다른 경經도 알 수 있다." 다시 수일이 지나서 알려왔다. "요사이《춘추좌전·서序·소疏》를 읽었는데, '1간簡에 수용되는 바는 1행行의 글자뿐이다. 독牘은 각진 판方版으로서, 판版은 간簡보다 넓어서 아울러 몇 행行을 수용할 수 있다簡之所容, 一行字耳. 牘乃方版, 版廣於簡, 可以並容數行'고 하였다. 이 말로 1간簡의 약간의 글자가 들어간다는 설을 더욱 증명할 수 있다. 대체로 간簡의 규격은 좁고 길어서 겨우 1행行만을 수용했으므로, 유향은 단지 1간簡의 약간자若干字라고 말하여 의의를 이미 밝혔고, 행行으로 헤아릴 것은 없었던 것이다. 가만히 상하로 이어진 문리文理로 살펴보건대, 25자는 곧《주고》의 간簡이고, 22자는 곧《소고》의 간簡이다.《주고》의 탈간脫簡은 1개이니 중고문中古文이 25자가 더 많았고,《소고》의 탈간脫簡은 2개이니 중고문中古文이 44자가 더 많았다."

按：余亦有一證：《宋書·謝靈運傳·論》云："一簡之內, 音韻盡殊; 兩句之中, 輕重悉異." 唯一簡是一行, 方下以兩句爲對. 若如余初疑作數行, 音殊豈待言?

번역 안按

나도 한가지 증거를 얻었다.《송서·사령운전謝靈運傳·론論》에 "1간簡 안에 음운音韻이 다 달라야, 양구兩句 가운데 경중輕重이 다 상이하다一簡之內, 音

韻盡殊; ^{兩句之中, 輕重悉異}"고 하였으니, 오직 1간^簡이 1행^行이어야 그 다음의 양 구^{兩句}와 대구^{對句}가 된다. 만약 내가 처음 행^行의 수에 의심을 가졌더라면 어찌 음^音이 다르다는 말을 듣고 깨달았겠는가?

又按 :《左傳 · 疏》云 :"單執一札謂之爲簡. 連編諸簡乃名爲策." 余嘗以傳文考之, 亦殊未然. 襄二十五年"齊南史氏執簡以往", 此書"崔杼弑其君"五字, 自一行可盡, 執簡宜矣. 若文十三年"子無謂秦無人, 吾謀適不用也", 亦僅十二字, 簡所能容, 何用聯簡之策? 又杜元凱《序》云 :"大事書之於策, 小事簡牘而已." 果爾, 崔杼弑君何等大事, 齊却書簡? 繞朝贈處常言僚友間耳, 乃又書策. 反覆皆不合, 疑可互稱. 善乎! 熊南沙有言 :"古人正名百物, 未嘗假借, 後世乃通之耳!"

우안又按

《좌전 · 소^疏》에 "하나의 패찰을 단독으로 드는 것을 간^簡이라 한다. 여러 간^簡을 연결하여 엮은 것을 책^策이라 이름한다^{單執一札謂之爲簡. 連編諸簡乃名爲策}"고 하였다. 내가 일찍이 전문^{傳文}으로 고찰해보니 또한 전혀 그렇지 않았다. 양공 25년 "제^齊 남사씨^{南史氏}가 간^簡을 들고 왔다^{齊南史氏執簡以往}"고 하였는데, 거기에 "최저^{崔杼}가 자기 임금을 시해하였다^{崔杼弑其君}"라는 다섯 글자를 썼으니, 1행^行에 다 쓸 수 있었으니 간^簡을 들고 온 것이 마땅할 것이다. 문공 13년의 "(요조^{繞朝}가 사회^{士會}에게 책^策을 주며 말하길) '그대는 진^秦나라에 인물이 없다고 말하지 말라. 나의 계모^{計謀}가 쓰이지 않았을 뿐이다' 하였다(繞朝贈之以策曰), 子無謂秦無人, 吾謀適不用也)"와 같은 것도 겨우 12자로서 간簡이 수용할 수 있는 바인데, 어찌 간簡을 연결한 책策을 썼겠는가? 또 두예杜預, 자 원개(元凱)《서序》에 "대사大事는 책策에 기록하고, 소사小事는 간독簡牘에 기록할 뿐이다大事書之於策, 小事簡牘而已"라고 하였는데, 과연 그렇다면, 최저崔杼가 임금을 시해한 것이 얼마나 큰일인데, 제齊나라는 도리어 간簡에 기록한 것인가? 요조繞朝가 준 것은 동료나 친우 사이에 항상 말하는 것에 해당될 뿐인데 또한 책策에 기록하였다. 반복해보아도 모두 합치하지 않으니, 아마도 간책簡策은 서로 호칭될 수 있었을 것이다. 훌륭하다! 남사南沙의 웅과熊過[153]의 말이여. "옛사람은 만물을 바르게 이름하였고 일찍이 가차하지 않았는데, 후세後世에 통가通假하게 되었을 뿐이다!古人正名百物, 未嘗假借, 後世乃通之耳"

원문

又按:《尙書·疏》引顧氏云:"策長二尺四寸, 簡長一尺二寸." 此語不知何所自來. 余徧考之, 策之制靡定, 長短各有所施; 簡則二尺四寸. 故范書《曹襃傳》撰次禮制, 寫以二尺四寸簡;《周磐傳》編二尺四寸簡寫《堯典》一篇; 束晳《穆天子傳·序》以前所攷定古尺度, 其簡二尺四寸, 皆定制者. 惟班書《杜周傳·註》孟康曰"以三尺竹簡書法律"爲異. 《南史·王僧虔傳》有"發楚王家, 獲竹簡書, 靑絲編, 簡廣數分, 長二尺", 又異. 至簡容字多少, 鄭註《尙書》係三十字, 服虔《左傳註》曰"古文篆書, 一簡八字". 參以三家經文,《酒誥》二十

五字,《召誥》二十二字, 亦各不同. 要多不過三十字, 少則八字云.

우안又按

《상서·소疏》에 고씨顧氏의 "책策 길이는 2자 4척, 간簡 길이는 1자 2척
이다策長二尺四寸, 簡長一尺二寸"를 인용하였는데, 이 말이 어디에서 온 것인지
알 수 없다. 내가 두루 고찰해보니, 책策의 규격은 일정하지 않고, 장단長
短이 각각 해당되는 바가 있고; 간簡은 2자 4척이다. 따라서 《후한서·조
포전曹褒傳》에 예제禮制를 찬차撰次하여 2자 4척의 간簡에 썼고,[154] 《후한서·
주반전周磐傳》에 2자 4척의 간簡을 엮어 《요전》한 편篇을 썼으며,[155] 속석束
晢《목천자전穆天子傳·서序》의 이전에 옛 척도尺度를 고정해보니 그 간簡은 2
자 4척이었다고 한 것은 모두 정해진 규격이다. 오직 《한서·두주전杜周傳
·주註》에 맹강孟康이 말한 "3자 길이의 죽간竹簡으로 법률法律을 기록한다以
三尺竹簡書法律"만 다르다. 《남사南史·왕승건전王僧虔傳》에 "초왕楚王의 무덤을
발굴하여 죽간서竹簡書를 얻었는데, 청사青絲로 엮었고, 간簡의 넓이는 수분
數分, 길이는 2자였다發楚王冢, 獲竹簡書, 青絲編, 簡廣數分, 長二尺"라고 한 것은 또 다
르다. 간簡에 수용되는 글자 개수에 있어서는, 정현 주註《상서》는 30자
짜리이고, 복건服虔《좌전주左傳註》에 "고문古文 전서篆書는 1간 8자古文篆書, 一
簡八字"라고 하였다. 삼가三家 경문經文을 참고해보면, 《주고》25자, 《소고》

---

[154] 《후한서·조포전(曹襃傳)》襃既受命, 乃次序禮事, 依準舊典, 雜以五經讖記之文, 撰次天子
至於庶人冠婚吉凶終始制度, 以爲百五十篇, 寫以二尺四寸簡.

[155] 《후한서·주반전(周磐傳)》建光元年, 年七十三, 歲朝會集諸生, 講論終日, 因令其二子曰:
「吾日者夢見先師東里先生, 與我講於陰堂之奧.」既而長歎:「豈吾齒之盡乎!若命終之日, 桐
棺足以周身, 外槨足以周棺, 斂形懸封, 濯衣幅巾, 編二尺四寸簡, 寫堯典一篇, 并刀筆各一, 以
置棺前, 云不忘聖道.」其月望日, 無病忽終, 學者以爲知命焉.

22자로서 또한 각각 같지 않다. 요약하면, 1간簡의 글자수는 많게는 30 자를 넘지 않고 적게는 8자이다.

원문

又按：顧寧人謂三代以上言"文"不言"字"，李斯，程邈出，"文"降而爲"字" 矣，引秦始皇《琅邪台石刻》"同書文字"，以爲"字"字始見. 此不知前此二年 "秦初并天下，書同文字"，與即位初呂不韋以所著書布咸陽市門，"有能增損 一字者予千金"，"字"字已見. 鄭康成《周禮註》云："古曰名，今曰字."《論語 註》云："古者曰名，今世曰字."《儀禮註》云："名，書文也，今謂之字." 又當 增一筆曰："三代以上言'名'，不言'字'矣."

번역 **우안又按**

고염무顧炎武, 1613~1682, 자 영인(寧人)는 삼대三代 이전에는 "문文"을 말하고 "자字"는 말하지 않았고, 이사李斯, 정막程邈이 나타나면서 "문文"이 내려가 고 "자字"가 사용되었다고 하면서 진시황秦始皇 《낭야대각석琅邪台石刻》"동 서문자同書文字, 글과 글자를 같게 하여 기록함"를 인용하여 "자字"자가 처음 보이는 것이라고 하였다.

이는 그 2년 전에 "진秦이 처음 천하天下를 병합하고, 글과 글자를 동일 하게 기록했다秦初并天下, 書同文字"[156]와 (진왕秦王 정政) 즉위 초에 여불위呂不韋 가 지은 책《呂氏春秋》을 함양咸陽 저자거리에 배포하며, "한 글자라도 증손할

---

156 《사기·진시황본기》秦王初并天下 …… 一法度衡石丈尺. 車同軌. 書同文字.

수 있는 자에게 천금을 주겠다^{有能增損一字者予千金}"라고 한 것[157]에 "자^字"자가 이미 보인다는 사실을 모른 것이다. 정강성^{鄭康成}《주례주^{周禮註}》에 "옛날 에는 명^名이라 하였고, 지금은 자^字라고 한다^{古曰名, 今曰字}"고 하였다.《논어 주^{論語註}》에 "옛날에 명^名이라 하였고, 지금 시대에는 자^字라고 한다^{古者曰名, 今世曰字}"고 하였다.《의례주^{儀禮註}》에 "명^名은 글을 기록하는 것이며, 지금 은 자^字라고 한다^{名, 書文也, 今謂之字}"라고 하였다. 마땅히 다시 한마디 덧붙이 자면 "삼대 이전에는 '명^名'이라고 하였고, '자^字'라고 하지 않았다."

원문

又按：《鹽鐵論》云："二尺四寸之律, 古今一也."王伯厚謂"律蓋書以二尺 四寸簡", 杜周, 朱博俱舉其大數謂之三尺. 漢禮儀與律令同錄, 曹褒禮旣寫以 二尺四寸簡, 律可知也. 然則二尺四寸爲簡定制, 蓋非無稽云.

번역 **우안又按**

《염철론·조성^{詔聖}》에 "2자 4척의 율령은 고금^{古今}이 같다^{二尺四寸之律, 古今 一也}"고 하였다. 왕응린^{王應麟}, 자 백후(伯厚)은 "율령은 2자 4척의 간^簡에 기록 하는 것이다^{律蓋書以二尺四寸簡}"고 하였고, 두주^{杜周}, 주박^{朱博}은 모두 그 대수^{大 數}를 들어 3자라고 하였다. 한^漢의 예의^{禮儀}가 율령^{律令}과 함께 기록되었고,

---

157 《사기·여불위열전》太子政立爲王, 尊呂不韋爲相國, 號稱「仲父」. 秦王年少, 太后時時竊私 通呂不韋. 不韋家僮萬人. 當是時, 魏有信陵君, 楚有春申君, 趙有平原君, 齊有孟嘗君, 皆下士 喜賓客以相傾. 呂不韋以秦之彊, 羞不如, 亦招致士, 厚遇之, 至食客三千人. 是時諸侯多辯士, 如荀卿之徒, 著書布天下. 呂不韋乃使其客人人著所聞, 集論以爲八覽, 六論, 十二紀, 二十餘萬 言. 以爲備天地萬物古今之事, 號曰呂氏春秋. 布咸陽市門, 懸千金其上, 延諸侯游士賓客有能 增損一字者予千金.

조포曹裒의 예禮는 이미 2자 4척의 간簡에 기록되었으므로, 율령을 알 수 있다. 그렇다면 2자 4척이 간簡의 정해진 규격이었다는 것이 근거없는 말이 아니다.

제112. 위위僞《공전》의 《낙서洛書》수수數인 구九로써 우禹가 구류九類를 만들었다는 설이 잘못임을 논함

自僞孔《傳》有"《河圖》, 八卦. 伏羲王天下, 龍馬出河, 遂則其文以畫八卦, 謂之《河圖》", 及"天與禹, 洛出書, 神龜負文而出, 列于背, 有數至于九, 禹遂因而第之以成九類"之說, 後說《易》者皆以《河圖》, 說《洪範》者皆以《洛書》, 紛紜膠葛, 莫可爬剔. 甚哉, 其爲經之蠹久矣! 及讀《漢‧五行志》劉歆曰:"虙犧氏繼天而王, 受《河圖》, 則而畫之, 八卦是也. 禹治洪水, 賜《雒書》, 法而陳之, 《洪範》是也."乃知孔出於歆. 向嘗謂魏晉間《書》多從《漢書》來者, 豈無徵哉! 雖然, 《河圖》, 八卦是也, 孔註《論語》有是說矣, 要未可盡抹煞. 蓋《易‧繫辭》曰:"古者包犧氏之王天下也, 仰則觀象於天, 俯則觀法於地, 觀鳥獸之文與地之宜, 近取諸身, 遠取諸物, 於是始作八卦."又曰:"河出圖, 洛出書, 聖人則之."圖與書同出伏犧之世. 程子謂"聖人見《河圖》, 《洛書》而畫八卦", 即如前所云. 伏羲取法固自多矣, 亦何妨更法圖,書, 且圖, 書之法亦不過所謂觀鳥獸之文而已, 遠取諸物而已, 豈得謂龍馬出, 伏羲始能畫, 不然, 將束手不作《易》哉? 至《洛書》出禹, 經傳都無其事, 於《洪範》尤了不相涉. 祇緣歆當莽時, 尙符瑞, 敢爲矯誣傅會. 論莫確于明初之宋,王二老, 中葉歸熙甫及近日黃太沖, 余故詳載其說于左方.

위위僞《공전》의 "《하도河圖》는 팔괘八卦이다. 복희씨伏羲氏가 천하의 왕자王

者일 때, 용마龍馬가 하수河水에서 나왔는데, 마침내 그 무늬로써 팔괘를 그리고《하도》라고 하였다《河圖》, 八卦. 伏羲王天下, 龍馬出河, 遂則其文以畫八卦, 謂之《河圖》"158 및 "하늘이 우에게 준 것은 낙수洛水에서 나온 서書인데, 신귀神龜가 무늬를 짊어지고 나와 등에 배열된 수가 1에서 9까지 있었고, 우가 마침내 그로 인해 차례지어 구류九類를 완성하였다天與禹, 洛出書, 神龜負文而出, 列于背, 有數至于九, 禹遂因而第之以成九類"159는 설로부터 이후에《역易》을 말하는 자들은 모두《하도》를 말하고,《홍범》을 말하는 자들은 모두《낙서》를 말한 것이 이리저리 어지럽게 뒤엉켜 걷잡을 수 없게 되었다. 심하도다, 그것이 경經의 좀벌레가 된 것이 오래됨이여!《한서 · 오행지》의 유흠劉歆이 말한 "포희씨虛犧氏가 하늘을 이어 왕자王者로 있을 때《하도》를 받았는데, 그것을 본받아 그린 것이 팔괘八卦이다. 우禹가 홍수를 다스릴 때《낙서雒書》를 받았는데, 그것을 본받아 진술한 것이《홍범》이다虛犧氏繼天而王, 受《河圖》, 則而畫之, 八卦是也. 禹治洪水, 賜《雒書》, 法而陳之,《洪範》是也"를 읽고서, 위《공전》의 설이 유흠에게서 나온 것임을 알게 되었다. 앞에서 일찍이 위진魏晉 연간의《서書》는 대부분《한서》에서 나왔다고 한 것을 어찌 증험할 수 없겠는가! 비록 그렇더라도,《하도》가 팔괘인 것은 공안국 주注《논어》에 그 설이 있으니,160 다 없앨 수는 없다.

《역 · 계사하》에 "옛날 포희씨包犧氏가 천하의 왕자일 때 우러러 하늘의 상을 관찰하고 구부려 땅의 법을 관찰하고, 새와 짐승의 무늬와 천지의

---

158 《고명》大玉, 夷玉, 天球, 河圖, 在東序. 아래《공전》에 보인다.
159 《홍범》天乃錫禹洪範九疇, 彝倫攸敍. 아래《공전》에 보인다.
160 《논어 · 자한》子曰 "鳳鳥不至,河不出圖,吾已矣夫!"(《注》孔曰 : "聖人受命則鳳鳥至,河出圖. 今天無此瑞. '吾已矣夫'者,傷不得見也. 河圖,八卦是也)

마땅함을 관찰하며, 가까이는 자신에게서 취하고 멀리는 사물에게서 취하여 이에 비로소 팔괘를 만들었다古者包犧氏之王天下也, 仰則觀象於天, 俯則觀法於地, 觀鳥獸之文與地之宜, 近取諸身, 遠取諸物, 於是始作八卦"고 하였고, 또 "하수河水에서 도圖가 나오고, 낙수洛水에서 서書가 나와서, 성인聖人이 본받았다河出圖, 洛出書, 聖人則之"고 하였다. 도圖와 서書는 모두 복희伏羲시대에 나왔다. 정자程子가 "성인聖人이 《하도》와 《낙서》를 관찰하고서 팔괘八卦를 그렸다聖人見《河圖》,《洛書》而畫八卦"161고 한 것은 앞에서 말한 것과 같다. 복희伏羲가 취하여 본받은 것은 진실로 많았을 것이니, 또한 도圖와 서書를 본받는 것에 무슨 어려움이 있었겠으며, 또한 도圖와 서書의 법法이라는 것도 이른바 조수鳥獸의 무늬를 관찰하는 것에 지나지 않았을 뿐이고, 멀리 사물에서 취한 것일 뿐이었으니, 어찌 '용마가 출현하여 복희가 비로소 그릴 수 있었고 그렇지 않았으면 장차 《역》을 짓지 못하였을 것이다'라고 말할 수 있겠는가? 《낙서》가 우禹의 시대에 나왔다고 함에 있어서는 경전經傳에 그 사실이 도무지 없으니, 《홍범》과는 더욱 서로 관련이 없는 것이다. 단지 유흠이 왕망의 시대에 당하여 길상吉祥의 징조를 숭상하여 감히 거짓으로 꾸며 견강부회한 것이다. 논의는 명초明初의 송렴宋濂, 1310~1381, 162 왕위王禕, 1322~1374163의 두 원로와 명 중엽 귀유광歸有光, 1507~1571, 자 희보(熙甫) 및 근래의 황종희黃宗羲, 1610~1695, 자 태충(太冲)의 것보다 더 확실한 것은 없으므로, 나는 그들의 설을 아래에 상세히 기록해둔다.

---

161 《이정유서(二程遺書)》 권18.
162 송렴(宋濂) : 자 경렴(景濂). 호 잠계(潛溪). 원말명초의 저명한 정치가, 사학가이다. 그의 저작은 《송학사전집(宋學士全集)》 75권에 전한다.
163 왕위(王禕) : 자 자충(子充). 호 화천(華川). 원말명초의 저명한 정치가, 사상가이다.

按:《宋文憲集》或問于宋濂曰:"關子明云:'《河圖》之文七前,六後,八左,九右,《洛書》之文九前,一後,三左,七右,四前左,二前右,八後左,六後右.'邵堯夫云:'圓者,星也. 曆紀之數, 其肇於此乎! 方者, 土也. 畫州井地之法, 其昉於此乎!'是皆以十爲《河圖》,九爲《洛書》. 惟劉長民所傳獨反而置之, 則《洛書》之數爲十,《河圖》之數爲九矣. 朱子發深然其說, 歷指序其源流, 以爲濮上陳搏以《先天圖》傳種放, 放傳穆修, 修傳李之才, 之才傳邵雍. 放以《河圖》,《洛書》傳李漑, 漑傳許堅, 堅傳范諤昌, 諤昌傳劉牧. 修以《太極圖》傳周敦頤, 敦頤傳程顥,程頤. 其解《易大傳》, 大槩祖長民之意. 至于新安朱元晦, 則又力詆長民之非, 而遵關,邵遺說, 且引《大戴禮》書'二九四七五三六一八'之言以證《洛書》, 以爲《大傳》旣陳天地五十有五之數,《洪範》又明言'天乃錫禹洪範九疇', 則九爲《洛書》,十爲《河圖》, 夫復何疑? 其說以經爲據, 似足以破長民之惑. 臨邛魏華父則又疑元晦之說, 以爲邵子不過曰圓者《河圖》之數, 方者《洛書》之文, 且戴九履一之圖其象圓, 五行生成之圖其象方, 是九圓而十方也. 安知邵子不以九爲《圖》,十爲《書》乎? 朱子發,張文饒精通邵學, 而皆以九爲《圖》,十爲《書》. 朱以《列子》爲證, 張以邵子爲主.《乾鑿度》,《張平子傳》所載太乙下行九宮法, 卽所爲戴九履一者. 則是圖相傳已久, 安知非《河圖》也? 及靖士蔣得之著論以《先天圖》爲《河圖》, 五行生成數爲《洛書》, 戴九履一圖爲太乙下行九宮. 華父則又以爲劉取《太乙圖》爲《河圖》, 誠有可疑.《先天圖》卦爻方位縝密亭當, 乃天地自然之數, 此必爲古書無疑, 乃僅見於魏伯陽《參同》, 陳圖南爻象卦數猶未甚白, 至邵而後大明, 得之定爲《河圖》. 雖未有明證, 而僕亦心善之. 則是華父雖疑元晦之說, 而亦無定見

也. 新安羅端良嘗出圖, 書示人, 謂建安蔡季通傳於青城山隱者, 圖則陰陽相
合, 就其中八分之則爲八卦, 書則畫井文方圈之內, 絶與前數者不類. 江東謝
枋得又傳《河圖》於異人, 頗祖於八卦, 而坎離中畫相交流, 似於方士'抽坎塡
離'之術. 近世儒者又有與《太極圖》合者. 即《河圖》之說, 又有九, 十皆《河
圖》而有一合一散之異, 《洛書》既曰書而決非圖之說. 夫圖, 書乃儒者之要務,
若數者之不同, 何也?"

번역 **안按**

《송문헌집^{宋文憲集}》에 다음과 같이 기록되어 있다.

어떤 이가 송렴^{宋濂}에게 물었다. "관랑^{關郎, 자 자명(子明)}이 말하였다. '《하
도》의 무늬^文는 7전^{七前}, 6후^{六後}, 8좌^{八左}, 9우^{九右}이고, 《낙서》의 무늬는 9
전^{九前}, 1후^{一後}, 3좌^{三左}, 7우^{七右}, 4전좌^{四前左}, 2전우^{二前右}, 8후좌^{八後左}, 6후우
^{六後右}이다' 소옹^{邵雍, 자 요부(堯夫)}이 말하였다. '원圓은 별성^星이다. 역기^{曆紀}의 수
^數는 여기에서 비롯된다! 방方은 땅^土이다. 주州를 구획하고 땅을 정井으로
나누는 법^法이 여기에서 비롯된다!' 이는 모두 10을 《하도》로 하고 9를
《낙서》로 한 것이다. 유목^{劉牧, 1011~1064, 호 장민(長民)}[164]이 전하는 바는 유독
반대로 배치하였으니, 《낙서》의 수는 10이 되고 《하도》의 수는 9가 된
다. 주진^{朱震, 1072~1138, 자 자발(子發)}[165]은 그 설을 깊게 발양하여 그 원류를

---

164 유목(劉牧) : 자 선자(先子). 호 장민(長民). 송나라 역학자(易學者)이며, 진단(陳搏)의
   문도(門徒)인 충방(种放)에게서 역을 배워 이른바 도서파(圖書派)를 창시하였다. 저서
   에는 《괘덕통론(卦德通論)》 1권, 신주(新注) 《주역》 11권, 《주역선유유론구사(周易先儒
   遺論九事)》 1권, 《역수구은도(易數鉤隱圖)》 1권 등이 있다.
165 주진(朱震) : 자 자발(子發). 《주역》에 정통하였고, 정희(程頤) 《역전(易傳)》을 종주로
   삼았다. 저서에는 《주역(周易)(괘도(卦圖))》 3권, 《주역총설(周易叢說)》 1권, 《한상역해

하나하나 차례 지어 지목하면서, 복상濮上의 진단陳摶, 871~989[166]이《선천도先天圖》를 종방種放에게 전하였고, 종방은 목수穆脩에게 전하고, 목수는 이지재李之才에게 전하고, 이지재는 소옹邵雍에게 전했다고 하였다. 종방種放은《하도》,《낙서》를 이개李溉에게 전했고, 이개는 허견許堅에게 전하고, 허견은 범악창范諤昌에게 전하고, 범악창은 유목劉牧에게 전하였다. 목수穆脩는《태극도太極圖》를 주돈이周敦頤에게 전하고, 주돈이는 정호程顥, 정이程頤에게 전했는데, 그들의《역대전易大傳》해석은 대체로 유목호 장민(長民)의 뜻을 조종으로 삼았다. 신안新安 주희朱熹, 1130~1200, 자 원회(元晦)에 이르게 되면 다시 유목의 잘못을 극력 비난하고 관랑과 소옹의 유설遺說을 따랐고, 또한《대대례大戴禮 · 명당편明堂篇》에 기록된 '이구사二九四칠오삼七五三육일팔六一八'의 말[167]을 인용하여《낙서》를 증명하면서,《역대전易大傳》에 이미 천지天地 55의 수를 나열하였고,《홍범》은 또한 명백하게 '하늘이 이에 우禹에게 홍범구주洪範九疇를 내려 주었다天乃錫禹洪範九疇'라고 하였으니, 9는《낙서》가 되고 10은《하도》가 되는 것에 다시 어떤 의문이 있겠는가?라고 하였다. 그 설이 경經을 근거로 하였으므로 유목의 미혹됨을 돌파하기에 충분한 것 같다. 임공臨邛의 위료옹魏了翁, 1178~1237, 자 화보(華父)[168]은 다시 주

(漢上易解)》,《한상역집전(漢上易集傳)》8권,《춘추좌씨강의(春秋左氏講義)》3권 등이 있다.

166 진단(陳摶) : 자 도남(圖南). 호 부요자(扶搖子). "백운선생(白雲先生)" 혹은 "희이선생(希夷先生)"으로 불린다. 북송의 저명한 도가학자, 양생가(養生家)이다. 저서에는《태식결(胎息訣)》,《지현편(指玄篇)》,《관공편(觀空篇)》,《마의도자정역심법주(麻衣道者正易心法注)》,《역용도서(易龍圖序)》,《태극음양설(太極陰陽說)》,《태극도(太極圖)》와《선천방원도(先天方圓圖)》등이 있다.

167 《대대례기(大戴禮記) · 명당(明堂)》明堂者, 所以明諸侯尊卑. 外水曰辟雍, 南蠻, 東夷, 北狄, 西戎. 明堂月令, 赤綴戶也, 白綴牖也. 二九四七五三六一八. 堂高三尺, 東西九筵, 南北七筵, 上圓下方. 九室十二堂, 室四戶, 戶二牖, 其宮方三百步. 在近郊, 近郊三十里.

희자 원회(元晦)의 설에 의문을 품었으니, 소자邵子, 邵雍는 원圓은《하도》의 수數이고 방方은《낙서》의 무늬文임을 말한 것에 지나지 않고, 또한 대구리일戴九履一, 9가 위에, 1이 아래에 위치의 그림은 원圓을 형상화한 것이고, 오행생성五行生成의 그림은 방方을 형상화한 것이니, 이는 9는 원圓이고 10은 방方이 되는 것이라고 하였다. 소자邵子가 9가《하도》, 10이《낙서》가 되는 것이 아니라고 한 것을 어떻게 아는가? 주진朱震, 자 자발(子發)과 장행성張行成, 자 문효(文饒)[169]은 소옹邵雍의 학문에 정통하였는데 모두 9는《하도》, 10은《낙서》가 된다고 하였다. 주진은《열자列子》로 증명하였고, 장행성은 소자邵子를 종주로 하였다.《건착도乾鑿度》,[170]《장평자[171]전張平子傳》에 실린 태을하행구궁법太乙下行九宮法이 바로 대구리일戴九履一이 된다. 그렇다면 이 도圖를 서로 전함이 이미 오래되었는데,《하도》가 아님을 어떻게 아는가? 정사靖士 장산蔣山, 자 득지(得之)[172]은《선천도》를《하도》로, 오행생성수五行生成數를《낙서》로, 대구리일도戴九履一圖를 태을하행구궁太乙下行九宮이라고 논증

---

168 위료옹(魏了翁) : 자 화보(華父). 호 학산(鶴山). 공주(邛州) 포강현(蒲江縣)(지금의 사천(四川) 사천(四川) 공래(邛崍)) 출신이다. 남송의 저명한 이학가(理學家)이다. 저서에는《학산전집(鶴山全集)》,《구경요의(九經要義)》,《주역집의(周易集義)》,《고금고(古今考)》,《경사잡초(經史雜鈔)》,《사우아언(師友雅言)》 등이 있다.

169 장행성(張行成) : 생졸년미상. 자 문효(文饒). 남송(南宋) 임공(臨邛)(지금의 사천(四川) 공래(邛崍)) 출신이다. 그의 학문은 소옹(邵雍)으로 귀결된다. 저서에는《술연(述衍)》 18권,《익현(翼玄)》 12권,《원포수의(元包數義)》 3권,《잠허연의(潛虛衍義)》 16권 등이 있다.

170 《건착도(乾鑿度)》 : 역위(易緯) 8종의 가운데 하나이다. 정강성(鄭康成)이 주해한 것으로 알려져 있다.

171 장평자 : 후한(後漢)의 시인인 장형(張衡)(78~139)을 가리킨다.

172 장산(蔣山) : 자 득지(得之). 정주(靖州)(지금의 호남(湖南)) 출신. 젊어서 정주(靖州) 학산서원(鶴山書院)에서 배웠다. 후대의 위료옹(魏了翁)이 장산을 사사하였다. 하도(河圖)와 낙서(洛書)를 좋아했고, 풍수(風水)에 능통하였다. 소순(蘇洵)(1009~1066)의 조부(祖父)와 왕래한 기록이 있다.

하였다. 위료옹자 화보(華父)이 다시 《태을도太乙圖》를 떼어내어 《하도》라고 한 것은, 진실로 의심할 만하다. 《선천도先天圖》의 괘효卦爻와 방위方位는 조밀하고 정당하니, 곧 천지天地 자연의 수로서 이는 필시 고서古書임에 의심의 여지가 없지만, 위백양魏伯陽, 151~221[173]의 《참동參同》에 겨우 보이고, 진단陳摶, 자 도남(圖南)의 효상爻象과 괘수卦數도 여전히 그렇게 명백하지 않았는데, 소옹 이후에 이르러 크게 밝혀져 장산蔣山, 자 득지(得之)이 《하도》로 정하였다. 비록 명확한 증거는 아직 없으나, 나 역시 마음속으로 옳다고 여기고 있다. 그렇다면 위료옹자 화보(華父)이 비록 주회朱熹, 자 원회(元晦)의 설을 의심하였지만, 그 또한 정해진 견해가 없는 것이다. 신안新安의 라원羅願 1136~1184, 자 단량(端良)[174]은 일찍이 도圖와 서書를 사람들에게 내보이며, 건안建安의 채원정1135~1198, 자 계통(季通)이 청성산靑城山 은자隱者에게서 전해 받은 것이라고 하면서, 도圖는 음양陰陽이 서로 합하면서 그 가운데 여덟 개로 나뉘어 진 것을 팔괘八卦가 되고, 서書는 네모 안에 정井자 무늬로 구획한 것이라고 하였는데, 이전의 수數와는 절대 같지 않았다. 강동江東의 사병득謝枋得, 1226~1289[175]이 다시 《하도》를 다른 사람에게 전했는데, 제법 팔괘八卦를 조종祖宗으로 삼으면서, 감坎괘와 리離괘 사이를 분획하여 서로 교류하게 한 것은 방사方士의 '감坎괘를 빼서 리離괘 자리에 두는 방법抽坎塡離'

---

173 위백양(魏伯陽) : 본명은 위고(魏翱). 자 백양(伯陽). 동한의 황로도가(黃老道家), 연단(煉丹)이론가이다. 대표작인 《주역참동계(周易參同契)》 현존 최초의 연단(煉丹) 이론 저작이다.

174 라원(羅願) : 자 단량(端良). 호 존재(存齋). 저서에는 《신안지(新安志)》, 《이아익(爾雅翼)》, 《나악주소집(羅鄂州小集)》 등이 있다.

175 사병득(謝枋)(bing)(得) : 자 군직(君直). 호 첩산(疊山). 남송 말년의 저명한 애국시인이다. 저서에는 《첩산집(疊山集)》이 있다.

과 유사하였다. 근세의 유자儒者 가운데에도 《태극도》에 합치시키는 자가 있었다. 곧 《하도》의 설은 또한 9와 10이 모두 《하도》가 되기도 하면서 합해지고 흩어지는 다름이 있으며, 《낙서》는 이미 서書이며 결코 도圖가 아니라고 하였다. 도圖와 서書는 유자儒者가 해야 할 일인데, 수數가 같지 않은 것은 어째서인가?"

원문

濂應之曰:"羣言不定質諸經. 聖經言之, 雖萬載之遠不可易也. 其所不言者, 固不彊而通也. 《易大傳》曰'河出圖, 洛出書, 聖人則之', 《書‧顧命》篇曰'《河圖》在東序', 《論語‧子罕》篇曰'河不出圖', 其言不過如是而已, 初不明言其數之多寡也. 言其數之多寡者, 後儒之論也. 旣出後儒, 宜其紛紜而莫之定也. 夫所謂則之者, 古之聖人但取神物之至著者而畫卦陳範. 苟無圖, 書, 吾未見其止也. 故程子謂觀兔亦可以畫卦, 則其他從可知矣. 初不必泥其圖之九與十也, 不必推其卽太乙下行九宮法也, 不必疑其爲 《先天圖》也, 不必究其出于靑城山隱者也, 不必實其與 《太極圖》合也. 惟劉歆以八卦爲 《河圖》, 班固以《洪範》'初一'至'次九'六十五字爲 《洛書》本文, 庶幾近之. 蓋八卦, 《洪範》見之於經, 其旨甚明. 若以今之圖, 書果爲河, 洛之所出, 則數千載之間, 孰傳而孰受之, 至宋陳圖南而後大顯耶? 其不然也昭昭矣."

번역

송렴宋濂이 대답하였다. "많은 말들이 제경諸經에서 질정하지 않은 것들이다. 성경聖經에서 말한 것은 비록 만년이 지나더라도 바꿀 수 없다. 성경에서 말하지 않은 것은 진실로 억지로 통하지 않는다.《역대전易大傳》에 '하수에서 도圖가 나오고, 낙수에서 서書가 나와, 성인聖人이 그것을 본받 았다河出圖, 洛出書, 聖人則之'고 하였으며,《서 · 고명顧命》편에 '《하도》는 동서東 序, 방의 동쪽에 둔다《河圖》在東序'고 하였으며,《논어 · 자한》편에 '하수에서 도 圖가 나오지 않는다河不出圖'고 하였으니, 그 말씀이 이와 같음에 지나지 않 을 뿐이며, 애초에 그 수의 많고 적음을 명백하게 말하지 않았다. 그 수 의 많고 적음을 논한 것은 후유後儒의 논의이다. 이미 후유가 나옴에 그 분분함을 마땅하게 여기고 논의를 정할 수 없게 되었다. 이른바 본받았 다고 하는 것은 옛날의 성인이 단지 신물神物의 지극히 드러난 것을 취하 여 괘를 그리고 규범洪範을 진술한 것이다. 만약 도圖와 서書가 없었다면, 나는 그 그침을 보지 못했을 것이다. 따라서 정자程子는 토끼를 보고도 괘 를 그릴 수 있다고 하였으니, 그 나머지를 따라서 알 수 있다. 애초에 그 도圖의 9와 10에 빠질 필요가 없고, 태을하행구궁법太乙下行九宮法에 추연推演 할 필요가 없으며, 그것을 《선천도》로 의심할 필요도 없으며, 청성산靑城 山 은자隱者에게서 나온 것임을 궁구할 필요가 없으며,《태극도》와 합치함 을 핵실覈實할 필요가 없다. 오직 유흠劉歆은 팔괘八卦를 《하도》라고 하였 고, 반고班固는 《홍범》의 '초일初一'에서 '차구次九'까지 65자[176]를 《낙서》본 문이라고 한 것만이 사실에 가깝다. 대체로 팔괘八卦와 《홍범》은 경經에 보이며, 그 요지要旨는 매우 분명하다. 만약 지금의 도圖와 서書가 과연 하 수와 낙수에서 나온 것이라고 한다면, 수천 년 사이에 누가 전하고 누가

176《홍범》初一曰, 五行. 次二曰, 敬用五事. 次三曰, 農用八政. 次四曰, 協用五紀. 次五曰, 建用皇 極. 次六曰, 乂用三德. 次七曰, 明用稽疑. 次八曰, 念用庶徵. 次九曰, 嚮用五福, 威用六極.

받아서, 송^宋 진단^{陳搏, 자 도남(圖南)} 이후에 이르러 크게 드러나게 된 것인
가? 그렇지 않음이 명백하다."

원문

或曰 : "子之所言善則善矣, 若鄭康成據《春秋緯》文所謂'河以通乾出天苞
洛以流坤吐地符, 河龍圖發, 洛龜書感,《河圖》有九篇,《洛書》有六篇'者將果
足信乎?"濂曰 : "龜山楊中立不云乎? '聖人但言圖,書出於河,洛, 何嘗言龜
龍之兆, 又何嘗言九篇,六篇乎? 此蓋康成之陋也.' 此所以啓司馬君實及歐陽
永叔之辨, 而幷《大傳》疑非夫子之言也."

번역

어떤 이가 물었다. "그대가 말한 바가 옳다면 옳지만, 정강성^{鄭康成據}
《춘추위^{春秋緯}》 문장을 근거로 말한 '하수^{河水}는 하늘과 통함으로써 천포^天
^苞를 내고, 낙수^{洛水}는 땅과 통류^{通流}함으로써 지부^{地符}를 토^吐하니, 하수의
용^龍이 도^圖를 발하고 낙수의 거북이 서^書를 감^感하니 하도에 9편^篇이 있
고, 낙서^{洛書}는 6편이 있다^{河以通乾出天苞洛以流坤吐地符, 河龍圖發, 洛龜書感,《河圖》有九篇,}
^{《洛書》有六篇}'와 같은 것은 과연 믿을 만한 것인가?"

송렴이 대답하였다. "귀산^{龜山}의 양시^{楊時, 1053~1135, 자 중립(中立)}[177]가 말하
지 않았던가? '성인^{聖人}은 단지 도^圖와 서書가 하수와 낙수에서 나왔다고
만 하였지, 어찌 일찍이 귀룡^{龜龍}의 조짐을 말했으며, 또 어찌 일찍이 9편

---

[177] 양시(楊時) : 자 중립(中立). 호 귀산(龜山). 북송(北宋)의 철학가(哲學家). 정호(程顥)와 정
이(程頤)에게서 배웠다. 저서에는 《이정수언(二程粹言)》과 《귀산집(龜山集)》 등이 있다.

과 6편을 말했던가? 이것은 정강성의 비루함이다.' 이것으로 사마광司馬光, 1019~1086, 자 군실(君實) 및 구양수歐陽脩, 1007~1072, 자 영숙(永叔)의 변론을 이끌게 되었고, 아울러 《역대전易大傳》을 부자夫子의 말이 아님을 의심하게 되었다."

원문

　或云："揚雄 《覈靈賦》云'大 《易》之始, 河序龍圖, 洛貢龜書', 長民亦謂 《河圖》,《洛書》同出于伏羲之世, 程子亦謂聖人見 《河圖》,《洛書》而畫八卦. 然則孔安國,劉向父子,班固以爲 《河圖》授羲, 《洛書》錫禹者, 皆非歟?" 濂曰："先儒固嘗有疑於此, 揆之於經, 其言皆無明驗. 但《河圖》,《洛書》相爲經緯, 八卦,九章相爲表裏. 故蔡元定有云：'伏羲但據 《河圖》以作 《易》, 則不必預見 《洛書》, 而已逆與之合矣; 大禹但據 《洛書》以作 《範》, 則亦不必追考 《河圖》, 而已暗與之符矣.' 誠以此理之外, 無復他理也, 不必實疑于其間也."

번역

　어떤 이가 물었다. "양웅揚雄 《핵령부覈靈賦》에 '대大 《역易》의 시작은 하수河水에서 용도龍圖를 차례짓고, 낙수洛水에서 귀서龜書를 바친 것이네大《易》之始, 河序龍圖, 洛貢龜書'라고 하였고, 유목劉牧, 호 장민(長民)도 《하도》와 《낙서》는 모두 복희伏羲의 시대에 나왔다고 하였으며, 정자程子도 성인聖人이 《하도》와 《낙서》를 관찰하고서 팔괘를 그렸다고 하였다. 그렇다면 공안국孔安國, 유향劉向 부자父子, 반고班固가 말한 (하늘이) 《하도》를 복희伏羲에게 주고 《낙서》를 우禹에게 하사했다는 것은 모두 틀린 것인가?"

송렴이 대답하였다. "선유도 일찍이 여기에 의심을 품고 경經을 헤아려보았으나, 그 말들이 모두 명확한 증거가 없었다. 다만 《하도》와 《낙서》는 서로 경위經緯가 되고, 팔괘와 구장九章은 서로 표리表裏가 된다. 따라서 채원정蔡元定은 '복희伏羲는 단지 《하도》를 근거로 《역》을 지었으니 반드시 《낙서》를 미리 보지 않아도 이미 거슬러 그것과 합치하였고, 대우大禹는 단지 《낙서》를 근거로 《홍범洪範》을 지었으니 또한 반드시 《하도》를 추고追考하지 않아도 이미 암암리에 그것과 딱 들어맞았다伏羲但據《河圖》以作《易》, 則不必預見《洛書》, 而已逆與之合矣; 大禹但據《洛書》以作《範》, 則亦不必追考《河圖》, 而已暗與之符矣'고 하였다. 진실로 이 이치 외에 다른 이치는 없으며, 그 사이에 결코 의심을 두지 않아도 된다."

<blockquote>원문</blockquote>

或曰：“世傳《龍圖序》謂出于圖南, 若《河圖》由圖南而傳, 當以《龍圖》解《河圖》可也, 而容城劉夢吉力辨其僞焉, 何哉?” 濂曰：“《龍圖序》非圖南不能作也, 是圖南之學也, 而非大《易》河出圖之本旨也. 八卦之設不必論孤陰與寡陽也, 不必論已合之位與未合之數也.” 或曰：“然則《易》之象數舍《河圖》將何以明之?” 濂曰：“《易》不云乎? '大衍之數五十, 其用四十有九', 又曰'乾之策二百一十有六, 坤之策百四十有四', 此固象數之具於《易》然也, 不必待《河圖》而後明也.” 或者無辭以對. 濂因私記其說, 而與知《易》者訂焉. 此猶以《洛書》屬《洪範》, 不及下王子充見尤確.

어떤 이가 물었다. "세상에 전하는 《용도서龍圖序》는 진단陳博, 자 도남(圖南)에게서 나온 것이라 하였는데, 만약 《하도》가 진단陳博, 圖南에서 나와 전해진 것이라면, 마땅히 《용도龍圖》를 《하도》라고 풀이해도 될 만한데, 용성容城의 유인劉因, 1249~1293, 자 몽길(夢吉)[178]이 극력 그 위작을 변론한 것은 어째서인가?"

송렴이 대답하였다. "《용도서龍圖序》는 진단陳博이 지을 수 없는 것이 아니며, 곧 진단陳博의 학문이지만, 대大 《역》의 하출도河出圖의 본지本旨는 아니다. 팔괘八卦의 진열에 반드시 음과 양이 고립되고 적어짐孤陰寡陽을 논하지 않아도 되고, 이미 합치하는 위치와 합치하지 않는 수를 논하지 않아도 된다."

어떤 이가 물었다. "그렇다면 《역》의 상수象數에 《하도》를 버려두면 장차 무엇으로 밝힐 것인가?"

송렴이 대답하였다. "《역》에 말하지 않았던가? '대연大衍의 수數는 50이요, 그 사용은 49이다大衍之數五十, 其用四十有九', 또 '건乾의 책수는 216이요 곤坤의 책수는 144이다乾之策二百一十有六, 坤之策百四十有四'라고 하였는데, 이는 진실로 상수象數가 《역》에 갖추어진 것이니, 반드시 《하도》를 기다린 연후에 밝힐 것은 없다."

어떤 이는 대응할 수 없었다. 송렴宋濂이 이로 인하여 사사로이 그 설을

---

178 유인(劉因) : 자 몽길(夢吉). 호 정수(靜修). 웅주(雄州) 용성(容城)(지금의 하북(河北) 용성현(容城縣)) 출신이다. 원(元)의 저명한 이학가(理學家), 시인(詩人)이다. 저서에는 《사서정요(四書精要)》, 《역계사설(易繫辭說)》, 《정수집(靜修集)》 등이 있다.

기록하여 《역》을 아는 자에게 질정하였다.

　이는 오히려 《낙서》를 《홍범》에 속하게 한 것이니, 아래의 왕위王禕, 자
자충(子充)의 견해가 더욱 확실함에는 미치지 못한다.

원문

　又按 : 《王忠文集·洛書辨》曰 : "《洛書》非 《洪範》也. 昔箕子之告武王
曰 : '我聞在昔鯀陻洪水, 汩陳其五行, 帝乃震怒, 不畀洪範九疇, 彝倫攸斁.
鯀則殛死, 禹乃嗣興. 天乃錫禹洪範九疇, 彝倫攸敘.' 初不言 《洪範》爲 《洛
書》也. 孔子之繫 《易》曰 : '河出圖, 洛出書, 聖人則之.' 未始以 《洛書》爲
《洪範》也. 蓋分圖, 書爲 《易》, 《範》, 而以'洪範九疇' 合 《洛書》, 則自漢儒孔
安國, 劉向, 歆諸儒始. 其說以謂 《河圖》者, 伏羲氏王天下, 龍馬出河, 負圖其
背, 其數十, 遂則其文以畫八卦 ; 《洛書》者, 禹治水時神龜出洛, 負文其背, 其
數九, 禹因而第之, 以定九疇. 後世儒者以爲九疇帝王之大法, 而 《洛書》聖言
也, 遂皆信之, 而莫或辨其非. 然孰知 《河圖》, 《洛書》者皆伏羲之所以作
《易》, 而'洪範九疇'則禹之所自敘, 而非 《洛書》也.

번역 우안又按

　《왕충문집王忠文集·낙서변洛書辨》에 다음과 같이 기록하였다.

　"《낙서》는 《홍범》이 아니다. 옛날 기자箕子가 무왕武王에게 고하기를
'내가 들으니, 옛날 곤鯀이 홍수를 막으면서 오행五行을 어지럽게 진열하
자 상제上帝가 진노하여 홍범구주洪範九疇를 내려주지 않으니, 이륜彝倫이 무
너지게 되었다. 곤鯀이 처형되어 죽고 우禹가 뒤이어 일어났다. 하늘이 이

에 우에게 홍범구주를 내려 주니, 이륜이 펴지게 되었다^{我聞在昔鯀陻洪水, 汨陳}
其五行, 帝乃震怒, 不畀洪範九疇, 彝倫攸斁. 鯀則殛死, 禹乃嗣興. 天乃錫禹洪範九疇, 彝倫攸敍'¹⁷⁹고 하
였다. 애초에 《홍범》이 《낙서》라고 말하지 않았다. 공자가 《역》에 《계사
전繫辭傳》을 지으면서 '하수河水에서 도圖가 나오고, 낙수洛水에서 서書가 나
와서, 성인聖人이 본받았다^{河出圖, 洛出書, 聖人則之}'¹⁸⁰고 하였다. 아직 《낙서》를
《홍범》으로 여기지 않았다. 대체로 도圖와 서書를 나누어 《역》과 《홍범》
으로 여기고, '홍범구주洪範九疇'를 《낙서》에 합한 것은 한유漢儒 공안국, 유
향, 유흠 제유諸儒로부터 시작되었다. 그 설은 《하도》는 복희씨伏羲氏가 왕
천하王天下할 때, 용마龍馬가 하수河水에서 나왔고 용마의 등에 도圖가 짊어
져 있었는데, 그 수는 10이었으니 마침내 그 무늬로 팔괘를 그렸다. 《낙
서》는 우가 치수할 때 신귀神龜가 낙수洛水에서 나왔고 신귀의 등에 무늬
를 짊어졌는데 그 수는 9였으니 우가 그것을 차례 지어 구주九疇를 정했
다는 것이다. 후대의 유자들은 구주九疇를 제왕帝王의 대법大法으로, 《낙서》
는 성인의 말씀으로 여겼고, 마침내 모두 그 말을 믿으면서 혹여 그 잘못
을 분별하지 않았다. 그러나 누가 《하도》와 《낙서》는 모두 복희伏羲가
《역》을 짓게 된 이유이고 '홍범구주'는 곧 우가 스스로 차례 지은 것이며
《낙서》가 아니라는 사실을 알겠는가?

원문

　自今觀之, 以《洛書》爲《洪範》, 其不可信者六. 夫其以《河圖》爲十者, 即

---

179 《홍범》.
180 《계사상》.

天一至地十也;《洛書》爲九者, 即初一至次九也. 且《河圖》之十不徒曰自一
至十而已. 天一生水, 地六成之. 水位在北, 故一與六皆居北, 以水生成於其
位也. 地二生火, 天七成之. 火位在南, 故二與七皆居南, 以火生成於其位也.
東,西,中之爲木,金,土, 無不皆然. 至論其數, 則一,三,五,七,九, 凡二十五, 天
數也, 皆白文而爲陽,爲奇; 二,四,六,八,十, 凡三十, 地數也, 皆黑文而爲陰,
爲偶. 此其陰陽之理, 奇偶之數, 生成之位. 推而驗之於《易》, 無不合者. 其
謂之'易', 宜也. 若《洛書》之爲《洪範》, 則於義也何居? 不過以其數之九而
已. 然一以白文而在下者指爲五行, 則五行豈有陽與奇之義乎? 二以黑文而
在左肩者指爲五事, 則五事豈有陰與偶之義乎? 八政,皇極,稽疑,福極, 烏在
其爲陽與奇? 五紀,三德,庶徵, 烏在其爲陰與偶乎? 又其爲陽與奇之數二十有
五, 爲陰與偶之數二十, 通爲四十有五, 則其於九疇何取焉? 是故陰陽奇偶之
數,《洪範》無是也. 而徒指其名數之九以爲九疇, 則《洛書》之爲《洛書》, 直
而列之曰一,二,三,四,五,六,七,八,九足矣, 奚必黑白而縱橫之, 積爲四十五,
而效《河圖》之爲乎? 此其不可信者一也.

번역

지금부터 살펴보건대,《낙서》를《홍범》으로 여기는 것을 믿을 수 없는
근거가 여섯 가지이다. 대저《하도》를 10이라고 하니, 곧 천天1에서 지地
10까지이며,《낙서》를 9라고 하니, 곧 초일初一에서 차구次九까지이다. 또
한《하도》의 10은 그저 1에서 10까지라고 말하지 않았다. 천天1은 수水
를 낳고, 지地6은 그것을 완성한다. 수水의 위치는 북쪽이기 때문에 1과 6
은 모두 북쪽에 거하면서 그 위치에서 수水를 낳고 완성한다. 지地2는 화

火를 낳고, 천天7은 그것을 완성한다. 화火의 위치는 남쪽이기 때문에 2와 7은 모두 남쪽에 거하면서 그 위치에서 화火를 낳고 완성한다. 동東, 서西, 중中은 목木, 금金, 토土가 되는데, 모두 그렇지 않음이 없다. 그 수를 논함에 있어서는 1, 3, 5, 7, 9는 모두 25이며, 천수天數이며, 모두 백문白文이고 양陽이며 기奇이다. 2, 4, 6, 8, 10은 모두 30이며, 지수地數이며, 모두 흑문黑文이고 음陰이며 우偶이다. 이것이 음양陰陽의 리理이며 기우奇偶의 수數이며 생성生成의 위位이다. 미루어 《역》에서 증험해보면, 합치하지 않음이 없다. 그것을 '역易'이라고 한 것은 마땅하다. 만약 《낙서》가 《홍범》이 된다면, 그 의의는 어디에 있는 것인가? 그 수가 9인 것에 지나지 않는다. 그러나 1이 백문白文으로 아래에 있는 것을 가리켜 오행五行이라고 한다면, 오행에 어찌 양陽과 기奇의 의의가 있는가? 2는 흑문黑文으로 좌견左肩에 있는 것을 가리켜 오사五事라고 한다면, 오사五事에 어찌 음陰과 우偶의 의의가 있겠는가? 팔정八政, 황극皇極, 계의稽疑, 복극福極은 어디에 양陽과 기奇의 의의가 있는가? 오기五紀, 삼덕三德, 서징庶徵은 어디에 음陰과 우偶의 의의가 있는가? 또한 그 양陽과 기奇의 수數는 25이고, 음陰과 우偶의 수數는 20이며, 합쳐서 45가 된다면, 구주九疇에서 무엇을 취한 것인가? 그러므로 음양陰陽 기우奇偶의 수는 《홍범》에는 없다. 그러나 단지 수를 이름한 9를 가리켜 구주九疇라고 한 것이라면, 《낙서》는 《낙서》가 되고, 바로 그것을 배열하여 1, 2, 3, 4, 5, 6, 7, 8, 9라고 한 것으로 충분한데, 어찌 반드시 흑백黑白으로 써서 가로세로로 늘어놓고, 수를 쌓아 45로 만들어 《하도》를 본받으려 하는 것인가? 이것이 《낙서》를 《홍범》으로 여기는 것을 믿을 수 없는 첫 번째 이유이다.

且《河圖》,《洛書》所列者數也,《洪範》所陳者理也. 在天惟五行, 在人爲五事. 五事參五行, 天人之合也. 八政者, 人之所以因乎天也; 五紀者, 天之所以示乎人也; 皇極者, 人君之所以建極也; 三德者, 治之所以應變也; 稽疑者, 以人而聽乎天也; 庶徵者, 推天而徵之人也; 福極者, 人感而天應之也. 是則九疇之自一至九, 所陳者三才之至理, 而聖人所以參贊經綸, 極而至於天人, 證應禍福之際, 以爲治天下之法者也, 其義豈在數乎? 豈如《易》之所謂天一地十者中含義數, 必有圖而後明, 可以索之無窮,推之不竭乎? 漢儒徒見《易·繫》以《河圖》與《洛書》並言, 而《洛書》之數九, 遂以爲九疇耳. 審如是, 則《河圖》之數十也, 伏羲畫卦, 何爲止於八乎? 此其不可信者二也.

또 《하도》와 《낙서》에 배열된 것은 수數이고, 《홍범》에 진열된 것은 리理이다. 천天에는 오행五行이고, 인人에는 오사五事가 된다. 오사五事가 오행五行에 참여하면 천인天人은 합合한다. 팔정八政은 인人이 천天에 인因하는 것이며, 오기五紀는 천天이 인人에게 보여주는 것이며, 황극皇極은 인군人君이 극極을 세우는 것이며, 삼덕三德은 다스리며 변화에 응하는 것이며, 계의稽疑는 인人으로서 천天에게 듣는 것이며, 서징庶徵은 천天을 미루어 인人에 징험하는 것이며, 복극福極은 인人이 감感하고 천天이 응하는 것이다. 그렇다면 구주九疇가 1에서 9까지 진열한 것은 삼재三才의 지극한 이치이고, 성인聖人이 경륜經綸에 참찬參贊하여 극에 달하면 천인天人에 이르러 화복禍福의 사이에 응함을 증명함으로써 천하를 다스리는 법으로 삼은 것인데, 그 의의에 어찌 수數가 있겠는가? 어찌《역》의 이른바 천天1지地10 안에 수數의 의미를 품고 있는 것과 같아서 반드시 도圖가 있은 이후에 밝아지고 탐색하여 무궁할 수 있고, 미루어 고갈되지 않을 수 있겠는가? 한유漢儒는 단지《역ㆍ계사》가《하도》와《낙서》를 아울러 말한 것만 보고,《낙서》의 수가 9이므로 마침내 구주九疇라고 한 것일 뿐이다. 이와 같음을 살핀다면《하도》의 수數는 10인데, 복희伏羲가 괘를 그림에 어찌 8에서 그친 것인가? 이것이《낙서》를《홍범》으로 여기는 것을 믿을 수 없는 두 번째 이유이다.

원문

先儒有言 :《河圖》之自一至十即《洪範》之五行, 而《河圖》五十有五之數乃九疇之子目. 夫《河圖》固五行之數, 而五行特九疇之一耳. 信如斯, 則是復有八《河圖》, 而後九疇乃備也. 若九疇之子目雖合《河圖》五十有五之數, 而《洛書》之數乃止于四十有五. 使以《洛書》爲九疇, 則其子目已缺其十矣. 本圖之數不能足, 而待他圖以足之, 則造化之示人者, 不亦既疏且遠乎? 而況九疇言理不言數, 故皇極之一不爲少, 庶徵之十不爲多, 三德之三不爲細, 福極之十一不爲鉅? 今乃類而數之, 而幸其偶合五十有五之數. 使皇極儕於庶徵之恒暘恒雨, 六極之憂貧惡弱而亦備一數之列, 不其不倫之甚乎? 且其數雖五十有五, 而於陰陽奇偶方位, 將安取義乎? 此其不可信者三也.

번역

선유先儒가 말하였다.《하도》의 1에서 10까지는 곧《홍범》의 오행五行

이고,《하도》의 55의 수數는 바로 구주九疇의 세목細目이다. 대저《하도》는 진실로 오행五行의 수數이고 오행五行은 단지 구주九疇의 하나일 뿐이다. 이 것을 믿는다면 다시 8개의《하도》를 얻은 이후에 구주九疇가 갖추어지게 된다. 만약 구주九疇의 세목이 비록《하도》55의 수와 합치하더라도,《낙 서》의 수數는 45에 그친다. 설령《낙서》를 구주九疇라고 한다면, 그 세목 에 이미 10은 빠진다. 본도本圖의 수數는 충족하지 못하고, 단지 다른 도圖 로 충족한다면, 조화造化가 사람에게 보여지는 것도 또한 이미 소원疏遠하 지 않겠는가? 하물며 구주九疇가 리理를 말하고 수數를 말하지 않았으므 로, 황극皇極의 1이 적지 않고, 서징庶徵의 10이 많지 않으며, 삼덕三德의 3 이 세밀하지 않으며, 복극福極의 11이 큰 것이 되지 않음에 있어서랴? 지 금은 비슷한 것으로 수數를 배치하여, 다행스럽게도 우연히 55의 수에 합치하였다. 황극皇極으로 하여금 서징庶徵[181]의 항상 볕남暘과 항상 비내 림雨, 육극六極[182]의 근심하고 가난하고 악하고 약하면서도 같은 숫자의 배열에 짝하게 한다면 그것이 불륜不倫의 심함이 아니겠는가? 또한 그 수 數가 비록 55라고 하더라도 음양陰陽 기우奇偶 방위方位에 있어서 장차 어떻 게 의의를 취하겠는가? 이것이《낙서》를《홍범》으로 여기는 것을 믿을 수 없는 세 번째 이유이다.

원문

班固《五行志》擧劉歆之說, 以'初一曰五行'至'威用六極'六十五字爲《洛

---

[181]《홍범》八庶徵. 曰雨, 曰暘, 曰燠, 曰寒, 曰風. 曰時. 五者來備, 各以其敍, 庶草蕃廡.
[182]《홍범》六極. 一曰凶短折, 二曰疾, 三曰憂, 四曰貧, 五曰惡, 六曰弱.

書》之本文. 以本文爲禹之所敍則可, 以爲龜之所負, 而列於背者則不可. 夫旣
有是六十五字, 則九疇之理與其次序亦已粲然明白矣, 豈復有白文二十五,黑
文二十而爲戴履左右肩足之形乎? 使旣有是六十五字, 而又有是四十五數並
列於龜背, 則其爲贅疣不亦甚乎? 此其不可信者四也.

반고班固《한서 · 오행지》는 유흠劉歆의 설說을 근거로하여《홍범》의 '초
일初一은 오행五行이다初一日五行'에서 '위엄을 보임을 육극六極으로써 하는
것威用六極' 65자를《낙서》의 본문이라고 하였다. 본문을 우禹가 차례 지은
것이라고 하는 것은 옳지만, 그것을 거북이가 등에 지고 등에 배열한 것
이라고 하는 것은 옳지 않다. 이미 이 65자가 있다면 구주九疇의 리理와 그
차례도 이미 찬란하고 명백한데, 어찌 다시 백문白文 25자, 흑문黑文20자
로 하여 상하좌우대각의 형태가 있겠는가? 만약 이미 65자가 있는데도
다시 45의 수數가 함께 거북이의 등에 배열된 것이라면 그 쓸데없이 덧
붙여진 것이 너무 심하지 않은가? 이것이《낙서》를《홍범》으로 여기는
것을 믿을 수 없는 네 번째 이유이다.

且箕子之陳九疇, 首以鯀陻洪水發之者, 誠以九疇首五行, 而五行首於水.
水未平, 則三才皆不得其寧. 此彝倫之所爲斁也. 水旣治, 則天地由之而立,
生民由之而安, 政化由之而成, 而後九疇可得而施. 此彝倫所爲敍也. 彝倫之
敍, 卽九疇之敍者也. 蓋《洪範》九疇原出于天, 鯀逆水性, 汩陳五行, 故帝震

怒不以畀之. 禹順水性, 地平天成, 故天以錫之耳. 先言帝不畀鯀, 而後言天錫禹, 則可見所謂畀,所謂錫者即九疇. 所陳三才之至理, 治天下之大法, 初非有物之可驗,有迹之可求也, 豈曰平水之後, 天果錫禹神龜而負夫疇乎? 仲虺曰：'天乃錫王勇智.'《魯頌》曰：'天錫公純嘏.' 言聖人之資質,天下之上壽皆天所賦予, 豈必有是物而後可謂之錫乎? 使天果因禹功成錫之神龜以爲瑞, 如《簫韶》奏而鳳儀,《春秋》作而麟至, 則箕子所敍直美禹功可矣, 奚必以鯀功之不成先之乎? 此其不可信者五也.

번역

또 기자箕子가 구주九疇를 진술하면서, 맨 먼저 곤鯀이 홍수를 막는 것으로 말을 연 것은 진실로 구주九疇는 오행五行을 처음으로 하고, 오행五行의 처음은 수水에 있다. 물水이 아직 평정되지 않았다면, 삼재三才가 모두 안정될 수 없다. 이것이 이륜彝倫이 무너진 것이다.[183] 물水이 이미 다스려지면, 천지天地가 그로부터 정립되고, 생민生民이 그로부터 안정되며, 정화政化가 그로부터 완성되어, 그 이후에 구주九疇를 베풀 수 있다. 이것이 이륜彝倫이 펴진 것이다.[184] 이륜彝倫이 펴진 것이 곧 구주九疇가 펴진 것이다. 대체로《홍범》구주九疇는 원래 하늘에서 나왔는데, 곤鯀이 물의 성질을 거슬러 오행을 어지럽게 진열하였으므로 상제가 진노하여 그에게 홍범구주를 주지 않았다. 우禹가 물의 성질水性을 순하게 하여, 땅과 하늘이 평온하게 되었으므로, 하늘이 우에게 내려 준 것일 뿐이다. 앞에서는 상제가

183《홍범》箕子乃言曰, 我聞在昔鯀陻洪水, 汩陳其五行. 帝乃震怒, 不畀洪範九疇. 彝倫攸斁.
184《홍범》鯀則殛死, 禹乃嗣興. 天乃錫禹洪範九疇. 彝倫攸敍.

곤鯀에게 주지 않았다고 하였고 뒤에서는 하늘이 우에게 내려 주었다고 하였으니, 이른바 주고, 내려 주었다는 것이 곧 구주九疇임을 알 수 있다. 삼재三才를 진열한 지극한 이치와 천하를 다스리는 대법大法은 애초에 증험할 수 있는 물건이나 구할 수 있는 흔적이 있는 것이 아니었는데, 어찌 물을 평정한 이후에 하늘이 과연 우에게 신귀神龜를 내려 주면서 구주를 짊어지게 했겠는가? 중훼仲虺가 '하늘이 마침내 왕에게 용맹과 지혜를 내려주다天乃錫王勇智'[185]라고 한 것과 《노송·비궁閟宮》에 '하늘이 공公에게 큰 복을 내려주시네天錫公純嘏'라고 한 것은 성인聖人의 자질資質과 천하天下의 상수上壽는 모두 하늘이 부여함을 말한 것인데, 어찌 반드시 물건이 있은 이후에 내려 주었다고 할 수 있겠는가? 설령 하늘이 과연 우禹의 성공으로 인해 신귀神龜를 내려줌으로써 서물瑞物로 삼은 것이 《소소簫韶》를 연주하니 봉鳳이 춤을 추고[186] 《춘추》를 지으니 기린麒麟이 온 것과 같은 것이라고 한다면, 기자箕子가 차례 지은 것은 단지 우의 성공을 찬미한 것이라고 한 것이 옳은데, 어찌 반드시 곤鯀의 공功이 이루어지지 않음을 먼저 말해야만 했던 것인가? 이것이 《낙서》를 《홍범》으로 여기는 것을 믿을 수 없는 다섯 번째 이유이다.

원문

夫九疇之綱禹敘之, 猶羲·文之畫卦也; 而其目箕子陳之, 猶孔子作《彖》,

---

185 《중훼지고》 仲虺乃作誥曰, 嗚呼惟天生民有欲. 無主乃亂. 惟天生聰明時乂. 有夏昏德, 民墜塗炭. 天乃錫王勇智, 表正萬邦, 纘禹舊服. 玆率厥典, 奉若天命.
186 《익직》 夔曰, 戛擊鳴球, 搏拊琴瑟, 以詠, 祖考來格. 虞賓在位, 羣后德讓. 下管·鼗鼓, 合止柷·敔, 笙·鏞以間, 鳥獸蹌蹌. 簫韶九成, 鳳皇來儀.

《象》之辭以明《易》也; 武王訪之, 猶訪太公而受丹書也. 天以是理錫之禹, 禹明其理而著之疇, 以垂示萬世, 爲不刊之經, 豈有詭異神奇之事乎? 鄭康成據《春秋緯》文有云：'河以通乾出天苞, 洛以流坤吐地符.' 又云：'河龍圖發, 洛龜書感.' 又云：'《河圖》有九篇, 《洛書》有六篇.' 夫聖人但言圖, 書出于河, 洛而已, 豈嘗言龜, 龍之事乎? 又烏有所謂九篇, 六篇者乎? 孔安國至謂'天與禹, 神龜負文而出', 誠亦怪妄也已. 人神接對, 手筆粲然者, 寇謙之, 王欽若之天書也, 豈所以言聖經乎? 此其不可信者六也.

번역

대저 구주九疇의 강령을 우가 차례 지은 것은 복희伏羲와 문왕이 괘卦를 그린 것과 같고, 그 조목을 기자箕子가 진술한 것은 공자가 《단彖》, 《상象》의 말로써 《역》을 밝힌 것과 같으며, 무왕이 기자를 방문한 것은 태공太公을 방문하여 단서丹書를 받은 것[187]과 같다. 하늘이 이 이치를 우禹에게 내려주었고, 우가 그 이치를 밝혀 구주九疇에 드러내어 만세에 드리워 보여주면서 불멸의 경經이 된 것인데, 어찌 기이하고 신기한 일이 있었겠는가? 정강성鄭康成은 《춘추위春秋緯》의 문장을 근거로 '하수河水는 하늘과 통함으로써 천포天苞를 내고, 낙수洛水는 땅과 통류通流함으로써 지부地符를 토吐하였다河以通乾出天苞, 洛以流坤吐地符'고 하였고, 또 '하수의 용龍이 도圖를 발하고 낙수의 거북이 서書를 감感하였다河龍圖發, 洛龜書感'고 하였으며, 또 '《하

---

187 《대대례(大戴禮)·무왕천조(武王踐阼)》 武王踐阼三日, 召士大夫而問焉, 曰：「惡有藏之約, 行之行, 萬世可以爲子孫常者乎?」諸大夫對曰：「未得聞也!」然後召師尙父而問焉, 曰：「昔黃帝顓頊之道存乎? 意亦忽不可得見與?」師尙父曰：「在丹書, 王欲聞之, 則齊矣!」

도》에 9편이 있고, 《낙서》는 6편이 있다《河圖》有九篇, 《洛書》有六篇'고 하였다. 대저 성인聖人은 단지 도圖와 서書가 하수와 낙수에서 나왔다고 말했을 뿐인데, 어찌 일찍이 거북이와 용의 일을 말했겠는가? 또한 어찌 9편, 6편을 말했겠는가? 공안국孔安國의 '하늘이 우禹에게 준 것은 신귀神龜가 무늬를 짊어지게 해서 나온 것이다天與禹, 神龜負文而出'[188]고 한 것은 진실로 괴이하고 망령된 말일 뿐이다. 인간과 신이 접대接對한 기록이 명확한 것은 구겸지寇謙之[189]와 왕흠약王欽若의 천서天書[190]인데, 이찌 성경聖經이라 할 수 있겠는가? 이것이 《낙서》를 《홍범》으로 여기는 것을 믿을 수 없는 여섯 번째 이유이다.

원문

然則《洛書》果何爲者也? 曰:《河圖》, 《洛書》, 皆天地自然之數, 而聖人取之以作《易》者也, 於《洪範》何與焉? 羣言淆亂, 質諸聖而止. '河出圖, 洛出書, 聖人則之'者, 非聖人之言歟? 吾以聖人之言而斷聖人之經, 其有弗信者歟? 劉牧氏嘗言《河圖》, 《洛書》同出於伏羲之世, 而河南程子亦謂聖人見《河圖》, 《洛書》而畫八卦. 吾是以知孔安國, 劉向, 歆父子, 班固, 鄭康成之徒以爲《河圖》授羲, 《洛書》錫禹者皆非也.

---

188 《홍범·공전(孔傳)》天與禹洛出書, 神龜負文而出, 列於背, 有數至于九. 禹遂因而第之, 以成九類, 常道所以次敍.

189 구겸지(寇謙之): 후위(後魏) 때 숭산(嵩山)의 도사(道士)였는데, 은거하다가 신선이 되었다고 한다.

190 왕흠약(王欽若)의 천서(天書): 송(宋) 진종(眞宗) 때에 하늘에서 내려왔다는 글. 송 진종이 전연(澶淵)에 출정하였다가 요(遼)와 맹약을 부끄럽게 여겨 왕흠약의 계책에 따라 꿈에 신인(神人)이 천서(天書)를 내렸다고 거짓말을 하였다. 《송사(宋史)·진종기(眞宗紀)》와 《왕단전(王旦傳)》 등에 보인다.

그렇다면《낙서》는 과연 무엇인가?《하도》와《낙서》는 모두 천지 자연의 수數이고 성인聖人이 그것을 취하여《역》을 지은 것인데,《홍범》과는 무슨 관계인가? 여러 말들이 어지럽게 뒤섞였지만, 성경聖經에 질정하면 그만이다. '하수에서 도圖가 나왔고, 낙수에서 서書가 나왔는데, 성인聖人이 그것을 본받았다河出圖, 洛出書, 聖人則之'는 성인聖人의 말씀이 아니겠는가? 내가 성인의 말씀으로 성인의 경經을 단정한 것에 불신할 것이 있겠는가? 일찍이 유목劉牧은《하도》와《낙서》는 모두 복희伏羲의 시대에 나왔다고 하였고, 하남河南의 정자程子도 성인聖人이《하도》와《낙서》를 관찰하고 팔괘八卦를 그렸다고 하였다. 나는 이것으로 공안국, 유향, 유흠 부자, 반고, 정강성의 무리들이《하도》를 복희에게 주었고,《낙서》를 우에게 내려주었다고 한 말들이 모두 틀렸다는 것을 알게 되었다.

或曰:《河圖》之數即所謂天一至地十者固也. 《洛書》之數其果何所徵乎? 曰:《洛書》之數, 其亦不出於是矣. 是故朱子於《易學啓蒙》蓋詳言之. 其言曰: '《河圖》以五生數合五成數而同處其方, 蓋揭其全以示人, 而道其常數之體也.《洛書》以五奇數統四偶數而各居其所, 蓋主於陽以統陰, 而肇其變數之用也. 中爲主而外爲客, 故《河圖》以生居中而成居外, 正爲君而側爲臣, 故《洛書》以奇居正而偶居側.' 此朱子之說也. 而吾以謂《洛書》之奇偶相對, 即《河圖》之數散而未合者也.《河圖》之生成相配, 即《洛書》之數合而有屬者也. 二者蓋名異而實同也. 謂之實同者, 蓋皆本於天一至地十之數. 謂之名異者,

《河圖》之十,《洛書》之九, 其指各有在也. 是故自一至五者五行也, 自六至九
者四象也, 而四象即水,火,金,木也. 土爲分旺, 故不言老少. 而五之外無十,
此《洛書》之所以止於九也. 論其方位, 則一爲太陽之位, 九爲太陽之數, 故一
與九對也; 二爲少陰之位, 八爲少陰之數, 故二與八對也; 三爲少陽之位, 七
爲少陽之數, 故三與七對也; 四爲太陰之位, 六爲太陰之數, 故四與六對也.
是則以《洛書》之數而論《易》, 其陰陽之理, 奇偶之數, 方位之所, 若合符節.
雖《繫辭》未嘗明言, 然即是而推之, 如指諸掌矣. 朱子亦嘗言'《洛書》者, 聖
人所以作八卦', 而復曰'九疇復並出焉', 則猶不能不惑于漢儒經緯表裏之說
故也. 嗚呼! 事有出于聖經明白可信, 而後世弗之信, 而顧信漢儒傅會之說,
其甚者, 蓋莫如以《洛書》爲《洪範》矣. 吾故曰:《洛書》非《洪範》也,《河
圖》,《洛書》皆天地自然之數, 而聖人取之以作《易》者也."

번역

어떤 이가 물었다.《하도》의 수數란 곧 이른바 천天1에서 지地10이라는
것이 진실로 그러하다.《낙서》의 수數를 과연 어디에서 징험할 것인가?

《낙서》의 수數도 여기에서 벗어나지 않는다. 그러므로 주자朱子가《역
학계몽》에서 상세하게 다음과 같이 말하였다. '《하도》는 다섯 개의 생수
生數로 다섯 개의 성수成數를 합하여 그 방향에 함께 있는 것이니, 대체로
《하도》는 그 완전함을 들어서 사람에게 보여주는 것이며, 상수常數의 체體
를 말한 것이다.《낙서》는 다섯 개의 기수奇數로 네 개의 우수偶數를 통솔
하여 각각 그 위치하는 바에 거처하는 것이니, 대체로 양陽에 주로 하면
서 음陰을 통솔하며, 그 변수變數의 용用을 꾀하는 것이다. 가운데는 주인

이 되고 바깥은 빈객이 되므로《하도》는 생겨나는 것으로 가운데 거하고 완성하는 것으로 바깥에 거하며, 바른 위치는 임금이 되고 바깥 위치는 신하가 되므로《낙서》는 기수奇數로 바름에 거하고 우수偶數로 바깥에 거한다.' 이것이 주자의 설이다. 그리고 내 생각에《낙서》의 기우奇偶는 상대相對가 되니, 곧《하도》의 수數는 흩어지고 합하지 않은 것이다.《하도》의 생성生成은 상배相配가 되니, 곧《낙서》의 수數는 합하여 이어짐이 있는 것이다. 두 가지는 이름은 다르지만 실질이 같다. 실질이 같다는 것은 대체로 모두 천天1에서 지地10의 수數에 근본한다는 것이다. 이름이 다르다는 것은《하도》의 10과《낙서》의 9가 그 가리키는 바가 각각 있다는 것이다. 그러므로 1에서 5까지는 오행五行이고 6에서 9까지는 사상四象이니, 사상四象은 곧 수水, 화火, 금金, 목木이다. 토土는 분왕分旺, 계절에 나뉘어 왕성한 것하므로 노소老少를 말하지 않는다. 그리고 5의 바깥에 10이 없으니, 그것은《낙서》가 9에서 그치는 이유이다. 그 방위를 논해보면, 1은 태양太陽의 자리이고, 9는 태양太陽의 수數이므로 1과 9가 대對하고, 2는 소음少陰의 자리이고, 8은 소음少陰의 수數이므로 2와 8이 대對하고, 3은 소양少陽의 자리이고, 7은 소양少陽의 수數이므로 3과 7이 대對하고, 4는 태음太陰의 자리이고, 6은 태음太陰의 수數이므로 4와 6이 대對한다. 이와같이《낙서》의 수數로서《역》을 논하면, 그 음양陰陽의 리理, 기우奇偶의 수數, 방위方位의 위치所가 부절符節이 합치하는 것과 같다. 비록《계사》에서 일찍이 명백하게 말하지 않았으나, 이것으로 미루어보면 손바닥을 가리키듯 명료할 것이다. 주자도 일찍이 말하길 '《낙서》는 성인聖人이 그것으로 팔괘를 그렸다'고 하였고, 다시 '구주九疇가 거기에서 아울러 나왔다'고 하였으니, 한유漢

儒의 경위經緯 표리表裏 설說에 의혹되지 않을 수 없었던 것과 같다. 아! 사안이 성경聖經에서 나온 것을 명백하게 믿을 수 있는 것인데, 후대의 사람들이 믿지 않고 도리어 한유漢儒의 견강부회한 설을 믿었으니, 심한 것은 《낙서》를 《홍범》이라고 하는 것만 한 것이 없었다. 그러므로 나는 말한다. 《낙서》는 《홍범》이 아니며, 《하도》와 《낙서》는 모두 천지天地자연自然의 수로서 성인聖人이 그것을 취하여 《역》을 지은 것이다."(여기까지가 《왕충문집王忠文集·낙서변洛書辨》의 내용이다.)

원문

又按 : 歸熙甫《易圖論上》曰 : "《易圖》非伏羲之書也, 此邵子之學也. '昔者包犧氏之王天下也, 仰則觀象於天, 俯則觀法於地, 觀鳥獸之文與地之宜, 於是始作八卦, 以通神明之德, 以類萬物之情.' 蓋以八卦盡天地萬物之理, 宇宙之間洪纖巨細, 往來升降, 生死消息之故, 悉著之於象矣. 後之人苟以一說求之, 無所不通. 故雖陰陽小數, 納甲飛伏, 坎離塡補, 卜數隻偶之類, 人人盡自以爲《易》, 而要之皆可以《易》言也. 吾嘗論之, 以爲《易》不離乎象數, 而象數之變至於不可窮, 然而有正焉, 有變焉. 卦之所明白而較著者爲正, 旁推而衍之者爲變. 卦之所明白而較著者, 此聖者之作也. 執其無端以冒乎天下, 旁推而衍之, 是明者之述也. 由其一方, 以達於聖人. 伏羲之作止於八卦, 因重之如是而已矣. 初無一定之法, 亦無一定之書, 而剛柔之上下, 陰陽之變態極矣. 夏爲《連山》, 商爲《歸藏》, 周爲《周易》, 經別之卦, 其數皆同. 雖三代異名, 而伏羲之《易》即《連山》而在《連山》, 即《歸藏》而在《歸藏》, 即《周易》而在《周易》, 未嘗則有所謂伏羲之《易》也. 後之求之者, 即其散見於《周易》之

六十四卦者是已. 今世所謂圖學者以此爲周之《易》而非伏羲之《易》, 別出橫
圖於前, 又左右分析之以象天氣謂之圜圖, 於其中交加八宮以象地類謂之方
圖. 夫《易》之於天氣地類蓋詳矣, 奚俟夫圖而後見也? 且謂其必出於伏羲, 既
規橫以爲圜, 又塡圜以爲方, 前列六十四於橫圖, 後列一百二十八於圜圖, 太
古無言之教, 何如是之紛紛耶? 諸經遭秦火之厄, 《易》獨以卜筮存. 漢儒傳授
甚明, 雖於大義無所發越, 而保殘守缺惟恐散失. 不應此《圖》交疊環布, 遠出
姬周之前, 乃棄而不論, 而獨流落於方士之家. 此豈可據以爲信乎?《大傳》
曰 : '神无方,《易》無體.' 夫卦散於六十四, 可圜可方, 一入於圜方之形必有
曲而不該者, 故散圖以爲卦而卦全, 紐卦以爲圖而卦局. 邵子以步算之法衍爲
《皇極經世》之書, 有分秒直事之術, 其自謂先天之學, 固以此. 要其旨不叛於
聖人, 然不可以爲作《易》之本, 故曰 : 推而衍之者, 變也. 此邵子之學也."

번역 **우안又按**

귀유광歸有光, 자 희보(熙甫)의 《역도론상易圖論上》에서 다음과 같이 말했다.

"《역도易圖》는 복희伏羲의 책이 아니라, 소자邵子의 학문이다. '옛날 포희
씨包犧氏가 왕천하王天下할 때 우러러 하늘의 상을 관찰하고 구부려 땅의 법
을 관찰하고, 새와 짐승의 무늬와 천지의 마땅함을 관찰하며, 가까이는
자신에게서 취하고 멀리는 사물에게서 취하여 이에 비로소 팔괘를 만들
어 신명神明의 덕을 통하고 만물의 정情을 분류하였다昔者包犧氏之王天下也, 仰則觀
象於天, 俯則觀法於地, 觀鳥獸之文與地之宜, 於是始作八卦, 以通神明之德, 以類萬物之情.'[191] 대체로

---

[191] 《역·계사하》.

팔괘/卦로 천지만물의 리理를 다 드러내었으니, 우주宇宙사이의 거대한 것과 세밀한 것, 오고 가고 오르고 내리는 것, 살고 죽고 사라지고 숨쉬는 까닭이 다 상象에 드러난다. 후대 사람이 진실로 하나의 설로서 구해보니 통하지 않음이 없었다. 그러므로 비록 음양陰陽소수小數, 납갑納甲[192]비복飛伏,[193] 감리전보坎離塡補,[194] 복수지우卜數隻偶[195]의 부류와 같은 것들을 사람마다 다 스스로 《역》이라고 여기니, 요컨대 모두 《역》이라 할 수 있다. 내가 일찍이 의론해보았는데, 《역》은 상수象數와 떨어질 수 없으며, 상수象數의 변變이 궁구할 수 없는 곳에 이르더라도, 거기에는 정正이 있고 변變이 있기 마련이다. 괘卦가 명백하여 드러난 것이 정正이 되고, 두루 미루어 연역해 나가는 것이 변變이 된다. 괘가 명백하여 드러난 것은 성인聖者이 지은 것이다. 그 단서 없는 것을 잡아 천하에 무릅쓰고 두루 미루어 연역한 것은 밝은 자明者가 서술한 것이다. 그 한 방향으로부터 성인聖人에 도달한다. 복희가 지은 것은 팔괘/卦에 그쳤고, 그것으로 인하여 중첩한 것

---

192 납갑(納甲) : 천간(天干)을 팔괘(八卦)에 분납(分納)한 것을 말한다. 곧 건납갑임(乾納甲壬), 곤납을계(坤納乙癸), 진납경(震納庚), 손납신(巽納辛), 감납무(坎納戊), 리납기(離納己), 간납병(艮納丙), 태납정(兌納丁)이다. 《경씨역전(京氏易傳)》에서 나왔으며, 후대의 복서가(卜筮家)들이 간지(干支)로서 괘효(卦爻) 오행(五行) 오방(五方)을 상배(相配)시킨 것은 여기에 근본하였다.

193 비상(飛伏) : 한대(漢代) 《경씨역전(京氏易傳)》의 용어이다. 괘(卦)로 드러난 것을 비(飛)라고 하고 드러나지 않은 것을 복(伏)이라고 하는데, 비(飛)는 미래(未來)의 일이고, 복(伏)은 과거의 일이다. 한유(漢儒)는 이것으로 길흉을 점험(占驗)하였다.

194 감리전보(坎離塡補) : 감(坎)☵과 리(離)☲ 양괘(兩卦)는 건곤(乾坤) 양괘(兩卦)의 가운데 일효(一爻)가 변화한 괘이다. 인체(人體)에서 심(心)이 화(火)로서 리괘(離卦)가 되고, 신(腎)은 수(水)로서 감괘(坎卦)가 된다. 감괘(坎卦) 중간의 양효(陽爻)를 뽑아 리괘(離卦) 중간의 원래 있던 음효(陰爻)의 위치를 메우면 원래의 리괘(離卦)는 건괘(乾卦) ☰로 바뀌고, 원래의 감괘(坎卦)는 곤괘(坤卦)☷로 바뀐다.

195 복수척우(卜數隻偶) : 점복(占卜)이 영험할 때가 있지만, 그것은 단지 우연히 합치한 뿐이라는 것이다. 《후한서·환담전(桓譚傳)》에 보인다.

일 뿐이다. 애초에 일정한 법이 없었고 또한 일정한 서書가 없었으나 강유剛柔의 상하上下와 음양陰陽의 변태變態가 지극하였다. 하夏나라의 《연산連山》, 상商나라의 《귀장歸藏》, 주周나라의 《주역周易》은 경經의 괘卦는 달랐지만 그 수數는 모두 같았다. 비록 삼대三代의 이름은 달랐지만, 복희伏羲의 《역》이 곧 《연산》이므로 《연산》이 있었고, 곧 《귀장》이므로 《귀장》이 있었고, 곧 《주역》이므로 《주역》이 있었고, 일찍이 이른바 복희伏羲의 《역》은 없었다. 후대에 구해진 것들은 곧 《주역》이 64괘에 흩어져 보일 뿐이다. 오늘날 이른바 도학자圖學者는 이것을 주周의 《역》이라고 여기고 복희伏羲의 《역》이 아니라고 하고, 그 이전에 별개의 횡도橫圖가 나왔고, 다시 좌우로 나누어 천기天氣를 형상화한 것을 환도圜圖라 하고, 그 가운데 팔궁八宮을 더해 지류地類를 형상화한 것을 방원方圖이라고 하였다. 대저 《역》이 천기天氣와 지류地類에 있어서는 이미 상세한데, 어찌 도圖를 기다린 이후에 드러나는 것이겠는가? 또는 그것이 반드시 복희에서 나온 것으로, 이미 횡橫을 구획하여 환圜이라고 하고, 다시 환圜을 메워 방方이라고 하였으며, 횡도橫圖에 64를 앞에 배열하고, 환도圜圖에 128을 뒤에 배열하여 태고太古의 무언無言의 가르침이라고 말하니, 어찌 이와 같이 분분한 것인가? 모든 경經이 진화秦火의 액厄을 만났지만, 《역》만은 유독 복서卜筮로 존치되었다. 한유漢儒가 전수傳授한 것이 매우 분명하니, 비록 대의大義에 있어서 크게 발전된 바는 없었으나, 잔결殘缺됨을 보수保守하면서 오직 산실될 것을 두려워하였다. 이 《도圖》가 중첩해서 퍼진 것이 멀리 희주姬周 이전에 있었던 것이 아니라고 해서 버리고 논의하지 않으면서, 오직 방사가方士家에 떨어지게 되었다. 이것을 어찌 근거로 하여 믿을 수 있겠는가?

《역대전易大傳》에 '신神은 일정한 방소가 없고 《역易》은 일정한 체体가 없다神无方, 《易》無體'고 하였다. 대저 괘卦는 64에 흩어져, 환圜이 되고 방方이 될 수 있으니, 한번 환방圜方의 형태로 들어가게 되면 반드시 완곡하여 갖추어지지 않은 것이 있으므로 도圖를 흩은 것을 괘卦로 삼으면 괘가 완전하게 되고, 괘卦를 묶은 것을 도圖로 하면 괘卦는 국한된다. 소자邵子가 보산법步算法으로 연역하여 《황극경세서皇極經世書》를 썼고, 분초직사分秒直事의 술術을 가지고 스스로 선천先天의 학문이라고 한 것은 진실로 이것으로 한 것이다. 요컨대, 그 종지宗旨는 성인聖人을 배반하지 않았으나, 《역易》의 근본을 쓴 것이라고 할 수 없으므로, 미루어 연역한 것이 변變이라고 하였다. 이것이 소자邵子의 학문이다.”

원문

《下》曰 : “或曰 : 自孔子贊 《易》, 今世所傳 《易大傳》者雖不必盡出於孔氏, 而豈無一二微言於其間? 子之不信夫 《易圖》, 以爲邵子之學則然矣. 而邵子之所據者 《大傳》之文也, 不曰 '《易》有太極, 太極生兩儀, 兩儀生四象, 四象生八卦' 乎? 此其所謂橫圖者也. 又不曰 '天地定位, 山澤通氣, 雷風相薄, 水火不相射' 乎? 此其所謂伏羲卦位者也. 又不曰 '帝出乎震, 齊乎巽, 相見乎離, 致役乎坤, 說言乎兌, 戰乎乾, 勞乎坎, 成言乎艮' 乎? 此其所謂文王卦位者也. 曰 : 此非 《大傳》之意也, 邵子謂之云耳. 夫 《易》之法自一而兩, 兩而四, 四而八, 其相生之序則然也. 八卦之象, 莫著於八物, 而天,地也, 山,澤也, 雷,風也, 水,火也, 是八者不求爲偶, 而不能不爲偶者也. 帝之出入, 《傳》固已詳之矣, 以八卦配四時, 夫以爲四時焉, 則東,南,西,北繫是焉, 定非文王 《易》

置之而有此位也. 蓋《說卦》廣論《易》之象數, 自三才以至於八物,四時, 人身
之衆體與天地間之萬物, 何所不取? 所謂推而衍之者也. 此孰辨其爲伏羲,文
王之別哉? 雖《圖》與《傳》無乖刺, 然必因《傳》而爲此《圖》, 不當謂《傳》爲
《圖》說也. 且邵子謂先天之旨在卦氣,《傳》何爲舍而曰'天地定位'? 後天之旨
在入用,《傳》何爲舍而曰'帝出乎震'?《傳》言卦爻象變詳矣, 而未嘗一言及於
《圖》. 所可指以爲近似者, 又不過如此. 自漢以來說《易》者今雖不多見, 然王
弼,韓康伯之書尙在, 其解前所稱諸章無有以《圖》爲說者, 蓋以《圖》說《易》
自邵子始. 吾怪夫儒者不敢以文王之《易》爲伏羲之《易》, 而乃以伏羲之
《易》爲邵子之《易》也, 不可以不論."

번역

《역도론하易圖論下》에 다음과 같이 말했다.

"어떤 이가 물었다. 공자가《역》을 찬술한 것으로부터, 지금 전해지는
《역대전易大傳》이 비록 전부 다 공자에게서 나온 것이 아니라고 하더라도
어찌 그 사이에 한두 개의 미언微言이 없겠는가? 그대가 저《역도易圖》를
믿지 않은 것은 그것이 소자邵子의 학문이라고 여기기 때문이다. 그러나
소자가 근거로 한 것이《역대전易大傳》의 문장이니, '《역》에는 태극太極이
있고, 태극은 양의兩儀를 낳고, 양의는 사상四象을 낳고, 사상은 팔괘八卦를
낳는다《易》有太極, 太極生兩儀, 兩儀生四象, 四象生八卦'**196**라고 하지 않았던가? 이것이
이른바 횡도橫圖라는 것이다. 또한 '천天과 지地가 자리를 정定하고 산山과

---

196 《계사상》.

택澤이 기氣를 통하며, 뢰雷와 풍風이 서로 부딪히고, 수水와 화火가 서로 해치지 않는다天地定位, 山澤通氣, 雷風相薄, 水火不相射'[197]라고 하지 않았던가? 이것이 이른바 복희괘위伏羲卦位라는 것이다. 또한 '상제上帝가 진震에서 나와, 손巽에서 정제淨濟하고, 리離에서 서로 만나고, 곤坤에서 일을 맡기고, 태兌에서 기뻐하고, 건乾에서 싸우고, 감坎에서 위로하고, 간艮에서 이룬다帝出乎震, 齊乎巽, 相見乎離, 致役乎坤, 說言乎兌, 戰乎乾, 勞乎坎, 成言乎艮'[198]라고 하지 않았던가? 이것이 이른바 문왕괘위文王卦位라는 것이다.

대답하였다. 이것은《역대전易大傳》의 뜻이 아니라, 소자邵子가 말한 것일 뿐이다. 대저《역》의 법은 1에서부터 2가 되고, 2에서 4가 되며, 4에서 8이 되는데, 그 상생相生의 차례가 그러한 것이다. 팔괘八卦의 상象은 팔물八物에 드러나지 않음이 없으니, 천天, 지地, 산山, 택澤, 뢰雷, 풍風, 수水, 화火, 이 여덟 가지는 구하지 않아도 만나게 되고 만나지 않을 수 없는 것이다. 상제上帝의 출입出入은《전傳》에 이미 상세하고, 팔괘八卦를 사시四時에 배열하였는데, 대저 사시四時에 배열하였다면, 동東, 남南, 서西, 북北에 매단 것이지, 문왕文王《역》에 배치되어 그 위치가 있는 것은 결코 아니다. 대체로《설괘》는《역》의 상수象數를 폭넓게 논의한 것이니, 삼재三才로부터 팔물八物, 사시四時, 인신人身의 모든 신체부위와 천지간의 만물에 이르기까지, 취하지 않은 것이 무엇이겠는가? 이른바 미루어 연역한다는 것이다. 그 누가 그것이 복희나 문왕이 만든 것임을 변별하겠는가? 비록《도圖》와《전傳》이 어긋남이 없지만, 반드시《전傳》으로 인하여 이《도圖》를 만들었

---

197 《설괘》.
198 《설괘》.

다고 여겨서,《전傳》이《도圖》라고 말하는 것은 온당치 않다. 또한 소자邵子
는 선천先天의 요지는 괘기卦氣에 있다고 했는데,《전傳》은 왜 그것을 버려
두고서 '천天과 지地가 자리를 정한다天地定位'라고 한 것인가? 후천後天의 요
지는 입용入用에 있다고 했는데,《전傳》은 왜 그것을 버려두고서 '상제上帝
는 진震에서 나온다帝出乎震'라고 한 것인가?《전傳》에서 괘효상卦爻象의 변變
을 말한 것이 상세하지만, 일찍이《도圖》에 대해서는 한마디도 언급하지
않았다. 가리킨 바가 비교적 비슷하다고 할 만한 것 또한 이와 같음에 불
과하다. 한漢 이래로《역易》을 말한 것이 지금 비록 많이 보이지 않지만, 왕
필王弼, 한강백韓康伯의 책은 여전히 존재하고, 앞에서 칭했던 모든 장을 해
석함에《도圖》로 말한 것은 없으며, 대체로《도圖》로《역易》을 말한 것은
소자邵子로부터 시작되었다. 내가 괴이하게 여기는 것은 유자들이 감히
문왕의《역易》을 복희의《역易》이라고 하지 않으면서, 복희伏羲의《역易》을 소
자邵子의《역易》이라고 하는 것이므로 논의하지 않을 수 없다."

원문

又後曰:"或曰:子以《易圖》爲非伏羲之舊固已明矣, 若夫'河以通乾出天
苞, 洛以流坤出地符', 所謂《河圖》,《洛書》可廢耶? 蓋宋儒朱子之說甚詳,
揭中五之要, 明主客君臣之位, 順五行生尅之序, 辨體用常變之殊, 合卦範兼
通之妙, 縱橫曲直, 無不相値, 可謂精矣. 曰:此愚所以恐其說之過於精也.
夫事有出於聖人, 而在學者有不必精求者,《河圖》,《洛書》是也. 聖人聰明睿
知, 德通於天. 符瑞之生, 出於世之所創見. 而奇偶法象之妙, 足以爲作《易》
之本, 理亦有然者. 然曰《河圖》,《洛書》聖人則之者, 此《大傳》之所有也.

'通乾流坤','天苞地符'之文, 五行生成, 戴九履一之數, 非《大傳》之所有也. 以彼之名合此之迹, 以此之迹符彼之名, 不與大《易》同行, 不藏於博士學官, 而千載之下, 山人野士持盈尺之書而曰古之圖書者如是, 此其付受固已沈淪 詭祕, 而爲學者之所疑矣. 雖其說自以爲無所不通, 然此理在人, 仁者,知者皆 能見之. 龍虎之經, 金石草木之卜, 軌策占算之術, 隨其所自爲說, 而亦無不 合, 豈必皆聖人之爲之乎?《大傳》曰:'包犧氏之王天下也, 仰則觀象於天, 俯則觀法於地.' 夫天地之間, 何往非《圖》, 而何物非《書》也哉? 揭《圖》而 示之, 曰孰爲上下, 孰爲左右, 孰爲乾,兌,離,震, 孰爲巽,坎,艮,坤? 天之告人 也, 何其瀆? 因其上下以爲上下, 因其左右以爲左右, 因其乾,兌,離,震以爲乾, 兌,離,震, 因其巽,坎,艮,坤以爲巽,坎,艮,坤. 聖人之效天也, 何其拘? 且彼所 謂效變化, 則垂象者, 毫而析之, 又何所當也? 使二《圖》者果在如今所傳, 然 其所謂精蘊者, 聖人固已取而歸之《易》矣, 求《圖》,《書》之說於《易》可也. 子產曰:'天道遠, 人道邇.' 天者聖人之所獨得, 而人者聖人之所以告人者也. 告人以天, 人則駭而惑. 告人以人, 人則樂而從. 故聖人之作《易》, 凡所謂深 微悠勿之理, 舉皆推之於庸言庸行之間, 而卦爻之象, 吉凶悔吝之辭, 不亦深 切而著明也哉? 聖人見轉蓬而造車, 觀鳥跡而製字. 世之人求爲車之說與夫 書之義則有矣, 而必轉蓬,鳥跡之求, 愚未見其然也. 孔子贊《易》, 刪《連山》, 《歸藏》而取《周易》, 始於《乾》而終於《未濟》, 則《圖》,《書》之列粲然者莫 是過矣. 今夫冶之所貴者範, 而用者不求範而求器也; 耕之所資者耒, 而食者 不求耒而求粟也. 有《圖》,《書》而後有《易》, 有《易》則無《圖》,《書》可也. 故《論語》"河不出《圖》", 與"鳳鳥"同瑞而已,《顧命》"《河圖》在東序", 與和 弓,垂矢同寶而已. 是故《圖》,《書》不可以精. 精於《易》者, 精於《圖》,《書》

者也. 惟其不知其不可精而欲精之, 是以測度摹擬無所不至, 故有九宮之法, 有八分井文之畫, 有坎離交流之卦. 與夫孔安國,向,歆,揚雄,班固,劉牧,魏華父,朱子發,張文饒諸儒之論, 或九或十, 或合或分, 紛紛不定, 亦何足辨也?

번역

또 뒤에 다음과 같이 말하였다.

"어떤 이가 말했다. 그대가 《역도易圖》를 복희의 옛것이 아니라고 하는 것은 진실로 이미 명백한데, '하수河水는 하늘과 통함으로써 천포天苞를 내고, 낙수洛水는 땅과 통류通流함으로써 지부地符를 토吐한다河以通乾出天苞, 洛以流坤出地符'와 같다면, 이른바 《하도》, 《낙서》를 폐할 수 있겠는가? 대체로 송유宋儒 주자朱子의 설說이 매우 상세하니, 중오中五, 土의 요지를 게시하고, 주객군신主客君臣의 지위를 밝히며, 오행생극五行生尅의 순서를 따르고, 체용상변體用常變의 다름을 변별하며, 괘범겸통卦範兼通의 오묘함을 합한 것이 종횡縱橫과 곡직曲直으로 서로 만나지 않음이 없으므로 정밀하다 할 만하다.

대답하였다. 내 생각에 그 설이 실정보다 과장된 것 같다. 대저 사안이 성인에게서 나왔지만, 배우는 자들이 그 배움을 구함에 반드시 정밀하지 않음이 있었으니 《하도》와 《낙서》가 그것이다. 성인聖人 총명예지聰明睿知의 덕德이 하늘과 통한다. 부서符瑞의 생김은 세상에 처음 나온 것이다. 그리고 기우奇偶법상法象의 오묘함은 《역》을 지은 근본이라 하기에 충분하고, 리理 또한 그러함이 있다. 그러나 《하도》와 《낙서》를 성인聖人이 본받았다고 하는 것은 《역대전易大傳》에 있는 바이다. '하늘과 통하고 땅과 통류한다通乾流坤', '천포天苞와 지부地符, 天苞地符'의 문장이나 오행생성五行生成,

대구리일戴九履一의 수數는《역대전》에 있는 것이 아니다. 저것의 이름으로 이것의 자취를 합하고, 이것의 자취로 저것의 이름에 부합시켰으나 대大《역易》과 동행하지 못하여 박사학관博士學官에 소장되지 못했는데, 천년 이후에 산인山人야사野士가 한 자 남짓 책을 쥐고서 옛날의 도서圖書가 이와 같았다고 말하지만, 그 주고받음이 진실로 속임과 비밀스러움에 빠졌으므로 배우는 자들이 의심하게 되었다. 비록 그 설이 저절로 통하지 않는 바가 없다고는 하지만, 그 이치가 사람에 있어서는 인자仁者와 지자知者들에게 모두 드러나게 되었다. 용호龍虎와 같이 찬란한 경문經文, 금석초목金石草木의 복서卜筮, 궤책점산軌策占算의 술수術數에 따라서 스스로 설을 세웠고 그 또한 합치하지 않음이 없으니, 어찌 모두 반드시 성인이 만든 것이겠는가?《역대전易大傳》에 '포희씨包犧氏가 천하에 왕 노릇 할 때 우러러 하늘의 상을 관찰하고 구부려 땅의 법을 관찰하다包犧氏之王天下也, 仰則觀象於天, 俯則觀法於地'라고 하였다. 대저 하늘과 땅 사이에 어디로 간들《도圖》가 아니겠으며, 어떤 사물인들《서書》가 아니겠는가?《도圖》를 높이 들어 보이며 말함에 어떤 것은 상하上下가 되고, 어떤 것이 좌우左右가 되며, 어떤 것이 건乾, 태兌, 리離, 진震이 되며, 어떤 것이 손巽, 감坎, 간艮, 곤坤이 되겠는가? 하늘이 사람에게 알려줌이 어찌 그렇게 지저분하겠는가? 그《도圖》의 상하上下로 인하여 상하上下가 결정되고, 그 좌우로 인하여 좌우가 결정되며, 그 건乾, 태兌, 리離, 진震으로 인하여 건乾, 태兌, 리離, 진震이 결정되며, 그 손巽, 감坎, 간艮, 곤坤으로 인하여 손巽, 감坎, 간艮, 곤坤이 결정된다. 성인이 하늘을 본받음에 어찌 그렇게 구애됨이 있겠는가? 또한 저들의 이른바 변화變化를 본받음과 드리워진 형상을 본받는 것을 세밀하게 분석하면 또한 어찌 합당할 수 있겠는가? 설령 두 개의《도圖》가 과연 오늘날에 전하는 것과 같이 이른바 정밀함을 온축한 것이라고 한다면, 성인이 이미 취하여《역》에 귀속시켰으니,《도圖》와《서書》의 설을《역》에서 구하는 것이 옳은 것이다. 자산子産은 '천도天道는 멀고, 인도人道는 가깝다天道遠, 人道邇'[199]라고 하였다. 하늘天은 성인聖人이 홀로 얻는 바이고, 사람人은 성인聖人이 사람에게 알려주는 자이다. 사람에게 알리되 하늘로서 하면, 사람은 깜짝 놀라서 의혹을 품는다. 사람에 알리되 사람으로서 하면, 사람은 즐겁게 따른다. 따라서 성인이《역》을 지은 것은, 이른바 심오하고 미미하고 아득하고 없는 듯한 이치를 모두 들어 평상의 말과 평상의 행동 사이에 미루어서 괘효卦爻의 상象과 길흉회린吉凶悔吝의 말로 나타낸 것이니, 또한 매우 간절하고 잘 드러난 것이 아니겠는가? 성인은 바람에 흔들리는 쑥대를 보고서 수레를 만들었고, 새의 발자취를 관찰하여 글자를 만들었다. 세상 사람들이 수레를 만든 설과 글자의 의미를 구한 것이 있는데, 그것이 반드시 흔들리는 쑥대와 새 발자취에서 구했다고 하는 것을 나는 그렇게 생각하지 않는다. 공자가《역》을 찬술하면서《연산連山》과《귀장歸藏》을 삭제하고《주역周易》을 취하고,《건乾》괘를 맨 처음으로 하고《미제未濟》괘를 맨 마지막으로 했다면,《도圖》와《서書》 배열의 찬란함이 이보다 더 심할 수 없다. 오늘날 철을 다루는 자가 귀하게 여기는 것은 틀이지만 사용하는 자는 틀을 구하지 않고 기물器物을 구하고, 농사짓는 자가 힘입는 바는 쟁기이지만 먹는 자는 쟁기를 구하지 않고 곡식을 구한

---

[199]《좌전·소공18년》.

다. 《도圖》와 《서書》가 생긴 이후에 《역易》이 있었고, 《역》이 생긴 이후에는 《도圖》와 《서書》가 없어졌다고 하는 것이 옳다. 그러므로 《논어》의 "하수河水에서 《도圖》가 나오지 않는다河不出《圖》"고 한 것은 "봉황새鳳鳥"와 같은 서물瑞物일 뿐인 것이고, 《고명》의 "《하도》는 동서東序, 방의 동쪽에 둔다《河圖》在東序"고 한 것은 화궁和弓과 괴시乖矢와 같은 보물寶物일 뿐인 것이다. 그러므로 《도圖》와 《서書》를 정밀하게 살필 수 없다. 정어精於 《역》에 정밀한 것이 《도圖》와 《서書》에 정밀한 것이다. 오직 그것을 정밀하게 할 수 없음을 알지 못하고 정밀하게 살피고자 하여, 헤아려보면 이르지 않는 바가 없게 되므로 구궁九宮의 법法과 팔분八分정문井文의 획과 감리坎離교류交流의 괘卦가 있게 되었다. 공안국, 유향, 유흠, 양웅, 반고, 유목, 위료옹, 주진, 장행성 제유諸儒의 논의에 혹은 9가 되기도 하고 혹은 10이 되기고 하며, 혹은 합하고 혹은 나뉘어 분분하게 정해지지 않는 것 또한 어찌 분별하겠는가?

원문

又按: 歸熙甫《洪範傳畧》曰: "《洪範》之書起於禹而箕子傳之, 聖人神明斯道, 垂治世之大法. 此必天佑於冥冥之中, 而有以啓其衷者, 故箕子以爲傳之禹而禹得之天. 漢儒說經多用緯候之書, 遂以爲天實有以畀禹. 故以《洛書》爲九疇者, 孔安國之說; 以'初一'至'六極'六十五字爲《洛書》者, 二劉之說; 以戴九履一爲《洛書》者, 關朗之說. 關朗之說, 儒者用之. 箕子所言'錫禹洪範九疇', 何嘗言其出於《洛書》? 禹所第不過言天人之大法有此九章, 從一而數之至於九, 特其條目之數, 五行何取於一, 而福極何取於九也? 就如儒者

說, 《洛書》之數縱橫變化, 其理甚妙, 禹顧不用, 而姑取自一至九之名, 其亦
必不然矣. 夫《易》之道甚明, 而儒者以《河圖》亂之. 《洪範》之義甚明, 而儒
者以《洛書》亂之. 其始起於緯書, 而晚出於養生之家, 非聖人語常而不語怪
之旨也. 《洪範》之書, 以天道治人. 聖人先天而天弗違, 後天而奉天時, 不過
行所無事, 少有私智於其間, 即鯀之汨陳其五行也. 讀《洪範》者, 當知天人渾
合一理, 吾之所爲即天之道, 天之變化昭彰, 皆吾之所爲. 宇宙之間充滿辟塞,
莫非是氣. 而後知儒者位天地, 育萬物之功, 初不在吾性之外. 天陰騭下民, 天
錫禹洪範九疇, 與五紀之天, 稽疑之天, 庶徵之天, 五福六極之天, 其天一也. 九
疇並陳, 若無統紀, 而義實聯絡通貫. 皇極居中, 而以前四疇會爲皇極, 後四
疇皆皇極之所出. 五行, 天道之常. 敬之於五事, 所以修己. 厚之於八政, 所以
治人. 協之於五紀, 所以欽天. 皇極之道盡之於是. 而後以五事施八政, 而時
用其鼓舞之權, 則謂之三德. 謀及乃心, 卿士, 庶人, 而命龜諏筮, 則謂之稽疑.
察肅, 晢, 謀, 聖之應, 則謂之庶徵. 以皇極斂福, 則有福而無極. 前四疇責之於
己, 治天下之根本要會; 後四疇取之於外, 治天下之枝葉緒餘. 箕子於皇極而
言五福, 於庶徵而言五事, 此其可見之端也. 敬, 農, 協, 建, 乂, 明, 念, 嚮, 威, 各以
一字該一疇之義. 下文不過敘其目而演之, 要無出此九字之中矣."

번역 **우안又按**

귀유광歸有光, 자 희보(熙甫)의 《홍범전략洪範傳略》에서 다음과 같이 말했다.

"《홍범》의 서書는 우禹에서 기원하여 기자箕子가 전한 것으로, 성인聖人
이 이 도를 신명神明스럽게 하여 세상을 다스리는 대법을 드리웠다. 이는
필시 하늘이 아득한 가운데 도와줌에 그 속마음을 열어둔 자가 있었으므

로 기자가 우에게서 전해 받고, 우는 하늘에서 얻은 것이다. 한유漢儒가 경經을 말하면서 위후緯候[200]의 서書를 많이 사용하였으므로, 마침내 하늘이 실제로 우에게 주었다고 여기게 되었다. 따라서 《낙서》를 구주九疇라고 여긴 것은 공안국의 설이고, '초일初一'에서 '육극六極'까지 65자[201]를 《낙서》라고 여긴 것은 유향과 유흠의 설이며, 대구리일戴九履一을 《낙서》라고 여긴 것은 관랑關朗의 설이다. 관랑의 설을 유자儒者들이 인용하였다. 기자가 '(하늘이) 우에게 홍범구주를 내려 주다錫禹洪範九疇'라고 하였던 바, 어찌 일찍이 그것이 《낙서》에서 나왔다고 말했던가? 우는 단지 천인天人의 대법大法에 9장章이 있다고 하면서 1에서부터 헤아려 9에 이르기까지 그 조목의 수를 짝한 것에 불과한데, 오행五行이 어찌 1을 취하고, 복극福極이 어찌 9를 취하겠는가? 유자儒者의 설에 따르면, 《낙서》의 수數는 종횡縱橫으로 변화하여 그 이치가 매우 오묘하므로, 우가 사용하지 않고 단지 1에서 9의 이름만을 취하였다고 하는데, 그 또한 반드시 그렇지 않을 것이다. 대저 《역》의 도道는 매우 명백하나, 유자儒者가 《하도》로 그 도를 어지럽혔다. 《홍범》의 의의意義가 매우 명백하나, 유자가 《낙서》로 그 의의를 어지럽혔다. 그것은 위서緯書에서 처음 시작되어 뒤늦게 양생가養生家에서 나온 것이지, 성인은 떳떳한 일을 말하고 괴이한 일을 말하지 않는 요지가 아니다.

《홍범》의 서書는 천도天道로 사람을 다스리는 것이다. 성인이 선천先天함

---

200 위후(緯候) : 위서(緯書)와 《상서중후(尙書中候)》를 같이 부르는 말로서, 곧 위서(緯書)의 통칭(通稱)이다.

201 《홍범》初一曰, 五行. 次二曰, 敬用五事. 次三曰, 農用八政. 次四曰, 協用五紀. 次五曰, 建用皇極. 次六曰, 乂用三德. 次七曰, 明用稽疑. 次八曰, 念用庶徵. 次九曰, 嚮用五福, 威用六極.

에 하늘이 어기지 않고 성인이 후천^{後天}함에 천시^{天時}를 받드는 것은 아무 일도 일삼지 않음을 행하는 것에 불과한데, 그 사이에 조금의 사사로운 지모가 있었던 것이 바로 곤^鯀이 오행을 어지럽게 진열한 것이다. 《홍범》을 읽는 사람은 마땅히 천인^{天人}이 하나의 리^理에 혼합하여 내가 행하는 바가 곧 하늘의 도이고 하늘이 변화하여 밝게 드러내는 것이 모두 내가 행하는 바임을 알아야 한다. 우주 사이에 가득 쌓여 있는 것이 기^氣 아님이 없다. 이후에 유자^{儒者}가 천지를 제자리에 있게 하고^{位天地} 만물을 길러주는^{育萬物}의 공효가 애초에 나의 성^性을 벗어나지 않음을 알게 된다. '하늘이 드러나지 않게 하민^{下民}을 안정시키고^{天陰騭下民}', '하늘이 우에게 홍범구주를 내려주는 것^{天錫禹洪範九疇}'은 오기^{五紀}의 천^天, 계의^{稽疑}의 천^天, 서징^{庶徵}의 천^天, 오복육극^{五福六極}의 천^天과 더불어 그 천^天이 하나이다. 구주^{九疇}가 아울러 진열됨에 만약 일률적으로 통솔됨이 없더라도 그 의의는 실제로 연결되어 하나로 관통된다. 황극^{皇極}이 중^中에 거^居하면서, 그 앞의 네 개의 주^疇를 회합^{會合}하여 황극^{皇極}이 되고, 뒤의 네 개의 주^疇는 모두 황극^{皇極}이 나온 것이 된다. 오행^{五行}은 천도^{天道}의 떳떳함^常이다. 오사^{五事}에서 공경하는 것은 수기^{修己}하는 것이다. 팔정^{八政}에서 돈후^{敦厚}하는 것은 치인^{治人}하는 것이다. 오기^{五紀}에서 협합^{協合}하는 것은 흠천^{欽天}하는 것이다. 황극^{皇極}의 도^道는 여기에서 다한다.

이후에 오사^{五事}로서 팔정^{八政}에 베풀고, 때에 맞춰 고무^{鼓舞}의 권도^{權道}를 사용하는 것을 삼덕^{三德}이라 한다. 모의함이 너의 마음에 미치고, 경사^{卿士}와 서인^{庶人}에게 미치며, 귀^龜의 명에 따르고 서^筮의 점괘를 취하는 것을 계의^{稽疑}라 한다. 엄숙함^肅, 명철함^哲, 지모^謀, 거룩함^聖의 응함을 살피는 것

을 서징庶徵이라 한다. 황극皇極으로 복福을 거두면 복이 있으면서 무극無極
이 된다. 앞의 네 개의 주疇는 자기에게서 따져 밝히는 것으로 천하를 다
스리는 근본 요회要會이고, 뒤의 네 개의 주疇는 바깥에서 구하는 것으로
천하를 다스리는 지엽적인 나머지이다. 기자가 황극皇極에서 오복五福을
말하고, 서징庶徵에서 오사五事를 말한 것에서 그 실마리를 볼 수 있다. 경
敬, 농農, 협協, 건建, 예乂, 명明, 념念, 향嚮, 위威의 각 한 글자에 하나의 주疇
의 의미를 갖추었다. 이하의 문장들은 그 조목을 서술하여 연역한 것에
불과하니, 요약하자면 이 아홉 글자를 벗어나는 것은 없다.”

원문

又按 : 黃太沖《易學象數論序》曰 : “夫《易》者, 範圍天地之書也. 廣大無
所不備, 故九流百家之學俱可竄入焉. 自九流百家借之以行其說, 而於《易》
之本意反晦矣.《漢 · 儒林傳》孔子六傳至淄川田何,《易》道大興. 吾不知田何
之說何如也. 降而焦, 京, 世應飛伏, 動爻互體, 五行納甲之變, 無不具者. 吾讀
李鼎祚《易解》, 一時諸儒之說穢蕪康莊, 使觀象玩占之理盡入於淫瞽方技之
流, 可不悲夫! 有魏王輔嗣出而註《易》, 得意忘象, 得象忘言, 日時歲月, 五
氣相推, 悉皆擯落, 多所不關, 庶幾'潦水盡而寒潭淸'矣. 顧論者謂其《老》,
《莊》解《易》. 試讀其注, 簡當而無浮義, 何曾籠落玄旨? 故能遠歷於唐, 發爲
《正義》. 其廓淸之功, 不可泯也. 然而魏伯陽之《參同契》, 陳希夷之《圖》,
《書》, 遠有端緒. 世之好奇者, 卑王註之淡薄, 未嘗不以別傳私之. 逮伊川作
《易傳》, 收其'昆侖旁薄'者散之於六十四卦中, 理到語精,《易》道於是而大定
矣. 其時康節上接种放, 穆修, 李之才之傳, 而創爲河圖先天之說, 是亦不過

一家之學耳. 晦菴作《本義》, 加之於開卷, 讀《易》者從之. 後世頒之學宮, 初
猶兼《易傳》並行, 久而止行《本義》. 於是經生學士信以爲義, 文,周,孔其道不
同, 所謂象數者又語焉而不詳. 將夫子之韋編三絶者, 須求之賣醬簁桶之徒,
而《易》學之榛蕪, 蓋仍如焦,京之時矣. 自科擧之學一定, 世不敢復議. 稍有
出入其說者, 即以穿鑿誣之. 夫所謂穿鑿者, 必其與聖經不合者也. 摘發傳註
之訛, 復還經文之舊, 不可謂之穿鑿也.《河圖》,《洛書》, 歐陽子言其怪妄之
尤甚者, 且與漢儒異趣, 不特不見於經, 亦並不見於傳. 先天之方位, 明與'出
震齊巽'之文相背, 而晦翁反致疑于經文之卦位. 生十六,生三十二, 卦不成卦,
爻不成爻, 一切非經文所有, 顧可謂之不穿鑿乎? 晦翁云:'談《易》者譬之燭
籠, 添得一條骨子則障了一路光明. 若能盡去其障, 使之統體光明, 豈不更
好?' 斯言是也. 奈何添入康節之學, 使之統體皆障乎? 世儒過視象數, 以爲絶
學, 故爲所欺, 余一一疏通之, 知其於《易》本了無干涉, 而後反求之程《傳》,
或亦廓清之一端也."

번역 **우안又按**

황종희黃宗羲, 자 태충(太沖)의 《역학상수론서易學象數論序》에서 다음과 같이
말했다.

"대저 《역》이란 천지天地를 모범삼아 틀을 만든範圍天地 책이다. 광대하
여 갖추지 않음이 없으므로 구류九流백가百家의 학문에 모두 《역》을 찬입
할 수 있다. 구류九流백가百家가 《역》을 빌려 그 설을 유행시킨 것으로부터
《역》의 본의本意가 도리어 어두워졌다. 《한서·유림전》에 공자로부터 6
전傳 제자인 임천淄川의 전하田何에 이르러, 《역》의 도道가 크게 일어났다고

하였다.[202] 나는 전하田何의 설이 어떠했는지 알지 못한다. 이후 초연수焦延壽, 경방京房에 이르러 세응世應[203]과 비복飛伏,[204] 동효動爻와 호체互體,[205] 오행五行과 납갑納甲의 변화가 갖추어지지 않음이 없어졌다. 내가 이정조李鼎祚[206]의 《역해易解》를 읽어보니, 일시에 제유諸儒의 설을 잡초처럼 우거지게 하여, 관상觀象과 완점玩占의 이치를 모두 요망한 점쟁이나 방술의 기교로 넣어버렸으니, 참으로 슬픈 일이다! 위魏의 왕필王弼, 226~249, 자 보사(輔嗣)이 출현하여 《역》을 주해함에 의미를 얻으면 상象을 잊어버리고, 상象을 얻으면 말을 잊어버렸으며, 일시日時와 세월歲月, 오기五氣가 서로 추연推演하는 바를 모두 떨쳐버리고 대부분과 관여하지 않았으니, 거의 '웅덩이 물은 다 마르고 서늘한 못은 맑은潦水盡而寒潭淸' 지경에 이르렀다. 논의하는 자들은 왕필의 《노자》와 《장자》는 《역》을 주해한 것이라고 한다. 그의 주해를 읽어보니, 간약簡約하게 합당함을 얻었고 공허한 뜻이 없는데 어찌 일찍이 현묘한 경지로 떨어진 것이겠는가? 따라서 멀리 당대唐代까지 이어져서 《정의正義》로 발현될 수 있었던 것이다. 그의 확청廓淸, 맑고 맑다한

---

202 《한서·유림전》自魯商瞿子木受易孔子, 以授魯橋庇子庸. 子庸授江東馯臂子弓. 子弓授燕周醜子家. 子家授東武孫虞子乘. 子乘授齊田何子裝. 及秦禁學, 易爲筮卜之書, 獨不禁, 故傳受者不絶也. 漢興, 田何以齊田徙杜陵, 號杜田生, 授東武王同子中, 雒陽周王孫, 丁寬, 齊服生, 皆著易傳數篇. 同授淄川楊何, 字叔元, 元光中徵爲太中大夫. 齊即墨成, 至城陽相. 廣川孟但, 爲太子門大夫. 魯周霸, 莒衡胡, 臨淄主父偃, 皆以易至大官. 要言易者本之田何.

203 세응(世應) : 세(世)와 응(應)은 나와 상대라는 불변의 고정적인 자리를 가리킨다.

204 비복(飛伏) : 경방(京房) 역학(易學)의 용어로서 괘가 나타나는 점이 비(飛), 나타나지 않는 것이 복(伏)이다.

205 호체(互體) : 호괘(互卦)이다. 상·하 2괘 안에서 2효에서 4효까지 하나의 괘를 취하고 3효에서 5효까지 하나의 괘를 취해 얻는 괘체(卦體)를 말한다.

206 이정조(李鼎祚) : 생몰년미상. 당(唐) 현종(玄宗), 숙종(肅宗), 대종(代宗) 시기의 경학가이다. 저서에는 《할주명경식경(轄珠明鏡式經)》, 《주역집해(周易集解)》 등이 있다.

공功은 없앨 수 없다. 그러나 위백양魏伯陽의 《참동계》, 진단陳搏, 희이선생(希夷先生)의 《도圖》, 《서書》에 먼 단서가 되었다. 세상의 호기심 많은 자들은 왕필 주해의 담박함으로 인해 일찍이 별도로 사사로이 전하지 않음이 없었다고 한다. 정이程頤, 호 이천(伊川)가 《역전易傳》을 지음에 이르러, 왕필의 '곤륜방박昆侖旁薄'[207]을 거두어 64괘 가운데 흩어버리니 이치가 이르고 말이 정밀해져서, 이에 《역》의 도道가 크게 정해졌다. 그 당시에 소옹邵雍, 호 강절(康節)이 위로는 종방种放, 목수穆修, 이지재李之才의 전함을 이어서 하도선천河圖先天의 설을 개창하였는데, 이 또한 일가一家의 학문에 불과할 뿐이다. 주희朱熹, 호 회암(晦菴)가 《본의本義》를 지어 처음 책을 펼치니 《역》을 읽는 자들이 그 설을 따랐다. 후대에 학궁學宮에 반포되었는데, 처음에는 《역전易傳》과 아울러 함께 유행하다가 오래 지나서는 단지 《본의本義》만 시행하였다. 이에 경생經生과 학사學士들이 진실로 복희, 문왕, 주공, 공자의 도가 같지 않다고 여기게 되었으니, 이른바 상수象數를 다시 말로 함으로써 상세하지 않게 된 것이다. 부자夫子가 위편삼절韋編三絶한 것을 간장을 파는 자와 대통을 만드는 무리[208]들이 구하면서 《역》학이 크게 번성하게 된

---

207 곤륜방박(昆侖旁薄): 《태현경》의 "곤륜과 방박은 그윽하다."(昆侖旁薄幽). 곤륜은 혼륜(渾淪)과 같은 말로 천상(天象)을 의미하고, 방박은 팽백(彭魄)과 같은 말로 지형을 의미한다.

208 매장잡통(賣醬箍桶): 간장을 파는 사람과 대껍질로 통을 만드는 사람. 《주역》에 매우 정통하지만 세상에 알려지지 않은 인물을 말한다. 여기에서는 아무나 《주역》을 읽었다는 부정적인 의미로 쓴 것 같다. 아래와 같은 고사에 보인다. "정자의 아버지 향이 일찍이 광한의 수령으로 있을 때 정이가 형인 호와 함께 시봉하였다. 하루는 성도에 나갔는데 대껍질을 벗겨서 대통을 만드는 자가 책을 끼고 있는 것이 보였는데, 가까이 가서 보니 《주역》이었다. 껍질을 벗기는 이가 《주역》을 공부했느냐고 물으면서 《잡괘전》에 나오는 '미제는 남자가 궁한 것'이라는 말을 풀이하여 '세 개의 양효가 자리를 잃는 것'이라고 하였다. 이 말을 들은 형제가 환하게 그 뜻을 깨달았다. 후에 원자가 《역》에 대해서 물어

때는 대체로 초연수, 경방의 시대였다. 과거科擧의 학문으로 정해진 것으로부터 세상 사람들은 감히 다른 논의를 하지 못하였다. 조금씩 그 설을 출입出入시키는 자들이 있었으니, 곧 천착하여 함부로 하였다. 이른바 천착穿鑿했다는 것은 반드시 성경聖經과 합치하지 않는다. 전주傳註의 오류를 가려내어 경문의 옛 모습으로 되돌리는 것은 천착이라 할 수 없다. 《하도》, 《낙서》에 대해 구양수歐陽脩는 괴망함이 더욱 심한 것이라고 하였고, 또한 한유漢儒들과는 지향점을 달리하면서 단지 경經에 보이지 않을 뿐만 아니라 전傳에도 보이지 않는다고 하였다. 선천先天의 방위方位는 명백하게 '(상제上帝가) 진震, 東에서 나와 손巽, 東南에서 재계하다出震齊巽'[209]의 문장과 서로 배치되는데, 주희朱熹는 도리어 경문의 괘위卦位를 의심하는 데 이르렀다.[210] 16을 낳다生十六, 32를 낳다生三十二라고 한 것은 괘卦는 괘卦를 이루지 못하고, 효爻는 효爻를 이루지 못하게 되어 모두 경문經文에 있는 것이 아니니, 천착하지 않은 것이라고 할 수 있겠는가?

주희朱熹, 호 회옹(晦翁)가 말했다. '《역》을 담론하는 것을 촛대에 비유하자면, 촛대에 대나무로 만든 갓을 더하면 한 갈래의 빛을 막아버리는 것과 같다. 만약 그 장애물을 완전히 제거하여 그 전체를 밝게 비춘다면 어찌 더 좋지 않겠는가?談《易》者譬之燭籠, 添得一條骨子則障了一路光明. 若能盡去其障, 使之統體光明, 豈不更好?'[211] 이 말이 옳다. 어떻게 소옹의 학문을 더하여 《역》의 통체統體를

보니 정이가 역학은 촉 땅에 있다고 대답하였다. 그러자 원자가 촉으로 가서 간장을 파는 설옹을 미군(眉郡)과 공군(邛郡)의 중간에서 만나 이야기를 나눈 후에 《주역》에 대하여 크게 터득하였다.

209 《설괘전》.
210 《설괘전·본의(本義)》此章所推卦位之說, 多未詳者.
211 《주자어류》권67.

모두 가로막게 할 수 있겠는가? 세속의 유자들이 상수象數를 과대평가하여 그것을 절세의 학문으로 여김으로써 속임을 당하게 되니, 내가 하나하나 소통하여 그것이 《역易》과는 본래 아무런 관련이 없음을 알게 한 연후에 오히려 정이程頤의 《역전易傳》에서 구하게 하거나 또는 하나의 단서를 확청廓淸하도록 하였다."

원문

又按 : 向讀《論語集注》"《河圖》, 河中龍馬負圖, 伏羲時出", 輒病以《河圖》專屬伏羲殊狹隘, 與上"鳳鳥"不一例. 考諸晉, 宋《志》及《水經注》, 黃帝時出焉, 堯, 舜, 禹, 湯時出焉, 成王, 周公時出焉, 非止伏羲矣. 故《禮記》與膏露, 醴泉, 器車, 鳳麟, 龜龍一例, 陳之以爲瑞. 原朱子意, 又以伏羲待此而畫卦, 尤狹隘. 不見《易·繫辭》先言"則天生之神物"乎? "效天地之變化"乎? "象天垂象之吉凶"乎? 然後及"河之《圖》", "洛之《書》", 則《圖》, 《書》者, 不過聖人所由作《易》之一端耳. 故朱子他日曰 : "《圖》不出, 《易》亦須作." 旨哉, 是言也! 諸書有云 : 圖, 載天子之寶器者. 或曰 : 圖, 載江河山川州界之分野. 或曰 : 列宿斗政之度, 帝王錄紀興亡之數, 要非止八卦一種矣. 祇緣三代而降, 鳳鳥尚有, 《河圖》絕無. 魏青龍中, 圖出而非龍馬; 宋朱子時, 龍馬出而非負圖. 盖覺當以《河圖》屬伏羲, 伏羲須待此畫卦矣. 甚哉, 其說之固!

번역 우안又按

예전에 《논어집주論語集注》"《河圖》, 河中龍馬負圖, 伏羲時出 "《하도》는 하수河水에서 나온 용마龍馬의 등에 그려진 그림인데 복희伏羲 때에 나왔다"《河圖》, 河中龍馬負

圖, 伏羲時出"²¹²를 읽고, 문득《하도》를 오로지 복희의 시대에 속하게 하는 것은 매우 편협한 발상으로 앞 문장의 "봉황새鳳鳥"와 같은 예가 아님을 병통으로 여겼다. 진晉, 송宋의《지志》및《수경주》를 고찰해보니, 황제 黃帝 시대에 나왔다고 하고, 요, 순, 우, 탕湯의 시대에 나왔다고 하였으며, 성왕成王, 주공周公의 시기에 나왔다고 하여, 단지 복희의 시대만이 아니었 다. 따라서《예기 · 예운禮運》의 고로膏露, 예천醴泉, 기거器車, 봉린鳳麟, 귀룡龜 龍과 같은 예²¹³로서 진열하여 서물瑞物로 여기는 것들이다. 원래 주자朱子 의 뜻 또한 복희가 이《하도》를 기다려 괘를 그렸다는 것인데, 더욱 편협 한 주해이다.《역 · 계사》에서 앞서 말한 "하늘이 낳은 신물神物을 본받는 다則天生之神物"를 보지 않았는가? "천지天地의 변화變化를 본받는다效天地之變化" 를 보지 않았는가? "하늘이 드리운 상象의 길흉吉凶을 형상화하다象天垂象之 吉凶"를 보지 않았는가?²¹⁴ 연후에 "하수의《도》", "낙수《서》"에 이르게 되니,《도圖》와《서書》는 성인이 연유하여《역》을 지은 하나의 단서에 불 과할 뿐이다. 그러므로 주자가 다른 날 "《도圖》가 나오지 않았어도《역》 은 반드시 지어졌다《圖》不出,《易》亦須作"고 하였으니, 그 말이 매우 옳다! 제 서諸書에 이르길 도圖는 천자의 보기寶器를 기록한 것이라고 하였다. 어떤 이는 말하길 도圖는 강하江河와 산천山川, 주계州界의 분야分野를 기록한 것이

---

212 《논어 · 자한》子曰 鳳鳥不至, 河不出圖, 吾已矣夫. 아래《집주(集注)》에 보인다.
213 《예기 · 예운(禮運)》故聖王所以順, 山者不使居川, 不使渚者居中原, 而弗敝也. 用水火金木, 飲食必時. 合男女, 頒爵位, 必當年德. 用民必順. 故無水旱昆蟲之災, 民無凶饑妖孽之疾. 故天 不愛其道, 地不愛其寶, 人不愛其情. 故天降膏露, 地出醴泉, 山出器車, 河出馬圖, 鳳凰麒麟皆 在郊椷, 龜龍在宮沼, 其餘鳥獸之卵胎, 皆可俯而窺也. 則是無故, 先王能修禮以達義, 體信以達 順, 故此順之實也.
214 《계사상》是故, 天生神物, 聖人則之 ; 天地變化, 聖人效之 ; 天垂象, 見吉凶, 聖人象之. 河出 圖, 洛出書, 聖人則之.

라고 하였다. 어떤 이는 말하길 열수列宿와 두정斗政[215]의 도度와 제왕帝王이 기록한 흥망興亡의 수數로서, 단지 팔괘의 일종만은 아니라고 하였다. 삼대三代 이후로만 보자면, 봉황새는 있었지만 《하도》는 전혀 없다. 위魏 청룡青龍, 233~237 연간에, 도圖는 출현하였으나 용마龍馬가 지고 온 것이 아니었으며, 송宋 주자朱子 때, 용마龍馬가 나왔지만 도圖를 짊어진 것은 아니었다. 더욱 깨닫게 되었으니, 《하도》를 복희伏羲의 시대에 속하게 하고 복희가 《하도》를 기다려 괘를 그렸다고 하는 것은 매우 고루한 설이다!

又按：《洪範》篇二孔俱不言有錯簡, 宋蘇子瞻始言之, 以"曰王省惟歲"至"則以風雨"八十七字爲"五紀"之傳, 繫於"五曰曆數"之下. 逮金仁山參以"子王子"益定, 又以"無偏無陂"至"歸其有極"爲皇極經文, "曰皇極之敷言"至"以爲天下王"爲"皇極"傳文, 共一百字, 皆繫於"皇建其有極"之下；"斂時五福"至"其作汝用咎"一百四十六字繫於"五曰考終命"下, 爲"五福"之傳；"惟辟作福"至"民用僭忒"四十八字繫於"六曰弱"下, 爲"五福", "六極"之總傳. 讀之頗覺如昌黎所謂"文從字順", 皇甫湜所謂"章妥句適"云.

번역 우안又按

《홍범》편에서 공안국과 공영달 모두 착간이 있음을 말하지 않았고, 송

---

215 두정(斗政)：두(斗)는 성수명(星宿名)으로 북두칠성(北斗七星)을 가리킨다. 《易·豐》："豐其蔀, 日中見斗. 李鼎祚集解引虞翻曰："斗, 七星也. 정(政)은 일월(日月)과 오성(五星)을 가리킨다. 칠정(七政)이라고도 한다.

宋 소식蘇軾, 1037~1101, 자 자첨(子瞻)이 처음 말하였는데, "왕이 살필 것은 해이
다王省惟歲"에서 "비바람을 알 수 있다則以風雨"까지 87자[216]를 "오기五紀"[217]
의 전傳으로 하여, "다섯 번째는 역수曆數이다五曰曆數." 아래에 붙였다. 김이
상金履祥, 1232~1303, 호 인산(仁山)에 이르러, "자왕자子王子"의 설을 참고로 더욱
확정하였으니,[218] 또한 "편벽됨이 없고 지우침이 없다無偏無陂"에서 "그 극
極에 돌아올 것이다歸其有極"까지[219]를 황극皇極의 경문經文으로, "황극으로
부연한 말曰皇極之敷言"에서 "천하의 왕이 된다以爲天下王"까지[220]를 "황극皇極"
의 전문傳文으로 하여, 총 100자 모두를 "임금이 극極을 세움이다皇建其有
極"[221] 아래에 두었고, "이 오복五福을 거두다歛時五福"에서 "네가 허물이 있
는 사람을 씀이 될 것이다其作汝用咎"까지 146자[222]를 "다섯 번째는 고종명
考終命이다五曰考終命" 아래에 두어 "오복五福"의 전傳으로 삼았으며, "오직 임
금만이 복福을 짓는다惟辟作福"에서 "백성들이 참람하고 지나치게 될 것이

---

216 《홍범》曰王省惟歲, 卿士惟月, 師尹惟日. 歲月日時無易, 百穀用成, 乂用明, 俊民用章, 家用平
康. 日月歲時旣易, 百穀用不成, 乂用昏不明, 俊民用微, 家用不寧. 庶民惟星, 星有好風, 星有
好雨. 日月之行, 則有冬有夏. 月之從星, 則以風雨.

217 《홍범》四五紀. 一曰歲, 二曰月, 三曰日, 四曰星辰, 五曰曆數.

218 《자치통감전편(資治通鑑前編)》권6 傅氏子駿以爲此章乃古書韻語, 與箕子前後書文不同.
子王子是之. 即以繼皇建其有極之下, 以爲皇極經文, 上文所謂歛時五福者, 乃五福傳文.

219 《홍범》無偏無陂, 遵王之義. 無有作好, 遵王之道. 無有作惡, 遵王之路. 無偏無黨, 王道蕩蕩.
無黨無偏, 王道平平. 無反無側, 王道正直. 會其有極, 歸其有極.

220 《홍범》曰皇極之敷言, 是彝是訓, 于帝其訓. 凡厥庶民, 極之敷言, 是訓是行, 以近天子之光.
曰, 天子作民父母, 以爲天下王.

221 《홍범》五皇極. 皇建其有極.

222 《홍범》歛時五福, 用敷錫厥庶民. 惟時厥庶民于汝極. 錫汝保極: 凡厥庶民, 無有淫朋, 人無有
比德, 惟皇作極. 凡厥庶民, 有猷有爲有守, 汝則念之. 不協于極, 不罹于咎, 皇則受之. 而康而
色, 曰:《予攸好德.》汝則錫之福. 時人斯其惟皇之極. 無虐煢獨而畏高明, 人之有能有爲, 使羞
其行, 而邦其昌. 凡厥正人, 既富方穀, 汝弗能使有好于而家, 時人斯其辜. 于其無好德, 汝雖錫
之福, 其作汝用咎.

다民用僭忒”까지 48자[223]를 “여섯번째는 나약함이다六曰弱” 아래에 두어 “오복五福”과 “육극六極”의 총전總傳으로 삼았다. 그렇게 읽다 보면, 한유韓愈, 768~824, 호 창려(昌黎)의 이른바 “문맥이 따르고 글자가 순하다文從字順”와 황보식皇甫湜, 777~835[224]의 이른바 “문장이 타당하고 문구가 적절하다章妥句適”와 같아짐을 깨닫게 된다.

상서고문소증 권7 종終

---

223 《홍범》惟辟作福, 惟辟作威, 惟辟玉食. 臣無有作福, 作威, 玉食. 臣之有作福, 作威, 玉食, 其害于而家, 凶于而國. 人用側頗僻, 民用僭忒.
224 황보식(皇甫湜) : 자 지정(持正). 당(唐)의 산문가. 저서에는 《황보지정문집(皇甫持正文集)》 6권 등이 있다.